Kadir III

Los Colores de la Justicia

IRON SHERMAN

ADVERTENCIA

Esta es una novela de ficción. Los temas, acciones y protagonistas, son imaginarios. Cualquier parecido con personas, instituciones y hechos reales presentes o pasados son pura coincidencia. Sin embargo algunos sucesos, individuos, datos históricos, ciudades, organizaciones y cosas, son verdad.

El Autor ha usado licencias literarias e inexactitudes premeditadas, para evitar que hombres, mujeres o instituciones pudieran sentirse afectados, aun sin intención del escritor, que si fuera el caso, expresa públicamente sus disculpas.

Con toda seguridad, el inteligente lector, sabrá distinguir la fantasía de la realidad.

Atentamente,
Iron Sherman

DEDICATORIA

Con todo mi cariño para

Gregor, Lolita,

Alice,

Iron, Erik, Kiev,

Nietos

y

demás Familia

Agradecimientos

El Autor expresa su agradecimiento a los familiares y amistades que con sus valiosas opiniones, han fortalecido el contenido de esta obra, en especial a los Generales R.M. y G.A., Almirante M.E., Coronel M.C.; Agentes SE-4311; SS 255 y SN-109; así como a Mauro L., Christopher C., George S., y T.M., reiterando mi respetuoso saludo a los Colegas de la noble y leal profesión de Contador Público Auditor, así como a los Gobiernos, Organismos Internacionales, Profesionales, de Negocios, Humanitarios y Empresas Privadas mencionados en este libro.

Declaro mi gratitud también a los Correctores y Editores por su magnífico trabajo, confianza y apoyo.

Atentamente,
Iron Sherman

PERSONAJES PRINCIPALES

- Kadir Aiza Pírez, alias Comandante "Scorpio", Contador Público Auditor y Consultor Internacional, en sus ratos libres eficiente asesino profesional al servicio de la Justicia, patrocinado por la Fundación Weitzner y el Club PRISMA.

- Femke Kolarik, hermosa Campeona Olímpica de Tiro, alias Agente "Rebecka", eficaz colaboradora de "Scorpio".

- Elías Zagrev, alias Agente "Snake", Científico Investigador de la más alta jerarquía dentro del Centro Europeo de Investigación Nuclear (C.E.R.N.), a las órdenes de "Scorpio".

- Benjamín Weitzner, multimillonario por herencia. Ex Fiscal General de los Estados Unidos y Presidente de la Fundación Weitzner, organismo de ayuda en el combate a la miseria y... contra el Crimen.

- Ruth Weitzner, preciosa Psicóloga Criminalista, hija de Benjamín.

- Ramón Peralta y Bárcenas, megamillonario hombre de negocios sin escrúpulos, Presidente de CELTIC WORLDWIDE ENTERPRISES.

- Amber Brancatti, hoy Señora de Peralta y Bárcenas, ambiciosa y sin valores, famosa por su belleza y putería.

- Fiorella, nacida en Italia, guapa adolescente prima de Amber.

- Lanya, originaria de Hungría, encantadora jovencita sobrina de Don Ramón.

- Christopher Carvalho, identificado mundialmente como famoso Ingeniero, Arquitecto y gran aficionado a las féminas.

- Caridad Hernández, alias Agente "Aileen", agraciada Contadora Pública, eficiente exterminadora de criminales, subordinada de "Scorpio".

- Vander Skoda. Uno de los peores y crueles asesinos del planeta, miembro del Directorio del Sindicato Internacional del Crimen.

- Club Cultural, Deportivo y Social PRISMA, personas con recursos económicos descomunales, que emplean para auxiliar a la Justicia, en la lucha contra la delincuencia organizada. Se denominan por "COLORES": Gray, Red, Yellow, Blue, Green, Purple, White, Black, Brown, Orange, Wine & Beige (Gris, Rojo, Amarillo, Azul, Verde, Morado, Blanco, Negro, Café, Naranja, Guinda y Beige).

- David Arik Finnstein, General de Cuatro Estrellas, Ex Alto Comisionado de Seguridad Nacional de los Estados Unidos y prominente miembro del Club PRISMA.

- ICU (International Crime Union), multimillonario Sindicato Internacional del Crimen, liderado por ocho aterradores hampones: Kenneth; Bertrand; Dwight; Luan Tung; Sir Geoffrey; Thorthen; Vander Skoda y Vassily.

- Bozidar Weslak, General de Ejército, Viceministro de Defensa de la República Checa y padre adoptivo de Femke, alias Agente "Rebecka".

- Frank Hong, Director en China, de East Industries & Trade, Limited; y Agente del Club PRISMA.

- Helen, excepcional belleza, esposa de Kadir.

- Maximilian Schaff, Médico. Secreto hijo del funesto Nazi Josef Mengele, pretende continuar en los EE.UU. con la "Era Mengele II".

- Glorielle, alias "Marié Piccard", linda y letal Agente al servicio de su siniestro tío Vander Skoda.

- Zelik Levy, alias Comandante "Stan", Jefe del aguerrido comando Israelí, integrado por Lorna, Leah, Shifra y Tabitha; Eliezer, Aaron, Jason y Habacuc al servicio de la Fundación Weitzner y del Club PRISMA.

- Carlos de la Roca y Duque de Orense, exitoso y adinerado Ingeniero Civil, despilfarrador, amante de la buena vida y Playboy internacional.

- Iván Rómayev, el hombre de negocios más rico y poderoso de la Rusia actual.

- Danton Flowers, Agente A-3 del Club PRISMA, traidor al servicio de los perversos miembros del ICU.

INTRODUCCIÓN

Fui gratamente sorprendido en el momento de recibir la solicitud de presentar esta obra. Conforme avanzaba en su lectura, no pude evitar relacionarla con previos tan importantes como los generados por las plumas de: Agatha Christie, Sir Arthur Conan Doyle, Ian Fleming y Frederick Forsyth, entre otros. Aprecio el aporte que ha realizado el escritor.

Considero importante confesar mi preferencia por esta creación, en atención a la sencillez con la que se explican los acontecimientos internacionales complejos, las expresiones reales de nuestro idioma y de aquellos que no nos son propios de origen, la gama cultural enriquecedora, la visión e imaginación, para advertir un mundo donde el personaje principal se desenvuelve, pero sobre todo, y aun recordando otra literatura, la forma única de escribir, que a la postre resultará en la virtud más señalada.

El contenido es actual, dentro del misterio y suspenso de las intrigas más depuradas del orden global, en un marco lleno de conceptos propios de Babel, pero con la oportunidad de tener a nuestro alcance la traducción inmediata y por ende, su comprensión.

Hallé, en esa nueva corriente de escritura, el juego de palabras con elementos residuales de nostalgia, que sin darme cuenta me condujeron a las emociones de la modernidad. Solo un gran novelista logra este efecto en los lectores más exigentes del género literario que nos concierne.

En términos de valores, el fondo que distingue a la novela está asociado al concepto de justicia, difícil de definir, aún más de entender, y por si fuera poco, controvertido de explicar, dentro del marco de diferentes corrientes del pensamiento. Es pecaminoso, cuando de literatura se trata, dejar de nombrar a los clásicos: por esta razón y dentro de mi análisis comparativo del contenido de la obra, recurro a Platón que al parecer, dicho como una interpretación personal, identifica la justicia con la felicidad: "... solo el justo es feliz y desdichado el injusto". En el desarrollo de la lectura se nota que la justicia se apega a un concepto radical pragmático, pero que no se separa de la característica esencial que esta representa del orden social. El protagonista es considerado un hombre justo porque sus acciones permiten que la sociedad, en su mayoría, quede satisfecha y logre felicidad, más allá de que no concuerde con el estado de derecho de nuestra estructura social moderna.

Seguramente la polémica se dará con las afirmaciones del párrafo anterior, sin que falte un ingrediente fascista en la interpretación, porque es posible que se recurra a la palabra fuerte, dicha con desdén para estos tiempos tan difíciles de inseguridad, tachando al protagonista de "justiciero", con todo lo que el concepto involucra; pero... y si así fuera, ¿qué diferencia habría cuando el resultado de sus acciones logra que haya bienaventuranza?

Estoy seguro del éxito que esta tendrá en breve, pasando a ocupar con el tiempo, un lugar muy especial en la biblioteca de los clásicos.

Agradezco la oportunidad de poder plasmar estas palabras, e insistir en mi reconocimiento al autor, con quien estrechamente me liga una amistad de años.

Lic. y Mtro. Andrés A. Baca Vela
Pilar Universitario de la Universidad del
Valle de México
Noviembre, 2016

PRÓLOGO

Con esta novela "KADIR III LOS COLORES DE LA JUSTICIA", Iron Sherman continúa con éxito, la serie de Acción y Aventuras de mayor impacto en las últimas décadas.

La originalidad de sus personajes y las distintas tramas en cada uno de los libros, hacen que el lector abra literalmente su imaginación y disfrute viajando con los actores por los maravillosos escenarios del mundo, que el autor describe al detalle como acostumbra, aportando interesantes conocimientos sobre ciudades, culturas, armas, negocios, aviones, automóviles, todo ello salpicado siempre por burbujas de champaña, hermosas mujeres, amor y pasiones humanas que en ocasiones desencadenan violencia.

Se recomienda la lectura para mayores de edad. El contenido es fuerte, como son las situaciones reales de la vida. Donde siempre estarán presentes las virtudes y defectos del ser humano, la eterna lucha del Yin y el Yang, el enfrentamiento del Bien contra el Mal.

Los tres libros: "KADIR EL AUDITOR DE LA MUERTE", "KADIR II TENTACIONES PROHIBIDAS" y el presente, "KADIR III LOS COLORES DE LA JUSTICIA", nos dejan un grato sabor de boca, porque aun abordando temas tan delicados como el crimen organizado a nivel mundial, que muestra con crudeza la existencia de otro mundo paralelo, la tierra de la delincuencia, que vive para asesinar, traficar, destruir al universo de valores y derechos humanos, que a diario son vulnerados o trastocados por el crimen, la corrupción y la impunidad; el autor nos habla con renovada energía sobre la esperanza de que no todo está perdido, que siguen vigentes en nuestra sociedad la valentía y decisión para combatir al crimen.

Este libro es un aviso. Uno más de los quizá miles de llamados a las autoridades encargadas de la impartición de Justicia, dramatizado y tal vez exagerado en algunas partes, escrito así deliberadamente, en un intento por sacudir conciencias y retomar el camino de la Paz y Concordia Universales.

Hoy la sociedad está herida de gravedad. La violencia se ha volcado en las calles por grupos inconformes. Las marchas, bloqueos, secuestros, plantones y agresiones físicas a personas, comercios, oficinas, rotura e incendio de vehículos — a veces patrullas oficiales — son cosa diaria ante la mirada de las fuerzas del orden, maniatadas por instrucciones absurdas de jefes incapaces: "Dejar hacer. Dejar pasar".

En estos lugares se ha colocado la conveniencia de los políticos por encima de la Justicia, aplastándola.

Se sabe perfectamente que la violencia criminal tiene profundas raíces en la pobreza, marginación y desesperación de los jóvenes que no tienen acceso a oportunidades de educación y menos a empleo digno.

El Estado tiene la obligación de trabajar en este sentido creando la atmósfera para un sano desarrollo de la población a la que ha jurado servir.

No es admisible que mientras algunos gobernantes cínicamente roban recursos públicos, mostrando sus riquezas, existen cientos de miles de seres humanos dedicados al comercio informal, lavando parabrisas, haciendo malabares y pidiendo limosna en las esquinas. Qué decir de los niños y niñas que obligados por su miseria crónica, delinquen transportando droga, armas y prostituyéndose por unas monedas.

Las semillas y plantitas de los supremos valores humanos, sembradas con dificultad en escuelas, hogares y templos, son pisoteadas y destruidas por el crimen organizado, ante la incapacidad y/o complicidad de ciertos gobiernos para mantener el bienestar de la población y por ende, la Justicia y la Paz.

La lección es esta: si las autoridades no realizan eficazmente su trabajo, el hartazgo ciudadano lo hará en su lugar, como está ocurriendo ya en algunas ciudades donde se han formado grupos desde vecinos vigilantes, autodefensas armadas, guardias blancas, linchamientos, hasta los extremos escuadrones de la muerte.

La apuesta de varios países es la llegada de inversiones extranjeras que producirán empleo y riqueza.

¿De verdad creen las autoridades de esas naciones sedientas de recursos económicos, que los capitales de otras partes del mundo fluyen hacia democracias hundidas en la inseguridad, violencia y anarquía?

¡Despierten señores! El dinero productor de riqueza y empleos requiere seguridad.

Un Presidente sabiamente expresó: "Orden sin libertad, es dictadura, pero libertad sin orden, es anarquía".

Este libro nos invita a la reflexión. La Sociedad no está derrotada. Millones de personas tenemos confianza, que nuestros sistemas de Gobierno mejoren, con beneficios para la humanidad y debemos luchar por ella.

Si bien hay hechos y situaciones reales, no olvidemos que esta novela, como sus dos antecesoras, son obras de ficción para entretenimiento, conduciendo nuestras mentes a locaciones fantásticas desde un repleto estadio de futbol en Brasil, hasta los inhóspitos parajes congelados de un hermoso lago Europeo. Desde comer antojitos Mexicanos y escuchar la música de mariachis en Guadalajara, hasta los majestuosos hoteles de Las Vegas. El lector apreciará los vericuetos de las casas non sanctas y los negocios multimillonarios.

En resumen, los objetivos de la novela: esparcimiento, enriquecer conocimientos y el salvaje mensaje para que la Justicia prevalezca, en nuestra opinión, se cumplen con creces.

Houston. Texas, Diciembre de 2016.
S. Forsyth & Sons. News Agency.

ISLAS MARÍAS, NAYARIT, MÉXICO

¡NO HAY SOBREVIVIENTES!
¡TRAGEDIA EN EL PACÍFICO!
¡TODOS SE AHOGARON!
¡191 MUERTOS EN EL MAR!
    Fueron algunos de los encabezados a ocho columnas en los periódicos de la Nación entera. La noticia dio la vuelta al mundo.

****

- ¡Auxilio! ¡Ayúdenos por favor! ¡Nos ahogamos! ¡Hijos de puta!
- ¡Regresen por nosotros! ¡Asesinos! ¡Cabrones asesinos! — esos eran los gritos de los ciento ochenta y dos reos que encadenados, en medio de la noche luchaban por su vida tratando inútilmente, de mantenerse a flote y nadar en el embravecido Océano Pacífico Mexicano.

El Capitán y los ocho tripulantes no podían auxiliarlos, ellos mismos pugnaban por salvar sus propias vidas, luchando sin éxito, para mantener a flote el dañado bote de remos.

Todo estaba preparado en el viejo penal originalmente de alta seguridad, para recibir "La Cuerda", nombre popular dado a los grupos de reos que son trasladados de un centro penitenciario a otro, por motivos de sobrecupo, grado de peligrosidad o sospecha de fuga de los delincuentes.

El navío llegaría a la Isla a las 07:00 horas del jueves, de esa fría y semihuracanada mañana de octubre. El buque transportaba a lo más "selecto" de la delincuencia organizada, huéspedes de Cárceles establecidas en varias partes del país, sentenciados por crímenes graves contra la sociedad, purgando condenas de 25 años o más, tras las rejas.

La embarcación, era un viejo carguero construido 40 años atrás, que milagrosamente funcionaba efectuando travesías semanales, saliendo del puerto de Mazatlán a las Islas Marías, los miércoles a las siete de la noche, llevando agua, provisiones, medicamentos y familiares de presos, cubriendo la distancia de 180 kilómetros en 12 horas, a velocidad promedio de 8 nudos.

En viajes extraordinarios como este, solo acarreaba reos. Otros días, brindaba servicios de cabotaje en la costa del Pacífico, entre los pequeños puertos de pescadores vecinos.

El Capitán y los miembros de la tripulación, eran todos ellos carne de presidio, asesinos, contrabandistas y narcotraficantes, que habían purgado cortos castigos en diversas penitenciarías del país.

Como ex convictos, no tenían muchas opciones para trabajar, así que se enrolaban para realizar las riesgosas jornadas, trasladando belicosos reos que intentando escapar, mataban sin piedad a los marineros, como ya había sucedido.

La paga por lo tanto era magnífica, que los pobres tipos gastaban a placer en borracheras y burdeles.

Cuando los hampones abordaban el barco entre protestas, insultos y rechiflas contra las autoridades, se les iluminó el semblante al descubrir a una preciosa mujer de unos veinticinco años de edad, con el blanco uniforme de Enfermera, escoltada por dos guardias armados, que pacientemente esperaban para ser los últimos en subir la escalerilla.

— Fiuu, Fiuu — silbaron los reclusos — ¡Mamacita estoy enfermo! ¡Puta qué culo tienes! ¡Estás buenísima te quiero coger muñeca! ¡Te voy a besar todo tu cuerpo cabrona! ¡Mira mi fierro, es tuyo! ¡Son las mejores nalgas que he visto!...

Fue necesario utilizar mangueras para arrojarles chorros de agua a los cabrones, que a las tres de la tarde, estaba helada.

Los delincuentes, siempre encadenados de pies y manos, fueron introducidos en las bodegas del barco y sentados en el piso.

— ¡Oigan bien hijos de la chingada! ¡Hagan una pinche fila! Uno por uno van a pasar a la enfermería, los van a vacunar. No vayan a infectar a los otros putos de la Isla. ¡Al que dé problemas o haga pendejadas, lo voy a chingar! Ya lo saben — amenazó el Jefe.

— ¡Guardias, cumplan las órdenes!

— ¡Sí señor! — respondieron los cuatro hombres armados con Escopetas Automáticas AA-12 (Automatic Assault-12) de cargador tipo tambor con capacidad de 32 cartuchos calibre 12 y cadencia de disparos de 300 por minuto, recién adquiridas por las fuerzas de seguridad pública.

Esta poderosa arma ofensiva, fabricada en Norteamérica, puede usar también proyectiles tipo FRAG de calibre 19 mm, fragmentarios, explosivos o penetrantes, con distancia efectiva a 200 metros.

****

La vacunación se hizo rápido. A la eficiente enfermera le bastaron solo cuarenta segundos, para limpiar con gel antibacterial la piel del brazo a cada individuo y pincharlo inmediatamente, con una dosis de la vacuna preparada en agujas individuales desechables.

Solo el "Loco Tavera" quiso aprovechar la situación acercando su pestilente hocico a la bella enfermera que diligente cumplía con su deber. El sólido macanazo del guardia a la espalda del hampón, lo hizo desistir, entre maldiciones. Dos horas treinta minutos duró el procedimiento Sanitario.

Antes de retirarse y regresar al muelle donde aguardaban la escolta policíaca y la ambulancia, la preciosa enfermera de ojos color del océano, solicitó visitar el resto del navío.

— Herr Kapitán — dijo graciosa la profesional de la salud — ¿Poderr yo conocerr barrco? Nunca yo estarr, ¿no prroblema? — pronunció en su limitado y defectuoso lenguaje Español.

— ¡Por supuesto nena, yo te acompaño! No esperes ver lujos, pero vamos — contestó emocionado el viejo marino alisando sus cabellos, al tiempo que extrajo del bolsillo, el arrugado pañuelo artesanal color rojo conocido en México como "paliacate", limpiando de su cara el sudor mezclado con fino polvillo de arena.

Tomándola del brazo, inició el tour (gira) por la sala de mando, la cocina y el comedor de empleados, evitando la zona de bodegas donde se amontonaban los reclusos.

El recorrido fue ágil, la escasa tripulación interrumpió sus labores para deleitarse la mirada con la hermosa visitante, que saludaba de mano a todos los trabajadores. Uno de ellos, el joven grumete, se atrevió a depositar un besito en la blanca mano de la mujer. El capitán lo apartó con violencia.

Al llegar a la Sala de Máquinas, con intención, la chica preguntó tontería y media a juicio del rudo marinero, dándole oportunidad de explicarle a grandes rasgos el funcionamiento de los motores.

— Este es el corazón del barco — declaró orgulloso el Capitán, que con el pretexto de ayudarla, le tomaba de la mano.

"Accidentalmente" la falda subió un poco de la rodilla, dejando ver por un instante las magníficas piernas que electrizaron a los hombres de mar. Aprovechando la momentánea distracción de la marinería, la hembra deslizó bajo una mesa metálica la microbomba, que se adhirió magnéticamente con firmeza.

Cuando se retiraron del cuarto de máquinas, debajo del mueble de fierro usado para trabajar con herramientas menores, la "inocente y frágil" Agente "Rebecka", había colocado el potente explosivo programado con alta tecnología electrónica, para estallar a las tres treinta de la madrugada del día jueves.

— Dëkuji vám Kapitán, Svétová Zdravotnická Organizace — expresó en Checo la Enfermera.

— ¡Oh, parrdon Capitán, molto grracias perr tutto mia reppresentazione mundial della salud! — dijo la nena mezclando con defectos los idiomas, plantando un besito en el áspero rostro de tres días sin afeitar.

****

Por órdenes del alto mando del "CLUB PRISMA", la Agente "Rebecka" recibió dos semanas antes el minúsculo artefacto, de manos de su atractivo y nuevo compañero, el también Agente "Snake".

El aparatito, joya de la más avanzada tecnología fue desarrollado por el genio de la Física, Química y Matemática, el Doctor Elías Zagrev, Científico Investigador de la más alta jerarquía dentro del C.E.R.N., ganador de varios Premios Internacionales, al servicio encubierto naturalmente, del Club PRISMA.

Agente "Rebecka" preciosa rubia de nacionalidad Checa, cuyo verdadero nombre era Femke, era una "Rookie" (Novata) en la organización, al igual que "Snake".

Para ella, el poner la bomba en el barco lleno de temidos asesinos, era su primera misión. Para él, significaba la segunda.

Ambos habían sido reclutados tres meses antes por "El Club", atendiendo al "aumento de trabajo" y las sugerencias, del Comandante "Scorpio" por la Checa y de Mr. Black por el Libanés.

Kadir alias "Scorpio" recientemente fue ascendido a Comandante "Scorpio", distinción otorgada por la cúpula de PRISMA y de la FUNDACIÓN WEITZNER, en reconocimiento a sus méritos en campaña.

– ¡Well done, Congratulations! The Fees it's availables (Bien hecho, los honorarios están disponibles) – fue el mensaje recibido por los Agentes de PRISMA, que se frotaron las manos de gusto.

Los cinco millones de Dólares a cada uno, depositados en sus cuentas bancarias secretas, les caerían de perlas.

Al Comandante, le pagarían diez veces más, por el conducto acostumbrado.

BURLINGTON, VERMONT, U.S.A. VERANO DE 2016

En la fantástica residencia de 2256 Apple Tree Road, frente a la hermosa bahía del mismo nombre, sentados en la elegante sala, frente la antigua chimenea de piedra tallada, estaban los Doce Miembros del Club Cultural, Deportivo y Social PRISMA, convocados por Mr. Yellow, propietario de la mansión.

Tres eran los puntos a tratar:

El Primero, decidir sobre la expansión del personal operativo.

Segundo, seleccionar el próximo objetivo para atacar.

Un tercer asunto significaba estudiar la propuesta denominada TW presentada por Mr. Black, avalada por Mr. Gray, Mr. Beige y Mr. Brown.

El espléndido anfitrión, abrió dos botellas de vino de uva Frontenac, producido en sus propios viñedos del Condado de Chittenden.

El mayordomo impecablemente vestido al más puro estilo tradicional Inglés, solicitó permiso para entrar, acompañado de dos jóvenes sirvientes uniformados, que portaban sendas charolas con deliciosos quesos de la región, premiados por la pureza, sabor y calidad de elaboración.

Rebanadas de pan artesanal, completaban el refrigerio.

En uso de la voz, Mr. Gray planteó a la Junta la necesidad de contratar por lo menos, dos nuevos Agentes para atender los delicados asuntos del Club, ahora que se proyecta incrementar las misiones.

— Sin más trámites, propongo al Doctor en Matemáticas, Física y Química, Elías Zagrev, de quien tienen su expediente completo, bautizado como Agente "Snake" en caso de ser aceptado por esta Soberanía.

— Pensamos que es muy conveniente tenerlo en nuestras filas por sus excelentes conocimientos en esas ramas de la Ciencia.

— Sus labores de alto nivel dentro del Centro Europeo de Investigación Nuclear, en la frontera de Suiza y Francia, nos servirán de maravilla, en el desarrollo de la microtecnología aplicada a la medicina, electrónica, armas y explosivos.

— La segunda contratación, sería la recomendada de nuestro eficiente Agente Kadir, recién ascendido al grado de Comandante "Scorpio" por decisión unánime de nuestro Club, en la Junta pasada.

— Se trata de una joven de la República Checa llamada Femke a quien en caso de ser aprobada, llamaremos Agente "Rebecka".

— Ella es una Violinista famosa en su país, donde ha destacado como

Concertista de primera clase, con presentaciones en varias capitales de Europa, Asia y América.

– Lo interesante de su currículum, es no solo el "culum" — dijo entre risas — Sino el entrenamiento Militar que obtuvo de su padre, un duro Coronel al servicio del antiguo régimen comunista en la ex Checoslovaquia, que como sabemos, se escindió pacíficamente en Enero de 1993, episodio conocido en la Historia, como "El Divorcio de Terciopelo".

– La parte Oeste, República Checa y la parte Este, denominada Eslovaquia.

– Esta hermosa criatura como podrán apreciar en sus documentos, es una magnífica tiradora con extensa práctica en armas cortas y largas, especializada por así decirlo, en tiro a distancia, ganadora de primeros y segundos lugares en diversas competiciones, incluso Olímpicas.

– De ser aceptados por la Organización, habrá que adoctrinarlos y entrenarlos adecuadamente — finalizó su argumentación Mr. Gray.

Después de un intercambio de opiniones, el Acuerdo fue unánime:

– "SE ACEPTA EL INGRESO DE LOS DOS NUEVOS AGENTES.

– ESTARÁN BAJO LAS ÓRDENES DIRECTAS DEL COMANDANTE "SCORPIO", QUIEN SE HARÁ CARGO DE LA INDUCCIÓN Y ENTRENAMIENTO DE LOS RECLUTAS".

Los "Socios" disfrutaron del piscolabis por diez minutos, regresando a la Junta.

Mr. White reinició la sesión para decir:

– Habiendo cientos o quizá miles de objetivos de ataque, debemos sin embargo continuar actuando con cautela y secrecía, que nos han dado estupendos resultados. Recomiendo, una política semejante a lo expresado por el boxeador de peso completo Cassius Clay, que cambió su nombre a Muhammad Ali:

– "Soy como una Abeja en el ring, revolotear, picar fuerte y escapar".

– En concreto, hemos analizado junto con Mr. Purple y Mr. Blue, diversas opciones, decidiendo para presentar en esta reunión, el caso de una prisión Mexicana establecida en la Isla Madre perteneciente al Archipiélago Islas Marías.

– La Isla Mayor o Isla Madre, alberga la Colonia Penal Federal, que fue una prisión para reos de alta peligrosidad convertida al día de hoy, en casi una zona de esparcimiento.

– Miren ustedes: es un penal de bajo perfil, es decir baja seguridad. No hay rejas, los prisioneros, viven con sus familias al aire libre, en casas proporcionadas por el Gobierno. Trabajan en granjas agrícolas, ganaderas o donde sea necesario, percibiendo remuneración por ello. Además, tienen hospital, escuelas, iglesia, cine, fuente de sodas y hasta oficinas de la Comisión de Derechos Humanos (pobrecillos cabrones), juegos para niños, campos deportivos y otras comodidades... como varias prisiones en el mundo que ya conocemos.

- Los barcos tienen prohibido acercarse sin autorización, a menos de 12 millas náuticas. Un destacamento de la Infantería de Marina Mexicana y las aguas, infestadas de tiburones, no permiten escapatoria.

- Un amigo mío, prominente Magistrado, digno representante de la Justicia Mexicana, relató que en una visita de Supervisión a la Colonia Penal, entrevistó a varios prisioneros para conocer y evaluar directamente, el resultado de las Políticas y Sistemas de Readaptación Social de los internos. Poco antes de finalizar los tres días de sesiones individuales, el buen Magistrado atendió a uno de los peores asesinos que purgaba sentencia de 40 años.

- El tipo manifestó que cumplió 35 años en la cárcel, que estaba completamente reformado, acudía a la Iglesia y había dejado los vicios, que era una nueva persona, solicitando al Juez Federal su intervención, para una rebaja de condena por buena conducta y quedar libre antes. Mi amigo ofreció estudiar su caso y ayudarlo en lo posible, a lo que el criminal al despedirse, le dijo en voz baja: Muchas gracias Licenciado, ya sabe, cuando salga yo de aquí, me pongo a sus órdenes por si necesita 'chingarse' a un enemigo. ¿Qué les parece la Readaptación Social? Ja, ja, ja, ja...

- La ocasión es propicia. Muy pronto habrá un barco que llevará a los peores terroristas, asaltantes, asesinos, violadores, narcotraficantes, secuestradores, todos de la peor calaña, pertenecientes a los diferentes grupos de la delincuencia organizada. Propongo atacarlos en altamar.

- Muy elocuente — asintieron los presentes.

- Señores, decisiones por favor.

- SE APRUEBA LA ACCIÓN PARA SER EJECUTADA DE INMEDIATO. SE ENCARGA A MR. GRAY Y AL COMANDANTE "SCORPIO" LA PLANEACIÓN Y A LOS NUEVOS AGENTES SU COMISIÓN.

- ¿Alguna otra propuesta?

- Yo tengo una más — contestó Mr. Black — He seguido la huella del terrorista "Olaf" o "Carlos". Aquel hijo de puta que hundió al Transbordador Coreano repleto de inocentes, la mayoría niños,

¿recuerdan?

- Por supuesto – respondieron los demás socios — Tenemos que castigarlo.
- QUEDA AUTORIZADO POR UNANIMIDAD. POR FAVOR HÁGASE CARGO, MR. BLACK.

Por acuerdo general, los señores decidieron beber otra copita y declarar terminada la sesión, dejando el Tercer punto del Orden del Día bautizado como TW, para la próxima junta.

- Es tarde amigos y estamos cansados, ese último asunto es muy importante y complejo, nos llevará horas.
- Sugiero una reunión especial para abordarlo — terminó Mr. Red su arenga.
- Absolutamente — contestaron todos.

VENECIA, ITALIA (UN AÑO ANTES)

La majestuosa sala de juntas de la Villa Capistrano mostraba como callado ejemplo, lo bueno y hermoso que puede lograr el Hombre con su talento. El imponente edificio, construido en piedra de canteras rosadas y grises en afortunada combinación, exhibía sin recato sus bellas columnatas y el frontis, dignos de la mejor Arquitectura de todos los tiempos.

La mesa redonda para doce personas, era por sí sola un verdadero tesoro, fabricada en maderas preciosas, tallada artísticamente, con incrustaciones de oro y marfil, realizada por Maestros Artesanos Florentinos.

Siendo las once horas en punto, dio comienzo la reunión. Presentes los señores Gray, Red, Yellow, Blue — dueño de la finca —, Green, Purple, White, Black, Brown, Orange, Wine & Beige (Gris, Rojo, Amarillo, Azul, Verde, Morado, Blanco, Negro, Café, Naranja, Guinda y Beige) todos ellos enmascarados, a tono con las fiestas del famoso Carnaval que se celebraba precisamente en estas fechas en las plazas, calles, teatros y salones de baile de la maravillosa ciudad de Venecia, cuna de tantas y tantas leyendas.

Cuatro enormes candiles de cristal Baccarat con cincuenta luces cada uno, iluminaban espléndidamente el recinto. Los asistentes contemplaban extasiados las soberbias pinturas que colgaban perezosamente de los muros.

El mueble de la esquina, sostenía en su cubierta una cubeta dorada con hielo, vasos y copas de Murano, seis preciosos platones de finísima porcelana Japonesa, conteniendo deliciosas uvas blancas y rojas, peras, manzanas, gruesas rebanadas de quesos frescos y maduros de vaca, cabra y oveja importados de España, Francia y la agradable sorpresa de México, cuyos magníficos productos lácteos compiten exitosamente en el mercado Internacional, sin faltar el prosciutto, el jamón serrano pata negra, crujiente pan campesino y aceitunas.

En bandejas aparte, el roast beef finamente cortado en laminillas, casi quemado por fuera y rosado por dentro, rodajas de pollo, pato y codorniz cocinadas lentamente a las finas hierbas, por Mr. Blue, magnífico anfitrión, que ostentaba entre otras habilidades, el Título Le Grand Diplôme Le Cordon Bleu, otorgado por la Internacionalmente famosa Institución Universitaria con sede en Paris, Francia.

En otros platos, sardinillas Portuguesas, angulas y atún Españoles, caviar Ruso negro y rojo, langosta Americana, cangrejo Filipino y salmón de Alaska.

Artística cafetera con molinillo aparte, estaba lista para la preparación de las mejores bebidas, con selección de granos Colombianos, Mexicanos, Turcos y hasta el más excéntrico de todos, el Kopi Luwak de Indonesia, proveniente de los granos rojos de los cafetales que dan de comer enteros a los animalitos llamados Luwak, una especie de gato o comadreja, que al ser procesados por las enzimas de su sistema digestivo, rompen las proteínas reduciendo el sabor amargo.

Cuando los granos aún enteros son defecados, se recolectan, lavan, purifican y tuestan a mano ligeramente, para no arruinar el sabor, mezclándolo con otros buenos granos, especialmente el Jamaican Blue, siendo el café así obtenido, ¡¡el de mayor precio en el mercado!! Unos seiscientos cincuenta Dólares el kilogramo y en las cafeterías de Londres y Nueva York a cien Dólares la taza.

En el resto de Europa, esta mezcla ha llegado a valer hasta ¡¡¡novecientos Euros el Kilo!!!

En los muebles enfriadores a temperatura de 18 grados centígrados, reposando vinos blancos, tintos y rosados de las mejores marcas de Francia, España, Italia, Australia, Sudáfrica, México, Chile, Argentina, Estados Unidos, Israel, Turquía y Uruguay, para agradar a cada uno de los importantes personajes asistentes a la junta, 24 botellas de agua mineral Pellegrino y 36 botellas no gasificadas de las marcas Evian y Voss.

El mueble especial para champaña, helaba 8 botellas de cada marca: Taittinger, Crystal, Dom Pérignon y Bollinger.

— Señores — dijo Mr. Blue — Dando continuidad a la primera reunión de hace unos meses, estamos aquí para formalizar nuestro Club Cultural, Deportivo y Social que tantas ocasiones hemos hablado. Agradezco su amable asistencia, que confirma su deseo de contribuir al sano desarrollo de la Sociedad en que vivimos. Pido a Mr. Red, tenga la bondad de leer la Agenda del Día y si todos están de acuerdo con los puntos a tratar, les ruego manifestarlo.

Mr. Red leyó con voz neutra los asuntos previstos:

I.   Lista de Asistencia y en su caso, Declaratoria de Quórum.
II. Exposición de Motivos para la Constitución de la Sociedad.
III. Proyecto de Estatutos. Discusión, Modificación y su Aprobación, si ha lugar.
IV. Presentación del Plan de Trabajo Preliminar. Adecuaciones y Decisiones.
V.   V. Financiamiento de los Programas Culturales, Deportivos y Sociales.
VI. VI. Designación del lugar para la próxima Junta.

El Orden del Día, fue aprobado por unanimidad de votos de los convocados.

La asistencia era del cien por ciento, declarándose Quórum por Mr. Green, quien aparentemente lideraba el grupo.

– Permítanme seguir el Programa con la Exposición de Motivos. Iniciamos con una breve presentación de datos duros que en buena parte conocemos ya, pero no en toda su crudeza y magnitud. Lo que veremos a continuación, es sencillamente la ratificación de los problemas que hemos comentado informalmente, pero su solución no puede seguir esperando — finalizó su discurso, oprimiendo el botón del mecanismo para descender una gran pantalla. Activó el control del moderno cañón de proyecciones y aparecieron las primeras imágenes.

Mr. Yellow se levantó del asiento dirigiéndose al interruptor de luces para disminuir la intensidad. La presentación en PowerPoint y alta definición fue contundente: Las gráficas de "barras" y de "quesos" obtenidas con datos de los propios Gobiernos del Mundo, informaban acerca de las inmensas cantidades de dinero gastado en prisiones, fracasando estrepitosamente los programas de regeneración de los reos y su reinserción dentro de la sociedad.

El análisis sorprendió a todos los asistentes. Tradicionalmente se consideraba a las ciudades de Nueva York, Los Ángeles, Chicago y Miami, como las más violentas.

La estadística del FBI (Federal Bureau of Investigation) de los Estados Unidos disponible del año 2007, mostró a Memphis, Tennessee con población de 669,264 y la cifra más alta en homicidios: 1951 por cada 100,000 habitantes, seguida de Baltimore, Maryland con 624,237 residentes y 1631 asesinatos y Philadelphia, Pennsylvania con 1,635,533 pobladores y 1475 crímenes violentos. En cambio la Urbe de Hierro, teniendo una población en ese año de 8,220,196 tuvo "solo" 614 homicidios, por cada 100,000 personas, claro.

En ciudades como Dallas, Houston, Fort Worth, San Antonio y Austin en Texas; San Francisco, San Diego y San José en California; Phoenix, Arizona; Indianápolis, Indiana; Jacksonville, Florida y Columbus, Ohio, los delitos, van en aumento.

Los datos más recientes muestran importante crecimiento del crimen a nivel mundial en todas sus manifestaciones: asesinatos, secuestros, asaltos, violaciones, robos y otros. Tan solo en América, la información liberada por el FBI con cifras al 2015, exhiben porcentajes a la alta del 3% al 4% en comparación al 2014.

Por ejemplo, en Condados Metropolitanos con 100,000 o más

moradores, los crímenes violentos aumentaron de 118,245 en 2014 a 121,832 en 2015, es decir 3587 homicidios, equivalentes a más del 3%.

Las cárceles repletas, se han convertido en universidades del crimen, donde los internos adquieren mayores y mejores destrezas para continuar delinquiendo, auxiliados por sistemas judiciales ineficaces y corruptos, que sueltan peligrosos criminales a las calles, ante la indefensión de la gente de bien.

En comparación con otros Países, los Estados Unidos tiene el más alto número de presidiarios. Como en el año 2006, cuando alcanzó la cifra de ¡¡siete millones!! de personas tras las rejas, en período de pruebas y libertad condicional, de los cuales más de dos millones, están fuera de la cárcel.

El gasto de las prisiones es más alto que nunca. Tan solo en la Unión Americana, los Gobiernos Estatales destinan cerca de cincuenta mil millones de Dólares al año, que sumados a los cinco mil millones de Dólares del Gobierno Federal, hacen la espectacular cifra de ¡¡¡cincuenta y cinco mil millones de Dólares anuales!!!, cantidad equivalente a los Ingresos de varias Naciones y del monto de sus deudas Internacionales.

¿Se lograba abatir el crimen encarcelando a los culpables? ¿Cuántos delincuentes liberados, mostraban siquiera arrepentimiento y no reincidían? La verdad que muy pocos. La mayor parte era carne de presidio que volvía a la cárcel una y otra vez.

La siguiente lámina resultó escalofriante. Los números de policías y servidores de la justicia muertos por cumplir con su deber eran demasiados. Y no solo ellos, sino que las amenazas y ejecuciones de las bandas llegaban hasta sus familias, todo ello con lujo de crueldad.

¿De qué sirven los esfuerzos de los honrados Agentes de la Ley para atrapar a los homicidas, violadores, traficantes, secuestradores y toda clase de basura social? ¿Cuántos de ellos son sentenciados finalmente, después de larguísimos juicios? ¿Por qué solamente las autoridades presumen al capturarlos y presentarlos en la televisión y jamás informan con orgullo, de las condenas impuestas a cada uno de los criminales?

Las fugas de los penales son cosa diaria. Basta enterarse por los medios de las evasiones de reos, casi todas en forma masiva, de 30 o 40 peligrosos delincuentes que huyen descaradamente, algunos de ellos saliendo por la puerta principal o utilizando helicópteros que tranquilamente aterrizan en los patios de las prisiones, y qué decir de las escapatorias por medio de túneles, a bordo de ambulancias, en carritos de limpieza... ¡hasta disfrazados con uniformes de policías! Y las cárceles, con toda clase de comodidades, donde los internos tienen de todo, hasta gallos de pelea y prostitutas que viven con ellos.

La exhibición continuó por cincuenta minutos más. Estimaciones de niños y jovencitas robadas, alarmante incremento en el consumo de drogas, aumento de asesinatos y secuestros, etc. etc.

La conclusión es muy sencilla, los Sistemas de Prevención del Delito, Castigo y Regeneración aplicados a los malhechores son un fracaso y no están funcionando para bien de la Humanidad. Era urgente replantear toda la estrategia para ayudar al Estado a combatir al crimen. Las escenas finales fueron como bofetadas a los presentes.

Se exhibieron tomas fidedignas de la Prisión de Aranjuez, España, a 40 kilómetros de Madrid, donde existen en la Sección F ¡treinta y seis Celdas Familiares!, consideradas de cinco estrellas, ¡hasta con personajes de Walt Disney en las paredes!, y parque infantil, con la peregrina idea para "reformar" a los criminales, de que los niños convivan con sus padres encarcelados.

Y la Penitenciaría de Justizzentrum Leoben en Austria, donde los edificios parecen oficinas de lujo, construidos en acero inoxidable y cristal, a tal grado que por ser tan cómodos (agua caliente, buena comida, servicio médico, ropa, estudios gratuitos y de mínima seguridad) ¡¡el País es líder mundial en robos!! ¿Por qué? Precisamente por todas las ventajas anteriores. ¿Cuál sufrir?

O la Correccional de Cebu en Filipinas, donde a los asesinos, narcotraficantes y toda clase de delincuentes los ponen a bailar en grupo, como disciplina y ejercicio, además corren, juegan basquetbol y levantan pesas, ofreciendo espectáculos públicos de danzas en eventos de caridad ¡¡el Estado les paga por ello!! ¿Y el castigo?... Bien gracias.

El Reformatorio de Bastøy Island en Noruega se lleva las palmas. De mínima seguridad, los Noruegos creen que hasta los peores criminales pueden ayudar a mejorar el medio ambiente. Por lo tanto en esta isla siembran y producen orgánicamente sus alimentos y reciclan todo lo posible. Con instalaciones para que los pobrecitos practiquen la natación, tenis y hasta equitación, es más bien un ¡¡¡Club Campestre!!!

La proyección continuó con vistas de la Cárcel de San Pedro en Bolivia, donde los reos "compran" sus celdas de pobres o de ricos, viven al aire libre dentro de un pueblo, con mercado, peluquerías, restaurantes y niños jugando...

Y el Cereso (Prisión) de Chetumal, en el Caribe Mexicano, donde los presos no quieren salir de la cárcel por los alimentos, medicinas, actividades deportivas y culturales, relaciones hombre-mujer y descanso, mucho descanso, sobre todo en las celdas VIP (Very Important People), todo con cargo al Estado, por supuesto.

Como punto final, se presentó la entrevista concedida a Uno TV por el Presidente de la Comisión Nacional de Derechos Humanos de México, donde afirma que el ¡¡Noventa y ocho por ciento de los delitos quedan impunes!!

El moderno proyector se apagó y se encendieron las luces, solo para ver los crispados puños y ojos encendidos por la cólera de todos los presentes.

- Un momento compañeros — gritó Mr. Black — Tengo a mano información muy importante que si bien conocemos un poco, deseo profundizar en ella y desde luego compartirla con todos ustedes. Ha sido fruto de cuidadosa investigación, nada fácil por hermetismo de los Gobiernos.

- Les ruego leerla detenidamente después. Ahora, solo resaltaré algunos de los hechos descritos en el documento que es superconfidencial — terminando de hablar y procediendo a distribuir el número de copias entre los asistentes.

- El informe que tienen en sus manos — continuó Mr. Black — Es una relación cronológica de varios Atentados Terroristas.

- 1º. de Agosto de 1966. Universidad de Texas en Austin. Un estudiante de Arquitectura sube a la Torre del Main Building (Edificio Principal) portando un rifle y otras armas, matando a 15 personas e hiriendo a 31 más.

- 5 de Septiembre de 1972. Villa Olímpica de Munich. Comando armado irrumpe en las instalaciones y mata a 2 atletas Israelíes y toma a 9 más como rehenes. Fracasa el rescate y los cautivos son asesinados.

- 2 de Agosto de 1980, Bolonia, Italia. Bomba en la estación del ferrocarril. 85 muertos y 200 heridos.

- 1º. de Octubre de 1981. Bombazo en la Universidad Árabe de Beirut, Líbano. 75 muertos.

- 23 de Octubre de 1983. Atentado suicida en el Cuartel General de los Marines Estadounidenses, Beirut, Líbano. 241 soldados muertos.

- 23 de Junio de 1985. Costas de Irlanda. Bomba en el avión Boeing 737 de Air India. 329 muertos.

- 21 de Diciembre de 1988. Bomba en avión estadounidense de PanAm, ruta Londres-Nueva York que volaba sobre Lockerbie, Escocia. 270 muertos.

- 19 de Abril de 1995. Edificio del Gobierno en Oklahoma, Estados Unidos. Coche bomba. 168 muertos y 400 heridos.

- 11 de Septiembre de 2001. Ataque suicida con aviones secuestrados a las Torres Gemelas del World Trade Center, Nueva York y Edificios del Pentágono en Washington (Centro de Mando de las Fuerzas Armadas). 2749 personas murieron en el WTC; 189 muertos en las Oficinas Militares y otros en aviones estrellados.

- 11 de Marzo de 2004. Madrid, España. Bombas en trenes de pasajeros, matan a 191 y 2062 heridos.
- 1º. de Septiembre de 2004. Osetia, Rusia. Asalto a escuela tomando 400 rehenes, de los cuales mueren 330 personas, en su mayoría niños.
- 22 de Julio de 2011, Noruega. Un hombre de 33 años hace explotar un coche bomba frente oficina de Gobierno en Oslo, matando a 8 personas. Después y fuertemente armado ataca campamento de verano juvenil en Utoya, dispara y mata a 69 seres humanos. Es capturado y enjuiciado. Declara que se arrepiente de no haber matado a más.
- 20 de Julio de 2012. Aurora, Estado de Colorado, Estados Unidos. Un joven estudiante de 17 años entra al cine disfrazado del personaje "Joker", aprovechando el estreno de la película "Batman Asciende" y asesina a 12 personas dejando decenas de heridos. Los abogados reclaman locura...
- 13 de Noviembre de 2015. París. Varios atentados casi simultáneos dejan 130 muertos y más de 300 heridos.
- 7 de Enero de 2016. Libia. Atentado en Zliten, 47 decesos y 118 heridos.
- 17 de Febrero de 2016. Atentado en Ankara, Turquía. 29 personas fallecidas y 61 heridos.
- 22 de Marzo de 2016. Bruselas. Al menos 34 personas perdieron la vida y otras 200 resultaron heridas tras registrarse dos explosiones en el aeropuerto de la capital y en el Metro.
- 27 de Marzo de 2016. Atentado en Lahore, Pakistán. Donde murieron 60 víctimas y más de 250 heridos.
- 13 de Junio de 2016. Orlando, EE.UU. atentado en el que fallecieron 50 seres humanos e hiriendo a otros 53.
- 28 de Junio de 2016. Atentado en el Aeropuerto Internacional de Atatürk, Turquía. 44 fallecidos y 239 heridos.
- 14 de Julio de 2016. Niza, Francia. 84 personas fallecen atropelladas. Hay 202 heridos, 52 en estado crítico, al embestirlos un camión lanzado contra la multitud durante los festejos de la fiesta nacional Francesa.
- 23 de Julio de 2016. Atentado en Kabul, Afganistán. 80 personas

perdieron la vida y más de 260 fueron heridas.

- 8 de Agosto de 2016. Terroristas atacaron el hospital gubernamental de Quettan, Pakistán; con un ataque suicida y que resultó en la muerte de 93 personas y al menos 100 heridos.

- 20 de Agosto de 2016. Terrorista suicida atacó una boda kurda en Gaziantep, Turquía. Más de 50 personas murieron y aproximadamente 94 resultaron heridas. Se cree que el atacante tenía entre 12 y 14 años de edad.

- 04 de Abril de 2017. Ataque químico aéreo. Localidad Siria de Jan Sheijun, provincia de Idleb. Siria. Más de 72 muertos.

- ¡Suficiente! — dijo Mr. Orange — Creo que todos estamos convencidos. ¿Están de acuerdo en formar de inmediato el Club Deportivo, Cultural y Social PRISMA?

- ¡¡¡De acuerdo!! ¡¡¡De acuerdo!!! — gritaron al unísono los doce enmascarados, golpeando con puños y pies, la mesa y el piso, respectivamente, demostrando así su creciente indignación.

****

Al concluir la primera mitad de la importante sesión, los nuevos "Socios" saborearon las finas bebidas y deliciosas viandas. Al término del refrigerio y por dos horas más continuaron los trabajos con ahínco, aprobándose casi sin cambios, los rígidos Estatutos y el Plan de Trabajo, que dejó de ser Preliminar para convertirse en Definitivo, resolviendo iniciar dos primeras misiones de los Programas de Acción:

Una en el Continente Americano y otra en el Continente donde se ubique el Target (Objetivo). El punto del Financiamiento tuvo serias discusiones.

Mr. Beige apoyado por Mr. Wine, opinaron que el funcionamiento de toda la maquinaria Judicial es ineludible obligación y responsabilidad del Estado.

- Siendo la búsqueda de la Justicia, la meta de nuestra organización ciudadana en auxilio directo al Gobierno, la mayor cantidad de los fondos para cumplir con los Programas de Trabajo debería provenir precisamente ¡¡de las Arcas Públicas!!

- Como lo hemos constatado, los Gobiernos Estatales y Federales, aplican estratosféricas sumas de dinero para sostener un sistema judicial y carcelario ineficaz. El destinar una partida conveniente para nuestros fines, no quitará el sueño a nadie, varios de nosotros tenemos Poder e Influencia en los tres niveles de Gobierno para obtenerla sin dificultad — dijo reposadamente Mr. White.

- Lo siento pero no estoy de acuerdo — replicó Mr. Purple — Si nuestro Club ha de trabajar en secreto, no veo la necesidad que por unos cuantos Dólares que nos regalen, se ponga en riesgo toda la operación y a nosotros mismos — concluyó.

— Estamos conformes con lo expresado por Mr. Purple, secrecía y silencio deben ser nuestras normas. No podemos arriesgarnos a revisiones o indagaciones de ningún tipo — arguyó Mr. Brown.

— Debemos recordar que aunque en este momento, gozamos del Poder, no significa que pueda cambiar a manos de nuestros adversarios políticos, o que la maldita prensa sensacionalista que no honra su profesión, entrometa las narices — sentenció Mr. Black.

— Aceptando que no se pidan fondos al Gobierno, ¿tenemos idea del costo de operación de nuestro Club? — interrogó Mr. Yellow.

— ¡Un momento compañeros! — gritó Mr. Green — No venimos a discutir por dinero, que es lo que se tiene y en abundancia por los presentes. Todos nosotros somos propietarios de enormes fortunas con lo que pueden vivir los habitantes de varios Países del Tercer Mundo. El dinero que cada uno de ustedes posee, así lo gasten como locos, que no es así, no se lo acaban ni sus hijos, ni los hijos de sus hijos, ni los hijos de los hijos de sus hijos. ¡Así que no fastidien con discusiones pendejas! Es claro que no conviene dejar rastro de nuestros actos, así que no debemos pedir dinero al Gobierno ni a nadie que no sea Miembro de este Club. Me permito proponer a Mr. Gray como ¡Supremo Tesorero de nuestra Organización!

El nombramiento fue ratificado con un enorme aplauso.

— Gracias Mr. Green, acepto de todo corazón, siempre he luchado por el Imperio de la Justicia y me siento halagado de compartir este sentimiento con todos ustedes. Como primera medida, propongo efectuar ya mismo, una cuota inicial de doce mil millones de Dólares, que será depositada en Bancos de nuestra propiedad situados en alguna isla del Caribe o en el centro de Europa, como aquí se decida.

La proposición del Supremo Tesorero se aceptó por unanimidad, procediendo los presentes a formular las transferencias correspondientes a su aportación, "solamente" de mil millones de Dólares, per cápita (por cada uno). Para agotar el último punto de la Agenda, por unanimidad de votos se aceptó como Sede del próximo concilio dentro de tres meses, la ciudad de Toronto, Canada. El encuentro de amigos, se prolongó por dos horas más, sellando con numerosos brindis de champaña, las importantes decisiones y por el éxito del "CLUB PRISMA" que en lo sucesivo, así sería invocado. A las siete de la noche en punto, justo al escuchar las campanadas de la iglesia cercana, la reunión terminó.

Abandonaron la villa muy contentos, de dos en dos, en vehículos aparentemente, comunes y corrientes, poniendo en movimiento al escuadrón de ayudantes vestidos con trajes elegantes que escondían las metralletas cortas Heckler & Koch MP-7 calibre 4.6 mm fabricadas en Alemania, portátiles como una pistola, con potencia para penetrar chalecos antibalas.

Los escoltas partieron velozmente siguiendo a sus patrones que iban transportados en camionetas del montón, nada llamativas, pero con blindajes de niveles VI y VII, que otorgan protección contra robo, asalto, secuestro y atentados con toda clase de armas, desde las convencionales de calibres 22, 38, 44, 45, 357 Magnum, hasta rifles Militares AK-47, AR-15, M80 Galil, 5.56 NATO, etc. Todos ellos, ex Militares o ex Agentes de Policías Secretas de las diversas naciones de origen de sus jefes, expertos en combates cuerpo a cuerpo, toda clase de armas de fuego, explosivos, venenos y cuchillería.

****

NOTA DEL AUTOR.- La metralleta H & K MP-7 de extraordinaria calidad y precisión hecha principalmente de polímeros superresistentes, posee una mayor velocidad de fuego que los fusiles de asalto, con cadencia de más de mil disparos por minuto, muy ligera, peso de dos kilogramos cargada con 40 balas. Puede instalarse mira convencional y tipo láser, así como silenciador. Su alcance efectivo hasta 200 metros, la convierte en el arma favorita de las fuerzas armadas y policiales de varios Países del Mundo. El blindaje de cada uno de los autos y camionetas, comprende cristales a prueba de balas, resguardando con acero o material equivalente en torno al vehículo, techo a piso, puertas, parte frontal y posterior, batería y tanque de combustible. Protege los neumáticos contra ponchaduras, contando con sistema de rastreo vía satélite, sirena, luces de alarma y equipos de defensa, que suelen ser descargas de gas irritante en ojos y piel de los atacantes o en algunos casos, como en Sudáfrica y Argentina, con lanzallamas laterales que incineran en un segundo el rostro y cuerpo de los criminales al acercarse a puertas y ventanillas.

FORT MYERS, FLORIDA, U.S.A.

Benjamín Weitzner, Ex Fiscal General de los Estados Unidos, ahora retirado, estaba próximo a cumplir sus ochenta y un años de vida plena.

Había dedicado la mayor parte de su existencia al servicio público de la Nación, dentro del campo de la Ley y la Justicia Americanas, que tantas satisfacciones y frustraciones le produjeron en su prolífico quehacer.

Años atrás, apoyado en su gigantesca fortuna sabiamente invertida de más de setenta mil millones de Dólares, heredada de sus padres, abuelos y bisabuelos, decepcionado del Sistema de Justicia de su patria, creó la Fundación Weitzner, que con parte de los intereses bancarios que ganaba, proporcionaba auténtica ayuda social a los pobres funcionando real y eficazmente, en temas de alimentos nutritivos, servicios de salud preventiva y curativa, medicinas, tratamientos, gastos funerarios, vivienda digna y educación. Asimismo, otorgaba apoyos financieros y asesoría para iniciar empresas pequeñas exitosas.

Ruth Weitzner, la hermosa hija única del multimillonario, estaba a cargo de las generosas actividades de la Fundación, prodigando gran dedicación y eficiencia, imprimiendo el noble toque femenino.

Benjamín Weitzner siempre tuvo vocación por la Justicia, más allá de la simple Ley y los sistemas procesales. Las innumerables y tremendas injusticias, lo hicieron decidirse por aplicar su propia "Justicia", aprovechando la espléndida fachada proporcionada por la Fundación, eliminando secretamente a delincuentes seleccionados entre los peores criminales, psicópatas, líderes políticos asesinos de sus pueblos, violadores irredentos, pederastas, secuestradores y otros, que gracias a pifias y defectos de las Leyes, por corrupción o amenazas, obtenían su libertad o sentencias menores, muchas veces en suspenso de aplicación.

Él mismo, había sentido en carne propia el terror, cuando asesinaron a su querida esposa Sarah. Al gran dolor por su pérdida, aun siendo Fiscal General, hubo de agregarse toda la maraña de argucias legaloides de abogados y jueces corruptos para evitar el castigo de los responsables. Con una mueca de rabia, recordó a su enemigo, el infame Salvatore Gaetano, indigno Magistrado de la Corte Suprema de los Estados Unidos, que protegió a los criminales...

El anciano recobró la paz interior, cuando su gran amigo Kadir Aiza, el silencioso y eficaz ejecutor de la Fundación, le entregó las fotografías tomadas en La Morgue de los cinco delincuentes, autores intelectuales y materiales del cobarde crimen contra su amada Sarah.

Y la mejor de todas, la foto mostrando bajo el agua, el sangrante cuerpo del multihomicida Juez Federal Salvatore Gaetano, siendo devorado por los tiburones en aguas de La Florida, previamente baleado con la pistola submarina Heckler & Koch P11.

Benjamín Weitzner disfrutaba operando esa parte de la Fundación, contratando a los mejores asesinos profesionales para eliminar uno a uno, eficazmente, con precisión casi quirúrgica y en silencio a esos cánceres sociales.

Durante varios años, la Fundación contribuyó a limpiar un poco de basura social en su País y en el Mundo, estaba muy satisfecho por eso, sin embargo, tuvo que suspender operaciones cuando su mejor Agente y amigo, el Contador Público Kadir Aiza, conocido en la Fundación como "El Auditor de la Muerte" que utilizaba los apodos de "Uno", "Scorpio" o "Antonio" indistintamente, contrajo nupcias con otra bella mujer, un año después del rompimiento de la hermosa relación de noviazgo con su queridísima hija Ruth.

Al recordar esto, Ben Weitzner, otrora Fiscal de Hierro de los Estados Unidos, sintió un nudo en la garganta y lloró como infante. Se juzgaba culpable de haber condenado al fracaso la relación de su hijita con Kadir... tal vez si no le hubiera exigido tanto... si hubiera hablado oportunamente con ella, explicando las razones de las misiones de su amado... si lo hubiera retirado a tiempo, pero el "hubiera" no existe, se recriminó el anciano.

Bueno — se conformó — Un poco tarde, pero la felicidad ha llegado, somos una bonita familia. Soy dichoso porque Ruth hizo un magnífico segundo matrimonio con Habacuc, buen yerno hasta ahora. Me han obsequiado una pareja de nietecitos, Harel y Alitza, que nacerán muy pronto, con lo que tendré casi la felicidad completa... solo falta mi adorada esposa Sarah, que en gloria esté.

Ánimo — se dijo a sí mismo — recordando la amable invitación recibida para unirse al nuevo "Club Deportivo, Cultural y Social PRISMA", formado por valiosas personas cuyos objetivos concuerdan perfectamente con la filosofía de la Fundación Weitzner.

La materia prima es abundante en todo el mundo, la mano de obra también, no hay problema de financiamiento y los "ejecutivos" pueden seleccionarse entre lo mejor — concluyó las reflexiones el Ex Fiscal General — viniendo a su mente la viva imagen de los eficientes Contadores: Jules, alias "The Kid" (El Niño), muerto prematuramente por traicionero y Caridad, alias "Aileen", quien heredó el cargo, cumpliéndolo con creces.

Hizo memoria que ambos asesinos profesionales, habían sido

entrenados y recomendados por el invariable amigo y extraordinario Agente Kadir, quien fue el primer "colaborador" de "La Fundación", ganándose a pulso por su eficiencia el sobrenombre de "El Auditor de la Muerte", sin fallar una sola de sus peligrosas misiones.

Pero el hombre está retirado y debo respetar su decisión... No obstante, por los viejos tiempos bien puedo invitarlo ocasionalmente, para auxiliarnos en la planeación y supervisión... conociendo su vocación por la justicia, no creo que se niegue a ayudarnos... razonó el anciano.

****

En la biblioteca particular de la residencia Weitzner, perfectamente ordenados en los espaciosos libreros de maderas finas, reposaban gruesos volúmenes que contenían numerosos recortes, de los principales diarios sobre los triunfos y derrotas de la Fiscalía, casos bien documentados, entrevistas y opiniones de prestigiados jurisconsultos, articulistas y editorialistas.

Las fotografías eran escasas. Ruth la bellísima hija de Benjamín y Sarah Weitzner su venerada madre — cruelmente exterminada en accidente de tráfico por matones a sueldo, en acto de venganza contra el Ex Fiscal General de los Estados Unidos — se había hecho cargo de limpiar la mansión, destruyendo miles de papeles que a su criterio, no tenía ninguna importancia guardar o recordar con dolor.

Sin embargo, la hermosa dama puso en orden cientos de imágenes digitalizándolas, colocando en elegantes marcos de maderas finas y cristal antirreflejante algunas de ellas, por ejemplo, cuando su padre recibió la "Medalla de Oro del Congreso" y la "Medalla Presidencial de la Libertad", que son las máximas Condecoraciones del Gobierno de los Estados Unidos concedidas a un Civil; las Ceremonias de investidura como Doctor Honoris Causa de varias Universidades Nacionales y Extranjeras; las de graduación como Abogado; el retrato con sus compañeros Infantes de Marina sobrevivientes del pelotón, a su retorno de la guerra de Korea; la apertura de la Fundación Weitzner, Institución de Ayuda Social y por supuesto, las Fotos Familiares que amaba Don Benjamín, las Pinturas al Óleo de sus Padres, su inolvidable Esposa, el día de su Boda y otras calificadas como de gran valor sentimental.

Al fin padre, conservaba todo lo concerniente a su hijita Ruth, desde el nacimiento, la fiesta del Bat Mitzvah (mayoría de edad para las niñas Judías) y su boda — la segunda — con Habacuc, aquel bravo ex Combatiente Israelí miembro del aguerrido comando que los rescató en Mogadiscio, cuando el "CRUCERO TENERIFE" en el que viajaban, fue asaltado por piratas Somalíes en el Océano Índico.

Las fotografías de Benjamín con amigos las guardó aparte. Si bien la hermosa chica tuvo por un momento el impulso de destruir varias de ellas, sobre todo donde aparecía su ex novio y gran amor de su vida, el hombre que tanto amó, ¿o seguía amando? Aquel hombre casi perfecto que colaboró tan eficientemente con su padre en la Fundación Weitzner, el varón que logró cimbrar su corazón hasta romperlo, el cariñoso, frío, calculador, apasionado caballero siempre, con el que vivió los más hermosos momentos de su vida, el Certified Public Accountant (Contador Público Auditor), Kadir Aiza...

En ese momento, llegaron como corceles en pista de carreras, recuerdos de los tiempos que pasaron juntos. Cuánta felicidad y a la vez sufrimiento, tuvo con él. Añoraba sus besos y caricias, las palabras tiernas llenas de promesas que no pudo cumplir, los momentos de intimidad y sexo sensacional que gozaron a plenitud a lo largo de varios años, pero también, el tormento de los celos que le producía su amado, siempre rodeado en su trabajo de bellísimas mujeres y su delirante pasión por las rubias.

– ¡Maldito canalla! – gimiendo, reconoció su culpa. Si "hubiera" comprendido a tiempo el "trabajo" de su Hombre; la importancia para él de "hacer justicia" por propia mano, eliminando de raíz a los peores criminales, si lo "hubiera" entendido y perdonado... si tan solo le "hubiera" permitido ayudarle para obtener un empleo honorable y bien remunerado en las empresas de su padre... otro gallo cantaría...

Pero no, la rígida e inflexible moral ciega de ella y los convencionalismos sociales, le hicieron condenarlo casi sin defensa, y que mezclados con la terquedad y el estúpido orgullo de macho Mexicano de su amado, la orillaron a perderlo para siempre.

El "hubiera" no existe – admitió la hermosa Ruth. Ahora más que nunca, lo extrañaba tanto... aceptando que ella fue en parte culpable de su dolorosa separación. ¿Por qué demonios no comprendió que su novio Kadir se convirtió en asesino profesional para cumplir contratos ofrecidos por la Fundación Weitzner, es decir por su propio padre?

¿No había sido suficiente la confesión de su amado sobre el propósito de las ejecuciones, siempre eliminando a grandes criminales que la Ley dejaba en libertad? ¿Qué diablos estaba pensando cuando lo arrojó de su vida sin entender que tanto su padre como su gran amor, hacían Justicia a su manera, limpiando al Mundo de un poco de basura social?

¡¡Qué idiota había sido!! Gruesas lágrimas surcaron el lozano cutis de su hermoso rostro que secó con un pañuelito de seda que sacó de su bolso, prometiéndose no volver a caer en esa debilidad.

—   ¿Qué me pasa? ¡¡Ahora estoy casada con un hombre maravilloso!! ¡Debo olvidarlo! ¡Solo fue una aventura! ¡No significó nada! — gritó sin convicción. Hoy, con su nuevo marido lograría borrar de su memoria para siempre a Kadir, "EL AUDITOR DE LA MUERTE".

Pondría todo de su parte para cumplirlo. En cuatro semanas más, nacerían los gemelos niño y niña, los primeros nietos que daría a su querido padre Benjamín.

****

La preciosa Ruth se concentró en la fiesta sorpresa que ofrecería a su progenitor con motivo de su cumpleaños. Estaba dudando entre organizarle un gran sarao, con todos los amigos y parientes de su querido papá o por el contrario hacer una fiesta en "Petit Comité" (pocas personas) con invitados seleccionados entre los más estimados y allegados al festejado.

Se decidió por la segunda opción. No estaban los tiempos para presumir derroches, nunca había sido costumbre de la familia efectuar reuniones Versallescas. Definitivamente era mucho mejor repasar la lista, para que ese día el cumpleañero, pudiera convivir gratamente y con felicidad, rodeado del cariño auténtico de familiares y entrañables amigos, en un ambiente de intimidad. Otro sólido argumento para armar una fiesta sencilla, era la atención que los medios de comunicación, sobre todo los de corte sensacionalista, daban a ese tipo de reuniones.

No hacía mucho tiempo que por enésima vez, la acreditada revista Forbes, deseaba mencionar a su padre Benjamín Weitzner, en la famosa lista de potentados de todo el planeta, solicitando información y permiso para entrevistarlo, que por supuesto le fueron negados por la familia con la mayor cortesía.

Muy animada, se dispuso a preparar todo, llamando primero que nadie a sus amigas Beulah y Miriam, ahora felizmente casadas. Ellas le ayudarían en los detalles. Sin desearlo, al empezar la lista de invitados, como un relámpago en su cerebro apareció el nombre de Kadir. Lo rechazó de inmediato, el cabroncito pudiera interpretarlo como una debilidad, pero siendo uno de los mejores amigos de su padre, el más cercano, leal, apreciado y de mayor confianza... ¡maldita sea! Era una realidad por descabellada que pudiera parecerle.

Recordó por unos momentos entre otras, aquellas reuniones en Chicago, Nueva York, Houston, a bordo del "CRUCERO TENERIFE" y aquí en su propia casa de La Florida... cuántas horas de felicidad vivió al lado de su papá y con su entonces novio.

– Creo que no puedo dejar de invitarle, aunque no lo haré directamente, será Ben quien lo haga en persona aunque se rompa la sorpresa —decidió con firmeza la hermosa joven.

De pronto sintió malestar, como si fuera piquete del aguijón de una enorme abeja, al darse cuenta que no podía invitar solamente al Auditor, tendría que acompañarle... ¡la esposa! Aquella antipática rubiecita media flacucha que se lo había robado.

– ¡¡¡ Con cien mil millones de coños!!! — exclamó la blonda, invocando sin desearlo, la maldición favorita de su ex novio Kadir.
– ¡Oh my God! (Oh Dios mío), ¡No sé qué hacer!

Finalmente Ruth decidió no complicarse mucho la vida. Celebrarían el cumpleaños de su querido padre Benjamín Weitzner, en la antigua casona de su propiedad en el elegante suburbio de Lynbrook, Nueva York. Le pareció lo más apropiado en función de la familia y los mejores amigos de Ben, casi todos residentes en los Estados de Nueva York y los vecinos de Nueva Jersey, Massachusetts, Connecticut y Washington, D.C.

****

Sus amigas Beulah y Miriam, atinadamente le previnieron que siendo 2016 un año, donde millones de ciudadanos Norteamericanos acudirían a las urnas a votar, para elegir al Presidente de la Nación, habría que considerar la posible inasistencia de varios importantes personajes en la vida Política y Económica del País, miembros activos de los Partidos Demócrata y Republicano, ocupados y comprometidos hasta el tope, en diversos Comités de las Campañas Electorales.

NOTA DEL AUTOR.— En efecto, el sistema de elecciones en los Estados Unidos es harto complicado. Los Partidos Políticos realizan Convenciones en cada Estado para elegir precandidatos que son nominados por las votaciones obtenidas por cada uno. Este proceso que se antoja sencillo no lo es, porque los individuos que se sienten con la simpatía, personalidad, influencia y fuerza política, buscan afanosamente ser favorecidos para abanderar a su Partido en la durísima carrera electoral, y lograr primero, ser declarado Candidato Oficial y después derrotar a los Candidatos de otros Partidos ganando los Votos Electorales de cada Estado, el día del sufragio.

Cada Estado de la Unión, vale determinado número de Votos Electorales que son asignados de acuerdo a la Constitución, tomando en cuenta la magnitud de población. El número de Votos Electorales coincide con el número de Congresistas y Senadores de cada Estado. Es un sistema complejo porque los votos de los ciudadanos cuentan solo para obtener el triunfo de un candidato, en función a su equivalente en Votos Electorales.

Así por ejemplo, el Partido Político que gane el Estado de California, el más densamente poblado, estará logrando 55 Votos Electorales; Texas 34, New York 31, Florida 29; en cambio Montana donde se dice viven más búfalos que seres humanos, solo representa 3 Votos Electorales. Para ganar la Elección Presidencial, el Candidato debe reunir un mínimo de 270 Votos Electorales (50.18%) del total de Congresistas y Senadores que son 538.

Para el objeto, los Partidos Políticos gastan y derrochan montañas de Dólares que en su mayor parte, son recaudados vía donaciones de particulares, empresas y grupos de simpatizantes, organizando eventos para recaudar fondos, como las comidas y cenas elegantes, a veces con la presencia de sus amistades personales del mundo del espectáculo, famosos cantantes, jugadores de equipos profesionales, personalidades de las ciencias, funciones musicales de calidad, subastas de objetos de arte, y otros.

Todo es bueno para sacar dinero de bolsillos, carteras y chequeras, para financiar las campañas. Como en muchos Países, el dogma "Un Político Pobre, es un Pobre Político", es aplicable. Nadie sabe con exactitud quién acuñó ese pensamiento, pero es una tremenda realidad.

****

La lista original de invitados sumó la friolera de ¡quinientos! y no pudo ser reducida a menos de doscientos. Entre ellos, naturalmente aquellos simpáticos amigos de su padre y jefes de su amado Kadir, cuando trabajó en la Firma Internacional de Auditores y Consultores, con sede en la ciudad de Nueva York, propiedad de los señores Cecil Hartford, Walter Mellon y Kirk Fletcher, que acudirían con sus muy agradables esposas.

Otros invitados de lujo fueron los compañeros de cautiverio en el secuestro que vivieron a bordo del "CRUCERO TENERIFE": el Capitán Conrad Blake, los señores Donald Korr, Wolfang Kutz y el Príncipe Hassim Rajib, que probablemente llegaría con no menos de cinco mujeres de su harem. Y los integrantes del Comando Israelí que los rescató sanos y salvos, liderados por Zelik Levy y sus eficientes compañeros Lorna, Leah, Shifra y Tabitha; Eliezer, Aaron y Jason. Habacuc, ex miembro del grupo, no requería invitación, ahora era esposo de la anfitriona y padre de los gemelos. Él no lo sabía pero sus amigos le decían "El Príncipe ConSuerte".

Cuando Ruth anotó el nombre de Don Ramón Peralta y Bárcenas, tuvo un espasmo que pensó era por el parto cercano. Pero no, en realidad le molestaba tener que invitar a la grandísima puta Amber, ahora "respetable" señora esposa del archimillonario Español, dueño de Cadenas de Hoteles, Moteles, Cruceros, Buquetanques, Barcos Portacontenedores, Bancos, Compañías de Seguros, Macrodesarrollos Turísticos, Hospitales y quién sabe cuántos negocios más en Europa, Asia, América y Medio Oriente, hoy Jefe directo de Kadir. No encontró salida alguna. Después de todo, el Asturiano es un buen amigo y Socio de mi padre en el Hospital que recién compraron en Singapur, ha tenido muchas atenciones con él y todos nosotros, reflexionó la hermosa hembra. No, no puedo dejarle fuera.

Ya se me ocurrirá la manera de neutralizar a la pendeja casquivana de su mujer, que seguramente querrá seducir en mi propia casa, a uno o a varios de los invitados. Un nuevo dolorcillo le acometió provocado por los celos. No soportaba la idea de ver coquetear descaradamente a la pinche vieja "putana" — como dicen los Italianos — por ejemplo con su marido, que semejaba por su apostura a la estatua de Apolo, o con cualquiera de los otros hombres de la fiesta, sin importar edad o condición. Es tan hija de la chingada, que es muy capaz de lanzarse hasta con mi anciano padre, con tal de fastidiarme... Súbitamente la imaginó en la cama con Kadir, el muy cabrón todavía estaba muy atractivo y sin poder controlarse, sintió rabia.

¿Por qué, si le importaba un bledo?

MADRID, ESPAÑA

En las elegantes y modernas oficinas del Consorcio CELTIC, ubicadas en el edificio esquina de las Avenidas Recoletos y Serrano, casi frente a la famosa Puerta de Alcalá, se recibió un sobre tamaño carta, dirigido al C.P.A. Kadir Aiza Pírez, Miembro del Consejo de Administración del gigantesco Corporativo Internacional, entregado por el eficaz servicio de mensajería Internacional DHL y que después de pasar por el fuerte dispositivo de seguridad, fue recibido por el interesado en el piso nueve del magnífico edificio de acero y hormigón.

Margaret, su eficiente secretaria y asistente personal por varios años, tenía autorización para abrir cualquier tipo de correspondencia, inclusive aquella marcada como estrictamente confidencial.

La confianza en ella depositada por su Director, se la había ganado a pulso después de 25 años de trabajar en la Holding (Gran Empresa Controladora de otras) de los cuales tenía cinco, a su lado.

Al rasgar el plástico y el cartoncillo, sacó la invitación y llamó por teléfono a su jefe, quien le pidió llevarla a su domicilio por la tarde.

— Puedes confirmar nuestra asistencia. Estaremos presentes con todo gusto — añadió Kadir.
— Pero Señor... se trata de... usted dijo... que nunca... — rebatió Margaret.
— Solo hazlo — replicó amablemente el Auditor, que íntimamente se regocijó con la invitación al cumpleaños de su entrañable aliado Ben Weitzner y la oportunidad de ver, aunque fuera de lejos, a su gran amor, la bellísima Ruth.
— ¡Ah!, y por favor, compra un buen regalo para mi amigo Ben, trata de ser original y no repares en precio, le debo tantas cosas al viejo que... tú me entiendes, ¿verdad?
— Por supuesto Señor, así lo haré — aceptando de no muy buen grado la orden.

Esa misma tarde, la eficiente Asistente Ejecutiva, en compañía de la Auxiliar, su joven y escultural hija Maggie, se dio a la tarea de localizar el mejor regalo que pudiera obsequiarse al ochentón Ex Fiscal General de los Estados Unidos, que supermillonario por herencia, resultaba muy difícil de hallar. Lo tiene todo, razonó.

Las dos subalternas, equipadas convenientemente con calzado para la marcha, recorrieron pacientemente la calle Preciados, peinando literalmente los famosos almacenes El Corte Inglés, Benetton, Zara; las calles del Carmen y La Gran Vía, visitando las buenas tiendas de la zona, buscando estatuillas de porcelana Lladró, que no le convencieron — debe tener miles — pensó Margaret.

Caminaron hasta que los pies se hincharon, visitando los grandes centros comerciales El Jardín de Serrano y el ABC Serrano, ambos en el elegante Barrio de Salamanca.

Finalmente encontró algo en la FNAC, una de las tiendas más grandes de la ciudad en libros y música, situada en la Plaza del Callao, que a su criterio no podía tener Don Benjamín: una completa colección de videos y libros sobre las Sociedades Secretas que han sobrevivido a través de los años y están activas, más vivas que nunca. El porqué Margaret seleccionó ese obsequio, pudo ser mera coincidencia, conocimiento de sus gustos o algo más... eso será un misterio toda la vida, como era su costumbre.

Documentales sobre la Francmasonería, Rosacruces, Los Illuminati, Caballeros Templarios, El Ku Klux Klan, Club Bilderberg, Chemtrails, The Calling y diez organismos más, pudieran captar la atención de un bondadoso anciano que seguramente disfrutaría en santa paz de su lectura, sin ningún peligro, estaba más allá del bien y del mal... eso creía ella, ignorante de los verdaderos sentimientos y deseos del buen hombre.

– Gracias a Dios que encontramos algo adecuado para Don Benjamín —dijo Margaret satisfecha, cómodamente sentada en la silla del pequeño café, típicamente Español.

– Y muy interesante a mi juicio — externó la bella veinteañera, que no obstante su corta edad, era apasionada por la lectura, música y... los amigos.

Con soltura, ambas se desprendieron de sus zapatos para descansar los pies, a riesgo que por la hinchazón no pudieran dar reversa. El elegante mesero de impecable filipina blanca y pantalón negro, miró de reojo la maniobra de las damas y no pudo evitar sonreír.

Principalmente las mujeres, que ávidas de encontrar las mejores compras, suelen abusar de sus extremidades inferiores hasta el dolor. Cautivado por la belleza de Maggie, acudió con rapidez para atenderles.

– Buena tarde, me llamo Sergio y estoy a su servicio. ¿Qué ordenan sus mercedes? ¿Deseáis comer algo o solo refrescar la garganta?

– A esta hora con tanto calor, recomiendo un vaso de jugo de tomate, limón y hielo. Puede ser clamato (jugo de tomate mezclado con trocitos de almeja) y si lo apetecen, acompañado de unos buenos montados de Bonito del Norte y Bacalao. ¡Os chuparéis los dedos!

Maggie miró su fino reloj Gucci, obsequio recibido en la Navidad pasada, de Daniel, su novio, inteligente y recio muchacho que trabajaba como Secretario del Ayuntamiento. De reojo, revisó al apuesto camarero, no está nada mal, reflexionó. Eran cinco menos treinta y no habían tomado alimento.

— ¡Caramba niña, se nos ha ido el tiempo! — se quejó la madre.

— Sí, traiga eso — solicitó Maggie con una sonrisa que electrizó al empleado, quien no perdía detalle de las hermosas rodillas de la joven.

— Por favor agregue como segundo tiempo, dos platos chicos con paella y también vasos con vino blanco de la casa, bien frío.

— Ssí, ssí, de inmediato — atinó a responder, con la esperanza de ser lo suficientemente sexy para que ella, a espaldas de la mamá, le diese una cita, hacerla su novia, proponerle matrimonio al tiempo de disfrutarla en la cama y después como a otras muchachas embarazarla, salir huyendo y... hasta la próxima.

El tipo nada de eso pudo hacer. Maggie no necesitó de la madre para defenderla. Simplemente lo trató amable pero aplicando el freno, nunca le permitió siquiera establecer conversación. El amor que sentía por su novio, era pleno y estaba correspondida con creces, pues el chico la quería tanto que daría la vida por ella. Antes de retirarse del restaurante le dirigió una última mirada. El cabrón está buenísimo pero tiene una pinta de canalla...

DUBAI, EMIRATOS ÁRABES UNIDOS

El magnífico Hotel Atlantis, categoría 5 Estrellas, con impresionante arquitectura semejante al mismo situado en Las Bahamas, hospedó a ocho distinguidos caballeros en "sencillas" habitaciones De Luxe Room, que no obstante la gran categoría del Hotel, eran las de renta más baja, $990 Fils (AED) diarios, unos $269 Dólares Americanos, reservados intencionalmente a nombres falsos para no llamar la atención, dado que los huéspedes eran distinguidos personajes de la política y negocios Internacionales, ampliamente conocidos.

Acostumbrados a todo lujo y esplendor, habían girado instrucciones a su entrenado cuerpo de ayudantes, para reservarles cuartos categoría estándar, cuando por supuesto, con tanto poder y dinero, bien pudieran ser huéspedes en las Royal Suites, con tarifa de "solo" $45,000 AED ($12,250 Dólares Americanos), la noche.

Llegaron en vuelo privado al principal Aeropuerto de Dubai, situado en el Distrito de Al Garhoud, a 2.5 millas de la ciudad.

NOTA DEL AUTOR.— El Aeropuerto movía un poco más de cincuenta millones de pasajeros al año y la cifra aumentó a ochenta millones, cuando a finales de 2012 se concluyeron los trabajos de ampliación y construcción de la Hall 3, para recibir exclusivamente viajeros en los modernos y enormes aviones Airbus A380 de la línea Emirates.

Por su gran extensión, este Aeropuerto tiene el liderazgo con la mayor cantidad de tiendas "Duty Free" (libres de impuestos) en todo el Mundo, aunque los precios no sean tan bajos como se supone.

****

Instalados en los confortables cuartos, los turistas ataviados para la ocasión, pactaron reunirse en el más sencillo de los bares dentro del hotel, sentándose en derredor de una mesita circular para seis personas, con vista a una pecera monumental que suponía crear un ambiente de relajación total para los ejecutivos representantes de compañías petroleras, constructoras y de sus proveedores: tubería de acero sin costura, equipos de perforación, vehículos pesados, maquinaria, herramientas para industrias, jóvenes expertos en finanzas e inversiones Internacionales y toda esa fauna que huele las gigantescas sumas de dinero, que diariamente se mueven en los Países del Golfo Pérsico.

No en vano, las mejores firmas de Abogados, Arquitectos, Ingenieros, Contadores, Médicos y demás profesionales, se han desplazado a este país por lo menos con una sucursal, para atender a sus ultramillonarios clientes.

Una hora antes, cada uno de los "turistas desconocidos", dejó libres a sus ayudantes con instrucciones de conocer la ciudad y presentarse hasta las diez horas del día siguiente, debiendo hospedarse en hotel barato del barrio antiguo de la localidad.

Las órdenes fueron estrictas.

— No beber una gota de alcohol, porque va en contra de la Ley Islámica, (que sin embargo autoriza solo a Turistas, tomar licor en sus hoteles).

Otra prohibición era aflojar la lengua.

— Ustedes son empleados que visitan la ciudad en búsqueda de oportunidades de trabajo y nada más. Todos son casados y no pueden tener aventuras sexuales porque serán arrestados. Si dan cuenta de información, ustedes y sus familiares serán castigados como ya saben — amenazaron sus patrones.

Una vez en el hotelito, los guardaespaldas, tragaron sapos...

— Mira que venir al Edén y no gozar de buenas hembras... cabrones jefes... pero eso sí, seguramente han metido a buenas putas en sus cuartos, ¡¡¡vejetes de mierda!!!! Como si todavía pudieran hacerlo, ja, ja, ja... — rieron estruendosamente.

— Ustedes pendejos obedezcan — dijo Hahn, el gigante rubio Alemán — Yo pienso divertirme, ¿algún problema? — concluyó desafiando a los demás.

— Voy contigo — vociferó Kirill, su camarada Ruso.

— Cuenten conmigo — dijo Bruce, el Norteamericano.

Los cinco restantes, Gilles, el Francés; Cedric, Inglés y Glorielle — la única mujer — se alejaron del grupito deseoso de parranda, yéndose a cenar tranquilamente. Los otros dos, se retiraron a sus habitaciones.

Cuando la bella "Canadiense" (en realidad era nativa de Bélgica) se levantó para ir al Toilet, los dos torvos sujetos la desnudaron con la mirada, deleitándose con el andar de la chica, que sin proponérselo dibujaba sus nalgas perfectas en los ajustados y descoloridos jeans.

— ¡Vamos a emborracharla en la habitación! Tengo una botella de vodka en la maleta — dijo festivamente Cedric — Eso no está prohibido en este País.

— ¡Está buenísima! ¡Sería un desperdicio no cogerla! Creo que bien puede darnos batería a los dos, ¡¡hagamos un trío!! — aprobó Gilles.

Ambos levantaron y chocaron los tarros conteniendo zumo de naranja y agua helada, a manera de brindis.

La hembra regresó a la mesa más bella que nunca. Había refrescado el rostro con agua fría y rociado de loción humectante oliendo a tiernas flores de la campiña Francesa, que destilaba sensualidad por cada uno de los poros de su piel joven.

La fiesta continuó conforme al plan de los sátrapas. Su linda compañera aceptó ir a la habitación de ellos, calculando los riesgos. Conocía muy bien las mejores técnicas para defensa personal y ataque mortal. Su alto rendimiento como asesina profesional al servicio de Vander Skoda, uno de los más crueles delincuentes del planeta, la mantendría a salvo de cualquier maniobra que intentaran los gorilas. Los dos tipos no podían siquiera sospecharlo, en caso de pretender violar a la hermosa mujer, sus vidas no valdrían un centavo.

Ella, experta Karateka, Cinta Negra, 5º. Dan (Godan), los mataría sin compasión y en silencio, utilizando como armas, solamente sus dedos, manos, codos, rodillas y pies. Una llave, cepillo dental, collar, vaso o botella en sus manos, eran armas mortales.

****

Los Capos (Jefes), ocho hombres registrados como turistas lucían apacibles, disfrutando de tazas de magnífico café, probablemente Árabe o Turco. Nadie que no los conozca, hubiera pensado que estaban reunidos los más terribles Líderes de la delincuencia Internacional.

Ninguno de ellos denotaba fiereza o crueldad, por el contrario, de apariencia bonachona simulaban un grupo de abuelos hablando de las travesuras de los nietos, de "hazañas" en el golf y anécdotas siempre exageradas, con sus amantes.

Los Acuerdos tomados por ellos en esa reunión, volverían a marcar el destino de cientos de miles de personas en todo el Mundo, que morirían intoxicados por las drogas, mujeres y niños fallecerían por el SIDA, generado por la prostitución obligada, tuberculosis y hambre; y los hombres explotados en toda clase de trabajos sucios e insalubres como esclavos...

Y millones, sí, millones de víctimas entre soldados y civiles por las guerras que se encargarían de provocar, así como la violencia desatada en secuestros, robos, crímenes, contrabando, luchas raciales, políticas y religiosas. Igualmente, por las etapas de falsa prosperidad y recesión, que en forma alterna y cíclica organizan los hampones adueñados de los Organismos Financieros Internacionales, controlando la emisión de moneda sin respaldo y los préstamos con altos intereses que pagarán los ciudadanos de las Naciones deudoras por generaciones, según la opinión de acreditados investigadores conocedores del tema, que recién salió a la luz pública.

****

– Qué opinas Vander, ¿cuál guerra nos conviene ahora? — dijo Kenneth con ademanes feminoides, principal fabricante, vendedor y contrabandista de armas en el Mundo.

– Yo contestaré a eso — rugió Vassily, el número uno en el comercio Internacional de Drogas — Sin duda el Medio Oriente, donde siempre está muy caliente la temperatura, ja, ja, ja, con estúpidas pugnas raciales y religiosas, la riqueza del petróleo y ahora la energía nuclear, es el terreno ideal.

– Hay otras opciones a considerar, están los países del Extremo Oriente, incluso Sudamérica, donde los conflictos sociales originados por la pobreza aumentan, alentados por la nueva clase gobernante de corte socialista — sentenció Thorthen, el principal banquero de Europa.

– Nada de eso — protestó Sir Geoffrey, mercenario Jefe de los más grandes y efectivos Escuadrones de la Muerte, responsable de los asesinatos políticos y aniquilaciones étnicas masivas, con Agencias diseminadas en las principales capitales de América, Europa, Asia y África.

– Sin duda lo mejor por ahora es el Lejano Oriente. Las naciones dictatoriales con grandes apetitos nucleares y espaciales, son el blanco perfecto para una conflagración bélica controlada.

A su turno, Dwight, el más grande propietario de medios de transporte aéreo, terrestre y marítimo del planeta, explicó que era necesario poner en orden a cierta nación Sudamericana que estaba experimentando una fiebre nacionalista, ejecutando expropiaciones como la última, la empresa petrolera perteneciente a nuestro Holding (conglomerado empresarial).

– Una buena guerrita civil, no nos caería mal — dijo riendo.

– Tienes razón — apoyó Bertrand, dueño de las mayores empresas siderúrgicas y de concreto — El mal ejemplo cunde. Ayer nada menos, otro dictadorcito Sudamericano anunció la Estatización de la compañía de electricidad muy productiva, propiedad de una de nuestras filiales.

El siguiente orador fue Vander, dueño de inmensas propiedades en el campo, dedicadas a la siembra y cosecha de enervantes en trescientas ciudades del mundo, incontables propiedades inmobiliarias desde casas de seguridad, hasta gigantescos desarrollos habitacionales para trabajadores y residenciales, para las clases media y alta. Los más grandes Malls (Centros Comerciales) que alojan importantes almacenes y los Outlet (Centros Comerciales al Aire Libre con mercancía rebajada de las grandes tiendas) de los Estados Unidos, Canada, Europa, Asia y Medio Oriente, le pertenecían.

Negocio aparte era la trata de blancas. La prostitución organizada a escala Internacional, le redituaba enormes beneficios económicos e influencias con los grandes personajes de la política, muy aficionados al sexo en todo su esplendor y modalidades. La falsificación de Dólares, Euros y otras monedas, eran su hobby (pasatiempo) muy lucrativo.

– Me parece pronto desarrollar una guerra. Los países apenas se están recuperando de los conflictos en Los Balcanes, Afghanistan, Irak, tenemos que atender el complicado asunto Palestino y los nuevos problemas en el Continente Africano, donde entre otras cosas, hay que meter en cintura al movimiento terrorista Boko Haram, está muy suelto.

– Habrá que estar atentos a las guerras civiles que han comenzado con Egipto, y gracias a nosotros ha llegado a feliz término, colocando a nuestra gente en puestos clave del nuevo gobierno.

– No así el caso de Siria, está muy complejo, no se ve una solución a corto plazo. Los rebeldes necesitan de nuestra ayuda para ganar. Tenemos que negociar con ellos — continuó — Nos interesa el Agua que ahora producen en abundancia. Nuestros mercados de diamantes y petróleo, no hay que descuidarlos.

– Además existen otros problemas, el primero es que 2015 y 2016 son años políticos y habrá elecciones Presidenciales en Sri Lanka, Nigeria, Ghana, Polonia, Chipre, Costa de Marfil, Bielorrusia; y en los Estados Unidos, Dominicana, Guatemala, Perú, Portugal... solo por mencionar algunos. Tenemos que esperar los resultados y actuar en consecuencia.

– Como de costumbre, hemos destinado importantes sumas de dinero y nuestros mejores Agentes ya se encuentran trabajando para lograr imponer a los candidatos que deseamos, otorgándoles apoyo total, sobre todo en los medios de comunicación y de manera especial, las redes sociales que están mostrando gran influencia en la opinión pública, pero no hay nada seguro, con la maldita democracia que está de moda despertando a los ciudadanos.

– Otra preocupación que es todavía pequeña, pero que puede crecer si no lo evitamos, es la siguiente, les pido su mayor concentración: Tengo información confiable, que hay una naciente organización de supuestos "justicieros" integrada por gente poderosa, cuyo objetivo es destruir nuestros negocios por el medio que sea, incluyendo asesinatos.

– Los hijos de puta, han comenzado ya, incendiando intencionalmente el penal de Comayagua en la República de Honduras, donde descansaban muy cómodos en forma provisional algunos miembros de nuestros equipos de trabajo. Las Autoridades carcelarias han declarado a los medios de comunicación que las llamas se iniciaron por un corto circuito. Sabemos que no fue así, porque las rejas de la galera donde estaban nuestros amigos fue cerrada con fuertes candados de acero. Murieron 272 presidiarios.

- En el siniestro, perdimos a cinco extraordinarios colocadores de bombas, tres Ingenieros Químicos Doctorados en los Tecnológicos más famosos de la Tierra, diez hábiles secuestradores, cuatro expertos en fraudes cibernéticos, ochenta y seis magníficos vendedores de drogas en fábricas y escuelas, así como a seis francotiradores de lo mejor...

- ¡¡¡Necesitamos vengarlos!!!! — terminó vociferando Vander.

- ¡¡¡Sí, claro que sí!!! — gritaron a coro todos los presentes.

- Hermanos — dijo Luan, el Chino, cuyo consorcio era dueño de 65% del mercado Mundial con 15,960 maquiladoras de ropa, electrónica, refrigeración, tractores, maquinaria, perfumería, calzado, automóviles, medicamentos, camiones y docenas de artículos más, producidos a bajo precio para los clientes de Oriente y Occidente.

- En caso necesario, pongo a disposición del Honorable Consejo, a tres de los mejores asesinos que existen en el mundo entero, cuyas técnicas van desde balear simplemente a los objetivos hasta eliminarlos por medio de cualquier "accidente", algunos sofisticados: Atropellamiento por vehículos, asfixia por comer un trozo de carne demasiado grande, envenenados por agua, aire, piel, alimentos o bebidas, asaltos y disturbios callejeros, elevadores que caen sin control desde un piso 20, lancha pesquera que se hunde en medio mar, etc., etc.

- No hay que precipitarse, el incendio de marras pudo haber sido descuido de los guardias, recomiendo estar vigilantes. Lo que menos nos conviene en estos momentos, es llamar la atención. Debemos esperar un poco. ¿Alguno de nosotros ha perdido dinero?

- Es claro que no, al contrario las ganancias aumentan, así que quietos, ya tendremos ocasión de actuar si fuese necesario. Los líderes de las Naciones son tan estúpidos, que nos van a ahorrar trabajo.

- Desde luego, hagamos una fuerte campaña en los medios de comunicación Internacionales, para presionar al Gobierno, pidiendo el esclarecimiento de los hechos, la protección de las distintas Comisiones de Derechos Humanos y el procesamiento penal de los culpables.

Por unanimidad de votos, la propuesta de Luan, fue aprobada. La siguiente junta se llevaría a cabo el mes próximo, nada menos que en Jerusalem.

– ¡Basta de negocios por hoy! ¡Vamos a divertirnos un poco! – propuso Vassily.
– ¡Por supuesto, debemos aprovechar el poco tiempo que nos resta! –gritó el flemático Sir Geoffrey.
– Vamos a mi cuarto, las nenas importadas de Minsk (capital de Bielorrusia), ya deben estar impacientes – concluyó Bertrand.
– ¡Yo traje mi propio "Lunch" – dijo el viejo Vander – No cuenten conmigo!
– ¡Sea! – dijeron los otros – Si eres feliz así, qué le vamos a hacer, pero ¡¡eres un aguafiestas!!

****

En la habitación, Cedric destapó la botella de vodka Stolichnaya vaciando generosamente el licor a partes iguales, en los tres vasos conteniendo cada uno, dos cubos de hielo. Añadió agua tónica para ellos y jugo de tomate que prefirió la primorosa mujer.

El propósito del par de canallas era obvio. Emborrachar a Glorielle y cogérsela hasta saciarse a las buenas o por las malas, disfrutando del sexo en todas las formas imaginables, cometiendo las aberraciones propias de patanes sin escrúpulos.

La hermosa hembra les siguió el juego por un rato. Tenía instrucciones de poner a prueba y juzgar hasta dónde eran capaces de llegar los escoltas, y determinar el grado de confiabilidad para los subsecuentes "trabajos" que su Tío, el siniestro Vander Skoda, pudiera encargarles. De inicio, se dio cuenta que ambos matones mostraron a flor de piel dos debilidades: las mujeres y el alcohol, faltaba intentar con drogas y dinero.

A favor de los gandules, operaba la obediencia parcial que mostraron negándose a salir del hotel, para irse de juerga con los demás guardaespaldas, cuestión que desde luego reportaría en su Informe. De pronto, la bella fue atacada por los gorilas, derribándola sobre el piso, comenzaron a tratar de quitarle la ropa. Para sorpresa de los dos hampones, Glorielle muy cariñosa, los abrazó y besó diciendo...

– ¡Un momento muchachos, estoy muy caliente!, pero vamos a hacerlo bien. ¡Permítanme ir al baño por favor!

Excitado, Cedric llenó nuevamente los vasos con licor, en tanto Gilles sacó de su maleta un juguete sexual, enorme pene erecto en color rojo equipado con una batería para su movimiento, una bolsita conteniendo blanco polvo de cocaína y un pequeño látigo de cuero de seis diminutas puntas en metal.

Frenéticos, se desnudaron esperando una sesión de sexo, sadismo y droga sensacionales. Dentro del cuarto de baño, Glorielle se desvistió, introdujo su manita dentro del bolso sacando un frasquito de fina fragancia Francesa. Se colocó un par de guantes de látex, doblemente reforzados y depositó dos gotas del líquido sobre la palma de la mano izquierda, cuidando de no derramar nada. De regreso a la recámara, al contemplar los preparativos la preciosa mujer exclamó con fingida emoción:

— ¡¡WOW!!! Tienen lo que me gusta, ¡¡adoro los azotes!! ¡¡Primero el pene, métanme el pene!! ¡¡Está buenísimo!!

Se dirigió a la cama, frotó ligeramente con la enguantada manita la amplia espalda de Gilles y la mejilla de Cedric, haciéndose la retozona, corrió en derredor de la alcoba pronunciando grititos de placer.

— ¡¡¡El que me alcance será el primero en cogerme!!! Ja, ja, ja...

Ninguno tuvo el tiempo, en segundos cayeron como si los tocara un rayo, débiles, a punto de perder el conocimiento. Glorielle con rapidez masturbó a Cedric, quien agonizante, después de dos espasmos alcanzó a eyacular solo las etapas 1 y 2 correspondientes a las secreciones de las glándulas vulvouretrales y prostática, recolectando el semen con la mano, muriendo el delincuente momentos después. Intentó repetir el procedimiento con Gilles, pero fue inútil, estaba en los estertores de la muerte. El poderosísimo concentrado de veneno extraído de la "Avispa Marina" cobraba dos víctimas más, de embolia al corazón.

NOTA DEL AUTOR.— Chironex Fleckeri es el nombre científico de una medusa que vive principalmente en los mares de Australia, Filipinas y Vietnam, conocida por el público como "Avispa Marina" ignorándose el porqué de ese nombre. El color azul verde transparente, la hace indetectable por los bañistas durante el día, pero puede verse por la noche debido a su brillo en la oscuridad. De tamaño variable, llegan a crecer alcanzando el tamaño de un balón de futbol y basta un roce de sus 50 a 60 patas, como cabellos, que miden de uno a tres metros de longitud, con millones de aguijones microscópicos que inyectan veneno, para matar a una persona en cuestión de minutos.

****

El laboratorio de Vander Skoda en Macao, procesaba clandestinamente claro está, la mortal sustancia, produciendo un potente concentrado con eficacia de menos de treinta segundos.

Uno de los Ingenieros Químicos de la Planta que fue candidato al Premio Nobel por sus aportaciones a la Ciencia, entre otras investigaciones importantes, había logrado añadir a la fórmula un ingrediente, que evaporaba el veneno al contacto con el oxígeno del aire común en pocos minutos, quedando la superficie envenenada: piel, tela, alfombra, madera etc., totalmente inocua.

La bonita mujer se quitó los guantes despacio y con mucho cuidado los colocó dentro de un gran cenicero de cristal al centro de la mesa. Acto seguido se metió a la ducha enjabonando muy bien cabeza y cuerpo. Procedió a vestirse, secarse y peinarse adecuadamente. Introdujo sus manos en otro par de protectores de plástico. Haciendo uso de insospechada fuerza, puso un cadáver encima del otro, juntando sus cuerpos, brazos y piernas, conectando la boca de uno con el pene del otro.
Introdujo el esperma de Cedric en labios y garganta de Gilles, guardó guantes y cenicero, revisó todo metódicamente, borrando sus huellas con parsimonia y salió sin ser vista.

****

El informe Médico Forense estableció como causa de la muerte, paro cardiorrespiratorio por excesos de comida, alcohol y drogas, con aguda alteración nerviosa propia del stress, al cometer actos sexuales prohibidos y aberrantes entre personas del mismo sexo y que de acuerdo a la Ley Local, no merecen ninguna consideración, concluyeron los Agentes Investigadores, ordenando su incineración, arrojando las cenizas al drenaje.

Enterados de la muerte de los rufianes, sus patrones se deslindaron de inmediato, nadie se presentó a identificar ni reclamar los cuerpos.

– ¡Pendejos bastardos! ¡Hijos de puta, tuvieron su merecido! ¡Malditos cochinos! — fueron las reacciones de sus Jefes, que aleccionaron a los demás ayudantes:

– ¡Ni una sola palabra! ¡No conocemos a los muertos! ¡¡El que hable, se muere, hijos de la chingada!!

Los "Capos" mafiosos se regocijaron.

– Dos estúpidos menos y sin liquidación laboral, ja, ja, ja. ¿Ustedes piensan que debemos investigar?

– ¡Por supuesto que no! ¡¡Que se pudran en el infierno los imbéciles!! — acordaron por aclamación.

Glorielle informaba a Vander Skoda.

– Tenías razón Tío, no eran de confiar, borrachos y drogadictos intentaron violarme, tuve que eliminarlos.

– Well done Baby (bien hecho Nena) — respondió el viejo — Me contarás los detalles después.

– Volveremos a casa mañana por la noche, pero antes tengo un trabajito para ti, son de los que te agradan. Por favor ven a mi habitación y procura no ser vista.

Treinta y cinco minutos más tarde, la misteriosa y bella mujer visitó al mafioso, escuchándolo con toda atención sin interrumpirlo, lo conocía bastante bien. Las preguntas si las hubiera, las formularía al final.

– De modo que un par de cabrones te humillaron en la playa de Copacabana. Cuando los halle, ¿qué deseas que haga con ellos? — preguntó dulcemente la nena.

– Debes matarlos, después de torturarlos sin compasión, como te he enseñado. Envíame las fotografías de sus cuerpos mutilados, ja, ja, ja...

– Puedes contar con ello querido Tío, me pongo a trabajar ya mismo — despidiéndose con un beso de buenas noches en la frente del anciano gángster, que palmeó sus redondas nalgas.

De camino a su cuarto, Glorielle maquinaba sus planes. Si los hijos de la chingada son guapos como parece, me los cogeré antes de martirizarlos, después les amputaré el pene y se los daré a comer, para morir desangrados. Por el contrario, si son feos, simplemente les sacaré los ojos con un cuchillo de obsidiana, para después clavarlo en el corazón.

LYNBROOK, NUEVA YORK

A las dos de la mañana, la espléndida fiesta de cumpleaños llegaba a su fin.

Los doscientos invitados, comieron, conversaron, bebieron, bailaron, cantaron y hasta declamaron, como aquel Congresista Demócrata de Colorado, que hizo reflexionar y por qué no decirlo, llorar a los presentes con aquel poema de su autoría, acerca del amor de los padres a los hijos, sin esperar nada a cambio, simplemente por el afán de dar.

El compacto grupo de unos cincuenta invitados permanecieron aún en el gran salón, por lo que Benjamín invitó a pasar a un recibidor más íntimo.

Sin poderse contener y para sorpresa de todos los presentes, Kadir, el aparentemente flemático Auditor, declamó un versito muy sentido denominado "Tristeza" con callada dedicatoria a una de las damas presentes, solo ella lo entendería.

I

Hoy estoy triste y vencido,
Gran soledad y amargura invaden mi alma,
¡Nunca la derrota había triunfado!
Solo tu imagen, me devuelve la calma.

II

Muy triste sí, porque tu amor no me acompaña,
Fueron tantos momentos de dicha inolvidables...
Tu recuerdo, me lastima con inaudita saña,
Por dejarte partir, con miserables.

III

Pasé tanto tiempo de vida en desperdicio...
El conocerte me inyectó ternura y energía,
Nueva esperanza y... ¡dejaría el Servicio!
Respirando una vida normal y de alegría.

IV

Raza, Religión, Países y Costumbres,
Que inflexibles se yerguen en el Mundo,
Solo dividen a los Hombres libres,
Aportando nada, odiando en lo profundo.

V

Enfrentar valiente la sociedad entera,
Para ganar la confianza de la amada,
Enarbolando el Amor como bandera,
Y la Paz del Señor, siendo su espada.

VI

Su pasado lo condena, como un Karma,
No obtuvo el perdón a su osadía,
El bravo Caballero, rinde su arma,
Ante la linda y virtuosa prometida.

VII

Su trabajo, de riesgo y eficiente,
Nunca fue del todo comprendido,
Menos que nadie, de su amada ardiente,
Condenándolo por siempre al sacrificio.

VIII

Fresca mañana, radiante sol, llena de flores,
Camina la novia rumbo al altar del templo,
Sin sospechar siquiera sinsabores,
Que el destino le pondrá como un ejemplo.

IX

Ante la belleza y temple de su Dama,
El recio Hidalgo restringe su deseo,
De robarla, ¡sí!, llevarla lejos,
Atropellando todo... hasta la cama.

X

¿Ganando qué? Solo el desprecio,
De la bella moza y sociedad arpía,
Y tarde o temprano pagaría su precio,
El triunfo total o ¡cobardía!

XI

Del brazo afortunado hombre de Ley,
Cuyo mayor mérito había sido,
Conocer a la bella, como un Rey,
Sola, triste y espíritu vencido.

XII

El mendigo recoge la limosna,
Otorgada por un hombre de verdad,
Y la bella, como herida leona,
Valora al fin, ¡al macho en libertad!

Una gran ovación del público presente, selló el poema, sin que nadie entendiera el fondo del asunto. Solo la hermosa Ruth comprendió el sentido del Soneto, brotando de sus lindos ojos azules, gruesas lágrimas, como gotas de mar. El más emocionado era sin duda el anfitrión Don Benjamín Weitzner, quien disfrutaba de todas las agradables sorpresas planeadas por su hijita Ruth, a quien descubrió enjugando el llanto.

– ¿Qué te sucede cariño? ¿Te sientes mal? ¿Deseas ver al Médico? – interrogó Ben.

– No papacito, muchas gracias, es solo que... bueno yo estoy muy conmovida al verte tan feliz, rodeado del cariño de tus queridos familiares y amigos... Por un momento recordé a mamá, lo siento no quise... – y volvió a llorar, por algunos instantes.

Recuperada la compostura, humedecidos los carnosos labios con sorbitos de champaña que le acercó nada menos que Kadir, quien la abrazó con ternura, musitando dulces palabras de aliento en la orejita izquierda de la rubia.

Cerró la tanda de bohemia el rígido y recién viudo, Almirante Sir Reginald Fawcett, quien declamó con potente voz de barítono, el poema de su inspiración intitulado "Noches en Altamar", acompañándole con suaves acordes de piano, como una melopea, la distinguida y alhajada señora Edna Hartford, cincuentona esposa de Cecil Hartford, socio principal de la firma de presencia Mundial "Hartford, Mellon & Fletcher" donde trabajó por varios años el Auditor Kadir Aiza.

I

Cuán triste es la vida del marino,
Navegando siempre en tempestuosos mares,
Lejos de su casa, es su destino,
Serenamente enfrenta los pesares.

II

Enciende ya la pipa, gruesa y corriente,
El humo que emana como fuente,
Gratos recuerdos, acarrea a su mente...
Luella, musitó.

III

Y repitiendo el nombre varias veces,
Logró la bella imagen evocar,
Linda de rostro y juvenil sonrisa,
Ojos de cielo y labios de coral,
Cuerpo perfecto de sirena humana,
Inteligencia, carisma y toda ella, bondad.

IV

Música, vino, vida descarriada,
No son para él, que en demasía,
Había tenido todo lo deseado,
En labios de mujeres, noche y día.

V

En cirugía salvaje, como antaño,
La cruel fatalidad cortó su vida,
Derrotados ambos en la lucha a muerte,
Contra fuerzas superiores del destino,
Porque el celoso Supremo del Olimpo,
No permitió amor tan puro, gran desatino.

VI

La sirena sonó como blasfemia,
Y el marino volvió en sí, con amargura,
Mirando el faro que guiñando el ojo,
Le ofrece nuevamente... la aventura.

Una nueva andanada de aplausos acompañada de lloriqueos de las sensibles damitas, cerró el capítulo, usándose casi todos los perfumados pañuelos de los caballeros para secar las abundantes lágrimas de sus cónyuges y del autor mismo, que no cesaba de derramar el llanto.

Fue en ese momento que Kadir hizo una seña al mayordomo principal, ordenando servir una ronda del nuevo Tequila Blanco Reposado "Don Julio" a los hombres, y "Margaritas" de sabores para las mujeres, autorizando entrar al salón al Mariachi — conjunto musical típico de los Mexicanos — elegantemente vestidos de charro en color negro y botones dorados, que inició su actuación interpretando el "Son de la Negra" y "Guadalajara" animando de inmediato la fiesta.

Kadir cruzó una mirada de complicidad con la hermosa Ruth, quien con un vistazo de aprobación, le dio las gracias por salvar la velada y tal vez, solo tal vez, prevenir una media docena de infartos por sufrimiento de los concurrentes, casi todos mayorcitos de edad, con baúles llenos de recuerdos. Los alegres invitados brindaron con tequila innumerables ocasiones, entonando trozos de las bellas canciones Mexicanas "El Rey", "La Puerta Negra" y la más conocida por todos, "Cielito Lindo". Cuando los mariachis callaron, el público pidió que la preciosa Ruth tocara algunas melodías de las favoritas de su padre. La dama no pudo negarse al ver el feliz rostro de su progenitor.

Acto seguido, la chica se posesionó del elegante piano Petrof Gran Concierto, para interpretar románticas melodías de prestigiados compositores de América, Israel, Francia, México, Italia y Argentina, que ejecutó impecablemente, poniendo en cada nota, un toque de dulzura y emoción, propios de una mujer enamorada. La cosecha de largos aplausos no se hizo esperar premiando a la virtuosa mujer, que solo tenía ojos para Benjamín su padre, Kadir su ex novio, y su flamante esposo Habacuc.

Así, en ese orden.

A las 4:15 a.m. en la puerta de la residencia Weitzner, los espléndidos anfitriones despedían a sus invitados agradeciendo su valiosa presencia y los detalles de buen gusto obsequiados al octogenario. Cuando tocó turno al bonito matrimonio formado por Kadir Aiza y Helen Kelly, Benjamín musitó al oído del Auditor: — "Mañana necesito hablar contigo a solas, ¡es urgente!"

Ruth en un abrazo cordial, reveló sus planes para el día siguiente.

— Acordé con tu esposa ir al Museo Metropolitano, hay una exposición temporal sobre Los Etruscos, tomaremos el lunch y después efectuaremos algunas compritas. No te preocupes por nosotras, nos llevará el chofer de papá. Nos reuniremos para cenar a las 7.30 p.m., por favor reserva para siete personas en el Restaurante ASIATE del Hotel Mandarín Oriental situado en Columbus Circle.

— Por desgracia no pude zafarme de invitar al gran amigo de mi padre y patrón tuyo, Don Ramón Peralta y su hoy esposa, la pinche puta de Ambrosia Brancatti, que como sabes, hicieron viaje especial desde España...

— Ha modificado legalmente su nombre, ahora se llama "Amber" — aclaró Kadir, solo por molestar a la pelirroja.

— Lo que no podrá cambiar, es que siempre será prostituta — respondió Ruth, encabronada.

****

En la suite número 7 del "Paramount Grand Hotel" recién adquirido por la "CELTIC WORLDWIDE ENTERPRISES" (Empresas Mundiales Celtic), descansaban agotados por el magnífico sarao, Kadir y su bella esposa. Sin poder conciliar el sueño, el Auditor se veía como lo que hasta el año anterior había sido dentro de la gigantesca Corporación Internacional, nada menos que el CEO (Chief Executive Officer) o Director General.

Cierto que estaba agradecido con el Presidente del conglomerado de empresas, Don Ramón Peralta y Bárcenas, Asturiano megamillonario y principal accionista de una de las cadenas hoteleras, inmobiliarias y servicios turísticos, más importantes del planeta, así como de otros muchos negocios, pero añoraba la acción, enfrentar los grandes problemas y dar grandes soluciones, que ahora desde el cómodo sillón dentro del Board of Directors (Consejo de Administración), en la reunión mensual, miraba como atento espectador opinando sí, pero no ejecutando.

El consorcio, dueño de mil setecientos hoteles, repartidos en Categoría Especial Cinco Diamantes; Boutique de clase Única; de Cinco y Cuatro Estrellas; Business Class y tipo Express; más nueve mil doscientos moteles, en su mayoría de clase media y populares; diez trasatlánticos de superlujo, dos de ellos vendidos como propiedad en condominio y 49,000 terrenos, casas, edificios de departamentos, desde los más suntuosos y exclusivos hasta modestas viviendas; de uso comercial y oficinas; distribuidos en 150 de los 195 Países del Mundo, que cuentan con Reconocimiento Oficial Internacional (Gobiernos legitimados aceptados por la Organización de las Naciones Unidas, conforme al Derecho Internacional).

También extrañaba el Auditor involuntariamente el "Poder".

La decisión de tener en sus manos el éxito o fracaso, el acierto o el error, que afecta el destino de miles de trabajadores, por el criterio y juicio bueno o malo, del Jefe.

La sola facultad de ejercer un presupuesto gigante en dinero, contratar y despedir personal, ascender o estancar a los empleados, son algunas de las motivaciones que hacen sentir al ser humano superior a los demás, a veces incurriendo en excesos.

Es común observar los abusos del "Poder", sobre todo en algunos malos gobernantes y servidores públicos, de conductas déspotas, desprecio por los demás ciudadanos, cometiendo violaciones a sus derechos humanos, disponiendo del dinero público para provecho particular, nepotismo y otros excesos de Autoridad, que cuando se practican de forma omnímoda, sin control, se llega a la Dictadura. Por eso se explican los conflictos entre naciones y entre los individuos.

Frase famosa atribuida a un mandatario que exclamaba a sus allegados cuando preguntaban:
— "¿Cómo estás?"
— "Aquí, disfrutando del pinche poder".

****

Esa noche en la fiesta, al contemplar la serena hermosura de Ruth, el Auditor también añoraba los deliciosos momentos que pasó a su lado, tratando de extinguir cualquier chispa que pudiera avivar la inmensa hoguera de pasión que vivieron juntos.

Pronunció varias veces en voz baja:

– ¡Está dichosamente casada con un buen hombre y embarazada con dos hijos que nacerán pronto!

Se prometió olvidarla para siempre... ¿podría?

El insomnio lo llevó a otra preocupación muy grande.

La señora Amber, hoy flamante esposa del magnate Ramón Peralta, le coqueteaba descaradamente, a tal grado que Kadir tuvo que levantarse de su asiento en la mesa, cuando la muy puta, rozando su pierna primero y tratando de meter mano en su bragueta después, lo paralizó de pánico.

Sí, de pánico a que su preciosa cónyuge Helen o el mismo señor Peralta su jefe, se dieran cuenta de la peligrosísima maniobra de la cabrona zorra.

¿Y la reacción de los anfitriones e invitados?

No, no quisiera ni imaginar lo que sucedería, así que mejor puso tierra de por medio, yendo a conversar con otros comensales, entre ellos los señores Wolfang Kutz y Donald Korr que estuvieron secuestrados junto con Benjamín Weitzner y su hija cuando el lamentable ataque de piratas al crucero "Tenerife", en aguas del Océano Índico.

El Auditor se había salvado del acoso de la caliente hembra por esta vez, ¿pero después?, ¿qué debería hacer?

¿Hablar duramente con la mujer?

¿Prevenir al esposo? ¿Renunciar a su importante y bien pagado cargo de Consejero dentro de la Holding? (Empresa Controladora).

¿Qué explicaciones daría a su jefe y a Helen, su adorada esposa?

¿O tal vez darle sexo por una sola vez para complacerla y quizá con ello dejara de asediarlo?

¿Y si la eliminara de esta vida en un "accidente"?

¡Noo!, rechazó tajante estas dos últimas ideas.

– ¡¡Con cien mil millones de coños!!

Debía tomar una decisión, pero ¿cuál? Necesitaba el sabio consejo de su amigo Ben, al que vería por la mañana a las 11 a.m.

Nervioso, a las 7.00 a.m., lo venció el cansancio y se quedó dormido.

DUBAI, EMIRATOS ÁRABES UNIDOS

- Deberíamos irnos de aquí — razonó el chino Luan — Las autoridades locales pueden iniciar una investigación y bueno, los medios siempre están a la caza de noticias sensacionalistas. El solo hecho de mencionarnos llamaría la atención Internacional.
- Los invito a mi casa en Formosa (hoy Isla de Taiwán).
- Gracias — dijo Bertrand — Creo que todos estamos al tope de ocupaciones, otra vez será. Por ahora terminaremos el asunto pendiente de la agenda.
- El punto es precisamente las Acciones Políticas, Económicas y Militares que debemos tomar, para incrementar los negocios y de paso combatir al naciente grupo rival que amenaza nuestros intereses.
- Absolutamente de acuerdo — expresaron los demás criminales, Dwigth, Kenneth y Thorthen, coincidiendo en dos cosas:

PRIMERO, desatar una campaña de propaganda mediática mundial sobre el peligro que suponen los ensayos nucleares de Korea del Norte.

Atizar un poco el fuego con algunos incidentes menores fronterizos, ametrallando algún buque en aguas territoriales o bien derribando un avión pensándolo espía. Eso provocaría fuertes reacciones Diplomáticas y Militares de sus vecinos, Japón y Korea del Sur, quienes apoyados por los Estados Unidos, frenarían las amenazas comunistas del régimen de Pyongyang.

- ¿Y si estallara la guerra entre las dos Koreas?
- Puede ser la Tercera Guerra Mundial, con daños incalculables, aún para nosotros. Tenemos mucho que perder — expresó con preocupación Sir Geoffrey.
- Una cosa son las guerritas con armas convencionales y otra muy distinta con bombas atómicas... ¡¡No podemos permitir una guerra atómica!!, o seremos los mayores estúpidos de la historia — intervino Vassily — Recordemos que somos dueños de la mitad del planeta.
- En caso de conflagración mundial, nuestros puertos, fábricas, edificios, bancos, barcos, sembradíos, laboratorios, aviones, ferrocarriles, todo nuestro patrimonio puede resultar destruido por las bombas nucleares. La aniquilación sería total, sin distinciones, exterminando a gran parte de la raza humana, incluyéndonos con nuestras familias.

Por unanimidad, votaron para seguir con un plan "intermedio".

- Crear, con todos los medios a nuestro servicio, una atmósfera mundial de Duda, Miedo, Caída de Bolsas, Incertidumbre y Nerviosismo Económico/Político/Militar, con Devaluaciones de Monedas e Hiperinflación, ocasionados por las bravatas entre las dos Koreas, abortando cualquier conflicto bélico no convencional.

– Si los líderes del Norte, planearan un Ataque Nuclear, nuestra organización actuaría de inmediato para eliminarlos rápido y silenciosamente y "muerto el perro, se acabó la rabia".

Todos rieron a carcajadas. Se imaginaron la tremenda baja en las acciones de las empresas que cotizan en las Bolsas de Valores del mundo por las amenazas guerreras. Como siempre, el grupo las compraría a bajísimo precio y las fabulosas ganancias posteriores en el período de paz...

El SEGUNDO consenso fue Reforzar a los Revolucionarios Sirios para que en mediano plazo, puedan Derrocar al Gobierno.

De súbito, escucharon el ruido de motores de vehículos que estacionaban de prisa. Al asomarse a las ventanas observaron media docena de automóviles Camaro pintados con los colores verde y blanco de la Policía, descendiendo 12 oficiales. Treinta y cinco segundos después, arribó el Lamborghini Gallardo, de la Policía que cuida la zona turística y residencial de Dubai. La razón del excesivo lujo en las patrullas, es según los gobernantes, enviar una señal de la Riqueza y Poderío del Emirato, para desvanecer cualquier duda sobre la Situación Financiera, que hace pocos años estuvo en dificultades, teniendo que recurrir al socorro de sus ricos vecinos.

– ¡¡Ver para creer!! Jodidos nosotros — bromeó Vander — Ese cacharro vale por lo menos unos quinientos cincuenta mil Dólares.

– Seguro nos van a interrogar, dispersémonos ya — urgió Dwight.

– Recuerden, no conocemos a los difuntos — terció Luan.

– Nos veremos en Jerusalem — despidió Sir Geoffrey.

MADRID, ESPAÑA

Verano, temporada de vacaciones. Tiempo durante el cual, millones de personas en el planeta descansan del trabajo cotidiano y procuran divertirse, aunque tengan que empeñar cuando regresan, hasta la camisa. Es un fenómeno universal y resulta interesante observar a los seres humanos provenientes de las diversas clases sociales, acudir a los destinos turísticos famosos y a otros menos populares, pero siempre con la mentalidad de pasarla lo mejor posible.

Ese año, el matrimonio formado por el magnate Don Ramón Peralta y Bárcenas y su flamante esposa la hermosa "señora" Amber Brancatti, hoy de Peralta y Bárcenas, decidieron vacacionar en la bella ciudad de Guadalajara, México, uno de los pocos lugares de la Tierra, desconocidos por los cónyuges, cuyas tradiciones, costumbres, gastronomía, música y bellezas naturales, ansiaban disfrutar. Un doble motivo era agasajar a sus dos jóvenes y hermosas invitadas: Fiorella, nacida en Italia, prima de la señora y Lanya, originaria de Hungría, hija del fallecido hermano del poderoso hombre de negocios.

La recomendación, hecha por Kadir Aiza, Miembro del Consejo de Administración de "CELTIC WORLDWIDE ENTERPRISES" — conglomerado Internacional de empresas de turismo, constructoras, financieras y otras — fue amplísima.

– Disfrutarán como nunca, Don Ramón, se lo garantizo. No dejen de probar el Tequila, la comida típica y escuchar a los mariachis, entre las muchas cosas por hacer en esa ciudad mágica. Además, puede estudiarse la factibilidad de comprar o construir algún hotel por allí para la cadena CELTIC...

****

Después de la tremenda sesión de sexo dada a su marido, la putísima señora Amber, convenció al hombre de llevar a Kadir a México.

– Él es Mexicano y quién mejor para guiarnos en su País, además trabaja para ti y es de toda nuestra confianza — cerró dulcemente sus palabras la real hembra, que en el fondo, deseaba más que nada la cercanía del apuesto Consejero.

– Querrá llevar a su familia — protestó con debilidad el empresario — No podría negárselo.

– ¡Claro que puedes! Él va a trabajar, bastante bien le pagas para ello. Además nos acompañará en el viaje mi prima Fiorella, a quien he invitado a pasar una temporada con nosotros, ¿lo recuerdas mi amor? — dijo zalamera — Es la única pariente mía que vale la pena, ¿qué te parece nene? — concluyó mostrando la fotografía de la preciosa chica.

El viejo se emocionó, por poco se infarta, solamente de imaginar el momento en que compartiría el lecho con la "pollita" y su mujer al mismo tiempo, haciendo un "trío".

- Por supuesto cabrona. Tus deseos son órdenes, por mí puedes invitar a un chingo de tus paisanas Italianas del pueblo de Varzi, ¡¡si todas tienen esas tetas y culos!! Ja, ja, ja... — vociferó Don Ramón, empinando el codo con la botella de Cognac Louis XIII.

****

Al día siguiente, el maduro empresario, repuesto de la borrachera y orgía con la hermosa hembra, mandó llamar a Kadir, su consejero estrella.

- Bueno don Ramón, me la pone muy difícil, usted sabe que vivo para mi familia, no quisiera que...
- ¡Que nada hombre! — interrumpió el Asturiano — ¡No te amarres tanto a las faldas de tu mujer, coño si es solamente un mes! Piensa que es un destino extraño para nosotros y necesitamos de tu orientación y consejo todo el tiempo. Como Españoles, no sabemos el trato que nos darán los Mexicanos — argumentó el viejo, recordando añejas historias siempre exageradas, contadas por paisanos suyos acerca de que durante el mes de Septiembre, el mes Patrio para los Mexicanos, en algunas poblaciones los ciudadanos Españoles se escondían del pueblo y cerraban sus tiendas, previniendo agresiones físicas y verbales contra ellos al grito libertario de: ¡Viva México, Mueran los Gachupines!
- ¿Y no es verdad que tú mismo has pensado en la posibilidad de abrir un nuevo Hotel para nuestra Cadena? ¿Quién chingaos se hará cargo de la prospección del mercado? ¿O quieres que me joda trabajando en vacaciones?
- Ya sé que tenemos un montón de ejecutivos, pero son una bola de pendejos y huevones. Para los nuevos negocios, les falta olfato. No se diga más, te necesito allá.
- Además, ha sido idea de Amber que me pareció fantástica, aprovechar para conocer otras partes de la República Mexicana que me han dicho, tiene lugares maravillosos. Estoy tan emocionado que invitaré al viaje a mi única sobrina, la adoro, es hija de mi difunto hermano Xavier, que tuvo una aventura de tres meses con la más hermosa hembra del burdel de mayor categoría de Budapest, teniendo el infortunio de embarazarla. La niña casi no ha viajado y

sufrido bastante, pues la madre murió.

– Apenas hace poco me he enterado de su existencia haciéndome cargo de ella. Estoy arreglando los papeles para adoptarla y traerla a vivir a España. Por favor entiende, ¡es una orden y punto! Así que no me jodas, si quieres yo mismo le pediré permiso a tu mujer, ja, ja, ja...

****

Esa noche, en la tibieza de la alcoba, Kadir explicó con detalle a Helen el dilema: Si accedía ir con ellos a México como guía de turismo y niñera ausentándose treinta días del hogar, o podía negarse y poner en riesgo el estupendo trabajo dentro de la multimillonaria organización, perdiendo todos los beneficios que gozaban.

Su jefe era testarudo y rencoroso, nunca aceptaba un NO como respuesta.

– ¿Por qué de niñera? — replicó ella.

– Como si no fuera suficiente ir cuidando un anciano y a la loca de su mujer, Don Ramón ha invitado a una niña, hija de su hermano, concebida en Hungría, que ha tenido la desgracia de quedar huérfana de padre y madre, careciendo de todo. Recién enterado, mi jefe la ha tomado bajo su protección y piensa adoptarla legalmente. Así que voy de pilmama oficial.

– ¿Cuántos años tiene la niña? — indagó Helen.

– Lo ignoro cariño, pero debe ser de corta edad, Don Xavier su padre, falleció joven. Era el hermano menor, irresponsable, libertino, tremendo calavera y un verdadero dolor de cabeza para Don Ramón, que lo quería como un hijo.

Con sabiduría, dejó a criterio de su esposa la decisión.

– Acataré lo que digas, mi amor — dijo refugiándose en sus brazos, buscando dormir.

La fina dama tuvo dificultad para conciliar el sueño. Inteligente como era, le preocupaban varias cosas: La primera y más importante era la conducta casquivana de Amber. Tenía plena confianza en su esposo pero ninguna en ella, que coqueteaba con su marido con descaro. Sin embargo, rechazó sus celos "por tantas y tantas pruebas de intenso amor que Kadir nos ha dado a mí y a nuestros hijos".

Además recordó con desprecio, las bajas pasiones que la muy puta "señora" prodigaba sin recato, a cuanto "macho" tenía a la vista, a ciencia y paciencia del ¡cornudo marido!, que fingía no percatarse de nada. Bueno, se confortó, es una Mesalina (mujer fácil) ¡con todos los hombres, no solo con el mío!

Un segundo pendiente lo representaba la invitada de última hora. ¿Realmente sería una menor de edad? Y ¿tal vez bonita? ¿Debía investigar? Soy una maldita loca celosa, se reprendió bostezando, mi hombre está aquí, nos adoramos, nada ni nadie podrá separarnos jamás... le daré el permiso... y pensando en dulces recuerdos familiares, cerró sus hermosos ojos.

****

– Kadir, esposo mío, ¿deseas ir al viaje? — exploró Helen, mirándose en el espejo de cuerpo entero, aprobando su estupenda figura.
– Por supuesto que no, tesoro, si lo comenté contigo fue únicamente en vía de información para valorar nuestra decisión, sabes que es importante, pero si es motivo de disgusto, ¡no voy, primero eres tú mi vida!
– Tienes mi consentimiento, aunque con algunas condiciones — expresó la hermosa, montándose a horcajadas sobre el varón, que experimentó una erección de inmediato.
– Promete portarte bien, me llamas todos los días, envías fotos del grupito de viajeros y lo mejor, cuando vuelvas, voy a organizar nuestras propias vacaciones tú y yo solitos, ¿estás de acuerdo? — dijo con dulzura, quitándose la bata de seda color melón.
– Aaabsolutamente — respondió excitado — Te llevaré a donde quieras.

****

Fiorella, la prima de Amber, era una chica preciosa y cumpliría en dos semanas la mayoría de edad, que en su lugar de origen es de 18 años. Ramón se excitó al conocerla y ordenó recibirla a lo grande. Por tal motivo la señora de Peralta y Bárcenas le preparaba una fiesta con invitados jóvenes de las mejores familias de Madrid, apartando hasta el día anterior al onomástico, un automóvil Seat Ibiza, descapotable en color amarillo que le obsequiaría de sorpresa.

– Carajo — gruñó Don Ramón — Tu prima merece un auto mejor, por qué no un Audi, BMW o Mercedes, hay modelos juveniles que...
– De ninguna manera encanto, te lo agradezco, pero no quiero parecer abusiva, bastante haces en permitirme atenderla, además siendo su primer auto, no quisiera acostumbrarla a tener todo sin ningún esfuerzo. En el futuro, tendrá que ganarse los regalos con magníficas calificaciones en la escuela (y en la cama con su viejo marido, pensó), ¿no te parece amorcito?
– ¡Joder con la gallina! Tenéis razón, hacedlo así.

La jugada maestra de Amber, consiguiendo una preciosa amante joven para su esposo, le garantizaba sobrevivir y permanecer en la vida del megamillonario, disfrutando de la inmensa riqueza, durante muchos años más, asegurando el futuro de las dos, hasta la muerte del carcamán donde heredarían una buena tajada. Como puta experta, conocía demasiado bien a los hombres poderosos, que una vez cumplidos todos sus caprichos con una mujer, por más hermosa que fuera, no puede competir con el calendario, cada año se hace más vieja y los machos se cansan de la misma hembra, siempre buscan novedades.

Es muy cierto aquello que cambian a una mujer de 40 años por dos de 20. Así que es mejor tenerlo controlado, dándole lo que le gusta, como desvirgar a Fiorella, que por raro que parezca, me ha dicho que ha guardado su doncellez.

— ¡Tengo que entrenarla de lo mejor!

****

A bordo de la limusina Maybach de la casa Daimler-Benz, los esposos viajaban al Aeropuerto de Barajas para recibir a Lanya, la adolescente sobrina del magnate, de tan solo 19 años de edad, transportada por uno de los jets privados, propiedad de la cadena hotelera CELTIC. En la sala VIP, los trámites de Migración y Aduana fueron expeditos. Pese a su vestimenta sencilla, la recién llegada lucía radiante de belleza. Los cónyuges quedaron petrificados. El Tío Ramón, no tenía la más remota idea acerca de su físico actual, la recordaba como la niña flacucha que conoció bastantes años antes.

Emocionado hasta las lágrimas corrió a su encuentro, abrazando y besando con ternura a la jovencita, que correspondió de corazón a las sanas caricias de su Tío. Por su parte, la señora Amber, sintió el latigazo de la envidia, sin dejar de reconocer la extraordinaria belleza de la chica, que la convertía de inmediato en competidora natural para ganar los afectos y el dinero, de su multimillonario y viejo marido.

¡Me lleva la fregada! ¡Con esto no contaba! Esta cabrona putita es capaz de quitarnos buena parte de la herencia, pero ya veremos, le daré una magnífica educación sexual a mi prima Fiorella, empezando por el sexo oral que tanto gusta a Ramón. Estoy segura que en poco tiempo, será la favorita, cuando le entregue su maravilloso culito y bueno, yo tendré más tiempo para disfrutar a otros hombres, ja, ja, ja... — rió internamente.

— ¡Hola nena, estás preciosa! ¡Bienvenida a casa! — expresó la Doña, fingiendo entusiasmo y felicidad al recibir a Lanya con un "afectuoso" abrazo, notando la frescura de su cara, sintiendo por vez primera en su vida, el paso de los años.

El empresario conmovido, no observó la hipócrita representación artística de su mujer, al contrario, le gustó tanto el numerito que la estrechó apasionado musitando en el oído de Amber: — Gracias mi amor, la has hecho muy feliz, ella tenía sus dudas y no sabía si sería bienvenida por la señora de la casa, gracias nuevamente, ya te premiaré cabroncita.

– Espero que "Lo Afectivo sea en Efectivo" — dijo la guapa y caliente hembra, apretándole el glande con disimulo.

Salieron de la terminal aérea muy contentos, pero la guerra estaba a punto de estallar. En el camino, Lanya resultó una agradable sorpresa. No solo era hermosa sino muy inteligente. Contó a su Tío parte de la historia de su vida, mencionando varias veces a su querido padre, desconocido para ella hasta los quince años, cuando apareció por vez primera. Refirió el sentimiento de amor que brotó entre ambos al tenerlo de frente, cómo corrió a sus brazos llenándola de ternura, y el gran dolor cuando un año después, murió en un accidente de autopista en Alemania al reventar la llanta en pedazos, cuando conducía su Audi A5 a más de 240 kilómetros por hora.

Y posteriormente esa rara enfermedad de su madre que ella no entendía, que la llevó a la tumba, las angustias, pobreza y necesidades que tuvo, cómo se abrió paso ella sola, soportando acosos de gente malísima, que le ofrecían dinero y droga a cambio de sexo. Al llegar a este punto, la hermosa jovencita rompió a llorar. Don Ramón escuchaba angustiado, sin preguntar nada, respetando la voluntad de la sobrina, que le diría hasta donde ella quisiera.

– Imprudente, como siempre, Amber preguntó azucarada: — ¿Te violaron esos rufianes? ¿Te gustó el sexo? ¿Quedaste embarazada? ¿Te hiciste el aborto? Pobrecilla...

De pronto, la pendeja señora dejó de hablar. El certero bofetón del marido a mano abierta, le selló la bocaza.

– ¡Cállate, maldita perra!

Amber se tragó el orgullo y un poco de sangre, rumiando su rencor. Planearía su revancha muy pronto.

****

La residencia de Don Ramón, estaba enclavada en la exclusiva zona conocida como La Moraleja, perteneciente al Municipio de Alcobendas, al norte de la zona metropolitana, distante a solo 13 kilómetros de Madrid, la ciudad capital de España. El desarrollo urbano fue concebido como una Ciudad Jardín, en un terreno privilegiado de más de 500 hectáreas de las cuales 70% son de áreas verdes y bosque.

La zona es bien conocida por su lujo y en sus casas viven o han vivido, artistas famosos como Lola Flores, Rocío Jurado, deportistas como David Beckham y varios empresarios y políticos de corte Internacional. En un entorno donde la naturaleza es la reina, los estrictos lineamientos para la construcción y mantenimiento del bello lugar son respetados por sus afortunados habitantes.

El fraccionamiento cuenta con cámaras de videograbación para la seguridad y el control de velocidad de vehículos, vigilancia privada y toda clase de comodidades, entre ellas, campos de golf, tennis, piscinas, canchas de futbol y rugby, escuela de equitación, el mayor número de prestigiados colegios privados y uno de los dos campus que la Universidad Europea de Madrid, tiene dentro de la Comunidad Autónoma de Madrid. Las instalaciones principales de la Universidad, se encuentran en Villaviciosa de Odón, perteneciendo al prestigiado grupo Laureate International Universities, con sede en Baltimore, Estados Unidos de América.

El próspero empresario dormía la siesta plácidamente, recostado en el mullido sillón reclinable tipo reposet, eléctrico de tres posiciones. Gustaba de hacerlo justo después de la comida del mediodía, que acompañaba invariablemente con no menos de tres copas de Pingus, excelente y costoso tinto Español, almacenado entre otros magníficos vinos de varias partes del mundo, en su refrigerada cava de piedra en el subsuelo.

Leyendo el periódico, el cansancio lo vencía casi siempre llegando a la tercera página. Su hermosa mujercita aprovechó el tiempo visitando en sus habitaciones a la huésped. Sabía muy bien por los ronquidos del marido, que estaba en el quinto sueño y tardaría por lo menos una hora en despertar.

Encontró a Lanya bien dormida. Dicen que "la información es poder". Ya habría tiempo para el sutil interrogatorio y descubrir sus debilidades. Por ningún motivo debe quedarse a vivir aquí, estorbaría en mis planes. Lo mejor será buscarle un magnífico internado... tengo que pensarlo muy bien, no quiero forzar a Ramón... por lo pronto, la atenderé como princesa, no puedo arriesgarme a que tengamos un pleito, lo conozco al dedillo y conseguiré más "con miel, que con hiel", como sabiamente dice el refrán popular.

La razón por la que el buen viejo prefería dormitar en el sillón y no en su cama, era precisamente, por escapar un rato del asedio sexual de su ardiente cónyuge, que lo cogía a diario, en diferentes formas y posiciones, mostrándole fotografías y videos porno, incluso eventualmente contrataba putas finas para shows lésbicos, suministrándole vitaminas y doble ración de pastillas azules, para lograr la erección y gozar de todos los placeres carnales de los "tríos".

La fogosa mujer estaba matando lentamente a su "querido" esposo. ¿Sin desearlo? Por supuesto que sí. Este año festejarían el tercer aniversario de su boda que con su extraordinaria habilidad, engatusó al otrora rudo hombre de negocios, para convertirlo en un dócil gatito comiendo de su mano.

Con una fantástica mezcla de mimos, ternura, sexo salvaje, azotes controlados y sustancias enervantes administradas a través de los alimentos, surtieron su efecto, aniquilando la voluntad del macho, que ahora vivía para complacerla.

La puta, había logrado no solamente hacerse de la totalidad de las acciones del importante desarrollo inmobiliario de superlujo en la isla de Menorca.

Su colección de joyas, ropa de diseñador, acciones de otras compañías del consorcio, gordas cuentas bancarias de inversiones, cincuenta terrenitos en diversas ciudades del mundo y los cinco edificios en Madrid, Barcelona, Londres, París y Nueva York, sumaban ya una cifra muy respetable, cercana a los siete mil millones de Euros.

Pero la hija de la chingada quería más. Nada menos ahora, estaba en proceso de convencer a su maridito de comprar un lujoso departamento en Roma a lo que el buen viejo se resistía, conociendo que la asquerosa mujer hace muchos años, tuvo un padrote en la ciudad.

— Mira zorrita, si te atreves a ponerme los cuernos con ese hijo de puta o cualquier otro hombre, te mueres cabrona, pero no creas que tan fácil. Te cortaré pedazo a pedazo con la sierra de talar, pero antes para saciarte, te introduzco un tolete de gendarme por la vagina y el ano, hasta destrozarlos.

— Así que ya lo sabes, y puedes comprar el pinche departamento en Roma, te estaré vigilando, desconfiarás del mesero, el carabinieri, el vendedor callejero, los mozos del edificio, la peluquera, il postino (cartero), el bar tender (cantinero), los empleados del banco, dudarás hasta de tu propia sombra y la vida será un infierno.

— Así que pórtate bien — amenazó Don Ramón — Me conoces lo suficiente para saber que cumpliré lo que te digo.

En todos los años juntos, solo en esa ocasión, la hermosa hembra vio en los ojos de su esposo la dureza del acero y se atemorizó.

Una ráfaga de calosfrío cimbró su cuerpo de diosa, imaginando por primera vez, la cercanía de la muerte.

RIBADESELLA, ESPAÑA

Don Ramón siempre fue muy reservado para los negocios. Todos tenemos secretos, pero el empresario guardaba demasiados, especialmente aquellos que desde su origen, le ayudaron a prosperar. Nunca fueron aclarados algunos homicidios que tuvo que ejecutar personalmente y varios más que una vez encumbrado, mandó a sicarios para arrancarles la vida.

Como el crimen cometido para hacerse del primer hotelito que "compró" en el pueblo de Ribadesella, Asturias. El dueño era un buen hombre que tuvo solo educación elemental, hijo de un sencillo matrimonio campesino que cultivaban trigo y centeno. Su nombre era José y desde niño mostró las ganas de trabajar duro, ayudando a sus progenitores en la siembra y cosecha del grano.

Cuando murieron sus padres agobiados por el pesado trabajo, mala alimentación y enfermedades, José accedió a venderle las tierras a un ambicioso Tío que siempre les echó el ojo, pagándole al sobrino por abajo de su valor real. Aun así, el joven José, apodado por sus amigos "Pepe" consiguió trabajo de mozo, en uno de los hotelitos del polvoriento pueblo, ganando una miseria, pero a cambio tenía cuarto y comida, pues cumplida su jornada de 12 horas, debía estar disponible en cualquier momento para la faena.

El buen "Pepe" cumplía sus deberes con eficiencia y alegría. Lo mismo atendía en el mostrador a los escasos huéspedes, regaba las macetas, cargaba equipajes, limpiaba cuartos, baños, pasillos, recepción y la pequeña oficina del propietario. A poco andar, Don Andrés, el dueño de la Hostería, viejo y enfermo, le otorgó toda la confianza, pues siendo viudo y sin hijos, no tenía a nadie.

Pepe le respondió con trabajo y honestidad durante diez años. El anciano quería al muchacho como al hijo que nunca tuvo, que se preocupaba de su persona como nadie lo hizo jamás. Pendiente de su alimentación sana, darle los medicamentos, ocuparse de su higiene personal, incluso de sus necesidades fisiológicas y desde luego, de la buena marcha del negocio.

Muy grave, el anciano agradecido con su leal empleado, dispuso su testamento, heredándole la Posada de 30 habitaciones, una cuentita de ahorros en el Banco de Galicia y una propiedad en la Rua de Cobián Roffignac, en pleno centro de Pontevedra, alquilada a una zapatería.

Dos meses más tarde, murió Don Andrés en santa paz.

El cura del pueblo recibió la confesión y lo absolvió de todos sus pecados concediendo la extremaunción, orando por la salvación de su alma, apegado a las más puras creencias y fe, de la Iglesia Católica Romana. El mancebo se encargó de los gastos y le dio Cristiana sepultura.

Veinticinco años después, del rústico hotelito solo quedaba el nombre "Hotel Los Cedros", nombrado así en honor a un puñado de árboles de cedro sembrados por el dueño en el jardín y que ahora, lucían altos, de gran follaje, majestuosos.

Lo que hace el dinero. El nuevo propietario, había dejado de ser simplemente "Pepe", para convertirse en "Don Pepe", como le llamaban todos con respeto y afecto en la comunidad.

"Don Pepe" había transformado el hostal de marras, en un magnífico hotel de categoría 4 estrellas. Años atrás fue adquiriendo a precios justos los predios colindantes, que hicieron crecer su propiedad diez veces más. El trabajo duro, constante, honesto y eficiente, hace milagros. En quince años, aumentó el número de cuartos a 90, y poco a poco, a los 20 años de operaciones, llegó a las 120 habitaciones estándar, 10 junior suites y 5 master suites, de construcción acorde al entorno, respetando fachadas, alturas y demás Ordenanzas de la ciudad.

Contaba con buen restaurante, bar, aire acondicionado, garaje, gimnasio, alberca, Spa, sala de estética para hombres y mujeres, servicio de excursiones, en fin todas las comodidades y amenities propios de un hotel de cuatro estrellas. La encargada de la miniboutique, una linda trigueña de grandes ojos negro azabache, ligeramente gordita, de manera ocasional disfrutaba el sexo de principiantes con Don Pepe.

El éxito se debía, principalmente a las bajas tarifas que agradaban a la clientela, aunadas la cortesía y atenciones del personal, que garantizaban lealtad de los clientes, mejorando la ocupación hasta un 88%. Los turistas decían: "Es un magnífico hotel de cuatro estrellas al precio de tres".

Ese fue siempre el secreto, apostar al volumen, a precios bajos pero con servicios de calidad, siendo el preferido de las agencias de viajes que transportaban autocares llenos de turistas, sobre todo los fines de semana, fiestas regionales y vacaciones, cuando se llenaba a tope el establecimiento. Al grado que "Don Pepe" tuvo que comprar, acondicionar y embellecer de emergencia, veinte casas particulares de dos y tres recámaras, situadas en la acera de enfrente, para no perder visitantes en la siguiente temporada, llamándolas elegantemente "Villas Los Cedros".

El Hotel "Los Cedros" originalmente enclavado en la Gran Vía "Agustín Argüelles" en el centro de la ciudad, con la mayor actividad económica de Ribadesella, no tenía posibilidades de un crecimiento mayor, por norma del Ayuntamiento que preservaba el Centro Histórico.

Con la experiencia de más de veinte años en el Ramo y después de un estudio de mercado encargado a profesionales, "Don Pepe" tuvo el acierto de construir un segundo hotel, ahora frente a la famosa Playa de Santamarina. El edificio muy elegante y funcional de corte moderno, fue obra del famoso Arquitecto y constructor Brasileño Christopher Carvalho, reconocido mundialmente por sus fabulosas obras en la ciudad de Brasilia primero, Madrid, Hong Kong y Dubai después.

El nuevo Hotel denominado "Sea Heaven" (Cielo del Mar), obtuvo la calificación de cinco estrellas de la Asociación Internacional de Hoteles (IHA) por sus siglas en Inglés, debido a sus extraordinarias instalaciones y servicios. La relación de negocios entre Don Pepe y Carvalho, subió de nivel, convirtiéndose en buenos amigos que convivieron comiendo y bebiendo durante el año que duró la construcción. En una parranda, a bordo del yate de "Don Pepe", Christopher pidió a su cliente llamarlo simplemente "Chris" a cambio de nombrar a su anfitrión "Pepe". Las preciosas turistas Noruegas que los acompañaban, no entendieron nada por supuesto, excepto el navegar, comer, beber y hacer el amor como náufragas.

****

NOTA DEL AUTOR.— Ribadesella pertenece a Asturias y fue durante el siglo pasado uno de los puertos más importantes del mar Cantábrico. De población reducida, cerca de 8000 habitantes, es uno de los sitios turísticos más visitados del norte de España, que atrae cada

año a los mejores deportistas de todo el mundo, para competir en el Descenso Internacional del Río Sella.

Y qué decir de las grandes fiestas locales, senderismo en la Costa de los Acantilados, y la obligada visita a la Cueva de Bustillo, declarada Patrimonio de la Humanidad por la Organización de las Naciones Unidas, para admirar las famosas pinturas de arte rupestre de la época prehistórica, escalar rocas y toda clase de deportes acuáticos: pesca, velerismo, carreras de lanchas, buceo, remo, entre otras diversiones al aire libre.

Por la noche, disfrutar de los cafés, bares, restaurantes y centros nocturnos para todos los bolsillos, dentro de un ambiente de orden, paz y camaradería.

****

Como en toda España, existen playas donde el nudismo es permitido, así que es toda una exposición Internacional de tetas, nalgas, piernas y caras bonitas. Sobre todo por esto último, Chris prolongó su estancia una semana más de lo previsto, las casadas eran sus mujeres, pensó con regocijo.

Ya las compensaría hasta saciarlas. La Regla número Uno del Manual de Infidelidades Masculinas, es tener a la esposa muy bien atendida sexualmente y solo el sobrante fuera de casa. Si hubiera un campeonato mundial de golfería, Carvalho ganaría por lo menos, el tercer lugar.

Culto, buen conversador, dominaba varios idiomas, gustando de toda clase de música popular, pero cuando pasaba temporadas en su casa, solía invitar a varios amigos suyos que, amantes del "Bel Canto", formaban un pequeño club, denominado jocosamente por ellos mismos, amigos y vecinos, como los "Operalocos". La reunión consistía en deleitarse con una ópera seleccionada cuidadosamente para admirarla en una gran pantalla de video y al terminar la audición, cenaban opíparamente, tomaban suficiente vino y entonaban selectos fragmentos de arias de Verdi, Rossini, Bizet, Wagner y otros geniales compositores.

En su elegante vecindario en las orillas de Madrid, Chris era sumamente apreciado. No tan solo por su montón de dinero, trato sencillo y amable con todas las personas, ricas y pobres, sino también por su generosidad ayudando a los que menos tienen.

Ahora parcialmente retirado de su profesión, aceptaba solamente un trabajo importante al año, para mantenerse activo de mente y cuerpo, sobre todo de cuerpo, hacía ejercicio moderado, alimentación sana, no fumaba y bebía una copa de vino rojo a diario.

Su debilidad eran las mujeres, así que se sacaba la lotería cuando tenía trabajo fuera de la ciudad o del país. Su lema: "El Amor es una Cosa Esplendorosa, mientras no se Entere tu Esposa".

Como se dice que tienen los marinos y pilotos de avión: "En cada ciudad un amor". No era así exactamente, pero sí aproximado. Chris era un verdadero halcón en medio de una parvada de palomas.

Precisamente él y Pepe se conocieron en el Bar Chicote, situado en el centro de Madrid, cuando el hotelero visitó por vez primera el famoso bar que le recomendaron en su pueblo y tímidamente comió a solas sus exquisitas "tapas" (bocadillos).

No pasó desapercibido para el "Maestro en Golfería", el aire pueblerino del comensal, así que hizo conversación y simpático como era, no tardó mucho en fraternizar con el recién llegado.

Esa noche, fue la iniciación de Pepe en lo que a beber y coger se refiere, pues Chris lo llevó al mejor burdel de la capital, instruyéndolo como buen mentor, en todas las artes amatorias.

"Hay que Enseñar al que No Sabe", se justificó.

Al mediodía siguiente, acompañó a su nuevo amigo a la Estación de Atocha para tomar el tren de regreso, dejándole su tarjeta por mera cortesía, sin imaginar lo pronto que el campirano hombre de negocios, necesitaría de sus servicios profesionales de Ingeniero y Arquitecto.

SAO PAULO, BRASIL

Christopher Carvalho, nació en el Estado de Minas Gerais, hijo único del adinerado matrimonio Portugués Carvalho Kubistchek.

Su padre Esteväo, un esforzado constructor que inició su fortuna trabajando para ferrocarriles, tendiendo las vías que cruzaron el país, llevando como las arterias la sangre, la comunicación y el progreso por lugares hasta entonces inaccesibles. Su invaluable tesón, lo hizo ocupar primero la Jefatura de Cuadrillas, después Supervisor General, hasta que fue contratado como Gerente de Estación y Visitador General. Asunto aparte fue su matrimonio con una prima cercana de un joven político, futuro Presidente de la República.

Ya en el poder, el parentesco en forma natural le proveyó de excelentes relaciones sociales y comerciales. Introducido en la cancha del gran dinero, supo jugar el balón con destreza y eficiencia, creando su propia Compañía, desarrollando las habilidades de inteligencia, capacidad técnica, honradez a toda prueba, perseverancia y simpatía, que le valieron destacar en su profesión por méritos propios.

Durante tres décadas, Esteväo Carvalho y su empresa, participaron en importantes obras de urbanización de la pujante nación carioca, interviniendo en la construcción de la moderna ciudad de Brasilia, capital de la República de Brasil, colaborando con los famosos Oscar Niemeyer, Arquitecto, y Lucio Costa, Urbanista, indiscutibles líderes del proyecto.

La magna obra, comenzó en 1956 y fue terminada en 1960 y por su genialidad, tiene el honor de haber sido declarada Patrimonio Histórico y Cultural por la Organización de las Naciones Unidas, rango conferido por única vez, a construcciones del Siglo XX. Su único hijo Christopher, se graduó de Arquitecto, pero no conforme, estudió con ahínco en forma paralela la Ingeniería Civil, obteniendo asimismo el título correspondiente y cursando la Maestría en Estructuras de Acero y Concreto, en el famoso MTI (Instituto Tecnológico de Massachusetts).

La alopecia prematura que lo atacó desde joven, no disminuyó su voraz apetito por las mujeres, pues bohemio de corazón, gustaba de cantar diversos géneros de música, según la ocasión, cualidad que junto con la declamación de versos románticos, abonaban su donjuanesca conducta.

En una de tantas parrandas con sus amigos, conoció a una bellísima mujer que trabajaba de modelo para una famosa revista de caballeros, posando en minúsculos trajes de baño y con poquísima ropa, que si bien escandalizaban a nuestros abuelas, el día de hoy, las jóvenes que se atrevieran a posar así, serían calificadas de anticuadas y mojigatas. La regia hembra se llamaba Dalva. Reunía todos los atributos que la madre naturaleza suele otorgar a una mujer: Cabello negro ondulado, cara de muñeca de aparador, ojos color violeta, nariz recta mediana, barbilla partida y dentadura tan blanca como la nieve.

Envuelta en piel blanca apiñonada, desafiaba al mundo con sus turgentes senos del tamaño de una toronja, cintura estrecha que adquiría una curvatura hacia las caderas perfectas, rematadas por nalgas de campeonato. Concluían el monumento, muslos largos, carnosos, como las pantorrillas que terminaban en finos tobillos y pies.

Tenía solo dos defectos: el primero, le gustaban muchísimo los hombres, practicando el sexo en demasía.

Los afortunados machos que la habían disfrutado, hacían fila para volver a ella, que como vasos desechables, una vez usados los botaba a la basura. Empresarios, políticos, deportistas, funcionarios de gobierno, profesionistas, y uno que otro miembro del alto clero, habían asistido a extraordinarias sesiones de lujuria, refocilándose como locos, agotando hasta el último centavo invertido en la preciosidad.

El segundo defecto que tenía la hermosa hembra de 24 años de edad: Amaba el dinero. En efecto, como condición indispensable para aceptar el cortejo de un caballero, era sin duda su posición económica, que debía demostrar previamente a la cita, con regalos costosos en alhajas, autos, terrenitos y así por el estilo.

"El que quiera azul celeste, que le cueste", "La belleza no dura toda la vida", "Ser golfa y no cobrar nada, es mejor mujer honrada" y varias letanías así que siempre le aconsejó su madre, inteligente y previsora mujer que la inició en la putería de primera clase, consiguiéndole su primer amante, un líder sindical al que veía con gran futuro, a juzgar por lo agresivo y firme en sus demandas laborales y que naturalmente negociaba con los patrones recibiendo enormes sumas de dinero, que petulante, como suelen ser los nuevos ricos, no disimulaba sus riquezas.

No obstante ser prostituta, se cotizaba muy alto, los hombres se la disputaban como amante, conociendo muy bien que la felicidad de coger con ella, no podía durar, ella no echaba raíces con ninguno.

Esa manera de ser, ya había costado varias vidas, pues algunos galanes no entendían el significado de la alternancia sexual, llegando a extremos provocados por incontenibles celos que ocasionaban riñas y asesinatos.

Lejos de mortificarse por ello, la nena sostenía "En la variedad está el gusto" y "El que no esté de acuerdo, que agarre su calzón y desaparezca".

Con sus naturales atributos físicos, aunados a una clara inteligencia, Dalva domesticaba amantes, todos de alto nivel financiero, a su capricho, pero no era traidora porque invariablemente advertía a sus amigos: "Por favor no quiero celos, o te vas a la chingada", condición que aceptaban los hombres esclavizados sin chistar, a los que les importaba más disfrutar un corto tiempo con la espléndida mujer, que no tener nada.

Chris Carvalho, eminencia de la construcción con prometedora carrera mundial, no fue la excepción.

Con toda la experiencia acumulada de tantos años de golfería, no pudo ¿o no quiso?, resistirse a los encantos de la preciosa fémina.

Desde que la conoció, se hizo la promesa de poseerla a como diera lugar, sin importarle nada ni nadie, dispuesto a renunciar a los más íntimos valores inculcados desde su infancia, por sus padres, familia y sociedad rebelándose a lo establecido por costumbres y Leyes.

Hizo de todo, la cortejó a la antigua, enviando regalitos baratos acompañados de sentidas notas de amor, que desde luego terminaban en el cesto de basura de la residencia de Dalva.

Cuando se dio cuenta que no surtía efecto, el enamorado cambió de técnica pensando tontamente que el romanticismo de una serenata, lograría el poder acercarse a una hembra codiciosa como ella. Fracaso total.

Pensó en flores y chocolates finos, que habían demostrado agradar a vedettes (artistas de teatro de revista) y a empleadas de los bancos.

¡Cómo no se me ocurrió antes!...

Triste su cuadro, los obsequios fueron entregados a los pordioseros de la calle.

— ¡Maldición! — exclamó Carvalho — ¿Qué carajos le pasa? Ni siquiera contesta mensajes o el teléfono.

Estaba a punto de — como se dice en el boxeo "tirar la toalla" (rendirse en la pelea) — cuando recordó al nuevo amigo que encontró durante sus vacaciones del año pasado en la fantástica isla de Ibiza.

Ese cabroncito es un experto, veremos si puede ayudarme con esta pinche vieja que se ha convertido en una obsesión.

A cambio, lo invitaré todo pagado a Río de Janeiro, para probarle que en esas playas, soy un rey.

IBIZA, ESPAÑA (UN AÑO ANTES)

Sucede que estando en el bar de la "piscina sin fin", llamada así por su diseño plano que parece continuar dentro del océano, el Ingeniero Carvalho, pasado de copas insultó a un mesero y golpeó al elemento de seguridad del área.

Todo fue porque un "beachboy" (vago de playa) totalmente desnudo, se acercó demasiado con el pene erguido y sucias intenciones a su pareja de ocasión, una chica alemana buenísima, pidiendo un cigarrillo.

En las playas Españolas, está permitido el nudismo, pero el buen Chris en ese aspecto, aún conservaba algo de la rígida educación recibida de sus padres.

No podía pasar por alto esa ofensa, tenía que castigar al perverso.

La pelea contra el burlón mozalbete y dos de sus amigos, terminó con una contundente victoria por nocaut para Carvalho, quien poderoso como un toro, continuaba tirando fuertes golpes a todo el que se acercara, siendo necesarios cuatro empleados de seguridad para controlarlo.

Llevado ante su presencia, el Gerente del lujoso "Mediterranean Paradise Beach Resort" acordó remitirlo a la Comandancia de la Guardia Civil, echándole del Hotel.

Quiso el destino que un prominente funcionario de la cadena CELTIC, propietaria del establecimiento, estuviera de vacaciones y precisamente en ese momento visitaba la oficina del ejecutivo en turno.

Kadir Aiza, miembro del Consejo de Administración, observó la escena divertido.

En su larga carrera dentro de los numerosos hoteles alrededor del mundo, había contemplado y vivido muchas situaciones como esa, era el pan nuestro de cada día.

Así que decidió intervenir, llamando al joven Gerente para hablar en privado.

— Por favor traiga a los muchachos involucrados.

— Esto se acaba aquí y ahora, intentemos arreglarlo sin escándalo.

Ante su imponente presencia — 1.85 metros de altura y 90 kilos de músculo — ropa de calidad y rostro impenetrable que mostraba al mismo tiempo la dureza del diamante y la bondad de un sacerdote, los rijosos comparecieron quietos y calladitos.

Kadir comenzó por explicarles que el éxito Internacional de ese lugar, se debía principalmente a las rígidas normas de conducta: tolerancia cero.

No podía ser de otra manera.

- Cada año en este paraíso llamado Ibiza, se reciben a cientos de miles de turistas provenientes de todo el mundo, ansiosos de divertirse sin tener problemas, dentro de una atmósfera relajada y sobre todo con seguridad extrema, que nos ha dado fama mundial.
- De modo que no podemos permitir que por una runfla de vagos como ustedes, se eche a perder el trabajo diario de cientos de servidores formados en esta Isla, con el propósito de atender a los clientes lo mejor de lo mejor, para que lo recomienden con sus familiares y amistades, regresando el siguiente año.
- Cuestión aparte son las multimillonarias inversiones en los hoteles, restaurantes, bares y centros de diversión. El gobierno ha desarrollado infraestructura e instalaciones de primera para el goce de la gente, sin escatimar presupuesto, que obviamente recupera a través de los impuestos que pagamos y que mantiene con trabajo a muchísimas familias.
- De allí, que lo siento mucho, pero tendré que remitirles a la cárcel. Necesitamos cuidar este pedazo del Edén que tenemos. ¿Entienden?
- Oiga, pero si yo sólo me defendía, ellos son los agresores — argumentó Carvalho.
- Es un maldito patán, nos ha lesionado, vea usted — dijeron los veinteañeros — Es una amenaza.
- ¡Silencio! — ordenó el Funcionario — Toda regla tiene excepciones, voy a ofrecerles una opción. A cambio de no enviarlos a prisión donde probablemente los violen y paguen su pena con trabajos forzados, deberán indemnizar al Hotel, no con dinero, sino con tareas de limpieza y mantenimiento durante una semana y desde luego, sin pago alguno.
- El trabajo duro y responsable, los hará reflexionar. Si aceptan, deberán cumplir puntualmente con las obligaciones que les imponga la Gerencia, quien no dudará un instante en denunciarlos a la Policía Turística en caso contrario.
- ¿Han comprendido bien la situación?
- Bien puede usted ¡irse a la mierda! — declaró el cabecilla de los tres jóvenes buscapleitos.
- No tiene autoridad sobre nosotros, una llamada a nuestros padres y nos sacarán de aquí y ustedes serán despedidos, ¡partida de idiotas!
- Así que nos vamos — empujando violentamente a los presentes.
  Otro de los rebeldes, empezó a injuriarlos gravemente:
- ¡¡Hijos de puta, cabrones...!!! ...¡Uuuuggggg!

No alcanzó a decir una palabra más, uno de los seis Agentes de la Policía que entraron al recinto para arrestarlos, selló la boca del mozo de un toletazo en el estómago, colocando de inmediato las "esposas" a los acusados.

Un par de guardias acompañados del gerente, revisaron la habitación de los detenidos, aperturando con la llave maestra, la caja de seguridad empotrada en el clóset.

¡Sorpresa!

En su interior, las autoridades hallaron suficientes drogas para enloquecer a media ciudad: 40 Bolsitas con cocaína, 16 dosis de heroína, 200 piedras de éxtasis y unos 100 saquitos de mariguana escondidos dentro de sus equipajes bien camuflados y cincuenta mil Euros en billetes.

Los oficiales aseguraron "la mercancía" haciendo inventario de las pertenencias de los detenidos, llevándolos casi a rastras a la salida por la puerta de servicio del hotel, subirlos a la camioneta y conducirlos a la Comisaría, todo ello con la mayor discreción.

– Por su cantidad, la droga encontrada en posesión de los jóvenes detenidos, no es para su consumo personal, tipificándose el delito de tráfico y comercio de drogas — dijo el Fiscal que conoció del caso.

Fueron declarados formalmente presos sin derecho a caución, por el Juez del Ramo Penal.

Las Leyes de España, algunos Países de la Unión Europea y de otras partes del Mundo, no contemplan sanciones por la posesión y consumo de drogas para uso individual.

Sin embargo, el comercio de las mismas está prohibido y es castigado con cárcel.

****

– Y bien, ¿qué decides tú? — interrogó Kadir a Carvalho.

– Joder, pues que acepto las condiciones, ¡qué le vamos a hacer!

– Estoy agradecido de no ir a presidio, de verdad muchas gracias por la oportunidad, prometo que...

– Es suficiente, no digas más.

– Esta tarde a las 6.00, te reportarás con el Jefe de Mantenimiento que se localiza en el edificio anexo, quien te dará instrucciones.

– Hasta luego y buena suerte — se despidió sonriendo Kadir ofreciendo su mano franca, que Chris estrechó con fuerza.

Sin pensarlo, estaba naciendo una sólida y verdadera amistad, que se prolongaría por toda la vida.

RIBADESELLA, ESPAÑA,
QUINCE AÑOS ANTES

Ramón Peralta y Bárcenas bajó del autobús de segunda clase, dirigiéndose maleta en mano al primer hotel bien presentado que vio, buscando un establecimiento de tarifas moderadas, guardando bajo perfil, aparentando ser vendedor de jabón.

Al entrar al recibidor, el agradable aroma a potaje de alubias y chorizo que preparaban en la cocina, invadió las fosas nasales del viajero, que enseguida captó la sencilla decoración y excelente limpieza del lugar.

Extasiado, miraba una reproducción del famoso cuadro de Velázquez: "La Gallega".

En el mostrador, Don Pepe, propietario del Hotel Los Cedros, pidió registrarse al caballero, cobrando en efectivo y por anticipado — a la antigua usanza — la renta del cuarto por los tres días solicitados, cosa que internamente molestó al huésped, acostumbrado a tener crédito donde fuera.

Para él hubiera sido sencillo pagar con tarjeta de crédito, porque recién había desplumado una fortuna que mantenía oculta, robada a su ex esposa Doña María de los Ángeles Castilla del Ferrol, pero en ese hotel en particular no quiso hacerlo, sus planes eran muy complicados y no deseaba dejar huella de su estancia. La posada, frecuentada por Agentes de ventas y familias numerosas en vacaciones, se regía por horarios inflexibles para los alimentos, pues la tarifa de habitación los incluía. Ramón, hombre taimado, quiso ser simpático y lo logró, convenciendo a Don Pepe para acompañarle a cenar al segundo día.

— ¡Vamos maño!, que se ha fajao bastante, creo que una copa de buen vino, la merecéis.

Descorcharon una botella de tinto Casar de Santa Inés, de la región del Bierzo, agradable combinación de las uvas Cabernet Sauvignon, Mencia y Tempranillo de solo 20 Euros. Disfrutar el Vega Sicilia Único a un coste de 200 Euros que Ramón guardaba en su maleta, tendría que esperar, no quería mostrar riqueza. Bebieron a gusto, ambos señores destilaban simpatía y derroche de aventuras, como se esperaba, hicieron migas.

Al día siguiente el pasajero pidió una ampliación del hospedaje por tres días más, sus asuntos estaban sin terminar. El buen Don Pepe no tuvo inconveniente, volviendo a cobrar de contado. "Negocios son negocios", era su lema. Cada noche, si el movimiento hotelero lo permitía, Don Pepe y Ramón, continuaban su amistad, cenando, bebiendo, jugando dominó y cartas. No queriendo quedarse atrás con su nuevo "amigo", el dueño sacó una botella de Orujo, fuerte y corriente licor hecho con las semillas y hollejos sobrantes de la uva, después de elaborar el vino y que en la antigüedad era la bebida que se daba a los trabajadores en las Haciendas productoras, llamadas también "Dominios" o "Pagos".

El quinto día, fueron de cacería. Hubo un desafortunado accidente y Don Pepe perdió la vida al caer de las resbaladizas piedras del río, golpeando su cabeza contra un filoso saliente, causándole la muerte instantánea, siendo arrastrado el cuerpo sesenta metros, por la poderosa corriente. Las investigaciones del caso demostraron el infortunado hecho, procediendo al levantamiento del cuerpo, necropsia de ley y cristiana sepultura.

El "amigo", conmovido hasta las lágrimas, se encargó de pagar los funerales y las misas correspondientes. Los dos hoteles, continuaron trabajando normalmente con personal directivo "provisional" impuesto desde las sombras, por Ramón Peralta y Bárcenas.

Nunca se investigó más. El avaricioso hombre de negocios se salió con la suya. En poco tiempo una Corporación domiciliada en Madrid, reclamaría la propiedad del Hotel "Los Cedros" del centro de la ciudad y el "Sea Heaven", de superlujo, en la playa Santamarina. El cómo la empresa del canalla se hizo del par de propiedades fue un misterio. Algunos dijeron que probablemente Don Pepe debía fuertes sumas de dinero, utilizado para la construcción y equipamiento del nuevo desarrollo turístico categoría Five Stars (Cinco Estrellas). Otros testigos afirmaron verlos jugar por las noches al dominó y al poker, quizá perdió demasiado y garantizó la deuda con los inmuebles. La realidad fue que Ramón traicionó a Don Pepe, empujándole por la espalda cuando cruzaban el caudaloso río persiguiendo a un venado macho, de buen tamaño y cornamenta. Para buena fortuna del criminal, la víctima tomada por sorpresa, ni las manos metió rompiéndose la cabeza, muriendo en el acto. De otra manera, el malvado "amigo" lo hubiera rematado a golpes.

Al delincuente le fue muy fácil pagar generosamente a expertos calígrafos, falsificando la firma del difunto en toda clase de documentos: Cartas solicitando los créditos, Acuses de recibo de los dineros, Pagarés en garantía de préstamos vencidos con intereses moderados y el Contrato de Compraventa de los negocios, fechado seis meses atrás, legalizados ante corrupto Fedatario Público.

IBIZA, ESPAÑA

Cristopher Carvalho cumplió su castigo. Las labores de limpieza en la playa del hotel le sirvieron para valorar el duro trabajo físico de los empleados que habitualmente las realizan, y le dio el tiempo necesario para reflexionar sobre los excesos en fiestas, bebida, mujeres y riñas.

– ¡Carajo! — masculló — ¡He trabajado en una semana lo no realizado en toda mi pinche vida!, pero vale, creo que me ha servido, he tenido el tiempo para meditar y observar una gran variedad de tetas y culos calientes.

– Voy a darle las gracias a ese grandísimo cabrón de la Gerencia, por no enviarme a la cárcel como a los otros culicagados (despectivo usado en Colombia), esos sí que se chingaron en prisión por muchos años, ¡merecido lo tienen por drogadictos y traficantes!

****

Fue recibido por Kadir en la oficina del gerente, quien le ofreció una fuerte cerveza helada Voll Damm, de doble malta, hecha en Barcelona, que paladearon a placer.

– Señor Kadir — dijo Carvalho con sencillez — Le ruego aceptar mis disculpas, no suelo ser agresivo, lo que sucedió... bueno, gracias de nuevo y no le guardo rencor por el trabajo que en un momento pensé denigrante. Pero qué va, no tiene nada de vergonzante, al contrario, me ha servido para apreciar mejor a mis semejantes. Ahora si me lo permite, quisiera olvidar todo y ofrecerle mi amistad, yo...

– No es necesario que digas nada Christopher, recuerda el proverbio Chino "El sabio puede sentarse en un hormiguero, pero solo el necio se queda sentado en él". El pasado es el pasado.

– ¡Osasuna! — brindó Kadir en Vasco.

– ¡Salut! — contestó Carvalho en Catalán.

– ¡Chin-Chin! — cerró el gerente en Italiano.

– ¡Á vossa! — dijo la recién llegada en Portugués, dejando sin aliento a Carvalho.

– ¡Pripitek! — dijo en Checo su compañera, y los varones torcieron el cuello, lo que contemplaron era fantástico.

Dos hembras en topless (senos descubiertos) de campeonato mundial...

– Buenas tardes — se apresuró el administrador — ¿En qué puedo servirles?

Una fracción de segundo antes llegó Chris ante las chicas hablando Portugués, plantando un beso en los labios a la sensual mujer que expresaba su beneplácito en idioma Lusitano.

- ¡Mi amor! ¡Qué haces aquí! ¡Se supone que estás en Brasil! ¡Eres un perfecto canalla traidor! ¿Cómo es que vienes a la putería? — dijo graciosa la nena.
- ¡Lo mismo digo, cabrona zorrita! ¿De escapada no? Y yo debía esperar solo y triste en Sao Paulo — contestó Carvalho.
- ¡Carajo, cubre esas tetas preciosas, no quiero compartirlas con nadie!
- Y dale con los celos. Tenemos un pacto, ¿recuerdas? Si no te conviene, ¡aquí cortamos y listo! — replicó ella.
- Nada de eso, mi cielo si te adoro, no puedo vivir sin ti, no volverá a ocurrir...
- Lo mismo digo campeón, te amo, pero solo por el momento, ¿estamos?
- ¡Hija de la chingada! — resopló Carvalho, abrazando y besando a la preciosa mujer que correspondió como si estuviera enamorada de verdad.
- ¡Joder con ustedes! ¡Coño! Hay buena cerveza para todos, así que a brindar, después podrán matarse si quieren — cerró la discusión Kadir, tomando de la cintura a la Checa para conducirla a la salita de estar.
- Don Miguel, haga favor de continuar con sus labores, estaremos unos momentos más en su oficina, muchas gracias.
- Ah, y tenga la gentileza de ordenar al Chef un buen refrigerio de queso manchego, jamón Jabugo, chorizo de Pamplona, pan crujiente, aceitunas negras, fresas naturales y cuatro botellas de champaña "Belle Epoque" de Perrier-Jouët, todo ello con cargo a mi cuenta pues hay motivos para festejar, porque como dijo el novelista Irlandés Oscar Wilde "Las mujeres han sido hechas para ser amadas, no para ser comprendidas".

Miguel de Bustamante, el afeminado gerente del hotel, se apresuró a cumplir alegremente con lo solicitado, nada menos que por el guapo Consejero de la Cadena CELTIC, propietaria del hotel y brazo derecho de su principal accionista y Presidente, Don Ramón Peralta y Bárcenas.

Con los dos tórtolos hablando en Portugués, Miguel en Inglés y Español y Kadir en Español, Inglés y Alemán con la hermosa rubia Checa, que contestaba en Checo, Ruso, Alemán y algunas frases en Italiano, la reunión era una moderna Torre de Babel. La razón de los diversos idiomas es que en Ibiza, el uso de lenguajes multiculturales no es excepción, se puede decir que es lo normal.

NOTA DEL AUTOR.— La Isla, es la tercera más grande de las Baleares, situada a unos 75 kilómetros de la costa de Valencia, España y para darse una idea de su tamaño, baste comparar con la isla de Manhattan en Nueva York que cabría unas diez veces en Ibiza.

El turismo es el principal activo de esa Comunidad Autónoma, con todas las actividades y comodidades de primer mundo, siendo lugar "obligado" para conocer y disfrutar vacaciones en todo tiempo, gracias a su clima templado la mayor parte del año y caluroso en el verano.

De gran belleza natural y rica en historia, Ibiza es un complejo de balnearios con intensa vida nocturna y de espectáculos musicales, que lo hacen uno de los sitios favoritos del turismo Internacional de alto poder adquisitivo.

****

Después de comer y beber en las oficinas del lujoso "Mediterranean Paradise Beach Resort", la naciente pandilla de golfos fue a la fabulosa discoteque "Privilege" — una de las más grandes del mundo — de gran ambiente Internacional, con música extraordinaria, tres DJ (Disc Jockey) encargados de las tornamesas (modernos tocadiscos para surtido de ritmos, volumen y efectos de sonido), empleados que han sido premiados en certámenes globales.

La tertulia terminó avanzada la mañana del día siguiente.

Cada pareja fornicó a su gusto, Femke, la diosa Checa pareja de ocasión de Kadir, resultó sensacional, sus ojos como el azul del cielo despejado, labios medianos carnosos, invitando a besarlos, su cara de muñeca, el cuello de cisne, los senos del tamaño y consistencia formidables, con areola y pezón color de rosa, la cintura estrecha, rematada por unas nalgas perfectas, piernas largas de muslos y pantorrillas bien delineados, echando por tierra la creencia general, de que las mujeres del Norte y Centro de Europa son frígidas.

Nada de eso, por el contrario, hicieron el amor intensamente dos veces, contrastando la inocencia salvaje de la rubia, con la experiencia y madurez del hombre, que acoplados en perfecta unión, se amaron en una mezcla de ternura y pasión, contando parte de sus vidas. A Kadir le impactó escuchar por boca de la delicada joven, el adiestramiento militar recibido de su padre, un Coronel del hoy extinto Régimen Comunista Checoslovaco y la cantidad de trofeos ganados en competiciones internacionales de Tiro a Distancia.

Dos noches después, al despedirse cariñosamente, intercambiaron sus números telefónicos, prometiendo llamarse.

Kadir no lo sospechaba siquiera, pero el destino le haría reencontrarse con la hermosa Checa, en otras circunstancias muy distintas.

La suite de Chris, resultó el marco apropiado para el "bautizo" del hermoso culo de la Brasileña.

Después del primer coito ensayando nuevas posiciones, la caliente hembra pidió a su amado la penetración anal, a lo que ni tardo ni perezoso accedió para complacer a su dama, que para su sorpresa, aun teniendo todo el enorme falo dentro del cuerpo, pedía más.

— ¡Eres una golosa, lo tienes todo y quieres más!

Desconcertado, el hombre por indicaciones de su novia, tomó de la maleta un pene artificial color rojo de buen tamaño, provisto de baterías que lo hacían vibrar, introduciéndolo en el amplio ano de Dalva, que gimió de dolor y placer.

Carvalho colocó su miembro dentro de la boca de ella, que lo succionó con avidez.

A sus 18 años, la belleza Sudamericana ganó el certamen Miss Brasil, siendo injustamente eliminada de la corona mundial de Miss Universo por razones aparentemente políticas, como lo afirmaron los millones de sus admiradores que presenciaron el concurso por televisión, cuando le dieron la corona a una belleza Asiática.

Sin embargo, la chica conquistó el segundo lugar de la competencia, dándose a conocer ante los productores y dueños de medios que la acosaron constantemente, ofreciéndole contratos de publicidad muy ventajosos para ellos, en ocasiones leoninos, aprovechándose de la inexperiencia de la muchacha, como suele suceder.

Pero pronto aprendió la lección. Nacida en las Favelas (barrios de pobreza extrema) de Sao Paulo, Dalva se dejó deslumbrar por el glamour del modelaje, ganando una fortuna (para ella) que le permitió salir de la miseria. Atrás quedaban las violaciones de su padrastro e hijos, el alquiler de su cuerpecito todavía infantil a los malditos pandilleros, por orden del Gigoló (padrote).

Todo eso quedó en el pasado, ahora como perfecta cabrona tenía suficiente dinero y podía vivir de maravilla. Su misión en delante era exprimir a los estúpidos hombres que cayeran en sus manos, o mejor dicho entre sus piernas, sin importar el físico, edad, solteros, casados, viudos o divorciados (es mucho mejor con casados, son más discretos), color de piel, ocupación, raza o convicciones políticas o religiosas, con la única exigencia que fueran millonarios y espléndidos con ella, que aceptaba solo costosos regalos, siempre a su nombre.

Nada que "voy a comprarte un automóvil nuevo y lo pondré a nombre de una de mis empresas, para aprovechar los gastos y así tú no pagues matrícula, impuesto, seguro, combustible y servicios". O "te prestaré este departamento en tanto te compro el tuyo"...

No, de ninguna manera, es inaceptable y es mejor decirles adiós.

Con esta firmeza, en la mayor parte de los casos, el pretenso doblaba las manos para ser dueño, así fuera corta temporada, de la sensacional hembra. Para la mujer, la hermosura es un arma de dos filos: por una parte, sus encantos físicos le garantizan la apertura de puertas que significan éxito económico, que para otras mujeres menos agraciadas, por lo general están cerradas para siempre.

Por ejemplo, los reinados de belleza que les dan oportunidad de ser modelos, posteriormente algunas suelen convertirse en amantes de hombres ricos e importantes, consiguiendo ser actrices. En su edad madura y supercogidas, pocas de ellas son contratadas como conductoras de programas y otras actividades dentro de la radio y televisión.

Y por la otra, es motivo de preocupación y hasta sufrimiento de las bellas, el darse cuenta del efecto que causa su presencia ante los hombres, el eterno acoso de Tirios y Troyanos, estar siempre a la defensiva ante un ejército de hombres que luchan y harían cualquier cosa para llevarlas a la cama, hasta el rapto, violación y... asesinato.

Una conseja popular reza: "La suerte de la fea, la bonita la desea".

NOTA DEL AUTOR.— Psicólogos de la Universidad Tecnológica de Medellín (México), en su Estudio sobre los Efectos Negativos Producidos a las Mujeres Bonitas (México, 2014) menciona entre otros, los siguientes hallazgos obtenidos de una muestra de 300 mujeres Mexicanas y Extranjeras:

- Hay veces que te incomodan las miradas, pero aprendes a vivir con eso.
- Molesta que al pasar por una construcción en proceso, todos los trabajadores te ofenden con bajezas.
- Siempre tienes que estar al pendiente de tu bolso. Es frecuente que le pongan cosas desagradables, como cucarachas o ratones muertos, hasta droga y te culpen de ello por envidia.
- En los trabajos, si tu jefe es mujer, eres relegada o simplemente un cero a la izquierda porque muere de envidia, ella podrá tener mil estudios, diplomas y honores, pero nunca tendrá tu clase, porte, elegancia y hermosura.
- Y si el patrón es hombre, te consentirá. La paga, horario y trabajo serán mejores, a cambio de invitaciones para acostarte con él, (no siempre, solo 85% de los casos).
- En la escuela, las mamás de los niños del mismo salón que el tuyo

simplemente te ignoran, como si no existieras, porque las opacas.

- Cuando te presentas en oficinas de gobierno, por lo general las empleadas son de tipo común y corriente, con mucho trabajo y mal pagadas. Tú llegas superarreglada, guapísima, te hacen dar vueltas, que no llevas los documentos completos, diciéndote que regreses otro día porque el encargado no está, siendo que son ellas mismas.
- Si una mujer te hace una entrevista de trabajo y eres bella, tienes las de perder. Te pondrá miles de obstáculos y al final te dirá: "Nosotros le llamamos".
- Cuando por fin te contratan (en un trabajo serio por supuesto, no en table dance, bar, modelo o burdel), tus nuevas compañeras te harán la vida imposible con chismes que no dijiste o hiciste, para que renuncies.
- Si eres soltera y no tienes pareja, te colocan etiqueta de urgida, así que nunca serás invitada a reuniones con novios o maridos porque obvio, eres guapa y representas competencia peligrosa para tus amigas.
- Otro fastidio, es que en el parque, cafetería, museo, etc., no falta el oportunista de cualquier edad, queriendo ser chistoso, diciendo mentiras y pendejadas para tratar de quedar bien contigo y llevarte a la cama.
- En sitios llenos de gente, autobús, Metro, filas de cine, teatro, conciertos y otros, es común que hijos de la chingada te arrimen el pene en el brazo, pierna o nalga. No puedes pasarte la vida repartiendo bofetadas.
- El jefe varón, casi siempre querrá tener algo contigo. Si lo permites, te llenará de regalitos y atenciones, pero nada serio, siempre será una aventura y además pasajera, en lo que el tipo encuentra a otra más joven y linda que tú, o lo descubren los superiores o la esposa.
- El acoso a diario, a toda hora, el jefe, el vecino, el taxista, el maestro, bueno, aprendes a vivir con ello, te la pasas evitando gente. Casi nunca a una mujer hermosa, se le acercará el chico que a ella le gusta.
- Mientras la gente cree que tienes mil pretendientes o novios, los que valen la pena no se atreven, se intimidan. Esto es real, porque la mayor parte de los hombres se predispone a que por ser preciosa, no les harás caso y ellos perderán tiempo y dinero.

RIBADESELLA, ESPAÑA

Ramón Peralta y Bárcenas, había conseguido su propósito:

Apropiarse de los dos magníficos hoteles del finado Don Pepe, matándole, sin desembolsar un solo Duro.

No obstante, vivió aterrado varios años pensando en que tarde o temprano aparecería en escena algún pariente o amigo del hoy occiso, que pudiera reclamar las propiedades o en el peor de los casos, buscara venganza de sangre.

Las investigaciones de las autoridades, en caso de haberlas, era el menor de sus problemas. El destino es el destino, nada puede cambiarlo.

Quince años después, Chris Carvalho, el famoso constructor y Playboy Internacional, estaba a un ápice de confirmar el axioma.

Era Verano y decidió visitar a su buen amigo Pepe Muerza y hospedarse en su hotel para vacacionar una semana.

Grande fue su sorpresa al enterarse que la posada tenía nuevos dueños y del súbito fallecimiento de su compañero de farra, cariñosamente llamado Don Pepe o simplemente Pepe para los amigos.

Entró en sospechas, cuando los informantes le parecieron reacios a contestar sus numerosas preguntas, aportando solamente respuestas vagas, poco convincentes.

Aumentaron sus inquietudes, cuando las Autoridades del pueblo le proporcionaron los datos del suceso, manifestando que estaba muy claro, fue un accidente y no hubo delito que perseguir.

Era un caso cerrado.

En el silencio de su habitación, el recuerdo de su amigo le asaltó.

¿Cómo era posible que el finado, siendo hombre de campo, acostumbrado a las riesgosas vías en medio de montañas, para llegar a los pueblos y caminar entre fango y piedras, pudiera ser tan torpe para caer cruzando el río?

¿Y por qué razón no avisó a nadie del repentino viaje de cacería?

Además, ¿no siempre habló de proteger flora, fauna y a la naturaleza misma, siendo enemigo de matar animales? Está muy raro — concluyó — si bien ha transcurrido bastante tiempo, en recuerdo a su estimada persona, voy a indagar, no puedo quedarme cruzado de brazos.

No sé por dónde empezar, pero lo haré.

Sobre todo siendo cercano a Pepe, nunca me habló de las supuestas deudas de juego con el cabrón del tal Ramón Peralta. Además, suponiendo sin conceder que así haya sido, sabía muy bien que yo podía facilitarle el dinero para pagar al pinche prestamista.

No, hay algo... lo sé, tengo que asegurarme que su muerte fue natural y que los préstamos fueron reales. ¡Sí señor!
—   ¡Juro por Dios que no descansaré hasta lograrlo!

MADRID, ESPAÑA

El famoso Ingeniero y Arquitecto Christopher Carvalho, fue uno de los distinguidos expositores invitados al V Foro Internacional de la Construcción, a celebrarse la primera semana del mes de septiembre.

El evento, de corte multidisciplinario, reunía bajo el mismo techo del Centro de Convenciones de Madrid, a lo más selecto a nivel mundial de Arquitectos, Ingenieros, Fabricantes de Materiales para la Construcción, Académicos, Funcionarios del Gobierno, Científicos, Estudiantes, Empresarios de la Vivienda, Turismo y Complejos Industriales.

Ese año tocó en suerte que estuviera presente el Contador Público Auditor Kadir Aiza, antaño asesino profesional, hoy respetable Miembro del Board of Directors (Consejo de Administración), de la poderosa cadena Inmobiliaria CELTIC, dueña entre otras cosas, de ya casi 1700 Hoteles y 9200 Moteles, esparcidos en todo el mundo y diez desarrollos turísticos de Clase Especial, en los mejores lugares del planeta.

El Contador asistía a los actos de tipo técnico y financieros del bien elaborado programa, con la representación de Don Ramón Peralta y Bárcenas, Presidente del Grupo, quien alérgico a ese tipo de cosas, se presentaba únicamente a las comidas y diversiones previstas, acompañado de su ahora inseparable esposa, la hermosa Amber Brancatti, quien tenía fama de puta, título muy bien ganado, no con el sudor de su frente sino de todo el cuerpo.

En el "Break" (receso para descansar unos momentos y tomar algún refrigerio) del segundo día de conferencias magistrales, Kadir acudió a felicitar al Arquitecto Carvalho, por su brillante disertación sobre cómo utilizar materiales nuevos, mucho más resistentes y de bajo costo, para la construcción de casas habitación, en zonas vulnerables a fenómenos de la naturaleza, que cada año destruyen miles de hogares en muchos países y dejan a su paso una estela de muertos, así como el uso de la energía solar.

Lo encontró — como siempre — rodeado de mujeres, estudiantes y profesoras del Ramo, concediendo pequeñas entrevistas.

Carvalho al ver a Kadir, se excusó y abrazó efusivamente al Auditor, decidiendo no asistir a la comida oficial que ofrecería el Ministro de Vivienda con la posible presencia del Presidente Español, y en cambio, reunirse los amigos en algún buen sitio, acordando verse a las tres de la tarde en la Casa Lucio, ubicada en la calle Cava Baja, que ocupa el lugar donde estuvo el centenario Mesón El Segoviano.

El Pollo Capón, las crías de Anguila (Angulas), los Callos, Churrasco, Cocido y Fabada, son algunos de los platillos del restaurante de fama Internacional, incluyendo los excéntricos Rabo de Toro y Cococha (Barbilla del pescado Merluza), que acompañados de magníficas tapas y vinos, hacen del lugar uno de los sitios más visitados por los turistas y gente local.

A los postres, durante veinte minutos, el Arquitecto comentó al Contador sobre la amistad que tuvo hace años con el buen Pepe y sus dudas en las circunstancias donde perdió la vida, un hombre bueno, honrado y trabajador, que no merecía morir así.

Narró que de acuerdo al informe Oficial, el hoy occiso salió de cacería con otro amigo, cuando al cruzar un río, pisó en falso, resbaló entre las piedras, golpeándose fuertemente en la cabeza, muriendo en el acto.

Sucedió tan rápido, que su compañero no pudo hacer nada por él.

- No entiendo, ¿por qué sospechas?, ¿acaso piensas que no fue un accidente? — dijo Kadir.
- Mira compañero — respondió Carvalho — Pepe, que en gloria esté, no era ningún novato caminando.
- Puede decirse que nació entre las rocas de los caminos serranos, me contó varias veces que desde niño, ayudó a sus padres a cruzar las montañas arreando mulas, pasando por rústicas veredas con peligrosos desfiladeros a cada lado, con lluvia, granizo, viento, lodo y hasta nieve.
- Lo más raro del asunto es que su compañero de excursión, se quedó con todos los bienes del difunto, incluidos dos hoteles en Ribadesella, alegando enormes deudas de juego.
- ¿Pero cómo chingaos, si mi amigo no jugaba de apuesta? Yo lo hubiera sabido, ¡¡¡era mi colega de parrandas!!!
- ¿Conoces el nombre del sospechoso acompañante?
- Por supuesto, es un pinche gallego millonario, un tal Ramón Peralta y Bárcenas, por lo que sé, ¡un verdadero hijo de puta!

Tomado por sorpresa, Kadir tardó una fracción de segundo para replicar:

- No puede ser, no la chingues, es... mi jefe, trabajo para él en el Consorcio CELTIC, desde hace años y nunca... — ocultando que el patrón, estaba precisamente aquí en la ciudad, por el Congreso de la Construcción.
- ¿Lo conoces? — inquirió Kadir con cautela.
- No, si lo llego a ver, lo moleré a golpes, sacándole la verdad — amenazó Carvalho, levantando el poderoso puño con fama de noqueador.

Al decir esto, el Contador cayó en cuenta que no sabía nada sobre la vida anterior del señor Peralta, viniendo a su mente como un latigazo, la terrible sentencia pronunciada por Honoré de Balzac: "Detrás de una Gran Fortuna, hay un Delito".

— Espera un poco Chris, ¿cuándo sucedió lo que me confías?
— Hace unos quince años.
— La última vez que nos vimos estaba muy bien, sin mayores preocupaciones, hasta pensaba en casarse, se había aburrido de vivir solo.
— Después, me he dedicado a viajar, conociendo hembras en lugares maravillosos, por ejemplo Ibiza, donde precisamente tuve el "disgusto" de conocerte, cabrón, cuando el lío aquel en la piscina del Hotel Mediterranean Paradise Beach Resort y que gracias a tu valiosa intervención, no pisé la cárcel, ¿lo recuerdas?
— No he olvidado la buena chinga que me llevé, limpiando playas, duchas y baños, pero qué caray, me sirvió de mucho, porque pude valorar el honesto trabajo diario, eficiente y disciplinado, de las personas a nuestro servicio.
— Pero qué tal después, cumplida la sentencia, la recompensa con aquellas turistas extranjeras... mmmmm... ¡Fue fantástico viejo!
— En aquella "fiesta" hablaste de conocer a un investigador privado muy competente y discreto.
— Quisiera contratarlo, no puedo dejar pasar esta situación de incertidumbre que me está matando. ¿Puedes recomendarlo? — concluyó Chris.
— No lo sé amigo, fue hace mucho tiempo, es posible que esté retirado, pero trataré de ubicarlo... por ahora, bastante tediosa está tu conversación. Brindemos por la vida, el amor, el cielo, el mar y todo lo maravilloso que nos rodea, ¡Pripitek! – pronunció, recordando a la preciosa Femke, la Diosa Checa.

Esa noche, Kadir no pudo conciliar el sueño. Las palabras de Carvalho sonaban en su cerebro como martillazos. No podía creer que su jefe, Don Ramón, hubiera sido capaz de asesinar a nadie y menos a un buen hombre como Don Pepe, que con grandes esfuerzos había logrado tener dos hoteles en Ribadesella.

Hizo un recuento de los años que tenía de conocer a Don Ramón Peralta y Bárcenas, accionista principal y Presidente de la cadena CELTIC, viniendo a su memoria las veces que al frente de la brigada de Auditores de la Firma neoyorkina "Hartford, Mellon & Fletcher", pasó visita a sus numerosos hoteles y negocios esparcidos por todo el mundo.

Y posteriormente, cuando a insistencia del importante cliente, el Despacho accedió a soltarlo, aceptó la Dirección General del Consorcio, la botadura del "Tenerife", primer trasatlántico de superlujo de propiedad en condominio, el asalto de los piratas, el secuestro de los rehenes Don Ramón incluido, el rescate por los comandos Israelitas coordinados por él mismo, en su papel de "Scorpio", hasta su posición actual de miembro del Consejo de Administración del Grupo Empresarial.

En su paso de varios años dentro de la organización, la conoció a profundidad y nunca, pero nunca, observó nada fuera de lo normal y mucho menos captó alguna situación de negocios o de su jefe, que pudiera tildarse de ilegal. Las empresas, cumplían escrupulosamente con todas las disposiciones fiscales y demás Leyes de los Países donde se asentaban.

No, definitivo, su amigo Christopher no conocía siquiera al señor Peralta y estaba equivocado. Para satisfacer el apetito investigador de su camarada y el suyo, iniciaría con el mayor sigilo sus propias pesquisas, con un informe personal bien fundamentado.

— Pinche Carvalho, ha logrado despertar mi curiosidad por hurgar en el pasado. ¡Maldita sea su estampa!

JERUSALEM, ISRAEL

Es la capital del Estado de Israel, aunque algunos países que han mudado sus Embajadas a Tel Aviv, consideran a esta última como tal.

Sin embargo, Jerusalem es por mucho, una de las ciudades más antiguas y fascinantes del planeta.

NOTA DEL AUTOR.— Fundada desde el siglo XIII a.C. ha sido escenario del paso de diversas civilizaciones que por medio del comercio y de la guerra, han dejado su huella indeleble.

Macedonios, Turcos, Romanos, todos destruyendo y construyendo, como el Templo de Salomón, destruido y reconstruido en dos ocasiones.

Es considerada una Ciudad Santa por las tres principales Religiones monoteístas: Judía, Cristiana y Musulmana, y las tres, poseen Lugares Sagrados, como el Muro de las Lamentaciones, último remanente del Templo Judío, que el Rey Herodes ordenó levantar sobre las ruinas del Templo de Salomón; El Domo de la Roca y la Mezquita de Al-Aqsa, donde se cree se guardaban Las Tablas de la Ley, que Yavhé dictó a Moisés; El Cenáculo, lugar de la Última Cena del Mesías; La Vía Dolorosa, camino desde la Fortaleza Antonia hasta el Monte Calvario, donde Jesús sufrió humillaciones y azotes, siendo finalmente crucificado por la soldadesca Romana.

La metrópoli de cerca de un millón de habitantes, es hoy moderna y pujante, conservando el ambiente Religioso de arrepentimiento, oración y perdón.

La ciudad tiene además, numerosos atractivos, como el Museo de Israel, el Centro Nacional de Convenciones, el Centro Gerard Behar, Conciertos de la Orquesta Sinfónica de Jerusalem al Aire Libre y en Teatros, el Festival de Cine, el Jardín Botánico, el Zoológico Bíblico, destacando el Festival de Israel, organizado cada año, con música, teatro y otras manifestaciones artísticas de gran nivel.

No puede olvidarse la Universidad Hebrea de Jerusalem, inaugurada en 1925 con la cátedra dictada en Alemán por Albert Einstein, y el edificio del Knesset (Parlamento).

****

Los delincuentes seleccionaron hospedarse en el hotel Dan Jerusalem de la calle Lehi, recinto muy confortable y de magnífico precio, un poco más de 140 Dólares americanos por noche.

Con todas las instalaciones de lujo para el descanso, confort y diversión de los huéspedes, era no obstante uno más de los establecimientos turísticos, sin llamar demasiado la atención, que era precisamente lo deseado por aquel grupo de criminales Internacionales.

La "cumbre" se llevaría al cabo en la sala de juntas del Centro de Negocios del hotel, doblemente revisado: la primera vez de rutina, por el personal de seguridad del establecimiento y la segunda, con mayor cuidado, por los capacitados guardaespaldas de los asambleístas.

En una nación que sufre conflictos bélicos continuamente y amenazada por el terrorismo Internacional, la colocación de explosivos es un riesgo latente.

Los escoltas particulares verificaron también la ausencia de dispositivos de escucha y filmación.

La asistencia fue del cien por ciento.

Al centro de la mesa únicamente botellas cerradas con agua Pellegrino, ni siquiera vasos, en su momento, beberían directo de la botella.

Todos ellos temían ser envenenados.

La reunión tuvo el siguiente ORDEN DEL DÍA:

I. Lista de Asistencia y Declaración de Quórum.

II. Atentado a la Prisión de Comayagua. Informe y Acuerdos.

– Primer Punto.- Presentes los Ocho miembros del Sindicato: señores Geoffrey, Vassily, Dwight, Kenneth, Thorthen, Vander, Luan y Bertrand.

– Con el cien por ciento de asistencia es válida la reunión — dijo Kenneth que ocupaba la Presidencia rotatoria.

– Segundo Punto.- El Informe sobre el atentado a la prisión de Comayagua, en la República de Honduras, donde murieron 272 presos, entre ellos 114 eficientes miembros de nuestro Sindicato del Crimen, no está suficientemente esclarecido — mencionó Vassily, que desempeñaba la Secretaría igualmente transitoria.

Usó de la palabra el Chino Luan, para explicar que no obstante haber puesto a investigar a diez de sus mejores sabuesos de la Tríada (Organización Criminal China), no pudieron saber absolutamente nada.

Las autoridades penitenciarias y el Gobierno Estatal, mantenían su postura de considerarlo un accidente. En su turno, Sir Geoffrey, expresó que por su parte, los amigos del MI5 y MI6 (Servicios Secretos Británicos), fueron hasta el fondo sin encontrar a los culpables. Vassily mencionó que sus contactos dentro de la mafia Rusa estaban todavía trabajando en el asunto.

– Hasta el momento, nadie sabe nada de los autores.

Bertrand, indicó que un oficial amigo de La Sureté (Servicio Secreto Francés), le informó sobre un cierto grupo Internacional, aparentemente de reciente creación, aunque nada distinto a los ya existentes en varios países, sin embargo no sabe quiénes son ni en dónde están.

- Bola de pendejos — rugió Vander — No es posible que en estos meses, ¡nadie pueda decirnos nada! El cabrón de Lawrenti Zuskov. Ese hijo de puta, sí que los hubiera localizado...
- Y qué esperas para contratarlo, ¡hazlo ya! — exigió Dwight.
- ¡Solo que está pudriéndose en el infierno! Ja, ja, ja... — rió Vander — Tuve que eliminarlo, me traicionó. Pero ese malparido, era el mejor, ¿lo recuerdan? Fue Primer Comisario de la STASI, la Policía Secreta de la entonces Alemania Oriental, mucho más temible que la GESTAPO Nazi o la KGB Rusa.
- Bueno — dijo Thorthen — Sigamos investigando, hay que presionar y torturar al bajo mundo, tarde o temprano algo se sabrá. Nos reuniremos en tres meses en la ciudad de Guadalajara, México, por lo menos hay tequila, lindas hembras y mariachis.
- ¿Les parece?

La propuesta fue desechada por la mayoría. — No estamos para vacacionar ahora, tenemos cosas importantes por realizar.

Salieron encabronados, cada cual regresaría a sus negocios. Por vez primera en mucho tiempo, no hubo celebración.

PENAL DE COMAYAGUA, HONDURAS

El General de Brigada Celso Narváez, Director General de Centros Penitenciarios, estaba bajo mucha presión.

Los altos Jefes de la Policía Nacional, del Ministerio del Interior y el Gobernador, a su vez acosados por los medios de comunicación y familiares de los reclusos muertos, exigían el pronto esclarecimiento de los hechos y arresto de los responsables por comisión o por omisión, porque tenía que haberlos.

El Fiscal Especial había sido nombrado con instrucciones "de arriba", para actuar con mano dura y establecer un precedente de férreo escarmiento a los culpables.

Las detenciones eran urgentes presentando casos sólidos, apoyados en investigaciones impecables, para exhibir en los juicios que tenían que celebrarse.

Para colmo de males, estaba iniciando el año electoral, tiempo en que los políticos de todo signo tratan de mostrar al pueblo que son buenos gobernantes, realizando mayor obra pública, creando más empleos, combatiendo a la pobreza y desde luego, su creciente preocupación por la seguridad y justicia a sus electores.

Narváez recibió la instrucción de encontrar a los autores materiales e intelectuales de la agresión, limpiamente y lo más pronto posible.

Para cumplir con su cometido el General de Brigada, eficiente y honesto servidor público, recibió directo del Ministro del Interior, la Carte Blanche (Toda la Confianza) y los recursos financieros para lograrlo.

Contrató a dos equipos de peritos Internacionales y uno local de lo mejor, con instrucciones de trabajar en conjunto dentro del edificio en ruinas, pero separadamente fuera del penal, en laboratorios y gabinetes, sin comunicarse entre sí los descubrimientos que cada equipo pudiera hacer.

Para ello, estableció cláusulas rígidas en los contratos que así lo prevenían, imponiendo fuertes sanciones económicas a los infractores, que podían incluso llegar hasta la cancelación del convenio sin pago alguno.

La razón para estipular lo anterior, era precisamente evitar la contaminación de información entre los equipos participantes y que sus resultados fueran originales, acertados o no.

Pasaban los días y la prensa no dejaba de publicar fuertes críticas, a los funcionarios responsables de la seguridad en la penitenciaría, a las que se unieron marchas de familiares, auténticos grupos defensores de Derechos Humanos, partidos políticos de oposición al gobierno, estudiantes y bandas anarquistas.

La investigación y detención de los culpables estaba clasificada como Prioridad Uno.

La Comisión Internacional de Derechos Humanos y otras ONG (Organismos No Gubernamentales), estaban muy pendientes que no fuera cerrado el caso, sin una fidedigna investigación.

Súbitamente, el Gobierno local recibió en sus arcas, un generoso depósito como "donativo" proveniente de un grupo de ciudadanos interesados en esclarecer los lamentables hechos, localizar a los responsables y llevarlos ante la justicia.

El Vicegobernador de la Provincia se frotó las manos de gusto.

Con los cien millones de Dólares se podían hacer muchas cosas, incluso localizar o fabricar culpables, comprar prensa y voluntades.

Le importaba un bledo el origen del dinero.

No era momento de mojigaterías.

Dudó en comunicarlo al Gobernador y al Ministro del Interior.

No lo hizo.

Torpemente eligió que era mejor guardarlo como secreto y tal vez, solo tal vez, revelarlo en caso extremo.

CHICAGO, ILLINOIS

Chicago Fire Department (el Departamento de Bomberos de la ciudad de Chicago) es junto con el de la ciudad de Nueva York, uno de los mejores, más completos, equipados y eficientes de la Unión Americana.

Su prestigio se remonta a 1871, cuando la metrópoli padeció uno de los incendios urbanos de mayor intensidad que duró 72 horas de infierno, destruyendo 6 kilómetros cuadrados de la llamada "ciudad de madera", porque los techos, muros, puertas, ventanas, pisos y muebles eran de ese material, hasta algunas calles tenían bloques de madera como suelo.

Dice la historia que el fuego se inició en un establo y los fuertes vientos se encargaron de diseminar las encendidas brasas por doquier, incluso cruzando el río.

En ese terrible accidente, quedaron destruidas más de 16,000 construcciones, murieron casi 300 personas y quedaron unas 100,000 sin hogar.

No obstante, el siniestro pudo haber sido peor, pero la valiente y eficaz intervención del Cuerpo de Bomberos y de los cientos de Voluntarios, que anónimos, contribuyeron para extinguir las llamas.

Años antes, en Diciembre de 1835 en la ciudad de Nueva York se desató un gran incendio que destruyó parte de la isla de Manhattan, consumiendo el fuego unas 700 propiedades edificadas con madera, en una superficie de 25 hectáreas, incluyendo Wall Street y su famosa Casa de Bolsa.

La temperatura de 27 centígrados bajo cero, congelaba el agua de las mangueras de los bomberos, teniendo que cavar hoyos en el hielo para obtener un poco del líquido.

Para ayudar a controlar el incendio, el Ejército y la Marina de los Estados Unidos dinamitaron edificios, haciendo un cerco de escombro evitando su propagación a otros sectores de la ciudad.

La causa, dijeron las autoridades, una fuga de tubería de gas que cogió lumbre de una estufa de carbón.

NOTA DEL AUTOR.— No obstante, el incendio considerado como el más voraz de los Estados Unidos, sucedió en la ciudad de San Francisco, California inmediatamente después del gran terremoto de 1906, que marcó 7.8 grados en la Escala de Richter.

La gran destrucción por el derrumbe de edificios, hizo estallar las tuberías de gas, dejando unos 500 muertos por el sismo y como 3000 víctimas del fuego, además de quedar sin hogar 250,000 personas, aproximadamente.

El siniestro se agravó, porque al decir de testigos, algunos propietarios que no tenían Seguro contra terremotos, pero que sus Pólizas sí amparaban daños por incendio, prendieron fuego intencionalmente a sus casas, aprovechando la situación.

Sea cual fuere la verdad, la conflagración fue de dantescas proporciones.

****

Morris Shepperd y Ted Scott, investigadores comisionados por el Departamento para dictaminar la causa del incendio del penal en Comayagua, presentaron sus conclusiones al supervisor Mr. Frederic Molina.

En su documentado estudio, establecieron sin lugar a dudas que el siniestro se debió, al sobrecalentamiento del cable principal alimentador proveniente del transformador de 1800 KVA, cuyo calibre CERO no soportó el paso de los años.

La demanda de electricidad del creciente número de talleres, bibliotecas, auditorio y oficinas, estos últimos equipados con aire acondicionado, no fue prevista cuando se efectuaron las ampliaciones, porque debieron haberse sustituido entre otras cosas, los cables a calibres DOBLE o TRIPLE CERO, así como proporcionar una mucho mayor capacidad de carga a los tableros interruptores.

Las viejas instalaciones eléctricas equipadas con alambre, y no cable de calidad, carecían del mantenimiento mínimo, representando un peligro latente en cualquier momento.

Los transformadores secundarios cuyo aceite nunca fue cambiado, acusaban fuertes concentraciones de Bifenilos Policlorados, tremendos venenos para el ser humano.

Finalmente, no se hallaron rastros de materiales provocadores y/o acelerantes del fuego.

En conclusión, el siniestro se originó por una falla eléctrica en el circuito principal A109, debido a la sobrecarga de corriente que excedió a la capacidad del anticuado Transformador de 300 KVA, y al no tener el mantenimiento adecuado, no pudo convertir la alta tensión de 13,500 Voltios a los 220 v y 110 v, del interior de las instalaciones penitenciarias, incendiando los cables distribuidores de calibre inadecuado, que hicieron explotar la Subestación y los Centros de Carga repartidos por los edificios, quemándolo todo.

En la última parte del Informe, el Heroico Departamento de

Bomberos de Chicago, recomendaba contratar los servicios de compañías eléctricas especializadas, para realizar los trabajos de nuevo diseño e instalación de electricidad en los edificios de la prisión, aplicando las modernas normas de calidad y seguridad Internacionales.

Tres días después, la oficina del Tesorero recibió vía transferencia electrónica de fondos, la cantidad de quinientos mil Dólares como donación al Chicago Fire Department, enviados por el agradecido — y muy feliz — Vicegobernador Provincial de Comayagua, República de Honduras.

TEGUCIGALPA, HONDURAS

El General de Brigada Celso Narváez, había recibido el primer Informe/Peritaje directo del Chicago Fire Department, que leyó y releyó tres veces, antes de avisar a los miembros de la Comisión Investigadora, formada por orden del Ministro del Interior, quien la presidía, auxiliado por el Fiscal Especial recién nombrado, el Vicegobernador Provincial de Comayagua y el propio General, como Secretario Ejecutivo.

La reunión, en la sede de la Policía Nacional transcurrió sin contratiempos.

Simplemente el calificado Informe Pericial, confirmaba lo sostenido por las autoridades: el siniestro se debió a graves fallas de las antiguas instalaciones eléctricas del centro penitenciario, descartando imaginarias versiones de un atentado terrorista.

Los allí reunidos, decidieron esperar las dos revisiones de los expertos, cuyos resultados estaban pendientes de presentar, acordando exigir sus conclusiones de inmediato.

Tres días más tarde, llegaron los Informes faltantes, el desenlace fue el mismo, el fuego se inició por sobrecarga y calentamiento en instalaciones eléctricas antiguas, faltas de mantenimiento adecuado, que originó tremendo corto circuito y explosión.

En conferencia de prensa, radio y televisión en cadena nacional, los funcionarios del Gobierno, integrantes de la Comisión, se llenaron la boca (y los bolsillos con el amplio presupuesto destinado), asegurando al pueblo que no hubo tal atentado terrorista como algunas voces creyeron, sino que las pruebas irrefutables de los Tres Peritos, coincidieron en afirmar que el desastre fue un lamentable accidente, por descuido en el mantenimiento de las instalaciones de electricidad del penal, por lo que ya se estaban efectuando las acusaciones correspondientes, por ineptitud y negligencia criminal, a los empleados encargados de las reparaciones, para ser juzgados y castigados en fecha próxima.

Como suele suceder, el hilo se revienta por lo más delgado. Cuatro humildes trabajadores fueron procesados en un juicio exprés y condenados a prisión, acusados por la Fiscalía Especial de descuido grave, irresponsabilidad laboral, daños al patrimonio de la Nación y homicidio imprudencial, cuando en realidad eran inocentes, porque nunca fueron atendidas sus solicitudes y advertencias para dar la conservación necesaria, siempre por falta de presupuesto, que lógicamente se lo embolsaban los superiores.

MINNEAPOLIS, MINNESOTA, U.S.A.

El termómetro exterior marcaba menos 22° centígrados y la fuerza del viento hacía que la sensación térmica fuera de menos 27°.

No obstante, dentro de la elegante residencia en la Avenida Portland, propiedad de Mr. Purple, se respiraba el cálido ambiente de un grupo de viejos amigos charlando y tomando la copa.

Por ironía del destino, separados por miles de kilómetros, dos grupos multimillonarios rivales analizaban los informes del Gobierno Sudamericano.

El primero, encabezado por Benjamín Weitzner, alias "Gray", Ex Fiscal General de los Estados Unidos de América y Presidente de la poderosa Fundación Weitzner, que festejaba en unión de sus compañeros del "CLUB PRISMA", el éxito logrado.

Celebraban que fue recompensado con creces el tiempo, esfuerzo, los millones invertidos en la tecnología y personal experto, para desatar el incendio en el penal, simulando un accidente y ejecutar limpiamente "al mayoreo" a 272 criminales irredentos, de la peor calaña.

— Boys (muchachos), tenemos un nuevo Target (Objetivo) y creo que debemos atacar de inmediato, sin dar tiempo a reaccionar a los malos, que estarán desconcertados al confirmarse la versión del "accidente" — opinó Black.

— El nuevo pedido no es tan grande como el anterior, pero hay mercancía de alto precio y valor estratégico — expresó Blue.

— Estoy de acuerdo en hacerlo, pero ¿no sería prudente esperar un poco? — dijo Orange.

— Creo que no levantará tanto polvo como el anterior — afirmó Brown.

— Seguimos teniendo el elemento sorpresa de nuestro lado, antes que las autoridades judiciales y los mismos delincuentes puedan organizarse y responder a los ataques.

— No hay que subestimarlos, sino golpearlos ahora — cerró Yellow.

Por unanimidad, la junta convocada extraordinaria, votó a favor.

RIO DE JANEIRO, BRASIL

El segundo equipo en masticar y digerir el informe oficial sobre el incendio del penal, estaba dirigido por Vander Skoda, uno de los cabecillas del Sindicato Internacional del Crimen, que aglutinaba a las bandas Internacionales líderes en secuestros, homicidios, terrorismo, prostitución, pornografía, traficantes de armas y drogas.

Los malhechores mascullaban maldiciones por no haber podido averiguar la verdad y dar con los culpables, habiendo gastado millones de Euros que se fueron al caño.

Con el odio y frustración por haber perdido la batalla que creyeron ganar, continuaron la junta deliberando para cobrarse la afrenta.

– ¡Los hijos de su puta madre que recibieron nuestro dinero, nos traicionaron! ¡El pinche informe es falso! ¡Ya nos vengaremos! — fueron las conclusiones.

Cuando el resto de los capos se retiraban, Vassily gritó:

– ¡Un momento cabrones! Está llegando un mensaje. ¡Me lleva la chingada! ¡Estos malparidos están muy activos!

– ¡Habla de una vez pendejo! — exigieron Bertrand, Dwight y Thorthen.

– ¡Ha sucedido otro incendio! Esta vez en la Cárcel Modelo, en Barranquilla, al norte de Colombia, los culicagados funcionarios dijeron que el fuego se desató por un enfrentamiento entre reclusos que prendieron los colchones.

– Esta es la lista de muertos, son pocos, solo nueve, pero entre ellos ¡el "Copetes" segundo en la cadena de mando de mi cártel de narcotráfico!, un verdadero cerebro, valiente y leal, a toda prueba.

– ¡Puta la madre que los parió! — gritó Kenneth, el número uno en contrabando de armas del planeta.

– Se chingaron al "Puertas", justo cuando le faltaba un mes para salir de chirona (prisión).

– Tenía vendido el mayor lote de armamento ligero y pesado para la guerrilla, que han pagado con cinco mil kilos de coca, que ahora se han perdido, ¡quién sabe dónde chingaos estarán!

– Bueno, dejen de llorar como mariquitas, ya se recuperarán, lo importante es ¡dar con los enemigos y acabar con ellos! — razonó Luan.

– Es obvio que nos han declarado la guerra. Propongo formular un plan de contraataque, esto es lo que pienso...

– Dos horas y media después, el plan de los malditos bien pulido, fue aprobado por unanimidad para ponerse en marcha de inmediato.

— Necesito mañana mismo, mil quinientos millones de Euros de cada uno, depositados como de costumbre en el Banco Universal en las Antillas — rugió Sir Geoffrey, en funciones de Tesorero del Sindicato del Crimen.

Siendo ocho los grandes jefes, el fondo inicial para la guerra sería la nada despreciable suma de veinte mil millones de Euros, suficiente para comprar información, prensa, conciencias y funcionarios corruptos de algunos países, equipar un ejército de sicarios perfectamente armado y muy importante, labores de inteligencia.

Se pronosticaba — proporciones guardadas — una Tercera Guerra Mundial.

****

Terminada la junta, cada uno se largó, excepto Vander, a quien como siempre lo acompañaba Angelique, la hermosa estatua de ébano, que deseaba zambullirse en las aguas de la magnífica playa de Copacabana.

Skoda se tumbó en el asoleadero y pidieron bebidas, a poco se quedó dormido, con el guardia personal vigilando a dos metros de su espalda.

La beldad se quitó el sostén jugando con las olas.

A diez metros al norte, dos amigos saboreaban sus tragos, servidos en cocos abiertos con hielo.

Kadir Aiza tomaba la refrescante agua mezclada con vodka Ruso Putinska; Christopher Carvalho, la bebía con ginebra Inglesa Beefeater.

Los dos golfos, admiraron a gusto a la mujer, tomándole fotografías con el novísimo Apple iPhone 7 de doble lente y pantalla en cristal de zafiro, propiedad de Chris.

Ella, dándose cuenta del efecto causado, les sonrió coqueta y segura de sí misma, los retaba con la mirada y con movimientos sensuales.

A las mujeres les encanta llamar la atención y ser admiradas, por eso visten provocativas, para lucir sus encantos.

Delicadamente llevó su dedito índice a la boca, lo besó introduciendo la punta dentro de la exquisita cavidad, chupándolo como paleta.

Fue el Arquitecto quien inició la conquista, desoyendo a su compañero quien le advirtió del gorila que cuidaba al vejestorio novio de la muchacha.

— Carajo Chris, qué pinche necesidad de problemas, la nena tiene compañía.

— Para cualquier parte que mires, hay docenas de mujeres hermosas, ¡coño!

— No sabes nada de hembras, cabrón...

— ¡Esta nalga es de lo mejor! — respondió el Brasileño, quien corriendo, abrazó de frente el cuerpo de la caliente hembra, arrancó la tanga y la cargó desnuda colocando los muslos sobre sus fuertes hombros, acariciando con su boca y lengua el clítoris y vagina de la bella, que gemía de placer.

Kadir se movió rápido.

El fornido guardaespaldas de Vander Skoda sacó del bolsillo un delgadísimo cable de acero, que colocó en derredor del cuello de Carvalho y apretó, cortando su piel y la respiración.

En la arena, pataleando, sin poderse zafar por la terrible fuerza del atacante, el Playboy sintió los estertores de la muerte.

Trotando veloz, el Auditor se lanzó sobre el gorila aplicándole el tremendo golpe de karate conocido como Atama-Uchi, consistente en impactar con fuerza el hueso frontal de la cabeza contra la mandíbula del oponente, ocasionando la pérdida del conocimiento y dolorosísima fractura de mandíbula.

Una vez caído, lo remató con el mortal golpe con el nudillo del dedo medio directo al centro del pecho, llamado Nakadaka-Ken-Uchi, que le paralizó el corazón.

Adolorido del cuello, con un hilillo de sangre deslizando por el torso desnudo, el malogrado Casanova ayudado por Kadir, huyeron del lugar, ante la atónita mirada de los turistas, que no deseando problemas con la policía, se esfumaron del sitio.

Solamente Angelique permaneció en la playa.

Con parsimonia, se colocó la tanga y despertó a su amo, que roncando, no se dio cuenta de nada, creyendo el cuento de la negrita sobre unos maleantes que quisieron secuestrarla, costando la vida del escolta.

Vander estaba furioso y no quiso en ese momento saber más.

Tenían que desaparecer para evitar declaraciones como testigos ante las autoridades y medios de comunicación.

La belleza morena manejó el auto por la Autopista "Joao Goulart" siguiendo por la Avenida "Vinte de Janeiro".

Circularon a la velocidad permitida, recorriendo los 20 kilómetros directo al Aeropuerto Internacional "Antonio Carlos Jobim" —destacado músico Brasileño — aunque la terminal aérea es popularmente conocida como Aeropuerto Galeão.

Después de las formalidades de Migración, abordaron el jet particular rumbo a su casa en Buenos Aires, Argentina.

****

Repuesto de sus heridas, Chris agradeció a su compañero Kadir por haberle salvado la vida.

- Lo que no comprendo es cómo lo despachaste tan fácil, si era un mastodonte.
- No te conocía esas habilidades, nunca me hablaste de practicar artes marciales... y pensándolo bien, tampoco conozco muy bien tu trabajo.
- ¿A qué te dedicas?
- ¿Lo has matado?
- No quiero mentiras...
- Era su vida o la tuya, ignoro si murió, es probable que sí será mejor olvidarlo, era escoria pura...
- Mira que atacarte a traición con intenciones de asesinarte solo por fajar a la pinche vieja, ¡no tiene puta madre!
- Sabes, parte de mi vida he sido Auditor en un Despacho con presencia Mundial.
- Después ellos me recomendaron con un importante cliente Español que controla hoteles, cruceros y desarrollos turísticos en varias partes del mundo donde ocupé la Dirección General del Consorcio, pero eso ya lo conoces.
- Ahora soy únicamente miembro del Consejo de Administración, por lo que dispongo de algún tiempo libre como por ejemplo para estas vacaciones, eso es todo.
- Sobre las artes marciales, bueno aprendí un poco en mi país México, durante el Servicio Militar obligatorio que presté en la Infantería de Marina, donde tuve la oportunidad de participar en el Batallón de Asalto.
- Las prácticas fueron extraordinarias, incluyendo tiro, técnicas de karate y combate cuerpo a cuerpo con bayoneta calada.
- He continuado haciendo deporte, defensa personal incluida.
- Qué me dices tú, ¿has prestado Servicio Militar en tu país? — terminó su perorata el Auditor para no rascar más.
- El sorteo de reclutas me favoreció... no hice nada, ja, ja, ja...

A bordo de la pequeña camioneta Volkswagen Saveiro, se alejaron de la ciudad para dirigirse al Aeropuerto.

Kadir no podía imaginar la reacción de su amigo, si conociera su pasado de asesino profesional.

BUENOS AIRES, ARGENTINA

Vander Skoda solo aparentó estar satisfecho con las explicaciones de Angelique, su amante en turno.

Experto en el conocimiento de la naturaleza humana, no se tragó la historia de la cabrona mentirosa.

Por principio de cuentas, ordenó a dos de los guardias de confianza sacarle la verdad de lo ocurrido en la playa de Copacabana mientras él dormía la siesta.

— Usen lo que sea necesario, graben su confesión y después se las regalo, gócenla hijos de la chingada, pero quiero su cabeza mañana, adornando mi jardín, ja, ja, ja, ja...

****

A las once del día siguiente, el zar de los hampones salió a la huerta, donde solía cosechar personalmente tomates cherry, cucumber (pepinos) y pumpkin (calabazas).

Contempló la recién cortada testa de Angelique.

¡Perra maldita!

— ¡Llévenla al taller del sótano! ¡El Jíbaro taxidermista trabajará de maravilla con esa hermosura para enriquecer mi colección!

Le sorprendió ver también los cráneos de los tres meseros a su servicio.

Indignado, llamó a gritos a su jefe de ayudantes.

— ¿Qué significa esto? Les dije que solo a la puta, los mataré a todos, bola de pendejos...

El jefe de ayudantes, previendo esa reacción de su jefe, veloz conectó la grabación al reproductor portátil.

— Por favor patrón, escuche la confesión y después decida...

Más por curiosidad que por compasión, el anciano tomó la grabadora y ladró:

— ¡Déjenme solo! ¡Vayan a chingar a su madre todos!

Por poco le da el soponcio al escuchar la revelación, entre otras varias, la cantidad de veces que después de comer, cuando la puta le hacía el sexo oral y él se retiraba a dormir un rato, la pinche vieja aprovechaba el tiempo para coger con los tres meseros a su servicio, allí mismo, sobre la espaciosa mesa del comedor, donde minutos antes había tomado sus alimentos...

Y por supuesto el abierto coqueteo en la playa con el brasileño desconocido, mostrándole su cuerpo desnudo para incitarlo a gozarla.

Las excitantes aventuras sexuales en la toilette con los pilotos del avión privado... y hasta con el joven y tosco jardinero que le introducía el mayor falo nunca visto, por boca, vagina y culo, siendo el primero en rompérselo, haciéndola adicta...

— ¡¡Zorra inmunda, has pagado tus traiciones, quién sabe de cuántas cosas más seas responsable, puta de mierda!!

Se sirvió buen trago de su whisky favorito, Old Parr 18 años en vaso corto con un hielo y esperó unos minutos hasta calmarse.

Después ordenó a su nuevo y fiel jefe de escoltas, soltar a los cinco bravos perros Doberman, que se encargarían de darse un festín con las cabezas cercenadas.

Mordiéndose los labios por la rabia, decidió eliminar dolorosamente, uno a uno, a todos los traidores que habían tenido relaciones con su hasta ayer, amada pareja.

Los dos escoltas, que la interrogaron y se la cogieron, correrían la misma suerte, no quedarían testigos.

La grabación, la incineró.

Era tanta su cólera que los restos de cabezas, cuerpos semidevorados, junto con sus amados y feroces canes fueron arrojados al "Molino", equipado con dos potentes motores eléctricos y gran tolva, capaz de recibir cuerpos completos y reducirlos a polvo.

Era un triturador industrial muy conveniente que el bandido compró para tenerlo en el sótano de su casa.

Cuando le hicieron la demostración, el vendedor lanzó un grueso tronco de madera y en segundos lo convirtió en aserrín.

La segunda prueba lo convenció aún más.

Lanzó dentro a uno de los perros vivo, que desapareció en instantes entre el rojo rocío de sangre, polvo de huesos, picadillo de carne y piel.

A partir de ese momento, la máquina destructora, comenzó a ser utilizada constantemente, convirtiéndose en uno de los sitios favoritos para eliminar enemigos sin dejar huellas.

Ese era Vander Skoda, uno de los mayores y más despiadados criminales de la Tierra, o al menos lo pensaba él y sus sicarios, difícil de superar, pero como siempre sucede, hay alguien mejor, en este caso, peor.

Para sentirse satisfecho con su venganza, quedaba un pendiente: Averiguar y castigar a los dos atléticos hombres de la playa de Copacabana.

Tenía que hacerles pagar la factura, al primero por atreverse a manosear y besar a su hembra Angelique y el segundo por asesinar a su estimado jefe de escoltas.

Iniciaría la búsqueda mañana, por hoy era suficiente.

PUNTA CANA, REPÚBLICA DOMINICANA

Muy lejos de Brasil, Kadir Aiza y Christopher Carvalho, ambos aparentemente disfrutando de vacaciones cortas, cavilaban sobre las preocupaciones del segundo sobre la sospechosa muerte de Pepe, su amigo hotelero, ocurrida hacía 15 años.

Lo hacían a su peculiar modo, acompañados de una botella de Vodka ruso Putinska y de botana, semillas de girasol, nueces, maní tostado y frutos rojos secos, sin imaginar que ya pendía sobre sus cabezas, la Espada de Damocles, costumbre de llamar así, a una sentencia de muerte, donde la filosa hoja pende de un delgado hilo sobre la cabeza.

- Tengo que hacerte la pregunta amigo Kadir.
- ¿Cómo es posible que andes de vacaciones solitario, es decir, sin tu apreciable familia?
- Según me has contado eres muy feliz con tu esposa e hijos... La verdad, no lo entiendo.
- Es un poco complicado. Baste saber que en realidad estoy trabajando en un nuevo proyecto para el Corporativo donde presto mis servicios de Asesoría.
- Tenemos interés en invertir en Centro y Sudamérica, de allí mi visita a Brasil y ahora a República Dominicana.
- Con mi familia tenemos un arreglo, cuando salgo a trabajar hago eso precisamente, y cuando vamos de vacaciones les dedico el cien por ciento las semanas que sean necesarias, el único límite es el tiempo libre de que disponen los niños en el Colegio.
- Disculpa si con mi actitud, di a entender que estaba de vacaciones, pero como tú comprenderás, el león piensa que todos son como él, ja, ja, ja...
- Por cierto me voy mañana, así que aprovechemos el tiempo conversando del asunto que te preocupa.
- Aunque puedo preguntarte lo mismo: ¿cómo chingaos haces para tener holganza y recreo casi permanentes?
- Amigo, es cuestión de estilos.
- Como sabes estoy con mi tercera mujer y he tenido el buen cuidado de no procrear hijos a lo pendejo.
- Te explico, la primera tuvo problemas para quedar embarazada y no hubo niños.
- Con la segunda, tuvimos gemelos en el primer parto y después una niña, que regalamos a la primera esposa que estaba muy sola.
- Con mi vieja actual, no hay descendencia aún, estamos en la etapa

de sexo loco, viajes y diversiones extremas, tengo pensado preñarla más adelante.

— Eso me da libertad y a ellas también, aunque debo decirte que amo a las tres, soy muy responsable y pago con gusto todos sus gastos.

— Viven en la misma ciudad, en casas separadas.

— Con el aumento de compras y la carestía, estoy pensando en llevarlas a una sola residencia para que vivan juntas. Los niños jugarán entre ellos como hermanitos, van a ir a la misma escuela, las señoras se acompañarán al mercado, de tiendas, convirtiéndose en amigas, teniendo sexo con las tres. ¿Qué te parece?

— Que si ellas aceptan, serás un suertudo, ¡hijo de puta! Ja, ja, ja...

Los camaradas siguieron conversando sobre el tema principal, las dudas razonables de Christopher sobre la muerte de Pepe, enfocando su atención al origen de la fortuna de Don Ramón Peralta y Bárcenas.

— Ha pasado demasiada agua bajo el puente, las pistas, si las hubo, probablemente se habrán desvanecido — afirmó el Auditor.

— ¿Estás enterado de las investigaciones de las Autoridades?

— Casi nada.

— Cuando conocí de la trágica muerte de Pepe, pude averiguar muy poco, como si alguien de "arriba" diera la orden de silencio — rezongó Chris.

Kadir calló, pero la semilla de la duda estaba fructificando en su cerebro.

Se dio cuenta que en realidad, no conocía muy bien a su patrón y mucho menos se le había ocurrido hurgar en el pasado.

Tal vez no fuera descabellado hacerlo con la discreción y eficiencia debidas.

¿Y si resultaba que el investigado era un hampón, qué haría?

¿Sería capaz de matar nuevamente en "aras de la justicia"?

¿Dónde chingaos quedaban sus promesas de "niño bueno"?

Las intenciones acerca de su famoso retiro de la violencia, ¿puro cuento?

Inquieto y preocupado, no pudo hallar contestación válida a ninguna de las interrogantes que se formuló en su cerebro.

De muy dentro, surgió una maldición:

— ¡Hija de puta la hora en que escuché todas las pendejadas de Carvalho! ¡Me importa un carajo toda esa historia!

— ¡Que se vaya todo a la chingada! — pensó sin ninguna convicción.

****

Dos noches empleó Kadir para hurgar en el pasado de su Jefe.

Encontró una escueta nota sobre su matrimonio en Villaviciosa, Asturias, doce años atrás con Doña Mercedes de los Ángeles Castilla del Ferrol, madura señorita soltera cuyos padres le heredaron las "Pumaraes" — enormes arboledas de Manzanos, Granjas Lecheras, la Fábrica de Sidra, la Flota Pesquera de Puerto Tazones, la Fábrica de Lácteos, el Edificio del Teatro, un Palacio y varias Nobles Casonas, una de ellas famosa por haber hospedado al Emperador Carlos I.

Ramón, hombre fuerte, bien parecido y simpático, trabajaba como peón ordeñando vacas.

Un buen día la heredera hizo una visita de sorpresa al establo a las cuatro de la mañana, encontrando al mozo en plena faena y sintió el flechazo del amor, momento que no pasó desapercibido para el conquistador.

Una semana después, el trabajador participó en el Concurso de Cartas de Amor de Tazones, popular certamen Literario que premia a las tres mejores Cartas sobre Declaración, Perdón o Reconciliación.

El audaz empleado escribió la misiva, inspirada y dirigida precisamente a Doña Mercedes de los Ángeles Castilla del Ferrol, quien asistió a la Ceremonia de Premiación en el Restaurante Carlos V.

La distinguida dama reconoció al asalariado cuando dio lectura a su tierna epístola, que con cerrada ovación de los presentes ganó el Tercer Lugar del Concurso, siendo premiado con una Placa Emotiva para el Amor.

Sin medir las consecuencias, Ramón puso la rodilla derecha en el suelo frente a la bella y humildemente pidió permiso para obsequiarle el Premio, acción que le ganaría el corazón de la rica heredera.

El escándalo en la familia y el pueblo, poco importó a la mujer plenamente dichosa.

Dos años duró su felicidad. La señora enfermó de un raro padecimiento, posiblemente contaminada por algún virus o bacteria, que atacó primero el sistema nervioso central, afectando su locomoción y movimientos de brazos y piernas, para después ir perdiendo paulatinamente la razón.

Un Ramón cariñoso y comprensivo, la llevó a los mejores hospitales de Europa con eminentes Médicos especialistas, medicinas y tratamientos, logrando simplemente el pronóstico de alargar la vida de la paciente unos cinco años más.

El caso es que la desafortunada señora, murió al año siguiente, feliz de haber disfrutado plenamente la vida al lado del hombre soñado, su Ramón. Los familiares siempre sospecharon que el marido, adelantó el viaje a la eternidad, sobre todo cuando el Notario leyó el Testamento de la occisa.

El 85% de todos sus bienes eran para su querido esposo, el maldito gañán oportunista según ellos, 10% dividido en partes iguales para la Familia y el 5% restante para la Santa Madre Iglesia Católica, Apostólica y Romana.

— Mmm... qué extraño — razonó Kadir.

— Buscaré un poco más sobre la muerte de la millonaria cónyuge.

Sus investigaciones fueron a fondo, como todo lo que hacía el Auditor.

La Vox Pópuli (clamor popular) continuaba hablando de la prohibida Eutanasia, que el marido mató a la esposa, dizque para aliviar el sufrimiento. "Siempre quiso el dinero", comentaban.

Los informes de la Policía no acusaron a nadie. Confiaron ciegamente en los antecedentes de la enfermita incurable que tarde o temprano la llevarían a la muerte y el Acta de Defunción, expedida legalmente por el Doctor Policarpo Martínez de la Hoz, Médico tratante.

Para cerrar su averiguación, Kadir entró a la página de Internet del Médico. Su sorpresa fue mayúscula: Tres meses después de haber certificado la muerte natural de Doña Mercedes de los Ángeles, el Galeno sufrió un mortal accidente de automóvil... qué conveniente para el millonario heredero Ramón...

Ya decía yo, no es posible hacer tantísimo dinero en relativamente poco tiempo, unos veinticinco años.

A menos que como lo he comprobado, tenga un importante Capital de inicio.

Primero la cuantiosa herencia y después ¿el asesinato? de Don Pepe para quedarse con sus dos hoteles y quién sabe cuántos ilícitos más.

"Rico y de Repente, no se hace Santamente", dice el sabio proverbio Español. Antes de hacer algo, pediré consejo a Don Benjamín.

BUENOS AIRES, ARGENTINA

En el cuarto de trofeos de su residencia, Vander Skoda había pensado poner en movimiento a su mejor Agente para la venganza.

La pared poniente de su enorme despacho estaba colmada de Constancias y Diplomas otorgados por toda clase de Autoridades Nacionales y Extranjeras, reconociendo su Filantropía en apoyos contantes y sonantes para todo lo imaginario.

Desde patrocinios para Juegos Olímpicos, Torneos Internacionales de Futbol Soccer, Basketball, Golf, Tennis, Gimnasia Olímpica, Atletismo, Natación, Congresos de Medicina, de Hombres de Negocios, Organizaciones de Caridad, de Fomento a las Bellas Artes, hasta lo increíble, el hijo de la gran puta recibió, ¡¡Varios Doctorados Honoris Causa!!

Sin duda, el rincón favorito era la bóveda de acero de 3 pulgadas de grueso, combinación electrónica y visual, solo conocida por él, que encerraba una colección para el cabrón hijo de puta, la más valiosa:

¡¡Las testas cortadas de sus enemigos!!, llamadas Tzantzas, reducidas y disecadas mediante el secreto procedimiento guerrero/religioso de los indígenas Shuar y Achuar, comúnmente conocidos como "Jíbaros" que poblaban las selvas de Ecuador y Perú.

Los turistas y coleccionistas las compraban por los años Treinta, a un precio de veinticinco Dólares o un arma de fuego.

El comercio de las cabezas reducidas y momificadas usadas como talismán y trofeos de guerra fue tal, que los Gobiernos de Ecuador y Perú, se unieron para prohibir y combatir ese mercado ilícito. La importación y comercio de Tzantzas, fue declarado ilegal en los Estados Unidos hasta 1940.

Vander Skoda hijo del averno, cuando estaba bajo de ánimo, entraba al cuarto blindado para solazarse mirándolas, dirigiéndose a ellas como un loco de remate, gritando insultos y burlas, haciendo recuerdos de los tormentos aplicados y su forma de morir, riendo a estruendosas carcajadas.

Solo cuando contemplaba el cráneo de Angelique, se ponía serio y sentimental por unos momentos, cerrando su visita siempre con las mismas palabras: ¡Pendeja, si no hubieras sido tan puta! ¡Yo te adoraba, hija de la chingada! ¡Pudimos ser felices para siempre, malparida! ¡Ahora estás con Satanás cogiendo, cabrona!

Al terminar, siempre secaba dos lágrimas que escurrían con dificultad de sus ojos semisecos.

El criminal reflexionó y teniendo docenas de eficaces asesinos, se decidió por la mejor: nada menos que su querida "sobrina", la eficiente asesina Glorielle. Me devolverá el honor perdido.

A pesar que ella había solicitado su retiro porque pensaba vivir de manera normal, posiblemente contraer matrimonio y fundar una familia, le encargaría esta última misión: eliminar por el método que fuera, a los dos golfos de playa que se atrevieron a faltarle al respeto, humillándolo como nunca en su vida, frente a docenas de turistas en la Playa de Copacabana.

La confesión arrancada con amenazas de muerte y mucho dinero al joven mesero de servicio, narró que la hermosa amante se desnudó en la playa, mientras su acompañante dormía, situación que aprovechó un "Latin Lover" (amante latino) para abordarla y aplicarle sexo oral, que ella aceptó con gran placer.

El bodyguard (guardaespaldas) trató de matar al intruso, colocando un delgado cable de acero en el cuello para estrangularlo, siendo impedido por la acción de otro hombre, quien embistió con velocidad, golpeando con su poderosa testa la mandíbula del gigantesco guardia, que crujió como rama seca, rematado con fuerte golpe al pecho, muriendo momentos después.

Sin embargo, el celoso anciano no pudo identificar a los "vagos de playa", se conformó con los retratos hablados que obtuvo de la policía a cargo del homicidio.

Los malditos no estaban hospedados en ningún hotel de Río.

Juró que los encontraría, así tuviera que esperar años y buscar debajo de las piedras.

Sonrió con crueldad. De acuerdo con los recientes estudios médicos que se hizo en España, el análisis de los Telómeros casi le aseguraban vivir de 5 a 7 años más, tiempo suficiente para "coronar" su revancha lo más sangrienta posible, y escarmentar a los que pensaba eran dos pelafustanes de playa, así como terminar con algunos "asuntillos" pendientes del Sindicato del Crimen.

El Destino se encargaría de poner a los nuevos enemigos frente a frente, sin conocerse siquiera.

En un bando, el despreocupado Playboy Christopher Carvalho y el Contador Kadir Aiza, alias "Scorpio", eficiente verdugo profesional al servicio del PRISMA Club (Club PRISMA); contra la temible Agente asesina y su Tío, el viejo cerebro Vander Skoda, uno de los mayores delincuentes del planeta y su Sindicato del mal.

¿¿Sería una confrontación equilibrada??

MADRID, ESPAÑA

Kadir estaba doblemente ocupado.

Por una parte con su querida consorte e hijos, que sabiéndole con menor cantidad de horas laborales, le reclamaban mayor tiempo para la familia.

En efecto, en virtud de su importante cargo como Consejero dentro del poderoso Consorcio Internacional CELTIC, formado por hoteles, moteles, transportes y desarrollos turísticos, de acuerdo a su fantástico contrato, requerían de su presencia tan solo en la Junta Mensual Ordinaria y una que otra Extraordinaria cuando la situación lo ameritara, a juicio de la Presidencia del grupo.

Esa era la teoría, la práctica es otra.

El viejo Don Ramón Peralta y Bárcenas y Amber, la señora, sabedores del jugo$$$o convenio que disfrutaba su asesor favorito, como buen hombre de negocios y ambiciosa puta, respectivamente, querían siempre exprimir hasta el último Duro que pagaba, no en balde había amasado inmensa fortuna.

Así que aprovechaba al máximo la experiencia, olfato y buen criterio de Kadir para los negocios.

Por eso lo envió a Sudamérica, el astuto Asturiano veía un magnífico porvenir en el nuevo continente, ahora que Europa y particularmente España, Grecia, Italia y Portugal, estaban en graves dificultades financieras, a tal grado que se rumoraba en los altos círculos económicos, sobre la salida de algunos países de la Zona Euro, inclusive de su quiebra técnica; y el caso del Reino Unido, en reciente proceso de separación voluntaria del resto de la Unión Europea (BREXIT).

Los Bancos por ejemplo, donde CELTIC WORLDWIDE ENTERPRISES estaba entre los principales accionistas, recurrían cada vez más al saqueo de sus sucursales en Latinoamérica — como en los añejos tiempos coloniales — para sostener la posición de las instituciones dentro de Europa.

En su oficina, el Auditor repasaba cifras, estadísticas de población, estudios del PIB de cada nación de la zona, oferta de los servicios turísticos, tarifas rack, de grupo, promocionales, de temporadas altas y bajas, históricos de ocupación, contratos de trabajo, disponibilidad de recursos humanos de todos los niveles, leyes laborales y de impuestos.

Informes sobre delincuencia y seguridad nacional de los países enfocados, estabilidad macroeconómica, sistema de justicia, en general, todos los datos que sirven a los empresarios Internacionales para decidir dónde invertir mejor su dinero.

Pero a diferencia de otras ocasiones, algo no le dejaba concentrarse al cien por ciento.

La duda, la terrible duda de la posibilidad de estar al servicio de Ramón, un cabrón delincuente, que tal vez asesinó a su millonaria y enamorada esposa, al médico tratante, a Don Pepe, y quién sabe cuántos homicidios más de seres inocentes, para cimentar su imperio hotelero.

Sabía que tenía que investigarlo o no podría tener paz en el resto de su existencia.

¿Y si resultara culpable, qué haría?

¿Renunciaría simplemente a su trabajo? ¿Lo denunciaría a las Autoridades? ¿O lo castigaría personalmente, privándole de la vida?

Las dulces palabras de su esposa Helen, llamándole a la cama, lo regresaron a la realidad.

Tomó la decisión. Claro que le daría su checadita.

$$**************************$$

Como sucede muchas veces, la ocasión se presentó fortuita.

El Presidente del Consorcio quiso vacacionar con su bella esposa, en Las Vegas, Nevada.

Por extraño que parezca, el multimillonario Hispano no conocía el fantástico lugar, harto de los comentarios de sus amigos del Centro Asturiano sobre la belleza y superlujo de los hoteles. ¡¡ESOS SÍ SON HOTELES!!, se burlaban.

Asunto aparte eran las mujeres.

Qué exhibición Internacional de tetas y nalgas, y los casinos, esos templos de riqueza y poder que tanto gustaban a los millonarios, a quienes no les importaba perder en una noche algunos cientos de miles de Dólares a cambio de la emoción extrema de los juegos de ruleta, black jack, poker y dados, impresionando con su abundante dinero, a las bellísimas y distinguidas jovencitas que acudían muy bien vestidas, para ligar y desplumar un poco a sus nuevos amigos ricachones, a cambio de sexo.

Ello le planteaba una disyuntiva: Viajar solo, cosa que francamente desechó porque a su edad — odiaba admitirlo — requería ayuda para bañarse, vestirse, etc., además que la cabrona de su mujer, no le permitiría hacer el viaje sin compañía.

La otra forma era llevar a la esposa, a sabiendas que él no podría retozar a gusto con las meseras, camareras o putitas de los bares.

Bastante trabajo (y energía) le costaba satisfacer medianamente a su ardiente cónyuge, para pensar en tener una aventura, a menos que...

¡la pinche vieja se divierta aparte con otras mujeres! ¡Por supuesto, eso le encanta a la zorra!

Diciendo y haciendo, marcó el número celular de Kadir, su colaborador de absoluta confianza, solicitando/ordenando les acompañe diez días a Las Vegas.

— Necesito que tomes nota de las novedades hoteleras, me dicen que hay cosas fantásticas.

— Tendrás que venir solo en esta ocasión, tiempo habrá para vacacionar todo pagado, con tu mujercita.

Kadir estuvo a milímetros de mandar a la chingada a Don Ramón.

Primero estaba su amada esposa Helen y sus hijos, tal vez esta era la oportunidad para salirse del poderoso Consorcio Internacional, como son los deseos de la familia, razonó.

Pero su mente fría de analista le contuvo.

Era la oportunidad para convivir varios días con el patrón, ganarse mayor grado de confianza y sonsacarle secretos de su nebuloso pasado que casi nadie conocía, de lo que muy poco hablaba.

Tal vez, pensó el Auditor, el viejo pasadito de copas, pueda revelarme partes oscuras de su vida.

¿Y si le avisaba a Christopher? No, lo rechazó de inmediato.

El muy loco puede matar a Don Ramón sin tener pruebas suficientes de su autoría en la muerte de Pepe, el hotelero, quince años atrás.

Kadir evaluó la situación: Convencer a Helen para ir a Las Vegas con su jefe y consorte, no sería tarea fácil, porque Amber se había ganado a pulso, fama de mujer ardiente y seductora, por no decir de suripanta.

Pero tenía la carta ganadora, haría la firme promesa a su amada esposa que regresando, presentaría ante el Pleno del Consejo de Administración del Conglomerado Internacional de Negocios, la renuncia inmediata e irrevocable a su elevado cargo, para disfrutar a la familia tiempo completo.

Pronosticaba que la putísima señora de Peralta y Bárcenas, implicaría graves riesgos de tentaciones sexuales para él, que estaba seguro de vencer, como lo había logrado antes, ganando con ello, mayor grado de confidencia y respeto de su Jefe.

Finalmente, en el supuesto de encontrarlo culpable de asesinar a Don Pepe, para arrebatarle sus hoteles y así iniciar su imperio mercantil, aprovecharía las vacaciones en Las Vegas para provocarle un "accidente" mortal, haciendo justicia, al estilo de la Fundación Weitzner...

¡¡Con cien mil millones de coños!! — rugió como león herido — Hace siglos que no hablo con Benjamín, soy un estúpido, he dejado pasar el tiempo, ¿cómo estará de salud?, ¿y su familia?

Al llegar a este punto, recordó como un flash de fotografía la hermosa imagen de Ruth, uno de los más grandes amores de su vida.

¿Será feliz al lado de su esposo? Y sus niños, hermosos, supongo.

Como un torbellino, vinieron a su mente atropelladamente, escenas de los gratísimos e invaluables momentos que vivieron juntos.

En un acto reflejo, secó lágrimas que brotaron de sus ojos gris acero/aceituna.

Creo que lo decente es hablar con Ben ahora mismo, aquí son las tres de la madrugada, con América son seis horas de diferencia, así que son las nueve de la noche anterior.

No, sería una imprudencia de mi parte, ya debe estar acostado.

El pequeño demonio de su oído derecho audazmente le aconsejaba "marca el número, no seas tonto, tal vez conteste el teléfono Ruth y escuches su dulce voz, en el fondo, ¿no es acaso lo que quieres, maldito hipócrita?"

El prudente angelito del oído izquierdo ordenó esperar y llamar a Benjamín en hora más conveniente.

Así lo haría, porque además necesitaba de su sabio consejo antes de emprender la investigación a Don Ramón y su posible sentencia de muerte.

No puedo decir que sean amigos, pero se conocen, preciso de su visto bueno.

Es urgente ir a La Florida.

Además, me urge comprobar que ¡¡estoy completamente curado de Ruth!!

Inmerso en esos pensamientos, se trasladó imaginariamente a los posibles escenarios en Las Vegas para la ejecución: Paseo en helicóptero al Gran Cañón del Colorado; en los juegos mecánicos extremos de la cima del Hotel Stratosphere; conduciendo autos superdeportivos a gran velocidad en la pista de carreras; intoxicación etílica; desplome de la aeronave ejecutiva o tal vez algún nuevo veneno, administrado de manera involuntaria por la ramera esposa del magnate.

Otra forma de eliminar al anciano sospechoso de asesinato, era naturalmente utilizar los servicios de Carvalho, quien con seguridad estaría complacido en cobrar la venganza largamente acariciada.

Descartó la opción, Carvalho era un principiante.

Primero es el uno y después el dos.

Requería tener las pruebas contundentes e indubitables, de la culpabilidad de su patrón, antes de pensar en otra cosa.

Partiría como siempre, en casos de análisis científicos, del famoso presupuesto cero, es decir, no establecer prejuicios ni creer o suponer nada, que no sean los fríos hechos debidamente comprobados, como en una auditoría.

Antes de posar su cabeza en la nívea almohada, pensó cambiar de planes.

Es mejor invitar a Christopher como elemento distractor, él se encargará de atender a la mujer del jefe, que estará encantada de conocer y cogerse al Playboy Brasileño, tiempo que aprovecharé para parrandear como le gusta al viejo e interrogarlo a mi conveniencia... finalmente desechó esta idea, el Brasileño embrollaría las cosas.

A las cuatro de la madrugada esbozando una sonrisa, el Auditor fue vencido por el sueño.

****

Desde su arribo a la capital Española, Amber se dedicó con esmero a preparar a su hermosa prima Fiorella para la putería, enseñándole todos los secretos de las cortesanas finas, desde el "inocente" coqueteo y falso pudor que encantaban a los hombres, hasta las más salvajes y emocionantes posiciones y lugares para coger, que terminaban enloqueciendo a los varones, por experimentados que estos fueran.

Su primera lección fue besarla apasionadamente en los labios, tocando su cuerpo mientras se duchaban.

La jovencita al principio dudó un poco, pero naturalmente ante las sabias caricias de su "maestra", terminó cediendo, entregándose a plenitud, succionando sus grandes senos.

Envueltas en toallas, se tiraron sobre la cama, introduciendo sus dedos dentro de sus respectivas vaginas, musitando dulces palabras.

De pronto, Amber sacó debajo de la almohada, un pene artificial que se colocó con un cinturoncillo, introduciéndolo cuidadosamente en la boca de la prima, que comenzó a chuparlo, primero desordenadamente y después, por indicaciones de la instructora, hacerlo con ritmo.

Acto seguido, untó lubricante al artefacto y lo hundió dentro de las rosadas entrañas de la jovencita que se retorcía de genuino placer, hasta llegar al orgasmo, que duplicó.

Al terminar, exhausta, hizo lo mismo a la mentora.

Las sesiones se volvieron costumbre y poco a poco, la cabrona Amber la convirtió en la puta perfecta, que inclusive gozaba muchísimo del sexo anal, aprendido con dolor, pero que ahora le encantaba hacerlo, aunque no había probado un pito de verdad.

Amber cuidaba celosamente que su primita no tuviera relaciones con nadie, conocía muy bien el inmenso precio que su marido pagaría con gusto, por la "desfloración" de la jovencita, por adelante y por atrás.

Sabía que el hombre borracho, se lo creería.

Y llegó la fecha de la "graduación".

Juntas las primas organizaron una encerrona en la propia suite del viejo, que aparentemente no se dio cuenta del plan.

Un domingo, aprovechando que el señor de la casa se levantaba tarde y era día de descanso del personal de servicio.

Fiorella llevó la charola del desayuno a la cama de Ramón, vestida únicamente con una bata corta que dejaba ver sus magníficas piernas.

Al agacharse para colocar la mesita sobre la cama, mostró generosa los deliciosos senos que despertaron de inmediato en el viejo, el pecado de lujuria.

Hijo de puta como era, decidió arriesgarse y rodeó con su poderoso brazo la frágil cinturita de la jovencita, quien debidamente aleccionada, intentó presentar débil resistencia, cosa que excitó más al hombre.

— Vamos, vamos preciosa, si no te haré daño, ven aquí, si estás como para comerte a besos mi niña.

— Pero... no está bien... mi prima... siento que abuso de su confianza... tal vez en otra ocasión — dijo ella forcejeando un poquitín, dejándose tocar "inocentemente" ya un seno, ya una nalga, ya la pierna...

— Solo quiero un abrazo y un besito Si me aceptas como amante seré tu protector— mostrando un inesperado vigor.

— Te bañaré en oro, muñequita — dijo él, poniendo su manita sobre el pene que milagrosamente despertaba, "enseñando" a moverla de abajo a arriba para hacerle la puñeta.

La muchacha retiró la mano bruscamente, como le aconsejó la prima Amber.

— "No te entregues tan fácil, que le cueste su trabajo, pero tampoco tanto para desanimarlo".

Ramón tomó un poco de Mimosa — bebida a base de jugo de naranja y champaña — y le ofreció a ella una copa, suspendiendo la masturbación. Frotó su miembro con el espumante líquido y le pidió:

— Ahora con la boca nena, anda, te daré todo lo que me pidas... dinero, joyas, propiedades...

— ¡Claro que no! — se retiró enfadada, dejando al anciano estupefacto, mientras ella sonreía por dentro, la estrategia diseñada por su prima daría muy buenos resultados.

Amber le aconsejó muy bien: "No aceptes todo a la primera, este cabrón es llevado por la mala, te ofrecerá unos pocos millones, pero NO, recuerda que ¡¡¡vamos por todos!!!"

Fiorella aprendía rápido y bien.

Hubo momentos del entrenamiento, en que la todavía preciosa instructora, quiso dar marcha atrás en su plan para que su esposo, el anciano multimillonario Ramón Peralta y Bárcenas, perdiera la cabeza por tener relaciones con la bellísima adolescente Italiana, que se encargaría de complacerlo sexualmente en todo lo imaginable, tratando que el viejo muriera en un episodio.

La verdad es que su prima estaba mucho mejor de lo que se pensaba.

A los dos meses de su llegada, con excelente alimentación, descanso y ejercicio, su cuerpo había adquirido la belleza y consistencia de una diosa.

Por un instante, Amber sintió el pinchazo de los celos.

Se contempló desnuda frente al espejo, aprobando su figura, quizá un poquitín flácida de los senos que luchaban contra la Ley de la Gravedad, sabía que en pocos años más, necesitaría de una buena cirugía plástica para evitar que las tetas besaran el suelo.

¿Y si Ramón me cambia por ella? ¿Qué hago? ¿Conformarme con lo que ya tengo seguro y retirarme en buenos términos, gozando de la vida en otra parte?

Se le ocurrieron tres soluciones: La primera, en firme alianza con la jovencita, convertirse en algo así como su manager (administradora), con todas las ventajas que ello supone; la segunda, hacerla desaparecer solo si se mostrara demasiado ambiciosa, rebelde o desagradecida e intentara hacerla a un lado; y la tercera, regresarla a su casa en Italia.

Las primas estaban cansadísimas.

Fueron de compras y recorrieron los mejores almacenes, adquiriendo bikinis, tangas, ropa y zapatitos, con todo y que la Agencia les aconsejó viajar ligero.

"En la ciudad de Las Vegas podrán surtirse de toda la ropa, calzado, joyas y cualquier cosa que hayan soñado".

Es una de las capitales mundiales de la moda y hay diversiones para todos los gustos, desde espectáculos de primerísima calidad, museos, excursiones al desierto, volar en helicóptero sobre la iluminada ciudad.

Estupendos restaurantes con lo mejor de la cocina Internacional, fabulosos casinos, centros comerciales, carreras de automóviles deportivos.

Torneos de golf y tennis de clase mundial, deportes náuticos en el Lago Mead, la obligada visita a la Presa Hoover, y para los adictos a la adrenalina, caminar sobre el pasillo de cristal, sobre el costado del Gran Cañón del Colorado o los juegos mecánicos extremos, exclusivos para personas sanas del corazón.

Una semana antes del programado viaje a Las Vegas, la discusión entre Don Ramón Peralta y Bárcenas y su esposa estuvo a punto de terminar con la muerte anticipada de la hermosa Amber.

El motivo fue la férrea oposición del marido a ceder a los deseos de la ardiente mujer, que trataba de convencerlo por todos los medios a su alcance, para enviar a Lanya a un magnífico Colegio en Suiza, así como no invitar al viaje a la recién llegada sobrinita del magnate.

- No puede faltar a la Escuela — esgrimió la ambiciosa mujer, que ya pronosticaba dura competencia en los afectos del anciano empresario, que conmovido hasta las lágrimas por el pasado lleno de sufrimientos, que tuvo que vivir a su tierna edad "la niña" como le llamaba, había jurado sobre la tumba de su querido hermano que jamás le faltaría nada a su hijita, proporcionándole toda la felicidad a su alcance.

Y precisamente el cariño familiar era lo que más le faltaba a Lanya.

- No, de ninguna manera, ha venido a mí en busca de familia y no voy ahora a desterrarla a un puto internado como pretendes cabrona zorra — cruzándole la cara con una sonora bofetada.
- ¡Antes te vas tú a la chingada, pendeja!
- Y sobre las vacaciones ni hablar, ella va por delante, si me sigues fastidiando se quedan tú y Fiorella, aunque pensándolo bien... mmm... me llevo a tu parienta también, ¡joder!
- Pppeero corazón, no malinterpretes, lo único que deseo es su superación, el internado Suizo es de los mejores del mundo... pero si no lo crees, bueno, yo... — rompiendo a llorar.

La aparición de la preciosa Fiorella en minifalda, apaciguó al vejete.

- Qué pasa, si discuten por mí no hay problema, me voy... — secando con un pañuelito bordado las lágrimas de Amber.
- Claro que no linda, ven aquí — pidió Ramón abrazándola por la breve cintura, tocando con los dedos de su mano derecha, el nacimiento de sus nalgas.

En conclusión, el viaje se realizaría conforme al plan original:

El importante negociante Español, Lanya su sobrina consentida, Amber y la hermosa prima Fiorella, conducidos por el colaborador de más confianza del empresario hotelero, el Contador Público Auditor y hombre de mundo, Kadir Aiza.

Lejos estaba el influyente líder corporativo de imaginar que tal vez, estaría a merced de su ejecutor.

FORT MYERS, FLORIDA

Shabat (Sábado) Día de descanso obligatorio según la tradición Judía.

Benjamín Weitzner se levantó temprano, leyó el periódico USA TODAY, evitando las páginas bien nutridas de información financiera.

Por el contrario, se concentró en las secciones deportiva y de espectáculos, al tiempo que saboreaba el rico sabor del café recién hecho, que de cuándo en cuándo le enviaba de México el gran amigo Gregor, padre de Kadir Aiza, su eficiente y silencioso asesino contratado por la Fundación Weitzner y que años atrás, contribuyó a eliminar un poco de la basura social que desafortunadamente abunda en el mundo.

Cómodamente instalado en su poltrona favorita, repasó mentalmente los logros de la Institución que presidía.

Eran abundantes y más que satisfactorios.

El ex Fiscal General de los Estados Unidos, estaba convencido de que se había hecho Justicia, a su manera pero al fin Justicia, haciendo pagar con su vida a torvos criminales, que por fallas del sistema judicial, corrupción o amenazas, obtenían su libertad sin purgar condena.

Ese era el terreno de la multimillonaria Fundación Weitzner, hacer justicia a las víctimas.

Actualmente, sin Agentes propios, continuaba colaborando para limpiar un poco al mundo de la escoria, haciéndolo un mejor lugar para vivir.

Aceptar la invitación que le hizo su gran amigo el General, ahora denominado "Mr. Black", para pertenecer al "Club Cultural, Deportivo y Social PRISMA", había sido una fantástica decisión.

No solamente la nueva organización coincidía plenamente con los objetivos de la Fundación Weitzner, sino que sus métodos de eliminación de peligrosos delincuentes al "Mayoreo", resultaba muy efectivo.

"EL CLUB PRISMA" como le conocían sus 12 selectos miembros, tenía unos cuantos meses de funcionamiento y había logrado ejecutar a ¡cuatrocientos cincuenta y cuatro criminales! Muchísimos más que los realizados de forma individual por los eficaces Agentes Kadir, alias "Scorpio" el mejor de todos; Jules, alias "The Kid" (El Niño), muerto anticipadamente por traidor y la hermosa Caridad alias "Aileen", recién casada.

Los nuevos Agentes "Rebecka" y "Snake", al mando del Comandante "Scorpio" eran de lo mejor.

¿Estaba satisfecho y en paz con su conciencia?

¡¡Por supuesto que sí!!

Hoy más que nunca, los esfuerzos, dinero y riesgos para hacer justicia terrenal, lo valen todo, razonó convencido.

El sonido de la llamada telefónica entrante, lo sacó de sus reflexiones.

– ¡Kadir, mi amigo! ¡Qué alegría escucharte! Claro que sí, cuando quieras, esta es tu casa...

– ¿Ruth?, muy contenta con los gemelos y con su esposo, imagínate mi felicidad... compré la casa de enfrente y logré que vivan allí, así que los veo a diario, sin menoscabo de su independencia.

– Te espero el lunes próximo. No quiero pretextos, tenemos tanto qué hablar...

– ¿Cómo está tu preciosa familia? Tus hijos deben estar creciditos y Helen, ¿tan bonita como siempre? Sería un placer que viniera contigo, ¡permítenos atenderla, no seas un cabrón egoísta!

– Ben, así lo haré, pero no puede despegarse de los niños, así que somos una flota regular de ¡seis personas! Más una ayudante de cámara que le asiste con la pequeña y vigila a los mayores cuando salimos.

– Llegaremos a uno de los hoteles de la Cadena Celtic.

– Eso no puedo aceptarlo. Lo tomaría como un desaire y una terrible ofensa.

– La casa, tú la conoces, es lo suficientemente grande para recibirlos, tiene doce recámaras, creo que les alcanzan.

– Además es una bella oportunidad para que las señoras y los niños convivan y disfruten de esta mansión llenándola de alegría, que ahora me parece muy solitaria.

– También tendrás la oportunidad de conocer un poco más a mi yerno.

– Habacuc ha demostrado ser una buena persona y ha hecho muy feliz a Ruth, ganando poco a poco mi confianza.

– ¡Necesito de tu calificado ojo clínico de Auditor!

– Quisiera tu opinión sobre él, no puedo equivocarme como con Ethan, el primer esposo de Ruth, Son of a Bitch (hijo de puta), cuya muerte fue una bendición para nosotros.

– Gracias a la mano de Dios, sus planes de asesinarnos durante el rescate en Somalia, fracasaron.

– Se hubiera quedado con toda la fortuna Weitzner y sus crímenes, impunes.

– Esa parte la ignoraba querido amigo, ¿puedo saber cómo te enteraste de sus perversos propósitos? — dijo Kadir.

– Por una de sus amantes. Era una guapa mesera del restaurante

Haifa en la ciudad de Washington. El cabrón le dijo que enviudaría muy pronto heredando muchísimo dinero, hasta matrimonio le ofreció y la hizo visitar residencias en venta, mueblerías y casas de modas para seleccionar su vestido.

- La mujer, después de un mes de tratar de localizarlo a su celular privado y no tener noticias de su "novio", de manera fortuita, se presentó en las oficinas centrales del FBI, donde la interrogaron antes de darle la noticia del fallecimiento del Subjefe Regional de Agentes Especiales Ethan Warner.

- Lo demás, me lo contaron nuestros amigos de esa Dependencia, recuerda que fui Fiscal General de los Estados Unidos y tratándose de mi "querido yerno" soltaron toda la sopa (contar la verdad).

- No conforme con ello, localicé por mi cuenta a la joven, por cierto bastante bonita, y en su relato, muy emotivo lleno de lágrimas, me juró que lo amó intensamente. Debía tres meses de renta del departamento, dos mensualidades vencidas del automóvil, las tarjetas de crédito VISA y MASTERCARD al tope, en fin un verdadero desastre financiero personal.

- El cheque de un millón de Dólares que le regalamos, hizo milagros, como por arte de magia, desaparecieron el llanto y la tristeza, a cambio reveló con detalles los malvados planes de mi yernito...

- Un mes después, la misma Ruth la premió adicionalmente con una casa de las conocidas como dúplex, en una buena zona de esa ciudad. La aconsejó vivir en una y rentar la otra para obtener un ingreso razonable, que aunado a su sueldo de empleada del restaurante, le permitiera vivir decentemente.

- Con franqueza me sorprendió la nobleza de mi hija. Cualquier otra mujer no perdonaría a la amasia de su marido y menos le otorgaría ayuda económica.

- Cuando le pregunté sobre su proceder, respondió simplemente: — Padre, ese dinero que para nosotros es una pequeña suma, representa para la pobre mujer prácticamente el futuro y creo que su confesión, con todos los datos acerca de ese pedazo de mierda que fue mi esposo, deja en paz nuestras conciencias, ¿no lo piensas así papacito de mi alma?

- Por supuesto que sí, querida hija, el muy bastardo no merece una sola lágrima de tus hermosos ojos — le respondí totalmente convencido.

- En tu casa, ¿no será un ambiente muy tenso? — defendió Kadir.

- Recuerda que tu hermosa hijita y yo fuimos novios un tiempo y no pude pedirla en matrimonio, precisamente por... lo que sabes perfectamente... mi pasado de matón a sueldo y a tu servicio.

- Que por cierto tú y yo disfrutamos bastante, no te hagas el mártir — rebatió Benjamín.
- Ssí, sí claro, tienes razón, perdona, no debí quejarme, la verdad es que no me arrepiento — concluyó Kadir, alias "Scorpio".
- Por otra parte está Helen, que sabe un poco de la historia de amor con Ruth, pero lo suficiente como para tener por allí un poquitín de cenizas de celos, que tal vez se remuevan sin necesidad, creo yo.
- Y está Habacuc, el flamante marido de Ruth. ¿Qué tanto sabe de mi noviazgo con su hoy esposa? ¿No crees que sería una situación incómoda para él?
- Fuera de esos inconvenientes, es un gran privilegio para nosotros convivir en familia con ustedes. Se hará lo que digas, Benjamín.
- Creo que exageras un poco. ¿No siempre decías "Al pasado tierra y flores"?
- Bueno, es la oportunidad de demostrar que lo anterior, ha quedado como un hermoso recuerdo para los dos y punto.
- Ahora tienen una nueva vida y deben aprender a disfrutarla. Así que nada, vienen a la casa por lo menos una semana y ¡se acabó!
- Es una orden del Fiscal General de los Estados Unidos, en situación de retiro.
- OK. Nos veremos entonces. Ha sido un gusto, hasta pronto...
- Te encargo un poco de turrón de Alicante o Jijona no sé cuál es cuál, pero del blando, nos encanta ese postre — cerró la plática Benjamín.

Al terminar la conferencia, quiso vestirse para dar la buena noticia a su hija Ruth en persona, solo tenía que cruzar la calle. Al inclinarse para ponerse los zapatos, un fuerte dolor en el pecho lo hizo desistir.

Era el síntoma de Angina de Pecho, preludio de un infarto al corazón.

Bien entrenado, Benjamín apretó el botoncillo rojo de pánico que los Médicos y especialistas en Seguridad, desde hace años le recomendaron portar colgado al cuello con una cadenita de oro.

Con sus fuerzas restantes alcanzó a timbrar al personal de servicio y perdió el conocimiento.

Ruth Weitzner recibió la alerta roja de su padre. De inmediato procedió al protocolo tantas veces ensayado para emergencias.

Primero que todo avisó a gritos a su esposo, pidiéndole ir a la casa del médico familiar que vive en la esquina. Rápido marcó el 911 (el teléfono del Servicio de Urgencias en los Estados Unidos) solicitando una ambulancia.

Después se comunicó con el Capitán Elliot Davis, piloto del autogiro privado al servicio de la familia, acantonado en el departamento del fondo del jardín, junto a la plataforma doméstica, donde descansaba precisamente el helicóptero Bell 429, solicitando tenerlo a punto para trasladar de urgencia a su padre al Mount Sinai Medical Center, en Miami Beach.

Enseguida vistió de jeans, camiseta y calzado deportivo, llevando su teléfono móvil, llaves y cartera.

Con precaución, los esposos cruzaron velozmente la calle que los separaba de la morada de su papá. Habacuc corrió a la casa del Doctor Schaff, mientras ella abrió con su llave y penetró a la residencia.

Encontró a Ben tirado sobre el piso rodeado por Ramiro, su ayudante Dominicano y el personal de servicio.

— Ramiro, por favor ponga a mi padre sentado sobre el sofá...
— Lupe, por favor traiga el tanque de oxígeno de la recámara...
— Dominga esté al pendiente en la puerta, no deben tardar los paramédicos.

La preciosa rubia sabía lo importante que era calmarlo, así que le tomó de la mano musitando dulces palabras en Hebreo.

Ben respiraba con dificultad, su hija le había colocado el oxígeno vía nasal a tres litros por minuto y aflojado el cinturón y botones de la camisa.

En pocos minutos llegó el Doctor Maximilian Schaff, quien con rapidez auscultó al paciente, oyendo los latidos de su corazón, tomando la presión sanguínea y otros procedimientos que juzgó convenientes, tranquilizando a su "gran amigo" Benjamín y a todos los presentes, explicando que gracias a Dios, se trataba de una Angina de Pecho, episodio delicado, pero no tan grave aún como si fuera un infarto al corazón.

— Amor — dijo Ruth a su esposo — Habla al Hospital en Miami, que localicen a la Doctora Amanda Bloch, nos vamos apenas lo autorice Maximilian.

El ulular de la sirena de la ambulancia puso a todos los de casa en movimiento.

Dos elementos vestidos de blanco irrumpieron en la sala. Al enterarse de la presencia de otro colega, pidieron permiso para dirigirse al enfermo, verificando sus signos vitales, al tiempo que formulaban las preguntas de rigor, desde el nombre del paciente, edad, estado general de salud, medicamentos que está tomando actualmente, si sufre de alguna alergia, etc., que Ruth y el Doctor de la familia contestaban puntualmente.

Después de unos minutos de examinar al paciente y observar

cuidadosamente que el dolor del pecho desaparecía poco a poco por el reposo, el no presentar náuseas y otros síntomas típicos, coincidieron con el Doctor Schaff quien afirmó, que no se trataba de un infarto al miocardio, sino solamente de una Angina de Pecho, recomendando desde luego su inmediato traslado a un hospital.

Calmando a Ruth y a su esposo, el Médico les explicó que Benjamín podía viajar en helicóptero al Hospital en Miami, sin problemas.

- "La diferencia entre la llamada Angina de Pecho y el Infarto al Miocardio radica en que aunque el dolor en el pecho es igual, y ambas enfermedades se deben a la falta de flujo sanguíneo oxigenado al corazón, en el caso de la Angina, es temporal y el enfermo suele restablecerse mucho más rápido, sentado en reposo.

- En cambio, en el caso del Infarto, hay daño irreversible en los tejidos del corazón (necrosis) que colocan al paciente en nivel de suma gravedad".

Después de comunicarse con la Autoridad Aeronáutica y manifestar su Plan de Vuelo, el Piloto puso en movimiento el poderoso motor de turbina Roll Royce, del Helicóptero que se elevó majestuoso sobre el cielo azul de La Florida, con destino al Mount Sinai Hospital, en Miami Beach, llevando en su vientre a Ben, Ruth y Maximilian, que insistió en acompañarles.

Quiso el destino que Habacuc — marido de Ruth — no pudiera ir en la comitiva.

Tenía que estar al tanto de los mellizos.

Volarían con velocidad de 270 kilómetros sobre hora a una altura de 3000 pies.

Con el buen tiempo reinante, llegarían a su destino en menos de sesenta minutos.

Ben habló lento pero claro.

- Hijita, tranquila, te amo, me siento mejor, no te aflijas — musitó el anciano — Haz el favor de avisar personalmente a Kadir, le invité con toda su familia a pasar una semana con nosotros, ofrece disculpas, cancela las reservaciones del Club de Yates para los días de pesca y buceo, el Club de Golf y los restaurantes para cenar.

- Todo está en mi agenda... gracias nenita...

Tomada por sorpresa, la preciosa rubia balbuceó:

- ¡Oh! ¡Com... nnoo... saabía... naad...!

- Bueno yo... no tiene importancia no te preocupes, así lo haré, cumpliré con tus deseos — aceptó a regañadientes, tratando de disimular ¿el disgusto? que le produjo la noticia y sobre todo, el tener que llamar a Kadir.

El solo pensamiento de hablar con su ex novio, le provocó una descarga de adrenalina que hizo formar en su fina piel dorada, microesferas musculares, comúnmente conocidas como "piel de gallina" en todo su cuerpo de diosa.

¡Maldita sea su estampa!, rugió por dentro.

Durante el trayecto al Hospital, ensayó las palabras que usaría.

Tuvo la duda de insultarlo, recriminarlo, tratarlo duramente con indiferencia o amabilidad. Tal vez es mejor que la secretaria de mi padre le comunique al muy canalla la cancelación del evento. ¿Pero qué le diría a su papá, que no quiso hacerlo en persona, desoyendo su petición? ¿O acaso temía flaquear y decirle que lo seguía amando con locura?

¡Cabrón, mil veces cabrón!, exclamó por dentro, amenazando hacer estallar su atormentado cerebro. Enfrascada en esos pensamientos, los interrumpió bruscamente al darse cuenta que estaban arribando al Helipuerto del Hospital. Ahora lo único importante era que su amado papá recuperara la salud. A ese objetivo, desde este momento estarían centrados todos los actos, recursos científicos y financieros sin límite.

Por rutina, se comunicó con Habacuc, avisando del arribo al Hospital y que el paciente se mostraba estable. Preguntó por los gemelos, estaban muy bien. Como acto reflejo, sacó un pequeño estuche de cosméticos y se acicaló un poco la cara, logrando incrementar su natural hermosura.

THE HAMPTONS, NEW HAMPSHIRE

El condecorado General del Ejército de los Estados Unidos, David Finnstein, alto funcionario del Departamento de Defensa, disfrutaba de la belleza de ese pedazo de paraíso terrenal, rodeado de hermosos bosques y mansiones de adineradas familias, mayormente Americanas.

El destacado Militar heredero del imperio en la producción de papa, que iniciaron sus bisabuelos en el Estado de Idaho en 1920, negocio que incrementaron su abuelo y su padre, extendiendo sus áreas locales de cultivo con expansión gradual hacia los Estados de Oregon, Washington, Wisconsin, Michigan, Minnesota y Colorado, comprando enormes extensiones de tierra para sembrar, cosechar y comercializar anualmente, siete millones de toneladas que al precio promedio actual de 690 Dólares la tonelada, los convirtieron en una empresa familiar manejada por su único hermano, que facturaba unos cuatro mil ochocientos millones de Dólares anuales.

NOTA DEL AUTOR.— En 1799, siendo Presidente de los Estados Unidos Thomas Jefferson, el bisabuelo Finnstein introdujo las primeras papas fritas que se sirvieron en la Casa Blanca.

Los Estados Unidos con el 7.3% ocupan el quinto lugar en la creciente producción anual de papa en el mundo, calculada en más de trescientos millones de toneladas, siendo los principales países productores China y Rusia con el 40% del mercado.

En la actualidad se estima que cada Estadounidense consume al año, unos 55 kilos del tubérculo: asadas, cocidas, al horno, fritas, gratinadas, en puré o rellenas.

****

Cientos de residentes en las pobladas y ruidosas metrópolis de los Estados de Nueva York, Nueva Jersey, Connecticut y Vermont, aprovechaban las bondades de la temporada primavera/verano, para huir y disfrutar en sus residencias frente a las playas y el mar de los exclusivos "The Hamptons".

Viudo hacía tres años, con sus dos hijas casadas y cinco nietecitos, el Militar esperaba pacientemente las vacaciones de los pequeños para jugar con ellos en su amplio jardín, construir castillos en la arena de la playa, preparando personalmente ricas hamburguesas al carbón con selectas carnes de vacuno, que niños y adultos devoraban a placer.

Nadie de sus importantes vecinos — políticos, funcionarios del gobierno, empresarios, gente del mundo del cine, teatro y televisión, estrellas del deporte, dueños de bancos, etc., podría jamás pensar que el bondadoso abuelo Militar, era parte del mayor grupo de asesinos formado en décadas, tan eficiente en su tarea de aniquilar delincuentes, que tal vez solo fuera superado en número de muertos, por los cometidos a manos de bandas criminales, en la época de la Prohibición de Bebidas con Alcohol en los Estados Unidos (fabricación, comercio y consumo).

Faltaban dos semanas para que su familia tuviera el tiempo de visitarlo y pasar una pequeña temporada con él, así que pensó en invitar a su gran amigo y "socio" Benjamín Weitzner.

Cuando le llamó a su casa de La Florida, el personal de servicio, bien entrenado para no dar ninguna información por teléfono a nadie, respondieron que el señor y su hija se encontraban ausentes de la ciudad, ignorando dónde estaban y la fecha de su retorno.

– ¡Demonios!, intentaré llamarle por el teléfono satelital.

Los teléfonos satelitales se llaman así, porque están conectados directamente a los satélites de comunicaciones, de empresas que ofrecen coberturas globales, como la Inglesa Inmarsat y las Estadounidenses Iridium y Globalstar, que poseen toda una constelación de satélites orbitando sobre el planeta, transmitiendo con velocidad, privacidad, voz y datos, con aplicaciones GPS.

La llamada fue contestada por Ruth que reconociendo al viejo camarada de su padre, le contó de su estado de salud.

– Tiene la mejor atención Médica posible.

– Los Doctores están optimistas, me han dicho que se recuperará.

– Gracias... yo le diré... hasta pronto, le mantendré informado, buena tarde.

El General dudó entre comunicar la noticia a los demás miembros del "Club" o aguardar hasta nuevos acontecimientos.

Se decidió por lo segundo, no tenía ninguna utilidad esparcir la noticia que pudiera exagerarse y alterar el rígido protocolo de funcionamiento de la Asociación.

Se arrellanó en su poltrona favorita, un sillón mecedor acojinado en asiento y respaldo, fabricado a mano en madera de maple y barnizado en color cherry (cereza), obsequio del Presidente John F. Kennedy, cuando prestó sus servicios en The White House (La Casa Blanca).

Abrió el diario The Washington Post.

En la sección Internacional, una noticia captó poderosamente su atención.

El corresponsal en la ciudad de Seoul, Korea del Sur, daba cuenta del accidente del Ferry (transbordador) donde murieron unas 300 personas, aparentemente por descuido del Capitán de la nave, quien fue arrestado junto al segundo de a bordo, por su cobarde acción de ser los primeros en escapar, sin importarles nadie más.

La borrosa fotografía de los sujetos mostraba no obstante, sus rasgos.

Del Capitán, Asiáticos, probablemente Coreano, y el Primer Oficial, blanco Caucásico, tal vez de Europa del Este.

El General creyó reconocerlo.

Ordenador en mano, el Militar buscó ampliar y actualizar la noticia en Internet, consiguiendo imágenes nítidas del desastre, víctimas y detenidos.

Imprimió la información y con ayuda de una potente lupa de 20 x (20 aumentos), inspeccionó con cuidado al Europeo.

Ha cambiado un poco pero no hay duda, es el hijo de puta de Nikolai Chernowski, alias "Olaf", alias "Charles", el famoso terrorista que ha sacrificado a cientos de personas inocentes.

Es aquel que dinamitó la Estación de Trenes en España, el Edificio de la Embajada de Inglaterra en Trípoli, la Escuela del Sao Spiritu en Brasil, el Estadio de Futbol en Canadá, entre otros objetivos.

Ninguna policía o servicio secreto del mundo pudimos echarle el guante, después de años de inactividad, lo dimos por muerto... ¡pero está vivo el desgraciado!

Estoy seguro que es culpable del hundimiento del barco.

¡¡¡Tenemos que castigarlo!!!

Varias horas estuvo meditando el plan a seguir.

Su formación en el Ejército le indicaba el Método.

Primero, el Análisis de la Situación, después el Acopio de Información, enseguida la Verificación de los Datos, la Formulación de Planes y Definición de Objetivos, Evaluación de Resultados (Beneficios Vs. Pérdidas), Logística de Acción, y Presupuesto.

Pero en este caso se trataría de una ejecución individual y no masiva, como eran los "trabajos" del "Club", que implicaba el rígido cumplimiento del protocolo del selecto y colorido grupo Internacional de justicieros, que él precisamente "Mr. Black", había formado.

Pero ahora estaba frente a uno de los "enemigos públicos de la humanidad", un desalmado asesino que no distinguía niños, mujeres y ancianos.

Los mataba a todos por igual... sin duda enviado por el terrorismo organizado.

De súbito, vino a su memoria aquel eficaz Agente que inauguró los trabajos de la Fundación Weitzner, contratado por su gran amigo Benjamín y que ajustició uno a uno, a buen número de los peores criminales irredentos... y después, retirado del frente de batalla, cuando planeó el rescate de los rehenes del lujoso trasatlántico "Tenerife"... y su capacidad para entrenar y supervisar a otros elementos que eliminaron limpiamente a varios delincuentes peligrosos.

Benjamín me contó que actualmente radica en España, asesorando a uno de los mayores consorcios hoteleros del planeta.

El pobre debe estar aburrido como una ostra, añorando entrar en acción, pero se merece un ascenso.

De hoy en adelante, si acepta reingresar al "negocio" será Comandante, teniendo bajo su mando a los Agentes que considere necesarios.

Lo invitaré bajo esos términos.

Ummm, desgraciadamente por su estado de salud, no puedo consultar a Ben, aunque estoy seguro que no solamente no se opondría, sino que estaría de acuerdo en contratar a ese joven Auditor... como se llama... Ah sí, Kadir.

El tiempo apremia, así que manos a la obra.

MADRID, ESPAÑA

- Hola General, qué grata sorpresa...
- No hablamos desde... sí claro... todo bien...
- Por supuesto me daría mucho gusto recibirlo por aquí y atenderlo como usted se merece...
- Señor, sería un honor que aceptara ser nuestro huésped en mi casa... le aseguro que... bueno los chicos hacen un poco de ruido pero... ¿de verdad prefiere el hotel?, porque para mi esposa Helen, mis hijos y yo, sería un orgullo alojarlo.
- No quiero parecer insistente, por lo menos permítame reservarle en uno de nuestros mejores hoteles de la Cadena Celtic, donde laboro... llega el viernes próximo con salida abierta, muy bien, estará hospedado en la Suite Príncipe de Asturias del Hotel Celtic Emperador, por favor considérese invitado de honor.
- Sí, estoy enterado de la enfermedad de Ben, es un infortunio.
- Hace unas horas me avisó su hija Ruth, me dijo que está fuera de peligro, lo atacó lo que se conoce como Angina de Pecho, que gracias a Dios no es mortal por necesidad. Estoy seguro que se recuperará y pronto estará festejando con nosotros.
- Precisamente me había invitado con mi familia para visitarlo en su residencia de Fort Myers, otra vez será.
- Estaba pensando ir a verlo, pero su hija me advirtió que la familia no quiere visitas y menos la mía... perdón es una larga historia.
- La conozco. Benjamín no tiene secretos para mí, soy el hermano que nunca tuvo, así que no te apenes, él te sigue queriendo como a un hijo — concluyó el General.
- Pronto nos veremos y muchas gracias por la invitación a tu casa, pero no lo tomes a mal, allí no podría meter a una amiguita — dijo bromeando.

Terminada la conversación, Kadir hizo dos llamadas telefónicas: La primera a Margaret, su secretaria de toda la vida, girando instrucciones para recibir al General Finnstein como huésped VIP (Persona Muy Importante).

Margaret no necesitaba saber más: Cuando "El Jefe" como ella le llamaba, ordenaba tratamiento VIP, lo preparaba todo con esmero:

- Transportación Aeropuerto-Hotel-Aeropuerto en Limusina o Helicóptero, a elección del invitado.
- Alojamiento en la mejor Suite del Hotel.
- Ayudante personal bilingüe, hombre o mujer, para servicios de Guía y Concierge.

- Pases para los mejores Conciertos, Teatros y Eventos Deportivos.
- Vehículo blindado a la puerta, con o sin chofer.
- Servicio de Escoltas, si lo desea.
- Nutrióloga Gourmet.
- Servicio Médico Personal.

Todo ello, independiente de los calificados servicios del hotel Categoría Especial.

La segunda conferencia fue para el Hospital Mount Sinaí, en Miami Beach, necesitaba con urgencia saber más sobre la salud de Benjamín, a quien quería como un segundo padre.

Albergó la remota esperanza que la cabroncita de su ex novia Ruth, le comunicara con él.

Pero no tuvo éxito, la escuchó distante y fría, como una máquina contestadora.

– Está usted hablando a la habitación 510, el paciente se encuentra estable, gracias por llamar – añadiendo — Kadir no molestes más, ten la seguridad de que "te avisaremos" (no te avisaré) de su evolución.

– Shalom (hasta luego).

El Auditor no se amilanó. Había superado situaciones mucho peores, a lo lejos coincidió con Ruth, "lo importante ahora es que Ben recupere la salud".

Haciendo a un lado esa preocupación, trató de concentrarse en los negocios bajo su supervisión.

Tenía que presentar su renuncia ya, al cargo de Miembro del Consejo de Administración del Consorcio, lo había prometido varias veces a su amada esposa Helen.

– ¡Con cien mil millones de coños! — exclamó al percatarse que le estaba mortificando más la indiferencia de Ruth, que la enfermedad, ya controlada, de su amigo Benjamín.

****

Llegó el viernes.

El General Finnstein tuvo la sensación de estar como en casa al pisar el suelo Madrileño.

Kadir acudió a recibirlo en la Sala de Personas Importantes del Aeropuerto de Barajas.

Con su ayuda, los trámites de Migración y Aduana se agilizaron al máximo.

El General abrazó al Auditor con emoción, correspondido con igual intensidad.

El recién llegado declinó con la mayor cortesía el transporte en Helicóptero, así como el viaje en limusina.

Preguntó a Kadir si tenía a mano otro vehículo, abordando ambos la camioneta Porsche Cayenne que manejó en persona el anfitrión.

El distinguido huésped expresó sus disculpas.

— Espero me comprendas, es mejor guardar bajo perfil.

— Tengo que hablar contigo en privado, es urgente para mí.

— Estoy a su disposición, le parece que hablemos ahora o prefiere más tarde, ¿cuando haya descansado del viaje?

— Si no tienes inconveniente prefiero hacerlo después, a mi edad necesito reposar un poco y adaptarme al cambio de horario.

— Perfecto, vamos entonces directo al hotel — continuando el trayecto conversando sobre la salud de Benjamín, el secuestro del Crucero "Tenerife", la liberación de los rehenes en Somalia, sobre sus respectivas familias, pasatiempos y otros temas triviales, que consumieron el tiempo del viaje.

Sin imaginar el tema que presentaría el General, Kadir le comentó sobre su plan de renunciar al cómodo trabajo de Consejero de las múltiples empresas de clase mundial, del Conglomerado que preside Don Ramón Peralta y Bárcenas.

— Estoy harto de viajar por todo el mundo, usted sabe, primera clase en los aviones o avión particular, renta de limusinas o automóviles deportivos, elegantes reuniones sociales con champagne, caviar y langosta, soportar a Presidentes, Ministros y toda clase de Funcionarios, asistir a excelentes conciertos, teatros, exposiciones de arte, con propósitos de caridad, disfrutar de los mejores espectáculos deportivos, masajes en los más refinados Spas... y todo ello, siempre acompañado de bellísimas edecanes... ja, ja, ja.., es broma General, en realidad es una chinga, con perdón de la palabra.

— Algo habrá de fondo en lo que dices, pero qué bueno escuchar tus planes.

— Precisamente mi viaje obedece a una consulta que deseo formularte sobre un tema de tu especialidad — expresó el ameritado Militar, con cautela.

— Adelante Señor, puede tener la seguridad de dos cosas: la primera absoluta confidencialidad y la segunda que pongo a su disposición mis modestos conocimientos y experiencia para aconsejarle, siempre y cuando el asunto sea de mi competencia, de lo contrario, con toda sinceridad no podré hacerlo.

— Estoy convencido que es un campo que dominas muy bien, a decir de nuestro dilecto amigo Ben Weitzner...

Un foquillo color ámbar se encendió en el cerebro de Kadir, al oír esas palabras.

¿Qué clase de relato le habría contado?

¿Sobre cuál tema de la Administración Pública o Privada: Contabilidad, Auditoría, Finanzas, Mercadotecnia, Ventas, Publicidad o Recursos Humanos?

¿O de sus otras habilidades secretas que realizó por Contrato para la Fundación Weitzner?

No, desechó la idea. Ben no podría haber revelado a nadie, un secreto de ese tamaño.

— Hemos llegado al Hotel, señor General.
— Si me lo permite, voy a efectuar el Registro y encargarme de su equipaje. Tenga la bondad de subir a su habitación.
— En un minuto, estaré con vos y acordar lo relativo a nuestra reunión, a la hora que disponga.
— Muchas gracias, creo que me las arreglaré.
— No veo el caso para demorarte más. Si no tienes inconveniente nos veremos a las siete de la noche, aquí en el lobby.
— Muy bien, hasta entonces y que descanse — despidiéndose con un fuerte apretón de manos.

La mano del General a sus setenta y pico de años de edad, era lo más parecido a la dureza de un ladrillo de los usados para la construcción.

****

Instalado cómodamente en la Suite, llenó la bañera con agua caliente a 30 grados centígrados. El General Finnstein se desnudó y se miró al espejo de cuerpo entero. No le agradó mucho lo que vio.

De aquel cuerpo atlético y flexible, de hace pocos años, solo quedaban vestigios. El exceso de grasa y las arrugas se hacían presentes cada vez con mayor velocidad, pensó.

Recordó a la hermosa familia que había formado. Sonriendo y animado por ello, se sumergió en el reconfortante líquido lleno de espuma de lavanda Inglesa, por espacio de treinta minutos que gozó a sus anchas.

Al salir del baño, usó la afelpada bata blanca de algodón Turco, hizo varias llamadas a sus familiares avisando que llegó bien y se recostó para tomar la siesta.

Soñando con su amada esposa, la veía flotando entre las blancas nubes, transmitiendo sus sabias enseñanzas y amor a niños de todas las razas y condiciones sociales, en lo que parecía una escuela maravillosa, llena de hermosos jardines, flores y árboles donde trinaban los pajarillos en un concierto de paz y felicidad sin límites.

De pronto, el sonido y fuego de varias explosiones sacudieron los edificios escolares, derrumbando paredes y techos, sembrando destrucción y muerte, contemplando horrorizado a niños y adultos despedazados, rodando cabezas, brazos y piernas.

Entre el humo, huían los autores del inhumano atentado, riendo a carcajadas, tal vez pensando que la justicia jamás los alcanzaría...

¡Nooo!... ¡Malditos cobardes hijos de puta!... — gritaba como poseído el General, ante la impotencia de no hacer nada para impedirlo. Dentro del plantel educativo, como lo ordenaban las normas, estaba desarmado. Había dejado su pistola reglamentaria en el automóvil...

Despertó sudoroso, con la respiración agitada y la boca seca.

¡Solo es un sueño, una pesadilla! — se dijo, tratando de calmarse.

Miró el reloj. Faltaban treinta minutos para la hora de su cita con Kadir.

SHANGHÁI, CHINA

El Director General del Banco Oriental de Importaciones y Exportaciones, vestido de traje y corbata a la usanza occidental, se presentó a las 03:30 a. m. en la amplia oficina que ocupaba su superior jerárquico, en el piso 33 del Edificio Plaza 66 ubicado en Nanjing West Road (calle Nanjing).

La moderna construcción está integrada por dos torres para oficinas y un edificio frontal para el lujoso Centro Comercial PLAZA 66, que alberga elegantes tiendas como Hermès, Prada, Dior, Versace y otras finas marcas.

El imponente diseño de sus torres de 288 metros de altura en 66 pisos, lo sitúa en el tercer lugar de los rascacielos de Shanghái.

NOTA DEL AUTOR.— El número 66 es considerado por los Chinos como dígitos de la suerte. Es probable que por ello, se decidió construir el edificio en el número 66 de la calle y tenga 66 plantas.

****

Estaba muy seguro de sí mismo.

La roja carpeta bajo el brazo contenía los informes financieros de la institución del último año, mostrando ganancias inmensas.

No obstante algo raro percibió en la llamada urgente, que le hizo a su domicilio a las 02:00 a.m. el Presidente del gigantesco conglomerado de Bancos, Industrias y Transportes, que con mano férrea conducía el alto funcionario.

Mr. Luan apenas levantó la vista cuando llegó el Director.

Sin invitarlo a sentarse, le ordenó dejar los informes financieros sobre el pulido cristal del escritorio.

Abrió el cajón superior del mueble, sacó la pistola NP-22 fabricada en China por NORINCO — clon de la prestigiada SIG SAUER Suiza P226 —, calibre 9 mm y cargador de 15 cartuchos, equipada con silenciador, disparando tres balazos al corazón, cabeza y espalda del recién llegado.

Acto seguido, llamó a cuatro de sus ayudantes personales para limpiar el desastre y disponer del cuerpo ensangrentado.

En menos de diez minutos, la oficina lució impecable. El cadáver quedó reducido a cenizas y huesos, dentro del potente incinerador industrial en el sótano de la soberbia torre de hierro, hormigón y cristal.

El perverso sujeto ladró otras órdenes.

Estaba instruyendo a tres escoltas más, para acudir de inmediato a la residencia del funcionario eliminado llevando sus restos, con la misión de asesinar a toda la familia incendiando el inmueble, haciéndolo aparecer un accidente.

Impasible, tomó el teléfono satelital y marcó un código.

A miles de kilómetros de distancia, en Sudamérica, contestó Vander Skoda.

– El pedido ha sido enviado (al infierno por supuesto) — dijo Luan y colgó.

MIAMI BEACH, FLORIDA

Benjamín Weitzner era un hombre duro.

De buena madera, como según dicen estaban hechos los humanos de la pasada generación.

Todo en la vida tiene argumentos en pro y en contra.

A favor se afirma que la humanidad en esa época no estaba expuesta a los fenómenos de contaminación del planeta y radiación, como los conocemos actualmente.

En contra, las enfermedades naturales no fueron combatidas tan eficazmente como ahora. Los antibióticos, por ejemplo no eran lo suficientemente poderosos para controlar las epidemias, donde los fallecimientos de la población eran masivos.

La evaluación final corresponde a la estadística.

El promedio de vida de hombres, mujeres y niños es mayor que en las épocas anteriores, en donde los varones adultos podían vivir en promedio 48 años contra la cifra actual de 75.

Pero las consideraciones científicas se desmoronan, ante la existencia de seres humanos excepcionales, que aun teniendo enfermedades graves: obesidad, hipertensión arterial, diabetes, hígado graso, ateroesclerosis, corazón agrandado y mal funcionamiento de los riñones, mueren cerca de los ¡Noventa años de edad!

Los Médicos tratan de explicar esta circunstancia, afirmando que son producto de la "selección natural", donde los organismos han luchado y sobrevivido, demostrando ser más fuertes que los demás, como también otras especies del Reino Animal.

Sea cual fuere, la realidad es que Mr. Weitzner, se recuperaba de la enfermedad que lo llevó al Hospital, donde le practicaron el procedimiento denominado Cateterismo, para destapar las arterias, colocando los llamados "Stent" para evitar cerrazones futuras.

Los Galenos, junto con las calificadas Enfermeras, hicieron su mejor esfuerzo salvándole la vida y quienes, violando todos los Reglamentos del Nosocomio, se unieron a la preciosa Ruth, Maximilian y el Rabino, bebiendo una copa de champaña por la salud del enfermito.

Al notar la preocupación del personal por el improvisado brindis, Ruth los tranquilizó.

– La Dirección del Hospital no podrá amonestarles, conocen perfectamente a mi padre que les hace millonarias donaciones cada año y han autorizado esta pequeña celebración, comparten nuestra alegría y no tardarán en llegar.

Benjamín, libre de tubos de plástico y monitores, sentado en el cómodo sillón reclinable, bebía agua de naranja sin azúcar, contestando llamadas de familiares y amigos cercanos.

Sus ojos se iluminaron, al escuchar la voz de su entrañable amigo y "socio" del Club, el General David Finnstein, conocido como Mr. Black.

- Solo hablo para saludarte y desearte pronta recuperación, Ruth me ha dicho de tus progresos, felicidades.
- ¿Alguna novedad? — inquirió Ben.
- No, los muchachos me han preguntado por ti, no he querido decirles nada sin tu autorización.
- Has hecho bien.
- No quise que se preocuparan antes de tiempo. Puedes informarles ahora — cerró Ben.
- Y gracias, ya nos veremos, tenemos una fiestecita en mi cuarto de hospital, ¿qué tal eh?
- Perfecto, solo guarda un poco de champaña para mí, hasta pronto.
  La siguiente llamada provenía de España.
- Hola Benjamín, viejo zorro, me han dicho que no dejas en paz a las enfermeras bonitas — saludó Kadir.
- He estado en varios hospitales y nunca me había tocado una Doctora tan atractiva como la que me atiende — dijo Benjamín.
- Se llama Amélie, tiene 25 años y es un verdadero monumento a la belleza.
- Con decirte que pienso adoptarla, ja, ja, ja... y hasta Ruth está celosa de los mimos y atenciones que tiene para mí, ja, ja, ja...
- Razón de más para visitarte, aunque Ruth me ha dicho que no es posible por ahora.
- Puedes venir cuando quieras, ella no querrá pero yo sí lo deseo, tenemos tantas cosas qué platicar.
- Por cierto, te debo disculpas por cancelar la invitación que te hice para visitarme junto con tu familia...
- Nada de eso, lo comprendo perfectamente. Primero es tu salud. Ya habrá tiempo para pasar buenos momentos.
- Te dejo por ahora, no deseo agobiarte. Hasta pronto, me alegro de tu recuperación.
- By the way (aprovechando que hablamos), tengo una consulta urgente. ¿Podría verte en tu casa, digamos el lunes de la próxima semana? Viajaría solitario, por supuesto y siempre que lo autorice tu matasanos... Perfecto, a las once de la mañana... No muchísimas gracias, pero no quiero causar ninguna molestia, sobre todo a Ruth... llegaré al hotel, como siempre... ¡Allahaismarladik! (hasta la vista) — se despidió en Turco, quedando estupefacto al escuchar

la respuesta de Ben: — ¡Güle güle!, ¡también en idioma Turco!

A las 04:30 p.m. del miércoles, el feliz paciente salió en silla de ruedas hasta la azotea del Hospital, para subirse al helicóptero que lo conduciría a su casa en Fort Myers, Florida, acompañado por Ruth y Maximilian.

Durante el trayecto, el anciano con los ojos cerrados estaba pensando en cómo decirle a su hijita sobre la próxima visita de Kadir y dilucidar otros cuestionamientos.

Creo que ella lo odia, ¿o lo seguirá amando? ¿Convendrá contarle sobre mis nuevas actividades? ¿Querrá colaborar con el Club?

Con esa discusión mental, no se dio cuenta en qué momento se quedó dormido.

HONG KONG, CHINA

Las oficinas corporativas de East Industries & Trade Limited (Industria y Comercio de Oriente, de Responsabilidad Limitada), ocupaban los pisos del 101 al 109 del International Commerce Centre, impresionante Skyscrapers (rascacielos) con más de 480 metros de altura.

Fu Hong, rebautizado por su familia protectora Norteamericana como Frank Hong, ejecutivo principal de la empresa, se regodeaba dentro de la tina jacuzzi de aguas perfumadas, mientras dos estupendas jovencitas Chinas que frisaban los 18 años de edad, alegremente enjabonaban el que fuera hasta hace pocos años, un cuerpo atlético y que ahora, por la buena vida de su dueño, mostraba exceso de grasas acumuladas sobre estómago y abdomen.

Repasaba mentalmente lo acontecido la semana anterior en la visita que hiciera la Misión Comercial Europea, encabezada por el representante de la mayor firma hotelera y del ramo de turismo, probablemente más grande del mundo, la CELTIC WORLDWIDE ENTERPRISES, propietaria de miles de Hoteles y Moteles alrededor del planeta, acompañado de Funcionarios de Empresas de los ramos: Alimentos, Electrónico, Farmacéutico, Construcción, Energético, Automotriz, Petroquímica, Maquinaria Pesada, Herramientas Mecánicas, Neumáticas y Eléctricas.

Después de la extenuante gira de seis días por las instalaciones de las fábricas, había cerrado tratos de negocios para surtirles toda clase de insumos, a los clientes Europeos a magníficos precios, ciñéndose a los controles de calidad universales, para garantizar los estándares de cada comprador.

Los pedidos fueron firmados para ser entregados en diversos plazos establecidos de común acuerdo, en no más de dos años.

Asimismo, se cobraron los anticipos mediante las transferencias electrónicas respectivas.

Y el último día, la fiesta de despedida.

Qué clase de bacanal le había tocado organizar, escogiendo a las mejores, más costosas y selectas putas de la Isla, que hicieron gozar como nunca a los estirados Ejecutivos Europeos.

Las ventas globales cercanas a los seis mil quinientos millones de Dólares, pagaban con obscena facilidad, los gastos realizados.

Hong estaba satisfecho, con la seguridad de conseguir el beneplácito del amo Luan y por qué no, lograr un ascenso en su carrera muy conveniente para sus planes.

Con este último pensamiento, se concentró en las chicas y tomándoles de la mano, las introdujo en la amplia bañera, besando y acariciando sus hermosos cuerpos, mientras ellas le hacían sexo oral como expertas.

Muy excitado, les pidió a las dos ponerse en posición de yeguas para penetrarlas, metiendo y sacando su inflamado pene a cada una en forma alterna, al ritmo de una cantaleta que entonaba, hasta que ellas alcanzaron el orgasmo junto con él.

Al terminar, llamó a la puerta su asistente, pidiendo permiso para entrar.

Con voz ronca, pero autoritaria, Hong autorizó el paso a la mujer.

Tao-Lin tenía tres años de ocupar el puesto y había visto demasiadas cosas a su jefe, pero no podía acostumbrarse a ese tipo de espectáculos.

Con sentimientos encontrados, la hermosa Chinita amaba y odiaba con igual intensidad al Superior.

Lo admiraba por su inteligencia, energía y entusiasmo para los negocios, el trato preferencial hacia ella con demostraciones de cariño y buen sexo, pero lo despreciaba por el trato déspota y hasta cruel con sus empleados.

Además detestaba que fuera tan cínico y promiscuo.

El verlo desnudo junto con las otras mujeres, le parecía muy bajo y ofensivo de su parte.

Después, en la intimidad, él pedía perdón prometiendo no volver a hacerlo y ella le creía.

Tenía la remota esperanza que una vez cansado de tantas aventuras, se quedaría para siempre con ella, su reina, como le juraba.

****

El destino es el destino.

Dicen algunos filósofos que todos tenemos un libro previamente escrito de nuestra vida, que nada es casualidad.

Los religiosos le llaman "El Plan de Dios".

Sea lo que fuere, sucedió que el representante enviado por la superempresa Española, se quedaría dos semanas más en la República Popular China.

Había aceptado realizar esa última misión comercial, antes de hacer efectiva su renuncia irrevocable, al cargo dentro del gigantesco corporativo Internacional, como un favor especial a la viuda esposa del miserable Ramón Peralta y Bárcenas, Presidente del importantísimo consorcio.

Este viaje de negocios, le serviría además de camuflaje y estupenda coartada, después de haber ejecutado limpiamente al marido.

La visita al gigante Asiático cumplía, además de comprar lo necesario para la cadena hotelera, otros propósitos no menos importantes: penetrar en los altos círculos empresariales para ofrecer en venta, la totalidad de las acciones del Conglomerado Celtic, propiedad de la recién viuda.

Los hombres de negocios Chinos, nuevos megamillonarios, serían probablemente los únicos interesados con la suficiente capacidad financiera, para comprar a CELTIC INTERNATIONAL WORLDWIDE, cuyo precio rondaba los ciento cincuenta mil millones de Euros (unos ciento sesenta mil millones de Dólares Americanos).

La comisión por la intermediación y cierre exitoso de las negociaciones, que la hermosa viuda entre sábanas ofreció a Kadir, ratificado por escrito posteriormente, fue de 5% (cinco por ciento) sobre el monto de la operación.

El Auditor calculó su comisión: ¡¡siete mil quinientos millones de Euros, al tipo de cambio promedio de 1.06018 son casi ocho mil millones de Dólares Americanos!! Siempre y cuando ese fuera el precio pagado por los compradores, que naturalmente será menor.

Aun así, ganaría la mayor cantidad de dinero en toda su vida.

Además, daría un vistazo a su nueva cuenta de inversiones, recién aperturada en el Banco Oriental de Importaciones y Exportaciones, con la transferencia de tres mil millones de Euros enviados por Amber, la viudita alegre, en pago por haber eliminado al hijo de puta de su marido.

Los Bancos Chinos, estaban resultando de los mejores por su fortaleza financiera, eficiencia, y muy importante, el secreto bancario que en otras Naciones comenzaba a romperse, con las autoridades metiendo las narices.

Por otro lado, el señor Hong le había simpatizado en el poco tiempo que lo trató en las negociaciones.

Era un hombre sencillo, amable, siempre de buen humor y sobre todas las cosas hablaba con la verdad, por difícil que esta fuera.

Así por ejemplo, no se comprometió a entregar la mercancía antes de la fecha convenida porque sabía que era imposible, cuestión que otros proveedores ante el riesgo de perder un pedido, engañarían al cliente.

Kadir había solicitado toneladas de varillas de acero de diferentes calibres, perfiles de aluminio, miles de metros cuadrados de azulejos y pisos de porcelanato, docenas de grandes rollos de cable de cobre del cero y doble cero, además de cuatro mil muebles de baño completos, para ser enviados a diferentes lugares del mundo, conforme a la planificación entregada.

La enorme cadena hotelera Internacional, estaba iniciando la remodelación de tres mil moteles y la construcción de novecientos más, con doble intención: Renovar la imagen de los muy productivos establecimientos y deducir estas inversiones para disminuir los pagos de impuestos.

****

Mr. Hong recibió gustoso la llamada del valioso cliente, que antes de regresar a su país, deseaba ajustar algunos detalles sobre los lugares y fechas de entrega de la mercancía adquirida.

El motivo de la visita del personaje extranjero, le sonaba raro, cuando el cliente bien podía verificar todo por vía telefónica o correo electrónico, pero sean cuales fueren las razones de su proceder, la presencia en su propio terreno, le venía muy oportuna.

Por supuesto que lo recibiría en su oficina ese mediodía, para agotar los temas de la agenda invitándole a comer a uno de los mejores lugares de comida China estilo Cantonés, que es la mayormente aceptada por los ojos y estómagos de los turistas de occidente.

Por un momento, el alto ejecutivo tuvo un ataque de risa, imaginando la cara de su invitado frente a platos de gusanos, ratas, hormigas, alacranes, serpientes y la riquísima sopa de sesos de perro que tanto gustaban a él y que constituyen delicias culinarias para los Chinos, muy poco apreciadas por los turistas.

Haciendo tiempo para la llegada de su invitado, leyó el correo electrónico.

La Presidencia del poderoso Sindicato Empresarial Chino, informaba el lamentable fallecimiento de Wei Zhao, Director General del Banco Oriental de Importaciones y Exportaciones, quien murió junto con su familia en un terrible incendio, al parecer causado por una explosión en la tubería de gas, que destruyó completamente su hogar.

Los bomberos y la policía, solo encontraron los huesos calcinados de las víctimas. Una verdadera tragedia, terminaba el comunicado.

– ¡Demonios! – masculló Hong – ¡Nuestro infiltrado ha sido descubierto! ¡Ahora toda la operación está en peligro! ¡Necesito averiguar qué tanto saben! ¿Habrá confesado?

Nervioso y preocupado, tomó el teléfono satelital de última generación y marcó un código.

A miles de kilómetros, una recia voz de hombre maduro contestó:

– Banquetes Gourmet a sus órdenes.

– Hola Mister Black, paso a informarle que esta mañana...

El aludido se limitó a escuchar, cuando el otro terminó dijo:
— ¿Está confirmado? No, bueno es lo primero que debes hacer y lo segundo cálmate y contacta con A-3, está en Bangkok.
— Te ayudará en todo. No saben nada de ti, de lo contrario ya estarías muerto.
— Por otro lado, tengo noticias que un eficaz Ex Agente de la Fundación, se encuentra precisamente en Hong Kong, su nombre es Kadir, alias "Scorpio", quizá quieras contactarlo.

Hong se relajó, esto último lo haría muy pronto.
— Soluciona el problema y mantenme informado — dijo Black secamente, cortando la comunicación.

****

En la recepción, Kadir fue atendido por una simpática Chinita de ojos negros como su cabello, lacio y sedoso.

Enseguida lo hizo pasar a una salita donde le ofreció una taza con aromático té de jazmín, dejando la jarra a su servicio, dos terrones de azúcar blanca y dos de morena, así como varios sobrecillos conteniendo sustitutos del endulzante.

El recién llegado tomó con pereza un sobre de Splenda y vació la mitad dentro de la tacita de fina porcelana, réplica de las hechas a mano por algunas remotas dinastías, como las Han y Tang que inventaron la porcelana, y que continuaron los Imperios Shang, Qing o el más conocido, la Dinastía Ming, cuyos alfareros dominaron su fabricación.

Siempre amable, la empleada encendió el televisor.

Un canal del Estado mostraba imágenes del incendio al tiempo que el locutor en idioma Mandarín, informaba sobre el siniestro.

Kadir por supuesto no entendió nada y se limitó a contemplar el reportaje. Sin embargo, pudo comprender el nombre del Banco donde tenía sus inversiones, encendiendo el foco amarillo preventivo en su cerebro.

Concentrado en ello, no se percató de la inesperada presencia de la bellísima Tao-Lin, quien moviéndose con la agilidad de gacela joven, no hizo ruido alguno al entrar.

Sigilosamente, enterada de su visita, se aproximó por detrás intentando tapar con sus manitas de seda los ojos del varón, solo para llevarse tremendo codazo en el estómago que la derrumbó emitiendo un grito de dolor.
— ¡Con cien mil millones de coños! — maldijo el hombre, apenadísimo al ver a la chica en el suelo retorciéndose de dolor, tratando de jalar

aire a sus pulmones.

La sorpresa fue mayúscula.

- ¡Qué!.. ¡Pepepero si eres tú! Querida Tao-Lin... ¡No esperaba... discúlpame! Yo... Cuando... bueno no importa eso ahora — dijo levantándola en vilo y depositando su frágil y bien formado cuerpo en el sillón.

Una vez que recobró el aliento, la abrazó con ternura al tiempo que musitaba una vez más sus disculpas por el golpe propinado, besando su frente y cabecita.

Rápido auscultó estómago, abdomen y costillas. No encontró mayores lesiones.

Le acercó una taza de té, que la joven bebió a pequeños sorbos.

Recuperada por completo, abrazó a Kadir, besando sus mejillas.

Sus labios buscaron los del hombre que gentilmente rechazó la caricia.

- Hablemos — dijo él — Es una circunstancia afortunada que después de tantos años nos volvamos a ver.
- Desde que te embarqué en Canada hacia Hong Kong, no volví a saber nada de ti. Espero no estés nuevamente en líos.
- Claro que no — respondió la muñequita — Es una larga historia, baste por ahora decirte que me encuentro muy bien, al amparo de mi familia, hemos progresado gracias a tu generosidad.
- Si quieres, puedo ir a tu hotel por la noche, desde luego para cenar, no te hagas ilusiones — expresó la chica riendo.
- OK. Estoy en el Celtic Raising Sun hasta pasado mañana.
- Me agradaría mucho conversar contigo... estoy en espera de ser recibido por el señor Hong, ¿trabajas para él?
- Sí, soy su Asistente principal, estoy feliz de encontrarme contigo, te hablaré más tarde, ahora si me disculpas... — desapareciendo sin ruido, como un fantasma.

A los dos minutos, Hong apareció sonriendo en la puerta de su despacho privado, complacido de que su nuevo amigo no se aprovechó de su asistente, aunque parecieran viejos conocidos.

Se prometió investigar, había presenciado todo el episodio en su pantalla de televisión de circuito cerrado.

- ¿Listo para comer? Nos vamos ya — invitándolo a seguir hacia el ascensor privado que los llevaría directo al estacionamiento en el nivel E-1.

Abordaron el NISSAN LEAF, fantástico vehículo 100% eléctrico, sin emisiones de CO_2 (Dióxido de Carbono), con rumbo al restaurante

Lung King Heen ubicado en la Finance Street Central, con fantástica vista del Puerto.

Hong quiso conducir para evitar oídos indiscretos del chofer.

Los Agentes de escolta en su camioneta blindada LINCOLN NAVIGATOR, los seguirían a prudente distancia, perfectamente armados con pistolas automáticas GLOCK 18, que disparan 33 tiros calibre 9 milímetros, en 1.5 segundos usado en modo de metralleta, moviendo solo una palanquilla del lado izquierdo de la poderosa arma.

Lo que tenía que hablar con su cliente era estrictamente confidencial y... peligroso.

— Señor Aiza, ¿puedo llamarle Kadir?
— Por supuesto que sí amigo Hong, si me permite llamarle Fu.
— Es un honor conocerlo y hacer buenos negocios con usted, que no lo dude, quedará satisfecho con nuestra mercancía — respondió el Chino en Inglés perfecto.
— Si usted gusta, puede nombrarme Frank... es una larga historia.

Entraron al sensacional restaurante.

La hermosa hostess (recepcionista) conociendo a su cliente, los acompañó a un pequeño reservado, haciendo una seña al mesero vestido como diplomático, que les llevó una copa de champaña de cortesía.

Hong arremetió.

— Esta mañana me he enterado del voraz incendio en su domicilio donde perdió la vida junto con su familia, el Director General del Banco Oriental de Importaciones y Exportaciones con sede en Shanghái.
— Sucede que el buen ejecutivo trabajaba en secreto para nuestra organización, el "accidente" es muy sospechoso.
— Pensamos que ha sido descubierto y asesinado por Luan Tung, un poderoso empresario global con fuerte presencia también en la delincuencia Internacional, que por avatares del destino, es mi Patrón.
— Ha quedado vacante el puesto de Director General del Banco — continuó.
— ¿Le interesaría el cargo? Le aseguro que nunca podría ganar más en ninguna otra parte ja, ja, ja... — queriendo ser chistoso.
— ¿Por qué me cuenta eso? Se ha equivocado de persona. Soy un hombre de negocios y represento a una gran Corporación Mundial, usted sabe muy bien que he venido a comprar, no a buscar empleo, creo que me ofende señor Hong.
— Perdón no quise insultarlo por ir directo al grano, Kadir. Le

explicaré enseguida: El Club Social y Deportivo PRISMA, ¿le parece conocido?

Ante la indiferencia de su invitado, el oriental embistió:

— ¿Ha escuchado el nombre de Mr. Black? — y remató — ¿Le suena la Fundación Weitzner?

— No — respondió Kadir categórico.

— ¿Por qué debía conocerlos?

— Por la sencilla razón que usted querido amigo Kadir, es el Agente "Scorpio", uno de sus eficientes colaboradores, tal vez el más efectivo. Me lo ha informado Don Benjamín, o mejor dicho Mr. Gray.

— ¡Puta la madre que parió a la delincuencia! — masculló el Auditor en Español, sumamente encabronado.

— Lo siento, no quise confundirlo — suavizó Frank — Soy representante del "Club" en China, tiene razón en mostrarse desconfiado, puede comprobar mi afirmación ahora mismo si lo desea, con una simple llamada telefónica.

— ¡Por supuesto! Permítame un momento — exclamó Kadir, poniéndose de pie, caminando unos metros, alejándose de la mesa.

Sacó de su bolsillo el telefonito satelital de última generación, que cabe en la palma de la mano, a diferencia de los "tabiques" de antes.

— Hello — contestó Benjamín Weitzner — Vaya con el crío, es un milagro que llames, espero sea para saludar y no estés en problemas muchacho.

— Es un gusto saber que estás bien.

— Por el tono de voz, diría que muy bien, ¿acaso estás celebrando algo? — bromeó Kadir.

— ¡Claro! Cada día es una fiesta, ¡estamos vivos!, gracias a Dios y debemos usar nuestro tiempo obedeciendo sus sagrados designios... pero dime, ¿en qué puedo servirte?

— Ben, estoy en Hong Kong, vine para cumplir una promesa hecha a la viuda de Peralta, antes de quedar libre del yugo laboral.

— Como te informé hace tiempo, he renunciado a mi empleo. Este es mi último compromiso para representar a CELTIC WORLDWIDE ENTERPRISES en una misión comercial, objetivo que se está realizando a cabalidad.

— Precisamente estoy con Fu Hong, me ha invitado a comer en un restaurante y de aperitivo me ha soltado información sobre "El Club", pintado de colores Gray y Black.

— En escala de cero a diez, ¿cuál es la calificación de confianza en el tipo?, ¿y por qué nunca me dijiste nada sobre él? — cerró Kadir.

- La calificación es de ocho punto nueve. Puedes confiar en él con algunas reservas, sobre todo de tu vida anterior con la Fundación, solamente sabe una pequeña parte.
- ¡Con cien mil millones de coños!, como tú dices — gritó Ben.
- Cómo diablos voy a informarte de todas mis actividades ¡si te has alejado de nosotros, tu familia Weitzner!, tenemos siglos de no vernos, ¡no me culpes ahora de tu pinche indiferencia!
- ¡El mundo sigue y no gira precisamente en tu derredor!
- Tampoco te hizo falta mi autorización para ejecutar a tu patrón, ¿verdad? Me enteré de su muerte por las noticias.
- Esperaba que de los jugosos honorarios, harías un donativo a La Fundación, que como sabes tiene muchos gastos ayudando a la gente pobre, pero ¡nada, ni un centavo!
- ¡Así que no vengas ahora con reclamos!
- Disculpa — dijo Kadir — Tienes razón, aunque el principal motivo de mi lejanía lo conoces de sobra, sigue siendo tu amadísima hija Ruth a la que admiro, respeto y guardo un especial y cariñoso recuerdo.
- No quiero causarle dificultades con mi desagradable presencia, ahora que ha alcanzado la felicidad al lado de su esposo e hijitos.
- Sobre mi donativo... no pensé que fuera importante... yo... humildemente te prometo que lo haré llegar muy pronto, desde luego si lo aceptas junto con mis disculpas.
- Acepto de buena gana tus excusas y el dinero.
- En parte es mi culpa porque nunca antes te solicité un Dólar como contribución, pero hoy, con todos los controles fiscales que han impuesto los gobiernos, para la prevención y combate al lavado de dinero de las organizaciones criminales, han afectado de paso a las sociedades filantrópicas como la nuestra, dedicada al bien común.
- Así que ahora, debemos comprobar las entradas y otorgar recibos por las donaciones que ingresan a La Fundación.
- Sobre Ruth, lo que piensas es relativo.
- Está contenta en lo general, aunque siempre hay algunos problemas, ya te contaré.
- Te lo he dicho mil veces, esta es tu casa y sigo siendo tu amigo, lo oyes bien, TU AMIGO.
- By the way (te comento) que estamos probando a la Agente "Rebecka" en labores de inteligencia.
- Ya platicaremos con calma, espero verte pronto, hasta la vista, daré tus saludos a mi nena — cerró el buen viejo.

Kadir retornó a la mesa, para encontrarse con la sonrisa franca del anfitrión en grata convivencia con Tao-Lin.

Al verlos tomados de la mano, tuvo una sensación extraña.

Por un lado se alegró de verla sonriente y feliz, pero le preocupó la calidad moral del sujeto.

No le conocía en realidad y no quisiera que la Chinita sufriera más.

Bastante ha padecido la pobrecilla, recordando por un instante cuando la vendieron sus padres a mercaderes sexuales, la explotación de su juvenil cuerpo, los azotes que tuvo que soportar, los agotadores trabajos en los cafés...

¡No! — se dijo — No lo permitiré, ocasión habrá para advertir a Hong, ella merece ser dichosa.

- Viene a hacernos grata compañía — dijo Hong haciendo las presentaciones.
- ¿Ustedes se conocen? — preguntó a Kadir con malicia.
- Sí, conozco a Tao-Lin, tuve ese privilegio en la Ciudad de México.
- Ella nos estará esperando en mesa aparte con otra chica invitada. No te molesta, ¿verdad?
- ¡Claro que no! Es un gusto enorme que nos acompañe — respondió "Scorpio".

Tomándola del brazo, la acompañó hasta su lugar como un caballero, cosa inusual por esas latitudes.

- ¿Tu llamada telefónica, fue satisfactoria? — indagó el Chino.
- Todo bien ahora — contestó el Auditor.
- La muerte del Director General del Banco, ¿afectará a los clientes?
- No, por supuesto. El Banco es uno de los más sólidos y solventes del planeta. ¿Tienes algún dinerillo por allí?
- Efectivamente — afirmó Kadir — He invertido mis ahorros en esa Institución, alentado por las buenas tasas de interés a mediano plazo.
- No te preocupes. En menos de una semana nombrarán al sucesor. Una de las cosas buenas de China es su carácter institucional en la administración.
- A pesar del cambio de líderes políticos y empresariales, las normas financieras son para todos, hay continuidad, a diferencia de los golpes de timón en otras economías del mundo, un tanto volátiles.
- OK, gracias por la explicación — expresó el visitante con aparente serenidad.
- Bien — asintió Hong — Este es el asunto...

Conversaron escasos veinte minutos, tiempo suficiente para que dos personas por arriba de 100 IQ (inteligencia superior) se pongan de acuerdo. Uno de los puntos aprobados, fue la intermediación de Hong para ofrecer los negocios de la viuda de Peralta y Bárcenas, nada menos que a Luan Tung, Presidente de la más grande corporación de China y todo el lejano Oriente.

La oportunidad era única y el motivo extraordinario. Kadir estaba seguro que su oferta para vender los casi dos mil hoteles y nueve mil quinientos moteles del conglomerado CELTIC, que producían jugosas ganancias, despertarían la codicia del bandido Chino, que en lo interno soñaba con un Imperio, como lo formaron sus remotos Antepasados.

Aproximarse a Luan Tung, le permitiría investigar sus probables actividades criminales y en su caso, eliminarlo de este mundo, con o sin la autorización de "PRISMA".

Disfrutaron de la espléndida comida y bebida, amenizada por la divertida plática de las hermosas Chinitas que ocurrentes, hicieron reír a los dos Agentes de la Fundación, al servicio ahora del Club Cultural, Deportivo y Social PRISMA.

Al finalizar el agasajo, se retiraron con la promesa de reunirse en otra ocasión.

"Scorpio" rechazó gentilmente la disposición del nuevo amigo para llevarlo a su hotel.

— Me quedaré un rato por aquí, voy a explorar un poco los comercios, muchas gracias.

Le urgía ponerse en contacto con Benjamín y también con su todavía patrona, la hermosa y putísima Amber Brancatti, ahora ¿respetable? viuda de Peralta y Bárcenas.

El zumbido de su teléfono satelital interrumpió el soliloquio. El Presidente de la Fundación Weitzner habló inusualmente alterado. Le informaba sobre las recientes acciones de un grupo terrorista, hasta ahora desconocido que está colocando explosivos poderosos donde sea.

— Ayer, en la ciudad de Kaduna, en Nigeria, hubo un primer atentado en el concurrido mercado y la segunda explosión en otro mercado en el barrio de Kawo, dejando 82 muertos y decenas de heridos.

— En Ciudad Madero, Tamaulipas fue destruida una refinería de Petróleos Mexicanos por un incendio. Se ignora la cifra de víctimas.

— El aeropuerto de Magongo en Taiwán, sufrió una catástrofe aérea donde murieron 47 personas.

— Y también en Taiwán, hubo una explosión múltiple en el sistema de suministro de gas de la ciudad portuaria de Kaohsiung, causando un montón de muertos y heridos.

— Asimismo, hay sospechas de que el mismo grupo terrorista Internacional, se encuentra detrás del brote del mortal virus Ébola, que está cobrando cientos de muertos en Guinea, Liberia y Sierra

Leona y ha puesto en guardia a todas las organizaciones mundiales de salud. ¡¡Hay que detenerlos a cualquier precio!! Estos idiotas parecen ignorar el tremendo riesgo para la humanidad si este virus se propaga.

— ¡Las consecuencias serían espantosas!

— En caso de Pandemia, la cifra de pérdidas humanas, superarían el número de muertos habidos en ¡¡las dos Guerras Mundiales juntas!!

— ¡Demonios! ¿Qué quieres que haga? ¿Cómo puedo ayudar? — respondió "Scorpio" indignado.

— Termina tu misión en China y vuelve enseguida. Nos veremos en las oficinas del Club, ya te buscaré.

Bueno, esto lo cambia todo, reflexionó Kadir.

Si tenía dudas para reincorporarme a mi antigua vida de exterminador de plagas, con estos peligros para la humanidad, tengo que hacerlo.

No puedo concebir un mundo con tanta maldad y violencia, donde diariamente perecen cientos o tal vez miles de hombres, mujeres y niños inocentes, víctimas de toda clase de agresiones.

Siento la obligación de ayudar nuevamente a limpiar el planeta de esos malditos, asesinos sin entrañas, si no lo hacemos, ¿qué seguridad tendrán las amas de casa al ir de compras, al supermercado o a la iglesia? Los niños no podrán ir a las escuelas, jugar en los parques, para los adultos sería imposible presenciar conciertos o espectáculos deportivos, ni siquiera asistir al trabajo diario en fábricas, comercios y oficinas.

¡Por todas las familias buenas del mundo y por la mía, prometo hacer hasta lo imposible por castigar a los perversos!

¡¡No podemos permitir que triunfe el mal!! — rugió "Scorpio" como fiera herida.

Antes de hacer la llamada a Mr. Gray, su privilegiado cerebro estaba planeando la manera de proceder. Llegó a la conclusión que se enfrentaría a una organización del Crimen Internacional, muy poderosa económica y políticamente. Con toda seguridad tiene el apoyo de algunos sectores o de Gobiernos completos.

Debe ser una labor en conjunto. Necesito formar de inmediato un equipo con Agentes de Campo, expertos en combate personal, manejo de toda clase de armas cortas y largas, explosivos a control remoto y labores de inteligencia.

Pero antes, requiero por lo menos cinco días para liquidar al "amo" Luan.

Un día para planificar el ataque y plan de escape, dos para conseguir lo necesario, otro día para la ejecución y uno más para la huida.

En el almuerzo, el Chino Hong le confió que el Director General del Banco Oriental de Importaciones y Exportaciones, fue un Agente encubierto de PRISMA, introducido con dificultad en la poderosa organización criminal cinco años atrás. La muerte de Wei Zhao en su casa, junto a su familia en un sospechoso incendio, hace pensar en una ejecución, ordenada naturalmente por el líder, el sanguinario Luan Tung.

— No sabemos hasta hoy si fue torturado para sacarle información. Estamos en grave riesgo... — fueron las palabras usadas por Frank Hong.

Kadir alias "Scorpio" reflexionaba: Las pocas evidencias demuestran que el tipo es de lo peor. Voy a utilizar el principio de "Duda Razonable" de CULPABILIDAD, aplicado por los miembros de un Jurado, cuando exoneran a un acusado por la Fiscalía, pero en este caso funcionará exactamente al revés.

Es decir, YO tengo la "Duda Razonable" de que NO ES INOCENTE y por tanto merece el castigo, en este caso la Pena de Muerte, sentenció sombrío.

A continuación, hizo tres llamadas.

La primera a Madrid con Helen, su amada esposa. Enterado de estar todo bien, se despidió cariñoso de ella y de cada uno de sus hijos.

— La negociación con los Chinos va por buen camino, pero es complicada. Tardaré unos quince días más, sí mi amor... tienes razón, pero toma en cuenta que será de los últimos viajes que haga de trabajo y en solitario... sí, lo he prometido ya, el plazo para hacer efectiva mi renuncia está corriendo... ¿Qué? ¡Claro que no! — negó rotundo.

— Te juro por mi honor que la señora Amber no se encuentra en China y mucho menos a mi lado... cómo crees... eres mi tesoro, te quiero más que a nadie... besitos. Si lo deseas, puedes llamarle o visitarla ahora mismo en su casa... — terminó el Auditor, esbozando una sonrisa, imaginando la reacción.

— ¡Maldita prostituta! Bien sabes que nunca lo haría... hasta pronto mi amor y... gracias por darme esa tranquilidad — comentó Helen.

La segunda conferencia telefónica fue con Mr. Gray. Breve, en el lenguaje cifrado que ambos conocían, le enteró de sus planes recibiendo en todo, la "bendición" (y el financiamiento) del Club PRISMA.

La última llamada fue para su jefa Amber, la puta y caliente pelirroja, quien retozaba a gusto dentro del bello jacuzzi estilo Romano, de su elegante suite. Cubierta de espuma de colores rosa y verde, se masturbaba con un pene de goma, al tiempo que contestaba el sistema telefónico a manos libres, sin ocultar los jadeos.

– Hola muñeco, qué falta me haces por aquí, estoy como lo oyes, disfrutando de una penetración como la tuya, mmm... dime cosas cachondas por favor, por favor, me excitas.

– Preciosa, tu primer encargo está cumplido. Se han adquirido todos los materiales necesarios para la construcción y remodelación de tus hoteles y moteles, a magnífico precio, calidad y plazos de entrega oportunos.

– Lo segundo, ha sido un poco más difícil. Hay un delicado protocolo que los hombres de negocios Chinos cumplen escrupulosamente, sin prisas, con toda la paciencia del mundo.

– Existe una gran ventana de oportunidades en este país y en los vecinos. Tengo confianza que todo saldrá conforme a lo planeado, logrando una estupenda transacción favorable a tus intereses... y a los míos, no olvides mi comisión.

– Que pagaré con gusto, premiando tus servicios con un fin de semana todo incluido a donde quieras, te voy a dar una cogida inolvidable, auxiliada por mi prima Fiorella, la linda jovencita que ya conoces, la del precioso culo color de rosa, que le agrada el sexo oral y anal. ¿Qué te parece? ¿La recuerdas, verdad?

– O si lo prefieres puedo invitar a la fiesta a Lanya, la antipática sobrina del hijo de puta difunto, que en poco tiempo ha desarrollado grandes habilidades sexuales, aunque lo veo difícil que acepte, se ha convertido en amante nada menos que del vejete Ministro de Asuntos Coloniales que la tiene viviendo en un palacio, rodeada de lujos, sirvientes y guardias. No sabes lo que ha aprendido y progresado la muchachita, desde luego con mis consejos. Con los secretos del sexo que le enseñé, mantiene loco de felicidad al alto funcionario del gobierno Español, que realiza desesperados intentos para darse el lujo de ser el primero en romperle su culito divino, cosa imposible a la edad del "galán".

– Sin embargo, creo que puede darse una escapada, digamos a un "pequeño curso de actualización". En dos semanas, su querido viejito impotente tendrá que viajar a Berlín, para asistir a la Cumbre Europea, donde estarán presentes los Jefes de Estado del Continente. Es la oportunidad, te puedo adelantar que la chica tiene un cuerpo maravilloso y unas nalgas que...

Sintiendo tremenda erección, el Auditor reaccionó enérgico.

– Hablaremos de ello después. Primero los negocios, ¿OK?

– Como tú digas, soy tu esclava sexual — finalizó la pelirroja — Ah, lo olvidaba, checa tu WhatsApp, te estoy enviando unas fotos mías porno. Es un anticipo de lo que te espera, papacito...

- Oye, recibí una llamada telefónica de la antipática de tu mujer. Es bastante pesadita, me habló con un pretexto estúpido, preguntando por uno de los departamentos del nuevo desarrollo en Palma de Mallorca, hazme el puto favor, como si yo fuera la agencia inmobiliaria. Está claro que quiso agarrarme de pendeja y está celosa de mí. Quería comprobar si no estoy a tu lado en estos momentos... mmmm... no es mala idea... estoy pensando alcanzarte en China, la pasaremos fantástico... ¿Estás de acuerdo mi vida?
- ¡No! — dijo tajante Kadir — Recuerda que eres la principal sospechosa del asesinato de tu esposo por poderoso$$$$$$$ motivos. Tienes muy poco tiempo de viuda, no es conveniente que tengas amantes tan pronto. Lo hemos hablado varias veces, ni se te ocurra. ¡¡No seas pendeja!!
- Los familiares de Ramón te vigilan día y noche, con el afán de encontrar pistas que los conduzcan a encontrarte culpable, meterte a la cárcel y ellos quedarse con la inmensa riqueza del difunto.
- Han contratado un enjambre de detectives privados que tienen nexos con la policía Española, ¿no te das cuenta, maldita zorra?
- Okay, Okay, mi amor lo comprendo. Me encanta que me regañes, adoro tus castigos, tengo un cinturón nuevo cubierto de seda para que azotes mis nalgas mientras me coges en cuatro, mmm, qué delicia... solo de pensarlo estoy teniendo un orgasmo maravilloso.
- By the way (comentario casual), hiciste bien en despachar a mi marido. ¡Felicidades! Para aliviar tu conciencia te informo que él pensaba matarte, varias veces me lo dijo, enfermo de celos.
- Fíjate muy bien lo que voy a revelarte: el muy pendejo tenía miedo, no miedo, pavor a perder el control de los negocios, porque según me confesó en la cama después de una fantástica mamada, que admiraba y odiaba al mismo tiempo tu personalidad arrolladora en las juntas de negocios y toda clase de reuniones, en donde tu presencia lo hacía sentirse desplazado, en segundo lugar.
- Así también, la inteligencia, habilidad en los negocios y para manipular a la gente a tu antojo, llámense banqueros, proveedores, clientes, funcionarios de gobierno y... mujeres, especialmente a mí, que cometí varias veces la estupidez de elogiarte un chingo frente a él.
- Amorcito, una vez me rompió el hocico de un puñetazo cuando le dije que debería ser como tú, un verdadero hombre y entonces lo soltó: "Voy a eliminar a ese cabrón".
- No te lo advertí porque pensé que sus amenazas, eran balandronadas.

¡Vieja cabrona! Qué imaginación — reflexionó Kadir — Hasta cree que voy a servirle de semental. Una vez que me pague, la enviaré a ¡¡chingar a su madre!! Por ahora me conviene seguirle la corriente.

Viéndolo bien, ella siempre será un cabo suelto, una moderna Espada de Damocles pendiendo sobre mi cuello. ¿Hay garantía que en una de sus constantes orgías no hable de más? Si llegase a sentirse menospreciada, ¿sería capaz de delatarme con las autoridades? Son posibilidades muy reales.

Aunque debo reconocer que la muerte de Ramón, ha sido una de las mejores y más limpias ejecuciones de mi carrera, simplemente no hay pruebas en mi contra, las autoridades ya tienen preso y condenado al homicida. Tengo que manejar este asunto como decimos en México, "con pinzas" y "caminar con pies de plomo", refiriéndose a tener mucha precaución.

Claro que la "solución final" que pregonaba el sátrapa Hitler es procedente — pensó el Auditor — no me agradaría matarla. Pero si no hay otro remedio... morirá sin dolor.

****

En su habitación, libre de pendientes, se sirvió un buen trago de vodka Finlandia en un vaso old fashion (vaso corto) con dos cubos de hielo y dio un gran sorbo. El ligero ardor en boca y garganta provocado por el fino sabor, le reanimó.

Arrellanado en el sillón, puso en el archivo temporal de su cabeza los sucesos del día: La sorpresa de Hong, el reencuentro con Tao-Lin, el conocer del crimen del Agente de PRISMA, la calaña y el poder de Luan Tung... pensaría en ello mañana.

Cómodamente instalado procedió a revisar su E-mail (correo electrónico), encontrando entre otros, dos informes en lenguaje cifrado, comprensible solo para él, enviados por el Club PRISMA. Mr. Black, en apretado resumen, informaba sobre las actividades delictivas de Luan Tung y su participación dentro del Sindicato Internacional del Crimen, en estrecha relación con la crema y nata de la delincuencia y el terrorismo universales.

Mr. Gray por su parte, describía magistralmente los hábitos, complejos, temores, su familia, el nacimiento, su niñez, juventud, formación, religión, preferencias sexuales y en general, las facetas de conducta del hampón.

Kadir adivinó. El perfil psicológico del tipo, había sido dibujado a la perfección por Ruth, su querida e inolvidable ex novia...

Haciendo un esfuerzo se olvidó de ella por el momento. Debía concentrarse, las horas por venir las dedicaría a la planeación.

Luan Tung, el poderoso empresario y consumado hampón Internacional, estaba sentenciado y muy pronto estaría haciendo compañía a sus Antepasados.

¿En verdad lo creía tan fácil? Casi a las tres de la madrugada, encontró la solución. Llamaré a "Aileen", la preciosa Cubanita, pidiendo su colaboración para este caso especial.

Ha sido la mejor Agente de la Fundación, aunque es posible que se niegue, hoy es una mujer casada. ¿Será dichosa?

Al hacerse la pregunta, Kadir se angustió. No sabía nada de ella desde su boda, a la que no asistió. Había pasado más de un año, pero el fantasma de los celos se apoderó de él.

Sin desearlo, vinieron a su mente las escenas del tórrido romance sostenido con ella en la flor de la edad, recordó sus hermosos ojos verdes, como esmeraldas Colombianas y cada centímetro de su precioso cuerpo, entregándose a él sin condiciones, con un amor sublime, que rayaba en la locura...

Kadir, alias "Scorpio", detuvo de tajo sus pensamientos al escurrir sobre su endurecido rostro, dos amargas lágrimas, como postrer homenaje a un amor imposible de perdurar.

WASHINGTON, D.C.
(TREINTA Y CINCO AÑOS ATRÁS)

Benjamín Weitzner en unión de su hermosa esposa Sarah, acudían con frecuencia a la Sinagoga Adas Israel Congregation situada en Cleveland Park, de la calle Quebec, pidiendo a Dios la bendición de concebir un hijo, cosa que hasta esa fecha les había sido negado.

Sin embargo, su fe inquebrantable, los hacía tener la esperanza, de que en cualquier momento la buena señora quedara encinta.

Esa fresca mañana de otoño, al salir del recinto religioso observaron a un flacucho niño de unos cinco años de edad con rasgos orientales, de ropas miserables, a todas luces desnutrido, probablemente infestado de parásitos intestinales, arrinconado pidiendo limosna, temeroso de ser arrestado por la policía.

El matrimonio Weitzner de buen corazón, se compadeció del infante, otorgándole ayuda.

Lo primero fue llevarlo a la Casa-Hogar que patrocinaba la Comunidad Judía Beth Israel, donde lo asearon, cortaron su cabello, lo alimentaron, proporcionándole un techo, ropa, médico, medicinas y nutrientes.

En los siguientes meses, le enseñaron el idioma Inglés y lo inscribieron en la escuela pública.

Cuando el niño pudo expresarse, contó que su padre Chino, había ingresado ilegalmente a los Estados Unidos, tuvo el gusto de embarazar a su madre, robar los ahorros de la mujer y abandonarla a su suerte.

La señora murió en el parto, haciéndose cargo del bebé, el Departamento de Protección a Menores, que al poco tiempo lo entregó en adopción a un matrimonio de origen Irlandés.

A los seis años de edad, los padres adoptivos murieron en accidente automovilístico y nuevamente las autoridades se hicieron cargo, solo que ahora, los nuevos padres sustitutos de ascendencia Coreana, en secreto consumían droga.

Una noche, el tipo entró en la habitación del infante con la intención de cometer abuso sexual.

El menor se defendió como pudo aprovechando la semiinconsciencia del drogadicto, y tomando entre sus manos un bate de beisbol infantil que le habían obsequiado en su cumpleaños, rompió la cabeza al agresor.

Temblando de miedo y frío, el niño Hong huyó de la casa, refugiándose donde podía, entre basureros, sobreviviendo en las calles, ante el continuo acoso de toda clase de malvivientes, drogadictos y prostitución.

Acudió a los modestos restaurantes del barrio chino.

Por un tazón de arroz con pescado, le hacían lavar los sanitarios, limpiar el establecimiento, sacar la basura y hacer todo tipo de trabajos de reparación, destapando tuberías de drenajes malolientes, reponiendo bombillas y entregas de comida a domicilio, donde por lo menos, recibía algunas monedas de propina.

No obstante su corta edad, el jovencito Hong era un empleado muy eficiente.

Tanto que el dueño del restaurante lo tomó para su servicio particular por las tardes, después de cumplir claro, con el pesado trabajo matutino.

La esposa del comerciante, se encariñó pronto con el niño.

La buena señora con cuatro hijos, de 2, 4, 5 y 6 años de edad, prácticamente lo adoptó como el número cinco, pues el recién llegado enseñaba a los de casa, algunos juegos y triquiñuelas aprendidos en las calles, así como invitarlos a efectuar sencillas tareas en el hogar, ser ordenados, limpios, doblar y guardar ropa, juguetes, apreciar la comida y la escuela, etc.

La buena señora estaba muy feliz y cuando por fin el infante halló un verdadero hogar, la desgracia llegó a la familia.

Cierta tarde de un sábado, una partida de jóvenes miembros de un grupo radical y violento, enviados por sus jefes de Clan, asaltaron al dueño del restaurante cuando cerraba, dándole muerte a cuchillo junto con el barman dentro del local, robando el dinero y licores.

No satisfechos con sus crímenes, los delincuentes abrieron las llaves de la estufa de gas y alejándose lanzaron una botella de vodka con un trapo encendido, explosivo conocido entre terroristas y rufianes como bomba Molotov.

En su vehículo revisaron los documentos dentro de la cartera robada.

Totalmente drogados, decidieron visitar la casa de su víctima, para violar a la esposa y asesinarla, junto con los cuatro hijos que le conocían.

La dama tomada por sorpresa, no pudo defenderse. Los cabrones asaltantes mataron a los niños y violaron en tumulto a la pobre señora, que desmayada por los golpes, por lo menos no presenció la muerte de sus pequeños, no sintió la violación, ni su propia muerte.

Hong estaba ausente.

Había pedido permiso a "papá" y "mamá" para salir dos horas antes del restaurante y conocer un templo Judío que según le habían contado, era un recinto de paz, en la que el visitante obtenía la tranquilidad y el sosiego espiritual necesarios para enfrentar la vida diaria.

Por capricho del destino el matrimonio Weitzner volvió a encontrarse en el mismo lugar, con aquel pequeño al que ayudaron dos años antes.

Casi no lo reconocieron, perfectamente aseado, con ropa limpia, cabello cortado y a todas luces sano.

Hong identificó enseguida a sus benefactores, corriendo hacia ellos los saludó en buen Inglés, abrazándoles.

Los esposos, gratamente sorprendidos lo acogieron con alegría, invitándole a tomar una milkshake (malteada) en la heladería próxima.

Conversaron con amenidad.

El chico muy listo, hizo un resumen de su historia, que Benjamín y Sarah escucharon fascinados, agradecidos con Dios por haberles permitido salvar de las calles a ese inteligente niño.

Al despedirse, el buen señor Weitzner anotó su número telefónico y lo dio al menor indicando que lo buscara si alguna vez necesitara de su ayuda o consejo.

Hong agradecido les proporcionó los datos de su hogar.

No imaginaron lo pronto que sería.

Esa misma noche, el teléfono de la residencia Weitzner repiqueteaba con insistencia.

El mayordomo tomó la llamada y en principio se negó a comunicar a su patrón, que reposaba la cena en la salita de estar junto a su esposa, disfrutando de la agradable temperatura proporcionada por los gruesos leños que ardían en la old chimney (chimenea antigua).

La angustiada voz y el llanto del chico, dobló la resistencia del empleado que se apresuró llevando el auricular a Don Benjamín.

Lo siento señor, un niño con acento extranjero que dice llamarse Hong desea hablar con usted. Ha dicho que es urgente, yo...

Gracias Ramiro, atenderé la llamada. Puedes retirarte.

Hola amiguito — le dijo paternal.

¿Puedo servirte en algo?

Mister Weitzner, ¡han matado a toda mi familia! — gritó Hong.

Perdone, no tengo a quién... — tratando de explicar a tropezones los hechos, soltando el llanto tan genuino y amargo, que hizo estremecer al duro Fiscal General que luchaba por entender lo sucedido.

¡Qué demonios! ¡Cómo fue! — rugió Benjamín.

¿Quién lo hizo? ¿Dónde estás?... Ok, tengo la dirección.

Por favor no te muevas de allí, cálmate, vamos para allá con la policía, ¡no toques nada!

¿Qué sucede? Me asustas — preguntó ansiosa Sarah.

Era el niño Hong. Ha ocurrido una terrible desgracia. Al parecer ¡han masacrado a su familia!

****

Los salvajes asesinatos fueron investigados y los culpables arrestados por la policía del Condado en tiempo récord. La instrucción del Fiscal General hizo milagros. Los jueces los condenaron a prisión perpetua.

Son unas malditas bestias, con seguridad alguien en la cárcel les quitará la vida, reflexionó el Funcionario.

Esas alimañas merecen la muerte, la cárcel no es suficiente castigo para su infamia, surcando en su pensamiento por primera vez en su recta y ejemplar conducta, la idea de hacer justicia por su propia mano.

Benjamín y Sarah, se hicieron cargo de los funerales y decidieron pedir la custodia del menor, que les fue concedida sin reparo.

Como primera medida, lo enviaron a un magnífico Colegio en otra ciudad cercana con servicio de internado, haciendo suyos los gastos para su educación, salud y en general de todo lo necesario para el sano desarrollo físico y mental, inculcándole los valores espirituales universales, iniciándolo en el noble aprendizaje del Judaísmo: lenguaje, historia, cultura y religión.

Allí el niño Hong cursó la educación Elementary, Medium School, High School (Primaria, Secundaria y Preparatoria), destacando siempre en las actividades académicas, deportivas, artísticas y sociales, ocupando en todos los años primeros y segundos lugares del Cuadro de Honor.

Cada mes, el matrimonio Weitzner, visitaba el Colegio y compartía el fin de semana con Hong, al que rebautizaron con el nombre de Frank, escogido por la señora Sarah a la que agradaba mucho la voz del extraordinario cantante Frank Sinatra.

Transcurrieron los años con velocidad. El hogar formado por Benjamín y Sarah Weitzner, fue bendecido con el nacimiento de una hermosa nena a quien llamaron Ruth. Sin embargo, tanto el embarazo como el parto, fueron harto complicados, advirtiendo el Ginecólogo la imposibilidad de nueva preñez.

El niño Hong dejó de serlo para convertirse en un joven prometedor. Los señores Weitzner estaban muy orgullosos de él.

Cuando llegó el momento para decidir la carrera y la Universidad, Frank Hong deseaba estudiar Leyes para apoyar sin reservas al Fiscal General, cuestión que el propio Benjamín se encargó de desalentar, razonando que el ejercicio de la Abogacía: "Implica estudio constante, dedicación al cien por ciento, no respeta horarios y por tanto, sacrificas mucho tiempo, que de otro modo disfrutarías la vida con tu familia".

- En cambio, Negocios y Finanzas Internacionales es lo tuyo.
- El futuro del mundo es global.
- Las alianzas, fusiones, adquisiciones, cadenas, bloques de países y negocios, hacen indispensable a ejecutivos que dominen tres o más idiomas, expertos en informática, contabilidad, impuestos, leyes mercantiles, mercados, economía, finanzas y... política.

Convencido, Frank Hong aplicó y fue aceptado en la Universidad de Princeton, donde cuatro años después se graduó con Honores (Magna Cum Laude) como Bachelor in Arts (Licenciatura) y dos años después obtuvo en Harvard, el Master Degree (Maestría).

Los Weitzner, ahora con la pequeña Ruth, siempre presentes en las ceremonias ampliamente satisfechos por los triunfos de su pupilo, al que apreciaban bastante.

No fue difícil para Frank conseguir un buen empleo en una compañía Internacional de bienes raíces, con sede en San Francisco, California, que compraba, vendía, rentaba, propiedades industriales y terrenos para desarrollos de clubes de golf, vivienda, centros comerciales, parques acuáticos, mecánicos, hotelería y turismo.

No obstante sus ocupaciones, Frank nunca dejó de visitar a "su familia" en su residencia de Washington, D.C. y posteriormente, cuando el Fiscal General de los Estados Unidos se retiró del servicio público, a su nueva morada en Fort Myers, Florida.

Como tampoco fue difícil para Benjamín, convencer y enrolar a Frank en "La Fundación" como Agente encubierto, con misiones de inteligencia exclusivamente.

Ruth crecía como una bellísima planta, llena de flores. A los dieciocho años era una preciosidad.

Ben y Sarah se daban cuenta de ello y la protegían tal vez exageradamente. Tanto así, que cuando Frank Hong comenzó a visitarlos con mayor frecuencia, decidieron poner tierra de por medio.

Lo último que deseaban era que el muchacho, mucho mayor de edad que su nena, se enamorara de ella y pudiera causar un problema familiar.

Por mucho que lo apreciaran, así fuera prometedor y brillante el futuro del joven Chino, no era para Ruth, que habiendo nacido en "pañales de seda" tenía su porvenir asegurado, debidamente planeado y en su momento, hacerse cargo de los inmensos negocios de la Familia Weitzner.

Estimaba demasiado a Frank para arriesgarlo a sufrir una dolorosa decepción, conociendo a su hijita, que de momento estaba disfrutando los "Teenagers" (juventud de 13 a 19 años) en todo su esplendor, viajes, deportes, ropa, autos, diversiones, pero también la ayuda al prójimo.

Sus estudios, algunos en el extranjero, por nada ni nadie debía interrumpirlos.

En una palabra, su hijita no estaba lista para compromisos de noviazgo.

Utilizando las influencias de su gran poder económico, político y social, Ben logró que una importante empresa comercializadora con sede en Hong Kong, invitara a Frank para trabajar con ellos, con un magnífico salario, prestaciones y un cargo importante dentro de la organización.

— Gran parte del futuro del mundo está ahora en el Oriente, especialmente en China. Necesito ojos y oídos allá, no olvides a La Fundación.

— Además es buena oportunidad para buscar a tu padre. Que te conozca como un triunfador — le aconsejó Benjamín.

Resultado: Frank empacó y se fue a vivir muy contento al continente Asiático, llevando en su portafolios un millón de ilusiones y el cheque por cinco millones de Dólares Americanos por haber ganado el Premio Nacional de Nuevos Talentos, que cada año concedía la Fundación Weitzner.

— Por favor acéptalo, te lo mereces. Te servirá para instalarte, allá la vida es muy cara — dijo Benjamín al despedirlo.

— Gracias Don Benjamín, estaremos en contacto... le prometo que siempre quedaré a su servicio, hasta pronto.

En ese momento ninguno de los dos lo supo, pero había nacido una nueva estrella de la Fundación Weitzner y del Club PRISMA para la atención de los asuntos en el Continente Asiático.

HONG KONG, CHINA

Al igual que Macao, Hong Kong es una Región Administrativa Especial China.

Con la diferencia que Macao fue una colonia Portuguesa y Hong Kong pertenece a China desde siempre, con dominios sucesivos por las guerras de Ingleses y Japoneses, quienes finalmente derrotados, cedieron la Isla al Reino Unido.

Muchos años antes, los Mongoles habían hecho presencia.

NOTA DEL AUTOR.— Fue en la época de la ocupación Inglesa cuando Hong Kong progresó en la educación, se implantaron sistemas de tranvías, autobuses, transbordadores y aerolíneas, comenzando la formidable industria financiera con la fundación de HSBC (Hong Kong Shanghái Banking Corporation) y la construcción de viviendas verticales.

Las fuertes actividades económicas Internacionales, desplazaron en importancia a la pesca, captura de perlas y el comercio de sal.

En 2005 se inauguró el mundialmente conocido parque de diversiones Hong Kong Disneyland, como un indicador de la prosperidad de los habitantes de la Isla y atraer el exigente turismo de gente adinerada.

El 1° de Julio de 1997, el Reino Unido, transfirió a la República Popular China, el dominio de Hong Kong, convirtiéndose en Región Administrativa Especial, en la que conviven en perfecta armonía, la Economía Capitalista y la Soberanía de un País Comunista, contando con Sistemas Administrativo y Judicial independientes, llegando incluso a tener sus propias Aduanas y Fronteras.

En el año 2015, con un PIB (Producto Interno Bruto Nacional), de más de 278,000,000,000 Euros y con un Producto Interno Bruto por persona de unos 38,000 Euros anuales, constituye una de las rentas más altas del mundo, incluyendo países de Europa. Su moneda, el Dólar de Hong Kong (HKD) es fuerte en una población de más de siete millones de habitantes (8.29 por un Euro).

La Administración Pública otorga una gran libertad económica a las empresas, facilitando el establecimiento y sus movimientos de dinero, interno y al exterior.

****

Fu Hong ahora llamado Frank Hong, precedido de magníficas referencias por su desempeño en San Francisco, inicialmente ocupó la Gerencia de Ventas de la East Industries & Trade, LTD.

Su eficiencia, hizo crecer exponencialmente las Ventas en el mercado

Internacional y pronto lo llevó a sentarse en el sillón del Primer Auxiliar del CEO (Chief Executive Officer / Director General) de la compañía.

Un buen día, fue llamado a Shanghái, sede del cuartel general de la gigantesca corporación controladora de la Sociedad.

La entrevista fue breve.

El alto funcionario, extraña mezcla en su comportamiento de soldado y diplomático, taladró con su fiera mirada los ojos del convocado tratando de hallar algún signo de desconfianza.

Pero no, por el contrario, solo encontró sinceridad y ausencia de malicia, hasta un poco de inocencia.

— Tenemos muy buenos informes de usted señor Hong, le comunico que el Board of Directors (Consejo de Directores) lo ha nombrado Director General de East Industries & Trade, cargo que tomará posesión el día de mañana.

— Felicitaciones, puede retirarse — dijo secamente Luan Tung, Presidente del Conglomerado Internacional.

— Gracias señor, cumpliré sus órdenes — alcanzó a pronunciar Frank antes de la rápida desaparición del jefe supremo.

****

A solas en su confortable habitación del Four Seasons Hotel Shanghái en la Avenida Century, Lujiazuí, Pudong Xinqu, Frank meditaba sobre la velocidad de los acontecimientos, al tiempo que la bonita masajista China frotaba su espalda, brazos y piernas con una loción de intenso olor a crisantemos que relajaba todo su cuerpo.

El mes próximo cumpliría dos años de trabajar en la Firma, sin haber podido pasar un solo informe que valiera la pena a su amigo y protector Benjamín Weitzner.

Y de pronto, tiene enfrente a nada menos que Luan Tung, principal sospechoso — según el Club PRISMA — de grandes operaciones ilícitas.

Su primera reacción fue llamar a Mr. Gray para informarle a detalle, pero lo pensó mejor.

Con seguridad había cámaras y micrófonos escondidos.

A partir de hoy, doblaría las medidas de precaución y seguridad en su persona, vehículo, casa y oficina.

Desconfiado, rechazó caballerosamente las insinuaciones sexuales de la empleada, despachándola.

Casi no pudo dormir pensando en las sensacionales nalgas de la empleada.

Encendió el televisor mirando una película porno.

Tuvo que hacerse la puñeta para descansar a pierna suelta.

MADRID, ESPAÑA

En pijama, apurando su copa de Cognac Louis XIII, Ramón Peralta y Bárcenas, Presidente de la todopoderosa cadena CELTIC WORLDWIDE ENTERPRISES, estaba que echaba chispas de coraje. Nunca imaginó que su hasta ahora Ejecutivo de mayor confianza, presentara su renuncia al cargo que ocupaba desde hace varios años, dentro de la organización Internacional.

Y debía ser precisamente ahora, cuando tenía los primeros contactos para la venta de sus múltiples empresas a los Chinos, que de concretarse, sería la operación mundial más importante de la década, obteniendo el placer de retirarse completamente de los negocios y disfrutar a sus anchas el tiempo de vida que Dios le permitiera.

Con tanto pinche dinero, estaba dentro de los tres primeros lugares de los megamillonarios que publica la acreditada revista Forbes. Su nombre, aparecía en clave en los registros de la compañía SKY TRAVELERS, que aceptaba depósitos como reservaciones para el primer viaje de turismo espacial con destino a la Luna.

Asimismo, esa empresa está proporcionando el servicio para colocar cápsulas conteniendo mínima porción de cenizas mortales en el espacio exterior, transportadas por satélites. La clientela, formada por multimillonarios, creía que sus restos descansarían por toda la eternidad en el cielo, cerca de Dios.

Antes por supuesto, debía hacer miles de cosas como liquidar a su personal de confianza, concluir asuntos legales y fiscales de los negocios, terminar los compromisos pendientes de los nuevos desarrollos turísticos e innumerables asuntos de toda índole, incluyendo por supuesto el regalar la enorme hacienda agrícola y ganadera "Los Toritos", acompañada de veinte millones de Euros, como generoso finiquito para los hijos gemelos que tuvo con una ignorante mujer campesina en su adolescencia, casándose con ella en completo estado de ebriedad, y que cobardemente abandonó preñada, dejándola morir en la miseria. No obstante su canallada, ni la mujer y los muchachos, nunca le pidieron nada.

El matrimonio con Amber, con la que vivía desde cinco años atrás, había tenido sus altas y bajas. Estaba feliz de tenerla a su antojo.

Ella le había proporcionado extraordinarias satisfacciones sexuales y estimulado al máximo su ego, pues en las selectas reuniones de su élite, la hermosa pelirroja, acaparaba la atención de los hombres y causaba envidia en las mujeres.

Pero todo tiene su tiempo, recordó con nostalgia.

Él ya no era el mismo de antes.

Todavía hasta el año pasado, su mujer le hacía tremendas faenas que reforzadas con la ingestión de poderosas pastillas contra la disfunción eréctil y juguetes sexuales, lo hacían disfrutar de la lujuria en todas las formas y excesos posibles.

Lo único que tenía en contra la inteligente hembra, era la putería.

Había luchado contra ese "defecto", tratando de comprenderla: joven, buenísima y caliente hembra, se involucraba con todo aquel varón que le gustaba.

Al principio, la golpeaba, después quiso matarla, para siempre perdonarla, terminando por aceptar ser un "cornutto felice" (cornudo feliz) y convencerse que era mejor así.

"La prefiero compartida antes que arruinar mi vida"... rezaba la letra de una popular canción Latinoamericana.

¿Cómo es posible que mi amigo y protegido, Kadir Aiza me dé la espalda en estos momentos?

¡Carajo! No he podido convencerlo de cambiar su decisión.

Inútiles han sido mis ofrecimientos de muchísimo más dinero, poder... nada, el hombre está decidido.

De pronto, tuvo una revelación. Sabía muy bien que tal vez el único lado flaco del eficiente Directivo, eran las mujeres hermosas.

¡Claro! Por qué no lo pensé antes, tal vez mi esposa Amber pueda convencerle.

Vinieron a su mente, las incontables ocasiones en que la ardiente hembra coqueteaba con el Auditor, tocando ya sus manos en la mesa durante una cena, ya sus rodillas bajo el mantel, pegando su delicioso cuerpo envuelto en sedas de los vestidos que usaba sin ropa interior, cuando se le embarraba literalmente, para recibirle o despedirle.

Pero también recordó que no obstante el acoso, Kadir siempre se resistió a los encantos de la bella mujer, gesto que le reconoció como un caballero.

Aunque no se explicaba el porqué. ¿Respeto, miedo, precaución o fidelidad?

Creo que este cabrón ha sido con el único que mi pinche esposa no se ha ido a la cama, así que deben traerse muchas ganas... mmmm. Tengo que preparar la mesa... En este último viaje a Las Vegas, estoy seguro que la muy cabrona de Amber lo logrará ¡Vive Dios!

De todas las pendejadas que Ramón Peralta pensó esa noche, sin imaginarlo tuvo un acierto: "el último viaje"... que sonó a profecía.

Miró a su pareja que yacía en la cama durmiendo boca abajo, semidesnuda. Sus nalgas perfectas se dibujaban a través de la finísima lencería adquirida en la famosa boutique "La Perla". Por un momento quiso despertarla y contarle su plan pero se contuvo, ya encontraría un mejor momento para ello.

Por ahora que descanse, bastante ajetreo tendrá a partir de mañana, concluyó, no sin antes darle las buenas noches introduciendo lentamente por el ano, un delgado pene lubricado con aceite especial que la bella, al sentirlo dentro de la cavidad que tanto le gustaba, comenzó a mover sus caderas con lujuria.

Sin abrir sus hermosos ojos, soñaba con algún buen mozo que la penetraba hasta llegar al clímax. El empresario, excitado, acercó la punta de su pene a la boca de la hembra, que enardecida, la chupó con avidez, haciéndole gozar como pocas veces en su vida.

Ambos pasaron una noche extraordinaria.

FORT MYERS, FLORIDA

La anunciada visita de Kadir a la Mansión Weitzner distó mucho de ser protocolaria.

Comenzando con Ruth y Habacuc su esposo, quienes lo recibieron con grandes muestras de afecto, el personal de la residencia y desde luego Don Benjamín que lo abrazó paternalmente, derramando unas cuantas lágrimas de la emoción de verlo en casa.

Fue la hermosa rubia quien puso fin a la calurosa bienvenida.

— Voy por tu lacrimatorio papá, ¡esas lágrimas valen una fortuna!

Aludiendo naturalmente al milenario rito de los Emperadores Romanos, quienes a semejanza de Nerón, atesoraban sus lágrimas en vasijas de fino cristal labrado.

— Ja, ja, ja... — rieron todos, relajando el momento.

El invitado entregó sendos regalos a cada uno, quienes rápidamente rompieron la envoltura.

Habacuc el más diestro, fue el primero en mostrar media docena de magníficas camisas MIRTO, marca Española de gran calidad; Ruth recibió seis discos Blu-ray grabados magistralmente por la Orquesta Filarmónica de Londres bajo la conducción del Maestro Luis Cobos, con música y escenarios naturales de Israel, Turquía, Estados Unidos y México; Benjamín obtuvo un cuadro con la colorida pintura del gran torero Mexicano-Español Silverio Pérez, mostrando su faena en la Plaza de las Ventas en Madrid, con una tarde llena de sol y pletórica de aficionados a la fiesta brava.

— Este lienzo, lucirá enormidades en tu estudio — remató Kadir.

— Para los niños, de parte de mi esposa Helen, cinco jueguitos de playeras y shorts de algodón, a cada uno, de la marca española Zara.

— Muchas gracias pero no era necesario, los regalos son bellísimos y originales — expresó Ruth a nombre de la familia.

— Por favor pasen a la terraza, el desayuno está servido allí.

Benjamín se apoyó en el fuerte brazo de Kadir para caminar murmurándole: — "Tengo que hablarte a solas, es urgente".

— Qué coincidencia, yo también.

El desayuno fue un verdadero agasajo.

La rubia había dispuesto diversidad de frutas tropicales, cereales integrales con y sin azúcar, quesos blancos y maduros, una torrecilla de pancakes, avena, higos y cerezas frescos, pasas, coco rallado, yogurt natural, descremado, de sabores, jarras de café Mexicano normal y descafeinado, leche entera, semidescremada al 50% y light, con solo el 10% de grasa.

Pequeños vasos de jugo de naranja, toronja y verde, completaban la primera mesa del espléndido buffet.

En la segunda mesa, los antojitos Mexicanos: tamales verdes, rancheros, de mole poblano, enchiladas y "flautas", tacos dorados rellenos de barbacoa, cubiertos de crema y espolvoreados con queso añejo. Un recipiente conteniendo frijoles en caldo y secos, tazones con salsas picantes hechas en casa, completaban la mesa.

Una diligente cocinera, estaba lista para preparar huevos en cualquier forma: fritos, revueltos, naturales o con tocino, jamón, verduras, queso... y la especialidad de la casa, estilo Benedictine, que llevan salsa Holandesa, mejorados con trozos de langosta.

El mesero uniformado, pasaba constantemente llevando copas de champaña y "Mimosas" heladas, que contienen la mitad de jugo de naranja y mitad champaña. En la redonda mesa, tomaron asiento de izquierda a derecha: Benjamín, Kadir, Habacuc, Ruth, Maximilian

Schaff, Médico de la familia y una mujer con ropa y calzado blancos, que recién llegaron.

Ruth, llevando la voz cantante, hizo las presentaciones.

Kadir grabó muy bien en los surcos de su cabeza, la estampa y nombre del Doctor. Algo que no podía precisar en ese momento, le alertaba.

Juraría que lo he visto antes y no en buena circunstancia...

- Mucho gusto — alcanzó a decir, haciendo una pequeña reverencia en honor a la dama.

- Bueno, ¡a comer! — dijo Ben — De por sí me tienen muerto de hambre con la dieta.

- ¡Vamos Médico, autorízame probar algo distinto a la avena que consumo a diario!

- No empieces padre — reaccionó Ruth — Entiendo que es un día especial.

- Estamos celebrando por todo lo alto la recuperación de Ben y creo que puede desayunar un omelette de claras de huevo, relleno de espinaca y queso blanco sin grasa. También le autorizo tomar una copita de champaña.

- Bravo, estos son los buenos médicos — festejó Ben — Acabas de renovar tu contrato conmigo.

El desayuno continuó por hora y media más, en medio de charlas inteligentes y ágiles de los comensales. El Doctor Schaff y la enfermera, presentada como su pareja, fueron los primeros en retirarse, agradeciendo el convivio.

Habacuc se despidió con respeto. Tenía que ir a la Sinagoga, Ruth le acompañó, dejando listo el escenario para la conversación privada de los dos antiguos amigos.

Pasaron al conservador, pero muy elegante despacho del señor Weitzner. Kadir tenía el buen hábito para dejar hablar primero a su anfitrión, así que cedió el uso de la voz.

— No tenemos mucho tiempo — dijo Ben — Ruth y su marido regresarán pronto y los gemelos no tardan en despertar. Vamos a saltarnos la parte de mi enfermedad y al grano... ¿de acuerdo?

Kadir asintió con un movimiento de cabeza. Benjamín inició solemne:

— Recibí invitación por parte de un grupo reducido de amigos y patriotas ciudadanos, interesados como yo, en hacer prevalecer la justicia.

— Acepté participar activamente, porque su ideario es idéntico a los principios y valores de La Fundación, aunque sus metas y alcances son muy superiores a los nuestros.

— ¿Recuerdas que en alguna ocasión te dije que dejaríamos de ser Comerciantes Minoristas para convertirnos en Comerciantes Mayoristas?

— Bueno, esta es la manera en que lo hacemos. La eliminación de los malos es por grupos, entre más numerosos mejor, además que la territorialidad es Internacional.

— No necesito explicarte mucho. "El Club PRISMA", así le llamamos, está formado por personas como nosotros, que deseamos que el Bien y la Justicia reinen en nuestro planeta, baste saber que se han iniciado las operaciones con éxito...

Durante diez minutos más, Benjamín Weitzner hizo un resumen de las actividades desarrolladas por su organización, terminando por hacerle formal invitación para colaborar con el "Club" en la forma que considere conveniente: como Planificador, Supervisor o Agente de Campo.

— Debes recordar muy bien a mi entrañable amigo, el General David Finnstein que nos auxilió para rescatar vivos a los rehenes en Somalia... bueno, es el Presidente del grupo, por allí te darás cuenta de la calidad, peso político y económico de nuestros "Socios".

— Acordamos llamarnos por colores. Su nombre es "Black", el mío es "Gray". Pudiera decirse que representamos "LOS COLORES DE LA JUSTICIA". Tenemos los fondos suficientes para el tamaño del desafío y por supuesto tu paga sería de tal magnitud, para que cinco o más generaciones de tu apreciable familia, vivan muy bien.

- Los fondos para misiones son casi ilimitados y las posibilidades de trabajo infinitas porque desgraciadamente, el mal no descansa. Hemos iniciado por colocar a nuestros "colaboradores especiales", como altos Ejecutivos infiltrados en importantes empresas y gobiernos del mundo, que nos proporcionarán información sobre los movimientos de las diferentes mafias y organizaciones terroristas, por ejemplo su estructura, dirigentes, planes de ataque, finanzas, etc.
- Quisiera conocer tu respuesta, lo más pronto posible, de antemano sabes que tu voluntad será respetada — finalizó Benjamín.
- Ben, el afecto y respeto que tengo hacia ti es muy grande. Siempre has sido más que un buen amigo, un segundo padre.
- He admirado tu inquebrantable vocación por todo aquello que signifique Justicia, desde tu impecable y fructífera actuación al frente de la Fiscalía General de los Estados Unidos y después, cuando insatisfecho por la aplicación de la Ley, hiciste de la Fundación Weitzner el vehículo ideal para corregir las lagunas legales, los trucos y corruptelas de abogados y funcionarios judiciales, para librar de la cárcel a peligrosos asesinos que son una amenaza para los pacíficos ciudadanos.
- Te reitero mi enorme satisfacción de haber contribuido contigo para hacer justicia a nuestro modo, eliminando a la maldad desde su raíz, pero también recuerda que convenimos en mi retiro del campo de batalla.
- No obstante, no puedo negarte nada. Te apoyaré en tus nuevas misiones, solamente detrás de bambalinas, es decir en la planeación y supervisión.
- La ejecución, vamos a dejarla en manos de otras personas, como por ejemplo la Agente "Aileen", de quien respondo de su eficiencia y lealtad.
- Kadir amigo mío, no esperaba menos de ti, muchas gracias, me has quitado un gran peso de encima. Por las operaciones no te preocupes, mis socios tienen un probado comando paramilitar muy eficaz... que ya conoces.
- Pronto te llamaré en nuestro Código cifrado, ¿lo recuerdas?
- Cómo olvidarlo, si gracias a eso he salvado el pellejo varias veces — rió Kadir.
- Solo tengo tres preguntas:
- La primera: ¿Ruth está enterada de tus nuevas ocupaciones?
- La segunda, si las conoce, ¿está dispuesta a apoyarte?
- Por último, ¿sabe tu hijita de tus planes y los aprueba para digamos,

reincorporarme a la Fundación?

- No a las tres preguntas. Pronto se lo comunicaré, creo que no habrá ningún problema, o es que ¿ustedes ya no son amigos? Cierto que en mi fiesta de cumpleaños no los vi cercanos, pero hoy cuando llegaste pude observar su genuina alegría, cualquier malentendido ha quedado olvidado...
- He abusado del tiempo, dijiste tenerme una consulta, soy todo oídos.

Kadir, convertido nuevamente en "Scorpio", el implacable justiciero vengador, puso al tanto a Benjamín sobre las sospechas del ensangrentado origen de los negocios hoteleros, de la poderosa cadena CELTIC WORLDWIDE ENTERPRISES, propiedad de Don Ramón Peralta y Bárcenas y jefe directo suyo, cuando ocupó la Dirección General del Consorcio y ahora en el Consejo de Administración.

- Pienso renunciar a mi cargo — dijo Kadir.

- He prometido a mi esposa hacerlo desde hace mucho tiempo, es hora de cumplir.
- Presentaré el documento irrevocable, al regresar de dos viajes ya concertados: el primero al lejano Oriente, justo a Hong Kong, donde llevaré la representación del conglomerado Internacional y adquirir grandes cantidades de materiales para la construcción de nuevos hoteles y moteles alrededor del mundo. El segundo, de vacaciones a Las Vegas, sirviendo de guía y pilmama de la familia del patrón... precisamente necesito tu valiosa opinión para juzgar al tipo y liquidarlo allá, donde suceden muchos accidentes a turistas aventureros.
- ¡Qué diablos! ¡Pero cómo! — dijo Ben sorprendido.
- No hace mucho, hablabas maravillas de Ramón Peralta... además lo conocí bien como compañero de secuestro durante el tiempo que estuvimos en la selva de Somalia, siempre se mostró valiente, dispuesto a ayudar... buena persona, y después en Kuala Lumpur, cuando estuviste a punto de morir, hizo viaje especial como todos nosotros para estar contigo en el hospital, que posteriormente compramos en sociedad.
- No, definitivo, no puedes hablar en serio, me parece que Ramón es un ser humano de nobles sentimientos, algo vulgar si quieres, pero de allí a que sea un delincuente, hay un abismo... Te recomiendo prudencia. No te precipites, o ¿tienes en tu poder "evidencia irrefutable" como se dice en la Fiscalía? — cerró su discurso Ben, destilando sabiduría.

- Es muy delicado...
- Realmente no. Son informes de una persona que estuvo presente donde ocurrieron los hechos después de quince años... bueno, yo... pensé que... — reconoció "Scorpio", sintiéndose tonto, como un escolar acusando con la Maestra a un compañero de clase por robarle un lápiz, porque le dijeron, sin tener la prueba.
- Discúlpame Benjamín, tienes toda la razón, me dejé llevar por la noticia sin confirmación. Es que el informante es un buen amigo que conoció a la víctima... No volverá a suceder. Te prometo investigarlo a fondo y "presentar un caso", como también dicen los Fiscales.
- Ben, sobre el Doctor Schaff, ¿lo conoces suficiente? No me parece de confianza, seguro que lo he visto en... no recuerdo, pero nada bueno. ¿Te molestaría decirme sus antecedentes? Ya sé que es tu médico familiar pero no está de más darle una checadita. Tenemos una larga cola que nos pisen. Si lo autorizas, lo investigaré discretamente.
- Hazlo por favor, no puedo ocuparme ahora de ello, te ruego mantenerme informado. Tiene un año de vivir cerca de aquí, en esta misma calle, atiende nuestras consultas de salud, hemos cenado un par de ocasiones... pero tienes razón, con la edad me estoy volviendo descuidado.
- Pensándolo bien, sí, es un poco raro, creo que aparte de nosotros no tiene amigos, nunca habla de la familia o de su trabajo, aunque es un gran conversador de otros temas, me ha dicho que vivió en Sudamérica, creo que en Uruguay o Paraguay, miembro de Organizaciones Médicas Humanitarias...

Como un chicotazo, llegó al cerebro de Kadir, la figura de Jovanka Malajevic, la preciosa Doctora al frente de aquella valiente Brigada de Salud en África, integrada por Médicos y Enfermeras voluntarios que arriesgando la vida, atendían heridos, surtían medicinas y vacunaban a la población flagelada por las constantes guerras genocidas y la oportunidad que tuvo de conocerla en el Aeropuerto Charles de Gaulle en París.

Y después, la gran aventura en Angola, cuando la rescató a sangre y fuego del burdel donde fue llevada por los bandidos que asaltaron su caravana, para finalmente regresarla a la Ciudad Luz y vivir una noche de amor inolvidable... los recuerdos fueron cortados de súbito.

- OK, ahora pasemos a la biblioteca, quiero mostrarte unas cuantas estadísticas de lo que hacemos — dijo Benjamín, palmeando la atlética espalda de su invitado.

Inmerso en sus recuerdos y atento a las palabras de Ben, Kadir cometió el grave error de postergar la pesquisa prometida sobre el pasado de Schaff, que acarrearía terribles consecuencias para las familias.

— Una cosa más por favor — dijo "Scorpio".
— Me ha contactado directamente el General, perdón, Mr. Black, para encargarme un trabajito de campo...
— ¿De quién se trata? — interrumpió Ben — No me ha dicho nada.
— No ha querido ser inoportuno, está realmente preocupado por tu salud, no lo tomes a mal. Nada menos que de nuestro antiguo conocido, el terrorista Nikolas Chernowski, alias "Olaf", alias "Charlie".
— "Black" dice que es responsable del hundimiento del transbordador Coreano, donde hallaron la muerte más de trescientos hombres, mujeres y niños inocentes.
— ¿Qué le has contestado?
— No mucho, él me dijo que le has enterado un poco de las actividades que hemos tenido en la Fundación, y de mi papel dentro de la misma, es por eso que me contactó. Le respondí que estaba retirado pero buscaría la manera de ayudarlo en su problema. Está en pendientes.
— ¿Te agradaría hacerlo personalmente? Tienes todo mi apoyo y también el de Ruth, ella lo entenderá.
— Gracias, prefiero enviarle a la Agente "Aileen", ignoro si está disponible. Desde su matrimonio, no la veo.
— Estoy de acuerdo, el objetivo es un pez muy gordo, bien vale su peso en diamantes. Ofrécele cien supergrandes (cien millones), los pagaré con gusto.

En ese momento, hacen su entrada Ruth y Habacuc, dirigiéndose al despacho-biblioteca de su padre. A los treinta segundos, bajan por la escalera los gemelos, gritando el nombre de su abuelo.

El visitante aprovecha para conocer a los niños, le parecen maravillosos y felicita a sus padres y abuelo. Se disculpa por no poder aceptar la invitación al lunch, hecha por Benjamín, despidiéndose con un abrazo afectuoso.

— En otra ocasión con todo gusto, tengo diversas cosas que hacer y me voy mañana a Europa, les ruego me comprendan...

El beso en la mejilla derecha que le dio Ruth, lo sintió muy cerca del labio, haciéndole vibrar. Habacuc le estrechó la mano con fuerza, como queriendo decir con ello: "¡Aquí estoy para lo que sea!"

Por el inocente comportamiento de Habacuc, se adivinaba que el esposo de la rubia conocía solo parcialmente, la relación de "amistad" que ella tuvo con el Auditor en años pasados, conformándose con pensar: "Lo que no fue en tu año, no fue tu daño".

El ex mercenario Israelita, estaba seguro de sí mismo. Joven, sano con cuerpo de atleta, cincelado con el adiestramiento militar, buena alimentación y ejercicio constante, sentía que su matrimonio con la hermosa Ruth navegaba "viento en popa" (muy bien, hacia adelante).

En otras palabras confiaba ciegamente en dos cosas: primero en su atractiva masculinidad según él, y en el amor incondicional que, también según él, le profesaba su cónyuge.

Llegó a la conclusión que obtener la felicidad completa, significaba que ella y su megamillonario padre, tuvieran plena confianza en su persona y así poder emprender con el dinero Weitzner, jugosos negocios por su cuenta, como la fabulosa tienda para vender armas y municiones de todas clases, marcas y calibres, con moderno stand de tiro (cubículos protegidos para la práctica de disparo), atendido por bellísimas edecanes entrenadas en el manejo de pistolas y rifles.

No comprendía por qué demonios, siempre que había presentado su plan era rechazado sistemáticamente por su esposa y suegro, con argumentos tales como "debemos pensarlo bien", "no hay que precipitarse", "es mercancía para hacer daño" y otros razonamientos que le parecían meros pretextos para no invertir. Si alguien conocía de armas de fuego era precisamente él, joven pero veterano en esa materia, tantas veces probado en misiones de guerra.

Habacuc, sin darse cuenta, estaba siendo mordido por la ambición desmedida, que pudiera poner en peligro su estabilidad familiar y caer en el Síndrome de Stress Postraumático, que en alguna de sus manifestaciones, hace cambiar el comportamiento de las personas, que han sufrido las brutales tensiones de la guerra y siniestros graves, causados por las fuerzas de la naturaleza o por las manos del hombre.

Sean cuales fueren las razones, el complicado cerebro del ex combatiente marido de Ruth, lo estaba convirtiendo en sujeto inestable, a disgusto con su situación actual, con ambición de poder y demostrar su valía más allá del ámbito familiar, deseando fervientemente que sus padres y hermanas en Israel, estuvieran orgullosos de su éxito en América.

Una semana más tarde, enfermó de influenza y tuvo que llamar al médico de la familia, al Doctor Maximilian Schaff.

En su visita, el galeno sostuvo interesantes conversaciones, para hábilmente obtener información, sobre las ocupaciones de los miembros de la familia Weitzner, principalmente de Don Benjamín, que el ex soldado revelaba hasta donde sabía, confiando totalmente en el profesional de la Medicina.

La relación paciente-médico es muy fuerte, semejante a la establecida entre creyente y sacerdote, pudiera decirse que el nivel de confianza es muy alto y eventualmente, suelen confesarse secretos, proyectos personales y familiares.

Maximilian se las arregló para que su paciente le contara sobre su plan de independencia económica, estableciendo el fabuloso negocio de la armería, materia que dominaba a la perfección por su pasado militar.

— ¿Cuánto dinero se necesita? — preguntó Maximilian.
— Es necesario comprar un terreno de mínimo dos acres, una construcción sencilla y funcional, pero sobre todo de fachada muy atractiva, eso representaría un millón quinientos mil Dólares.
— Más un millón para inventario de mercancía y quinientos mil, para capital de trabajo. Con tres millones de Dólares, para comenzar, podemos hacerlo. La tasa de retorno es superior al 12% anual — explicó Habacuc con entusiasmo.
— Claro que la inversión puede ser de la mitad, si se opta por rentar el inmueble. Pero el riesgo es que muchos arrendadores cuando observan que el inquilino tiene éxito, ya no quieren renovar el contrato de arriendo para explotar ellos mismos un negocio parecido, o bien aumentan el pago de la renta a veces, en exceso.

Cuando Schaff le ofreció su apoyo económico para hacerlo, en calidad de socio capitalista, Habacuc aceptó de inmediato sus condiciones. Participarían 60% - 40 % respectivamente, en las ganancias.

Sería su socio únicamente desde el inicio hasta por un término de siete años, plazo en que le vendería sus acciones al precio de mercado, recuperando su inversión.

Los nuevos accionistas, se estrecharon las manos, sellando el pacto y acordaron entre otras cuestiones, mantener en secreto sus intenciones hasta abrir el negocio, previendo posibles interferencias en contra, de su esposa y suegro.

LAS VEGAS, NEVADA

El Jet particular de Ramón Peralta y Bárcenas, aterrizó a las 08:00 p.m. en el moderno aeropuerto McCarran.

Pasados los trámites de Migración y Aduanas, la comitiva formada por el matrimonio Peralta y Bárcenas, Fiorella, Lanya y Kadir, subió a la camioneta Cadillac Escalade ESV negra, que los transportó veloz al Hotel Wynn, pese a las protestas de la señora Amber quien deseaba viajar en helicóptero.

Kadir explicó que era tan corta la distancia de la terminal aérea al hotel, que no lo juzgó conveniente.

Ramón aprovechó para regañar a la sensual hembra por su ignorancia.

Ella en abierto ataque a su marido respondió con dulzura: — Gracias tesoro, tú sí eres un caballero.

Palabras que el viejo dejó pasar. Nada le pondría de mal humor se prometió, ni siquiera la puta de su mujer.

En el trayecto de 10 minutos, los turistas pudieron constatar el acierto de Kadir, pues les permitió observar un poco la belleza de las avenidas y construcciones hoteleras, iluminadas por tal vez millones de focos de todos colores, como nunca lo habían visto.

- ¡¡¡Mira tío, mira!!! ¡¡¡Qué maravilla!!! ¡¡¡Es grandioso!!! Ramón gracias por traernos — expresaron Lanya y Fiorella, embelesadas.
- ¡Coño! — expresó Ramón — En este sitio deben regalar la energía eléctrica, con todo ese derroche de luz, los pueblos vecinos deben estar a oscuras — rió.
- Mira quién es el ignorante — arremetió la hermosa — Hay una gran planta generadora de electricidad con agua de la Presa Hoover, lo vi en la televisión.
- Dejad de joder, si lo dije en broma, ¡pendeja!
- Kadir decidió que era momento de intervenir y dijo con energía:
- ¡No discutan por estupideces y disfruten el viaje, a eso venimos! Si resuelven pelear, yo los dejo, ¡no tengo ninguna necesidad de aguantarlos! ¡Se van al carajo los dos! ¡Detenga la camioneta! — dijo al chofer — Aquí me bajo — se despidió Kadir encabronado.

Tomado por sorpresa el disparejo matrimonio, solo alcanzó a reaccionar...

- ¡Noo, por favor! — imploró ella — Es solo una pequeña discusión entre dos seres que se aman, ¿verdad amorcito? — abrazó melosa a Ramón.
- Así es, hombre que no aguantas naá, ¿acaso no tienes peleas en tu

casa?, ¡todos las tenemos mozo! Perdona... no quisimos alarmarte, te prometo controlar mi sangre Asturiana.

El Auditor respiró hondo, necesitaba a su vez calmarse. En ese momento hicieron su entrada al motor lobby del elegante hotel.

Un pequeño pelotón de porteros y botones rodeó el vehículo, dos abriendo las portezuelas de los huéspedes y tres más, aperturando la cajuela para depositar las maletas en el Trunk cart (carro góndola para maletas).

Los esposos se dirigieron al bar, en tanto Kadir efectuaba el Check In (trámite de ingreso) en el mostrador exclusivo para la Tower Suites, dejando a su jefe la "Salon Suite" de 1817 square feet (pies cuadrados) equivalentes a 168 metros cuadrados, con amplios espacios para living room (sala), dining room (comedor), bar y massage room (sala de masaje) privados, entre otras comodidades; tomando para él, la no menos lujosa, pero más pequeña, la "Parlor Suite".

Las chicas fueron instaladas en la "Spring Suite", especial para jóvenes, equipada con videos de los más modernos conciertos de famosos artistas internacionales, adecuados para su edad.

— Nos vemos más tarde ragazzas (muchachas) — se despidió Kadir.

Los dos Bellboy o Bellman (empleados maleteros), llevaron directo los equipajes a las habitaciones, alegres de recibir trescientos Dólares de propina cada uno, entregando las llaves magnéticas a los clientes en el bar.

La bellísima arquitectura e interiorismo en las instalaciones de hospitalidad, impresionaron profundamente al Español y esposa, quienes no obstante pertenecer al pequeño círculo de multimillonarios mundiales, no dejaban de admirar, él, lo funcional del lugar, impecable limpieza, servicios eficientes y el orden, que permitía acomodar a gran cantidad de turistas — entre ellas, una hembra nalgona, que frisaba los treinta años, de grandes pechos con seguridad operados, dictaminó — Y ella, embobada observando tapices, cortinas, alfombras, muebles, espejos y personal masculino.

Casquivana, le había echado el ojo a dos meseros jóvenes que le parecieron muy atractivos, pensando cómo hacer para llevarlos a su cama a los dos juntos, se antojaba delicioso...

Excitada, interrumpió sus pensamientos, al sentirse mojada en su tanga.

Kadir se incorporó a la mesa, solicitando instrucciones.

El Auditor hubiera querido retirarse a su habitación a descansar y hablar por teléfono con su amada esposa Helen e hijos, pero el destino... siempre el destino... le preparaba una sucia jugarreta.

- ¡Con mil coños hombre!
- Qué prisa tenéis, tomad asiento aquí con nosotros, he pedido champaña para empezar, ¿os parece? — dijo Ramón al notar que su hombre de confianza permanecía de pie.

La hembra, fue más allá. Su coñito caliente le hizo atreverse a tomar de la mano a Kadir y casi obligarlo a sentarse junto a ella. Logrado su propósito, colocó abiertamente su mano encantadora sobre la rodilla del muchacho.

- ¿A dónde nos invitarás a cenar? — dijo coqueta entornando los ojos. Rectificando se dirigió a su esposo y metiendo la mano bajo la mesa, le tocó el miembro dormido, masajeando lentamente hasta que comenzó a despertar.
- ¿Qué se te antoja tesoro?
- Tengo ganas de molletes con natas — respondió el marido.
- ¿Cómo es eso, no querrás decir pan con la grasa de la leche, verdad? Es riquísimo pero no muy saludable, es alimento de campesinos — si lo sabré yo, recordó en silencio.
- Si serás pendeja, quiero decir ¡morderte las nalgas! — y todos rieron — Ja, ja, ja, ja...
- La verdá es que no conozco ná de aquí, a ver hombre, decidid pues.
- ¿Les agradaría comida Italiana?
- Dentro del hotel, hay un sitio de los mejores en América... si desean...
- Por supuesto, me encanta la comida de mi País — expresó entusiasta la hermosa pelirroja — ¿De acuerdo Ramoncito?
- Claro que sí, terminemos la champaña y nos vamos, ah y no me digas "Ramoncito", suena como "pendejito"... — un beso de la fogosa hembra, lo calló.

Kadir hizo una seña al capitán de meseros para acercarse, quien solícito atendió al pedido de reservar una mesa para tres personas, en Bartolotta Ristorante di Mare, con vista al pequeño lago privado.

Al terminarse la primera botella de Dom Pérignon Rosé, llegaron los dos músicos.

El Bar & Lounge EastSide, donde se encontraban en ese momento, es famoso por su "duelo de pianos" escuchando a dos estupendos pianistas tocar juntos o separadamente en abierta competencia. Interpretaron formidable repertorio de selectas melodías Internacionales con gran éxito, música clásica ligera y popular, complaciendo peticiones de los clientes, incluyendo ritmos Country y Ragtime.

Avisaron al "ristorante" que llegarían una hora después de la reservación, quedándose a disfrutar a los virtuosos del piano, bebiéndose la segunda botella de champaña de la noche. Al terminarla, a la mujer le faltaban manos. Efectivamente, tenía la manita izquierda sobre la bragueta de su esposo y la mano derecha sobre el erguido pene de Kadir, quien inmóvil, razonaba a todo vapor el camino a seguir.

La prudencia aconsejaba la retirada inmediata de la contienda con un buen pretexto, pero no sabía las consecuencias. Esta mujer lo tiene dominado y ejerce una influencia tal, que lo puede llevar a cometer los mayores desatinos... no tiene límites... por otra parte, debe saber los más oscuros secretos de alcoba y es la oportunidad de obtenerlos de ella... así tenga que hacerle una buena faena. Sí, seguro estoy que en el forcejeo amoroso, es posible obtener valiosa información sobre la vida y milagros de Ramón Peralta y Bárcenas. Voy a tener que sacrificarme y tirarme de una vez por todas a la puta, será solo un trabajo más.

"El fin justifica los medios" — argumentó para sí, tratando de autoabsolverse.

RIO DE JANEIRO, BRASIL

El Ingeniero Christopher Carvalho no se había dormido en sus laureles.

Después de vacacionar con Kadir y el par de guapas tenistas Suizas que conocieron en Costa Rica, se fijó la meta de averiguar por su cuenta, algunas cosas que no comprendía muy bien, sobre la enigmática y sensacional hembra a quien le hizo espectacular sexo oral en la playa de Copacabana, el mes pasado y que por poco le cuesta la vida.

Por ejemplo, no supo siquiera su nombre, mucho menos su ocupación y domicilio. Un enigma.

Sin duda era "propiedad" de una persona importante y poderosa, eso explicaba la presencia del bodyguard (guardaespaldas) que lo atacó con intención de matarlo... al recordar el cuerpazo de la morena, tuvo la erección.

Al despedirse, cometió el error de ocultarle a su amigo Kadir, que realizaría personalmente intensas investigaciones, sobre la pareja formada por el misterioso vejete con aspecto de mafioso, que acompañaba a la grácil joven de color en la playa de Copacabana.

En la terraza del cuarto de hotel, mientras paladeaba su primera bebida del día, servida doble en vaso corto con un cubo de hielo, un Scotch whisky Glenfiddich single malt 18 years (whisky Escocés Glenfiddich elaborado con una sola malta y 18 años de añejamiento), hizo su plan: hablaría primero con los empleados del hotel que tienen contacto directo con los huéspedes: recepcionistas, maleteros, meseros, vigilantes, valet parking (choferes de estacionar) y el concierge (conserje), mostrando la fotografía de la primorosa negra en la playa, introduciendo sus pies en el agua con los senos al sol.

Seguro estaba que esa belleza tan extraordinaria, no hubiera podido pasar desapercibida, aun cuando en este balneario Internacional, lo que abundan son magníficas nalgas.

Iniciadas las primeras averiguaciones, no se sorprendió cuando todos los entrevistados hombres y mujeres, recordaron a la muchacha.

Un mesero de color, que no quiso ser identificado, reconoció a la Venus negra como la hembra perfecta: — Se llama Angelique y tenerla es el sueño que todos queremos realizar, como el viejo idiota que la esclavizaba.

- ¿Con qué objeto? A leguas se nota que ya no puede darle sexo, la trae de adorno.
- La vieja siempre anda caliente, si no hubiera sido por el guardia, me la hubiera cogido varias veces... — presumió el tipo.

- ¿Te dijo su nombre, dirección, algún teléfono?... Me urge localizarla para ofrecerle un papel en mi próxima película... es de peligrosas aventuras en el Río Amazonas, necesito gente nueva... Hasta tú podrías trabajar en el rodaje. ¿Has tenido experiencia teatral? — dijo mañosamente Chris alias "Freddy", tratando de engatusarlo.
- Por supuesto — respondió vanidoso el empleado — Fui el primer actor en la escuela, siempre como galán... además he visto cientos de películas, puedo representar cualquier personaje... mi madre lo ha dicho...
- ¿Cómo se llamará el filme?
- "El Despertar del Cocodrilo" — respondió "Freddy" sin titubeos.
- Es una linda historia de amor y peligros, por favor anota tus datos en una hoja y pronto recibirás noticias mías — obsequiándole un sobre con quinientos Dólares americanos.
- Recuerde, la mujer se llama Angelique, escuché al puto anciano llamarla así, la trataba muy mal. Es todo, lo siento no sé más.
- Hasta la vista, estaré al pendiente. A propósito, ¿cuánto dinero ganaré?
- Bueno, eso depende. Primero te llamarán del Estudio para pruebas de fotografía y dicción. Después seleccionarán el personaje que interpretarás de acuerdo a tu condición física y edad, por lo que veo, estarás dentro de la primera fila.
- El dinero es abundante, te pagarán unos quinientos mil Dólares por lo menos. Imagina por un momento tener a la negrita y otras bellezas entre tus brazos... mmm.

****

La recepcionista del turno vespertino, una alegre y bonita chiquilla de unos 25 años, resultó la mejor informante. "Freddy" utilizó el mismo cuento.

Si ella colaboraba para localizar a Angelique, la espléndida gratificación sería de cinco mil Dólares, un buen trabajo en los estudios de cine y ¿por qué no?, tal vez si retrata bien, es capaz de memorizar los diálogos y actuar con naturalidad, puede ser artista de cine.

La inocente criatura proporcionó en un papelito, el nombre del escolta que realizó el "Check In" por la Suite Imperial, enorme habitación de más de 150 metros cuadrados, con la gran ventaja de tener el "Connecting Room" (cuarto anexo interconectado, ideal para niños, servidumbre o personal de seguridad).

Asimismo, la confiada empleada escribió su correo electrónico, recibiendo el dinero ofrecido, esperando tener noticias del estudio cinematográfico.

Su último comentario, resultó muy interesante para el investigador.

- El domicilio registrado del gorila, es en Buenos Aires, Argentina, en un barrio bravo. El tipo no puede ocultar que trabaja para la mafia. En la breve estancia, el gañán hizo media docena de llamadas, tres de ellas a Sicilia, dos a Buenos Aires y una más a Shanghái, China. Tiene muy mal carácter y siempre está armado.
- ¿Qué me dices del viejo?
- Aparte de prepotente y grosero, parece tener mucho dinero.
- Creo que se trata de un "pezzonovante" (persona importante) — remató graciosa la muchachita — Sí, he visto la película "The Godfather" (El Padrino).
- La mujer es elegante y divertida, parece que le pone los cuernos al tipejo de lo lindo.
- Eso sí, las propinas al personal del hotel, han sido espléndidas — terminó la nena.

Considerando que ya no podía obtener información adicional, Chris alias "Freddy" se retiró prudentemente.

La siguiente visita sería al mejor investigador privado de la ciudad. La principal motivación era encontrar a la negra y darle por el culo hasta romperlo.

Tomó la decisión equivocada de no comunicar nada aún, a su aliado de aventuras Kadir.

- En su momento, lo sorprenderé con los datos completos.

Esta sencilla determinación, ponía en riesgo su vida.

Ignoraba aún el tamaño del Sindicato Internacional del Crimen, al que pertenecía de manera importante su investigado, el poderoso y desalmado criminal Vander Skoda.

FORT MYERS, FLORIDA

El Doctor Schaff terminó de comer en su casa, limpiando la comisura de los labios con la nívea servilleta de algodón.

Vivía solo en una mansión de buen tamaño, que compró a precio de ganga.

Ocasionalmente le acompañaba su fiel enfermera y amante.

Hubo dos razones por las que el inmueble se había depreciado a una sexta parte de su valor real.

La primera, fue la desaceleración de la economía Norteamericana originada por la crisis del mercado inmobiliario.

Las hipotecas concedidas por los bancos, en gran número no fueron pagadas por miles de insolventes trabajadores, despedidos de empresas y gobierno.

Otra razón, o mejor dicho "sinrazón", fue la estupidez de los vecinos de la lujosa área residencial.

La casa fue construida tres años atrás y habitada por una próspera familia de raza Negra, que no obstante su riqueza, nunca fue vista con buenos ojos por algunos residentes, que no disimulaban su racismo, al grado de negarles el saludo e incluso prohibir a sus hijos la convivencia, en los parques o sitios públicos, con Los Freeman, provenientes de Louisiana.

Al cabo de un largo año de soportar indiferencia y hasta groserías de la gente blanca en el supermercado, iglesia, escuela, gasolinera, tiendas, discriminación de sus niños y ausencia de vida social, la señora Freeman convenció a su marido de mudarse al Estado de Virginia, donde no había prejuicios ni marginación de ninguna raza y además tenían familiares, poniendo la casa en venta.

Tres años estuvieron los anuncios de oferta colocados por la agencia inmobiliaria en fachada y en Internet, recibiendo poca respuesta del público interesado en comprar, que al enterarse de quiénes habitaron la mansión, cancelaban las citas para conocerla, como si la residencia estuviera afectada por algún tipo de peste, posible escenario de crimen, o invadida por termitas.

Al comienzo del cuarto año y habiendo cambiado dos veces de promotores inmobiliarios, la adinerada familia Freeman, dueña de una cadena de restaurantes de fast food (comida rápida), cuya especialidad eran las hamburguesas Jumbo, hot dogs gigantes y pizzas, decidió rebajar una vez más el precio del inmueble, a tan solo tres millones de Dólares al contado.

En el otoño de ese mismo año, se recibió una llamada haciendo una oferta: millón y medio de Dólares pagaderos en tres mensualidades iguales, sin intereses.

¡Take it or leave it! (Tómalo o déjalo).

La operación de compraventa se realizó en esas condiciones.

Al afortunado comprador le importó un bledo que una familia de negros hubiera ocupado la residencia, otorgándole mayor importancia al bajo costo de adquisición. Sus fuertes prejuicios raciales prevalecieron y la mandó fumigar integralmente en dos ocasiones, instalando pisos, muebles y grifería nuevos, en cocina y baños.

La alberca fue remodelada completamente, cambiando los azulejos, maquinaria de filtrado y purificación de agua. El piso de las recámaras, clósets, aparatos telefónicos y de intercomunicación, fueron sustituidos integralmente.

La pintura general de la casa y el barniz de todas las puertas de madera se hizo a "dos manos" (dos capas de material). El completo asador en el jardín junto con sus accesorios, desapareció.

El nuevo y feliz propietario, sonrió siniestramente.

Había logrado hacer un magnífico negocio, adquiriendo una mansión con valor de nueve millones de Dólares, a un precio mínimo dentro del selecto vecindario lleno de estúpidos millonarios. Ya se encargaría de conocerlos y por supuesto, esquilmarlos.

Estaba seguro que por su profesión y presencia, sería no solamente aceptado, sino bienvenido.

Colocó un letrero discreto a la entrada de la mansión: MAXIMILIAN SCHAFF, MD.

MONTEVIDEO, URUGUAY

Es de sobra conocido, que en 1945, muchos oficiales de alto rango del ejército Alemán, antes de la caída de Berlín, huyeron como ratas a distintos lugares del planeta, entre ellos al Brasil, llevándose el tesoro teutón en dinero, joyas, oro, valiosas pinturas, secretos militares, investigaciones avanzadas en cohetería, submarinos, aviación, así como las armas de destrucción masiva: bombas nucleares, químicas y biológicas, que gracias al Cielo no les dio tiempo para desarrollar.

En el invierno de 1947, Gerhard Roemer, Werner Holtz y Siegfrid Von Schoeffen, antiguos generales de la cruel SS Alemana, llegaron a la ciudad huyendo de las autoridades de Brasil, llevando gran parte de la inmensa fortuna mal habida de los nazis.

Roemer traía consigo, al talentoso niño hijo del tristemente célebre Médico teutón Josef Mengele, que fue pionero en la investigación y modificación de la genética, primero en animales y después con el propósito de crear prototipos de perfección de la raza humana, con infames experimentos utilizando prisioneros de los campos de concentración en Auschwitz-Birkenau, principalmente infantes.

El objetivo "científico", sin límites éticos del Doctor Mengele y su equipo de cirujanos, era reproducir la raza aria, considerada por los nazis como la "superior" y que sus mujeres dieran a luz gemelos blancos de ojos azules.

Para ello, intentó "fabricarlos", inyectando químicos a los prisioneros judíos directamente en los órganos de visión, provocando infecciones y ceguera.

Probó la resistencia del cuerpo humano, con 1500 pares de gemelos, inyectándoles gérmenes letales. Otro campo que exploró, fue la esterilización masculina y femenina, introduciendo nitrato de plata y yodo en la sangre. Por la cantidad de muertes y alto costo de los materiales, trató con radiación, que cumplió su cometido de volver infértiles a personas distintas de la raza aria.

Mutiló a prisioneros sanos, para injertar brazos y piernas a soldados Alemanes heridos en batalla. Investigó para combatir la hipotermia que las tropas Alemanas sufrían en la nieve. Para ello, tomaba cautivos y los sumergía en tinas con hielo hasta por tres horas, tiempo máximo que determinó antes de la muerte. Dejando sin alimento a los condenados — solo tomaban agua — comprobó el tiempo máximo de vida: 7 días.

En 1941 se desató una epidemia de Tifus en el campamento femenino. Ante la escasez de vacunas, 600 mujeres fueron ejecutadas en la cámara de gas, recibiendo felicitaciones de sus superiores, el pinche médico asesino, por controlar la enfermedad. Todos los procedimientos y crueles cirugías, se hicieron sin anestesia para quitar órganos, castración y amputaciones.

****

En 1947, tenía el niño Mengele dos años de edad, cuando "sus padres adoptivos" encabezados por el ex General Roemer, escaparon a Montevideo, Uruguay. Allí por su propia seguridad, fue registrado y entregado a un hogar de simpatizantes nazis con el falso nombre de Maximilian Schaff, rodeado de cuidados en su alimentación, salud, educación y el entorno propicio para desarrollar sus habilidades innatas al máximo.

Desde tierna edad, el niño demostró una inteligencia superior a la normal y al paso de los años, fue encauzado por sus protectores hacia la Escuela de Medicina, albergando el propósito de seguir los maléficos pasos de su progenitor.

A los 27 años de edad (1972), Maximilian Schaff se graduó con honores en la Universidad de Los Andes, obteniendo las más altas calificaciones de su generación, sin que pudieran ver terminada su misión los Generales Holtz y Von Schoeffen que habían muerto años antes.

Solo el General Gerhard Roemer vivió lo suficiente, para tener la satisfacción de haber conseguido formar a un brillante profesional de la medicina, con una sólida preparación ideológica, orientada hacia la supuesta "superioridad de la raza aria".

En 1975, a sus 30 años se inscribió en las Especialidades de Cirugía General, Traumatología y Ortopedia, en los acreditados Hospitales "Albert Einstein" y "Das Clínicas" ambos en la ciudad de São Paulo, Brasil, que ocupan los lugares números UNO y TRES dentro de la lista de los "TOP TEN" (los diez mejores) de Latinoamérica. El primero, con 6000 Médicos de planta y con Índice de Calidad de 82.5%.

El otro, de estructura Universitaria con 1400 Médicos y un Índice de Calidad del 75.6%, calificaciones otorgadas por el PORTAL AMÉRICA ECONOMÍA al clasificar los Hospitales en América Latina.

En 1978 cuando cumplió 33 años y después de enterrar a su "padre" el General Gerhard Roemer, emigró a los Estados Unidos al obtener la Beca Ponce de León otorgada por la Universidad Seminola, para certificarse como Médico Cirujano General y Especializado en Trasplantes de Corazón, Riñones, Hígado y Extremidades, obteniendo los Postgrados en 1984 a la edad de 39 años, por el prestigiado MERCY HOSPITAL, en la ciudad de Miami, Florida, recibiendo como de costumbre, los mejores reconocimientos académicos y científicos. Un año antes de concluir el Posgrado, en su cumpleaños número 38, el Doctor Schaff por primera vez en su vida, se enamoró perdidamente de una compañera del Hospital. Siendo una persona entregada de tiempo completo a sus estudios, nunca pensó llegar a sentir algo por esa preciosa mujer de origen Portorriqueño, con la que vivió cuatro tormentosos años, al cabo de los cuales, la hembra desapareció sin dejar rastro.

Inútiles fueron los esfuerzos de la policía y detectives, quienes después de seis meses de exhaustivas investigaciones y ante el aumento de casos criminales por aclarar, decidieron cerrar el asunto, archivándolo en la gaveta de CASOS NO RESUELTOS. Hubo sospechas de homicidio que recayeron en el Doctor. Sin embargo, el Fiscal nunca pudo presentar ni el cuerpo del delito, el arma homicida, testigos, grabaciones o videos, que sumados a los impecables antecedentes del indiciado, le exoneraron de toda culpa, no pudiéndose evitar la mala publicidad de la prensa amarillista. Nadie podía imaginar que el primer experimento de la "Era Mengele II" había comenzado justamente en el cuerpo de la bella mujer. Después de bárbaros experimentos, el cadáver, molido en albóndigas, fue devorado por los dos perros Pitbull de su casa.

Schaff celebró su cumpleaños 63 frente a la plancha de autopsias, festejando también sus 21 años (1987-2008), de trabajar a gusto, en Servicios Forenses de la Policía de diez importantes ciudades, que se disputaban sus habilidades en necropsias por su atinada precisión y criterio, logrando apoyar con total acierto las investigaciones criminalísticas. Qué lejos estaban los funcionarios policíacos de suponer, el inmenso placer que Schaff sentía al hacer cortes con bisturí y sierra, en cuerpos humanos. Dos años más tarde, siempre utilizando el falso nombre de Maximilian Schaff, se mudó al Estado de Florida, seleccionando a Fort Myers, una ciudad pequeña llena de comodidades, donde sabía residían muchos millonarios de ascendencia Judía, con abundancia de niños y jóvenes, buenos candidatos para continuar con sus experimentos. "Sus odiados enemigos", como lo habían adoctrinado los nazis desde pequeño.

El indigno Médico, a sus 65 años de edad, se sintió como un joven hambriento, asistiendo a un gigantesco banquete gratuito.

LAS VEGAS, NEVADA

Fiorella y Lanya, las preciosas jovencitas, acompañaban a Ramón Peralta y Bárcenas prominente hombre de negocios Internacionales, en la soleada alberca, luciendo minúsculos bikinis de última moda adquiridos el día anterior, en una de las mejores boutiques de la magnífica zona comercial del hotel.

Las jóvenes habían reído hasta el cansancio por la chusca equivocación de su obeso pariente, quien loco de felicidad y excitación al verlas semidesnudas y llevarlas tomadas por sus cinturas perfectas, quiso absurdamente, presumir un poco y de pronto, corrió hacia una de las albercas donde no había nadie, en contraste con las otras dos piscinas muy concurridas.

Por un instante, su torcido cerebro esbozó la idea de estar dentro del agua rodeado de las dos bellezas, sin gente alrededor, retozando a gusto, tocando un poquitín firmes senos y nalgas "accidentalmente" y acercándose a Fiorella, le tomaría de la mano para empuñar su pene y enseñarle a masajearlo.

Cuando el gordito se lanzó al agua, soltó una maldición, casi estuvo a punto del infarto: el agua estaba helada.

No obstante su reacción inicial, quiso ser simpático ante sus invitadas y nadó algunas brazadas, saliendo de inmediato con ayuda de las muchachas, que no pudieron controlar la risa.

— Pero Tío — dijo Lanya graciosamente — Cómo se te ocurre.

— Esta alberca es de agua helada para los clientes que acostumbran ponerse al sol por largo tiempo, después se introducen en las aguas cálidas de las otras piscinas y terminan en agua fría.

— Los deportistas extremos, las usan para entrenamiento, ja, ja, ja, ja...

— ¡Joder con estos cabrones! ¡Ni un pinche letrero de advertencia! ¡Algún día van a matar a un cristiano! — exclamó Ramón, tiritando de frío, aunque reconfortado por el envoltorio de toallas que le colocaron las chicas, quienes lo condujeron a otra de las albercas, instalándolo en el gran tumbón azul, protegido del inclemente sol por la carpa de color blanco.

En realidad, el anciano sin saberlo estuvo a punto de morir, al pasar su cuerpo de súbito del calor (vasodilatación) al frío (vasoconstricción), que ocasiona espasmos de los capilares arteriales, aumentando bruscamente la presión sanguínea, con posibilidad de infarto agudo.

— Bueno chicas, ya pasó, aunque tengo entumecidos brazos y piernas, ¿pueden darme un masajito? — dijo Ramón con dolo.

— Claro que sí, te aplicaremos bronceador — respondieron alegremente las nenas.

Diciendo y haciendo, sacaron de sus respectivas bolsas deportivas, los avanzados productos de belleza que conjugan la protección contra los rayos solares y oscurecen agradablemente las pieles blancas lechosas, con un tono dorado.

El depravado sujeto, sintió las delicadas manitas de ambas mujercitas, palpando su desgastado organismo. En ese momento pensó el viejo, que daría la mitad de su descomunal fortuna por tener 50 años menos y poder cogerse a las dos nenas toda la noche.

— Mmmm, no tengo cincuenta años menos, pero sí los cincuenta millones de Dólares que les daré a este par de golfitas si me complacen como amantes.

El calor del desierto de Las Vegas, aceleró su cerebro. Ya estaba pensando cómo matar a su "querida" esposa Amber. La muy puta ya no tiene lugar en mi vida y la inmensa fortuna que le he dado, la recuperaré a su muerte. Es la mejor solución, se ha convertido en un estorbo.

****

Desnuda en la cama de su lujoso dormitorio, yacía la todavía muy hermosa esposa del magnate, se deleitaba tomando la primera Mimosa de la mañana.

Tenía pereza, no quiso ir a nadar con la familia. Voluptuosa, se miró al espejo de cuerpo entero.

Llevó sus manos hacia los preciosos senos, acariciando los rosados pezones que al contacto, se irguieron desafiantes.

Bajó la mano derecha y se tocó la vulva y clítoris, masajeando leve, soltando un suspiro de placer.

Miró sus caderas y nalgas, mereciendo su aprobación.

Decidida, pensó marcar la extensión de la suite que alojaba a Kadir, citándole con urgencia.

Sacó de su estuche un compacto binocular Wallis con acercamiento de 10 X de patente Suiza hecho en China, que siempre llevaba para mejor disfrutar el teatro y paisajes.

Observó por la ventana hacia la zona de albercas, localizando al hijo de puta marido, disfrutando de la frotada de loción en su ancha y grasienta espalda.

No pudo reprimir una mueca de asco. Tengo que pensar en sacarlo de mi vida, ya es tiempo, le he dado los mejores años, tengo dinero y propiedades más que suficientes para retomar algo nuevo, con uno o varios amantes jóvenes... ¿Como el cabrón de Kadir?... mmmm...

Después de la sesión de sexo que pienso darle hoy, decidiré si lo "compro" al precio que sea... aunque pensándolo bien, él no se vende, está demasiado apegado a su familia y por otro lado, yo no volveré a ser exclusiva de nadie.

Es mejor "alquilarlo"... siempre le he tenido ganas... quizá hasta pueda ayudarme a eliminar al viejo bastardo de mi marido, si le pago digamos unos tres mil millones de Euros por el "trabajito" y mil millones de renta ¿por 2 años?

Las coincidencias que tiene la vida.

En la piscina, el anciano manoseando a las jovencitas planeando el asesinato de su esposa y la depravada señora, mordiendo una banana de buen tamaño imaginando un pene, pensando cómo matar al desgraciado del marido.

Mientras en la Suite, Kadir, estudiaba la posibilidad de ejecutar al tipo, si lo hallaba culpable de haber sacrificado a Don Pepe quince años atrás, robarle sus dos hoteles y haber fincado su imperio económico con ese crimen.

Todo ello en la llamada "La ciudad del pecado", en donde "Lo que sucede en Las Vegas, se queda en Las Vegas".

La señora Amber volvió a observar con los prismáticos. No porque tuviera celos de las preciosas jovencitas que acompañaban al grasoso multimillonario, sino para calcular el tiempo disponible y cogerse a gusto a Kadir. Estarán en la piscina por lo menos dos horas, en ese tiempo disfrutaré al máximo a ese cabrón.

Vamos a ver si es tan bueno en la cama como dicen, ja, ja, ja... Tomó el teléfono inalámbrico y marcó la habitación del hombre.

– Hola Kadir, oh, disculpa la molestia, podrías venir un momento, tengo que consultarte algo importante.

– Sí, claro en veinte minutos, bien, muchas gracias — cerró melosa.

Amber tomó una ducha perfumada, secó perfectamente su cabello y cuerpo de deidad. Desnuda, abrió la botella de champagne Louis Roederer, entreabrió la puerta de la habitación y corrió hacia la sala de masaje dentro de la suite, colocando la fina bebida en la credenza de toallas, sirviendo en dos copas de cristal cortado tipo flauta y esperó.

El Auditor notó que la puerta estaba abierta, la cadenilla de seguridad impedía el cierre automático.

Era una invitación a pasar, sin embargo cuidando sus modales tocó el timbre de la suite, escuchando el alegre din-don y el gritito amable de la mujer: — Adelante, por favor.

Minutos antes, en su suite cuando recibió la llamada, Kadir diagnosticó que era un truco de la hembra para estar a solas con él.

La conocía bastante bien, desde que fueron presentados, la hermosa mujer intentó llevarlo a la cama, al principio mediante discreto coqueteo y después con descaro, tocándole la entrepierna cada vez que podía, con o sin testigos y caricias obscenas, aun frente a su marido.

El Contador Público se había resistido siempre y procuraba alejarse de ella, provocando con sus continuos rechazos, aumentar el deseo de la fogosa hembra, quien alardeaba con sus amigas de que nadie, varón o mujer, se había resistido a sus encantos.

Con todos los riesgos que implicaba estar a solas con la puta, decidió asistir.

Tal vez estaría el esposo, quizá deseaban planear las actividades del día y no pasaría nada.

Y si estuviera sola, sería la oportunidad que esperaba para sonsacarle información — así fuera fornicando — sobre el probable origen sucio y manchado de sangre, de la cuantiosa fortuna de Ramón Peralta.

Entró en la lujosa habitación y tomó asiento correctamente en la sala, hojeando la revista "World" que en su portada presentaba una fotografía —obviamente trucada — de diez niños idénticos blancos de ojos azules, bajo el título THE NEW HUMAN BEING? (¿LOS NUEVOS SERES HUMANOS?).

Solo alcanzó a leer el sumario.

La pelirroja desnuda, lo dejó maravillado, que lo recibió con un apretado abrazo, mientras con su manita derecha buscaba afanosa el cinturón para desabrocharlo y tocar el erguido falo de Kadir.

– ¡Wow! — exclamó Amber — He perdido mucho tiempo — se arrodilló introduciendo el pene completo en su cálida boca, succionando con maestría.

– Un momento — dijo el hombre — Tenemos que hablar, después haremos el amor, te lo prometo — guardando el falo en la trusa.

– Ya sé, ¿quieres más dinero no?, el viejo me ha platicado sobre tu renuncia, cuenta con mi apoyo, pídele el doble por lo menos o... espera a que yo asuma la Presidencia del Consejo, el miserable no vivirá mucho y te bañaré en oro mi amor, ¡pagaré tu peso en diamantes!

– ¡Vamos no me dejes caliente!

– Precisamente de eso quiero hablarte — expresó el hombre, recibiendo la copa de champagne que le ofrecía Amber, aceptando cubrir su desnudez luciendo bellísima, enfundada en la bata blanca de seda que se pegaba sensual al cuerpo, revelando todo.

– Bueno, solo por el momento, ¿eh? Después promete que me harás el amor, papacito.

- Por supuesto que sí, ¿tenemos tiempo?
- Mira por ti mismo — respondió ella, llevándole a la ventana y prestando los binoculares.
- Está muy entretenido, ¿verdad?

Kadir observó al gordo.

Dentro de la piscina, feliz, chapoteando alegremente con las dos jóvenes, tocando sus deliciosos cuerpos juveniles.

Hizo una mueca desaprobando la lujuria desenfrenada, metiendo mano a ¡su propia sobrina, hija de su difunto hermano!

¡Dios, qué clase de cabrón!

Ahora sí empiezo a creer que no tiene escrúpulos de nada.

Sí, es muy posible que quince años atrás haya asesinado a Don Pepe y quién sabe cuántos más.

Se propuso redoblar sus investigaciones sobre Ramón Peralta y Bárcenas, de resultar culpable, proceder a su ejecución, siempre en nombre de la Justicia.

A la tercera copa de champaña, Amber se despojó de la bata y frenética, retiró las ropas de Kadir, quien simuló obedecer a su "ama" permitiéndole hacer, disfrutando las caricias.

Antes, sacó de su billetera un fino preservativo Louis Vuitton, invitando a la hermosa a colocarlo en su endurecido pene.

NOTA DEL AUTOR.— Es muy sano utilizar el condón, eficaz para protección de enfermedades como el SIDA, blenorragia, sífilis y otras, pero además y muy importante para evitar embarazos, dando a luz niños no deseados, que desafortunadamente vienen solo a sufrir.

****

Por esas dos poderosas razones, Kadir siempre utilizaba protección en las relaciones extramaritales que por exigencias del trabajo, tenía con distintas mujeres.

El riesgo de tener sexo con la señora Amber era aún mayor, a la puta le agradaba acostarse con "Juan de las Pitas", como se dice coloquialmente al referirse a desconocidos.

Para Kadir, no fue ninguna sorpresa que la suripanta "señora de Peralta y Bárcenas" aun habiéndose acostado con un ejército completo, la fémina "gozaba de buena salud" como se dice entre varones, refiriéndose naturalmente a los hermosos senos, cintura, nalgas y piernas de las hembras.

Nunca la había visto desnuda y tuvo que reconocer su espléndida belleza.

Con razón trae jodido a mi jefe y a todos los que la conocen, razonó.

Me voy a tener que "sacrificar" una vez más por la justicia.

Fue un episodio de locura. Amber desbocada, le hizo el amor en todas las posiciones habidas y por haber con una pasión tal, que le sangró ligeramente la espalda al clavar sus uñas, cada vez que tenía un orgasmo y de los labios, cuando los succionaba y mordía con fuerza.

Sacó debajo de su almohada los juguetes sexuales que acostumbraba con su esposo, entre ellos un delgado cinturón de cuero forrado de seda azul, con el que pidió ser azotada por su hombre y desde luego una colección de penes de goma en diferentes tamaños y gruesos, explicando amorosamente el uso de cada uno de ellos.

- El más largo y grueso de color rojo, es para mi vagina antes del coito.
- El delgado y corto color negro, es para penetrarme por el ano mientras estemos cogiendo, sin olvidar el mediano color carne, para meterlo en mi boca al mismo tiempo.

Con entusiasmo, agarró el falo de Kadir llenándolo de besos, acomodando con una mezcla de ternura y pasión, el delgadísimo pero resistente condón, terminando por adaptar en el tronco del enorme pito, un anillo vibratorio con luz, cuya finalidad es estimular el clítoris de la mujer al momento del acto sexual, lo cual le provoca superexcitación y mayor número de orgasmos.

El Auditor rechazó utilizar los juguetes eróticos de Amber, argumentando que no eran necesarios.

Atendiendo a los ruegos de su pareja, rectificó.

Usaría solamente el látigo para castigar un poco las perfectas nalgas de la hembra y aprovechando su éxtasis, formularía las preguntas adecuadas sobre el pasado del marido.

It's now or never (Ahora o nunca).

Después de una hora, por fin los amantes quedaron satisfechos.

Ella con cinco orgasmos y él con dos.

Para entonces, el Contador había grabado en su privilegiado cerebro, toda la información que en pedazos, almacenaría en su memoria para procesarla en orden cronológico, estudiarla, comprobarla y llegar a un veredicto como jurado: Guilty or Not Guilty (Culpable o No Culpable) de homicidios.

Todos los datos obtenidos de una hembra domada y agradecida, tuvieron un precio que tuvo que prometer, sabiendo que no podía pagar.

No dejaba de ser una tentación, llevarse de viaje a la caliente mujer a una isla en el Mediterráneo o el Caribe por dos semanas, sin el marido por supuesto, para disfrutar del magnífico sexo y diversiones, sin culpas, viviendo con intensidad, olvidando al mundo, dejando planeado ayudar a bien morir al acaudalado cónyuge.

Esto último cuadraba muy bien para Kadir y sería factible realizar.

– Y bien mi querido Contador, ¿qué te ha parecido tenerme eh? Aunque lo niegues, siempre me has deseado en secreto, ¿no? Lo veía en tus ojos que destilaban lujuria.

– Pero siempre con miedo del cabrón de mi marido que ya sabes, es un perfecto hijo de la chingada, ahora mismo debe estar cogiendo fantástico con mi prima Fiorella a quien entrené personalmente en todos los secretos del amor y sexo.

– Con seguridad el vejete está gozando un trío, iniciando en la putería a Lanya, hija de su hermano muerto.

– Si lo deseas, vamos ya mismo al cuarto de las chicas y nos unimos a la celebración, sería una orgía maravillosa, ¿no lo crees?

– Imagínate rodeado de hembritas nuevas y calientes, mientras yo le doy sexo oral a mi marido, tú me penetras por el ano... solo de pensarlo me estoy viniendo...

– No linda, basta por hoy.

– Si comes una rebanada de un rico pastel lo disfrutas, pero si lo devoras completo, te causará náusea.

– Además no tarda en regresar la comitiva, llevan bastante rato al sol y no me conocen lo suficiente, no debemos forzar situaciones.

– Dejémoslo para otra ocasión, te prometo que lo haremos, sería un quinteto sensacional, ja, ja, ja... — dijo el Auditor, haciendo la segunda falsa promesa del día.

– Por otra parte, he tenido suficiente contigo "mi amor", tienes razón, siempre quise poseerte, eres lo máximo de mujer, el sueño de cualquier hombre, en una palabra, la ¡Diosa del Amor!

– Ahora mi problema será olvidarte, es imposible...

– No tienes que olvidarme, recuerda que una vez eliminado Ramón, estaré libre y forrada de billetes, viviendo mi vida en plenitud, conociendo el mundo y todo tipo de galanes, pero no te preocupes, dudo que haya otro amante como tú, me has dejado complacida como nunca, siempre tendrás un lugar en mi cama.

– Por favor, por favor, ayúdame a matar al desgraciado, te pagaré miles de millones — ignorando que el señor Contador era propietario de una gran fortuna, derivada precisamente de sus "trabajos" anteriores, cuando fue asesino profesional al servicio de la Fundación Weitzner.

¡Vaya con la hembra! Qué ironía.

Resulta que me pagará un chingo de dinero por matar a su esposo que es lo que deseo, lo iba a ejecutar gratis pero ahora ¡me ganaré unos Euros!

Kadir nunca pensó que esos millones serían los que con más dificultades y peligros, ganaría en su vida de asesino, olvidando la primera Regla de Murphy:

"Nada es tan fácil como parece serlo".

SHANGHÁI, REPÚBLICA POPULAR CHINA

Luan Tung, despachaba un solo día a la semana en sus elegantes oficinas situadas en el penthouse del soberbio rascacielos de la avenida.

El moderno edificio de hierro, cristal y hormigón equipado con los más avanzados sistemas de seguridad, guardaba celosamente los sofisticados archivos electrónicos, debidamente encriptados, de las empresas integrantes del poderoso consorcio industrial, comercial y de servicios perfectamente legales en su mayoría y otras fuera de la ley, que irónicamente le proporcionaban las mayores ganancias, escondiendo las sucias actividades a gran escala de contrabando de drogas, armas, prostitución, terrorismo, robos, fraudes, secuestros, asesinatos masivos y más.

Miembro del Consejo de Directores del ICU (International Crime Union) Sindicato Internacional del Crimen, desde su formación 25 años atrás, había participado en casi todos los delitos tipificados como graves en la legislación penal de 50 países.

Siempre impune, armado de gigantesco poder económico y político, actuaba a sus anchas en el continente Asiático, ese pedazo del globo terráqueo, que a semejanza de una enorme rebanada de tarta, le había sido asignado por el ICU.

Sobrevivió a dos atentados.

El primero en Vietnam, cuando supervisaba los plantíos de amapola y una mina antipersonas estalló a pocos metros de él cuando caminaba entre los surcos. Los anchos cuerpos de sus guardaespaldas despedazados, le sirvieron de escudo.

El segundo lo intentó una preciosa y joven mujer Filipina de la que se enamoró perdidamente.

Después de un año de vivir con ella en amasiato, una noche le clavó en el vientre una daga, que por lo pequeña, no alcanzó a penetrar órganos vitales, salvando la vida. La chica, que pretendió vengar por su cuenta el asesinato de sus padres y hermanos, murió hervida en aceite.

Pero eso había sido durante los primeros años de su "imperio".

Después, el criminal aprendió bien la lección y dispuso de un sistema de seguridad personal que pudieran envidiar la mayor parte de los Presidentes, Príncipes y Reyes.

Como suele suceder, después de un buen tiempo, bajó la guardia. Recién había llegado al cuartel general, después de la infructuosa junta con sus Socios del Sindicato, celebrada en Jerusalem.

Son unos estúpidos, concluyó. Han pasado no sé cuántas semanas del ataque a nuestros intereses y los encargados de la investigación no han descubierto a los autores. Cinco meses atrás, su instinto depredador le hizo sospechar que tanto él como la organización, estaban siendo vigilados. No hay otra explicación para la muerte sistemática de nuestros sicarios.

Sus primeras investigaciones lo llevaron hasta la oficina del CEO (Director General) del Banco Oriental de Importaciones y Exportaciones, eficiente Ejecutivo con tres años de antigüedad en la empresa financiera.

Cuando leyó los expedientes de todos los funcionarios de alto nivel del Banco, no observó nada extraño. Al contrario, le parecieron sujetos muy profesionales en su trabajo, leales a la Institución y dignos de confianza. Dedicó muchas horas estudiando sus perfiles psicológicos, enfocando su atención hacia el capítulo de actividades en su tiempo libre.

Sabía muy bien que la mayor parte de los investigados, tenían un común denominador: Amantes ocasionales o de plano Concubinas.

En una primera selección, eliminó a los funcionarios menores. Ninguno de ellos podría espiar o vender secretos de la organización por el sencillo hecho de que toda la información relevante de los "Asuntos Paralelos" (Lavado de dinero, negocios sucios, Nóminas confidenciales de Jueces, Magistrados, Generales del Ejército, Políticos, Jefes Policíacos, etc.) estaba almacenada bajo rígidos códigos de seguridad a los que solo tenían acceso, el Presidente y parcialmente según su esfera de competencia, los Directores Generales de cada Compañía integrante del inmenso Holding (Bloque de Empresas Subsidiarias).

Le preocuparon dos casos: Wei Zhao, Director General de la Institución Financiera, Graduado en Ciencias Económicas por la Universidad de York, Inglaterra, con estudios de Maestría en Finanzas Internacionales por la Universidad de Harvard, en los Estados Unidos.

Su Currículum Vitae (Hoja de Vida o Resumé), mostró además de excelentes notas académicas, sobresaliente en actividades deportivas, sociales y humanitarias. Su brillante experiencia laboral en importantes Instituciones Financieras Internacionales Públicas y Privadas, aunada a la recomendación del CEO de la compañía filial "East Industries & Trade Limited", con sede en Hong Kong, acabó por disipar sus dudas cuando contrató a Wei.

Pero hoy, tenía sospechas de su lealtad.

La segunda en la lista de posibles traidores, era Miao Bai, hermosa ex danzarina clásica del Ballet de Pekín, hoy Directora de Exposiciones y Convenciones del Consorcio, encargada de la coordinación y organización de todas las Ferias Comerciales y Eventos, para la

Promoción y Venta de los productos Chinos al mundo Occidental.

La muchacha había sido contratada directamente por Luan, quien gratamente impresionado de su belleza, la invitó a cenar donde comprobó que además de cuerpo poseía una inteligencia superior. No fue difícil para el "empresario" convencer a la joven de origen proletario, ofreciéndole magnífico salario que la bailarina no pudo rechazar, a condición de continuar practicando el Baile. Soñaba con ser la primera mujer orgullosamente China que llegara a ser la mejor del mundo, sitio que hasta la fecha pertenecía a Rusas, Checas, Inglesas y Americanas.

El requisito fue aceptado y en menos de 24 horas, la joven estaba tomando la capacitación para el importante puesto. En el lujoso alojamiento, el Jefe dispuso la instalación de un Estudio de Ballet, contratando al Ex Director del famoso Ballet Bolshoi directamente de Moscú. La hembrita estaba muy feliz, por fin había triunfado en la vida, ganando dinero a montones que le sirvió para sacar de la pobreza a su familia, trabajando duro como ejecutiva de la empresa, viajando, aprendiendo otras lenguas, puliéndose como el diamante en bruto.

Por si fuera poco, en su tiempo libre, seguía disfrutando — ahora como hobby (pasatiempo) — del ejercicio del Ballet. Agradecida con su jefe, no dudó en aceptar los galanteos de Luan, convirtiéndose en su concubina.

La naturaleza es la naturaleza y sus leyes son inflexibles.

Por razón de sus dinámicas actividades, Miao estaba en contacto con los Directores, Gerentes y Jefes de Departamento de las distintas compañías del Bloque, Funcionarios del Gobierno y de otras empresas, visitando, asistiendo a juntas, preguntando, planeando, organizando, supervisando, evaluando, todo ello con gran eficiencia que le hizo ser admirada y ¿envidiada? por sus compañeros de trabajo.

Y sucedió lo inevitable. Al terminar con gran éxito la IV Exposición Internacional de París, la delegación China estaba eufórica.

Los resultados fueron sensacionales: En las dos semanas del evento se concretaron 495 citas de negocios que se transformaron, desde solicitudes de mayor información sobre los productos de su interés, financiamiento, plazos de entrega, garantías, servicio de refacciones y mantenimiento, hasta pedidos en firme y préstamos bancarios por varios miles de millones de Dólares.

El sesenta y cinco por ciento de las operaciones fueron concretadas por Wei Zhao, Director General del Banco Oriental de Importaciones y Exportaciones.

El "Amo" Luan Tung, estaría muy contento.

Esa noche decidieron disfrutar la ciudad. Cenaron en el elegante restaurante Les Ambassadeurs del Hotel Crillon situado en la Plaza de La Concordia. La reducida comitiva compuesta por tres Directores Generales varones y la curvilínea fémina, Directora también.

El banquete fue regio, a base de los famosos platillos del lugar, como entradas Blue Lobster (Langosta Azul) con Queso Mozzarella y tomate y la Molienda de Abulón Cocido Salvaje, con Tártara de Ostras. De platos fuertes comieron el Atún Azul a la Rossini, Paloma Asada Bresse con Trigo Sarraceno y el crujiente Cerdo de Leche, rociados con champagne Laurent Perrier Cuvée Rosé.

De postre pidieron el Poire Belle Hélène (Peras escalfadas con salsa de Chocolate y helado de Vainilla) y Tallos cocidos de Ruibarbo con jugo de Fresas, Mascarpone y Crema Batida.

Lo que puede parecer un atracón, no lo es tanto si tomamos en cuenta que en Francia como otros países Europeos, las raciones son pequeñas servidas en grandes platones.

En cambio el precio es alto, pero no había preocupación.

Los ejecutivos Chinos ganaban lo suficiente para darse ese lujo y más.

Durante la cena, Wei Zhao Director General del Banco, no dejó de mirar ni por un instante a su hermosa compañera Miao Bai, colmándola de halagos y atenciones, que con discreta coquetería correspondió al pretenso.

La cuestión no pasó desapercibida por ninguno de los otros comensales, que anticipando el nacimiento de un nuevo romance, prudentemente se retiraron del lugar con sentimientos de frustración y envidia.

La nueva pareja a solas, fue al bar para escuchar música suave.

Conversaron durante dos horas, contando parte de sus vidas, intercambiando secretitos, conociendo sus gustos, aficiones y esperanzas.

Esa misma noche se convirtieron en amantes.

Entre las sábanas, Wei hizo inocentes preguntas aisladas sobre su trabajo y de los otros compañeros, que a la inexperta mujer le parecieron sin trascendencia.

Ella no tuvo ninguna desconfianza y contestó hasta donde sabía.

En su interior algo le recordaba que no debía hacerlo, pero admiraba a su hombre, la forma de participar en las reuniones de alto nivel a semejanza del más selecto grupo de líderes mundiales, la manera de cerrar negocios y el trato humano, generoso hacia las personas, demostró que su pareja era una persona de confianza.

Lo que menos deseaba era comportarse como una ignorante mal informada de las industrias y servicios del grupo empresarial.

Una nueva oleada de ardientes caricias y dulces palabras de amor, terminaron por borrar cualquier duda que pudiera empañar su naciente relación.

Entregados en cuerpo y alma, los felices amantes nunca pensaron que la envidia de los otros ejecutivos, significaría su sentencia de muerte.

****

— ¡Puta madre que los parió! ¿Cuál de los dos será el maldito traidor? — exclamó Luan. Después de escuchar las novedades de la Exposición, que incluyeron informes sobre la conducta sospechosa y aparentemente desleal de Wei Zhao, Director General del Banco Oriental de Importaciones y Exportaciones, así como de su posible cómplice, la Gerente de Exposiciones y Convenciones, Miao Bai.

La conferencia telefónica con el Amo Luan, se prolongó cuatro minutos más, tiempo que dedicaron a lanzar dardos envenenados directos a su cerebro, atizando la llama de la venganza.

— Son amantes y han hecho llamadas misteriosas.

— Nos han interrogado sobre nuestras actividades, como si quisieran descubrir algo.

— Señor, solo le avisamos, ya sabe que puede contar con nosotros para lo que sea...

— No puede haber ninguna duda, ¡tendré que sacrificarlos a los dos! — concluyó el hampón Internacional.

Y así fue. Sin embargo, el siniestro personaje cometió una terrible equivocación, apresurándose para asesinar a Wei y su familia, dejando para después la ejecución de Miao, a la que pensaba cogérsela unos días e interrogarla mediante torturas.

Necesitaba saber quiénes más estaban infiltrados en su sólida organización, cuánto sabían y dónde estaban sus enemigos.

Miao Bai, nombre que significa Maravillosa Blancura, soportó inhumanos tormentos, pidiendo a su Dios morir.

Cuando se cansó de violarla por la vagina y ano, el perverso Luan intentó los más crueles procedimientos para arrancar confesiones a los prisioneros, copiados de las horripilantes mazmorras de la Edad Media Imperial.

Astillas de bambú encendidas bajo las uñas, tragos de aceite hirviente en la garganta, la ingesta de litros y litros de agua, la amputación de los dedos de manos y pies, fueron algunos de los horrores cometidos en contra de la infeliz criatura, que finalmente murió sin decir lo que no sabía.

— ¡Putísima madre de los cabrones traidores! Encontraré a todos y cuando lo haga, los torturaré tanto que desearán no haber nacido, ¡hijos de la chingada!

— ¡No sabemos nada! ¡Soy un pendejo! — rugió Luan — ¡He iniciado matando al verdadero espía!

Reconociendo su gravísimo error, furioso, rompió vasos, copas, mesas, sillas, cogió un estilete abrecartas y comenzó a rasgar los finos tapices de las sillas y sillones de su impecable despacho.

Resoplando, el torvo sujeto desenfundó la pistola China T-54 calibre 7.62 mm, copia de la excelente arma Rusa Tokarev TT-33, disparando a diestra y siniestra, rompiendo las costosas porcelanas Chinas de las vitrinas, haciendo perforaciones en paredes, muebles y techo.

Estaba como poseído por el demonio. La parvada de guardaespaldas y ayudantes no se acercó. Lo conocían bastante bien, si lo hubieran hecho, ellos habrían sido asesinados en el acto, por el loco de su jefe. Cerraron la puerta y montaron guardia lejos del alcance del energúmeno.

— Ya se le pasará — dijeron los guardias, sin imaginar que para Luan Tung, solo había sido el inicio de una persecución feroz, peor que la Inquisición Española.

Había jurado encontrar a los infiltrados, interrogarlos y matarlos. Era urgente, antes que el Supremo Consejo del Sindicato Internacional del Crimen se enterara de la violación a la seguridad, en cuyo caso, después de un "juicio" sumario su propia cabeza ¡le sería cortada!

Y su inmensa riqueza ¡confiscada!, para gozo de sus propios camaradas del Sindicato, todos ellos ¡unos hijos de puta!

****

Una semana duró la intensa "cacería" de los supuestos traidores dentro de su organización, ejecutando diariamente al azar, a dos o tres colaboradores y a sus familias, sin mayores pruebas que la simple sospecha o intuición, creando una atmósfera de terror en las empresas.

"Actuar ciegamente me llevará a descubrir a los culpables, quienes escaparán como ratas".

"Examinaré las próximas ausencias laborales y estoy seguro de encontrar a los espías hijos de puta".

Pese a la carnicería, sus investigaciones se estrellaron en el muro del silencio.

HONG KONG, CHINA

- "Tío", necesito corroborar las referencias de las Empresas en los Estados Unidos, que han hecho transacciones comerciales con el Conglomerado Industrial propiedad del Honorable Luan Tung. Estoy por cerrar compras en cantidades importantes para la empresa que represento y como es la primera vez que negociamos con ellos, deseo conocer su seriedad en los tiempos de entrega y calidad de sus productos.
- La solvencia económica no es problema, los Bancos locales me han dado las mejores recomendaciones del Grupo Chino.
- ¿Has checado con el Agregado Comercial de tu Embajada? — respondió el "Tío".
- Sí por supuesto. Ellos tienen magnífica impresión de esas compañías.
- Déjame preguntar por aquí en la Cámara de Comercio, en la New York Stock Exchange (Bolsa de Valores de Nueva York), en el Departamento de Comercio y en algunos Bancos. Te llamaré en dos horas, ¿está bien?
- Muchas gracias, ¿se te ofrece algo de China? Hay cosas preciosas en mercancías de todo tipo, piénsalo y me avisas. Hasta luego.

Benjamín llamó casi tres horas después. El reporte cifrado, en lenguaje solo conocido entre "Tío" y "Sobrino" mencionaba la gran cantidad de graves delitos del sujeto investigado. Desde asesinatos a sangre fría, crueles tormentos, trata de personas (mujeres y niños) para extirpación de órganos y prostitución, producción de videos porno y su venta a sitios de Internet, falsificación de papel moneda, pasaportes, obras de arte, licores, cigarrillos, producción y venta de drogas sintéticas, contrabando de armas, municiones, actos de terrorismo, guerras, crímenes de líderes políticos, obreros, religiosos y empresariales.

Sumamente peligroso. Es uno de los dirigentes del Sindicato Internacional del Crimen (ICU) — terminaba el informe.

Finalizaba el mensaje en lenguaje coloquial.

- Son excelentes proveedores, gente seria y responsable.
- Me dicen que puedes anticiparles hasta mil millones de Dólares sin problema. ¡Sus empresas valen doscientas veces más! Cuando vuelvas, te encargo una buena dotación de tónico conteniendo auténtico GINSENG, es extraordinario reconstituyente para la salud.

- Que tengas éxito en los negocios, ¡hasta luego muchacho!
- ¡Claro "Tío", hasta pronto! Y gracias, muchas gracias.

****

Al final de la maratónica reunión con Mr. Hong, Kadir alias "Scorpio", acordó ejecutar cuanto antes al patibulario Luan Tung, para hacer justicia, claro.

Pero también cobrar la colosal cifra de ¡mil millones de Dólares! autorizada por el "Tío" Benjamín, Presidente de la Fundación Weitzner, con el voto aprobatorio y parte del dinero, del Club PRISMA.

- Es la única manera de acabar con el mal desde la raíz, recuerda como se dice en México "Muerto el perro se acabó la rabia" — dijo "Scorpio".
- Un momento por favor — pronunció gravemente Frank.
- Información confiable dice que la Directora de Exposiciones y Convenciones Miao Bai, muchacha inocente, novia del banquero sacrificado junto con su familia, ha muerto en medio de salvajes tormentos aplicados personalmente, nada menos que por el hijo de puta de Luan.
- Creo que la muerte rápida no es para él.
- Estoy de acuerdo — expresó "Scorpio" indignado — Sería magnífico, aunque no hay las circunstancias, es imposible acercársele.
- Muy bien — respondió Frank — ¿Qué necesitas?
- En primer lugar un rifle para francotirador, de preferencia el CheyTac M200 INTERVENTION de retroceso ligero, alcance de 2300 metros, calibre 10 mm fabricado en los Estados Unidos.
- Equipado con Silenciador del freno de boca en acero inoxidable, que en caso de llenarse de agua, se drena con facilidad en 5 segundos.
- Debe traer Mira Óptica NXS Nightforce 5-22x56 y Láser infrarrojo AN/PEQ2.
- Sensores Meteorológicos y Medioambientales KESTREL 4000, que miden la velocidad del viento, temperatura, presión del aire, humedad, viento frío y punto de rocío.
- Telémetro Láser Vector IV, que calcula distancias a más de dos mil metros con gran precisión.
- Por último, labores de inteligencia. Necesito saber sus costumbres.
- Si frecuenta amantes, si hace ejercicio al aire libre, dónde, cuándo, a qué hora. Si tiene familia, domicilio privado, de su oficina, si va a la iglesia, sale de compras, juega golf.
- La mayor cantidad de información sobre su persona, hábitos alimenticios, rutinas, medios de transporte, aviones, helicópteros,

lanchas, autos, camionetas, etc., etc.

- ¡Carajo! ¡Qué fusil tan chingón! — exclamó sorprendido Frank, que no tenía gran experiencia en armas y mucho menos como las descritas por su amigo.
- ¡Verdaderamente está en Chino darte gusto! Será difícil encontrar esa arma por aquí. Dame opciones por favor — replicó Hong.
- Tienes razón — reflexionó "Scorpio".
- Perderás mucho tiempo valioso tratando de hallarlo, mmm... — meditó unos segundos.
- Tal vez en alguna Instalación Militar por este lado del mundo cercana a nosotros.
- ¡Ya lo tengo! Consigue el Rifle Ruso DRAGUNOV SVD calibre 7.62 mm, por supuesto con mira telescópica.
- Debe ser fácil encontrarlo en esta ciudad, es fabricado por NORINCO, la gran empresa China.
- El alcance es mucho menor que el otro, aproximadamente unos 700 metros, pero es potente y preciso.
- No, pensándolo mejor esa arma no me sirve, necesito una de mayor distancia.
- Haz lo posible por obtener el TAC M200, es el mejor.
- Porque si no, está el fusil Inglés ACCURACY INTERNATIONAL modelo L115A3, calibre .338 Lapua Magnum, de magnífica precisión a más de 2,000 metros — cerró su discurso "Scorpio".
- Bueno patroncito, con esa alternativa es posible conseguirte todo lo demás — respondió Frank.
- Déjame pensar... hay una Base Militar en Thailandia, donde reside nuestro Agente A-3, él puede obtener alguno de los rifles que deseas o uno similar, ya lo sé, ya lo sé, de precisión y largo alcance.
- No conozco al contacto, pero Mr. Black me ha dicho que puedo recurrir a esa persona — afirmó el Chino.
- Por último — advirtió "Scorpio" — Una Casa de Seguridad y transporte adecuado.
- Deberás amigo Hong, secuestrar a familiares, empleados allegados y cómplices de Luan, para que los culpables "suelten toda la sopa" (revelar lo que saben), antes de "darles cuello" (modismo Mexicano que significa asesinarlos).
- Esa será tu tarea y pasar el informe a Mr. Black, porque yo no existo, ¿comprendes?
- Perfectamente — asintió Hong — Cuenta con ello.
- ¿Cuándo lo harás? Mi vida y la organización en Asia están en alto riesgo — dijo Frank.

— La fecha te la diré después que consigas "mi pedido". Te daré el gusto de acompañarme como testigo, cuando el maldito entregue su alma a Confucio — terminó "Scorpio".

MALU TOWN, DISTRITO DE JIADING, CHINA

La ceremonia de inauguración del nuevo complejo químico farmacéutico, se llevaría al cabo el próximo lunes a las nueve horas, en la enorme explanada que lucía con orgullo, un hemiciclo en mármol negro con la leyenda "Honor, Poder y Gloria" flanqueada por el Escudo Nacional a la izquierda y el logotipo del Corporativo Luan, fabricados en oro macizo de 14 quilates, empotrados en el muro que servía de fondo.

Las elevadas astas banderas con los lábaros patrios de veinte naciones colocadas en forma de arco de medio punto (semicírculo) así como los integrantes de la Banda Militar y el grupo de 100 soldados perfectamente armados, dotarían de solemnidad, silencio y respeto, a las seiscientas o setecientas personas invitadas que ocuparían el sillerío general frente a la mesa de honor.

La distinguida presencia de altas personalidades del Gobierno Chino, encabezadas por el Ministro de Industria, el Honorable Cuerpo Diplomático y selectos Hombres de Negocios de varios países, daban realce soberbio y majestuoso al acto protocolario.

El inmenso laboratorio cubría una extensión de 900 acres (unas 370 hectáreas). La moderna construcción de diseños avanzados, rodeada de un hermoso bosque, jardines y fuentes, constituía ya un ícono para la población, otrora dedicada al cultivo de arroz, hortalizas, crianza de cerdos, patos y pollos. La inversión, estimaban los medios informativos, rondaba los diez mil millones de Dólares americanos.

Las Autoridades Chinas, no desconfiaban del origen del capital, antes celebraban las inversiones que daban trabajo a cientos de sus compatriotas. Conocían la antigüedad y magnitud de los negocios de Luan Tung y asociados extranjeros, sin pensar en el origen sucio de los dineros, provenientes de toda clase de actividades fuera de la ley y que ahora invertidos en una empresa legal, quedaban "lavados y limpios".

****

Una semana antes, Frank Hong y "Scorpio", acompañados de dos hermosas modelos utilizadas para despistar, acamparon en medio de un prado rodeado de suaves colinas a dos kilómetros de la nueva factoría. Sacaron de la camioneta SUV Chery Tiggo, una carpa y mobiliario de picnic, incluyendo nevera con hielo, asador para carne y pescado, tomando inocentes fotografías del hermoso paraje. Las modelitos emocionadas, no cesaban de posar tratando de parecer sexys.

Frank Hong sorprendió con su buena cocina al aire libre, desde encender el asador con piedras de carbón de maderas seleccionadas, escoger los cortes de carne, untarlos con la salsa especial colocándolos casi amorosamente en la parrilla, para retirarlos del fuego en el momento preciso, cuando los trozos de lomo magro y costillar alcanzaban el mejor momento de cocción, capaces de satisfacer los paladares más exigentes.

Los medallones de pescado previamente marinados con una deliciosa mezcla de aceite de olivo y especias, terminaron con el voraz apetito de los alegres excursionistas que habían caminado, jugado con el Frisbee (disco de plástico que se lanza al aire para atraparlo antes de caer al suelo) y no podía faltar, el clásico balón de soccer.

Pese a las protestas de las nenas, solo bebieron el contenido de una botella del vino rosado Francés Rosé d'Anjou, de buena calidad pero muy común en el mercado, que Kadir sacó de la hielera.

Tampoco tuvieron sexo.

Lo que menos deseaban los dos amigos, ahora muy bien identificados como miembros del Club PRISMA, era llamar la atención. Por el contrario, actuaron con naturalidad, imitando a otras familias con niños que disfrutaban del bello lugar.

Después del productivo día de campo y comer sabroso, regresaron a la ciudad, cantando en el vehículo.

"Scorpio" había seleccionado la loma con la altura adecuada, para realizar su misión, a una distancia aproximada de 1700 metros del "Target" (Objetivo).

Entendía a la perfección que solo tendría la oportunidad de disparar una bala. Reconoció que estaba fuera de práctica, pero no podía darse el lujo de fallar.

LAS VEGAS, NEVADA

A la cuarta tarde de su estancia en el extraordinario Hotel Wynn, "Scorpio" decidió que había llegado el tiempo de investigar la muerte de Don Pepe, presuntamente asesinado por el megamillonario Don Ramón Peralta y Bárcenas, cuando era un pobre vendedor viajero que surtía de jabón a los hoteles de pueblo en toda España, y que de acuerdo con la información obtenida por Christopher Carvalho, el cabrón había asesinado en Ribadesella, al dueño de dos hoteles, con los que inició su vertiginosa carrera de negocios.

Al medio día, la versión fue corroborada en parte por Amber, la tercera vez que tuvo relaciones con la ¿insaciable? puta señora de Peralta, precisamente en la cocineta de la suite, cuando en medio de un orgasmo tras otro, ensartada por el culo con la empuñadura de la sartén y succionando con avidez su pene, le confesó su rabia al enterarse del asalto en la ciudad de Roma, Italia, donde perdió la vida, su padrote de siempre.

— Lo ha ordenado Ramón, sin duda alguna.
— El muy hijo de la chingada, impotente viejo senil, me la tenía sentenciada. Se enteró del dinerito que yo le enviaba mes a mes al que fue el gran amor de mi vida.
— ¡Siempre le tuvo celos! ¡Maldito sea mi marido! ¡Juro que mataré al desgraciado! — terminó resoplando y escupiendo en el piso.

Para "Scorpio" quedaba claro que su Jefe era muy capaz de asesinar. Hasta hoy entendía el porqué de algunos secretos del viejo. Atando cabos, se explicó varias desapariciones de personas que en la oscuridad se opusieron a sus deseos de expansión.

Como aquel Funcionario de cierto país de Centroamérica, que resultó ser demasiado ambicioso, no conforme con haber recibido enormes sumas de Dólares en sobornos, exigió el triple de lo convenido, para aprobar la compra de la cadena local de hoteles y nuevas concesiones de playas. Su cadáver descompuesto, fue hallado por vacacionistas extremos entre las rocas, al fondo del acantilado.

Recordó asimismo, la agria discusión con el propietario de valiosos terrenos en Santander que nunca quiso venderlos, no obstante las jugosas ofertas que le hizo Don Ramón. Milagrosamente, cinco meses más tarde, la viuda y los hijos, aceptaron el trato.

¿Y qué pasó con el obstinado Jefe y su equipo de seis Inspectores de Impuestos que perecieron cuando el vehículo en que viajaban para clausurar y requisar el Hotel-Casino más importante de toda España, se quedó sin frenos, cayó en el barranco, explotó incendiándose, muriendo todos los ocupantes y los papeles de evidencia quemados?

Pero lo que terminó de convencerlo sobre la felonía de su jefe, fue lo conversado con él la noche anterior. Sucedió que el anciano aprovechando la fatiga de su esposa — que le pidió quedarse en su cuarto y tener una conversación de chicas con Fiorella y Lanya — quienes agotadas también por el ajetreo de la semana, aceptaron pasar la noche platicando, tomar unos tragos tranquilas y quizá jugar un poco a las cartas con la tía Amber.

Ramón que había dormido toda la tarde, aburrido invitó a Kadir al casino del Hotel Caesar Palace, donde había un magnífico bar y espectáculo de Table Dance (jóvenes semidesnudas que bailan alrededor de un tubo metálico piso a techo).

Esta es la oportunidad de saber la verdad, pensó el Auditor.

Después de tres botellas de champagne Bollinger, y utilizando las enseñanzas de Psicología aprendidas en la Escuela de Negocios de Harvard, más las técnicas aprendidas de su hermosa ex novia y Profesional en Conducta Criminal, Ruth Weitzner, interrogó al perverso hombre de negocios, primero con sutileza y con energía inusitada posteriormente, cuando estimó que su voluntad menguaba.

No necesitó preguntar demasiado. Ramón se desahogó revelando:
- "Solo a ti que te quiero como un hijo..." — el venir cargando en su conciencia algunos actos de los cuales no estaba orgulloso, pero nunca arrepentido.

Era el momento de acabar la faena. Kadir pronunció las fatídicas palabras:
- Ribadesella – dijo — Cuéntame de tus primeros hoteles, fue allí donde iniciaste tu carrera en los negocios, ¿verdad?

El Asturiano se cimbró. Por un momento escudriñó el rostro de su interlocutor tratando de taladrar con su mirada el fondo del alma y pensamiento de Kadir. Pero lo que vio fue solamente el gris verdoso de sus grandes ojos que destilaban bondad, confianza y hasta creyó él, cierto candor.

- Hace más o menos dieciséis años, conocí a un paisano dueño de un hotelito en Ribadesella. Era un buen hombre, honrado y muy trabajador que deseaba construir un hotel de mayor categoría con vista al mar.
- A poco andar, nos hicimos amigos y le fui prestando dinero para la construcción, amparándome mediante Pagarés. Un buen arquitecto extranjero diseñó y construyó el hotel quedando de pelos (muy bien), aunque a mi juicio sumamente costoso, parece que engañó al cliente cobrándole mucho más.

- Don Pepe cumplió sus sueños y continuó trabajando con tesón. Desafortunadamente no logró disfrutar mucho tiempo de su gran esfuerzo, tuvo un accidente de cacería y falleció.
- ¿Cómo murió? — cuestionó Kadir, con vigor.
- ¿Quién le acompañaba?
- Lo ignoro — respondió tosiendo el viejo.
- Parece que resbaló con las piedras al cruzar el río rompiéndose la cabeza, eso dijeron las Autoridades.
- Pero... ¿recuperó usted su dinero? — acosó el Auditor.
- Sssí, claro. Fue un proceso judicial penoso, pero al fin me adjudicaron los dos hoteles cuyo valor cubría apenas el importe del adeudo. Tuve que cancelar los intereses. No sabes las deudas que el pobre hombre tenía: con sus trabajadores, con el fisco, proveedores, etc.
- Al final, tuve que pagarlas todas de mi bolsillo, incluyendo las elevadas cuentas que presentó ¡el hijo de puta Arquitecto Brasileño!

¡Por todos los coños del mundo! — pensó "Scorpio", esto último que dijo es falso de toda falsedad. El constructor fue Christopher Carvalho, excelente amigo mío y honrado a carta cabal. El pinche vejete me ha contado patrañas, todo a su favor. No le creo nada. Por el contrario, ¡es culpable!

Si ha sido capaz de eso y mucho más que no sabemos, por supuesto que tuvo las agallas de ¡¡matar a Don Pepe hace 15 años!!, dictaminó el señor Contador Público Auditor Kadir Aiza.

Ahora tendrá que pagar sus delitos, ¡sí señor!

****

Eran las 19:30 horas en la llamada "ciudad del pecado" cuando "Scorpio" habló con Benjamín a La Florida.
- Hola muchacho, ¿te aburres en Las Vegas? — contestó somnoliento — ¡Aquí son las 22:30 horas, es tiempo de dormir!
- Dispensa la molestia "Tío", pero es necesario informarte que por fin encontré los calcetines especiales para protección de tus pies, marca The Walking Company.
- No fue sencillo hallarlos, por favor dime si prefieres en color negro o en beige. Pensándolo mejor te compraré una docena de cada uno talla L (grande), ¿estás de acuerdo?
- Los enviaré a tu domicilio por el conducto de siempre. Dime si necesitas algo más, me dará gusto servirte.
- No seas tacaño, gasta dinero comprando tres docenas en negro y una docena en beige, si no es demasiada molestia — alegó el "Tío".
- Los uso bastante, tengo que cambiarlos dos veces al día, pero no

te afanes, no es urgente, puedes hacerlos llegar cuando regreses a casa.

— Perfectamente — dijo "Scorpio" — ¿La salud bien?

— Creo que estoy mejor que nunca, ahora que he reanudado mi juego de dominó con los amigos del Club. Te mando un abrazo — se despidió Ben.

— Un momento por favor, ¿has seguido las instrucciones de los doctores?, ¿cómo anda tu glucosa y el colesterol? — inquirió "el sobrino".

— Los recientes análisis marcan 110 de azúcar y 230 de colesterol, como verás solo un poco más de los niveles normales, pero a mi edad, son magníficos.

— No te preocupes, tu prima Ruth me cuida como a sus bebés.

— Tengo ganas de verte, hasta pronto, un abrazo.

— Hasta luego — respondió "Scorpio" — Checa también la próstata.

— Por supuesto lo hago siempre, la prueba del Antígeno Prostático anda por 3.1, el matasanos dice que es normal para mi edad.

— Sayonara — dijo adiós en Japonés.

De la "inocente" conversación sostenida en lenguaje cifrado con Benjamín Weitzner, alias Mr. Gray, "Scorpio" dedujo que la ejecución de Ramón Peralta y Bárcenas fue aprobada por los "socios" del Club PRISMA, cuando le dijo "... No seas tacaño, gasta dinero comprando... ", pero la orden de ejecutar a su víctima, quedaba suspendida al pronunciar "... no te afanes, no es urgente... " y estaba claro que no sería en la ciudad de Las Vegas al decir "... puedes hacerlos llegar cuando regreses a casa"... (obviamente en Madrid).

También le comunicaba que "...Los recientes análisis marcan 110 de azúcar y 230 de colesterol..." — queriendo decir que autorizaba 110 millones de Dólares que pagaría por concepto de honorarios al cumplir el "trabajo" más 230 millones como bono especial, muy al estilo de la Fundación Weitzner que acostumbraba premiar la eficiencia de su mejor Agente.

El comentario al final "... tengo ganas de verte... " — era naturalmente para conversar sobre el ajusticiado y finiquitar la cuenta.

— ¡Con cien mil millones de millones de coños! — rugió Kadir — ¡¡¡Tengo que esperar!!!

****

Los días siguientes fueron de rutina, nadar, comer, dormir, comprar en los las lujosas tiendas de The Fashion Mall, ubicado en Las Vegas Boulevard, generalmente conocido como "The Strip" (El Paseo), así como visitar los centros comerciales y casinos de los fantásticos hoteles Caesar Palace, The Venetian, Aria, Bellagio, Bally's, Mandalay Bay, Wynn, Paris, New York New York, The Mirage, entre otros.

Al terminar las exhaustivas jornadas de excursiones al Gran Cañón del Colorado, a la Presa Hoover y Lago Mead, los vacacionistas regresaban al hotel para descansar unos momentos, tomar la ducha, cambiarse de ropa y estar listos para ver los mejores y más espectaculares shows del planeta.

Entre otros: El Cirque du Soleil (El Circo del Sol) con funciones distintas, hasta en cuatro teatros, dentro de las inmensas y maravillosas instalaciones de los Hoteles Categoría Especial; los espectáculos de la gran cantante Canadiense Celine Dion, el Homenaje a Michael Jackson, Elvis Presley, y The Beatles.

Conciertos de los artistas Mexicanos Luis Miguel y Alejandro Fernández, de las divas Barbra Streisand y Sarah Brightman, funciones de magia de alta escuela, docenas de extraordinarios artistas de varias regiones del mundo, y muchas cosas más.

Añada los museos, entre ellos el del gran pianista Liberace, deportes, como el fantástico Home Run Derby (Competencia de Jonrones), carreras de automóviles categoría NASCAR, paseos a caballo, magníficos campos de Golf, canchas de Tennis, y tantas actividades que sería prolijo enumerar, hacen de Las Vegas, la ciudad que nunca duerme, ideal para vacacionar en cualquier época del año.

Amber leyó un folleto de The Gun Store, que anunciaba la práctica de tiro con cualquier arma de fuego, desde un simple revólver calibre 22 hasta escopetas automáticas, pistolas y metralletas de asalto, en instalaciones especiales totalmente seguras. Ella pidió emocionada que la llevaran, a lo que Kadir se opuso con energía.

"No se pueden dar alas a los alacranes", esta pinche vieja aprende a usar armas y nos matará a todos.

La oferta hotelera de la ciudad con más de cien mil cuartos, hace posible encontrar siempre alojamiento y fabulosos sitios de diversión para todos los gustos y edades.

Amber y Ramón, gastaban el tiempo jugando en los casinos.

El veterano abría créditos de quinientos mil Dólares en cada establecimiento al que asistían, luciendo la belleza de su mujer, que al fin puta, mostraba generosamente senos, piernas y nalgas, todo lo que los vestidos más atrevidos revelaban.

Una noche, la caliente hembra trató de sorprenderlo portando un atuendo escotado y transparente, sin ropa interior, enseñando todo. Fue tal el revuelo que causó en el casino, que uno de los integrantes del grupo de muchachos que festejaban su graduación de la Universidad, se atrevió a tocar con toda malicia el hermoso cuerpo de la señora, hablando inmundicias, recibiendo a cambio tremendo golpe en el estómago, propinado por el poderoso puño de Don Ramón.

De inmediato intervino el personal de seguridad del casino, controlando a los demás juerguistas, solicitando atentamente a Don Ramón y señora, su retiro del local, para evitar mayor violencia y que pudieran terminar en la cárcel.

****

Cuando la pareja salía a solas, Kadir se convertía en guardián personal de las jovencitas Fiorella y Lanya, a quienes por ser menores de 21 años de edad, les estaba prohibido beber alcohol y asistir a los casinos.

Así que las llevaba a comer helados, de compras, a patinar en hielo, al zoológico, visitar la Universidad de las Vegas y otras actividades adecuadas para ellas, tratando de salvarlas de los acosos por lo menos diurnos, del degenerado matrimonio de Ramón Peralta/Amber Brancatti.

Cuando las llevó a los juegos mecánicos de altura en el roof (azotea) del Hotel Stratosphere, tuvo unos momentos a solas con su conciencia, para reflexionar sobre la posibilidad de ejecutar allí mismo en la ciudad a su hasta entonces admirado y hoy repugnante sujeto llamado Ramón Peralta y Bárcenas.

¡Qué poca madre del cabrón magnate, fincando su enorme fortuna en el asesinato de seres inocentes!

Los eventuales gritos de terror de las dos adolescentes lo sacaban de concentración. No era fácil soportar en las alturas, las emociones extremas por ejemplo, del X-Scream (carrito deslizador), que a 265 metros de altura recorre a gran velocidad, una pequeña distancia entre el suelo firme y un riel volado sobre la fachada del edificio en el vacío, que constituye la segunda atracción más alta del mundo.

O el Insanity the Ride (Insanos brazos araña mecánicos) que cuelgan sobre el borde de la torre llevando pasajeros y giran a velocidad de 40 millas por hora, siendo la tercera atracción más alta del planeta.

El Big Shot es un descenso a gran velocidad de 49 metros en 2.5 segundos, en un sillín conectado a un émbolo, con altura de 1049 pies (320 metros) que es el juego mecánico más alto del universo.

Y el tradicional SkyJump o Bungee, de caída libre del valiente sujeto sobre el vacío, atado de los tobillos con una cuerda de resorte, que puede verse desde el restaurante giratorio Top of the World del propio Hotel.

Gritando alegres, las chicas llenas de adrenalina, se lamentaron de que la Administración del inmueble hubiera cerrado La Montaña Rusa que durante años coronó la parte más alta de la torre.

Pese a las frecuentes interrupciones, Kadir alias "Scorpio", se concentró y decidió postergar la ejecución del canalla, acatando el consejo/orden de Benjamín.

Las autoridades policíacas de la ciudad eran muy eficientes en la investigación de homicidios y no había ninguna necesidad de correr riesgos.

Lo haría muy bien planeado, en su propia tierra, faltaban unos cuantos días para su regreso a España.

MADRID, ESPAÑA

Los viajeros volvieron a su terruño, agotados pero felices. Las jovencitas habían experimentado casi dos semanas de diversiones millonarias, a cambio de perder la virginidad que a estas alturas, era un impedimento para gozar plenamente de la vida sexual con Ramón, y disfrutar de su gran fortuna asegurando el futuro de las tres, según explicaba la tía Amber.

- "Todo en la vida tiene un precio, recuérdenlo". "El sexo no es malo, al contrario y entre más sucio mejor". "Nada está prohibido, hagan y disfruten como quieran vaginal, anal, oral y la combinación mmm... qué rico".
- "Usen lo necesario para excitarse ustedes y sus parejas, juguetes sexuales, licores, películas y revistas porno. Jamás usen drogas". "Pueden hacer dueto, trío o cuarteto, con hombres y mujeres, es divertidísimo". "Si no hay con quién, mastúrbense ustedes mismas".
- "Siempre usen condón para coger y tomen pastillas anticonceptivas, si las embarazan, adiós felicidad y futuro, no sean pendejas".

Esas eran las "enseñanzas" de la famosa Tía Amber, que las adolescentes asimilaron y pusieron en práctica con el Asturiano.

Se habían quedado deseosas de hacerlo con el que consideraban guardaespaldas, el joven y atractivo Kadir.

Estando en casa, buscarían la manera de cumplir sus caprichos.

No hubo tiempo de hacerlo, la inesperada muerte del Tío Ramón, las llenó de pena por un momento para después, alentadas por la recién viuda, darle gracias al cielo por haberse llevado al vejestorio y dejarles montañas de dinero para disfrutar.

DUBAI, EMIRATOS ÁRABES UNIDOS

Descansando del tremendo ritmo de trabajo por las mañanas y diversión por las noches, el Arquitecto y Constructor Christopher Carvalho recibió la llamada telefónica de su dilecto amigo de parrandas, el Contador Público Auditor Kadir Aiza.

— Hola mi hermano, qué alegría escucharte.

— ¿Me puedes explicar dónde chingaos andas?

— ¡Carajo, te he dejado cien mil recados, cabrón!

— Lo siento Chris, he estado muy ocupado, entre otras cosas de un asunto tuyo... que ahora también es mío, tú y tú bocaza, ¡hijo de la chingada! — respondió Kadir.

— Precisamente por ello te hablo, es urgente entrevistarnos, ¿estás en Brasil?

— No compañero, me encuentro sudando la gota gorda y ganando el pan con el sudor, no de la frente sino de todo el cuerpo.

— Estoy en Dubai, atendiendo una obra colosal y de paso a unas hembritas sensacionales. ¿Por qué no vienes por aquí? Te prometo que... — desafió el Arquitecto.

— Te lo agradezco, pero no salgo con la clase de arañas que acostumbras, ja, ja, ja... Ya en serio, es mejor que viajes a Madrid, tengo una gran sorpresa para ti, pero necesito de tu colaboración para finiquitar el asunto que me encargaste.

— ¿Qué estás tratando de explicarme? No me digas que "el arroz ya se coció" (modismo Castellano para indicar que está hecho).

— Sí — interrumpió bruscamente "El Turco" como le decían sus amigos desde la Universidad.

— No hablemos más, ¿puedes viajar de inmediato?

— Dame un par de días, necesito organizar el trabajo, iría solo el fin de semana — dijo "El Carioca".

— Es suficiente, buen viaje.

— OK. Te veré el próximo jueves.

— ¿Tienes amigas Españolas bonitas o es necesario llevar algunas buenas nalgas de aquí?

— Esta vez debes viajar solo, el asunto que tenemos es tan importante que no habrá tiempo para otra cosa, hasta pronto — cerró Kadir.

— Así será por ahora, ¡pero después festejaremos!

— A menos que te hayas retirado a una casa de reposo, pues pensándolo bien ya estás madurito y según me han dicho, el pito no se pone de pie, ni con el Himno Nacional, ja, ja, ja... — se despidió Christopher.

— Eso pregúntalo a Dalva, ¿creo que la recuerdas, verdad?

— Ella es un verdadero bomboncito, es tan hermosa, tierna, cariñosa y experta como pocas hembras, mmm.... — golpeó El Turco en donde más le dolía al Carioca.

— ¡No seas tan cabrón! ¡A ella no! ¡Jura que no te las cogido! ¡Por favor! — bramó Carvalho.

Todo eso y más hubiera querido decirle, pero la comunicación se había cortado, dejándole estupefacto y preocupado.

La Brasileña Dalva, la puta fina, se había convertido en su obsesión amorosa y no estaba dispuesto a compartirla ¡con nadie!

Así fuera su mejor amigo.

MADRID, ESPAÑA

Los dos amigos al encontrarse se fundieron en un abrazo que lo dijo todo. Ambos eran sumamente bromistas y no requerían mayores explicaciones, sencillamente se dieron la mano y murmuraron:

— Nunca pongas en duda mi vigor sexual, porque puedo demostrarlo — dijo Kadir, a lo que agregó:

— No te preocupes, nunca toqué a Dalva — y abundó — "Entre Gitanos No Leemos la Palma de la Mano" — refiriéndose naturalmente al respeto mutuo.

Carvalho por su parte agregó:

— Sobre tu pene, solo fue una broma amigo, estamos en paz.

A continuación pidieron a la Suite dos botellas de champaña Taittinger y una colación consistente en fruta fresca, lascas de jamón serrano, lomo embuchado, queso manchego y otros lácteos maduros, acompañados de pan recién horneado.

— Te invité a venir para informarte personalmente y no vía telefónica, que tenías razón en tus sospechas, referentes a la culpabilidad de Ramón Peralta y Bárcenas, que después de sesudos escrutinios y extenuantes pesquisas, comprobé plenamente. Por tanto, ¿qué debemos hacer? Es una rata asquerosa. Si supieras todo lo que hizo, sobre todo a las mujeres a lo largo de su repugnante vida — afirmó Kadir.

— ¡No merece vivir! — respondió Carvalho — ¿Tienes algún plan?

— No, todavía. Pero déjalo en mis manos. Por tu seguridad no quiero involucrarte. Algo se me ocurrirá. Por ahora divirtámonos un poco...

Tres horas después a solas, Kadir analizó la operación desde todos los ángulos, su cerebro privilegiado diseñó el plan maestro para ajusticiar al criminal hijo de puta, Ramón Peralta y Bárcenas.

****

Una víctima más de la bajeza de Ramón, fue la distinguida y hoy septuagenaria señora perteneciente a la Alta Sociedad Española, Doña Octavia Riveroll y Serrano, Baronesa de Castilla y Aragón, quien reposaba en su mansión solariega — la única propiedad que le quedó — después del fallido matrimonio con el entonces respetable, honrado

y trabajador Ramón Peralta y Bárcenas, que a los treinta años de edad, era considerado un buen partido.

Recordó con nostalgia lo bien parecido que había sido el desgraciado.

Dueño de una fortaleza física y personalidad arrolladora que la cautivó desde el primer momento, la hizo desdeñar a docenas de pretendientes de buenas familias.

El prometedor joven empresario Asturiano, aún incipiente dentro de los negocios del turismo, apuntaba a un gran futuro, pues a su corta edad, ya era propietario de dos prósperos hoteles en Ribadesella, Asturias.

El noviazgo no se hizo esperar. El galán supo conquistarla tocando las fibras más sentimentales y tiernas de la maja, así como a sus intactas partes femeninas, cada vez con mayor audacia y frecuencia, produciendo gemidos de gozo a la hembra, cuando las expertas manos del varón, acariciaban senos, piernas, nalgas y vulva.

Cada día, ella se impresionaba más de la capacidad de trabajo y visión empresarial de su novio, quien le contaba sus planes de expansión, soñando con una cadena hotelera Internacional. "Lo haremos juntos amor mío" siempre fue la promesa del hombre de negocios, quien era fiel al refrán favorito de gañanes: "Prometer, Prometer, hasta Meter. Y una vez Metido, Olvidar lo Prometido".

La elegante dama, rechazaba las críticas de familiares y amistades, incluso de sus amigas más cercanas a las que escuchaba simulando atención, plenamente convencida que los comentarios negativos vertidos en contra de su hombre, eran por envidia. "Ese montón de hipócritas santurronas están que se mueren de celos, si las conozco yo, nunca en su aburrida vida han conocido a un verdadero macho bien dotado como Ramón".... como ya le constaba a la doncella cuando le hizo su primera puñeta en la escalera de su palacete.

Con la oposición de casi toda su familia, Doña Octavia Riveroll y Serrano, Baronesa de Castilla y Aragón, celebró Santo Matrimonio con el apuesto joven Ramón Peralta Bárcenas, quien para no ser menos, hizo agregar falsamente a su apellido la letra "Y", para en lo sucesivo firmar como Don Ramón Peralta y Bárcenas.

La negativa de otorgar la mano de la Baronesa a un desconocido, de sangre seguramente plebeya, al que la Sociedad Española de aquel tiempo lo consideraba un simple arribista cazafortunas, hizo que las relaciones familiares y sociales de la nueva pareja se distanciaran, cuestión muy conveniente para el marido, quien para no despertar sospechas sobre sus verdaderos planes para despojarla de su fortuna, aceptó con agrado el enlace bajo el régimen de separación de bienes.

"Pronto, muy pronto, tus riquezas serán mías, amorcito" razonaba el simpático estafador. El gran pillo, dejó pasar cinco años antes de dar el golpe maestro.

Hipócrita y zalamero, procuraba dar ante su mujer la imagen del marido honrado, fiel y trabajador, que luchaba por abrirse paso sólo con su denodado esfuerzo, en un mundo complicado.

Fueron los años más felices de la confiada mujer que sintiéndose amada, no dudó en poner su cuantiosa fortuna en manos del ladrón, que invirtiendo sabiamente duplicó la hacienda, presentando rendición de cuentas cada seis meses de manera impecable.

Los devaneos y conquistas de Ramón, escondidos muchos años y los pocos rumores sobre las calaveradas de su esposo, fueron ignorados por la mujer enamorada que solo veía en él, las virtudes de un noble caballero Español.

Hasta que la situación se hizo insostenible. El abusivo cónyuge, cada vez más confiado, hizo gala de cinismo. Ya no le importaba la gente de Madrid. Comenzó a exhibirse en público acompañado por las vedettes de moda, artistas de zarzuela y modelos de revistas.

Perdido el control, abandonó la medianía para elevar los gastos de manera escandalosa, en fiestas privadas, orgías, yates, autos deportivos y valiosas piezas de joyería obsequiadas a sus múltiples amantes.

La Baronesa, buena y abnegada mujer, no resistió la feroz crítica de la Nobleza Española, de sus familiares, amistades y sociedad en general, exigiendo el divorcio inmediato.

El delincuente que tenía por consorte, enseñó el cobre. Le concedió el divorcio, conociendo que el noventa por ciento de los bienes de la Baronesa, habían pasado a su poder.

La dolida mujer, engañada, traicionada, despojada de sus riquezas por el mal hombre, juró vengarse de la burla siniestra.

– Si pudiera, lo mataría — maldijo sollozando.

****

Por costumbre de muchos años, Ramón Peralta y Bárcenas, hoy escoltado por dos fornidos guardaespaldas cuarentones, cada dos semanas acudía como devoción, a la Barbería Don Panuncio, ubicada en la calle de Segovia del antiguo barrio de La Latina, siempre y cuando estuviera en la ciudad de Madrid.

El negocio era tan antiguo como su dueño, nacido en Sevilla, hijo único del matrimonio formado por madre Española y un inmigrante Italiano llamado Panuncio, quien fuera afamado fígaro en la Piazza del Popolo (Plaza del Pueblo) de la ciudad de Roma.

El joven Panuncio II, estuvo al lado de su padre toda la vida aprendiendo el arte de cortar el cabello, a la exigente clientela en la peluquería de postín, hasta la muerte del genitor, heredando el establecimiento para sostener a la familia.

Colgando de una pared del local, fotografías blanco y negro en sus marcos de madera, mostrando al maestro Panuncio I afeitando a los grandes Tenores Mario Lanza y Luciano Pavarotti, al extraordinario Bajo Ezio Pinza (o Enzio Pintza como lo escriben algunos autores), el famoso Director de Orquesta Arturo Toscanini, los Políticos Aldo Moro, Giovanni Leone y Silvio Berlusconi, y Actores cinematográficos como Marcello Mastroianni, Franco Nero, Leonardo DiCaprio, Robert De Niro y Al Pacino.

El nuevo pero experimentado maestro peluquero, hacía la barba al ras, con la clásica y filosa Navaja de Afeitar preferida por todo barbero que se respete.

Siendo solo para hombres, el ambiente del establecimiento era formidable para los Españoles, aficionados al futbol y a la fiesta brava (corrida de toros), pues la mayoría de los parroquianos eran versados en los temas que comentaban, discutían, apostaban, insultaban y hasta peleaban, todo ello dentro de una atmósfera nublada por el humo de enormes cigarros Turcos y Cubanos, mezclado con el olor de afeites, jabones, alcohol para desinfectar y aroma de café "cortado" (expresso con un piquete de leche), preparado y vendido por supuesto, por la señorita cajera en el mostrador del fondo del local.

La tradición de esas barberías, es que los sillones para el servicio de peluquería, son colocados en fila, nombrando al más próximo a la puerta, como el "Primer Sillón", que siempre es atendido por el dueño o el maestro peluquero de mayor antigüedad en el establecimiento, pues se supone que es el favorito de los clientes, y así sucesivamente, el último sillón en la fila, es para el barbero con menos tiempo en el negocio.

Un atractivo más de esas Barberías, era su carácter democrático, pues todos los clientes ricos y pobres, convivían unos momentos sin distinción, llegando a cultivar amistades, no solo con los profesionales del corte de cabello, sino con los jovencitos ayudantes que retiraban con un cepillito de cerdas suaves, los residuos de cabello de la ropa del cliente, recibiendo una propina y hacían la limpieza, afectuosamente llamados "chícharos".

Un aseador de calzado (bolero), completaba el cuadro.

La nota elegante y de belleza la daban tres muchachas jóvenes generalmente guapas, que atendían a los caballeros con servicio de manicure (corte de uñas de manos) aplicando a petición del cliente, barniz transparente con un pincelito.

Eran muy populares entre los hombres que se deleitaban al tocar las suaves manos de las empleadas y conversar con ellas unos momentos.

Uno que otro parroquiano, salía feliz al conseguir una cita.

Los sillones limpios, elegantes y cromados eran giratorios y al lado, colgaban dos tiras de cuero: la primera con superficie de piedra para afilar la hoja de la navaja y la segunda para "asentar" es decir, refinar el filo.

En las credenzas atrás de cada sillón, estaban colocados: jabones para afeitar en olorosos estuches de maderas preciosas, brochas de suave pelaje, frascos con alcohol, lociones, brillantina, gel para peinar y piedras de alumbre, usadas para cauterizar algún cortecillo involuntario en la piel del cliente.

En contenedor especial, cada peluquero tenía sus diversos tipos de tijeras, máquinas eléctricas y manuales para el corte de pelo, peines, rastrillos y navajas.

Cada Maestro Barbero, compraba sus propias navajas, ya fueran de punta recta, redonda, tipo Francesa o Española, fabricadas cuidadosamente en acero al alto carbono, que son vulnerables al óxido o en acero inoxidable, más difíciles de afilar pero que conservan el filo mayor tiempo.

El mango o cacha de las navajas, es una obra de artesanía de la más alta calidad.

Son elaboradas utilizando muy diversos materiales: Oro, Plata, Carey, Marfil, Cuerno, Hueso, Nácar y Maderas Selectas como el Ébano, muy resistente y duradera, Cedro, "Snakwood" (cuya veta aparenta piel de serpiente) y de Olivo, protegidas de la humedad con barniz.

Finalmente, un equipo de lavado y esterilizado a vapor para las níveas toallas, útiles y materiales de aseo, muebles con revistas y sodas, sillas de espera y un aparato de televisión a color de modelo atrasado.

****

Esa calurosa tarde de verano Madrileño, Don Ramón Peralta y Bárcenas, megamillonario, Presidente del poderoso consorcio "CELTIC WORLDWIDE ENTERPRISES", dueño de Hoteles, Moteles, Cruceros de Turismo, Buques de Carga y Desarrollos Residenciales, acudió a su cita con la muerte.

El importante cliente se instaló cómodamente en el Primer Sillón, que atendía el Maestro Panuncio II, apodado acertadamente como "El Barbero de Sevilla", tanto por su origen Sevillano como por su respetable Oficio de Barbero. El Fígaro cortaba con cuidado el cabello entintado de rubio — que ocultaba lo blanco de las canas — preocupación constante del cansado varón, que luchaba denodadamente por lucir más joven ante las damas y Sociedad entera.

El exitoso empresario era uno de los clientes de años, consentido del establecimiento por su probada lealtad, que no obstante la apertura de nuevos y estupendos locales, continuaba asistiendo a su sitio favorito, "La Barbería de Panuncio", repartiendo jugosas propinas a todo el personal, especialmente a las manicuristas que en privadito de la trastienda, le arreglaban manos y pies, recortando las uñas y desenterrando sin dolor algunas de ellas.

El viejo mañoso invitaba a la cama a quien le gustaba, ofreciendo mucho dinero, aunque no siempre se salía con la suya.

En la calle, los dos guardaespaldas de Don Ramón aguardaban vigilando la puerta, saludando torpemente a los clientes que entraban y salían del establecimiento. Encendieron sus cigarrillos y muy confiados en su corpulencia y las armas automáticas GLOCK 17 con dos cargadores de 33 balas, escondidas bajo las ropas, hablaban estupideces y solo tenían ojos para mirar con descaro a las muchachas que pasaban a su lado, en especial a una hermosa mujer con aspecto de turista, que se acercó con desenfado preguntando con acento caribeño, sobre el Museo del Prado.

Engañados por completo, cautivados al instante por los inocentes hermosos ojos verdes y cuerpo sensacional, ambos matones quisieron atropelladamente informar el camino para llegar al edificio, interrumpiéndose, haciendo la explicación profusa, confusa y difusa.

Uno de ellos sacó de su bolsillo bolígrafo y papel, que apoyó en la pared intentando dibujar un primitivo croquis.

Enfrascados en divertida plática, tratando de ser simpáticos para ligar con ella, no repararon en aquel vagabundo que deambulaba por la calle pidiendo caridad. Tampoco le concedieron importancia al verlo asomar por la ventana de la barbería.

Recostado en el rojo sillón, el empresario y justo el instante en que el Maestro Panuncio pasaba la filosa navaja barbera, sobre la tupida barba de su cuello que endurecida, formaba minúsculos remolinos, el limosnero lanzó con fuerza una piedra grande hacia el ventana, rompiéndola en mil pedazos, junto con un artefacto que causó atronadora explosión, provocando pánico instantáneo entre los parroquianos y personal.

Panuncio II, bramó como poseído: Su cliente favorito, Don Ramón Peralta y Bárcenas, agonizaba entre borbotones de sangre que brotaban de un profundo corte en la garganta, hecho involuntariamente con la filosa navaja Francesa de afeitar, por la reacción sin control ante el inesperado y fuerte estallido.

Dentro de la peluquería reinaba el caos. Clientes y empleados salieron atropelladamente gritando como locos. En ese momento no podían calcular la potencia del explosivo, que la policía más tarde minimizó, descartando un atentado.

— Más bien parece una broma pesada de pandilleros, no es obra de profesionales — dictaminó el Oficial a cargo de la investigación.

— Serán capturados y acusados de homicidio, que posiblemente sea imprudencial, pero que ha costado la vida de un gran ciudadano Español... Nuestras sentidas condolencias a su distinguida familia.

En la calle, el pandemónium. La gente corría despavorida, dando voces de alerta. La preciosa turista de los ojos verdes, Agente "Aileen" se quitó la peluca negra, la guardó rápido en su bolso poniéndose a salvo, desapareciendo entre la multitud. En una hora se reuniría en su habitación del hotel, con su adorado "Scorpio".

El indigente, autor del atentado, corrió en sentido contrario a ella media calle, girando en la esquina a la derecha y después a la izquierda caminando normalmente. Allí se quitó la camisa vieja que portaba para dar paso a una playera deportiva de color neutro. La camisa, cejas y bigote poblados, el melenudo peluquín y barba rojizos, fueron guardados en una bolsa de papel de supermercado.

La población vivía con miedo, enterada que el nuevo Gobierno indultó a muchos prisioneros que purgaban sentencia por terrorismo y se temían nuevos ataques de la ETA (Euskadi Ta Askatasuna) (Patria Vasca y Libertad), organismo proscrito por sus prácticas violentas.

Todavía estaban frescos en la mente de los ciudadanos Españoles, los bombazos y otros actos terroristas que causaron daños irreparables a las víctimas, ocurridos pocos años atrás.

Los dos escoltas afirmaron: "El vagabundo se veía tan inofensivo que..." fueron las declaraciones ante la Policía Española, sin poder aportar ningún dato sólido sobre el autor del atentado.

Por supuesto que omitieron y nunca revelarían, la presencia de la hermosa turista que los distrajo de su obligación: vigilar la seguridad del patrón. Reconociendo su falta, acordaron callar para siempre, de lo contrario serían despedidos y estando el país en crisis económica, con seguridad aumentarían la gigantesca fila de desempleados y quizá ser acusados como cómplices de asesinato.

El Coronel Rodolfo Merinos, Jefe de la Policía de la Comunidad de Madrid, hizo acto de presencia en la barbería, acompañado de un contingente de guardias armados hasta los dientes, que descendieron del camión antimotines.

El reporte inicial de la explosión, apuntaba a un acto terrorista cometido muy probablemente, por alguna organización extrema.

De un segundo vehículo color blanco, bajaron siete expertos: dos de ellos en explosivos revisando todo, un Médico Forense escudriñando el cuerpo en el sillón, y cuatro peritos en escenas de crimen. Uno de ellos con cámara especial, comenzó a tomar fotografías del local y del hombre muerto, otro investigador apuntaba en su libreta las declaraciones de los pocos testigos, el tercer oficial rociaba un polvo con el fin de obtener huellas dactilares, recolectando muestras del artefacto, cristales y otras. El último, estudiaba las manchas de sangre, tomando indicios, marcando con delgados hilos rojos, el sentido de las gotas y salpicaduras.

El Maestro barbero Panuncio II en estado de shock (choque nervioso), mantenía apretada la navaja asesina en su mano derecha, balbuceando:

— Dios... yo... no puede ser... nunca... perdón, perdón... — los policías desarmaron con cuidado al Fígaro abriendo con fuerza sus crispados dedos, casi los rompen para quitarle la herramienta.

Los otros tres peluqueros, dos gorilas de seguridad, manicuristas y hasta el bolero, fueron detenidos y transportados al Precinto para las investigaciones de rigor. El Coronel Merinos ordenó cerrar el lugar y no permitir la entrada a reporteros y camarógrafos que para esa hora, llegaban en parvadas. No pudo evitarse el reportaje de la televisión, al momento de subir la camilla con el cuerpo a la ambulancia.

El Médico Juan Del Romeral, con experiencia Forense de 20 años, dictaminó la hora y causa de la muerte: "El ciudadano Español, señor Ramón Peralta y Bárcenas, ha muerto aproximadamente a las 18 horas con quince minutos, víctima de profundo corte de navaja en la arteria carótida izquierda, que le causó hemorragia sin control". "Se procede al levantamiento del cadáver para su transporte y Necropsia Legal correspondiente".

Por principio, para la Policía los bodyguards (guardaespaldas) eran sospechosos de complicidad, tesis que se vino abajo al comprobar la potencia del explosivo. Era un simple "Fireworks" o cohetón triangular, conocido entre los jóvenes y niños como "paloma", cuya explosión es bastante sonora pero de muy limitados daños, imposible de rastrear, se venden como pan caliente en cualquier parte y son utilizadas en festejos patrios, cumpleaños, Navidad, Año Nuevo, fin de cursos, etc., etcétera.

El autor del homicidio quedó detenido y aislado en celda especial.

La averiguación se haría a fondo, horas de interrogatorios, uno que otro golpecillo, tormentos "inocentes" como no darle agua ni alimento, presiones psicológicas acerca de su familia, el jueguito del "policía malo" que lo quiere joder y el "policía bueno que desea ayudarlo". En tiempo récord, el Coronel Merinos obtuvo del Juez, las órdenes de cateo en casa del acusado, informes del banco sobre depósitos, retiros, inversiones; del Registro Público de Propiedad, los datos de sus bienes inmuebles, y hasta del Servicio de Salud Pública para descartar problemas de conducta o enfermedades mentales.

****

Como excepción al seco protocolo policíaco, quiso Merinos informar a la esposa del magnate, el fallecimiento del marido y de las primeras pesquisas. El cumplimiento de su deber le obligaba a tomar la declaración de la señora y obtener datos sobre su esposo, amigos, enemigos, parientes y sobre todo, analizar el rostro de la mujer cuando responda a las clásicas preguntas:
— ¿Quién se beneficia con la muerte del señor? ¿Quién pierde? ¿Sospecha usted de alguien?

Pero más allá del mero mandato legal, el eficiente Jefe policíaco ansiaba ver y tener cercanía con la hermosa viuda, a quien conoció solo una vez en una cena de gala, en beneficio precisamente de los Cuerpos de Seguridad Pública organizada por ella, donde asistió en calidad de invitado junto con el Alcalde y Concejales de la ciudad. Recordó salaz, el breve momento en que la preciosa dama, estampó un beso en su mejilla, sintiendo la punta de los senos tocar el pecho de su guerrera, llena de medallas. Y la finura de su blanca mano al despedirse, moviendo discreta las caderas... ¡qué clase de hembra, Dios mío!

El Coronel Merinos pensó que la ocasión era propicia para "confortar" a la recién viuda ofreciendo todo el apoyo de la Autoridad, descubrir y castigar a los culpables del atentado. Por supuesto, también a título personal, se pondría en cualquier lugar y hora, "a sus respetables órdenes, bella dama". Más adelante, lo que deseaba Rodolfo era cogérsela. ¿Sería posible?

Se miró al espejo. A sus cincuenta años, alto, musculoso, todavía con cabello y sin barriga, "soy un semental", se dijo sonriendo.

****

Los funerales fueron espectaculares.

Prensa escrita, Radio y Televisión, dieron cuenta detallada de las diversas ceremonias de homenaje que tributaron al caído, las Cámaras de Comercio, Asociaciones de Industriales, Hoteleros, Banqueros, Clubes de Leones, Rotarios, Sindicatos Obreros, Autoridades Locales, Nacionales, Medios de Comunicación, Jerarcas de la Iglesia, Organizaciones Internacionales No Gubernamentales que luchan contra la pobreza extrema, Ambientalistas, de Salud, Educación, Cultura y otras más. Jefes de Estado de varias Naciones enviaron sus condolencias y representantes al magno sepelio, decretando el Ayuntamiento, tres días de luto en su memoria. Las indagaciones de la policía no prosperaron.

"Quedó demostrado a satisfacción de las Autoridades, Familia y Opinión Pública, que lo ocurrido en la 'Barbería de Panuncio' se trató de un acto irresponsable cometido por pandilleros, que rompiendo la ventana con una piedra lanzaron una 'paloma', que explotó con estruendo dentro del local, ocasionando que el respetado y experto Maestro Barbero Panuncio Faricci, en un acto reflejo incontrolable, cortara con filosa navaja de afeitar la arteria carótida del cliente en turno, Don Ramón Peralta y Bárcenas, quien murió desangrado dentro del recinto. Es probado también que el desafortunado suceso, fue totalmente accidental".

"No obstante se perdió la vida de un destacado miembro de la sociedad y de los negocios, creador de infinidad de puestos de trabajo, por lo que este Honorable Tribunal, sentencia a Panuncio Faricci, autor material del homicidio involuntario, del ciudadano Ramón Peralta y Bárcenas, a cinco años de prisión inconmutables, que deberá cumplir en el Centro Penitenciario IV Navalcarrero, de la ciudad de Madrid".

****

Después de dos semanas agotadoras de honras fúnebres, discursos, flores, miles de flores, velas, veladoras, cartas, fotografías, cumplidos, afectos, y cientos, cientos de abrazos, Amber Brancatti, ahora viuda de Peralta y Bárcenas, estaba por fin a solas con su conciencia, tumbada semidesnuda en la nueva cama que mandó colocar. Por nada del mundo quisiera volver a ocupar el antiguo lecho de amor. Qué asco, reflexionó la puta, cuando ordenó quemarlo todo: cama, sábanas, cobertores, edredones... En una semana llamaría al Decorador para sustituir alfombra, tapices, cuadros, espejos, muebles de baño, clósets y vestidores, en fin todo aquello que oliera a difunto. Descubrió que sentía una gran paz y felicidad por haber enviado al otro mundo al estorbo de su viejo marido. Ese Kadir es un demonio. Mira la forma de eliminar al hijo de puta de Ramón, sin dejar una sola huella.

Carajo, tengo que hacer la transferencia del resto de sus honorarios antes que me mate a mí también. Es la oportunidad de hacerlo sin levantar polvo, aprovechando que el cabrón anda por China comprando toneladas de cosas para los negocios... ¿y si además le caigo de sorpresa?, me hace falta una rica cogida con él, mmmm, es un experto. Bueno, mañana será otro día.

Tengo un montón de pendientes: juntas con Abogados, Notarios, Contadores, Fiscalistas, Gerentes de los negocios... ¡puta madre que los parió! ¡Es un chingo de trabajo!

De pronto se le ocurrió una idea maravillosa: Voy a traerme a ese hombre a mi lado, no importa lo que me cueste, así tenga que contratar a mafiosos que desaparezcan a su pinche familia.

¡Claro! Viudo él y viuda yo, ¡haremos la pareja perfecta!

Si fracasan los Acuerdos de Entendimiento para vender las Empresas a los Chinos, tendrá que aceptar manejar mis negocios nuevamente, a la buena o a la mala.

Le ofreceré tanto dinero que no podrá negarse, ignorando estúpidamente el gran caudal propiedad de su amante ocasional.

Además puedo regalarle como Bono especial, los favores sexuales de Fiorella y de Lanya, ahora que ha abandonado al Ministro de Asuntos Coloniales, la sobrinita de Ramón, el que hoy está rostizándose en el infierno. Ellas han demostrado gran talento en la cama.

Soñando esa fantasía, llamó a su prima Fiorella para dormir a su lado y masturbarse mutuamente.

Pendeja mujer, no imaginaba el peligroso camino que intentaba seguir, amenazando la vida de la familia del asesino a sueldo más temible del planeta.

Confiando excesivamente en la suerte, estaba apostando demasiado, sin medir el grave riesgo de perder toda la riqueza, así como su asquerosa vida de vicio y putería.

****

Kadir, alias "Scorpio" y Caridad Hernández, alias "Aileen" se abrazaron jubilosos dentro de la confortable habitación de la preciosa Cubana.

– Gracias por tu apoyo nenita linda, resultó fundamental para el éxito de la misión. Te debo una.

– Nada de eso papito, me pagarás ahora, no en balde hice viaje especial.

– Convencí a mi esposo que el Despacho me envió a Madrid para asistir a un curso de actualización de tres días.

– El hombre es celoso y quiso venir conmigo, no sabes el trabajo que pasé para persuadirlo.

- Por supuesto, a partir de mañana, y durante diez semanas, te haré una transferencia de diez millones de Euros cada una a la cuenta bancaria de siempre, ¿OK?
- Le doy la razón a tu marido, eres demasiado hermosa para dejarte un minuto sola — argumentó "Scorpio", riendo.
- Te deseo tanto, quiero hacer el amor y también deberás conseguirme una auténtica Constancia de Asistencia al famoso seminario, ¿puedes hacerlo nene? — dijo melosa.
- Te daré el documento firmado por el Gerente de una Compañía, que brinda asesoría financiera al Corporativo, donde aún laboro como esclavo. Es uno de los organizadores.
- Ellos tienen diferentes cursos cada semana.
- ¡Me vas a hacer llorar de emoción! — dijo ella desafiante.
- Más adelante podré asistir a otro "Seminario de Actualización", ja, ja, ja...
- ¿Por qué no me invitas a cenar? ¡Me lo he ganado!
- Y ¡en qué forma! — respondió "Scorpio" — ¡Vamos por esa cena!
- El documento te lo haré llegar mañana.

El atracón transcurrió con tranquilidad, comieron, bebieron, charlaron como verdaderos y buenos amigos.

Ocasionalmente se tomaban de la mano y rozaban sus rodillas, sin malicia.

Ambos hicieron un esfuerzo sobrehumano para evitar tener sexo como antaño.

Ahora ella estaba casada y él, había hecho promesa de enmienda, respetaría la honra de su ex amada, la respetable señora Caridad Hernández, alias Agente "Aileen".

- ¿Estás embarazada? ¿Cuántos niños planean tener? — inquirió "Scorpio".
- No todavía. ¿Recuerdas a Lucciana, la preciosa niña que rescaté de las garras del pederasta hijo de puta Agostino Sampdoria, en la ciudad de Riga, Letonia? Estoy más que satisfecha con ella.
- ¡Por supuesto! Te recomendé adoptarla legalmente y entregarla a los cuidados de tu adorada madre, la señora Estrella.
- ¿Cómo están las dos, Abuela y nietecita? — se interesó el Auditor.
- Excelente. La niña es muy feliz, está creciendo sana y bonita, es la mayor alegría de nuestras vidas — comentó emocionada "Aileen".
- Es muy aplicada en la escuela y practica gimnasia, bendita sea la hora que eliminé al cabrón banquero mafioso... — recordó la hermosa Cubana.

- ¿Crees que ocasionalmente podrás prestar algún servicio a la Fundación? — quiso saber "Scorpio".
- Quizá una vez por año, bueno mientras me soporten, tú seas mi jefe y de cuándo en cuándo hagamos el amor, como antes mi rey... por el dinero no te preocupes, yo sé que la paga es magnífica en todos los casos.
- ¿Amas a tu marido? — exploró el varón.
- Bueno sí, un poco no te miento.
- Hemos tenido altas y bajas, te digo que es muy celoso, no desea que siga trabajando, quiere tenerme embarazada cada año para que pierda mi figura y según él, nadie pretenda enamorarme.
- Está un poquito loco, ¿no lo crees?
- Bueno nenita esas son cosas exclusivas de la pareja y no debo meter las narices.
- Como lo ofrecí cuando te comprometiste en matrimonio, puedes contar conmigo para lo que sea.
- Yo lo sé mi amor, gracias por todo — respondió "Aileen".
- A propósito, oí que te acostaste con la esposa de tu patrón, ¿es verdad?
- No puedo mentirte. La aventura sexual tenida con la putísima señora Amber, solo fue eso, un acto en cumplimiento de un deber justo.

Para él, no significaba quebranto a su promesa de fidelidad conyugal.
- "El Fin Justifica los Medios" — explicó.
- Tus "fines" habrás conseguido y los respeto. ¿Es buena en la cama?, ¿mejor que yo? Ja, ja, ja...
- Los caballeros no tenemos memoria — respondió Kadir.

Se despidieron afectuosamente, con un dulce beso y un — ¡Hasta Luego!

Ninguno de los dos se imaginaba lo pronto que se volverían a ver.

Para poder dormir, cada uno tuvo que recurrir a la masturbación.

NEWTOWN, CONNECTICUT

El viento frío del invierno en el norte del País, calaba hondo, hasta los huesos de los niños y maestras, que acudían bien abrigados a la Escuela Primaria "Sandy Hook".

Un jovencito de 12 años de edad caminaba con lentitud. La mochila que colgaba sobre sus hombros y espalda, era demasiado grande y pesada para él, impidiéndole avanzar con la rapidez de sus otros compañeros.

Cuando estuvo dentro del salón de clases, simplemente abrió el saturado morral, vació su contenido de armas y disparó sin motivo durante diez minutos, dando muerte a veinte niños y seis mujeres.

El atacante, rodeado por los Agentes de la Policía, decidió suicidarse.

Las Autoridades declararon que el niño asesino, llevaba un arsenal con cientos de balas especialmente mortales y suficientes, para matar a todos los alumnos si hubiera tenido el tiempo.

Después de los concurridos funerales y servicios Religiosos, donde el Presidente de la Nación expresó sus condolencias, se iniciaron las investigaciones para poner en claro:

¿Cómo un jovencito casi niño de 12 años de edad, pudo ser capaz de cometer esta masacre?

¿Actuó solitario o es algún tipo de conspiración?

¿Qué tipo de enfermedad mental o droga pudo afectarlo de tal modo para perpetrar el atentado?

¿Dónde demonios han estado sus padres?

¿Cómo y quién le proporcionó las armas y cartuchos?

¿Por qué nadie se percató que el estudiante introdujo armas a la escuela?

¿Existe vigilancia en los planteles escolares?

Actos como el narrado, estaban sucediendo en todo el mundo.

TORONTO, CANADA

Los Jefes del Sindicato del Crimen celebraban la Asamblea.

- En nuestra última reunión, acordamos iniciar actividades con dos acciones: La primera en América, que ya se hizo con el ataque a la escuela primaria — inició Vander.

- ¡Mission Accomplished! (¡Misión Cumplida!) — informó festivamente Thorthen el Banquero, levantando su copa de champaña — Por fin hemos dado un buen golpe, donde más les duele a esos cretinos Americanos, no lo olvidarán, ja, ja, ja...

- Dices bien — sentenció Sir Geoffrey — Eso ha sido por la participación que han tenido los Agentes de la CIA (Central of Intelligence Agency) perjudicando nuestros intereses. No es un secreto su intervención para incendiar el penal de Comayagua, donde murieron muchos de nuestros mejores colaboradores.

- What's done is done! (Lo hecho, hecho está!) — expresó Vassily, en medio de tosidos provocados por el enorme cigarro Cubano que chupaba. Debemos estar despiertos, claro que la matanza de sus niños no la olvidarán y buscarán vengarse, ¡así que cuidado!

- ¡Que hagan lo que quieran! — gritó Vander — ¡No les tenemos miedo! Podemos con ellos y sus aliados, elaboré un plan para dividirlos, restarles fuerza y atacarlos. Buena parte de Asia, Oriente Medio, África y Sudamérica está con nosotros, así como una porción todavía pequeña de Europa. Lo primero por hacer...

- ¡Así se habla! — bramó Kenneth — Alimentaremos con mayor vigor el odio racial y religioso, entre ese montón de líderes estúpidos. Tengo a diez de mis mejores Agentes trabajando en Sudamérica, ayudando a las guerrillas con armas y droga.

- ¡Totalmente de acuerdo! — dijo Bertrand — ¡Cuenten conmigo!
Hizo uso de la voz Dwight.

- Un momento por favor, ¿alguien sabe dónde está Luan? Me extraña su ausencia. En la última reunión, se comprometió investigar a los culpables y especialmente a esa nueva secta de fanáticos, enemigos nuestros que mencionó Vander.

- Tienes razón — dijeron a coro los demás — Le hemos llamado sin éxito. La última vez que hablamos nos invitó a la inauguración de su nuevo laboratorio farmacéutico. Magnífica fachada para la producción de drogas sintéticas. Le hicimos saber que no asistiríamos por el gran riesgo de exhibirnos juntos, en una Nación donde hay pena de muerte para los "inocentes y pacíficos" ciudadanos como nosotros, ja, ja, ja...

- No entendemos dónde puede estar. Es muy raro que no haya venido ni avisado a nadie su ausencia. Debe estar muy ocupado preparando todo. Ha invitado a un chingo de personajes importantes. Creo que hasta al Papa, para que le perdone sus pecados, ja, ja, ja... — festejó Vassily.
- Sobre la famosa secta de nuestros enemigos, no sabemos nada aún. Les prometo que para la siguiente reunión, tendremos información de primera mano — finalizó sombríamente Vander Skoda.

Sir Geoffrey comunicó que la segunda Acción, se había realizado en África, concretamente en Abuja o Abuya, la capital de Nigeria.

- Como saben, una poderosa bomba destruyó 16 autobuses y 24 minibuses, matando a 71 personas, hiriendo a 124, muchos de ellos de gravedad, cuando se dirigían al trabajo. Tengo el agrado de informarles que de Abril a Mayo de 2016, hemos asesinado a más de 1500 hombres, mujeres y niños.
- Otra magnífica noticia — dijo Bertrand — Hay que premiar a nuestro Agente Nikolas Chernowski, alias "Olaf". El hundimiento del Ferry frente a Corea del Sur, cosechó más de 300 muertos, ja, ja, ja...
- Nos parece muy bien, ¿qué tal un millón de Dólares extra?
- Aprobado — dijeron todos — ¡¡¡Que se repita!!! A ver si de este modo entienden las pendejas autoridades y nos dejan trabajar a gusto con las drogas.

La Asamblea finalizó y pasaron al bar para tomar la copa de despedida. Alguien encendió el televisor. El almidonado conductor del Noticiero Internacional informaba: "En Colombia, veintiséis muertos y catorce heridos dejó el accidente de un autobús de turismo, que se desplazaba en la carretera de la ciudad de Girardot a Bogotá". "Las Autoridades han declarado que el vehículo colisionó y volcó, al quedarse sin frenos. Se teme que el número de víctimas mortales aumente, debido a la gravedad de las lesiones que presentan muchos de los heridos, esta es la lista de los despojos plenamente identificados..."

- ¡¡Puta madre que los parió!! ¡Son siete de mis mejores muchachos! — exclamó Kenneth — ¡Esto es la guerra, señores! ¡Ataquemos con todo, ahora mismo!
- Calma amigos, debemos estar seguros quiénes nos combaten, ya nos tocará vengarnos, siempre lo hacemos, ¿o no? Lo pagarán diez a uno — sentenció Dwight.
- Un momento — exigió Vander — Debemos localizar a Luan, comienzo a preocuparme. Si ha sido detenido, corremos peligro de ser delatados. Si algo hemos aprendido es que, bajo la tortura

adecuada, todos soltamos la lengua tarde o temprano. Estaremos muy pendientes y en caso necesario, por más que nos duela, le aplicaremos la "Solución Final"— como se refería Adolf Hitler a los operativos de exterminio.

El teléfono satelital de Skoda timbró tres veces.

— ¡¡¡Por todas las putas del infierno!!! — rugió Vander — ¿Están seguros? ¿Cuándo y cómo? ¿QUIÉN FUE?

— ¿Qué pasa Vander, te has vuelto loco, pendejo? — gritó Kenneth.

— ¡¡¡Mi contacto en China dice que hay rumores que Luan ha muerto asesinado!!!

La reunión se convirtió en un manicomio. Todos vociferaban enfurecidos y llenos de pánico.

Quince minutos después, un poco más calmados decidieron juntarse en Bucarest dentro de dos semanas o antes, si fuese necesario.

— Hagamos nuestras investigaciones por separado y tomaremos la decisión más conveniente para nuestro Sindicato, con las cabezas frías — propuso el flemático Sir Geoffrey.

— De acuerdo — dijeron los demás.

— ¡Larguémonos de aquí! — saliendo despavoridos pensando en proteger sus negocios y familias.

PRAGA, REPÚBLICA CHECA

Comprendiendo las instrucciones de los Altos Mandos de la "Fundación" y del "Club PRISMA", Kadir, alias Comandante "Scorpio" hizo los arreglos para visitar a su compañera Femke, la hermosa y eficiente Agente "Rebecka", quien lo recibió alegremente en su departamento.

Hablaron en Inglés, el idioma Checo estaba negado para Kadir.

— Hola Comandante, ¿a qué debo el honor? Espero que haya nuevos "Contratos" por cumplir, llevamos varias semanas de estar inactivos, ¿acaso se acabaron los malos? Me estoy oxidando, ja, ja, ja... — exclamó la rubia, lanzándose a sus brazos.

La proximidad de su perfumada piel y la calidez de su cuerpo y labios, hizo que el aguerrido "Scorpio", sintiera la necesidad de corresponder con igual demostración de afecto, fundiéndose en un prolongado abrazo que culminó con un apasionado beso.

— ¡Vaya sorpresa! Pensé que jamás te volvería a ver... nuestra despedida fue tan fría... que... — protestó ella.

— No nena, desde luego que no, nuestra separación solo obedeció a razones tácticas de inteligencia, los Directores tomaron la decisión de suspender por un tiempo las operaciones para no exponernos demasiado, lo que me parece un gran acierto, sin embargo, han quedado pendientes un par de cosas que estoy tratando de cerrar, precisamente de ello quiero hablarte. ¡Pero soy un majadero! No he preguntado siquiera por "Snake". ¿Se han casado? ¿Siguen siendo pareja?

— Entendimos que el Matrimonio no es para gente como nosotros, continuamos como "amigos con derechos". Bueno supongo que sí, aunque por su trabajo, no es posible vernos muy seguido. ¿Te imaginas? El muy bobo ha regresado a su puesto de Investigador en el C.E.R.N. ¡Como si necesitara de ello!

— Está metido en no sé qué Aceleradores de PROTONES que han superado la Velocidad de la Luz, los famosos 300,000 kilómetros por segundo, el descubrimiento del Elemento NEUTRINO y varias cosas más que no entiendo mucho por la secrecía que guardan sus experimentos. Ya le dije que invente una estufa que cocine sola, que la única intervención mía sería dictarle el menú y poner al alcance del pequeño robot, el dinero y la lista del supermercado para que compre los ingredientes, ja, ja, ja... — cerró su perorata la guapa mujer.

— Pero pasa hombre, pasa, ponte cómodo regreso en un instante. Tu amigo no está en casa, hoy me habló de Basilea, Suiza, vuelve en tres semanas, no puede antes. Me tiene sin cuidado.

Kadir tomó un respiro. Femke estaba mejor que nunca. Su vestimenta informal casi transparente, dibujaba a la perfección el hermoso cuerpo de diosa rubia. Hizo un esfuerzo para no alcanzarla, abrazarla, llenarla de besos y hacerle el amor como antaño, estaba excitadísimo.

Pero solamente lo pensó. No lo haré. Mi visita es de carácter profesional y soy incapaz de traicionar a mi amigo Elías. Me concentraré en la tarea que tengo que realizar.

Femke retornó a los cinco minutos, vestida con una alegre blusa de franjas azules, rojas y amarillas, que le daban un toque juvenil. Apretados jeans hechos de denim (mezclilla), entornaban sus largas y torneadas piernas, dibujando a la perfección las firmes nalgas redondas. Larga melena rubia peinada con desorden, enmarcaba el rostro angelical y calzaba mocasines color marrón.

Nadie, pero nadie en el mundo podría pensar que esa bella criatura, era una eficaz asesina profesional al servicio de "La Fundación" y del "Club PRISMA".

Por segunda vez, "Scorpio" hizo un esfuerzo sobrehumano para no abalanzarse sobre ella, cubrirla de besos, desnudarla salvajemente como a ella le gustaba y follar delicioso.

— ¿Quieres una bebida? — dijo ella coqueta.

— ¿Eehh?, no, no gracias, tal vez más tarde.

— Está bien, yo me serviré una — destapando una botella de whiskey Hammer Head, de una sola malta y añejado 23 años en barricas de roble nacional, elaborado precisamente en la Czech Republic (República Checa).

El fuerte licor de más de 40° impregnó con su magnífico aroma las cavidades nasales de Kadir, que lo hizo cambiar de idea.

— Nena huele delicioso, ¿me sirves una copa por favor? Lo tomaré sin mezclar, como tú. En México se dice lo quiero "derecho".

— ¡Pripitek! — brindaron en Checo.

— Papito, ¿haberr viajado aquí parra enseñarr Español? — respondió la hermosa — ¿O querrer hacerr amorr?

— Nada de eso linda, disculpa. Voy directo al asunto — continuando en Inglés.

— En tu currículum vitae que analizó La Fundación antes de ofrecerte el Contrato, hay una habilidad tuya que me interesa mucho en este momento. Se trata de tu magnífica puntería en el Tiro con Rifle, recuerdo que has ganado medallas en Juegos Olímpicos.

— ¿Sigues practicando?

- Bueno, lo hago más ahora que tengo tiempo, como estoy desempleada... ja, ja, ja... La verdad es que es un deporte que me encanta y mi segundo padre, el General Weslak se ha encargado de acompañarme cuando puede. Mira, te mostraré su último regalo — dijo Femke — alejándose contoneando las caderas, rumbo a su recámara.
- Ven por favor — invitó la rubia.

"Scorpio" dudó de su fuerza de voluntad, sabía que estando en la alcoba, ya no podría controlarse. Así que dio un sorbo largo a la fuerte bebida y respondió: "Estoy cansado del viaje, no me puedo levantar del sillón, ja, ja, ja..."

- Muy bien perezoso, observa esta lindura — mostrándole un nuevo fusil SAKO TRG 42 hecho en Finlandia, calibre .338 Lapua Magnum — presumió un poco la chica, retornando a la sala y continuó orgullosa: — Tiene el mismo alcance que mi rifle anterior, de 800 metros aunque el fabricante Ruso dice que puede alcanzar los 1300 metros. Tal vez conozcas esta magnífica arma, el DRAGUNOV SVD-137 calibre 7.62. Estoy practicando con el fusil nuevo, porque pienso competir en la próxima Olimpíada... y ganar, naturalmente.

Kadir estaba asombrado del temple de la nena y su vasto conocimiento de los rifles de francotirador. Sus entrenados ojos de Auditor examinaron las armas.

- Ambas son magníficas — dictaminó el Comandante "Scorpio" — He visto el DRAGUNOV en China, donde se produce bajo Licencia del fabricante Ruso IZHMASH, pero el fusil SAKO, es la primera vez que lo tengo en mis manos. Me agradaría tirar con este rifle Finlandés.
- Precisamente de esto mismo quiero hablarte princesa, pero no me has dejado articular palabra. Primero, me deslumbras con tu espléndida belleza y después con tus habilidades guerreras, ja, ja, ja...
- ¡Oh mi amor!, qué decepción. Ha pasado largo tiempo de no vernos, pensé que tal vez... tú y yo.... Disfrutaríamos un poco en la cama, pero.... ¿quieres ir al campo de tiro ahora mismo?
- Necesito avisar a mi padre que iré contigo y hacer unos arreglos. ¿Sabes? Es en el campo Militar, no es fácil ingresar allí y necesitamos munición. Tendré que conseguirte ropa adecuada. Requiero de unas horas para la preparación... podemos hacerlo mañana, así descansas del viaje, comemos rico y hacemos el amor, es más, ¡estar contigo será el precio de la sesión de tiro! ¿Te parece justo?

¡Con cien mil millones de coños!, meditó el Contador Público, alias

"Scorpio", ¡me tiene en sus manos! O mejor dicho, ¡entre sus piernas! Por un lado no quisiera volver a lo mismo de siempre, he prometido superar mis deseos carnales, volver a la fidelidad.

Pero por otra parte, necesito desesperadamente tener práctica suficiente como francotirador, para ejecutar con limpieza al hijo de puta Luan Tung, uno de los jefes más poderosos del Sindicato Internacional del Crimen.

Lo peor que solo dispongo de una semana para entrenarme, tengo que aprovechar la ceremonia de inauguración de sus nuevos Laboratorios en Malu Town, para liquidarlo. Muy difícil tener otra oportunidad como esa.

- Me parece muy bien preciosa, será delicioso tenerte de nuevo, ¡eres una ninfa del amor!
- Necesito una semana de sesiones de aprendizaje, varias horas al día, ¿es posible?
- ¿Te refieres a disparar o al sexo? — dijo ella graciosamente — Puedo enseñarte las dos cosas, ja, ja, ja...
- Entonces todo en orden, ¡venga otra copa! ¡Sağlik! — brindó Kadir en Turco.
- ¡Lechaím! — respondió ella en Hebreo.
- ¿Y eso? — interrogó el hombre asombrado.
- ¿Lo has olvidado? Tú me lo enseñaste cuando nos conocimos en Ibiza, brindamos en varios idiomas, a ver si recuerdo: en Italiano, Salute y Chin Chin; en Alemán, Prost; en Inglés, Cheers; en Español, Salud; en Ruso, Nazdarovia; en Francés, À Votre Santé; y otros más, aparte del Checo, Turco y Hebreo que usamos el día de hoy — dijo la mujer triunfante.
- Francamente no pensé que lo memorizaras, te felicito tienes un cerebro prodigioso.
- ¡Basta de palabras, pasemos a los hechos, tienes que pagar el precio de mi ayuda, ja, ja, ja...! — amenazó Femke.
- Todavía no nena, en mi país se dice que un "músico pagado por adelantado toca mal". Además estoy fatigado del viaje. ¿Por qué no aprovechas y haces los arreglos para ir al campo de tiro mañana temprano?
- Bien, así lo haré. Te preparo algo de cenar y puedes dormir en mi cama o en la perrera, tú escoges, ja, ja, ja...

Ella cumplió su palabra y procedió a organizar la práctica de tiro. Marcó el número del General Weslak, a quien sorprendió su petición para ir acompañada por un extranjero. Femke tuvo que mentirle, argumentando que la tirada intensiva por 5 días obedecía a un entrenamiento también con mira a la "próxima competición Olímpica".

- ¿Quién es esa persona? ¿Es de confianza? Aún yo, como Alto Funcionario de este país, tengo algunas limitaciones, la respuesta es ¡NO!
- A menos que lo hagamos oficialmente. Que su Gobierno haga la petición formal y con todo gusto le daremos todas las facilidades.
- Papacito de mi alma, no hay tiempo, anda ayuda a tu nenita consentida, es un gran amigo al que conozco hace años. ¿Te veo en el parque frente a tu oficina en una hora?
- Está bien. No llegues tarde.

Sentados en la banca acostumbrada Femke se sinceró con su padre.

- Se trata del Comandante "Scorpio", integrante del grupo de personas que luchamos contra el Crimen Organizado, ayudando a la Justicia, son nuestros mismos ideales papá. Me salvó la vida varias veces, yo... quisiera ayudarlo.
- No me expliques más, conozco tu vida y valores, siempre he estado al pendiente de ti. Por allí debiste empezar y no tratar de engañarme con la "próxima competencia Olímpica".
- ¡No vuelvas a hacerlo! — dijo el General Bozidar Weslak, Viceministro de Defensa, verdaderamente encabronado.
- Papá, te juro por la memoria de mis padres, que nunca te había dicho una mentira, créeme por favor, por favor, hazlo como una merced hacia mí, te lo suplico, yo... — sollozó la hermosa, quebrando la voz y llorando — Te prometo que jamás volveré a mentirte en nada, si nos ayudas lavaré tu ropa y cocinaré para ti una semana.
- Bueno, bueno, no es para tanto nena, sabes bien que mi esposa Mirka, mi hija Danka y yo te adoramos, por esta vez te perdono y voy a girar las órdenes necesarias para que tu ¿amigo? pueda ingresar a las instalaciones del Ejército y practique el tiro. ¿Qué arma usarán?
- El fusil que me regalaste padre, el SAKO Finlandés.
- Mmm. Hagamos esto: vengan a casa a cenar esta noche, quisiera conocer a tu amiguito, porque no entiendo el motivo de tomarte tantas molestias, ¡hasta de mentirme! Para mí que hay algo más, espero no guarden secretos. ¿Entendido?
- Ssí papacito, estaremos en tu casa a las 6 en punto.

Cuando colgaron, el recio General sonrió a sus anchas, pensando que como siempre, la dulce chiquilla se había salido con la suya. ¡Es una traviesa!

La rubia por su parte, se recuperó del fuerte regaño de su padre, pero se regocijó: había logrado su propósito de ayudar a "Scorpio".

****

La casa del General enclavada en un barrio residencial, combinaba a la perfección la elegancia con la modestia. Como la mayor parte de las residencias urbanas del centro de Europa, no tenía dimensiones espectaculares. Las habitaciones eran de tamaño mediano amuebladas con un sentido práctico, que otorga comodidad y belleza al interior. Sin desearlo, Kadir comparó los espacios con las casas en los Estados Unidos y México, que son mucho más amplias.

Tomaron cerveza, uno de los orgullos nacionales de la República Checa, que dicho sea de paso, son los mayores consumidores del líquido, bebiendo cada año un promedio de 160 litros por persona.

En segundo lugar, están los Alemanes con treinta litros menos al año.

El General ofreció la marca Radegast, que lleva el nombre del Dios Eslavo y el mismo vigor, de sabor lleno y más amargo que las cervezas extranjeras, que todos bebieron a placer.

****

NOTA DEL AUTOR.- En la República Checa, país cervecero por excelencia, hay un cuento popular:

Un día llegaron a un bar representantes de tres marcas cerveceras: Guinness, Anheuser-Busch y Pilsner Urquell.

Al acercarse el camarero a su mesa, el representante de la marca Guinness pidió GUINNESS, porque se produce, argumentó, con ingredientes cuidadosamente seleccionados.

El representante de Anheuser-Busch, solicitó la cerveza BUD, porque se fabrica según él, con la única receta correcta.

El representante de la marca Checa Pilsner Urquell, pidió COCA-COLA.

Al ver que sus colegas le miraban extrañados, explicó: "SI USTEDES NO TOMAN CERVEZA, PUES YO TAMPOCO".

Así de orgullosos están los Checos de su cerveza.

****

La cena fue servida por la señora Mirka, auxiliada por su hermosa hija Danka, de la misma edad que Femke.

Comieron como primer plato el famoso Praška-Šunka conocido como Jamón de Praga, relleno con nata batida. A continuación la Sopa Nacional llamada Česká Bramborová, a base de zanahorias, patatas y champiñones.

Siguió una ensalada de pepinos y tomates con queso rallado (Šopský Salát), para dar paso al plato fuerte Svičková (Lomo de res, semejante al Roast Beef Americano).

Danka era una belleza que incluso superaba a Femke, reconoció "Scorpio", quien siempre creyó que no existía una mujer más guapa en el planeta. De piel muy blanca, ligeramente dorada por el sol, rubios cabellos y cuerpo de gimnasta, unos tres centímetros más alta que esta última y quizá un par de kilogramos menos que ella, tenía una vivaz mirada que denotaba inteligencia y entusiasmo, a la vez que transmitía una imagen de paz y felicidad, al través de sus ojos verdes que le recordaron el color de las esmeraldas Colombianas. Danka hablaba con fluidez el idioma Inglés, al igual que el General y Femke, sin embargo conversaron despacio, para que la señora Mirka pudiera entenderlos. Hablaron de viajes y cosas triviales. Kadir intencionalmente relató que su padre Gregor, sirvió al Ejército de su país, en diversas misiones hasta llegar a ser Agregado Militar, adscrito a la Embajada de México en Washington y representante ante el Comando Estratégico del Norte que forman Canada, los Estados Unidos y México.

El General Bozidar Weslak, Viceministro de Defensa, estaba de plácemes. No solamente le había simpatizado Kadir, alias Comandante "Scorpio", sino que ahora le parecía un hombre íntegro, digno de confianza y estaba dispuesto a hacer lo necesario para ayudarlo.

Por supuesto, nadie llegó al postre llamado Kolache, panecillo relleno de frutas o quesos.

— Lo dejaremos para más tarde, pasen a la sala por favor — dijo amable Mirka.

Instalados cómodamente, comenzó la verdadera entrevista. Kadir sintió que ahora venía lo bueno, un interrogatorio Militar. Pero estaba muy bien preparado.

En cuestión de minutos, diagnosticó el fuerte carácter del padre de Femke. No podía andarse por las ramas, así que planeó su estrategia: HABLAR CON LA VERDAD Y NADA MÁS QUE LA VERDAD.

Una mentira y perdería la ayuda y aprecio de la familia. Sin embargo, solo respondería las preguntas que le hicieran, ni más ni menos. Femke rompió el hielo. Sirvió a los dos varones en vasos pequeños un poco del whiskey HAMMER HEAD, favorito del General, mientras Danka, despachaba sendas tazas de aromático Té a las damas.

— ¿Qué opinas de nuestro whiskey Kadir?

— Estoy gratamente sorprendido señor, no sabía que en la República Checa elaboraban esta bebida. Es fuerte, muy bueno — respondió el invitado con cautela.

- Brindemos. ¡Pripitek! — dijo el General, casi ordenando — Ahora sí, cuéntame todo.
- Como usted sabe señor, Femke y yo, en unión de otros Agentes, hemos participado en diversas misiones para eliminar a peligrosos delincuentes internacionales, que por incapacidad de las fuerzas policíacas, corrupción o fallas en los Sistemas de Justicia, no habían recibido castigo alguno. Basta con leer los diarios para darse cuenta que las fuerzas del mal, atacan objetivos civiles para crear ambientes de terror. No hay lugar seguro en el planeta.
- Nuestras misiones han sido financiadas por la Fundación Weitzner y una élite de hombres de negocios agrupados en el Club PRISMA. Los resultados han sido altamente positivos, contribuyendo con las Autoridades para disminuir considerablemente la delincuencia. Tan solo en Brasil, en el último Campeonato Mundial de Futbol, evitamos una masacre entre el público, imagine usted una asistencia al juego de más de 60 000 aficionados, atacados con explosivos plantados dentro del estadio...

El comandante "Scorpio" utilizó quince minutos más para pronunciar un apretado resumen de sus actividades, ante un General impávido que sin mover un solo músculo de su cara de piedra, seguía el relato dirigiendo la mirada gris acero a su interlocutor, tratando de explorar, verificar la verdad, para descartar la mentira.

Kadir terminó su alocución con estas palabras:

- Señor General, usted es un guerrero y sabrá comprender que nuestros métodos para destruir a terroristas y asesinos, tal vez no sean vistos con buenos ojos por la sociedad, pero señor, sentimos que estamos participando para limpiar un poco de basura, siempre en búsqueda de la JUSTICIA.
- Estamos muy agradecidos con usted por la decidida colaboración que nos otorgó, precisamente aquí en Praga, cuando los gitanos nos enviaron el missil EXOCET que estalló en la casa de Femke.

El duro General, hombre de pocas palabras, se levantó de su poltrona, solo para fundirse en un fuerte abrazo con "Scorpio", diciendo:

- Los felicito por su eficiente trabajo, no tenía idea de la importancia y magnitud de sus labores y gracias, muchas gracias por proteger a mi niña. Pero vamos al grano. Por lo que me dices, esta misión la cumplirás en solitario, utilizando un rifle de francotirador. ¿Sabes la distancia?
- Sí señor, son aproximadamente 1700 metros — respondió "Scorpio".
- Si es así, requieres practicar mucho, pero con el fusil adecuado.
- Las armas con las que practica Femke, tienen un alcance efectivo

de 800 metros solamente. Necesitarás otra de mayor potencia... déjame pensar.... — comentó Bozidar, bebiendo un sorbo más del fuerte licor.

— Nos veremos mañana a las 11:00 en el departamento de Femke, haré lo posible para conseguirte una carabina de mayor rango.

"Scorpio" hizo lo propio, necesitaba el trago. Había aprobado el EXAMEN más cabrón que en todos sus años de estudios.

— Basta de negocios por hoy — expresó dulcemente Mirka — Mejor escuchemos un poco de música.

No necesitó decir más. Enseguida Femke sacó del fino estuche un hermoso violín Stradivarius Lamoureux y Danka se sentó frente al precioso piano de cola Bösendorfer.

Juntas, ejecutaron con gran maestría, la Sonata número 9 "Kreutzer" del gran compositor Alemán Ludwig Van Beethoven, que terminó en una carretada de aplausos.

Kadir estaba eufórico de felicidad. Jamás podría vivir una experiencia como esta, dos de las mujeres más hermosas del mundo, tocando como los mismos ángeles del cielo, pensó. Por fortuna, había capturado el concierto en video con su teléfono celular.

En otro orden de ideas, ya explicaría en alguna ocasión el señor General, la adquisición de los finos instrumentos, sobre todo el violín que se dice fue robado y supuestamente desaparecido.

****

NOTA DEL AUTOR.- Los violines Stradivarius son reconocidos mundialmente por ser los mejores, al decir de los expertos. Fueron fabricados por la familia de Antonio Stradivari en Cremona, Italia, usando selectas maderas de Arce y Abeto, acabados con barniz de fórmula secreta. Estudios científicos recientes, han probado que además agregaban sales metálicas, que les hacen tener una resonancia magnífica, así como Bórax, para prevenirlos contra ataques de insectos, sin saber que tendría excelentes efectos musicales. Actualmente estos violines valen una fortuna, siendo de los más costosos, el Violín Lady Blunt, subastado en 17 millones de Dólares o la Viola, en posesión del Cuarteto Nacional de España (propiedad del Gobierno) que si se vendiera, dicen los que saben, ¡valdría más de 100 millones de Dólares!

El piano Bösendorfer de fabricación Austríaca, es muy valioso y apreciado por los concertistas, es una verdadera joya musical. Compite en calidad con el afamado piano Steinway & Sons de manufactura Americana.

****

La velada terminó en un ambiente muy cordial. La hermosa Danka al abrazarlo musitó en el oído a Kadir:

— Si tienes un hermano, ¡me agradaría conocerlo!

La más feliz era Femke, que abrazó cariñosamente al General diciendo:

— Gracias padre eres lo máximo.

Igualmente besó en la mejilla con amor a Dana, su madre y a Danka, su hermana. Sin darse cuenta, Femke y Kadir, abandonaron la casa, cogidos de la mano.

****

El termómetro marcaba 9°C. Era un clima frío pero todavía agradable para la gente de Europa, que con los largos inviernos, acostumbrada está a caminar, incluso nevando.

Los dos Agentes pasaron del agarrón de manos al abrazo total, moviendo sus extremidades inferiores lentamente, como queriendo alargar ese contacto físico en que sus cuerpos se transmitían mutuamente calor.

Subieron al Piso de la chica, utilizando las escaleras, prolongando el romántico momento. El bonito apartamento estaba en el tercer nivel.

— Este paseo nos ha venido muy bien, la verdad es que comimos demasiado — dijo "Scorpio" — Todo estaba riquísimo — quitándose los zapatos al entrar, despojándose de la bonita chamarra North Face roja con gris.

— Gracias mi amor — expresó dulcemente Femke — Te has portado de maravilla con mi familia, especialmente con mi padre, que tiene un carácter difícil, pero es muy noble y derecho, no oculta sus emociones: o te acepta o te rechaza, así de simple.

— Ni lo digas, el agradecido soy yo, porque no nos hizo preguntas personales. Ahora vamos a dormir, mañana nos espera una larga jornada. El General viene por nosotros a las 11:00 y debe ser puntual como reloj Suizo — advirtió el Auditor.

— ¿Cama o perrera? — bromeó la joven, conduciéndolo a su tibia recámara.

— Pppeero no sé si podré contenerme... eres demasiado bella, me prometí no caer en tentación... y está de por medio mi amigo "Snake", no puedo traicionarlo con su mujer. Lo siento mucho pero ¡me voy a la perrera!

— No te preocupes por Elías. No te he contado todo lo sucedido entre nosotros. La verdad es que él siempre ha deseado tener un hijo y bueno, yo también por supuesto, pero en el momento adecuado, que siento todavía NO lo es.

- Tengo un montón de planes sobre mi vida, estudiar, viajar, divertirme, practicar algunos deportes extremos como rafting, alpinismo, navegar a vela, volar en parapente y otros; seguir trabajando para la Fundación, obtener premios en las competiciones internacionales de Tiro, y al final, pensar en matrimonio, parir muchos niños, educarlos, cuidarlos y engordar a gusto.

- En una palabra: ¡VIVIR PLENAMENTE SIN COMPROMISOS NI ATADURAS!

- Pero tu amiguito es terco como mula. Está aferrado a que sea ahora y hemos discutido fuerte sobre el tema.

- Ha preferido terminar nuestra relación. ¡Así que estoy libre como el viento! ¿Cómo ves? — cerró su discurso Femke.

- ¿Y cuándo sucedió eso? — dijo Kadir sorprendido.

- Hace pocas semanas, como te conté, vendrá pronto para llevarse sus cosas. No te aflijas por él, nunca fue del completo agrado de papá y menos de mamá. Su trato con ellos era un poco ríspido. Con decirte que mi hermanita lo consideraba un NERD, ja, ja, ja...

- Es un magnífico muchacho, al principio creí enamorarme de él, sin embargo tiene un gran defecto: le gusta demasiado el dinero, vive para ello, no gasta ni bromas, solo ahorra, todo le parece caro, siempre en busca de ofertas, bueno, todo lo ganado en las misiones — que es bastante — lo guarda para la vejez.

- Constantemente critica lo que compro en ropita, zapatos, bolsas, pero eso sí, no aporta ni una Corona para mis gastos personales. Del mantenimiento de la casa, por su decisión, cada quién paga la mitad.

- Es bastante tacaño, ¿sabes qué me regaló el día de mi cumpleaños? Una tarjeta hecha a mano por él, con muy bonitas frases de amor. Dice que son mejores que los regalos costosos. Ja, ja, ja, la verdad es que no tiene la menor idea, de lo que nos gusta a las mujeres.

- Creo que la disciplina del ahorro le viene de su parte de sangre Libanesa, pero exagera.

- No quiere cambiar su anticuado automóvil Toyota Prius, dice que está muy bueno todavía. Coño, si tiene quince años.

- Estudia demasiado, pasa las horas leyendo. De acuerdo, es un gran científico, pero debe existir un equilibrio.

- En resumen, fue magnífico mientras duró y como tú dices siempre, NEXT. Ja, ja, ja...

- Además, parece por su conducta errática que ya tiene otra pareja, que es su colega del Laboratorio. Siempre que habla de ella, lo hace con admiración. Seguro es una vieja de lentes, mayor que él, de carácter agrio, que cuando van a la cama, ambos se ponen a estudiar, ja, ja, ja, ja...

— Por el contrario, deseo que haya encontrado algo a su medida — terminó su perorata, la espléndida hembra.

Lo que pasó después fue inimaginable. Los amantes permanecieron activos casi toda la noche, sin reproches, sin preguntas, sin rencores, sin miedos, sin preocupaciones. Solo disfrutaron de su amor en plenitud.

¿El mañana? Mañana sería otro día.

****

En punto de las 11:00 horas el General de Ejército Bozidar Weslak recogió a los tiradores en su vehículo oficial, escoltado por dos unidades de soldados, con rumbo a la vecina población de Jince, hogar del 13° Regimiento de Artillería, unos 45 kilómetros al suroeste de Praga. El recorrido lo hicieron en menos de treinta minutos.

En el trayecto, explicó el General que estas instalaciones del Ejército, cuentan con grandes distancias para la práctica precisamente de artillería y resultaba adecuado para el disparo de armas de largo alcance, con distancias mayores a los 2500 metros.

Al arribar al campo Militar recibieron el saludo de los guardias, aparcando frente a las oficinas del Comandante del fortín, quien avisado por sus Superiores, de inmediato ordenó a un pelotón de sus colaboradores, escoltarlos al campo de tiro.

Bajaron del vehículo oficial y el General Weslak, procedió a explicar el funcionamiento del arma que llevaba para las prácticas.

Se trataba del fusil ACCURACY L115 calibre .338 Lapua Magnum, que Kadir solo conocía en revistas especializadas. Esta maravilla de la tecnología Británica, tiene un alcance efectivo entre 1500 a 2000 metros, es ligero, resistente y preciso, pesa menos de 7 kilogramos y poco más de un metro de longitud, con un cargador de 5 cartuchos, siendo actualmente uno de los mejores rifles en el mundo para Francotirador.

Este fusil es extraordinario. En noviembre de 2009, un oficial del Ejército Inglés hizo el disparo más largo de la historia con éxito, eliminando a dos guerrilleros ¡a más de 2700 metros!

No necesitaba decir más, estaba frente a un par de tiradores con experiencia en armas.

— Papacito, ¿cómo has conseguido este rifle, si es Inglés?

— Secreto profesional, querida hija, pero recuerda que la República Checa es Miembro de la OTAN (Organización del Tratado del

Atlántico Norte) desde el año 1999 y estamos integrados como País, a su Estructura Militar, participando con tropas y equipo en Misiones Castrenses de esta Organización, presentes en Afghanistán, Kosovo, Bosnia, Herzegovina, Croacia, Arabia Saudita y Kuwait, incluso hasta la fecha en algunas de ellas.

- De tal modo — concluyó el Alto Funcionario — Que no fue difícil obtener esa arma entre nuestro arsenal.
- Les dejo firmado un pase para los dos por una semana y si me disculpan, tengo que regresar a trabajar mientras otros se divierten, ja, ja, ja...
- Cuídense mucho, no se vayan a dar un tiro en un pié, ja, ja, ja... y espero verlos para cenar antes de que te marches jovencito. Hasta luego.

****

El estudio del funcionamiento de la formidable arma fabricada en el UK (Reino Unido) les tomó 45 minutos. Juntos, los dos Agentes observaron, manejaron y comprobaron los sistemas de cerrojo, alimentación, calidad de los cartuchos, el estriado del cañón y mecanismo de gases para el retroceso, el desarmado y armado, la colocación de la mira telescópica, posición del trípode, el camuflado, limpieza, lubricación, guardado del rifle y de lo más importante: la deriva, con el calculador electrónico de distancia, luz, viento, sol, nubes, nieve, lluvia y humedad.

Y... comenzó la práctica intensiva. Siguiendo las instrucciones de Femke, la experta y campeona Olímpica de tiro, "Scorpio" inició sus lecciones bajo la atenta supervisión de la encantadora mujercita.

Al día siguiente se repitió la historia, mostrando el discípulo algunos avances y así sucesivamente, hasta completar los cinco días programados de completo entrenamiento. Al término del curso de capacitación, el Contador Público acertaba nueve de diez tiros, al objetivo señalado por una sandía, destrozándola a la distancia de 1800 metros.

El fin de semana fue de relajamiento físico y mental bueno, por lo menos en lo que a las armas se refiere porque el sexo también fue extremo. La segunda vez que fue a cenar a la casa de la familia Weslak todo transcurrió con felicidad.

La despedida fue grandiosa, con promesas mutuas de verse nuevamente a la brevedad posible.

- Deme su palabra que me informará del resultado, esta vez con detalles — solicitó el General.
- Es un compromiso, así lo haré señor, y otra vez gracias a nombre

propio, de la Fundación Weitzner y el Club PRISMA.

– General, ¿sería usted tan amable y generoso de aceptar un pequeño presente de todos nosotros? — dijo el Contador Público Auditor, Kadir, alias Comandante "Scorpio".

– Depende lo que sea, si es dinero me sentiré ofendido.

– No, no, claro que no, es... una BECA en la Universidad de Harvard, para Danka. ¿Le agrada la idea, señor?

– ¡Vamos papacito, acepta por favor, es lo que siempre he soñado hacer! ¡Estudiar en América! — rogó la hermosa Danka.

– Ya veremos — dijo Mirka, su madre.

MALU TOWN, DISTRITO DE JIADING, CHINA

La pequeña ciudad, de unos 50,000 habitantes, enclavada a 20 kilómetros de distancia del Centro de Shanghái, comunicada a través de la Hujia Expressway, una de las primeras autopistas Chinas.

En su territorio, se asientan importantes industrias de los ramos: electrónico, maquinaria, farmacéutico y de alimentos.

La ceremonia de apertura de la nueva factoría, propiedad del grupo encabezado por el mafioso Luan Tung, estaba programada para las diez horas con la asistencia del Ministro de Industria, en representación del Primer Ministro, Miembros del Honorable Cuerpo Diplomático, otros Funcionarios del Gobierno y Jefes del Partido Comunista Chino.

A mil setecientos cincuenta y dos metros de la solemnidad, en el sitio preciso de la colina donde una semana antes, disfrutaron del picnic (día de campo), "Scorpio" seleccionó el lugar adecuado para disparar el rifle de francotirador, con bala de punta hueca y mercurio, que volaría la cabeza del pérfido Jefe de la Mafia Oriental.

Levantó el sombrero en forma de cono y ala ancha, de los usados por los trabajadores del campo para protegerse del sol y lluvia, volteando la cara en derredor para cerciorarse que estaba solo. Afortunadamente así fue. De lo contrario, hubiera tenido que sacrificar algún inoportuno testigo.

Procedió a colocarse los guantes tácticos Kevlar, de piel de cabra, reforzados en nudillos y puntas de los dedos, para evitar cortadas y desde luego, dejar impresas huellas digitales.

Pecho a tierra, abrió en compás el soporte del rifle, nivelado con el suelo.

La destartalada camionetita robada y libre de rastros dactilares, cargaba en su batea palas, zapapico, azadones, guantes, machetes y otras herramientas agrícolas para preparación de la tierra, que bajó del vehículo junto con seis bolsas, conteniendo semillas de frijol de soya.

Observó con la potente mira telescópica, contemplando el imponente Presídium, ajustando a la distancia que marcaba el Telémetro.

Del primitivo saco de yute, tomó el rifle CheyTac Intervention M200, colocando solo cuatro balas calibre 10 mm en el cargador, que posee capacidad de siete.

No tenía ningún caso cargar todo el magazine.

Siendo optimista, el tirador podría hacer fuego una, dos veces o tres, cuando mucho, antes de ser detectado.

Verificó la lectura de distancia, humedad, orientación y velocidad del viento.

La minicomputadora integrada le proporcionó las coordenadas y el cálculo de la deriva.

Consultó su exacto reloj hecho en China con maquinaria Japonesa, que marcaba las diez horas con ocho minutos.

Apuntó cuidadosamente 7 centímetros por arriba de la cabeza de Luan Tung, contuvo la respiración y oprimió el gatillo.

La potente bala, a velocidad casi de 900 metros por segundo, hizo blanco en la frente del despiadado delincuente Internacional, en menos de 2 segundos, esparciendo pedazos del cráneo al aire.

Cuando los asistentes se dieron cuenta, se desató una estampida humana, todos querían ponerse a salvo, especialmente el Ministro y los invitados especiales, que protegidos por los soldados, corrían hacia los automóviles y camionetas.

La disciplinada tropa, aseguró el perímetro con rapidez, cerrando las vías de salida, revisando a personas y vehículos por igual.

Tres pelotones iniciaron la búsqueda abordando sus transportes, mientras que el resto de guerreros partieron a pie en diferentes direcciones, tratando de localizar con prismáticos a los autores del atentado.

Dos helicópteros Militares despegaron para revisar la zona, activando las imágenes de satélite.

"Scorpio" tenía un minuto o menos, para escapar. En un instante guardó el arma y accesorios en el maletín, abandonando el viejo vehículo lleno de herramientas agrícolas comunes.

Sabía que rápido, los autogiros peinarían la zona, se bloquearían los caminos, soltarían los perros de presa y se activarían los satélites en una circunferencia, de cinco kilómetros de diámetro.

La potente motocicleta tripulada por Hong llegó puntual a la cita. "Scorpio" montó en el asiento de atrás y partieron a toda velocidad a campo traviesa, tratando de alejarse del área de visión nítida del satélite (diámetro de 5 kilómetros), viajando seis hasta llegar al río.

Bajo frondosos árboles, Hong hundió la máquina, rifle y cartuchos, abordando la compacta lancha rápida Zodiac Cadet, equipada con motor de 40 hp (caballos de fuerza) que los llevó corriente arriba cuatro kilómetros más. En una poza, hicieron zozobrar la embarcación y abordaron el automóvil que previamente habían preparado para tal fin, cambiando sus ropas por elegantes trajes. Todo lo anterior realizado en menos de 15 minutos.

Frank Hong, prominente miembro del Club, propietario de varios equinos pura sangre y su invitado, el importante hombre de negocios de España, fueron recibidos con afecto por socios y hasta por los trabajadores, que eran siempre muy bien gratificados por el Director General de East Industries & Trade, Ltd. Junto con sus nuevos amigos y haciendo gala de temple de acero, los Agentes de PRISMA despreocupadamente comieron, bebieron y admiraron el bello espectáculo del Salto Ecuestre, donde jóvenes de ambos sexos montaron con maestría finos caballos, derribando pocos obstáculos, haciendo las delicias del público. Actualmente, en China, existen muchos Clubes de Equitación, incrementándose la práctica y afición a este deporte.

****

En su portafolios de viaje con las copias de los pedidos firmados, recibos de las transferencias bancarias y facturas de los diversos proveedores Chinos, el señor Kadir Aiza, representante de la mundialmente conocida cadena hotelera y de negocios, CELTIC WORLDWIDE ENTERPRISES, abandonó la República Popular China en el vuelo 9980 de la Aerolínea KLM, con destino a Madrid, y escala en Dubai.

Una vez más, el eficiente Agente "Scorpio" al servicio de la Fundación, había concluido su misión exitosamente, alimentando, a sus ya obesas cuentas bancarias de las Islas Cayman y Zürich, en ochocientos millones de Dólares más, cantidad neta por sus honorarios, después de restar los 200 millones donados en partes iguales, a la Fundación Weitzner y al Club Cultural, Deportivo y Social PRISMA.

Hay que cooperar para continuar haciendo Justicia, razonó "Scorpio", plenamente convencido.

BOCA DEL RÍO, VERACRUZ, MÉXICO

Kadir visitó su País natal una vez más. Le agradaba hacerlo porque era la oportunidad de convivir con papá, mamá, hermanos y sobrinos, que crecían en tamaño y número cada vez que se encontraban.

La antigua villa de pescadores era ahora una bella ciudad, moderna, con centros comerciales, zonas residenciales, elegantes hoteles, clubes de golf y magníficos restaurantes de comida Mexicana e Internacional.

Gregor y Lolita, sus padres, lo agasajaron con una rica comida tradicional Mexicana, a base de Enchiladas de mole con pollo, Chicharrón (piel del cerdo limpia, frita, suave y crujiente), Carnitas estilo Michoacán (carne selecta de cerdo condimentada con jugo de naranja agria y frita en perol), Barbacoa de "hoyo" (carne de borrego cocida a la leña bajo tierra), Arroz blanco con granos de maíz tierno, Caldo Tlalpeño (caldo con carne de pollo desmenuzada y vegetales), Huachinango a la Veracruzana (lonja de fino pescado, salteado con cebolla, tomate y chile), Filete de Pescado relleno de camarón y cangrejo, y de postre, dulces Mexicanos: Ate de membrillo con quesos de la región, Churros con chocolate, Alegrías (semilla de amaranto mezclada con miel de abeja); y Palanquetas (barritas de azúcar a punto de caramelo, mezcladas con cacahuate y semillas de calabaza).

La cocina Turca estuvo presente únicamente con el clásico Yogurt, para acompañar los platos de fruta fresca con higos, dátiles, uvas y kiwis dorados, de grato sabor más dulce, que el ácido del kiwi verde.

Kadir estaba más que complacido al ver al Clan Aiza/Pírez, reunido y gozando de estupenda salud. Era una suprema bendición.

La tarde se la pasó bebiendo el delicioso café Veracruzano y conversando con los miembros de la familia, dedicando la mayor parte del tiempo a sus queridos padres, contando las pequeñas grandes hazañas y logros de los nietos.

Kadir les informó que en este viaje, infortunadamente solo podía estar en casa por un día.

— Estoy en proceso de retirarme de mi empleo en la CELTIC y debo atender los últimos asuntos a mi cargo, uno de ellos precisamente en ese paraíso llamado Huatulco, donde tengo entrevista programada con los dueños de las tierras que pretendemos comprar, para edificar un Hotel categoría Gran Turismo, así como juntas con toda clase de Autoridades Federales, Estatales, Municipales, Organismos del Gobierno especializados en Ecología, Sindicatos de Empleados, Seguridad Pública, con los Directores de la Urbanizadora Medellín, la mejor Constructora del Estado de Veracruz y que bien conocemos en España, Abogados, Contadores, Proveedores Locales, y esto es solamente para empezar.

— Bueno mi niño, tú sabrás, nosotros quisiéramos disfrutarte más tiempo, pero comprendemos tus importantes actividades, no tengas preocupación, nos conformamos con verte en vacaciones y cuando se puede, a través de esos endiablados aparatos de televisión, que se llaman no sé qué — dijo riendo Doña Lolita.

— Te refieres a la Teleconferencia por Internet abuelita — dijo la menor de las nietas de solo cinco años de edad, dejando a todos pasmados.

— ¡Demonios! — exclamó Gregor — Qué niña tan inteligente. Eso merece un premio. Rosario, haga el favor de preparar iconos con helado de coco y chocolate para todos! — provocando la estampida de los menores hacia la cocina.

— Mamá, nos vamos. Es un poco tarde y los niños tienen que hacer tareas, bañarse y dormir temprano, mañana hay escuela — dijeron los demás familiares, despidiéndose cariñosamente.

— Papá, tengo que hablar contigo de un asuntito, ¿puedes concederme quince minutos? — solicitó Kadir, cuando el último de los invitados dejó la residencia.

— Claro hijo, el tiempo que quieras. ¿Nos disculpas unos momentos por favor Lolita?

— Por supuesto. Veré si ya recogieron el comedor y la cocina, estas muchachas del servicio...

— Habla hijo, te escucho con atención.

— Papá, la promesa que hice de no volver a encarnar al justiciero, la he quebrado, pero te doy razones, esperando me perdones y tu bendición. Sucedió que...

En los siguientes cincuenta minutos, dio santo y seña de los funestos acontecimientos generados por los genios del mal, en los que se había nuevamente involucrado, por juzgarlo indispensable para la justicia, atendiendo las peticiones de Benjamín Weitzner y el General David Finnstein:

— Hombres de bien a quienes conoces perfectamente.

— Hijo, no sé qué decirte. Me preocupa muchísimo que vuelvas a la acción. Ahora tienes una familia que cuidar. Supongamos sin conceder, que eres descubierto por los malos. Son tan hijos de puta, que al no poder contigo, se vengarían con tu esposa e hijos, siempre ha sido así entre los mafiosos.

— Imagina la posibilidad que Interpol o cualquier Agencia Investigadora del País donde realices operativos, te arreste y vayas a prisión. Sería terrible para todos nosotros.

– Por otro lado, conozco muy bien a Weitzner y a Finnstein. Por lo que me dices, tienen otros compañeros que no dudo piensen igual que ellos, acerca de combatir el mal extendido en todo el planeta. Eso que me cuentas de los planes que tiene la delincuencia organizada para extender el virus del Ébola, es la máxima locura criminal. Los pendejos terroristas pueden desatar una pandemia universal incontrolable, con mortandad impredecible.

– Nada menos ayer, se dio la noticia de las decenas de miles de niños Africanos, cuyos padres han muerto en guerras civiles y enfermedades contagiosas.

– Sin más "rollos" (palabrería), opino que en esta ocasión está más que justificada tu colaboración para destruir a esa maldita organización patibularia. ¡Haz lo que tengas que hacer!

– Por lo tanto hijo mío, tienes mi bendición y apoyo para lo que sea, con dos condiciones: La primera, como siempre secreto absoluto, esto queda entre tú y yo, y la segunda, júrame que el regreso a tus actividades justicieras, será por una corta temporada y a su término, te retirarás en definitivo.

– ¡Que continúen la lucha otras personas! No creo que seas el único que puede realizar esta clase de "trabajos".

– Hasta en los frentes de guerra más cabrones, los soldados después de un tiempo, son reemplazados por personal fresco. Hablaré con Ben y con David, o mejor dicho, Mr. Gray y Mr. Black, ellos lo entenderán perfectamente — terminó de hablar Gregor, abrazando cariñosamente a su hijo.

– Gracias papá, te lo prometo — alcanzó a pronunciar Kadir con lágrimas en los ojos.

Cerraron la sesión, disfrutando un "caballito" (vasito de cristal) con Tequila Gran Patrón Piedra, de excelente sabor suave y robusto, con aroma a frutas frescas y un toque de vainilla, destilado 100% Agave Azul en ruedas de roca volcánica Tahona, añejado 3 años que le da el bello color Mahogany, producido en las "Highlands" (Tierras Altas) del Estado de Jalisco, (México).

Padre e hijo, genuinos amigos, no pudieron tomar solo uno. Se sirvieron uno más, del estupendo producto con 40 grados de alcohol.

– ¡¡Por el Imperio de la Justicia!! — exclamaron.

****

Al día siguiente Kadir partió para cumplir su misión. Esta vez, con el auxilio del nuevo elemento enviado por la Fundación.

No conocía al recluta, pero fueron suficientes las recomendaciones de Benjamín Weitzner y David Finnstein para convencerlo.

— Si estás en situación de retiro como lo deseas — le dijo el General — Es mejor que inicies el proceso acompañando al nuevo Agente "Snake", pensamos que es un magnífico candidato para substituirte.

— Es muy capaz.

Ya lo veremos, se dijo "Scorpio", desconfiado.

CIUDAD DE MÉXICO

La cita se programó para las 09:30 horas, en el Aeropuerto Internacional "Benito Juárez", precisamente en el restaurante del Hotel NH, situado en la Terminal Dos.

¿El objetivo? Ajusticiar a uno de los más hijos de la chingada terroristas Internacionales, ubicado por personal del Club PRISMA, en la Ciudad de México, con seguridad planeando un ataque.

La reunión fue muy cordial. "Snake" resultó un tipo simpático, mezcla de profesor universitario Inglés, científico soñador y hippie trotamundos.

Durante el desayuno, disfrutaron de magníficos alimentos rociados con dos Mimosas cada uno, que cosa rara, en otros restaurantes de la ciudad y de otras muchas metrópolis, no sirven champaña con los alimentos por la mañana, excepto a pedido individual o en los clásicos Champagne Brunch (almuerzo con champaña) ofrecidos los sábados o domingos.

Gran conversador, explicó a "Scorpio" que después de sus Doctorados en Ingeniería Química y Física Cuántica, abandonó la Cátedra nada menos que en la Universidad de Oxford, Inglaterra, atendiendo una invitación para incorporarse al European Organization for Nuclear Research (Centro Europeo de Investigación Nuclear), comúnmente conocido como C.E.R.N., Organismo Multinacional fundado en 1954 por 12 Países de Europa como, Couseil Europèen pour la Recherche Nucléaire. (Actualmente son 21 los Estados Miembros).

Elías Zagrev el nuevo Agente "Snake", era un digno representante de las Naciones Unidas.

Su padre había nacido en la ciudad de Éfeso, Turquía, su señora madre originaria de Zenica, Bosnia, él germinado en París, parido en Baalbek, Líbano, educado en Londres, Inglaterra y gran trabajo profesional en Suiza.

Los amigos apostaban en cuál lugar del mundo nacería cada uno de sus hijos, cuando los tuviera.

"Scorpio" interrogó con cuidado al nuevo Agente. Le pidió autorización para tomarle una fotografía de frente y perfil, así como huellas digitales de cada uno de los dedos de las manos impresas en un vaso de cristal, que envió de inmediato a los señores Gray y Black para su identificación. A estas alturas del partido, no debía ni podía arriesgar para decirlo en lenguaje de apostadores, ni un penny (un centavo).

Esperando la confirmación, "Scorpio" aprovechó para profundizar en el análisis del nuevo colaborador.

Revisó la Hoja de Vida (Currículum Vitae o Resumè) quedando satisfecho por el desempeño del nuevo pupilo en sus acciones militares en la Guerras Yugoslavas de Secesión, inútiles conflictos de Raza, Política, Economía, Religiosos y Culturales, ocurridos en la región de Los Balcanes, en Europa. En especial durante el sitio de la ciudad de Sarajevo, cuando el grupo de resistencia Bosnio, bajo el mando del Doctor Zagrev, hizo frente al ejército Serbio — mucho mejor armado — causándole grandes bajas en breves escaramuzas con la táctica de las guerrillas: pegar y correr.

- Tengo entendido que fue una guerra muy cruel, tal vez la más sangrienta en Europa después de la Segunda Guerra Mundial y que los Serbios mataron a niños, mujeres, ancianos, por órdenes de sus líderes, los verdaderos criminales de guerra que después fueron enjuiciados, hallados culpables y ejecutados.

En ese instante "Scorpio" recordó el placer que tuvo al ejecutar en La Habana, Cuba, al General Rodion Petrovic, el líder Serbio conocido como el "Carnicero de Los Balcanes".

- ¿Tienes idea de cuántos enemigos mataste directamente?
- Bueno... contando las muertes por explosivos colocados en camiones repletos de soldados, más los que liquidé con mi fusil directamente, calculo... de 450 a 500, más o menos... que no fueron tantos en comparación con los 200,000 muertos que hubo en las batallas — dictaminó el "novato" Elías Zagrev, alias "Snake".
- ¡Con cien mil millones de coños! — rugió "Scorpio" — ¡Son un chingo! Te felicito por defender a tu patria. No cabe duda que las apariencias engañan. Con franqueza te digo, pensé que eras un académico, estudioso en exceso, vamos, lo que llamamos en la Universidad, un "Nerd" y que te asustaría ver sangre. Ahora lo comprendo, nuestros amigos de PRISMA, saben lo que hacen. Fue un acierto invitarte al "Club".
- Háblame por favor de la familia, esposa, hijos, novias, amantes, pasatiempos, deportes, aficiones, tus sueños y propósitos en la vida — solicitó "Scorpio".
- Mis padres fallecieron durante la guerra. Fui hijo único, la pasé muy mal durante el conflicto bélico pero al finalizar, apliqué para lograr Becas que me permitieron cursar Estudios Superiores en la Universidad, obteniendo los Grados Académicos que ya conoces. He tenido relaciones con varias mujeres, todas por corto plazo. Mi problema ha sido que por la complejidad de mis estudios y la dedicación de tiempo supercompleto al delicado trabajo que desempeño en el CERN, nunca me casé, ni he tenido hijos, cosa que

me gustaría mucho, pero siempre cuidé de no embarazar a ninguna novia.

- Mi afición son las mujeres, me encantan, las quiero a todas, no puedo practicar la monogamia. ¿Por qué pertenecer a una sola hembra si puedo hacer felices a muchas? Solteras, casadas, divorciadas, viudas, jóvenes, maduras, de cualquier raza o religión. Eso sí de ninguna manera menores de edad.
- En la Universidad, tuve docenas de oportunidades entre estudiantes, maestras y empleadas. No soy egoísta, procuré dejarlas satisfechas. Por fortuna, mis padres me dejaron lo que se llama "bien dotado" — refiriéndose naturalmente al tamaño de su pene — Ja, ja, ja...
- Durante la guerra, tuve oportunidad de tener sexo con diversas compañeras de armas, unas verdaderas linduras, aún con sus rostros ennegrecidos por sudor, tierra y tizne, recuerdo sus pechos firmes con pezones rosados, cinturas breves, caderas suaves, redondas y endurecidas nalgas con unos coños hermosos, envueltos en fino pelambre color claro.
- En el Laboratorio de Investigaciones, solo pude tirarme a mi Jefa, una cabrona novata que llegó con bravatas de muy chingona, procedente de Bonn, Alemania.
- Después de cogérmela muchas veces, tarde me enteré que era nada menos que la amante del CEO (Chief Executive Officer/Director General) siendo descubiertos haciendo el amor delicioso en una mesa del Laboratorio de Fotones.
- Esa fue la causa de mi renuncia. El Director no aceptó mi dimisión. — "Es más sencillo reemplazar a una puta que a un Físico y Químico de excelencia" — dijo al separarla del Laboratorio.
- Se dice que le compró un piso para vivir juntos.
- En lo referente a deportes, practico la natación, correr en el bosque, tiro al blanco con arco, pistola y rifle. Nunca contra animales. Trato de cuidar el medio ambiente, procurando no contaminar, por ejemplo, poseo un automóvil híbrido — eléctrico y de gasolina — y en trayectos cortos uso la bicicleta.
- La visión que tengo es vivir en una nación poderosa en la investigación científica, tecnológica y económica, donde reine la paz. Que el Estado tenga la voluntad y capacidad para proporcionar a sus habitantes un alto nivel de vida, derivado de suficientes y bien pagados empleos generados por Gobiernos, Empresarios, eficientes y honestos, con derecho a la libertad, salud, educación, vivienda digna, recreación, donde los hombres, mujeres, niños y jóvenes tengan las mismas oportunidades para su desarrollo

personal, libres de drogas y delincuencia, donde impere la Justicia, desterrando la corrupción, premiando al ciudadano bueno y castigando severamente al malo.

— Por eso, acepté ingresar al Club PRISMA, para ayudar a la Justicia Universal. He visto y sentido en carne propia la maldad inimaginable, la tortura hasta morir a niños y mujeres, sacándoles los ojos y órganos de sus cuerpos, para venderlos en el mercado negro, el desmembrar a los hombres para interrogarlos, el asesinato en masa a poblaciones enteras con armas químicas, que les quema el cuerpo y funde el cerebro literalmente. Mis padres, fueron inocentes víctimas, sacrificados por la furia irracional genocida de bestias disfrazados de soldados. Un verdadero Militar, de honor, sería incapaz de tales bajezas.

Al llegar a este punto, la voz del Agente "Snake" se quebró, apareciendo en su endurecido rostro abundantes lágrimas.

— Discúlpame por favor — rogó.

"Scorpio" le permitió desahogarse por unos instantes. Le obsequió una palmada en el hombro, expresando su condolencia por la muerte de su familia y felicitándolo por la claridad de sus ideas.

— Con las que estamos totalmente de acuerdo — afirmó.

— ¡Con cien mil coños! ¡Eres de los nuestros! ¡Nos gustan mucho las hembras! — expresó "Scorpio" para aliviar la tensión, estrechando con fuerza la mano del novel Agente.

Después de cuarenta y cinco minutos, la doble confirmación llegó. Elías Zagreb era en realidad el Agente "Snake". Se anexa el Informe de Inteligencia sobre ubicación del "Target" (blanco/diana/propósito) descripción física, mental, fotos antiguas y recientes, costumbres, rutinas, preferencias y pasatiempos.

Comprobada la identidad del extraño "Snake" a satisfacción de "Scorpio", procedió a describir la operación.

Objetivo: Asesinar al terrorista Nikolas Chernowski, alias "Olaf" o "Charlie", responsable del hundimiento del Ferry (Transbordador), frente a las costas de Corea del Sur, con más de 300 muertos, entre ellos niños y jóvenes, así como múltiples crímenes más.

Día, hora y lugar para el ataque: Friday, September 09, 2016 11:30 p.m. Funny & Opium House, by Madame Krystel. Parque Lincoln 1956 Colonia Polanco, Mexico City. (Viernes 09 de Septiembre a las 11:30 de la noche. Casa de Citas y Fumadero de Opio de Madame Krystel, ubicada en Parque Lincoln 1956 Colonia Polanco, Ciudad de México).

Método de eliminación: Explosivos.

Ruta de Escape: Huyendo semidesnudo acompañado de una putita.

El Comandante "Scorpio" los transportará a lugar seguro en ambulancia de la Cruz Roja, rumbo a la Casa de Seguridad, donde después de administrar a la mujer la droga EM23 que borrará su memoria, la dejarán cercana a un sitio de taxis.

Comisionado: Agente "Snake".

Supervisión y Respaldo: Comandante "Scorpio".

Honorarios y forma de pago: Los acordados por el Club PRISMA.

— ¿Tienes alguna pregunta? — le dijo "Scorpio".

— No, ninguna — respondió "Snake" con aplomo.

— Yo sí tengo una esencial — pronunció el Comandante.

— ¿Has matado a una persona anteriormente frente a frente, mirándole a los ojos o sería tu primera vez?

— En un par de ocasiones, siempre en defensa propia — contestó el nuevo Agente.

— Muy bien entonces, ¡a trabajar en el plan!

****

A las diez cuarenta horas del día prefijado, "Snake" entró a la casa de citas de Madame Krystel. Era una antigua mansión estilo Victoriano como muchas hay en la zona, habitadas por personas de magnífica posición económica. Familias de abolengo, junto a encumbrados Políticos, Funcionarios, Embajadores, Industriales, Comerciantes y Profesionistas residen allí, destacando la antigua y numerosa Colonia Judía.

La Zona de Polanco, junto con las Lomas de Chapultepec y el Pedregal de San Ángel, fueron los vecindarios más elegantes, seguros y pacíficos de la Ciudad de México.

Las enormes residencias de arquitecturas diversas, tenían no obstante un sello común: Las bardas altas y macizas, con rejas de acero artísticamente trabajadas. Todos los moradores vivían para su interior y casi nadie conocía a sus vecinos. "Vivir y dejar vivir".

Este aislamiento, favoreció durante muchos años al próspero negocio de Madame Krystel, fantástica puta de sangre Francesa e Inglesa, que a sus 21 años decidió dejar su lucrativa "profesión" en Europa, huyendo a México con sus ahorros, costosos abrigos de pieles, regalos, finas alhajas y el dinerito robado a sus ricos clientes de París.

La preciosa chiquilla, alta, delgada, con rostro, senos y nalgas, igualmente bellísimos, no tardó mucho en encontrar a un buen patrocinador. Con su experiencia en la "profesión más antigua del mundo" — desde los 13 años en que fue iniciada por su madrastra — Krystel sabía perfectamente que no debía involucrarse jamás con Gigolós (padrotes) por más "caritas" que fueran, pues estaba demostrado, que ese tipo de gañanes solo buscan explotar a sus mujeres esclavizándolas para trabajar, quitándoles la mayor parte del dinero que ganan. En caso contrario, las amenazan, golpean y hasta las asesinan.

Aprendió de su "mamá" y otras mujeres.

— Lo mejor para ti, es conocer a un caballero de mediana edad o en su defecto mayorcito, de preferencia casado, son los más espléndidos y discretos.

— Coquetea finamente con él y conviértete en su amante, previa investigación de su fortuna.

— ¡Jamás lo hagas con pobretones, por muy guapos que sean!

— Y nunca te enamores antes de tiempo, ¡no seas pendeja!

La hermosa Franco-Inglesa, siguió los "sabios" consejos dados por su madrastra, elegante matrona, posiblemente poseedora del récord olímpico de cogedera.

Krystel asistía exclusivamente al mediodía a restaurantes de postín en Polanco, Las Lomas, Insurgentes Sur y San Ángel, comiendo poco pero bueno y bebiendo una sola copa de vino tinto o champagne. Siempre elegante, a la moda, usaba vestidos de marca un poco arriba de la rodilla, de escote discreto, rematando con finas zapatillas de tacón alto que favorecían sus ya de por sí, hermosas piernas.

La razón de frecuentar restaurantes solamente a la hora de comer, era parte de la red tramada para atrapar a un millonario. Por experiencia propia y ajena, conocía bien a los hombres de poder y dinero. Estaban cansados de tener aventuras con enjambres de chicas fáciles que asistían a bares, antros o restaurantes por las noches, con el consabido intercambio de sexo por oro y diamantes.

La joven Krystel, despertaba la admiración y el deseo carnal de casi todos los que le miraban. Ella lo sabía y se había propuesto "pescar a un pez gordo" observando fielmente el proverbio: "Ser Puta y No Ganar Nada, es Mejor Mujer Honrada".

Por ello, su propósito en la vida era convertirse en una mujer rica y poderosa. La juventud y belleza no son para siempre, y no deseaba ser una más, como aquellas mujeres que abundan en las calles de los barrios bajos de París y de otras partes del mundo: viejas, feas, enfermas, sin dinero y familia a quién recurrir, causando lástima.

Con esta filosofía de vida, la maravillosa chica rechazaba amablemente en su Español con acento extranjero, las atenciones de docenas de admiradores — generalmente bien parecidos — que al verla sola, la acosaban por sistema.

Flores, copas o botellas de vino, champagne, ofrecimientos de pago de la cuenta, permiso para acompañarla, cajas de bombones, chocolates, libros, hasta piezas de música en su honor de los tríos, pianistas y hasta mariachis (conjunto folklórico Mexicano), le ofrecían los galanes.

Ella permanecía impávida, generalmente mostraba molestia por el atrevimiento.

Lo más que conseguían los pasmados pretensos con el repudio de los obsequios, era una breve sonrisa y en contadas ocasiones, un Danke Schen (gracias en Alemán) o a veces pronunciaba su favorita, Cok Tesekkürler (gracias en Turco) frase que se le grabó en la mente, leyendo la novela erótica La Pasión Turca.

El formidable negocio de Madame Krystel tuvo éxito desde su apertura treinta años atrás, abriendo la propietaria sus jóvenes y hermosas piernas en varias ocasiones, para conseguir del Alcalde de la Ciudad, por la vía "Fast Track" (Vía rápida), los permisos para operar la "Agencia de Modelos y Publicidad", ocupando la descuidada residencia que heredó de sus abuelos el alto funcionario, que ávido de aventuras sexuales, propuso a la bella mujer convertirse en su macho exclusivo.

La nueva pareja, hizo concesiones y promesas mutuas: A partir de ahora, el alto funcionario Don Pedro Lebrija y Bremont, se encargaría de proveer lo necesario a su preciosa amante, para que viviera sin preocupaciones económicas, haciendo entrega de una buena cantidad de dinero cada semana, el día o mejor dicho la noche que pasarían juntos.

También se encargaría de mandar a personal especializado, para efectuar las reparaciones mayores y menores de la deteriorada mansión, así como darle en el futuro el mantenimiento adecuado a las instalaciones.

El "Licenciado" otorgaba su voluntad y el dinero, para que la "señora de la casa" pudiera comprar los muebles y contratar los servicios de decoración a su gusto, adquiriendo alfombras, cortinas, lámparas, tapices, candiles, y en general todo aquello que deseara.

El añoso político, llamado por sus lambiscones "El Retoño de la Revolución", hizo sus cuentas.

Qué podían representar para él, cien, doscientos, quinientos mil o un millón de pesos o más, siendo un hombre rico y poderoso, que recibía tremenda cantidad mensual en rentas de edificios, situados en la Avenida Juárez, Paseo de la Reforma e Insurgentes Sur, así como casas y departamentos en otras zonas de la ciudad, producto de la herencia de sus antepasados.

Y qué decir de los intereses que le producían sus cuantiosas inversiones en Bancos y Financieras, dentro y fuera del país.

Las jugosas comisiones por la construcción de obras públicas, toda clase de permisos para industrias, comercios, desarrollos inmobiliarios, incluyendo de manera importante, comisiones por debajo de la mesa, en toda clase de licitaciones y compras de insumos, la tolerancia al creciente comercio informal y otros negocitos ilegales, sumaban una respetable cantidad de ingresos mensuales.

Creía firmemente y le daba resultados, que haciendo obras públicas para bienestar de la población, llevando agua, drenaje, pavimento, alumbrado, transporte colectivo, construyendo o renovando mercados, escuelas, iglesias, monumentos y parques, el noble pueblo le quedaría agradecido por siempre, sin fijarse demasiado en los abusos de poder y las raterías.

Su sueldo como Alcalde, era lo de menos. Le servía para propinas.

Puso no obstante una grave condición, aparentemente fácil de cumplir, que la mujer aceptó de buen talante.

Krystel no podía tener ni menos frecuentar amigos varones.

Sexo únicamente con él, so pena en caso de infidelidad, castigo corporal y después, la muerte.

— ¡Sabes de lo que soy capaz! — amenazó con el puño cerrado.

A cambio, la nena podía moverse con libertad, siempre y cuando le avisara al Alcalde a dónde iría.

— Por motivos de seguridad — le dijo Don Pedro — Te voy a comisionar a dos ayudantes, uno de ellos como chofer.

— Te autorizo una camioneta nueva, ve a la Agencia y compra la que más te guste mi reina — colmándola de besos, pellizcando las nalgas perfectas.

Desde entonces hasta la fecha, había logrado mantener a flote su próspero negocio, pues el finado Don Pedro, tuvo la generosidad de dejarle en su Testamento, un importante Legado, incluyendo la residencia de Polanco y un Fideicomiso Ad Vitae (para toda su vida) con una suculenta mesada derivada de los altos intereses pagados por los Bancos en esa época.

Sin embargo, las sucesivas administraciones de la ciudad, siempre pidieron dinero o favores a la Madame, que marchitada su juventud, complacía con sus "niñas" a los funcionarios en turno, adquiriendo preferencia, cuando los señores del poder organizaban fiestecitas, quedando ampliamente satisfechos.

Gobernadores, Senadores, Diputados, Alcaldes, Jefes Militares y de la Policía, eran clientes frecuentes, por lo que Madame Krystel, era una dama influyente, gozando de protección policíaca, pues en este "Oficio" los padrotes y buscapleitos, abundan.

La Madame se hizo famosa por la hermosura de sus muy costosas pero hermosísimas "modelos" y su férrea disciplina. No les permitía jamás a sus finas putas, relacionarse con hampones pobres y mucho menos tener "Gigolós" (explotadores de mujeres).

Sumaban tres las ocasiones que solicitó a sus amigos, la muerte y desaparición de los parásitos que acosaban a su personal, cobrando fama de implacable.

Nunca más se acercó ningún cobarde vividor.

****

Viernes 09 de Septiembre, 10:30 p.m.

La mansión de Madame Krystel, como todos los fines de semana, estaba pletórica de clientes ricachones. La señora había tenido que comprar las cinco casonas que colindaban con su propiedad por la calle de atrás, para demolerlas y construir una bella entrada alterna de la principal, con amplio estacionamiento solo para invitados a los "desfiles de modas".

Un fuerte dispositivo de Seguridad, resguardaba la residencia, compuesto por seis guardaespaldas entrenados y armados con antiguos pero efectivos revólveres Smith & Wesson calibre 38, arma reglamentaria que ellos compraron cuando ingresaron a la fuerza policíaca, diez años atrás.

Estaban apostados: dos en el portón, un par en la elegante y maciza puerta de madera del recibidor y el resto, dentro de la enorme y confortable sala.

En la calle, estacionada siempre una patrulla de la policía capitalina con dos guardias, que bostezaban de aburrimiento. No podían moverse de allí, era una orden "de arriba" otorgar protección a la casa.

El ambiente de lo mejor. Una veintena de alegres chiquillas luciendo lencería fina, bebía champaña helada con sus galanes, la mayor parte hombres maduros en vestimenta formal, que peinaban canas. Algunas parejitas bailaban música suave proveniente de un sonido ambiental de alta fidelidad.

Dos empleados Barman de aspecto diplomático, atendían solícitos a los asistentes, sirviendo finas bebidas. En un mueble tipo credenza, reposaban bandejas repletas de exquisitos bocadillos salados y dulces. No había necesidad de pagar nada. Comida, Bebida y Acompañante, All Inclusive (todo incluido).

Los asistentes para poder entrar a la mansión, tuvieron que haber depositado previamente en las cuentas de "Moda Mexicana y Diseños Internacionales, S.A. de C.V.", la cantidad de treinta mil Dólares

278

Americanos o su equivalente en moneda nacional Mexicana al tipo de cambio del día de la operación.

Definitivamente, la Mansión de Madame Krystel, no era para jodidos.

****

La Sección 4 (Inteligencia) del Club "PRISMA", informó oportunamente a "Scorpio" del requisito de pago, que fue cumplido cabalmente junto con el traje formal, otra de las exigencias.

Uno de los guardias del portón de acceso al estacionamiento, verificó el falso nombre del Agente "Snake", autorizando la entrada en el vehículo robado dos horas antes. El segundo guardia le indicó el lugar de aparcamiento.

"Snake" — Paolo Álvarez de Ysunza, según el registro de control, se deslizó dentro del establecimiento como pez en el agua. A los dos minutos, fue abordado por una linda trigueña de ojos negros que parecía menor de edad.

— ¿Cuántos años tienes criatura? Tienes aroma de Ministerio Público — dijo "Snake" riendo.
— Me llamo Paolo, ¿y tú?
— Soy Janet y siempre traigo mi identificación, puedes mirarla si gustas — según la Cédula de Elector, la niña tenía 22 años cumplidos.

Parece de 17, pensó el Agente.
— Bueno así cambia la cosa, bebamos algo — propuso "Paolo" sin quitarse los delgados guantes de látex.
— ¿Acaso eres cirujano? — interpeló la prostituta — Esto no es el quirófano, ja, ja, ja... ¿Por qué razón los usas?
— Es una larga historia nena, pero basta saber que padezco una ligera pero muy molesta irritación en la palma y dedos de ambas manos, ocasionada por estar en contacto directo con cal y otras sustancias. No puedo tocar nada directamente sin guantes, se extendería la infección y una cosa sencilla, se complicaría, disculpa si no me los quito — explicó a satisfacción "Paolo".
— Bueno — repuso ella — Nunca he sido acariciada ¡con condón! — y rieron los dos de buena gana.

Armados de dos copas del estupendo whisky Escocés Royal Salute 21 años, de la casa Chivas Brothers, la pareja buscó refugio en el extremo de la enorme sala.

Apenas sentados, la linda nena en lencería fina, inició su trabajo con eficiencia. Abrazó a su tímido compañero besándole el cuello, mejillas y labios.

Echó hacia el lado las torneadas piernas para sentarse sobre él, acercando provocativa sus hermosos senos, invitando al caballero para hundir su rostro en medio de los ardientes volcanes, quien besó los lindos pechos de la joven, succionando un poco los rosados pezones, que arrancó un suspiro de la hembra.

"Snake" luchaba para no perder la concentración. Con el rabillo del ojo vigilaba atentamente a los demás parroquianos, esperando la presencia de "Olaf" o "Charlie" el famoso terrorista, su objetivo en esa noche.

Haciendo un esfuerzo, repasaba una y otra vez las instrucciones, la misión, no podía fallar.

La chiquilla, se mostraba ansiosa por llevarse al cliente a la cama de una buena vez. Segura estaba de agotarlo con dos sesiones de sexo consecutivas, haciendo de todo, despacharlo muy contento, esperando generosa propina.

De esta forma, ella tendría el tiempo para atender a dos o tres caballeros más, hasta la madrugada.

Necesitaba ganar el mayor dinero posible.

Tenía prisa por pagar la enorme deuda bancaria con altos intereses, por haber comprado una linda casa en buen fraccionamiento, que regaló a su señora madre y hermanitos.

El Agente "Snake" complacía a la hermosa, dejándose tocar el endurecido falo, a la vez que se deleitaba acariciándole las piernas y senos.

– Vamos mi amor, estoy caliente, te prometo que voy a hacerte el hombre más feliz del mundo – imploró la joven.

– Espera, tengo ganas de comer un bocadillo. ¿Me lo puedes conseguir por favor? Gracias nena – dijo "Snake".

Cuando la moza se levantó para dirigirse a la barra, él pudo inspeccionar con mirada de águila a la clientela, que eufórica, disfrutaba de los deliciosos placeres de la bebida, comida, música suave y manoseos sexuales.

¡Allí estaba el maldito!, acompañado de dos atractivas féminas, que tal vez, conociéndole, en abierta competencia, se disputaban los favores del cabrón terrorista.

El laureado Doctor en Física y Química Elías Zagrev, luciendo espesa barba y bigote, identificado esa noche como "Paolo" se levantó del sofá, simulando ir por otra copa, actuando como si estuviera un poquito "alegre".

Al pasar al lado de "Olaf", fingió un tropezón que casi lo precipitó hacia el tipejo, quien reaccionando de inmediato lo sostuvo un instante evitándole caer, tiempo suficiente para que el Agente, soltara en el bolsillo superior izquierdo del saco, la increíble microbomba a control remoto, desarrollada por él, como parte de sus labores clandestinas a espaldas del CERN (Centro Europeo de Investigación Nuclear).

Muy apenado, "Paolo" ofreció sus disculpas agradecido por la ayuda.

– Gracias, muchas, gracias señor, me hubiera roto un hueso de no ser por su amable intervención.

– Por favor perdonen — y se retiró a su rinconcito donde ya le aguardaba la agraciada suripanta.

– ¡Carajo! — se reprendió a sí mismo — Cómo pude ser tan torpe... bueno ya pasó chiquita, ¿dónde nos quedamos? — expresó "Paolo" mordisqueando el canapé.

– En la parte que me contabas un poco de tu vida — dijo ella, sonriendo.

– Es muy aburrida, mejor háblame de ti, me interesa, necesito conocerte un poquito más, para que nuestra entrega sea algo diferente y pueda amarte mejor, te prometo que no te arrepentirás — cerró sus palabras deslizando entre sus manos cinco mil Dólares, en un rollo con billetes de cien.

– Gracias mi amor — pronunció con dulzura la guapa, guardando el dinero en el brassiere.

– Siempre quise ser reina de belleza y modelo profesional...

Por una hora más, "Paolo" y "Janet" su compañera de esa noche, continuaron el diálogo y las caricias cada vez más atrevidas, bebiendo whisky.

Con disimulo, el Agente vigilaba los movimientos del delincuente Internacional, que totalmente en su ambiente y protegido por dos simios colocados en la puerta, se sentía seguro.

El terrorista entró al País, con pasaporte y visa falsos, bajo el nombre de Olaf Strottel, entrenador de gimnasia olímpica de Finlandia, de vacaciones, como lo divulgaría la prensa, al día siguiente de su muerte.

Siendo las doce de la noche, "Olaf" se dirigió a la alcoba número 8 situada en la parte superior de la mansión, agarrando las nalgas de las dos preciosas hembras, rubia y morena, al parecer extranjeras.

Simultáneamente, "Paolo" y su pareja, subieron también por la roja alfombra de la elegante escalera curva, de mármol blanco y artística baranda de balaústres tipo imperio, talladas a mano, con rumbo a la suite 9, justo frente a la de su presa.

Con su poderoso brazo izquierdo, abrazó tiernamente a la dulce chica, a la vez que la mano derecha oprimió seis veces el botoncito de "mute" (silencio), previamente configurado para enviar la señal de activación, al diminuto artefacto electrónico que ahora portaba sin saberlo, el delincuente en el bolsillo superior del saco de vestir.

La detonación sería exactamente en 5 segundos, como estaba programada la microbomba.

Sin perder un instante, los fugaces amantes entraron como tromba a su habitación quitándose la ropa, quedando "Snake" en calzoncillos y la nena, como vino al mundo.

Al escuchar la detonación, como el sonido de un disparo, "Snake" salió al pasillo y accionó la alarma de incendio conectada a la Central, arrojando media docena de cigarrillos especialmente preparados con químicos para producir humo, aumentando la confusión.

Y vino el caos.

El terrorista murió destrozado de la cabeza y pecho antes que pudiera quitarse el saco.

La pequeña microbomba creó la implosión, onda expansiva que se mueve hacia adentro, directa al núcleo, comprimiendo y aumentando la masa fisionable.

Las preciosas acompañantes de "Olaf", gritaban aterrorizadas. La única sangre que habían visto era naturalmente de su período menstrual.

Al ver a su pareja, convertido en una masa sanguinolenta, entraron en pánico, saliendo desnudas al corredor, trompicando escalones hacia el gran salón, vociferando en su medio español, buscando a la Madame, que tratando de calmarlas, las condujo al privado usado como oficina.

Dos ayudantes corrieron llevando toallas para cubrirlas, mientras el resto del personal, buscaba extintores.

El estruendo y el ajetreo, hizo que los cuartos se vaciaran. Salieron en estampida tosiendo, semidesnudos, pensando únicamente en salvarse del fuego, los hasta ahora felices ocupantes.

Toda la clientela del lugar, desapareció entre densas nubes de humo negro, abordando sus lujosos automóviles y camionetas.

Por supuesto, ninguno se quedó. El temor a la prensa escandalosa y a las investigaciones policiales, hizo que Madame para protección de sus distinguidos clientes y de la "Agencia de Modelos", tapara con buenas sumas de dinero, cualquier averiguación de las autoridades.

No importaba el costo, ocasión habría de recuperarlo.

"Fue una falsa alarma" — declaró al Benemérito Cuerpo de Bomberos y a la Policía.

NOTA DEL AUTOR.— La Implosión, es el sistema usado hoy para la demolición de viejos edificios y otras grandes estructuras de construcción.

En cuestión de cinco o siete segundos se derrumban en su totalidad en forma vertical, sin causar daños colaterales al vecindario.

Es por así decirlo, un estallido limpio, dirigido a un objetivo, sin dañar a nadie más.

****

La ejecución del terrorista resultó impecable y el plan de fuga, perfecto.

Los Agentes "Scorpio" y "Snake", después de enviar saludos a los amigos del "Club" — informando del éxito de la misión en lenguaje cifrado — regresaban al hogar, recibiendo el primero "cariñosas felicitaciones por su cumpleaños".

"Por favor, hazlas extensivas a la familia", que significaba en su clave, al Agente "Snake".

Muy temprano por la mañana el Doctor en Ciencias, viajó del Aeropuerto de Toluca con destino a Dallas, Texas, para conectar por la tarde con el vuelo directo sin escalas, a la ciudad de Varsovia, Polonia.

"Scorpio" se despidió telefónicamente de sus padres, prometiendo volver para la Navidad, esta vez con toda la familia.

A las siete de la noche, tomó el vuelo comercial de Aeroméxico a Madrid, aprovechando para relajarse y dormir una buena siesta. La azafata contempló al pasajero de primera clase profundamente dormido, mostrando amplia sonrisa. Con ternura, le acomodó el cobertor.

Lo que es tener la conciencia tranquila, pensó la muñeca.

FORT MYERS, FLORIDA

El Departamento de Policía del Condado de Lee, lanzó la Alerta Roja.

En la sala de juntas del City Hall (Ayuntamiento) el Mayor (Alcalde) y los Concejales (Regidores) representantes de los Distritos del Condado.

Presentes también, el Comisionado de Seguridad, el Jefe del Departamento de Policía, los Jefes de Detectives de los Grupos de Homicidios, Robos y Secuestros, Narcóticos, Migración, Comandantes del FBI (Federal Bureau of Investigation) y de la Guardia Nacional.

El motivo de la reunión era el análisis de los escandalosos hechos delictuosos, acontecidos durante las últimas veinte semanas, en distintas ciudades del Estado de Florida, donde han desaparecido inexplicablemente, sin dejar rastro, 14 jovencitas de raza Judía, 8 de raza Negra y 22 de origen Latino, entre los 12 a 18 años de edad, de las cuales se han recuperado 25 cadáveres, con signos de tortura y extracción de órganos como ojos, hígado, riñones, corazón, bazo y ovarios.

— Estamos ante la presencia de un asesino serial. Hay que detenerlo a cualquier precio — dijo el Alcalde encabronado.

— Para colmo, tenemos las campañas políticas este año — comentó uno de los Concejales.

— ¡No tienes madre! — espetó el Jefe de Policía — ¡Qué demonios importa ahora eso, pendejo!

— El forense indicó que los órganos fueron sacados con reconocida técnica quirúrgica — afirmó el Jefe de Homicidios.

— El culpable debe ser Médico o cuando menos estudiante. ¿No lo creen?

— El FBI se hará cargo, señor Alcalde con su venia, por supuesto. Estamos mejor preparados para enfrentar este caso, no distraiga a sus policías.

— Esto está más allá de sus capacidades, contamos con mayores recursos humanos, tecnológicos, laboratorios, déjenos el caso, lo resolveremos, se lo prometo — cerró el Agente del FBI de mayor rango.

— Señor Alcalde — habló el Capitán de Policía — Que no lo impresionen estos caballeritos del FBI. La mayor parte de ellos son recién egresados de la Academia y jamás han estado en las calles, vamos ni siquiera han olido la pólvora.

— ¡Son muy buenos en oficinas con aire acondicionado!

— ¡Estamos de acuerdo! — rugió el Comandante de la Guardia

Nacional — ¡Lo haremos nosotros!

El Cabildo se convirtió en un pandemónium.

La verdad es que el problema criminal, los rebasaba a todos, estaban nerviosos y no sabían por dónde empezar.

El Comisionado de Seguridad Estatal, habló con fuerza en el micrófono.

— ¡Basta de pendejadas por favor, señores! El problema es muy grave y estamos perdiendo el tiempo en discusiones estúpidas.

— El Gobernador mismo ha pedido la colaboración de todas nuestras fuerzas para atrapar, juzgar y ejecutar con la pena de muerte a los culpables de esos horrendos crímenes.

— Me ha conferido la autoridad necesaria para organizar y conducir las investigaciones. Solicito su apoyo sin condiciones para elaborar la estrategia y librar la batalla.

— Somos una sola pieza que representa el orden, la seguridad y legalidad del Estado. ¡¡Unidos, venceremos al enemigo común, que mueran esos hijos de puta delincuentes!!

Una catarata de aplausos rubricó las palabras del Comisionado.

Ya calmados los ánimos, todos se pusieron a trabajar, nombrándose Grupos por Especialidad.

El Grupo de Perfiles Psicológicos, para tratar de entender a él o los asesinos, y dibujar teóricamente, por supuesto, al delincuente y su motivación.

El Grupo de Escena del Crimen, dedicado a buscar huellas, fibras, sangre, rastros de droga, licor, revisan las casas y habitaciones donde viven, etc.

Los llamados Oficinistas, que buscan, localizan, analizan, desencriptan toda clase de información en computadoras, redes sociales, libros; examinan archivos de casos judiciales, se sumergen en periódicos y revistas, buscando similitud en el modus operandi.

Este grupo también realiza triangulaciones geométricas, que consisten en establecer una zona en común de llamadas telefónicas, origen y repetición, checan imágenes de satélites, escudriñan torres, el sitio donde encontraron los cadáveres, en el que se cree desaparecieron las niñas y muy importante, la zona en que habitaban.

El Grupo de Calle, halla testigos, los interroga, amenaza, arresta sospechosos, negocia, soborna soplones, visita bares y centros de apuestas, presiona a drogadictos, derriba puertas, realiza cateos (a veces sin orden legal) y visita reos en penales.

Obtiene cintas de grabación de videocámaras colocadas en calles, negocios, escuelas, gimnasios, cines y centros comerciales.

El educado Grupo Social, que aborda con suavidad a los padres, hermanos, tíos, abuelos, otros familiares, vecinos, amigos y enemigos de las víctimas, habla y presiona a los directores de escuela, maestros, entrenadores deportivos, los encargados de las diferentes iglesias, novios, ex novios, los médicos familiares, consiguen la ficha de salud; acuden a clubes y sitios de reunión.

Obtiene listas de llamadas telefónicas entrantes y salientes, registros financieros de sus padres, los investiga en sus negocios y trabajos, preguntan por posibles enemigos, empleados despedidos.

Y otros grupos de Especialistas en secretas escuchas, seguimiento de sospechosos, intervención de números telefónicos, y tantas y tantas cosas más.

Después de una semana de intenso trabajo, las Autoridades no tenían prácticamente nada.

A cambio, se reportaron dos desapariciones más de jovencitas Judías.

La situación era desesperada.

Prensa escrita, Radio, Televisión, ciudadanos que se manifestaban con carteles ante el Ayuntamiento, pidiendo la renuncia en masa de las autoridades, todos protestaban enérgicamente ante lo que pensaban incapacidad y pasividad del Gobierno.

- ¡JUSTICIA! ¡JUSTICIAAAAAAAAAAA!
- ¡¡Exigimos pronta aclaración de las 25 niñas muertas!!
- ¡¡Encuentren vivas a nuestras hijas, nos faltan 21. LAS QUEREMOS VIVAAAAAAAAAAAAAS!!!!!!!!!!!

Ni qué decir de los partidos políticos adversarios, que por medio de sus Congresistas y Senadores, sencillamente festinaban con duras críticas de ineficiencia comenzando con el Gobernador hacia abajo, como una cascada de reclamaciones y hasta insultos.

De continuar así, con seguridad el Partido en el Poder, perdería las próximas elecciones.

****

Benjamín Weitzner, Presidente de la poderosa Fundación Weitzner y Miembro distinguido del Club PRISMA, encolerizado con la situación que se estaba viviendo, allí, en su propia ciudad, en su propio Estado y País, donde vivía su amada familia y hasta hace poco, sus nietecitos crecían en una atmósfera de bienestar y tranquilidad social. Decidió actuar.

Ese remanso de paz, estaba amenazado por la maldad elevada a la quinta potencia, aumentando los salvajes crímenes, ante una aparente ineficacia de los servidores públicos, encargados de la protección y seguridad de la población.

En contra de las órdenes médicas, se sirvió un segundo vaso sin hielo, del whisky escocés Glenfiddich Single Malt (una sola malta), añejado 24 años.

Me importa un bledo la prohibición del medicucho, razonó el noble anciano, necesito el apoyo urgente de mi amigo Kadir. Tiene que saber lo que estamos viviendo y ayudarnos a resolver el gravísimo problema.

Necesitaremos también el valioso apoyo de PRISMA.

¡Cuarenta y seis niñas secuestradas y contando!, posiblemente mutiladas y muertas a esta hora, y las 16 Blancas, ¡todas Judías, de nuestra misma raza y religión! El asesino es un hijo de puta racista, no hay duda.

Si lo dejamos en manos del Gobierno, tardará años en resolverse, si es que se resuelve, y mientras tanto qué, los matones seguirán secuestrando y asesinando a nuestras jóvenes.

¡No podemos permitirlo!

Los sucesos hablan por sí mismos. Hoy más que nunca, estoy convencido plenamente que ha sido un acierto crear La Fundación, ahora unida y reforzada con los amigos del Club PRISMA, para el mismo objetivo: Ayudar con eficiencia a las Autoridades para lograr la Justicia.

— ¡Ruth, Ruth! — gritó Benjamín a su linda hija — ¡Ven rápido, por favor!

— ¡Papacito qué sucede! ¿Te sientes mal del corazón? ¡Llamaré al Doctor Schaff!

— ¡Claro que no hijita! Estoy muy bien gracias a Dios.

— Quiero que convoques a Kadir mi nena, tengo algo urgente que encargarle, dile que venga cuanto antes, por favor, por favor.

— Sé que pido demasiado, pero ahora no estoy en condiciones de hablar, trastornado por los acontecimientos. Como sabes, gran parte de las jovencitas desaparecidas son Judías y puedo alterarme demasiado dando explicaciones.

— Han pasado meses y no han encontrado a los culpables, ¡es el colmo de la ineptitud!

— Quieras o no, ¡tenemos que intervenir nosotros! — gritó Ben sumamente agitado.

— ¡Calma papacito! — pidió la guapa señora — Recuerda tu presión, no quiero otro susto, por favor contrólate, le hablaré enseguida.

La llamada telefónica cruzó el Atlántico. El Auditor saltó de la cama. En España eran las dos de la madrugada.

- Hola Kadir, habla Ruth, ¿me recuerdas un poquito?
- Ssí, claro, ¡No me digas que Ben..! — contestó somnoliento.
- No, gracias a Dios tenemos salud, perdona la hora pero ya conoces lo hiperactivo que puede ser mi padre, te molesto a insistencia de él, necesita verte con urgencia y no es conveniente que viaje en este momento.
- ¿Puedes venir unos días a casa, en La Florida? — invitó dulcemente.

- Tengo que organizar un par de cosas, pero sí por supuesto, cuenta con ello.
- Si no hay inconveniente, es ocasión para llevar a mi esposa Helen, le sentará de maravilla un pequeño descanso — declaró Kadir.
- Toda tu familia será bienvenida si lo deseas, recuerdo que tuvimos que cancelar nuestra última invitación por la súbita enfermedad de papá.
- Cómo olvidarlo, pero el hombre es de acero. Tienes razón, iremos en familia, aprovecharé para llevarlos al fantástico Disneyworld, en Orlando — comentó Kadir con entusiasmo.
- Nos veremos allá el lunes de la semana entrante.
- Perfecto amigo, muchísimas gracias, hasta luego entonces... saludos y besos para todos los tuyos — cerró amablemente la rubia, sin ánimo de molestar.
- ¡Demonios! A quién se le ocurre llamar a esta hora — se quejó Helen.
- Afortunadamente es para bien. Tengo que viajar a La Florida, ¿quisieras acompañarme con los niños? Nos servirá de vacación. Hace buen rato que no salimos juntos, se los debo...
- Sí mi amor, lo que más deseamos es estar contigo, especialmente yo, tu esposa adorada. Aunque no creas que con este viajecito ya cumpliste conmigo, ¡no señor! me debes varios, hay que poner al corriente los libros de contabilidad, ja, ja, ja... — rieron los dos.
- Lo único malo será la presencia de tu presumida y pedante amiguita Ruth, pero no importa, ya nos tragamos un poco.
- Un momento señora. No voy por ella, ¿está claro? Es por Benjamín, le urge hablar conmigo en persona, ignoro el tema, pero te aseguro que es muy importante.
- Mi vida, tengo que ir, no sé cuánto tiempo le reste de vida, recuerda lo grave que estuvo la última vez...
- Todo arreglado. Prepara valijas para diez días, viajaremos el próximo domingo — finalizó, abrazando y besando amorosamente a su mujer, que a pesar de ser madre en cuatro ocasiones, conservaba

su extraordinaria hermosura, libre de cirugía estética.

— Tesoro — recitó melosa — Sería posible prolongar nuestro viaje un poquitín, digamos ¿otros ocho días?

— Deseo visitar a mis padres y hermana en Nueva York, hace rato que no estamos con ellos, vamos, di que sí, será una gran alegría para los niños visitar a sus abuelos — dijo Helen arrojando la pijama de seda rosa al lado de la cama, cubriendo de apasionados besos a su marido.

— ¡Gracias mi vida!

Dos veces hicieron el amor delicioso, hasta el amanecer.

Los fuertes golpes en la puerta y gritos de los niños, despertaron alarmados a la desnuda pareja.

— ¡Con cien mil millones de coños! ¡Nos quedamos dormidos!

— ¡Es hora de llevarlos a la Escuela!

MADRID, ESPAÑA

Uno de los asuntos pendientes, tal vez el más urgente de todos, era presentar el Informe de Actividades sobre su viaje a China, y terminar de una vez la relación laboral que hasta hoy, lo vinculaba estrechamente con el consorcio CELTIC INTERNATIONAL WORLDWIDE, principalmente con la viuda de Ramón Peralta y Bárcenas, heredera de casi la totalidad de las acciones, de las numerosas compañías integrantes del gigantesco conglomerado.

No le agradó que la reunión tuviera lugar en la estancia de la pinche vieja puta, pero negocios son negocios y "Al Cliente, lo que Pida".

Acudió en punto de las doce del día, antes de esa hora resultaba imposible entrevistarse con la señora.

Su ayudante de cámara, la despertaba a las diez horas. Ayudaba a vestirse con ropa deportiva y encendía la caminadora eléctrica del gimnasio, donde la bella dama habituaba ejercitarse, alternando con levantamiento de pequeñas pesas para fortalecer los brazos.

La empleada, vestida impecablemente de blanco, calentaba el agua del jacuzzi a 36 grados centígrados, vaciando el fino shampoo con aroma a flores, que al "módico" precio de 500 Euros la botella de 750 mililitros, solo podía adquirirse en las mejores boutiques de Francia.

Terminado su baño de burbujas, una masajista Japonesa se encargaba de untar y frotar vigorosamente en el sinuoso cuerpo de la señora, lociones de leche de burra, de osa, aceites de palmas y hierbas exóticas traídas especialmente del África y El Caribe, que sabiamente alternaba durante los días de la semana.

Al finalizar el ritual, el monumento de mujer era vestida por su valet y peinada en su mansión, por Pierre, el aristócrata estilista del exclusivo Salón de Belleza, "Le Petit Fleur" (La pequeña Flor), favorito entre las ricachonas señoras jóvenes y viejas, de la gran ciudad, por la alta calidad de los productos de belleza y servicios profesionales, así como el mejor lugar para enterarse y comentar los secretos y chismes de la Sociedad Española e Internacional.

Otra ventaja del afamado establecimiento, era que servía como cortina de humo o tapadera para aventuras galantes de algunas clientas, que entraban por la puerta principal de la Avenida y podían irse por la discreta salida posterior, hacia otra calle, donde las esperaban los amantes. Terminada la aventura amorosa de dos horas, volvían en sentido contrario a la Sala de Estética.

Pero las propinas más espléndidas, las recibían los estilistas que como mensajeros entregaban en confidencia, invitaciones de señores para tal o cual dama, elogiando a los caballeros, convenciendo a las indecisas para romper sus votos de fidelidad y vivir una aventura en plenitud.

Solo faltaban los cuartitos para ser un burdel.

En el recibidor de la mansión de La Moraleja, aguardaba con paciencia Kadir, rechazando amablemente el café, té, agua, galletitas, todo lo que le ofrecieron mientras esperaba, argumentando su estricta dieta deportiva. En realidad, desconfiaba de la señora Amber, conociendo sus alcances.

Esta puta vieja es capaz de callarme para siempre, meditó el Auditor, recordando haber dado muerte al marido. Cometí la estupidez de aliarme con esa perra, siempre me tendrá en sus manos... hasta que se muera.

La preciosa Fiorella, prima de Amber, interrumpió sus cavilaciones. Su espléndida figura de semidiosa, vestía blusa blanca transparente sin sostén, que dejaba ver unos senos maravillosos, firmes, de buen tamaño, coronados por rosados pezones. El calzoncito color salmón y sandalias doradas, completaban el atuendo.

— Hola buen mozo, la ruca está un poquitín indispuesta y me ha pedido atenderte. ¿Puedo servirte en algo?

— Te aseguro que hago mejores cositas que ella — invitó coqueta, besándole cerca de los labios.

¡Con doscientos mil millones de coños! — meditó Kadir — Esta cabroncita está buenérrima. Qué cara, qué piernas, qué senos, qué nalgas. Por lo que sé, esta perrita es novata, debe estar muy cerradita de su vagina, pero capaz de enloquecer a cualquiera, hasta a mí. Hay que tener mucho cuidado, puede ser una treta de la viudita alegre.

— Lo siento señorita Fiorella, es asunto personal. Volveré otro día.

— Bueno, tú te lo pierdes. En ese caso, veré qué puedo hacer. Un momento por favor — alejándose contoneando la cadera.

En la espera de cinco minutos que le parecieron años, Kadir repasó su estrategia. No establecería un diálogo comprometedor, ya que podría haber micrófonos y cámaras ocultos. La entrevista versaría únicamente sobre los resultados de su viaje de negocios a China y nada más.

El segundo propósito, para él más importante, era anunciar su retiro inmediato de la Corporación, haciendo efectiva su renuncia irrevocable presentada con meses de anterioridad.

Y punto.

La hermosa Fiorella regresó al saloncito recibidor privado, solo que ahora la acompañaba otra beldad: Lanya, la sobrina del finado Don Ramón Peralta y Bárcenas, que lucía un diminuto bikini color morado obispo, apenas arropada por una bata de seda color perla, que se untaba a su juncal cuerpo, resaltando las fantásticas curvas de pechos, trasero y piernas.

— Amber no puede recibirte hoy.

— Nos ha pedido atenderte como mereces — dijeron riendo en abierta complicidad.

De pronto, la mesera entró al recinto privado, portando una jarra conteniendo jugo natural de las mejores naranjas de Valencia, dos botellas de champagne G.H. MUMM y tres copas en fino cristal cortado de Bohemia, que ordenaron las muchachas.

— ¿Nos preparas una bebida, papito? — casi decretaron las hermosas nenas.

Kadir se apresuró a descorchar la primera botella, tomando uno de los dos sables de caballería, que cruzados, adornaban la pared.

Retiró el fino alambre de protección al corcho y al más puro estilo Militar Francés, de un solo tajo hizo saltar el tapón de la botella, brotando un poco del espumante líquido ambarino.

— ¡¡WOW!! Mi amor, qué demostración... te adoramos por eso...

Acto seguido sirvió las copas a la mitad, llenándolas con jugo de naranja, bebida conocida como Mimosa.

— ¡Salud! — dijeron los tres al unísono.

Las chicas resultaron de lo más divertido que hubiera escuchado el Auditor, que aparentemente seguía con el jueguito, orquestado por la hija de la chingada de Amber.

Experto conocedor de las mujeres, intrigado estaba por descubrir qué pudiera haber, tras la obvia maniobra de las dos hermosuras para excitarlo y tener sexo con él. Muy bien, supongamos que así fuera, ¿qué vendría después?

Lo primero que pensó fue el chantaje.

¡Por supuesto, eso es! El evitar aparecer desnudo en los medios publicitarios y redes sociales, haciendo el amor con dos jovencitas, tendría un precio demasiado elevado aun para él y no necesariamente en dinero. No claro que no, el billete verde le sobra a la putona, se trata de otra cosa, estoy seguro.

Me volvería famoso como actor porno, sonrió de solo pensar en ello.

Conocedor a fondo de la situación, bebió dos copas por mera cortesía, teniendo cuidado de servirse él mismo. Había visto a "inocentes" muchachitas, vaciando en las bebidas de sus acompañantes, desde venenos hasta drogas.

Kadir era de carne y hueso e hizo tremendo esfuerzo, para no caer en las provocaciones cada vez más audaces de la pareja de putitas, como no dejarse besar, no desnudarse, alejar manos y boca de su erguido pene, tragar rápido el contenido de la copa y despedirse amablemente.

– Muchas gracias por la champaña, por favor digan a la señora Amber que me llame, nos veremos en otra ocasión — saliendo por piernas, ¿huyendo? del "nido".

Abordó la Porsche Cayenne negra y se marchó rápido de allí, a un kilómetro de distancia, disminuyó la velocidad para entrar a una estación de gasolina, pidiendo llenar el tanque de combustible, checar los niveles de aceite, líquido de enfriamiento, agua del limpiaparabrisas y presión de aire en las llantas.

Los siete minutos que llevó al empleado el procedimiento, sirvieron de maravilla al Auditor que resoplando, jalaba aire a todo pulmón tratando de apaciguar a "Fernandito", cariñoso nombre con el que algunas mujeres conocían a su miembro genital.

¡Con quinientos mil millones de coños vírgenes! — gritó en su cerebro — Qué clase de treta de la cabrona Amber. Mira que enviarme desnudas a su prima y sobrina para cogérmelas en su propia casa. ¡No tiene puta madre!

Todavía enardecido, giró el volante hacia la ciudad de Madrid, distante un poco más de doce kilómetros.

Conduciendo el vehículo a velocidad moderada, mientras devoraba el trayecto, Kadir puso en orden sus pensamientos. Está loca de remate la pinche vieja, es capaz de todo.

Realmente es un grave peligro para mí, tengo que silenciarla para siempre...

Como una primera opción, de súbito llegó a su cerebro el nombre de Christopher, su buen amigo del Brasil... el cabrón se cree Playboy Internacional... estará encantado de conocerla y tal vez despojarla de su montón de plata... en esa forma me la quitaré de encima y de paso habrá la mejor oportunidad de enviarla al infierno, aunque dudo que la acepten, ja, ja, ja...

Es posible que el "piadoso" señor Arquitecto e Ingeniero Carvalho se sacrifique asesinándola, ganando con su muerte tanto dinero, como jamás imaginó en su parrandera vida, que a estas alturas, le vendría como milagro, pues al ritmo de vida que lleva, su fortuna debe estar por agotarse...

Una segunda opción puede ser Carlos de la Roca, u otro golfo de mis conocidos...

Cuando el Auditor llegó a su casa en la ciudad de Madrid, ya tenía elaborado el plan para quitar la "piedra en el zapato" — como llaman los mafiosos a los problemas.

BUENOS AIRES, ARGENTINA

Chris Carvalho arribó en el vuelo regular de GOL Líneas Aéreas, al Aeroparque Internacional "Jorge Newbery" procedente de Sao Paulo, Brasil.

El moderno aeropuerto ubicado en el área metropolitana de la ciudad, es uno de los más transitados de Argentina y el tercero en Latinoamérica. Está destinado para vuelos locales e Internacionales, procedentes de Brasil, Uruguay, Chile, Paraguay y Bolivia, construido sobre terrenos ganados al Río de la Plata.

Las indagaciones que hizo en Río de Janeiro, lo llevaron a Buenos Aires, la bella ciudad Sudamericana, donde soñaba localizar a Angelique, extraordinaria hembra de color que lo cautivó con sus encantos, cuando estuvo en las paradisíacas playas de Copacabana.

Recordó con lujuria, cuando la conoció desnuda y besó sus hermosas partes íntimas, atrevimiento por el que estuvo a punto de morir, estrangulado por el fornido guardaespaldas de la hembra.

Un sudor frío recorrió su cuerpo al reconstruir la escena, el fino cable de acero cortando la piel de su cuello haciéndolo sangrar, con el gorila apretando cada vez con mayor fuerza...

Y la increíble intervención de su amigo Kadir, que con impresionante cabezazo al mentón, noqueó al maldito, para enseguida despacharlo al sueño eterno con tremendo golpe al corazón.

Carvalho era un hombre de retos. La adrenalina fluyó dentro de su cuerpo, haciendo más emocionante la aventura, donde conocía los riesgos, pero el loco deseo de poseer a la fantástica hembra, convertirla en su amante, incluso raptarla, era uno de los mayores desafíos que enfrentaba en su "putífera" vida.

Lo haré solo. No tengo por qué avisarle a Kadir. Cuando tenga éxito se lo diré, voy a demostrarle de lo que soy capaz.

Gran error, Chris no podía saber la gravedad de su capricho.

Bien reza el proverbio: "Cuando Cabeza Chica se Calienta, Cabeza Grande No Piensa".

****

La primera noche y subsecuentes, en contra de su costumbre vistió con ropa sencilla, explorando varios cabarets, entre ellos el "Affaire", "Chicote" "Sodoma", "Oba Oba", "Ladies", "Kurvas", "Croupier" y "Black", rastreando a la chica. Con ese pretexto aprovechó para tomarse unas copas y gozar con lindas mujeres. Ese era su mundo.

Ignorando a qué se dedicaba la preciosa negrita, su intuición masculina le orientaba hacia los centros de diversión nocturna, incluyendo burdeles de lujo, rechazando la idea de buscarla en las calles.

No — se dijo — es demasiado bonita y distinguida para trabajar de golfa ambulante.

Entrevistó y mostró la fotografía de Angelique a docenas de meseros, guardias de seguridad de los antros, padrotes y prostitutas, repartiendo dinero a manos llenas. Estaba dispuesto a hallarla a como diera lugar.

Después de una semana de intensas averiguaciones, el resultado fue de cero. Nadie la conocía.

Estaba a punto de rendirse, cuando se le iluminó el cerebro. Consultó la guía telefónica en la sección "Detectives Privados".

Con dinero baila el perro — se dijo emocionado, a la par que abrazaba en su cama, a una bailarina de Table Dance.

****

Leoncio Bartilotti, investigador privado con experiencia de más de cuarenta y cinco años, la mayor parte de ellos en la Policía Federal Argentina, hizo cita con Carvalho para rendir y cobrar el 50% restante de sus honorarios, por el informe solicitado sobre el paradero y situación actual de la hermosa joven de raza Negra, conocida como Angelique.

El detective cauteloso, pidió reunirse el martes a las nueve treinta horas en el Segundo Altar del lado derecho, de la única Nave en la Basílica Nuestra Señora del Pilar, situada en el barrio Recoleta, al lado del Cementerio del mismo nombre, solicitando llevar su dinero en efectivo.

La breve reunión tuvo lugar conforme lo acordado. Ambos de rodillas, parecían un par de pecadores arrepentidos, que expiaban sus culpas por medio de la oración.

El ex Policía, presentó su informe verbal.

– La chica trabaja como asistente personal y amante del mayor y más peligroso delincuente de la Nación, Vander Skoda, al menos así es conocido. Es un extranjero avecindado en Buenos Aires, con negocios ilegales en varios lugares de Europa.

– Es famoso por su crueldad. Nunca las Autoridades de mi país han logrado probarle nada. Hasta la fecha, sus numerosos crímenes han quedado impunes. Cuenta con abundante dinero y poder, teniendo de su parte a Policías, Fiscales, Jueces y Políticos corruptos.

– Generalmente la hermosa negrita solía acompañar a su anciano patrón a todos lados, pegada a él como estampilla.

- Hace semanas que nadie la ha visto. Paparazzi (fotógrafos de medios sensacionalistas) amigos míos, me lo han dicho.
- Esto es muy peligroso, le recomiendo largarse de Buenos Aires cuanto antes.
- Si el viejo gángster se entera que alguien está metiendo las narices en sus asuntos, adiós a la vida, amigo mío. Ahora mi dinero por favor y ¡hasta nunca!

****

Haciendo caso omiso de la advertencia del sabueso Bartilotti, Chris decidió actuar por su cuenta.

Esa misma noche recorrió los barrios bravos de Buenos Aires, esta vez indagando sobre el guardaespaldas, que apareció en las fotos tomadas a Angelique en Copacabana.

La nítida imagen mostraba también a un anciano de cuerpo flaco correoso, recostado en la silla playera.

Las gafas de sol no dejaban mirar bien el rostro, pero no fue necesario, tenía que ser el hijo de puta hampón Vander Skoda.

****

El teléfono sonó en la ayudantía principal del hogar de Vander. El empleado de la centralita de la casa, pasó la bocina al Jefe de Ayudantes.
- Don Achille, es Petronio, pide hablar con usted, ha dicho que es urgente.

Achille Protto era un hombrón de un metro noventa y cinco de estatura y 130 kilos de músculo, con dieciocho años al servicio de Vander Skoda.

Fue reclutado directamente en Calabria, Italia, donde había sido un aguerrido "soldado", de uno de los grupos mafiosos importantes de la región.

Su lealtad, eficiencia y crueldad en los sucios trabajos de la organización criminal, durante siete años, lo llevaron a ocupar el cargo de Capo de Regime (Jefe de Regimiento).

Su inclusión en las huestes de Skoda, fue por la recomendación amplísima del Capo di Tutti Cappi (Jefe de todos los Jefes) de la mafia Calabresa.
- ¡Qué carajos quieres! — ladró Achille — Espero por tu bien sea importante. ¡Has interrumpido mi cena, hijo de la chingada!
- Lo siento patrón, pero hay alguien haciendo preguntas sobre el Jefe, el escolta que fue a Brasil, y de Angelique... tiene un retrato de ellos en la playa... pensé que debía saberlo.

— Muy bien hecho. Dale información falsa y me lo traes aquí, ¡a como dé lugar, pero ya! — gritó Achille, colgando la bocina con brusquedad.

****

El Jefe de Ayudantes no quiso despertar a su amo. No lo consideró necesario todavía.

Ya estaba decidiendo la clase de tormento que aplicaría al mierdita preguntón, para arrancarle la verdad.

Quiso el destino que en ese momento, la puerta principal de la mansión se abriera para dar paso al Ferrari rojo, inconfundible automóvil de Glorielle, la sobrina y favorita del Gran Jefe.

La hermosa mujer, por costumbre se detenía en la ayudantía para saludar con un mohín gracioso.
— Hola, ¿qué novedades?

Ese detalle sencillo, aparentemente inocuo, era muy apreciado por la jauría de sicarios, que simpatizaban con ella por dos simples razones:

La primera porque era una guapísima joven, con cara, senos, cintura, nalgas y piernas de concurso, admirable, cautivadora, familiar del patrón, amable y gentil, que se dignaba dirigirles la palabra, no obstante su encumbrada posición.

Y segunda no menos importante, la visualizaban como la heredera del gran imperio Internacional del Crimen forjado por su Tío, el anciano Vander Skoda, que no tardaría mucho tiempo en "estirar la pata" (morir).

Sin embargo, había una tercera razón, desde luego muy secreta, porque de insinuarla siquiera, les cortarían la cabeza.

Todos soñaban cogérsela.
— Señorita — explicó el gorila endulzando la voz — Me están avisando de un sujeto que anda haciendo preguntas sobre su Tío, la señora Angelique y su escolta. He ordenado que lo traigan aquí para confesarlo. ¿Está bien?
— Correcto — respondió la hermosa Glorielle. Esto es MAGNÍFICO, meditó. Puede ser una valiosa PISTA, del asunto BRASILEÑO de mi querido Tío Vander que estoy investigando.
— Cuando llegue me avisan, no lo maltraten más de lo estrictamente necesario. Quiero atenderlo personalmente, ¿entendido? — retirándose jubilosa. ¡Qué buena suerte!

****

Chris fue "levantado" (secuestrado) por un comando de cinco hombres armados, a la salida del sensacional cabaret Cocodrilo, en la calle Gallo del barrio de Palermo, en la ciudad de Buenos Aires, justo al abordar la camioneta CITROËN C3 AIRCROSS que alquiló cuatro días antes en Omega Car Rental (sic).

La víctima siendo un hombre muy fuerte, con varias copas encima, solo pudo reventarle la nariz a uno de los asaltantes de un sólido puñetazo y patear en los testículos a otro. Fue doblegado mediante dos certeros golpes de culata de fusiles AK-47, uno que le rompió la frente haciéndole sangrar profusamente y el segundo que fracturó la segunda y tercera costillas izquierdas.

Ya caído, recibió más castigo en piernas, brazos, estómago y cráneo, perdiendo el conocimiento. Los hampones lo levantaron en vilo, arrojándolo al piso del vehículo Minivan de puerta corrediza, colocando una bola de trapo en la boca, sellándola con cinta adhesiva, un saco de yute en la sangrante cabeza, sujetándolo de manos y pies con cintillos plásticos de seguridad.

Los pocos testigos, si los hubo, nunca aparecieron.

****

En la semioscuridad del cuarto, Christopher Carvalho despertó de su letargo. Quiso levantarse de la cama sin poder lograrlo. El agudo dolor en las costillas lo impidió. Sentía que la cabeza le daba vueltas como los efectos de una borrachera fenomenal. Percibió la mano derecha muy pesada, notando el yeso que cubría el hueso roto de la mano. Más tarde el enfermero le enteraría de las fracturas de dos costillas falsas (Asternales) así como los huesos Pisiforme y Piramidal, de la muñeca.

Con puñetazos y patadas en todo el cuerpo, los dolores eran tremendos. Imaginando estar en un hospital, el prisionero pidió agua y analgésicos. No hubo respuesta, solo silencio. Con su mano sana tocó la venda mojada en sangre que protegía su frente, palpando al menos seis puntos de rústica sutura que cerraba la herida.

Tratando de calmarse, hizo recuento de lo acontecido. Recordó haber estado en un cabaret de lujo, rodeado de dos hermosas hembras con las que hizo el amor a cada una, quedando exhausto por el esfuerzo físico y las copas de cognac ingeridas.

¿Choqué la camioneta? ¿Me atropelló un carro? ¿Caí en un barranco? ¿Por qué estoy tan herido? ¿Quién me salvó la vida?

Estaba ebrio y tuve tremendo accidente de tráfico, no hay otra explicación. Mis ropas huelen a alcohol — concluyó su análisis.

De pronto, se hizo la luz. Era tan blanca e intensa, que el pobre pensó estar en el cielo, viendo a una de las hermosas once mil vírgenes que dicen algunos religiosos, hay todavía en ese lugar.

— Buena siesta de 40 horas has tomado amiguito. Es momento que respondas algunas preguntas que voy a hacerte. Puedes escoger el camino fácil diciendo la verdad o el camino difícil mintiendo, tratando de engañarme, con lo cual te daré tormento hasta que cantes como un ruiseñor. Es tu decisión.

La guapa mujer hizo señas a un ayudante a la vez que ordenaba con voz imperativa:

— ¡Denle agua para tomar y algún alimento ligero! Lo quiero aseado y vestido con bata limpia dentro de una hora. No le digan nada, deseo interrogarlo yo misma, ¿está claro?

Bañado, con ropa limpia, habiendo bebido agua y devorado generosa ración de cereal con leche de vaca, Chris resucitó literalmente. Hasta sintió disminución de los agudos dolores de cabeza y cuerpo. Su mente trabajaba a toda velocidad, razonando que estaba... ¡secuestrado! No entendía por qué, ni por quién, pero la amenaza de ser torturado, así lo confirmaba.

Cincuenta y cinco minutos después, volvió la verdugo. Los esbirros colocaron al prisionero un grueso anillo de hierro en cada tobillo, inmovilizándolo firmemente por una fuerte cadena empotrada en el suelo de concreto. Lo sentaron en un mueble parecido a la silla eléctrica que utilizan para ejecutar reos algunas prisiones.

El Playboy Brasileño paseó la mirada hacia la mesa en donde reposaban utensilios usados en los Quirófanos y en carnicerías: Sierras, tijeras, pinzas, taladros, martillos, escalpelos, navajas de barbero, hachas, cuchillos, bisturíes y cables de electricidad.

Chris quedó helado. No pudo contener un violento espasmo en el estómago que le provocó la apertura del esfínter, orinando la blanca bata.

— ¡Maldito seas! — masculló el torvo Achille — ¡Eres un cerdo! — estampando una sonora bofetada en el rostro de Chris.

— ¡Basta idiota! — advirtió Glorielle encabronada — Pisotea mis órdenes una vez más y reportaré a mi Tío la indisciplina. ¡¡Seguro te enviará al "Molino", pendejo!! — refiriéndose al potente triturador instalado por Skoda en el sótano, que en segundos transforma un gran tronco de madera, en aserrín.

— Nos saltaremos aquello de tu nombre, nacionalidad, ocupación, etcétera — sentenció la pelirroja de los ojos verdes, que al sentarse frente al detenido, enseñó ¿intencionalmente? sus rodillas perfectas.

— Eso ya lo sabemos.

— Tengo prisa. Así que no me hagas perder mi valioso tiempo. Contesta rápido y sin mentiras. Te juro por los huesos de mis antepasados, que si no me dices la verdad, ¡te sacaré los ojos yo misma! — finalizó la hembra, agarrando una filosa cucharilla.

— ¡Noo! — habló Chris aterrorizado.

— Contestaré a lo que quieras, por favor, por favor, ¡no me hagan más daño!

— Se me ocurre un jueguito — declaró Glorielle.

— Por cada mentira que descubra, te cortaré algo de tu bello cuerpo masculino...

— ¿Estás de acuerdo tesoro?...mmm.

— Viéndolo bien no eres tan mal parecido, ojalá nos hubiéramos conocido en otro momento y distintas circunstancias — dijo la mujer — oprimiendo la herida en la frente que hizo lanzar un grito de dolor al prisionero.

— Aunque no todo está perdido, eres fuerte y simpático, si sales bien de esta te puedo ofrecer trabajo, digamos de... ¿chofer?, ¿o tal vez de semental?

— Primera pregunta: ¿Cuál es el motivo de tu viaje a la Argentina?

— Turismo, estoy de vacaciones — respondió con aplomo Chris.

El corpulento gorila se acercó amenazante empuñando tijeras de cortar pollo. La mirada de Glorielle lo congeló en su sitio. El verdugo debía aguardar hasta nueva orden.

— Bueno, supongamos que así sea, ¿sabes dónde estás en este momento? — expresó la nena.

— No, definitivo. Creo que estoy secuestrado, mi familia puede pagar el rescate, solo digan cuánto quieren — contestó revisando con su mirada profesional el lugar.

— ¿Por qué razón preguntaste en todos lados si conocían a una señorita llamada Angelique?

— La conocí en el lobby de un hotel de Río de Janeiro, Brasil.

— La fotografía en tu cartera muestra a una joven mujer negra, desnuda en la playa y un poco retirado a un hombre corpulento. ¿Quiénes son?

— La hembra es Angelique, me enamoré de ella a primera vista, por eso vine a buscarla. He visitado docenas de cabarets, bares, restaurantes. Del tipo, ignoro su nombre, supongo que era algo así como su gorila, porque la vigilaba mucho.

— ¿Hablaste con la chica?

- ¿Te dijo algo de su trabajo, domicilio o si tenía esposo, novio o amante?
- Solo la vi dos veces. La primera en el vestíbulo del hotel y la segunda en la playa.
- Cruzamos miradas y no voy a negarlo, ella me coqueteó un poco y es muy hermosa, por ello me atreví a saludarla y nada más.
- No hablamos en absoluto.
- Me ha costado mucho esfuerzo y dinero tratar de localizarla.
- Si vine a Buenos Aires, es porque un empleado del hotel al que gratifiqué espléndidamente me informó de ello, él hizo cercanía con el gigante — continuó narrando Carvalho tratando de memorizar los detalles de la construcción del local, así como nombres y rostros de sus captores.
- En Copacabana, ¿estabas solitario o te acompañó algún amigo? Parece que te vieron en la playa con alguien.
- Sí claro, soy Brasileño y asisto con frecuencia a las hermosas playas de Ipanema y Copacabana en Río de Janeiro. Conozco a muchas personas allí, casi siempre encuentro amigos con los que acostumbro beber unos tragos.
- ¿Has oído hablar de Vander Skoda?
- Claro, quién no.
- Es el millonario, dueño de numerosos Malls (Centros Comerciales) y Clubes de Futbol, en Argentina, Brasil y otros países de América.
- Creo que se dedica también a la construcción. Es muy conocido en los Bancos.
- Sabías o sospechabas que esa negrita que tanto te gusta, ¿es la amante de ese poderoso señor?
- No rotundo. ¿Cómo podría saberlo, si nunca hablamos? No dejó teléfono, ni dirección de correo, nada.
- Además de haberlo sabido, me hubiera retirado de inmediato. No me gustan los problemas... por ello... quisiera mi libertad.
- Dos últimas preguntas: Si como afirmas, no la conocías bien o casi nada, según tus palabras. ¿Cómo explicas haber hecho viaje especial para hallarla?
- No comprendo el porqué un hombre de tu categoría social y económica se esfuerza tanto, gastando tiempo y dinero en una mujer, por el simple hecho de haberla visto un par de ocasiones con duración, según lo confesado, de unos ¿dos o tres minutos a lo sumo? Algo no cuadra por allí.
- Next (siguiente). El hombre que aparece en la foto cerca de ella que

parece guardaespaldas, fue asesinado a golpes en la playa. Es obvio que estuviste allí.

– ¿Presenciaste el crimen y quién o quiénes lo hicieron?

– Por supuesto que estuve en esa playa, ya te lo dije, pero antes, no el día que me dices. Si hubo un asesinato, no lo sé. Cuando observé a la negrita, estaba completamente desnuda en una playa donde está prohibido.

– Tal vez la Policía intentó arrestarla, el gorila intervino con violencia y lo asesinaron, desapareciendo los guardias para evitar responsabilidades; o bien pudo ser obra de pandilleros locales, en realidad no sé nada. Existen otras playas nudistas, como Abricó y Grumari, pero hay que ir allá para encuerarse — finalizó Carvalho.

– Achille, dame el soplete para soldar — dijo la pelirroja.

El Jefe de Ayudantes sonrió siniestramente, por fin aplicarían tormento, le complacía el sufrimiento ajeno.

La flama se acercó por tres segundos a la piel del brazo izquierdo, suficiente para causar quemadura de segundo grado.

El aullido de dolor del infeliz cautivo, se oyó hasta la Luna posiblemente, mezclado con olor de carne asada a la parrilla.

– Bbaasta, bassta por favor — imploró — Déjame explicar, te lo ruego, no me has dado oportunidad de contestar mi enfermiza pasión por Angelique...

Algo de sinceridad notó Glorielle en los ojos de Chris.

– Apliquen pomada contra quemaduras, rápido — ordenó.

– Ok. Te escucho. Por tu bien, dime la verdad.

– Ggraacias — balbuceó el preso, controlando el dolor.

– La verdad es que soy un mujeriego. Es una enfermedad incontrolable que padezco desde hace mucho tiempo.

– No puedo resistir la presencia de mujeres bonitas sin pretender ligar con ellas. He tenido mujeres de todas las razas y edades, el requisito para acostarme con ellas es que sean sanas y limpias. Puedo probarlo, en mi país, Brasil, soy ampliamente conocido como Playboy.

– He consultado mi problema con Médicos, Psicólogos, Psiquiatras, Ministros Religiosos, sin obtener resultados satisfactorios. Es una vergüenza admitirlo, pero no puedo ser fiel a una sola mujer, disfruto mucho el sexo, estoy a gusto una corta temporada y luego... a cambiar de modelo, como los autos.

– Lo que más deseo después de tres matrimonios, es encontrar una mujer que me llene completamente en el plano intelectual y sexual.

– Lo sé, soy un macho egoísta, pero así soy. Angelique no ha sido la única, por la que he recorrido grandes distancias para estar con ella.

— Habrás oído de Dalva, la estrella del modelaje Internacional, quien fuera Miss Brasil. Bueno, fue mi ilusión por algún tiempo, la perseguí por todo el mundo, conseguí mi objetivo de cogerla a gusto y terminamos de común acuerdo.

— Ese capricho me costó mucha plata.

— Te juro que así como estoy, en este instante, con todo el sufrimiento y dolor, tengo una erección de tan solo admirar tus lindas piernas, imagino un lindo coño limpio, oliendo a rosas, cerradito y lubricado, esperando...

Tremendo macanazo lo calló, reventándole boca y nariz.

— Bien, dejemos eso, voy a creerte por ahora.

Y dando media vuelta, abandonó el garaje para ir al interior del domicilio.

Al caminar, Glorielle notó humedad en su vagina.

— ¡Carajo!, este cabrón me calentó. ¿Será tan bueno como dice?

— ¡Achille ven un momento! En el próximo vaso con agua que pida el prisionero, le pones, ¡fíjate bien pendejo!, no más de 5 miligramos de Burundanga, vamos a doblegar la voluntad de este cabrón. ¿Entendiste pedazo de mierda?

El torvo sujeto cometió el error de su vida. Fastidiado de recibir órdenes de la perra, decidió duplicar la dosis y de esta forma obtener más rápido la confesión del prisionero.

— Esta hija de puta perfumada, no me va a enseñar a mí que tengo años en este negocio. Le sacaré la verdad a este boludo, hasta ganaré un premio con el patrón.

NOTA DEL AUTOR.— Burundanga es el nombre que recibe en Colombia y Venezuela, la droga que anula la voluntad, llamada Escopolamina.

Es un poderoso alcaloide derivado de algunas plantas como la Mandrágora, Brugmansia o Beleño. Es empleada en la Medicina en pequeñas dosis, para trastornos del Sistema Nervioso Central por su fuerte acción sedante.

Se absorbe por vía respiratoria mediante pañuelos sobre la nariz o cigarrillos contaminados, así como por cualquier alimento o bebida que hayan sido intoxicados.

Al ingresar al organismo de la víctima, en segundos la convierten en una persona sin voluntad, manipulable y sumisa.

Sus efectos duran un poco más de dos horas, ocasionando pérdida de la memoria con grandes lagunas mentales, que le impiden recordar qué sucedió y quién lo hizo.

Por desgracia esta droga es usada frecuentemente por los delincuentes para violaciones, asaltos y secuestros.

****

Dos minutos después de haber ingerido la droga, el preso convulsionaba arrojando espuma por la boca.

Con los ojos desorbitados, el corazón desbocado y pérdida de la visión, Carvalho estaba agonizando.

Asustado, Achille llamó con urgencia al Médico de la casa, preocupado por la vida del cautivo, porque sabía que de morir el detenido, lo pagaría con su propio pellejo.

Avisada Glorielle del incidente, se presentó furiosa, lanzando toda suerte de maldiciones.

Ordenó trasladar al paciente al Gabinete Médico muy equipado que había dentro de la mansión, precisamente para atender las urgencias Médicas de su querido Tío Vander.

— ¡Doctor, haga hasta lo imposible por salvarlo!
— ¡Es muy importante para mí!
— ¡Lo que necesite!

Carvalho muerto, no le serviría de nada.

Acto seguido, desenfundó y llenó de plomo el cuerpo de Achille, cortando de tajo sus explicaciones y petición de clemencia.

Los siete proyectiles calibre .22 expansivos de su Walter PP, lo destrozaron.

— Llévenlo al "Molino" — rugió secamente la bella mujer convertida en fiera.

La fortaleza de Carvalho y lo oportuno del eficaz tratamiento de los Doctores, lo rescataron de la muerte y... de ser interrogado nuevamente.

— Para su completa recuperación, necesitará de por lo menos seis meses de cuidados y vigilancia Médicos. El Sistema Nervioso Central está muy dañado.
— Quedará sin voluntad por un tiempo y desde luego, tendrá frecuentes lagunas mentales, pronunciará incoherencias, confundirá la realidad con la fantasía, pero la buena noticia es que esos males son temporales.
— Alimentación balanceada, sol, ejercicios moderados y descanso será suficiente para su recuperación — cerró su explicación el Galeno.

El famoso Arquitecto e Ingeniero Civil, Christopher Carvalho lo ignoraba, pero Glorielle había decidido su futuro: Le serviría como macho y posiblemente reproductor. Ella no era vieja y bien pudiera embarazarse y tener un lindo hijo, que deseaba fervientemente en su fuero interno.

Cuando se hartara de él, lo subastaría como prostituto en alguno de los prósperos establecimientos del Tío Vander o lo ejecutaría de la manera menos dolorosa, todavía no estaba segura.

****

Glorielle entró como de costumbre a la recámara de su familiar, sin anunciarse, llevándose una desagradable sorpresa: Una morena joven muy atractiva, chupaba el flácido pene del anciano, que sin alarmarse hizo las presentaciones.

- Linda... ella es Solange mi nueva compañera, la he traído de Haití, tiene sangre Francesa, solo dieciocho añitos, ¿no es hermosa?
- La tengo viviendo en la casa de Miraflores, pienso regalársela — dijo Vander retirando el miembro de la ansiosa boca que intentaba tragarlo completo.
- ¡Cabrona, eres inoportuna como el demonio!
  Sin inmutarse, la sobrina expresó con voz neutra:
- Está bien, solo que necesito hablarte con urgencia.
- ¡Me lleva la chingada!
- No me gustan las interrupciones, pero en tu caso amada mía... ¡Solange, retírate! ¡Te llamaré después!
- ¡A ver, qué chingado es tan apremiante que no puede esperar!
- Más vale que valga la pena o te daré unos cuantos azotes — dijo el viejo, pensando con lujuria en esas preciosas nalgas, relamiéndose de gusto, recordando el placer de acariciarlas con cualquier pretexto, desde que era una niña.
- Querido Tío Vander — le dijo dulcemente al oído — Creo que tenemos al cabrón que andas cazando.
- Se llama Christopher Carvalho, es Brasileño. El muy pendejo viajó a Buenos Aires, buscando a tu asistente Angelique.
- Parece que se enamoró de ella de tan solo verla en la playa de Copacabana.
- No lo culpo, la muy puta estaba desnuda y tengo que reconocerlo, tenía cuerpo magnífico y tú... ¡bien dormido!
- Ha sido interrogado por mí y opino que es el tipo de hombre adulador y mentiroso, propio de los cabrones que se sienten supermachos.
- Por lo demás es un completo estúpido y cobarde. No tiene los huevos suficientes para matar a nadie, como no sean mujeres por orgasmos múltiples, ja, ja, ja...

- Ha confesado todo, ¡no es culpable del asesinato de tu pinche guardaespaldas!
- Como lo sospechamos, fue la misma policía que lo mató en el enfrentamiento que tuvo, cuando la puta de Angelique estaba desnuda en la playa donde está prohibido.
- El detenido es un badulaque muy atractivo para las mujeres, matarlo sería un desperdicio, pero como siempre, tú decides Tiíto — terminó su argumentación, mostrándole la Licencia de conducir con fotografía de Carvalho, sentándose un momento en las huesudas piernas del senil, que al advertir el calor de las preciosas nalgas de su sobrina, creyó notar el inicio de una erección.
- Está bien. Ya no tiene caso seguir con eso — respondió el viejo.
- ¿Deseas coger con él, verdad?
- Por lo que veo es un buen ejemplar masculino, te daría hijos preciosos — dijo Vander adivinando los secretos deseos de su adorada sobrina.
- La verdad es que sí. Como sabes bien, después de mi fallido compromiso matrimonial, que le costó la vida al pendejo de mi novio, ese traidor hijo de puta, quedé muy adolorida del alma.
- Me conoces bien, mis pasatiempos son ¡coger y matar!
- He tratado de superar ese fracaso, viajando, conociendo gente interesante y claro, he tenido relaciones con algunos buenos tipos, pero no lo suficiente para anclarme con ellos.
- En confianza te digo que este cabrón me gusta, deseo tener una oportunidad con él.
- Total si no sirve, lo enviamos al "Molino", ja, ja, ja... — haciendo referencia a la poderosa máquina trituradora, que en segundos destruye cualquier objeto que caiga dentro de sus fauces.
- ¿Eso es todo? Gózalo el tiempo que quieras y después lo matas, no podemos dejar cabos sueltos.
- Si no tienes inconveniente, quiero continuar con mi sesión de sexo, no tienes idea, esta mujer es fantástica, creo que le dejaré una buena pensión, ¿no lo crees? — cerró la conversación el octogenario tratando de joder a la sobrinita, provocando celos.
- Una cosita más. He tenido que matar a Achille por insubordinado, el desgraciado no obedecía mis órdenes. Siendo mujer, no puedo mostrar debilidad con tus matones, ¿verdad que hice bien? — parloteó la hermosa besando el cuello del senil.
- ¡Bien hecho nena! Estos pendejos solo entienden con látigo y pistola, ja, ja, ja... además hace poco creo que me escuchó hablar por el teléfono satelital, sobre nuestro próximo ataque. Es muy original

y calculamos por lo menos, unos veinte o treinta mil muertos de un solo golpe, ja, ja... imagínate el Estadio Maracaná lleno a reventar de gente apendejada por el juego de futbol.

- Colocaremos potentes explosivos que mandarán al infierno a miles. Los que no mueran quemados o destrozados por las explosiones, morirán aplastados por la muchedumbre sin control, ja, ja, ja...

- La primera opción fue atacar en el juego final del campeonato. Se descartó porque siendo el espectáculo más importante del "estúpido jueguito", las Autoridades y los Organizadores van a duplicar o triplicar las medidas de seguridad.

- En cambio, hemos escogido una competencia de cuartos de final, que llevará al estadio unos 70,000 pendejos, que pagan un montón de dinero por 90 minutos de partido.

- Pronto habrá elecciones en Brasil. El nuevo Gobierno tendrá que pactar con nosotros si quiere la paz, ja, ja, ja... pediremos muchísimo dinero, concesiones de petróleo y minas.

- ¿Qué opinas de tu querido Tío, estoy muy anciano?

- Todo esto es superconfidencial muñequita linda, si como creo, el estúpido engreído ese, el tal Achille oyó mis planes, se ha llevado el secreto a la tumba, ja, ja, ja, ja...

- Eres un auténtico genio del mal y no estás viejo, eres un primor — respondió la sobrina acercando su delicioso cuerpo al vejete.

- La mejor prueba es que tienes satisfecha a Solange, tu nueva amante.

- He visto tus erecciones, ja, ja, ja... y gracias Tiíto — expresó alegremente, plantando un beso en la rugosa mejilla del anciano, dejando ver ¿intencional? el nacimiento de sus fantásticos senos, que arrancó al matón un profundo suspiro, mezcla del insano y largamente reprimido deseo por la hermosa sobrina, e impotencia por hacerla suya. ¿Sería posible algún día?

****

Con la venia del mafioso, Glorielle pensó disfrutar el sexo con su prisionero, el mayor tiempo posible.

Voy a comprobar qué tan bueno es en la cama, mmm... comenzará esta misma noche... después, su vida dependerá de su "trabajo", ja, ja, ja... Esa Solange o cualquier otra puta siempre serán mi competencia, dado lo apasionado y enfermizo que es Vander. Pero el muy cabrón siempre ha tenido el deseo de tocarme a su gusto y tener sexo conmigo. Creo que sería lo máximo para él este tipo de amor prohibido.

Me da asco solo de pensarlo, pero asegurar la herencia exclusiva de los miles de millones de Dólares para mí, bien valen un sacrificio.

Le permitiré acariciarme un poco y así ir avanzando lentamente hasta conseguir esclavizarlo... comenzaré ahora mismo — resolvió Glorielle, regresando a la alcoba de su tío.

- Otra cosa tiíto. Necesito un nuevo auto, ¿me lo compras? — expresó la hermosa arrodillándose, apoyando sus manos sobre las huesudas rodillas del viejo que estaba en calzoncillos.

- Anda Tío Vander dime que sí... — colocando su rubia cabeza en los muslos del pobre anciano, que estaba a punto del infarto por la emoción.

- Fíjate tío Vander, es un automóvil deportivo de nombre QUANT e-Sportlimousine que tiene 4 motores eléctricos, uno por rueda, impulsados por ¡AGUA DE MAR! que le proporcionan más de 900 hp (caballos de fuerza).

- O sea, que puede acelerar de cero a cien kilómetros en 2.8 segundos, corriendo a 350 kilómetros por hora como un auto de carreras. El modelo experimental, ha sido autorizado en Alemania para fabricarlo en serie y circular libremente por toda Europa. Es de línea moderna, de cuatro plazas, las puertas son del tipo alas de gaviota (abren hacia arriba) y puede recorrer más de 500 kilómetros con sus dos tanques de agua salada de doscientos litros cada uno, ¡lo quiero, lo quiero!

- ¿Me lo regalas? Anda di que sí, por favor, por favor — haciendo un leve movimiento de su linda nuca que rozó los genitales del viejo.

La joven amasia Haitiana observó la escena divertida y caliente, se acercó pensando participar.

- ¡Lárgate Solange! — gritó Skoda — Déjanos solos.

- ¡Claro pequeña! Si todo lo mío es tuyo, puedes ordenarlo ¡ya mismo! — alcanzó a decir Vander, preso de una excitación incontenible. Indefenso ante la belleza de su sobrina, acarició su fina cabellera acercándola hacia el semiendurecido pene.

Glorielle interpretando el enfermizo deseo del Tío, levantó su cabeza ante el desencanto del hombre que suplicaba:

- Vamos nena, por favor, métela en tu boquita, te daré todo, pide lo que sea, por favor muñequita, te amo, siempre te he amado...

Es muy pronto para una mamada, pero lo complaceré en otra forma, pensó en un instante la hembra y uniendo el pensamiento a la acción, tomó el miembro con sus manitas y comenzó a frotar, subiendo y bajando, haciéndole la puñeta hasta que eyaculó.

Ahora sí, nunca más debo preocuparme por la "competencia".

De esa manera, la linda nena dejó satisfecho al Tío y adquiría en exclusiva a uno de los hombres más poderosos del planeta, convertido en su esclavo sexual.

Tal vez lo suprima con orgasmos, ja, ja, ja...

En cuanto a Carvalho... si es tan genial como parece, hasta pudiera pensar en matrimonio. Es bien parecido, hombre de mundo, posee amplia cultura, no es una mala idea. Ya no soy una chiquilla, mi Tío va a estirar la pata en corto plazo y me quedaré sola con descomunales montañas de dinero. Necesito tener un compañero o mejor dicho, un sirviente sexual y tal vez, solo tal vez, me anime a tener un hijo...

****

De los diversos cuestionamientos formulados al prisionero, la pelirroja obtuvo con dificultad, el nombre de Kadir, amigo de Christopher que estuvo presente en la playa de Copacabana.

Sobre el domicilio, solo mencionó la ciudad de Madrid.

Era suficiente para ubicarlo.

Para arrancarle esta confesión a Carvalho, la sensacional hembra usó todos los trucos habidos y por haber.

Recurrió al sexo desenfrenado, a los momentos tiernos y románticos, a los tormentos del agua, fuego y cortes en diversas partes del cuerpo, pequeñas heridas en los testículos amenazando amputarlos, hasta que el pobre infeliz no pudo más, soltando la lengua. Carvalho amaba tanto sus genitales que de quedar castrado, hubiera preferido morir.

La razón de reservarse la escueta información sobre el hombre llamado Kadir y no comunicarlo por el momento a su Tío Vander, fue sencillamente por el deseo de capturar al cabrón cómplice de Carvalho y ofrecerlo como un segundo trofeo al vejestorio.

Era otra forma para afianzar en definitiva ser la única heredera del vasto imperio criminal. Ahora había surgido inesperadamente una competidora. La tal Solange y las que sigan — razonó.

Cualquier cosa podía esperarse del anciano, que en un momento de éxtasis sexual, podía matar, perdonar o hacer millonaria a cualquier puta, como ya había sucedido en varias ocasiones. Se felicitó por la decisión de interesar al pariente para tener relaciones sexuales con ella, planeando avanzar poco a poco. Lo mejor será dosificar en pequeñas escaramuzas eróticas, que no sienta que soy de su propiedad. Mi Tío está acostumbrado al sexo fácil, así que lo mantendré siempre "hambriento" y de vez en vez, darle celos, que no me sienta segura, ja, ja, ja, ja...

Glorielle se alegró de guardarse información y usarla a su conveniencia, ignorando que investigar y matar al tal Kadir, podría costarle su propia vida. Pensando alegremente que su nueva misión era pan comido, internamente se ilusionó, preparando su viaje a España. La rubia tomó otra decisión equivocada. Solo llevaría un guardia/chofer a la ciudad de Madrid. Sería suficiente. No podría imaginar jamás, la clase de rival que tendría frente a ella.

Logró la descripción del sentenciado a muerte, el tal Kadir, alto, fornido, bien parecido, mezcla de bestia salvaje y ejecutivo triunfador.

Como me gustan los machos, los que me recetó el Doctor. Aunque debe ser un ñoño (simplón, soso, aburrido), como su amigo Chris, ja, ja, ja... ¡Lo disfrutaré antes de cortarle la puta cabeza!

Me preocupa un poco el plan para atacar el Estadio. Morirán miles de personas inocentes... eso es lo de menos. Lo verdaderamente de cuidado, es cualquier filtración o revelación del secreto, que pudiera haber ocasionado el pendejo de Achille — reflexionó Glorielle. Aunque por otra parte, Tío Vander no tiene la seguridad de que lo escucharon. Además el tipo está muerto, convertido en abono para las plantas del jardín, ja, ja, ja... Debo olvidar el tema, antes que me convierta en paranoica.

FORT MYERS, FLORIDA

Kadir y su familia viajaron en aerolínea comercial, en la sección de Primera Clase.

El Auditor tenía los recursos financieros de sobra para poseer su propio avión, sin embargo trataba en lo posible, de mantener bajo perfil, tanto para no ser presa fácil de la delincuencia, como para evitar ser reconocido por alguien de cualquier parte del mundo, en que sirvió a la Fundación en misiones de exterminio.

El vuelo 88972 de Delta Air Lines aterrizó puntualmente en el Southwest Florida International Airport, desembarcaron en la Concourse C (Sala C) rentando la camioneta Cadillac Scalade con retorno en ocho días, tiempo suficiente para visitar a la familia Weitzner y pasear con su esposa e hijos en Disneyworld (Mundo de Disney).

Kadir, su esposa Helen y los cuatro hijos, Kadir Jr., Galip, Ilkin y la pequeña Dilan, llegaron provenientes de la ciudad de Nueva York, donde estuvieron muy a gusto una semana de visita, en casa de los padres de Helen. Por fortuna, encontraron muy bien a toda su familia. El infarto sufrido el año anterior por John Kelly, padre de Helen, era cosa del pasado.

Se hospedaron en el DiamondHead Beach Resort & SPA. Ubicado en Estero Boulevard.

Kadir evitaría los elegantes hoteles de la cadena CELTIC, por lo menos mientras sean propiedad de Amber Brancatti, la recién viuda del megamillonario Ramón Peralta y Bárcenas. No deseaba el mínimo contacto con esa perra.

Cómodamente instalados en las Suites tipo "Connecting Room" (interconectadas), Helen llevó a la pequeña tropa de infantes a la alberca.

Quedando solo, marcó el número telefónico de la residencia Weitzner. La inconfundible y dulce voz de su hija Ruth, contestó la llamada.

– Hello, ¿quién habla?

– Hola querida Ruth, soy Kadir, ya estamos aquí. Nos hospedamos en el Hotel DiamondHead, Suites 1120 y 1122.

– Pero dime, ¿cómo has estado? ¿Y tus gemelos? Por tu señor padre ni te pregunto, ayer hablé con él y suena de maravilla, ¿no es así?

– Bendito Dios — afirmó la rubia — Después del gran susto que nos dio, se ha recuperado, puedo decir que a semejanza de los autos viejos, tiene motor nuevo, espero que para bastantes kilómetros más, ja, ja, ja...

- Un momento por favor, aquí está el señor y casi me arranca de la mano la bocina...
- ¿Por qué razón prefieres el hotel y desprecias mi casa? ¡Vamos, cancela las habitaciones y vengan todos para acá!
- Me agradaría tanto conocer a tus hijos y tratarnos como lo que somos, ¡una familia! Te lo he dicho siempre.
- Mira. Todas las comodidades del hotelucho ese, las tendrán aquí, con la enorme ventaja que ¡no te costará un centavo! Ja, ja, ja... — rió Benjamín.
- Los niños se divertirán a lo grande, Ruth se ha encargado de organizarles fiestas con "piñatas", payasos, juegos, concursos. Está muy cambiada para bien la condenada, desde que es madre de los gemelos.
- Así que nada de pretextos, mandaré liquidar tu cuenta y por los equipajes. Además te necesito cerca, el problema que te relataré sigue creciendo.
- Estoy viviendo "horas extra" y tengo que aprovechar cada minuto — cerró Benjamín.
- OK Ben, contigo no se puede. ¿Te parece bien que los temas de trabajo podamos despacharlos en dos días?
- Mis hijos quieren ir a Orlando y he prometido llevarlos, no deseo fallarles esta vez — replicó Kadir.
- Es perfecto. Nos veremos más tarde, voy a preparar todo lo necesario para la reunión de esta noche. Vendrán a cenar con nosotros cinco compañeros del Club. Hasta luego.

****

El matrimonio Aiza/Kelly y sus hijos, fueron objeto de una cálida bienvenida en la Residencia Weitzner. Benjamín y su hija, la preciosa Ruth, no escatimaron atenciones, demostrando cariño para los invitados. Hasta los gemelos, nietecitos de Ben, se unieron a las celebraciones y disfrutaron de la fiestecita en honor de los niños recién llegados.
- Tus hijos están hermosos, tal vez si hay una estupenda dote, podamos hacer negocio con los míos — comentó jocosamente el Auditor.
- Que la cobraré yo, que los parí — expresó Helen, fingiendo enojo y todos rieron.
Los niños cenaron temprano y se fueron al cuarto de juegos electrónicos, equipado con los más recientes y complicados, fruto de la

avanzada tecnología de ese ramo de entretenimiento, que hicieron las delicias de todos los chicos.

A los pequeños gemelos y la infanta visitante, sus respectivas mamás se los llevaron directamente a su recámara para acostarlos a dormir.

En tanto los preparaban, las madres se pusieron al día en el sublime arte femenino de chismear.

Habacuc, esposo de Ruth, no se apareció en la jornada, a tal grado que causó cierta incomodidad para el matrimonio huésped.

– Querido amigo Ben. La ausencia de tu yerno nos manda el mensaje de su molestia por nuestra presencia en esta casa. Lo que menos deseamos es causar inconvenientes. Nos mudamos mañana mismo al Hotel...

– ¡Rotundamente no! — respondieron a coro Ruth y su padre.

– Habacuc trabaja demasiado en la nueva tienda de armas y stand de tiro emprendido por él, asociado con el Dr. Schaff, a quien ya conoces.

– Hace un momento habló mi marido, lo he reprendido por la descortesía, pero me ha dicho que su socio le solicitó informes financieros con urgencia y debe entregarlos por la mañana.

– Trabajará toda la noche. Les ofrece amplias disculpas, prometiendo reunirse con nosotros en cuanto pueda. Le mencioné nuestros planes de llevar a los niños al parque de diversiones, para que se anime a acompañarnos.

– No es seguro que pueda ir, lo siento... — indicó Ruth, apesadumbrada — En realidad no estamos de acuerdo con el giro del negocio y menos con el Contrato de Sociedad firmado con el Médico, quien es el socio Capitalista — detalló Ruth.

– Es verdad — asintió Ben.

– Lo hizo a nuestras espaldas, pero no es por eso que estamos en contra, porque demuestra tener el arrojo de hombre de empresa, confiando en nuestro País, creando empleos, que siempre es importante para la estabilidad económica.

– El problema menor, es el comercio con armas, que quiérase o no, los compradores las usan en gran porcentaje para agredir a su prójimo, cometiendo lesiones y homicidios. Sin ignorar, que poseer armas es un Derecho Constitucional indiscutible y que sirven en buena parte también, para que los ciudadanos defiendan su vida y patrimonio, del eterno acoso de la delincuencia.

– Lo que yo veo peligroso para Habacuc, que habiendo sido un bravo guerrero y que ahora goza de paz y tranquilidad, vuelva a sentir la inquietud de la violencia y pueda retomar el camino de mercenario.

Hubiéramos preferido otro tipo de empresa.
- Y tenemos el problema mayor: la sociedad con Schaff.
- Reportes confidenciales que me dieron nuestros amigos del FBI — expresó Benjamín — Advierten de una sospechosa escasez de información de su pasado. No están claras algunas de sus actividades no profesionales. Por ejemplo, en apariencia goza de una magnífica posición económica, sin embargo no hay pruebas fehacientes del origen de los tres millones de Dólares, que aportó para el negocio con mi yerno.
- Como lo mencionas, hace unos meses cuando conocí al Doctor precisamente aquí en tu casa, no me simpatizó para nada. Algo noté en su persona que me inspiró desconfianza — afirmó Kadir.
- ¡Basta de negocios señores! — dijeron a dúo Helen y Ruth, que por fin acostaron a los niños — Estos demonios parecían incansables. Se durmieron a condición de que mañana los llevemos al parque de diversiones local.
- ¿No hay riesgo? — señaló prudente el Comandante.
- ¡Claro que no! — expresaron las mujeres.
- Nos llevará Ramiro el ayudante de papá. El angelito mide casi dos metros, pesa como ciento treinta kilos de músculo y es un gatillero de lo mejor, ¿verdad papito? — dijo Ruth.
- Es cierto, es mi ayudante personal desde mis tiempos de Fiscal General, tiene entrenamiento Militar, su padre fue Jefe de Escoltas del dictador Rafael Leónidas Trujillo en Dominicana, así que debes suponer lo que aprendió en seguridad.
- OK. Todo listo, ahora bebamos un poco de champaña...

Tan contentos estaban, que ninguno notó la vigilancia del imperceptible y minúsculo Dron, que sobrevolaba el palacete al amparo de las sombras de la noche y que gracias a su avanzada tecnología, grabó imagen y sonido de toda la familia.

Maximilian Schaff, el vecino Médico familiar de los Weitzner, fanático nazi, seguidor de los horripilantes experimentos de su padre el Doctor Josef Mengele, veía las imágenes captadas por el Dron en su computadora personal. "Es tiempo de dar un buen golpe a esos Judíos" — pensó, esbozando una mueca de ferocidad.

"Con seguridad, sus invitados también lo son".

****

A la mañana siguiente con un clima espléndido, después del desayuno, partió la comitiva de infantes al cuidado de las guapas mamás Ruth y Helen, auxiliadas por dos niñeras y Ramiro, el gigante de ébano

Dominicano, armado con la ametralladora supercompacta y ligera HECKLER & KOCH MP7AI, calibre 4.6 mm, de lo mejor del mundo, equipada con silenciador, formidable arma personal ambidiestra, para distancias hasta 200 metros con gran poder de fuego y retroceso casi inexistente. Dispara más de mil balas por minuto.

Conforme al programa de actividades, la alegre excursión de gente menuda, visitaría el Parque Zoomers, para disfrutar la Montaña Rusa, el Mini Golf, Botes Chocones y los automovilitos llamados Go Karts en las dos pistas para ello. Solo Kadir Jr. estaba incómodo. Consideraba que los juegos eran infantiles y no para él, que se sentía mayor. Sin embargo accedió a unirse a la comitiva, cuando su inteligente mamá le dijo que iba para reforzar la seguridad de los niños, papel que el joven aceptó de buen grado.

Más tarde, los llevarían a Imaginarium Science Center o al denominado Pump It Up, sitio lleno de diversiones inflables.

Para el día siguiente, los jóvenes turistas serían transportados al Southwest Florida History Museum en el centro de la ciudad, donde observarían la forma de vida de los Pioneros de este País, vagones Pullman del Ferrocarril de los años treinta, o al Lovers Key State Park, extraordinario parque al aire libre, donde aprenderían a lanzar redes de pesca, observar a las aves y practicar juegos, o bien al Manatee Park, donde pueden correr y jugar en el parque de recreo.

Si aún los excursionistas tuvieran "cuerda" (energía), los llevarían a cenar y disfrutar del Children Theatre.

Las hermosas señoras Ruth y Helen, tenían la esperanza de cansar pronto a sus vástagos y dejarlos al cuidado de los hombres en casa, para ellas disfrutar sin prisas, su propia excursión de shopping (compras) al Edison Mall, principalmente a las tiendas Dillard's y Macy's.

Nada de eso pudieron hacer.

Al recorrer el primer parque, los niños fueron secuestrados cuando abordaron la réplica de un camioncito de bomberos, que rodaba el camino a baja velocidad, tocando la campana. Era un circuito no muy largo, tan inocente, que las inexpertas y confiadas mamás lo permitieron. Los infantes viajarían acompañados de sus cuidadoras y los tendrían a la vista, en corta distancia.

Quince minutos duraba el recorrido, según mostraba el anuncio de seguridad y precios colocado en la taquilla, donde las incautas damas pagaron 18 Dólares por los seis chiquillos y diez Dólares más, por los boletos de las dos niñeras.

Ramiro, el guardia, por instrucción de Ruth, permaneció al lado de las bonitas mujeres, protegiéndolas de cualquier molestia que eventualmente pudiera causarles la clientela masculina del parque.

****

La Hoja de Vida del gigante, mencionaba entre otras cualidades, que había sido entrenado Militarmente combatiendo a los grupos rebeldes, en la época del Dictador Rafael Leónidas Trujillo, quien fuera uno de los más violentos, sanguinarios y represores líderes políticos de Latinoamérica, con tanto poder que acuñó la frase "Dios y Trujillo", con la que intentó fanatizar al estoico pueblo Dominicano.

En 1961, el cruel tirano fue asesinado, terminando la era del terror para esa sufrida Nación del Caribe.

Hubo rumores que Ramiro, estuvo involucrado materialmente en el crimen del político, aunque él siempre lo ha negado. En 1980, en unión de su familia, fueron parte de los 250,000 Dominicanos que emigraron a los Estados Unidos.

****

El rojo camioncito era una fiel reproducción de un transporte de bomberos profesional, pues además de portar sirenas, luces, mangueras y herramientas (en plástico naturalmente), al momento de abordar colocaban a los niños, el gabán protector del fuego en color negro con vivos amarillos y el casco correspondiente, también en color amarillo.

Antes de partir, las felices matronas disponían de cinco minutos para tomar las fotos y videos a sus retoños.

El otoñal conductor puso en marcha el vehículo haciendo tañer la campana, recorriendo un tramo de pavimento de la pequeña plaza, para internarse un poco dentro del bosquecillo, siguiendo una compacta y sinuosa vereda de arcilla, con el propósito de explicar a los paseantes sobre las causas de los incendios forestales y su prevención.

Justo cuando llegaron al sitio más alejado de la vista de los padres, señalado como punto de retorno, cuatro individuos, la mitad disfrazados de Guardabosques, atacaron el convoy con rapidez, inyectándoles potentes anestésicos al chofer, niñeras y al joven ayudante, que cuidaba a los niños sentados en las banquillas de la parte posterior del camión, que gritaban emocionados, imaginando que el asalto era parte de la diversión.

A gran velocidad, la segunda pareja de secuestradores, sometieron a los niños, atando sus manitas, colocándoles mordazas de cinta adhesiva, metiéndolos en la caja recolectora del camión de basura, rotulado con el logotipo y nombre del Parque, robado minutos antes con todo y uniformes del Servicio de Limpia.

Los verdaderos empleados semidesnudos, fueron los primeros huéspedes del depósito de desechos inorgánicos del automotor, que no tuvo dificultad para alcanzar la salida del estacionamiento Sur hacia Safety Street, que a velocidad moderada, desapareció dentro del tráfico de la autopista 869 Este, doblando en la 865 Norte, girando al Oeste hasta Harlem Heights. Circularon en zigzag durante diez calles, transbordando a los raptados a otro vehículo, esta vez una camioneta escolar hurtada del estacionamiento del Colegio Ponce de León.

— ¿Pasamos a la camioneta a los empleados? — preguntaron al líder del grupo. Negativo, son gente de color — respondió en seco.

Avanzaron unas sesenta yardas, cuando Fritz oprimió el detonador. La explosión fue tremenda, destruyendo el camión y su contenido humano. Acelerando, pronto localizaron la calle Canal, donde los esperaba ansiosamente en su laboratorio, el infame Médico Asesino, Maximilian Schaff. Los aterrorizados niños, fueron bajados del transporte y metidos en jaulas individuales por una tipa de aspecto cruel, que vestía el blanco uniforme de enfermera, con un bordado a la altura de la tetilla izquierda que parecían dos letras SS estilizadas. Era el inconfundible logotipo de La Gestapo.

NOTA DEL AUTOR.— Gestapo es la contracción de Geheime Staatspolizei: 'Policía Secreta del Estado', fue la sanguinaria policía secreta oficial de la Alemania nazi durante la Segunda Guerra Mundial.

****

El local estaba perfectamente acondicionado como moderno laboratorio de investigaciones farmacéuticas, contando con todo lo necesario de la tecnología médica actual. Computadoras, Almacén de medicamentos, Microscopios Electrónicos Digitales, Mobiliario especializado, todo en acero inoxidable. En el sótano, ocultas tras un muro deslizable, reducidas celdas con barrotes de acero, un completo quirófano, dos mesas de operaciones, cámara de congelación y... un crematorio.

****

Transcurridos cinco minutos por encima de la espera reglamentaria, las madres comenzaron a inquietarse. El presentimiento de que algo malo pudiera haberles sucedido, las puso en guardia. Imperativa siempre, Ruth pidió a su escolta correr hacia donde se fue el camioncito de bomberos, mientras Helen acudió a la caseta de boletos para reportar el retraso, a lo que el buen hombre, parsimonioso, trató de calmarla refiriendo que en ocasiones, como ya había pasado, el furgoncito de funcionamiento eléctrico podía presentar una pequeña descompostura que el mismo conductor, se encargaría de reparar.

– Sin embargo, para su tranquilidad, ahora mismo envío ayuda.

Enseguida agarró el micrófono solicitando la presencia de empleados en la ruta del camión de bomberos. En ese momento regresó Ramiro, reportando la desaparición de los infantes.

Había encontrado a los tripulantes y nanas durmiendo, perfectamente drogados.

– ¡Los niños no están! Los busqué por allí, ¡nadie vio nada!

En el parque, se desató el pandemónium. Las madres de los niños, enloquecidas, lloraban y gritaban pidiendo ayuda. Empleados y Personal de Seguridad del Parque de Diversiones corrían, dando voces de alarma, hablando por radio.

Los guardias se movilizaron profesional, pero tardíamente. Los responsables del plagio, tuvieron tiempo de escapar.

Helen y Ruth, antaño enemigas, hoy amigas unidas por el inmenso dolor de sus hijos robados, acordaron dar la noticia primero a Kadir, a quien le causaría menor daño físico que a Benjamín, apenas recuperado de problemas del corazón.

Enterarlo de súbito, le causaría un ataque y probablemente, la muerte, razonaron.

– Mi esposo sabrá qué hacer — expresó Helen, belicosa.

– Como siempre — añadió Ruth, que con falso suspiro, no dejó pasar la indirecta. Pinche vieja celosa, pensó.

****

La residencia Weitzner se cimbró hasta los cimientos. Un rugido como salido del averno se escuchó en toda la casa, paralizando de miedo a la servidumbre. Con los ojos inyectados en sangre, Kadir salió al jardín y pateó un cesto metálico de basura, abollando la lámina.

Para fortuna de todos, Benjamín se hallaba en esos momentos en el baño de la espléndida Suite, recién redecorada por su hijita para mayor confort y seguridad de su anciano padre.

Las alfombras fueron cambiadas por las de nueva generación: más mullidas, antialérgicas y resistentes al fuego; se instalaron barras y agarraderas de acero inoxidable por todas las paredes, principalmente en el cuarto de baño.

Para evitar accidentes en las maniobras de entrar y salir, se retiró la enorme tina de hidromasaje, dejando solo la torre regadera de múltiples salidas, la manual tipo teléfono y una silla especial en aluminio con fibra de vidrio.

El cuarto de baño Turco, fue desmantelado, instalándose en una de las Suites para huéspedes.

El piso de mármol de Macael, se colocó con acabado rústico, sin pulir, para prevenir resbalones y caídas.

La televisión plana de 70 pulgadas, fue reemplazada por un completo Centro de Entretenimiento, equipado con televisor Samsung Smart (inteligente) con pantalla LED HD de 100 pulgadas y Sistema de Audio de los llamados Teatro en Casa, de la marca Bang & Olufsen.

Se agregaron tres pantallas independientes de menor tamaño, conectadas a las Consolas de Videogames (Videojuegos) Play Station, X-Box y Nintendo, con amplio surtido de cartuchos de cada uno, para "divertimento" de los nietos.

En rincón aparte, la caminadora eléctrica profesional LIME, de avanzado diseño, que permite caminar en plano o con inclinaciones varias simulando pendientes.

Integrada a la plataforma de mando, tiene entre otras funciones: pantallas que muestran la presión arterial, el número de pulsaciones por minuto, la distancia planeada y la recorrida.

Además, el monitor indicaba el número de calorías "quemadas", velocidad de la banda de caminata en millas y kilómetros.

Toda la información registrada, tenía elección para grabarla o no, en una memoria USB de 64 Gigas.

Automatizados programas de ejercicios, numerados por grado de dificultad del 1 al 9, radio AM y FM con bocinas abiertas y entrada para audífonos, puertos para memorias USB y de iPOD.

Un accesorio importante, el botón de pánico en caso de accidente, conectado a bocinas colocadas en todos los rincones de la casa, ayudantía y al teléfono satelital de Ruth.

Las paredes de la suntuosa habitación, fueron tratadas con un material aislante de incendio tipo "sándwich", que también protege del ruido exterior, procurando un sueño placentero.

Gracias a esto último, Benjamín no escuchó los desgarradores gritos y maldiciones vertidos por su amigo Kadir.

El "pacífico" Auditor, hombre de negocios y amoroso padre de familia, en relampagueante metamorfosis mental, se convirtió nuevamente en el letal Agente "Scorpio", impaciente por rescatar a los niños y cobrar venganza, de la única manera que sabía:

¡¡Darles tormento y matar a los hijos de puta secuestradores!!

— Ben, discúlpame por favor, tengo que salir con urgencia. Explicaré al volver, te pido confianza, nos veremos más tarde.

— Ppeero, ¡tenemos asuntos delicados y acciones a emprender!

- ¿Qué está pasando?... ¡No te vayas! No entiendo nada, ¡que alguien me explique! — exigía Don Benjamín.
- Lo siento mucho, créeme, no puedo esperar, ¡me marcho enseguida!
- Deben ser pésimas noticias. ¡Nunca te he visto así! Me preocupas. ¿Por qué no me dices lo que sucede? Sabes que tengo mis propias fuentes de información.
- ¡Vamos, suelta la lengua!
- Por mi salud no te preocupes, he salido muy bien en el último chequeo, de lo contrario con tu silencio, me voy a enfermar — advirtió Ben.

Presintiendo graves dificultades, el viejo zorro tomó el telefonito satelital para llamar a Ruth.

Ante la inteligente maniobra, Kadir no tuvo otra opción. En un minuto, le informó lo poco que sabía del secuestro, preparado para las posibles consecuencias en la salud de su amigo.

El anciano lo tomó con aparente calma, solo se le humedecieron los ojos, pero demostró la razón de su "nick name" (apodo), "El Fiscal de Hierro", cuando fue el durísimo Fiscal General de los Estados Unidos de América.

- Ve allá hijo mío y haz lo que tengas que hacer. Por mi parte empezaré a mover los resortes para investigar y hallar a los niños. Pediré ayuda a nuestros buenos amigos del "Club" y estaremos en comunicación constante. ¡Date prisa! ¡Que Dios te bendiga! — cerró el bueno y poderoso señor, que ahora se sentía inútil.

****

Una nube de policías y detectives llegaron, cerraron el lugar y acordonaron el sitio con la clásica banda plástica amarilla "Crime Scene Do Not Cross" (Escena de crimen No cruzar).

- Nadie entra o sale del parque sin mi autorización — ordenó el condecorado Capitán Saulo Santamán, de ascendencia Panameña — Y ¡cero reporteros!, no quiero entrevistas o declaraciones pendejas.
- ¡El que lo haga será despedido!
- Informen a los medios que en su oportunidad, se emitirá el Boletín de Prensa.

****

Kadir llegó al parque en un santiamén. Se identificó plenamente a satisfacción de los Agentes, quienes consultaron con el Jefe Santamán si podía pasar el recién llegado, que respondió por el radio negando el acceso. Después de las llamadas de "Scorpio" a Ben y de este al Comisionado de Policía del Condado de Lee, le fue permitido pasar al interior del parque para buscar a Helen y Ruth, que muy alteradas, reclamaban a los Agentes del orden mayor celeridad.

Al ver llegar a Kadir, ambas se refugiaron en sus poderosos brazos, bañadas en lágrimas.

– Oh, mi amor, son tan pequeños y frágiles, si les hacen daño, te juro que... — señaló Helen.
– ¡Desgraciados hijos de la chingada!
– Dedicaré mi vida y todo el dinero que tenga para liberar a nuestros hijos y castigar a los malvados con todo el peso de la Ley — declaró Ruth, quien en realidad ya pensaba en su linda cabecita, emplear fondos ilimitados de la Fundación Weitzner, para contratar policías, detectives privados y matones, pagándoles una fortuna, ofreciendo suculentas recompensas al público, por información fidedigna para hallar a los niños y enviar al infierno a los plagiarios.
– Calma — intervino "Scorpio", abrazando con la mayor ternura que pudo a las dos mamás, tratando de consolarlas ya que lloraban amargamente, empapando con sus abundantes lágrimas, el fino sweater (suéter) Inglés.
– Todo saldrá bien, moveré cielo y tierra para encontrarlos sanos y salvos.
– Por ahora, vayamos a casa, aquí no podemos hacer nada, pero antes quiero echar un vistazo. Ramiro, ven conmigo. Me vas a señalar la ruta del camioncito y el sitio donde quedó varado, con los empleados anestesiados. Después, quiero que regreses a las señoras a la casa y ve por ese Doctor vecino de los Weitzner, que atienda a las damas y a Don Benjamín.
– ¡De prisa, por favor! — sin sospechar el grave riesgo de ponerlas en sus manos.

****

El Auditor platicó por separado, con las dos jóvenes recién graduadas de enfermeras encargadas del cuidado de los niños. Las versiones coincidieron.

– Todo fue tan rápido que no pudimos darnos cuenta de nada, nos golpearon, inyectándonos poderoso somnífero, lo sentimos mucho... — sin dejar de llorar.

Son lágrimas sinceras — dictaminó el ojo experto de "Scorpio", borrándolas por el momento, de la lista de sospechosos.

Gracias a la autorización especial del Comisionado de Policía amigo de Ben, "Scorpio" se movía como pez en el agua por el Parque siempre acompañado de los Detectives, cuidando de no contaminar la "Escena del Crimen", como le conocen los profesionales de Criminalística.

Habló extensamente con ellos, entrevistó a los empleados, buscó huellas, fibras, testigos y en general, algún objeto que pudiera ser evidencia para identificar a los asaltantes. Hallaron en el lodo, impresiones de grandes surcos, inconfundibles de las botas Militares.

— Son pisadas de seis cabrones — manifestó el Perito en voz alta.

Su paciencia tuvo éxito parcial. El conductor del infantil carro de bomberos, declaró que fueron varios encapuchados con uniforme color kaki, como el usado por los guardias forestales del parque. La siguiente frase captó la atención de "Scorpio": — "Hablaban mal Inglés, tenían acento extranjero".

— ¿De qué parte del mundo supones que fueran? — presionó un poco el "Comandante".

— Casi seguro de Alemania, mi suegro vino de allá.

— Habla Inglés con ese acento — intervino el ayudante del conductor.

— Gracias por el informe — se despidió "Scorpio".

— Miss Jane Rodwell, Administradora en Jefe del Parque de Diversiones, llegó a la improvisada junta al aire libre con malas noticias:

— Faltan dos Guardabosques, dos empleados de Limpieza y el camión de la basura no está.

— ¡Me lleva la chingada! Aparte del secuestro de los seis niños, están desaparecidos ídos empleados Forestales, dos de la Limpia Pública y el puto camión de la basura! — bramó el Capitán Santamán.

Los Detectives del Segundo Grupo, decretaron que evidentemente los cuatro genuinos servidores fueron suplantados, así que se inició su frenética búsqueda por los alrededores de las instalaciones y en las bodegas, cuarto de máquinas, almacenes, oficinas, garaje, sin dejar de revisar un centímetro de terreno. Por fin encontraron a dos en los restroom (sanitarios) para uso del personal femenino. Estaban en paños menores, golpeados, atados y amordazados.

Asustados por haber sido amenazados de muerte, los asalariados manifestaron lo mismo. Varios hombres fuertemente armados, los encañonaron exigiendo se desnudaran para robar sus uniformes de Guardias Forestales. No pudieron describirlos, porque cubrían sus caras con pasamontañas.

El Primer Grupo de Detectives, había salido a bordo de sus autos civiles con las sirenas y las luces rojo/azul apagadas, tratando de ubicar el camión recolector de basura marca Ford, color blanco, modelo 2015, matrícula de Florida AFP-6618, con órdenes estrictas para detener sin disparos a los bandidos, ni siquiera a las llantas, lo que podría ocasionar un accidente de tráfico al voltearse el vehículo. No, demasiado peligroso, definitivo:

— ¡No disparen!

De otra manera, los niños cautivos resultarían heridos o muertos.

Su integridad física era la Prioridad Uno; la Dos, atrapar a los malditos delincuentes.

Enviaron alertas de radio a la central y patrullas del área.

— Tuvieron poco tiempo para escapar, deben estar cerca de aquí, quizá frente a nuestras narices — razonaron los Policías.
— Pero, al llegar a la autopista, ¿qué dirección siguió el camión? ¿Al Este o al Oeste?
— Ordene señor — pidió el hombre al volante.
— Lo más probable es que hayan cambiado de vehículo, un pestilente camión de basura no pasa desapercibido — argumentó el más experimentado Agente de la Ley.
— Sigamos buscando — ordenó el Teniente — Dale a la derecha — indicó al chofer.

La decisión era como lanzar una moneda al aire. Cara o Cruz.

Desafortunadamente para los esforzados policías, tomaron el Wrong way (camino equivocado), esta vez no atraparían a los delincuentes.

Quince minutos después, una patrulla de caminos reportó el incendio del vehículo buscado, originado por un potente explosivo, probablemente el temible C-4 (Combinated Four).

Cuando la Unidad de Extinción de Incendios apagó el fuego, descubrieron dentro de los fierros retorcidos los restos de dos cadáveres, al parecer Afroamericanos totalmente calcinados.

****

Schaff se regodeaba mayormente complacido, con la cosecha de seis niños fuertes, sanos y Judíos, según él.

Vistiendo el uniforme de Coronel de las SS Alemanas, se miró al espejo, ajustándose la bandolera, funda de pistola y las relucientes botas negras. La guerrera color verde-gris, con una franja de tela roja alrededor de la manga izquierda a la altura del bíceps, lucía la infame swástica nazi en color negro sobre un círculo blanco. Contempló extasiado su imponente figura reflejada en el espejo.

Satisfecho, se felicitó de pertenecer al proscrito Partido Nazi de

Alemania y de la importante misión a su cargo. El General Gerhard Roemer, su finado protector y mentor, estaría orgulloso de verlo. La operación de venganza contra la familia Weitzner la estaba disfrutando de antemano.

La quirúrgica extracción de los órganos internos de los niños, valdrían una fortuna en el mercado negro y el gran premio: el inmenso rescate que exigiría a sus multimillonarios padres, a cambio de entregarles los cuerpos (sin vida) de esos seres inocentes, que su enfermo y perverso cerebro promovía el injustificado odio racial, considerándolos semillas contaminadas con mala sangre, que afectarían el "futuro grandioso de la raza superior", ¡La Raza Aria!

Con los nuevos prisioneros en sus jaulas, el inventario de seres humanos listos para la disección y experimentación en genética, sumaba nueve. El chacal se sintió seguro de haber burlado a la policía.

Fue un golpe perfecto, se relamía. "Soy un genio, ja, ja, ja... No tengo ninguna prisa, voy a disfrutar un poco" pensaba, mientras bebía en abundancia el clásico licor Alemán Jägermeister (Guarda de Caza), elaborado con más de 50 hierbas distintas y 35% de alcohol. De entrada sabe a Anís, pero la afortunada mezcla de ingredientes, hace el deleite de paladares exigentes. Al acabarse la botella, Schaff se encabronó.

Fritz, su ayudante principal y carnicero de profesión, se apresuró en llevarle otra botella, esta vez del licor Alemán denominado Eierlikör, sabrosa mezcla de Ron, Brandy, Whisky, Leche, Crema, Azúcar y Huevos, que hace una bebida suave y espumosa, produciendo borrachera segura.

Acunado en la aristocracia, Maximilian no acostumbraba libar con sus empleados. La diferencia de clases era muy marcada. Volteó para observar al más grande de los niños, que le devolvió una mirada retadora.

Ebrio, el Médico asesino, ordenó los preparativos para la cirugía inicial.

– Traigan a la primera, esa perra Judía que no cesa de llorar.

Los ayudantes obedecieron ciegamente. Sacaron de su jaula a una agraciada jovencita de pelo rojo ensortijado.

Acostada sobre la mesa de operaciones iba a ser sujetada de pies, manos y cintura por gruesos cinturones de cuero. Un empleado acercó la mesita conteniendo el estuche de cirugía y varios frascos de antibióticos.

Otro tipejo colocó junto a la "paciente" el equipo de anestesia profesional a base de gas y el conocido tripié para colgar suero y medicamentos.

El nefasto Médico estaba mareado por el licor ingerido en abundancia y con dificultad se sostenía en pie. El empleado auxiliar le hizo la observación que no estaba en condiciones de efectuar el procedimiento quirúrgico, recibiendo una bofetada de las temblorosas manos de Schaff, que sellaron con sangre la boca del atrevido ayudante.

Estaba tan borracho, que se anticipaba un tremendo fracaso en la extirpación de los riñones, hígado y bazo, de la adolescente.

El malvado cirujano tropezó y cayó al suelo con estrépito. La culata de la clásica pistola LUGER PO8, desportilló el piso de cerámica. Dos ayudantes corrieron prestos a levantarlo, recibiendo una andanada de insultos por hacerlo.

El borrachín fue sentado en la silla más próxima. Respirando hondo y para estar más cómodo, desenfundó la semiautomática, colocándola encima de la mesa de utensilios de cirugía.

La pistola LUGER es una antigua arma usada por el ejército Alemán en la II Guerra Mundial y durante la Guerra Fría, por la Alemania comunista, es muy buena pero bastante pesada, poco menos de un kilogramo, cargada con los cartuchos 9 mm.

Existiendo en el mercado pistolas modernas con mejores prestaciones, Schaff, atesoraba esa arma en particular y nunca tuvo intención de cambiarla. Pocos sabían que fue parte de la herencia de su padre, el sádico Doctor Josef Mengele.

Nuevamente giró su perversa mirada hacia la jaula 9, prisión del jovencito Kadir Jr. de aproximadamente 12 años de edad.

— Traigan aquí a ese cabroncito burgués para ser testigo de la operación, vamos a ver si es tan hombrecito, ja, ja, ja... No vaya a desmayarse el putito al ver sangre, ja, ja, ja... Tengan a mano las sales, ja, ja, ja...

— O tal vez sea mejor aprovechar para castrarlo, ¿qué les parece amigos? Así no podrá reproducir jamás a nadie con su miserable sangre, ja, ja, ja...

Ludwig cumplió la orden. Abrió el candado y de un jalón sacó de la minicelda al jovencito, que extrañamente a juicio de su verdugo conservaba la tranquilidad, incluso trataba de calmar a sus hermanos y amenazó a los secuestradores:

— Mi padre no demora en venir por nosotros, entonces, todos ustedes se arrepentirán, pero será tarde. Si nos liberan, les perdonará la vida, todavía tienen tiempo...

Un artero golpe en el rostro del pequeño Kadir Jr. le reventó nariz y labios.

— ¡Tú serás el primero en la plancha, maldito cerdo Judío!

Otro golpe, ahora en el estómago, acabó con la resistencia del niño, por el momento.

Al ser llevado a la plancha del quirófano, Kadir Jr. se defendió como pudo. Lanzó una patada directa a la boca de uno de los ayudantes que le rompió el diente. Forcejeó con el segundo hombre, logrando pegarle un rodillazo en los testículos. Fue necesaria la fuerza de cuatro gorilas y un macanazo en la cabeza que lo bañó en sangre, para someterlo.

El resto de los prisioneros, lloraba y gritaba. La puerta hacia el quirófano, fue cerrada.

Schaff estaba sorprendido por la bravura del pequeño, completamente opuesta a su propia cobardía, recordando con una mezcla de tristeza y rabia, los constantes actos de "bullying" que les permitió a sus compañeros y algunos familiares (abusos físicos y psicológicos en escuela, hogar y trabajo).

Pasó por su mente como vendaval, las alevosas caricias primero y violaciones por el recto, que sufrió a manos de niños mayores y adultos. Aunque juró vengarse, nunca lo hizo por temor, faltándole valor para castigarlos.

Al llegar a esta conclusión, sintió una ola de admiración hacia el jovencito, pensando en la posibilidad de indultarlo, como había visto lo hacían en la plaza de toros, cuando alguno de los animales de lidia demostraba extraordinaria casta y bravura en la faena, el torero le perdonaba la vida.

— ¡No! ¡Es un detestable Judío! ¡Nuestra misión patriótica es acabar con ellos! ¡Debemos matarlos a todos! — ladró enloquecido.

— ¡A todos! ¡¡Hemos de cumplir los deseos de nuestro Führer!!

— ¡Heil Hitler!

Su descompuesta cara adquirió un color rojo, claro síntoma de una peligrosa subida de presión arterial. Los cuatro ayudantes corrieron para auxiliarlo, descuidando por un instante al jovencito, que muy golpeado, no representaba ningún riesgo. Error garrafal.

Kadir Jr. aprovechó el momento para coger la pistola Luger dejada en la mesita lateral por el déspota médico, cortó cartucho como bien sabía, y comenzó a disparar.

El Médico asesino Max Schaff, recibió el primer balazo de su propia pistola en medio de los ojos, muriendo instantáneamente. Con gran velocidad, el jovencito hizo fuego por segunda, tercera, cuarta y quinta ocasión, casi agotando el cargador de la poderosa arma. En el suelo, quedaron los cuerpos ensangrentados de los cuatro ayudantes.

Haciendo gala de increíble aplomo para su edad, Kadir Jr. comprobó físicamente que todos estuvieran muertos.

"Las fieras heridas son mucho más peligrosas hijo", le había enseñado su padre.

Sacó el llavero del bolsillo de Ludwig, el único vivo, que agonizante, le pidió ayuda. El chico se la proporcionó. A un metro de distancia, le sorrajó un tiro en la cabezota.

— Para que no sufras demasiado — comentó el bizarro muchacho.

En la confusión, la joven de cabello rojizo tendida en la mesa de operaciones, hasta ahora inmóvil por el terror, reaccionó. Asustada por los acontecimientos, la nena trató de saltar al suelo para escapar, maniobra que quiso impedir la enfermera, intentando atraparla violentamente. La pequeña horrorizada, tomó un bisturí próximo para defenderse del ataque de la vieja bruja, sin tener plena conciencia del inusitado filo del escalpelo, levantó su mano para cubrirse del castigo, rebanando la garganta de la feroz asistente, que sin saber qué le pasó, se fue de este mundo lanzando un ahogado quejido. Sus impecables ropas blancas quedaron sumergidas en sangre.

La adolescente pelirroja, estática, parada frente al cuerpo de su víctima, soltó la filosa hoja, cubriéndose la carita, brotando de sus ojos abundantes lágrimas.

— ¡Oh my God! ¡Oh my God! ¡I'm so sorry! (¡Oh Dios mío, Oh Dios mío! ¡Lo siento muchísimo!) — gritaba la nena, temblando de pavor — I didn't wanted to hurt her. I just wanted to escape — (No quise lastimarla, solo quería irme...)

Kadir Jr. la abrazó con infinita ternura, tratando de calmarla con dulces palabras.

— Has hecho lo correcto, sus vidas o las nuestras, era gente muy mala, no te preocupes, ya pasará, por favor, por favor, no llores, ven conmigo, anda, ayúdame a rescatar a los demás — ofreciéndole un pañuelo que siempre portaba como le había enseñado su padre, impregnado con dos gotas de la pulcra y elegante Dior Homme Cologne (Dior Colonia para Hombres).

La jovencita, secó sus lindos ojos azul-grises, esbozando una furtiva sonrisa, quedando grabado en su mente y corazón, la estampa del valiente niño con el rostro cubierto de sangre que manaba de su cabeza, y el delicioso aroma de su pañuelito, con el que limpió cuidadosamente sus heridas.

— Ggracias, gracias muchas gracias amigo — y sin decir más unió dulcemente sus labios con los de Kadir Jr. que sorprendido, se cimbró de la emoción.

Era su primer beso.

Abrieron la puerta de la bodega y aperturaron los candados para liberar a sus hermanitos, los gemelos de Ruth y a los demás cautivos. En total, sumaron nueve los rescatados.

****

El resto de la historia: Las llamadas telefónicas a sus papás que llegaron rápido, el llanto de felicidad de Ruth, Helen, Benjamín y de los familiares de las otras víctimas, las Ambulancias, Servicio Médico a los niños, en especial a Kadir Jr. quien al sentirse fuera de peligro por la fuerte presencia de su padre, la adrenalina en su cuerpo disminuyó drásticamente, y el púber sufrió un ligero desvanecimiento, siendo trasladado de inmediato, al Hospital más cercano acompañado de sus padres, para efectuarle toda clase de exámenes y curaciones. Al terminar, los Médicos les informaron que las lesiones no eran graves y pronto sanarían, sin dejar secuelas. La presencia de las Patrullas de la Policía, declaraciones a los Detectives, el allanamiento del laboratorio, la confiscación de computadoras y archivos, que permitió la aclaración de los asesinatos de las jovencitas Judías, y detención de la extensa red de conspiradores, agentes, colaboradores, financieros, políticos y simpatizadores del derrotado Tercer Reich (Alemania nazi), que ahora intentaban estúpidamente revivir y... la inevitable Prensa.

Benjamín Weitzner, ex Fiscal General de los Estados Unidos era muy apreciado en su comunidad y puede decirse que en todo el territorio Americano. Su gestión como Abogado de la Nación, fue impecable, aplicando la Ley sin distinción de razas, posición económica o partido político. Lógicamente, su honesto y eficaz desempeño, le hizo tener enemigos, sin embargo fueron muchos más los amigos que ganó hasta su retiro, incluyendo a colaboradores, empleados y funcionarios de todos los niveles de Gobierno, que reconocían su magnífico trabajo y trato, siempre franco y cordial. Gracias a esas relaciones, Benjamín pudo convencer a los Policías, Detectives y al Fiscal asignado al caso, que debían proteger la integridad del niño, poniéndolo a salvo de posibles venganzas, de parte de miembros desconocidos del desarticulado grupo nazi, que en su loco fanatismo, pudieran atentar contra el jovencito y su familia. Los Jefes Policíacos entendieron a la perfección. No sería justo que el indefenso menor, pagara las consecuencias de un acto heroico, que salvó las vidas de los niños secuestrados, logrando aclarar las desapariciones y homicidios en serie de jovencitas, que tuvieron en jaque a toda la policía del Estado.

El Informe Oficial, dijo en su parte medular: "Después de arduas investigaciones, la Policía del Condado descubrió el escondite de los criminales, siendo auxiliados por un comando del S.W.A.T. (Special Weapons and Tactics/ Armas y Tácticas Especiales) que en rápido operativo sorpresa, penetró a las instalaciones, rescatando intactos a los rehenes. Los delincuentes atacaron a las fuerzas del orden que repelieron la agresión, abatiendo a los secuestradores. En el lugar, fueron hallados..."

En un momento a solas, Kadir, el templado Comandante "Scorpio" derramó lágrimas de rabia consigo mismo. Se recriminó duramente el no haber hurgado en profundo, los antecedentes del malévolo Doctor Schaff, recordando haber leído sobre la desaparición no aclarada de la portorriqueña esposa del Médico, quien fue exonerado de toda culpa. La Ley lo declaró inocente. ¡Estúpido de mí, me confié de ello! Pude haberlo evitado... — se flageló.

****

Kadir papá, abrazó y besó con mucho cariño a su hijo que demostró hombría sin igual.

– Querido hijo, ahora más que nunca, estamos en deuda con el Ser Supremo. Gracias a ti, podemos estar reunidos sanos y salvos, de lo contrario estaríamos presentes en un funeral. A pesar de la oposición de tu mamacita, bendita sea la hora en que te enseñé el manejo de las armas, hijo mío. Sabes, solo hice lo que en su tiempo me enseñó tu Abuelo Gregor, que siempre pregonó: "El Peor Enemigo de la Humanidad, es la Ignorancia".

"Scorpio" contempló a su hijo que extenuado, se quedó dormido. Apagó la luz de la lamparita de buró y salió de la recámara.

– Mañana será otro día y saldrá el sol — reflexionó.

****

¡KADIR JR. PARA PRESIDENTE! Era la leyenda sobre el enorme pastel de nuez de macadamia con chocolate — el favorito del héroe del momento — dispuesto sobre la gran mesa circular del comedor íntimo familiar, donde solo tenía asiento la familia Weitzner y sus invitados especiales. El menú era sencillo pero magnífico: Jugos de naranja, toronja, manzana, zanahoria, tomate y el llamado "verde" (combinación de piña o naranja con verduras), frutas frescas, yogurt natural y de sabores, huevos Benedictine con jamón de pavo, salchichas Kosher, café, té, leche y cereales.

Para los adultos, heladas botellas del fino champagne Pommery

Brut Nature, aguardaban ser descorchadas.

Afuera de la residencia, un buen contingente de periodistas ávidos de información, con sus cámaras fotográficas, video y televisión, rondaban la casa haciendo guardias, solicitando inútilmente ingresar, para obtener entrevistas y declaraciones de la familia, especialmente de los niños liberados de su cautiverio.

Al verlos a través del ventanal, Kadir y Benjamín se fundieron en un afectuoso abrazo.

— ¿Te imaginas si los medios de información llegaran a enterarse de la verdad? — comentó el Auditor.

— ¡Con cien mil millones de coños! Tu hijito sería un paladín, el ídolo de la ciudad, del Estado y de la Nación completa. Trabajo en la televisión o en películas, no le faltaría... pensándolo bien pudiéramos ganar un buen dinero o tal vez capitalizar su fama y después meterlo a la política, ¿no crees? — expresó jocoso Ben, tosiendo de la risa.

****

— ¿Saben quién era la niña pelirroja cautiva? — comentó Kadir en el desayuno/brunch que iniciaron a las doce horas.

— Ni idea — contestaron a coro los presentes.

— Nada menos que la hija menor de Iván Rómayev, el hombre más rico y poderoso de la Rusia actual, dueño del Petróleo, Gas, Barcos Cisterna, Oleoductos, Nucleoeléctricas, Bancos, Aseguradoras, Fábricas de Alimentos y Laboratorios Farmacéuticos. Ahora está comprando Universidades en Europa y América. Hay rumores que desea entrar en la Industria Aeroespacial y Cibernética.

— Fiiuu — lanzó un silbido Ruth.

— Es un pez supergordo. Puedes contar con buena recompensa — señaló en broma.

— Todavía ignoro cómo, pero anoche mismo ha enviado un WhatsApp (mensaje electrónico al teléfono celular) agradeciendo muy cumplidamente el rescate de su adorada hijita.

— En su mal inglés, explicó que la jovencita quiso ir de vacaciones con dos amiguitas. Está arrepentido de haberle concedido permiso y quiere vengar la afrenta. Me solicita con respeto decirle lo que puede obsequiarnos, no en pago pero desea gratificarnos. Está feliz con la nena sana y salva.

— ¿Qué le has dicho? — inquirió una afligida Helen.

— No podemos aceptarle nada, por supuesto.

— Si tiene tanto dinero, queremos muchos juguetes — pidió el pequeño Ilkin.

- Y dulces, muchos dulces y galletas — solicitó uno de los gemelos.
- Podría pedir un dinerillo para La Fundación, que anda corta de fondos, ja, ja, ja... — expresó a carcajadas Ben, pensando en los cientos de millones ganados tan solo la semana pasada, cuando subieron los precios del petróleo, por la crisis en Medio Oriente.
- O un gran lote de juegos electrónicos, por ejemplo Dragon Age, Mario Kart 8, TitanFall, Donkey Kong Country, The Crew, Assassin's Creed, Dragon Age Inquisition y el nuevo Pokémon GO — propuso alegremente Galip.

Todos, siguiendo la broma, fueron elaborando su hipotética lista de regalos, supuestamente para solicitarlos al opulento padre de la jovencita rescatada.

Kadir Jr. había guardado silencio.

- Hijito, solo faltas tú. ¿Qué desearías para ti? Estoy tan contento que si el tacaño señor Rómayev no responde, lo haré yo, así que pidan, pidan, se lo merecen — dijo festivamente el feliz "abuelo" Benjamín.
- Lo único que deseo es ver nuevamente a Nitza (Capullo en Flor), la bellísima y osada niña que me ayudó a liberar a los rehenes. Cuando sea grande, pediré su mano.
- ¡Dios Mío! ¡Mi retoño se ha enamorado! — exclamó Helen, su madre.
- Kadir está enamorado, Kadir está enamorado, Kadir está enamorado — comenzaron a cantar los demás niños, ante el bochorno del joven que optó por retirarse de la mesa.

El junior se refugió en su habitación. Hasta allí lo alcanzaron sus padres, para confortarlo cariñosamente.

- Hijo, no es ninguna vergüenza enamorarse, al contrario te felicito por tu sinceridad, solo que estás un poco corto de edad para ello. A su debido tiempo, conocerás el amor, te prometo que así será — indicó Helen, abrazando al crío.
- Por supuesto, conocerás a muchas lindas mujercitas que serán tus amigas y podrás seleccionar a la que te haga sentir el hombre más poderoso de la tierra, capaz de hacer todo por ella, con la que encuentres el amor y la dicha de estar en su compañía — aconsejó Kadir papá.
- Te has comportado como un verdadero guerrero, un orgullo para todos nosotros.

La enseñanza impartida del padre al hijo, se inició a los diez años de edad, y siempre fue completa, continua y actualizada. Kadir Jr. recibió la instrucción teórica y práctica de algunos modelos de armas adecuados para su edad, por ejemplo con las estupendas pistolas hechas en Alemania WALTHER PP y su hermana menor, la PPK (Polizei Pistol Kriminal), famosas por su alta calidad, ligeras, armas pequeñas, fáciles de transportar y usar, de doble acción, con cargador de 6 balas más 1 en la recámara. La fuerza del mecanismo de retroceso, es reducida.

No obstante el tamaño compacto, su poder de fuego la convierte en arma letal a corta distancia. Ha sido por muchos años, la pistola favorita de Agentes de la Policía Secreta en varios países. El grueso de la gente conoce esta pistola como el arma favorita de James Bond, el famoso Agente 007, personaje de la exitosa novela de Ian Fleming llevada al cine, produciendo una serie de interesantes películas de acción.

Sin embargo, pocas personas saben que fue el arma utilizada por Adolf Hitler para suicidarse a fines de la II Guerra Mundial.

El entrenamiento del niño Kadir, comenzó con el calibre .22 Long Rifle para después, disparar al blanco con cartuchos .380 también conocido como 9 milímetros corto.

A solas con su esposa, Kadir consultó si debían proporcionar ayuda profesional a su hijo y a toda la familia.

El riesgo que el niño pudiera padecer Estrés Postraumático tan común en los Soldados, que por vez primera privan de la vida a un enemigo, era tremendo y podía cambiarle la vida. Determinaron que tenían que hacerlo urgente.

- Amor mío — pronunció gentilmente Helen — Creo que debemos darle las terapias que se necesiten. Sería irresponsable de nuestra parte dejarle solo en ese trance. Pobrecillo, ha estado bajo demasiada tensión. Consultemos a nuestra querida amiga Ruth. Ella es una brillante Psicóloga, nos dirá qué hacer — opinó la rubia.
- Magnífica idea, pensé que tú y ella... no... bueno no importa eso ahora, ¡manos a la obra! — concretó Kadir entusiasmado.
- Aunque creo que todos nosotros necesitaremos sus servicios de loquera, ja, ja, ja...
- Todos menos tú, cabrón — expresó Helen, que pocas ocasiones lanzaba malas palabras.

En el comedor, observando jugar a los niños, Don Benjamín reflexionaba: Qué frágil es la vida. Años de tranquilidad, paz y felicidad, se pudieron haber ido a la basura por un acto cobarde como es el secuestro.

– Este trance criminal, arruina a familias completas. La mayor parte de las veces, es por dinero o venganza, como fue el caso vivido horas antes por todos nosotros.

– ¡Papá! – interrumpió bruscamente Ruth – Hemos estado tan ocupados, que hasta ahora me acordé de Habacuc. El muy canalla no ha tenido la gentileza de avisarme. Con seguridad está muy a gusto con alguna amiguita...

– Basta querida hija. Eso no lo creo, tu marido es un poco estúpido pero no al extremo de ignorar el rapto de sus hijos, que ha salido en todos los medios. No, su ausencia es por otro motivo, lo suficientemente grave para estar tanto tiempo sin avisar... mmm, es posible que le haya ocurrido un accidente, aunque eso ya lo sabríamos... – señaló sabiamente Ben.

– Ramiro, haz el favor de llamar al señor Kadir a mi despacho.

– Aquí estoy. Tu ayudante me ha dicho que es urgente, ¿algún problema?

– Creo que así es. Como sabes, Habacuc ha faltado dos días a casa sin comunicarse con mi hija. Debemos llamar a la Policía cuanto antes. Si el irresponsable de mi yerno ha cogido parranda, la que le espera con Ruth, ja, ja, ja... En realidad, no me preocupa mucho, ha sucedido antes – reconoció Benjamín.

– Es muy extraño. Por lo que has contado, tu querido yerno es socio del hijo de puta medicucho ese Schaff, que a esta hora estará haciendo fila para entrar al infierno.

– Fui un idiota, me engañó completamente el hijo de puta. Solo Dios sabe el peligro en que estuvimos – afirmó Ben – No quiero ni pensar la clase de cerebros retorcidos de esa alimaña y sus seguidores para llevar a cabo sus diabólicos experimentos. Borrarlo de la faz de la Tierra ha salvado muchísimas vidas jóvenes en nuestro país. Nuestra raza Judía siempre estará agradecida con tu hijo – terminó su argumentación el ex Fiscal General.

– Así que surgen varias preguntas – habló Kadir – ¿Sabía tu "hijo político" acerca de las actividades criminales de su socio? Si como pensamos, las desconocía, ¿no se ha enterado de su muerte? O lo que es peor, ¿estaba coludido con el pinche doctorcillo asesino? Y por último, ¿existe la posibilidad de que también fuera secuestrado? Lo que no es aceptable es que haya abandonado a Ruth y sus hijos por alguna mujer, es pendejo pero no tanto – concluyó el análisis Kadir –No puede rechazar a esta bonita familia con tanto dinero y poder, repito, no es imbécil. Tendremos que ayudar a la policía, buscando por nuestra cuenta, ¿qué opinas Benjamín?

— ¡Merde! (Mierda) — respondió el buen viejo, usando una de las pocas malas palabras Francesas que conocía.

Diez minutos después de elaborar su plan, antes que iniciaran las llamadas a sus contactos, fueron interrumpidos por el alboroto proveniente de la puerta principal. Como tromba, salieron del despacho para encontrarse de frente con Habacuc, quien penetró a la Residencia Weitzner en estado lamentable, como si hubiese sido atropellado por un vehículo.

El "Príncipe ConSuerte", esposo de Ruth, estaba muy lastimado. La sangre seca en cabeza y cuerpo eran obvios signos de tortura y sufrimiento.

— ¡Maldito infeliz! — insultó Ruth — ¡Eres una piltrafa! Como dice la canción: "No estaba muerto, andaba de parranda". ¡No has tenido la decencia de avisar, irresponsable cabrón!

— ¡Calla por favor! ¡Estoy vivo de milagro! El hijo de puta de Maximilian, mi socio, me retuvo por la fuerza en el sótano de su casa — gritó a pleno pulmón Habacuc — ¡Lo lamento! ¡Perdón! Me defendí, pero no lo esperaba, eran demasiados enemigos. Fui golpeado a traición en la cabeza con un tubo, atado, amordazado y torturado, deseaban informes sobre toda la familia Weitzner, para después asesinarme. Apenas hoy, aprovechando la ausencia de los cabrones, logré escapar... no les dije gran cosa, lo juro, yo... — dijo suplicante.

Enseguida le dieron atención Médica, agua, alimento y cuidados. Además de un Whisky doble Johnnie Walker Blue Label Tiffanny, afortunada mezcla de whiskies jóvenes y viejos de toda Escocia, en las rocas, por prescripción del "Doctor" Kadir: "Esto le caerá mejor que cualquier otra cosa". El tipo bebió un gran sorbo y comenzó a recuperarse. Ruth, arrepentida de su apresurado juicio, lo abrazó llorando.

— Has librado la muerte, es lo que importa, tus hijos y yo te necesitamos... — y continuó derramando lágrimas de sus lindos ojos azules como el cielo.

— Calma, ya pasó amigo. No te aflijas, todo está bien — le confortó el Auditor, abrazándole — Tiempo habrá para tu relato completo, por ahora descansa y escucha.

Kadir narró un resumen de la historia con el final feliz, ocultando claro, la participación de Kadir Jr.

— ¡Olvídalo! — cerró su discurso "Scorpio" — invitando a los demás a brindar por haberse evitado una tragedia.

El Auditor observó con atención. Le pareció que las caricias y palabras de amor de la rubia para su marido, eran auténticas. Además, la sonrisa franca y sin reservas de Benjamín, lo decían todo. Creo que por fin Ruth, ha alcanzado la dicha que merece, sintiendo alegría por la familia Weitzner y una placentera paz interior en su mente y corazón.

La dejo en buenas manos — reconoció — ¿con júbilo o tristeza?... El tiempo lo dirá.

SHANGHÁI, CHINA

La súbita muerte de Luan Tung, pudo desencadenar un terremoto político, financiero y judicial. Las eficientes Autoridades Chinas, intervinieron con celeridad y gran hermetismo, prohibiendo su divulgación, para no dañar la imagen de la República Popular. Trataban de esclarecer los hechos, para encontrar el motivo del bárbaro asesinato, que a juicio de los Detectives de Homicidios, solo pudo haber realizado un experto tirador profesional, probablemente ex Militar.

La autopsia reveló que la víctima murió instantáneamente, por un proyectil calibre .765 disparado a larga distancia por un poderoso fusil, posiblemente de manufactura extranjera.

La bala penetró el hueso frontal en medio de los ojos, con explosión al contacto, que despedazó la cabeza con exposición parcial del cerebro.

Las investigaciones arrojaban la confirmación de ello, porque la distancia calculada mediante el proceso de triangulación satelital (complicado cálculo matemático de distancias, velocidad del proyectil, orientación, vectores, etc.), desde el objetivo hasta el probable sitio del balazo, casi de 2000 metros, con lo cual la búsqueda del arma se reducía a un puñado y muy selecto grupo de fusiles fabricados en América o Europa, especiales para francotirador, lo cual de comprobarse daría lugar a un conflicto diplomático Internacional.

Los análisis de sangre del muerto, revelaron fuerte presencia de la droga conocida como Crystal (Metanfetaminas), lo cual abrió nueva línea de investigación del Departamento Antidrogas.

La División de Crímenes Informáticos, requisó las oficinas y los equipos de cómputo, detectando graves irregularidades operativas y financieras.

De las informaciones obtenidas "voluntariamente" de los funcionarios y empleados, se descubrieron inmensas bodegas con mercancías de contrabando.

Y lo más importante, los archivos encriptados fueron abiertos por especialistas, hallando valiosa información sobre la mafia China y sus nexos con sus iguales: Italiana, Francesa, Rusa, Alemana, Británica, Norte y Sudamericanas.

— ¡¡Mierda!! ¡¡Qué chingados es esto!! — expresaron en Chino.

HONG KONG, CHINA

Frank Hong continuaba al frente de la sólida empresa East Industries & Trade, Ltd., con toda normalidad. Los sabuesos de la policía China, habían practicado un interrogatorio muy completo, al personal directivo y empleados de esa compañía, filial de la gigantesca corporación Internacional que dirigió hasta su muerte, el amo Luan Tung.

Los eficientes detectives preguntaron sobre la vida, costumbres, políticas empresariales, listas de clientes, proveedores y competidores, contabilidad, finanzas, tratando de averiguar todo lo posible acerca del jefe máximo del inmenso Conglomerado.

Las exhaustivas pesquisas de las autoridades tuvieron éxito. Detrás de una estupenda fachada de negocios legales, se escondía una gran red de corrupción, contrabando de armas, drogas, alcohol, cigarrillos, prostitución, pornografía, crímenes y terrorismo.

Después de un mes, el Estado Chino, requisó las empresas propiedad del mafioso Luan Tung, cuidando de no cerrarlas, para evitar el desempleo de miles de personas inocentes. Operaciones pendientes como la colosal compra de Hoteles y Moteles a una compañía Española y otras, quedaron suspendidas.

Sin embargo, los Directores y Jefes de Departamento, fueron simplemente sustituidos y los hallados culpables, castigados.

Frank Hong, quedó libre de sospechas y desempleado.

El Club PRISMA por conducto de Mr. Brown, le ordenó disfrutar de unas largas vacaciones mientras el asunto se "enfriaba".

El alto ejecutivo aprovechó para irse en compañía de la hermosa Tao-Lin, a quien pidió en matrimonio, regresando ebrio de felicidad seis meses después a los Estados Unidos, para establecerse en la ciudad de Charlotte, Carolina del Norte.

De todas las mujeres que había conocido y disfrutado en su vida, ninguna como la preciosa Chinita, tierna como una gatita fina, inteligente como pocas, que lo llenaba de atenciones y cariño que no creía merecer.

Por fin los Dioses le hacían justicia, al tener a su lado a la linda señora Tao-Lin Hong, haciendo realidad su apellido Hong, que significa "Sueño Glorioso".

BUCAREST, RUMANIA

El Grand Hotel Continental, ubicado en el centro de la ciudad, recibió la visita de los Jefes del International Crime Union (ICU).

La urgente reunión extraordinaria, fue acordada por unanimidad,

para tratar DOS PUNTOS, en sus diversas vertientes:
PUNTO PRIMERO.—

- Informe Oficial sobre el cobarde asesinato de su estimado Socio y amigo, Luan Tung, a manos de un francotirador desconocido.
- Aclaración de su muerte.
- Castigo a los responsables.
- Silenciar a los medios de comunicación.
- Frenar las investigaciones de las autoridades.
- Intervención a los negocios del Socio fallecido, que pasarían a propiedad del Sindicato, para ser repartidos posteriormente.

Bertrand abrió la sesión.

— ¿Ya sabemos quiénes mataron a Luan?
— Porque si no, ¡esta organización vale una mierda!
— Kenneth, conciliador dijo:
— Es muy pronto para saberlo, pero por supuesto conoceremos la verdad.
— Cálmate por favor...
— Calmarnos dices, ¡una chingada! ¡Necesitamos actuar ya! — manifestó Vassily.

Después de una hora de acaloradas discusiones, el flemático Sir Geoffrey impuso el orden.

— Amigos... ¡Basta de pendejadas! ¡Suficientes líos tenemos para discutir entre nosotros!
— Estamos grandecitos para reconocer que ha sido obra de profesionales. ¿Qué organización se atreve a enfrentarnos?
— ¡Los cabrones de esa secta religiosa que matan en nombre de Jesús! — apuntó Dwight.
— Son la nueva Inquisición Española e Italiana, solo que mucho más poderosa e influyente, tienen un chingo de afiliados y las Autoridades de su lado. Se hacen llamar de varios nombres: Templarios, Soldados de Cristo, Defensores de la Fe, Guerreros del Templo, y otros más, como los Fundamentalistas.
— De nuevo, ¡eres un idiota! — criticó Thorthen.
— Ellos son fanáticos pero no profesionales. El que disparó, lo hizo casi a ¡dos mil metros de distancia! No tiene puta madre la puntería del cabrón tirador. Por fuerza tiene que ser un elemento de las Fuerzas Especiales del Ejército.
— Muy bien cabeza hueca, ¿y puedes decirnos Ejército de qué Nación del planeta?
— Tengo el expediente que armaron los pendejos policías que investigaron el caso, lo que saben es que el único disparo fue hecho

por un experto francotirador, con un rifle extranjero de alto poder, del exclusivo calibre 10 mm. Nada más.

— Tenemos que investigar por nuestra cuenta — especificó Vander.
Sir Geoffrey habló con parsimonia.

— No podemos hacerlo ahora. Sucede que la eficiente Policía China está metiendo las narices en todos los negocios de nuestro amigo muerto. Llamaríamos demasiado la atención.

— Sugiero esperar los resultados de las investigaciones Oficiales y entonces sí, actuar con todas nuestras fuerzas. Entre tanto, tomemos las precauciones necesarias para poner a salvo nuestros propios pellejos.

— Tenemos que destruir los archivos secretos de Luan, incluyendo a los indagadores, inspectores, jueces y funcionarios. ¡No podemos arriesgarnos!

— ¡Conclusiones señores!

1. Continuaremos investigando la muerte del compañero Luan.
2. Ejecutar ejemplarmente a los responsables.
3. Acallar a la Prensa escrita, Radio y Televisión a cualquier precio.
4. Utilizar todos los medios que disponemos, chingo de dinero, influencias políticas, amenazas, matanzas, lo que sea, con el fin de cancelar las investigaciones de las autoridades Chinas y de otras en el mundo, que a estas alturas estuvieran escudriñando nuestras conexiones.

— ¡APROBADO! — sentenciaron todos.

— ¿Conocemos a algunos funcionarios de los negocios de Luan en el Lejano Oriente?

— Solo a Fu Hong y a Chou-Lai, el primero Director General de East Industries & Trade, Ltd. Le pagamos muy bien, aunque está desaparecido por ahora, con seguridad la Policía anda detrás de él. Habrá que eliminarlo también, si lo agarran puede "cantar". Y el segundo, Director provisional del Banco Oriental de Importaciones y Exportaciones que sustituyó al difunto Wei Zhao. Muy bien, hay que levantarlo e interrogarlo.

PUNTO SEGUNDO.— Este asunto fue aprobado por unanimidad.

El Informe se refería al resultado de las recientes acciones del Sindicato:

• Los 250,000 muertos por la feroz guerra alentada en Siria.
• 6500 cadáveres en África y contando, por la liberación intencional de Cepas del peligrosísimo virus del Ébola.
• Desaparición del avión Boeing 777 en el Océano Índico, sin dejar rastro. Una verdadera obra maestra.

– Nuestras felicitaciones, Vander.

– Bien hecho, necesitamos castigar, tener en jaque permanente a toda esa runfla de políticos imbéciles y ladrones que gobiernan el mundo — sentenció Sir Geoffrey.

– Una vez pasada la primera oleada de escándalos y que los Chinos abandonen las investigaciones, nos repartiremos equitativamente las "pequeñas empresas" y las "reducidas cuentas bancarias con los ahorros" de nuestro socio sacrificado, eso si logramos llegar antes que los Gobiernos nos despojen — señaló con sarcasmo Thorthen, el cruel banquero, aludiendo a uno de los mayores caudales del mundo.

Exageradamente felices, los siniestros personajes se relamían de gusto, pensando en la inmensa cantidad de dinero, joyas, terrenos, edificios, acciones de empresas transnacionales, inversiones y tantas cosas más que "heredarían" del Socio muerto, que a estas horas significaba solo cenizas, un simple recuerdo del pasado.

– "El muy pendejo se descuidó y pagó el precio" — fue el dictamen final.

– Hemos terminado por hoy, ¡así que a divertirse! Nos esperan Nicoleta, Madalina, Monika, Cristina y Antonia, preciosas jóvenes Rumanas de nuestro mejor burdel en esta ciudad de Bucarest — dijo Vassily — Excelentes hembras, producto de la venturosa mezcla de razas Latina, Turca y Caucásica, que hacen de ojos, piel, cara, senos, cintura, nalgas y piernas, una maravillosa obra de la naturaleza. Las hay para todos los gustos.

– Con tantas pinches guerras e invasiones, la sangre de la población de esta ciudad, es un desmadre. Coexisten en paz: Rumanos, Húngaros, Turcos, Ucranianos, Rusos, Alemanes, Búlgaros, Italianos, Serbios y Gitanos. Siempre han sido muy lindas las mujeres de este País, pero especialmente, después que Nadia Comaneci a sus 14 años de edad, ganó un chingo de Medallas de Oro, en las Olimpíadas de Montreal en 1976 y de Moscú en 1980, casi todas las jovencitas practican la Gimnasia y la dieta deportiva. El resultado: Legiones de hembras buenísimas, saludables, ágiles y fuertes. Señores, nos daremos un banquete. Les aseguro que nos faltará energía para llenarlas. ¡Son unas golosas! — terminó el Ruso su perorata.

– Ja, ja, ja, ja... — rieron todos.

– Espero hayan traído algo bueno para mí — reclamó Kenneth en tono lastimero — La última vez, me tocó un tipo sucio...

– Por supuesto "querido Kenny" te complacerá Christopher Carvalho, el nuevo "toro semental" de mi sobrina Glorielle. Ella asegura que es experto y la tiene grande, será lo máximo para ti — anunció Vander Skoda — Fue un triunfo arrancarlo de sus brazos, mejor dicho de sus piernas, ja, ja, ja... Pero te lo ha regalado para que lo disfrutes cuanto quieras. Mira aquí tienes su fotografía en calzones. Está bien armado, ¿no lo crees?

— ¡Es divino! Gracias, muchas gracias Vander, tú si me amas. Si tuvieras 50 años menos... tal vez, formaríamos una bonita pareja — pronunció dulcemente Kenny.

— Es desechable, cuando te canses de él, tienes mi autorización para matarlo. Te pido que cuando lo hagas, le causes el mayor sufrimiento que tu perverso cerebro imagine.

— Oh, gracias nuevamente amigo por acordarte de mí, ¡te adoro papito! — plantándole un beso en la calva que el mafioso rechazó con energía.

— Y claro que complaceré tus deseos de torturarlo. ¿Alguna idea boys? (muchachos) — dijo Kenny entornando los ojos.

— Puedes hacer lo del Libro de las Mil y Una Noches, solo que en esa obra, Scherezada, la hija del Visir, prolongaba su vida noche a noche contando cuentos al hijo de puta del esposo, el Sultán Schariar, quien corneado por su primera esposa con un esclavo negro, les cortó la cabeza con su propia mano, así como a todas las hembras de la Corte. Creyendo que la mayoría de las mujeres son infieles, el Sultán tomaba esposas por una sola noche, matándolas a la mañana siguiente. La excepción fue precisamente Scherezada, quien mantuvo cautivado al pinche marido durante Mil y Una Noches, dándole dos hijos, logrando el perdón, viviendo felices para siempre — relató doctamente Dwight.

— La cabrona debió ser muy buena cogiendo.

— En forma semejante pinche Kenneth, como si fueras el Monarca, puedes extender la vida a tu amante, mediante las buenas metidas de pito que te den a diario — remató Bertrand.

— Ja, ja, ja, ja... — rieron de nueva cuenta los asesinos, dirigiéndose, para iniciar la bacanal, a la enorme y contigua Suite Trajano.

Fue llamada así en honor al famoso Emperador Romano Marco Ulpio Trajano, que en los años 102 a 107 d.C. conquistó los territorios de la antigua Dacia, cambiando el nombre a Romania.

WILMINGTON, DELAWARE, U.S.A.

En el gran patio de la bonita mansión propiedad de Mr. Orange, frente al Compton Park, los once choferes/escoltas de los importantes invitados, parquearon las blindadas camionetas de marcas denominadas Clase Premium. Las había Lincoln Navigator, Cadillac Escalade, Mercedes Benz G, Porsche Cayenne T, Infiniti QX80 y Range Rover S.

La Asamblea Extraordinaria del "Club Deportivo, Cultural y Social PRISMA", convocada con urgencia por Mr. Green, recibió la entusiasta asistencia del cien por ciento de los Socios, que ávidos de intercambiar información sobre sus respectivas encomiendas, se acomodaron en los confortables sillones de cuero marrón, en el espacioso despacho del anfitrión.

- Señores, sean todos bienvenidos y como dijo el Dermatólogo: ¡Al grano! — manifestó entre risas Mr. Green.
- Con la dispensa del grupo, voy a iniciar declarando validez de esta junta por encontrarse presentes todos los socios del Club.
- Primero las malas noticias. La delincuencia organizada, ha continuado asestando golpes terribles a la humanidad.
- Para ilustrar lo anterior, de manera criminal e irresponsable, ha diseminado el Virus del Ébola en el Continente Africano, deseando eliminar a miles o quizá millones de sus pobladores, sin pensar que tarde o temprano, la atroz pandemia llegará a Occidente, a nuestros Países, ¡a nuestras casas y familias!
- ¡No podemos permitirlo!
- Por otra parte, la Guerra Civil en Siria, desatada y alentada por bandas criminales de contrabandistas de drogas y armas, han logrado su cometido, ganando muchísimo dinero con la sangre derramada de más de 250,000 hombres, mujeres y niños.
- Y qué me dicen de la desaparición en pleno vuelo del avión en el Océano Índico...
- ¡Tenemos que actuar! — finalizó su intervención Mr. Green.

En su turno, Mr. Purple explicó los éxitos del Club en el último trimestre.

- Atacamos con misiles tierra-aire, el Jet Boeing 777 que volaba a 30,000 pies de altura, sobre la frontera de Rusia con Ukrania que transportaba 280 personas, entre ellas, el contingente de 250 hombres fanatizados, especialmente entrenados como guerrilleros, que se dirigían a varios Países del Golfo Pérsico, para incendiar pozos petroleros arruinando la producción de crudo, desquiciar la

Economía Internacional y muy probablemente el inicio de la III Guerra Mundial, que sería naturalmente con Armas Atómicas, Químicas y Biológicas, causando millones de muertos, aniquilando a la Humanidad.

- Lamentablemente también murieron en la acción 30 personas inocentes. No estamos orgullosos de esto, pero tuvimos que tomar la decisión de sacrificar a unos pocos, por el bien de muchos. Por supuesto, de manera indirecta, estamos al pendiente de ayudar económicamente a sus familiares.

Respetuosamente, los presentes se pusieron de pie y guardaron un minuto de silencio, elevando sus oraciones por el eterno descanso en paz de las víctimas civiles.

En uso de la voz, Mr. Black confirmó la Ejecución del maldito delincuente Internacional Luan Tung, poderoso Líder de la Mafia Asiática.

- Ha sido un trabajo sensacional del mejor Agente de la Fundación que patrocina nuestro dilecto amigo Mr. Gray. Felicitaciones.
- Como un bono especial, las autoridades Chinas han iniciado las investigaciones, sobre la red de sus turbios negocios, que los ha sorprendido por las enormes ramificaciones económicas, políticas y criminales en todo el planeta.
- Nuestro Agente en Hong Kong tiene información clasificada sobre el siniestro Sindicato Internacional del Crimen, denominado como ICU (International Crime Union).

Finalmente habló Mr. Gray.

- Tengo dos éxitos que contar:
- Primero, por fin, logramos darle su merecido al escurridizo hijo de puta terrorista Nikolai Chernowski, conocido como "Olaf" o "Charles".
- ¿Lo recuerdan? Su último "trabajo" fue hundir el Transbordador Coreano.
- Su muerte estuvo a cargo del ahora Comandante "Scorpio" en la planeación, y de un nuevo elemento ejecutor llamado "Snake", quien resultó ser un magnífico hallazgo, cuyos detalles les daré posteriormente.
- Otra buena nueva, es haber borrado de la faz de la tierra a un Médico que usaba el falso nombre de Maximilian Schaff.
- Trató de infiltrarse entre la sociedad Estadounidense para cometer las más terribles infamias, sobre todo con niños y jóvenes con los que hacía espeluznantes experimentos genéticos, quitando sus ojos, corazón, hígado, riñones...

- Tenía preferencia en sacrificar personas de raza Judía, pues el desgraciado era ni más ni menos que un maldito nazi, ¡¡hijo del asesino Josef Mengele!!
- ¡¡¡Putísima la madre que lo parió!!! ¿Estás seguro de eso? — interrumpieron sorprendidos y enojados los asambleístas.
- Recientemente secuestró en un parque a mis nietos junto con los hijos de nuestro amigo, el Comandante "Scorpio" — continuó Mr. Gray.
- Pues bien, ya les hablaré de ese tema, baste por ahora que los rehenes fueron rescatados sanos y salvos. Sepan que su inesperada ejecución, fue una obra de arte, realizada por un jovencito de 12 años, prisionero también, cuyo nombre me reservo por razones obvias.
- ¡Por todos los infiernos Mr. Gray! ¡¡Nunca nos avisaste!!
- Pudimos haber ayudado, ¡qué falta de confianza! — gritó Mr. Purple.
- Conoces mis conexiones con los más altos niveles del Gobierno Federal.
- Lo siento amigos, en un secuestro de tus hijos o nietos, el pensamiento se nubla. Lo primero que te dicen es que no puedes acudir a las Autoridades, so pena de arriesgar la vida de los rehenes.
- Pero gracias, muchas gracias por su solidaridad. Deseo que nunca, pero nunca, pasen por una situación como esa... — mencionó Mr. Gray, secando sus lágrimas.
- No, disculpa, no sabíamos, esto es nuevo para nosotros, lo lamentamos — cerró conciliador Mr. Yellow.
- Qué gusto que todo saliera bien, olvidemos el asunto — comentaron los socios abrazándole afectuosamente.
- Debemos estar pendientes, no bajemos la guardia, nos reuniremos en treinta días en mi casa llevando noticias frescas — fue la propuesta de Mr. White.
- ¿De acuerdo?
- ¡Aprobado! — cantaron a coro los asambleístas.
- ¿Cómo andamos de dinero? ¿Se requieren más aportaciones? — preguntó Mr. Brown.
- Estamos bien por ahora, quizá el mes próximo sea necesario soltar un poco más de billete — concluyó sonriendo Mr. Gray, Supremo Tesorero del Club.
- Como siempre con tarifa reducida para Mr. Black que es el más "jodido" de nosotros, ja, ja, ja... — rieron todos de buena gana.

La sesión fue cerrada por Mr. Beige, que solemne pronunció la

hermosa cita de Napoleón Bonaparte, Emperador de Francia:
- "Después de la Victoria uno Merece el Champagne. Después de la Derrota uno la Necesita".

Los presentes brindaron un aplauso al Socio y descorcharon seis heladas botellas del apreciado champagne Belle Epoque 2002, de la casa Perrier-Jouët, elaborado a base de selectas uvas Chardonnay, que adquiridas al precio de 4000 Euros por botella, representaban un pequeño lujo del multimillonario anfitrión.

FORT MYERS, FLORIDA

El viaje de Kadir y familia a La Florida, se prolongó seis semanas más de lo originalmente planeado. Durante la primera, después del infausto acontecimiento del secuestro de sus hijos, el inesperado y violento rescate de los rehenes sanos y salvos, las declaraciones, peritajes y diligencias ante la Fiscalía, se llevó todo el tiempo.

El curtido hombre de negocios y duro asesino profesional, que en sus ratos libres ejecutaba a torvos delincuentes, impartiendo "Justicia" a su manera, escuchó las opiniones de los Doctores, principalmente de la brillante Psicóloga Ruth. Atendió el consejo y consideró necesario acudir en masa a la Terapia Profesional Postraumática, empleando en ello veinte días más, de sesiones diferenciadas a cada miembro del Clan Aiza/Kelly.

Después del intensivo tratamiento, los Profesionales de Conducta Humana, dictaminaron que toda la familia, había superado exitosamente el Síndrome sufrido en el lamentable episodio. Advirtieron que ese tipo de experiencias, son tan fuertes, que no podrían ser borradas completamente de sus cerebros, pero el incidente se iría desvaneciendo con el tiempo, para ser recordado como anécdota. No obstante, la mayor preocupación de Kadir, era su pequeño hijo Kadir Jr. Reconociendo que a sus doce años había mostrado tremendo valor y mejor puntería, dando muerte a los secuestradores, haría todo lo que fuera a su alcance y más, para evitar que su querido vástago siguiera el camino de las Armas, o se convirtiera en Asesino Profesional.

Al mismo tiempo, "EL AUDITOR DE LA MUERTE" como era conocido dentro de la Fundación Weitzner y ahora por el Club PRISMA, se devanaba los sesos en las madrugadas, cavilando la forma de hacer comprender a su hijito que no debía sentir ninguna culpa. Había actuado en legítima defensa propia, salvando a los prisioneros de la esclavitud, sufrimiento y muerte que les esperaba. Tuvo que mostrar al jovencito, fotografías de los demoníacos experimentos del pérfido Doctor Josef Mengele, así como de los cuerpecitos desollados y mutilados de los niños raptados por el cabrón de su hijo, el pinche médico asesino de falso nombre, engendro del diablo, Maximilian Schaff.

Siguiendo nuevamente las cariñosas orientaciones profesionales de Ruth, viajaron a Orlando, para disfrutar una semana, convencidos que la alegría de los personajes de Walt Disney, les ayudaría a dejar atrás el funesto pasado. Los maravillosos juegos y atracciones, harían olvidar la trágica experiencia a toda la familia.

MADRID, ESPAÑA

De regreso en casa, la dichosa "tribu" volvió a sus actividades cotidianas.

Kadir se prometió jamás permitir, que ninguno de sus hijos pudiera dedicarse a ser Justiciero. ¿Bajo ninguna circunstancia...?

****

Era un lunes soleado, Kadir entró en su oficina encontrando a Margarita, su secretaria de toda la vida, sumamente angustiada.

— Bien Doña Mago, ¿qué sucede?
— Ay señor, no sé cómo pasó, en un descuido mío, se ha colado a su privado la señora Amber. Me engañó completamente, soy una tonta, disculpe... yo...
— Basta Margarita, no es tan grave, no pasa nada, la comprendo perfectamente, ella cree que todavía es mi jefa. Es impetuosa no se preocupe, me hago cargo.
— Bon giorno bella signora (Buen día bella señora) — saludó en Italiano.
— ¿Ciao tesoro che sucede? Secoli fa, che non nulla di voi, mio amore. ¡Sei un mascalzone! (¿Qué ha pasado tesoro? Hace siglos que no sé nada de ti, mi amor. ¡Eres un canalla!) — respondió la casquivana hembra, abrazándole fuerte buscando desesperada sus labios, arrimando su maravilloso cuerpo en ajustado vestido blanco de encaje transparente, que dejaba ver la rosada punta de sus preciosos senos y el diminuto calzoncito color carne, que apenas escondía la depilada vulva.

Más tarde, el ejecutivo se enteraría de la callada molestia y disgusto de su Secretaria Ejecutiva, por la irrupción en la oficina de la visitante, mostrando sin recato, sus generosos atributos femeninos, que consideró una grave falta de respeto hacia el Jefe.

— ¡Un momento! ¡Déjame respirar! — exigió Kadir, rechazando gentil la provocación.
— Tengo importante información que darte, primero los negocios, después el placer. Te prometo que...

El Auditor tuvo que emplearse a fondo para evitar que la hermosa mujer se colocara de rodillas con clara intención de abrir la cremallera del pantalón, liberar su pene y succionarlo.

— Basta nena, por favor, te pido unos momentos de seriedad, más tarde tendremos una hora para nosotros dos — solicitó el funcionario — mintiendo.

Necesitaba ganar tiempo y calmar el ímpetu casi animal, de la atractiva dama.

– Muy bien, ¡aguafiestas!

– Hablemos del maldito trabajo, tienes pocos minutos y contando — contestó ella sirviéndose una copa de Cognac, metiendo y sacando su lengüita para llevar el licor a su paladar.

Se acomodó en el sillón frente a él, con movimientos sensuales.

Desvergonzada, introdujo el dedo cordial en la copa y lo llevó a su boquita sorbiendo el líquido y cruzó la pierna despacio, dejando ver la prenda transparente también, que resguardaba su parte íntima.

Kadir aprovechó para tomar de golpe un vaso con agua natural fría.

Superada la sorpresa por la incómoda visita, abrió el cajón derecho de su escritorio, sacando una fina carpeta de piel marrón, con sus iniciales grabadas en letras doradas: KAP (Kadir Aiza Pírez).

Extrajo una docena de hojas, que contenían el Informe Ejecutivo sobre los Objetivos y Resultados del viaje a la República Popular China.

La Sección "A" del documento, narraba un preciso condensado del:

PRIMER ASUNTO:

OBJETIVO.— Adquisición de Materiales de Construcción y Equipamiento, para las nuevas Edificaciones y Modernizaciones, de los Hoteles y Moteles de la cadena "CELTIC WORLDWIDE ENTERPRISES", conforme a la clase, calidad, especificaciones técnicas, precio, forma de pago y tiempo de entrega, establecidas en las Memorias Constructivas elaboradas por las Firmas de Ingenieros y Arquitectos, al servicio del Corporativo.

RESULTADOS.— Se estableció contacto con varias compañías de los distintos sectores de la industria, decidiéndose finalmente por la mayor empresa comercializadora de China, la EAST INDUSTRIES & TRADE LIMITED, con sede en HONG KONG, que se comprometió por Contrato, a surtir todos los insumos que requerimos en nuestras órdenes de compra, en tiempo, calidad, precio y forma, habiendo pagado un anticipo de Un Mil quinientos millones de Dólares Americanos, que representa el 50% del total.

El saldo, será liquidado contra la entrega LAB (Libre a Bordo) en el puerto de Barcelona.

SEGUNDO ASUNTO:

OBJETIVO.— Explorar la posibilidad de VENTA de los Hoteles, Moteles e Inmuebles, propiedad de la Señora A. B. Vda. de P. y B. en su calidad de Accionista Mayoritaria de la Holding "CELTIC WORLDWIDE ENTERPRISES". Precio de salida: Ciento cincuenta mil millones de Euros.

RESULTADOS.— Dos Conglomerados mostraron interés en comprar: Uno Chino, que en principio le pareció bien el precio, cuando recibió la Información Confidencial, enviada por la Vicepresidencia General de Contabilidad y Organización de CELTIC y el otro, un Grupo de Inversionistas Internacionales con sede en Singapur, que obtuvo la misma Documentación Confidencial.

La gigantesca Corporación China está atravesando por algunas dificultades No Financieras, que le impiden efectuar por el momento ninguna transacción de importancia.

Parece que el propietario ha fallecido recientemente y el Gobierno Chino ha iniciado profundas investigaciones sobre el origen de los dineros, interviniendo en las nuevas decisiones empresariales.

El Grupo de Singapur por el contrario, renovó hace dos años su Consejo de Administración, contratando jóvenes profesionales egresados de diversas universidades del planeta, enriqueciendo la visión global de los negocios internacionales.

En el último año, han triplicado sus ingresos, y duplicado las utilidades, poseedores de gran liquidez, situación que los ha llevado a subir sus acciones a las principales Bolsas de Valores de Asia, Europa y América, con magníficas ganancias para los Inversionistas.

Ofrecen como Base de Negociación, Ciento Cuarenta Mil Millones de Euros, la Mitad en Efectivo y la Mitad en Acciones de su Grupo Empresarial o bien, Ciento Treinta Mil Millones de Euros, totalmente en Efectivo. Me inclino por esta. Si aceptas, la operación se realiza en 60 días.

Al llegar a este punto, la pelirroja no se contuvo más y lanzó berridos de alegría:

— ¡Cierra la operación! ¡Gracias papito, yo sabía que eres un chingón, pero no tanto, te recompensaré divinamente, mi amor, mi vida, mi cielo, te amo, lo oyes, te A M O, todo mi cariño es para ti — se soltó gritando como condenada.

— ¡Bebamos, bebamos, tú eres mi macho, mi padrote, anda, pégame, castígame, he sido una niña mala, por favor, por favor! —lanzándose sobre el estupefacto Contador Público.

— ¡Demonios! ¡Aquí no! ¡Contrólate cabrona! ¡Esta es mi oficina, no la chingues! ¡Respeta por favor! — vociferó Kadir, sujetando las muñecas de la hembra con fuerza, lastimándola sin desearlo.

Enojada por sentir el abrupto rechazo del varón, Amber la brava mujer, cometió el error de su vida.

— Oye bien lo que te digo grandísimo cabrón. Nadie, pero nadie, se ha atrevido a despreciarme. Me has hecho sentir la peor de las putas,

¡lo pagarás muy caro!

- Hablaré de nosotros con tu pinche esposa a ver si ella perdona tus infidelidades.
- Además estás en mis manos, mañana mismo puedo ir a la Policía y pedir que te investiguen, les diré que tengo la sospecha que planeaste la muerte de mi adorado marido para acosarme y quedarte con su dinero, maldito, ¡claro que lo haré!
- Te conviertes en esclavo sexual o cumpliré mis amenazas. Imagínate en la cárcel, desechado por tu adorada mujercita santurrona, la familia y sociedad, ja, ja, ja...

Cinco minutos le llevó al paciente funcionario someter a la fiera, utilizando la fuerza bruta primero, para posteriormente hablarle paternal con dulces palabras, acariciando su rojiza cabellera que combinaba de maravilla con la nívea piel. Por un instante deseó apretarle el cuello y terminar con el problema, pero no lo hizo.

Le prometió verla otro día para cenar. Con dificultad logró echarla fuera de la oficina.

En ese corto tiempo, Kadir alias "Scorpio", reconoció muy a su pesar, que ella representaba un grave problema para él.

Ya a solas, reflexionó: En primer lugar, soy el autor intelectual y ejecutor, en el "accidente" sucedido a su esposo en la barbería.

Por otro lado, cada vez más se convencía que la guapa y putísima mujer estaba loca de remate. Tarde o temprano se acostaría con alguien que los delatara.

De ser así le costaría muchos años de prisión y tal vez, si las autoridades hurgaban profundo, pudieran encontrar pistas de su "otro trabajo", el de asesino profesional...

Como si fuera poco, la inestabilidad emocional de la hembra, era un riesgo para su familia. Esta cabrona colorada es muy capaz de visitar a Helen y soltar la sopa... perdería toda mi felicidad.

No. No puedo permitirlo.

Pero no deseo matar más, tengo que regenerarme, Dios mío, ayúdame por favor, dame la inteligencia para resolver este problema mayúsculo.

****

Para eliminar el estrés, decidió ir al Club de Golf "Las Matas", uno de los magníficos y numerosos Campos de Golf (más de 20), establecidos en la Comunidad de Madrid, entre otros: La Moraleja, Olivar de la Hinojosa, Alcalá, Retamares, Barberán, Aranjuez, Las Encinas, Golf Park, La Dehesa, El Robledal, Real Club Puerta de Hierro, y otros más.

Como dato curioso, siendo el Golf un deporte que practica

gran cantidad de Españoles, no es una actividad donde produzcan Campeones Internacionales del interesante juego, como en otros deportes, por ejemplo en el Tennis, España tiene ganadores de talla mundial. Jugar un partido, platicar con los amigos y beber una copa en el "Hoyo 19", que es el Bar del Club, llamado así porque los campos de Golf solo tienen 18 Hoyos y los jugadores al terminar su juego, acostumbran refrescarse allí.

Sin saberlo, Kadir estaba a punto de resolver el tremendo lío, que originaba la imprudente, caprichosa, fogosa, rencorosa, impetuosa, ingobernable y peligrosa, Viuda de Peralta y Bárcenas.

****

El Auditor llegó al Club conduciendo su nueva camioneta Buick Enclave 2017 hasta cierto punto austera. Por supuesto que con la enorme riqueza que poseía, pudiera manejar costosos y llamativos vehículos de superlujo, pero la añeja costumbre de guardar bajo perfil cuando era posible, le hacía utilizar marcas comunes en el mercado.

Aparcó en el lugar 77, sitio reservado solamente para él, dirigiéndose al espacioso lobby para cruzarlo y penetrar al vestidor, local donde además guardaba su bolsa con bastones y pelotas de Golf, en el amplio casillero metálico.

Dos jóvenes caddies (ayudantes del jugador) acudieron para auxiliarlo, disfrutando por anticipado de las generosas propinas del espléndido socio.

— ¡Carajo! ¡Hasta que te dignas visitar a los jodidos! — arremetió Don Gonzalo Urías, notable mayorista de abarrotes.

— ¡Hace siglos que no te vemos por aquí, maño! —exclamó Don Paco Návez, empresario de camiones de carga.

— ¡Espero que hayas aprendido a jugar un poco, cabrón! — atacó el Ingeniero Carlos De La Roca y Duque de Orense, más joven que los otros, notable diseñador y constructor de innumerables obras pesadas, con especial orientación hacia lo que más disfrutaba: Centros Deportivos, Escuelas, Puertos, Hospitales, Vivienda, Hoteles, Sistemas de Trenes Urbanos y Clubes de Golf.

Ese fue el cálido recibimiento de que fue objeto el recién llegado, quien se defendió solo diciendo:

— Cuando tenga la edad de ustedes, practicaré el Golf con mayor frecuencia.

— Hay cosas más importantes y hermosas por hacer que reunirme con personajes salidos del Antiguo Testamento, ja, ja, ja...

Después de los consabidos abrazos entre los amigos, salieron a jugar al Fairway (campo de juego) de Par 70, abordando dos carritos eléctricos.

Durante la diversión, Kadir reflexionaba en otras maneras de deshacerse de la piedra que venía cargando, que le impedía concentrarse para mejor jugar y eventualmente ganar a sus rivales deportivos, como en otras ocasiones.

— Estás jugando pésimo — dijo Carlos — Te desconozco.

— Por nosotros estáis bien, joder. Continuad así para chingarles unas buenas botellas de vino, ja, ja, ja... — rieron Don Paco y Don Gonzalo.

Dos horas cuarenta minutos más tarde, la recreación terminó con una rotunda victoria para los comerciantes, que festejaban como chiquillos en el Bar, empinando al puro estilo Europeo, las "Botas" de vino, directo a sus gargantas, devorando la espléndida botana.

En otra mesa, Kadir y Carlos bebieron y comieron un poco de los manjares servidos: Boquerones en Vinagreta, Morcilla de Arroz, Chipirones, sin faltar las rodajas de Jamón Serrano, Chorizo y Queso Manchego curado. El cocinero les preparó además Tortilla de Patatas, ofreciendo una charola con pan rebanado recién salido del horno.

— ¿Sucede algo amigo? — interrogó Carlos, cauteloso — Te noto preocupado.

— Es verdad, nos conocemos bien y es inútil negarlo, pero nada que no tenga remedio. Disculpa, a veces los problemas se juntan y nos agobian por momentos. ¡Bebamos otra botella de vino, qué chingaos! — ordenando el magnífico tinto de la región de Jumilla, "Cuco del Ardal".

— Como dicen en mi México querido: "Si tu mal tiene remedio, para qué sufres y si no lo tiene, para qué sufres".

— El próximo viernes es mi cumpleaños y pienso celebrarlo en grande — acotó Carlos de la Roca.

— La fiesta será en Parador El Saler, que está en Valencia, cerca de Madrid.

— Estás cordialmente invitado, por favor no falles. Es buena ocasión para relajarte y divertirte un poco, te has vuelto demasiado serio.

— ¿No será que alguna vieja te trae aporreando el pavimento?

— Es un lugar muy chingón con hermosas playas del Mediterráneo, algunas nudistas, gastronomía de lujo y un extraordinario Campo de Golf, nos acompañarán varias edecanes de mi oficina. ¿Cómo la ves? ¡Diversión total asegurada!

— Gracias Carlos, por supuesto que iré. No me lo perdería por nada — respondió Kadir, que en décimas de segundo estaba pensando llevar a la señora Amber. Sacarla de la ciudad de Madrid, era buena oportunidad para eliminarla, ya planearía cómo hacerlo.

- ¿Puedo llevar a alguien? Es una hembra muy divertida, está buenérrima — exploró el invitado.
- Vendrá con su prima, es una jovencita preciosa.
- ¿Puedo saber sus nombres? Si son putas finas, debo conocerlas — expresó el Ingeniero, especialista en el ramo.
- Es la señora Amber Brancatti recién viuda de Don Ramón Peralta y Bárcenas, la acompaña su prima Fiorella —contestó Kadir.
- ¡Carajo, ya lo sabía! Deben ser las nalgas que te tienen loco y apendejado, ja, ja, ja... — rió el cumpleañero.
- La conozco bien, esa pinche vieja de pelo rojo. Efectivamente está muy buenota, la he visto en varias reuniones elegantes, siempre caliente, acompañada del cornudo marido, coqueteando abiertamente en sus narices.
- No obstante, todos temblaban ante el pinche viejo. Se cuentan historias sobre su mafioso pasado y el gran poder económico y político que acumuló.
- Verdad o no, nadie osaba acercarse a la hembra, invariablemente vestida a la última moda, con finísima ropa y accesorios de Valentino, Oscar de la Renta, Chanel, Ellie Saab, Dior, Saint-John, Pineda Covalin, Carolina Herrera y Purificación García, entre otros.
- ¿Cómo es posible que conozcas esas marcas? ¿Eres acaso modisto? — preguntó Kadir riendo.
- He tenido docenas de mujeres ricachonas, adivino sus gustos y me agrada regalarles cosas finas, siempre como una inversión.
- Las putonas siempre acaban pagando cinco a uno, ja, ja, ja, así de bueno soy con ellas en la cama.
- Por ejemplo, este cacharro BMW, fue el último regalo que le acepté a una gran dama de sociedad, casada con un príncipe de la realeza Europea, cuyo nombre por supuesto me reservo.
- Los hombres no tenemos memoria.
- Se me antoja cogerme a esa culona, con tu venia por supuesto. ¡Qué bueno que irá a mi celebración! ¡Es mi oportunidad! ¿No es tu vieja, verdad?
- Y obvio que puedes traer a las mozas si lo deseas, pero te advierto que mis fiestas duran todo el fin de semana, comenzamos con una nena y terminamos con otra. No se permiten celos de nadie.
- ¿Estás dispuesto a compartirlas con la flota?
- Desde luego, ellas solo son unas amiguitas más — cerró Kadir, disfrutando anticipadamente el éxito de su plan.

- Una cosa más dijo Carlos:
- Ni una sola palabra del sarao a los viejitos. Hicimos bien en dejarnos ganar, míralos, bien contentos.
- Invitarlos sería llevarlos a la muerte, además no pueden dejar de vender en el mostrador de sus tiendas, ja, ja, ja...

Acto seguido se unieron al agasajo con los otros comensales, ganadores del partido de Golf.

****

De camino a casa, Kadir exprimió el cerebro para hallar la solución al inminente problema que lo agobiaba.

Por vez primera en su vida no tenía el control de la situación y eso le carcomía el pensamiento.

De pronto, como una fresca ráfaga de viento llegó a su mente un paliativo.

Pulsó el número telefónico de la ardiente pelirroja.

Necesitaba ganar tiempo, anticiparse a la jugada.

- Hola cariño — contestó melosa — Precisamente iba a llamar a tu mujercita para tener una plática de amigas, pero dime qué se ofrece, si quieres pleito desde ahora ¡te vas a la fregada!
- No nada de eso querida, te hablo para hacerte una invitación.
- El día de mañana, tengo la fiesta de cumpleaños de un amigo que desea celebrarlo a bordo de su yate, anclado en El Saler, Valencia, a dos horas treinta minutos de Madrid en auto, ¿conoces el lugar?
- Es muy bello, con playas al Mediterráneo, fabuloso SPA..., sería buena oportunidad para conocernos mejor.
- Creo que te he juzgado mal, en el fondo no eres tan mala persona y tal vez con el tiempo podamos... — continuó hablando el Contador.
- Por favor discúlpame por mi trato rudo, lo que sucedió ha sido producto del respeto que siempre tuve a tu esposo, que fue mi jefe durante varios años y bueno, me parecías una diosa inalcanzable.
- La verdad es que tengo el temor de enamorarme y ser para ti solamente un capricho, para botarme después al cesto de la basura, como un simple objeto desechable.
- Disculpas aceptadas cabroncito, pero no olvidadas.
- Lo que te dije de amarte fue un impulso, pero sí, la probadita de sexo que me diste, me gustó bastante, no cualquiera de mis amantes ha sido capaz de dejarme exhausta después de varios orgasmos.
- ¡Eres un maestro! — aseguró la pelirroja.
- Si haces los suficientes méritos, puedo hacerte un lugar en mi cama, digamos cada lunes.

- El resto de los días los mantengo ocupados, sabes, me agrada la variedad, soy una golosa, como me han dicho.
- ¡Cuenta conmigo para la fiesta!
- Llevaré solamente a mi prima Fiorella, a quien ya conoces, podemos hacer un trío sensacional, la mujer ha aprendido mucho, ja, ja, ja, ¿te excita eso mi amor?
- ¿Y qué crees? La muy zorra de Lanya, sobrinita de mi difunto marido, se largó de la casa, no sin antes efectuar los trámites judiciales para apropiarse del legado de millones de Euros, que le dejó su pinche Tío y puto esposo mío.
- ¡Que arda en el infierno el hijo de su chingada madre! — exclamó Amber.
- Fue tan ingrata, que ni siquiera dio las gracias, simplemente se marchó con el viejillo Ministro de Asuntos Coloniales, sin dejar rastro.
- ¡Hija de putana!
- Y yo de pendeja, enseñándole todos los secretos de la golfería más fina, la convertí en una gran moza, de categoría, ¡apta para trabajar como estrella porno y en los mejores congales del mundo!
- Ahora con tanto dinero, será la dueña de varios burdeles, ja, ja, ja...

Kadir escuchaba con atención. Definitivamente Amber no tenía remedio.

Era una mujer ninfómana, sin ninguna moral, en camino a su destrucción, ahora que la había iniciado Ramón en el terrible vicio de la cocaína.

****

Kadir pensaba y con razón, que Carlos De La Roca y Duque De Orense, iba en picada. Era descendiente de la más pura nobleza Española, venida a menos, como en casi todas las tambaleantes monarquías. El refinado profesional de la Ingeniería, medio millonario, pues su herencia estaba casi agotada, continuaba derrochando cientos de millones en los extravagantes viajes al derredor del mundo, amantes de alta sociedad, costosos regalos y francachelas.

Las enormes ganancias derivadas de sus importantes obras de construcción, se gastaban alegremente en los Hoteles y Casinos The Venetian y Lisboa, en Macao (China), Wynn, Bellagio, Palazzo y Aria, en Las Vegas (USA), Montecarlo (Mónaco) y Conrad, en Punta del Este (Uruguay).

El casino Trilenium, en Buenos Aires (Argentina), Crown en Melbourne (Australia), Baden-Baden (Alemania), Sun City (Sudáfrica) y Marina Bay Sands (Singapore).

Ca'Vendramin, Venecia, (Italia), The Ritz, en Londres (Inglaterra) y desde luego el Casino Gran Madrid, en Torrelodones (España), donde efectuaba apuestas millonarias, perdiendo la mayor parte de las veces.

Siempre acompañado de una o dos bellas y sofisticadas mujeres, Carlos De la Roca, disfrutaba sin límite de todos los placeres que el dinero puede comprar:

Hembras buenísimas, Joyas, Autos, Aviones, Yates, Viajes por todo el mundo, Comida, Bebida, Ropa y Calzado exclusivos, Casas, Departamentos, Muebles, accesorios para oficina y el hogar, practicar toda clase de deportes, incluyendo los denominados "extremos", como paracaidismo, alpinismo, carreras de autos, motocicletas y su preferido después del Golf y la Pesca, en especial de Sirenas: El Submarinismo en la Costa Brava Española.

No descuidaba por supuesto, su asistencia a los mejores conciertos, presentaciones de grandes artistas Internacionales, sin faltar las fantásticas fiestas del mundo del cine, teatro, radio y televisión.

Acudía a los estadios no importando la parte del mundo que estuvieran, para presenciar por ejemplo, los primeros días de Febrero el Super Bowl de Futbol Americano; en Octubre, la Serie Mundial de Beisbol; los más reñidos partidos de los Torneos de Tennis Profesional, como el Roland Garros, mayo/junio en París, el de Wimbledon en Londres, junio/julio y en Septiembre, el U.S. Open en Flushing Meadows, Nueva York.

NOTA DEL AUTOR.— El Torneo de Tennis de Francia, curiosamente no lleva el nombre de algún deportista campeón, sino el de Roland Garros, en honor al Aviador Francés practicante del Tennis, que pasó a la fama por haber sido el primer piloto de avión en cruzar el Mediterráneo (de Francia a Túnez) en casi 6 horas de vuelo, llegando con 5 litros de combustible en el tanque. Fue Piloto Militar en la I Guerra Mundial comportándose heroicamente, siendo capturado junto con su avión, por los Alemanes.

Se le atribuye el invento para disparar la ametralladora a través de las hélices, técnica copiada y mejorada por el Ingeniero Aeronáutico Holandés Anthony Fokker, para su fábrica establecida en Alemania, construyendo monoplanos y triplanos Fokker, como el usado por Manfred Von Richthofen, el célebre "Barón Rojo".

****

Carlos era espectador frecuente de los mejores partidos de Polo en Argentina y España.

En los principales Hipódromos del mundo, formaba parte de los asiduos espectadores y apostadores Triple AAA.

Participaba activamente en los Torneos Internacionales de Pesca de Cartagena, Colombia; Huatulco, México; y San Juan, Puerto Rico; donde capturó varias veces ejemplares de cerca de 100 kilogramos de peso, que una vez debidamente fotografiados y registrados en los Libros de Récords, se devolvían al mar.

Don Carlos, como algunos aduladores le llamaban, era Cliente frecuente y consentido VIP en todo lugar donde llegaba.

Su trato cordial, los elevados consumos y las propinas del 25% otorgadas al personal que lo atendiera, le hizo fama de espléndido en el Jet-Set Internacional, de manera primordial con hermosas y ambiciosas mujeres de la mejor sociedad, mezcladas con algunas putitas elegantes y señoras tan gordas como sus cuentas bancarias, todas ellas ávidas de aventuras románticas y... sexuales.

Con ese ritmo de vida y gastos, la fortuna del Playboy disminuía a diario.

Los altos ingresos que obtenía por ejercer su profesión, más los rendimientos de sus inversiones bancarias, adicionados de las rentas de propiedades heredadas, resultaban insuficientes para sostenerlo.

Cierto que tenía un dinerillo por allí escondido, que no podía tocar.

Su esposa, virtuosa y refinada dama de la sociedad Española, en los primeros años de feliz matrimonio, le hizo millonaria Donación de Acciones de una sólida Empresa, propietaria de doce Ingenios establecidos en Puerto Rico, República Dominicana y México, grandes Productores de Azúcar y Alcohol, incluso uno de ellos, llegó a ser el más grande del mundo en la molienda de caña.

Hubo sin embargo una condición:

El candado impuesto por Doña María Violeta Velázquez y Domecq — multimillonaria heredera de Bienes Raíces, incluyendo tres Castillos/ Hosterías, Vinaterías, Fábricas de Textiles, selectos Almacenes Departamentales, y con fuertes inversiones en Bancos Españoles — fue que las Acciones Donadas se aportarían a un Fideicomiso.

De esta forma, de las utilidades anuales generadas por los Títulos de Crédito, únicamente el 30% de las mismas se entregarían en efectivo al Fideicomisario (su esposo), quedando el 70% restante acumuladas al Patrimonio del Fideicomiso.

Pero la adrenalina que liberaba su cuerpo por los riesgos y emociones de los Juegos de Azar y las Mujeres, no tenía igual. El buen Ingeniero estaba montado en el tobogán de la desgracia.

Relataba a sus amigos que un Terapeuta en consulta ocasional, afirmó que esos sentimientos incontrolables de continuar apostando cada vez más, solo eran semejantes a la ansiedad que muestran los asesinos, especialmente los llamados "seriales".

El terrible binomio Pasión y Juego, normas de su estilo de vida, lo estaban arruinando.

Su Contador le advirtió severamente:

— De seguir así, tu dinero alcanzará para solo dos años más.
— Hay deudas de importancia con los Bancos y otros Proveedores.
— Se deben tres mensualidades de los dos Mercedes Benz que obsequiaste a tus amantes, cuatro documentos vencidos por la compra del yate Princess 82 y diez pagarés del Helicóptero Eurocopter Super Puma.
— Estamos enfrentando las demandas de pago correspondientes, pero son imposibles de defender.
— Pronto te quitarán todo.

Carlos sonreía cada vez que el profesionista lo profetizaba.

Los dividendos anuales del Fideicomiso y sus honorarios profesionales, le servirían para no terminar en la cárcel o en pobreza, pero tendría que recortar todos sus placeres, llevando una nueva vida marcada por la austeridad.

"Se vive solo una vez". "Aprovechar el momento"... y otros pensamientos semejantes, eran sus normas. El futuro no le preocupaba en lo absoluto.

¿Lo tenía asegurado?

Además su ex esposa Doña María, conservaba su espléndida belleza y... el Gran Dinero. La buena y joven señora decepcionada del amor, no hacía ningún caso a las docenas de pretendientes que la acosaban.

Todos le parecían sosos, torpes, interesados en su fortuna, feos, viejos, fumadores, alcohólicos, presumidos, ignorantes, pelmazos, sabihondos, sucios, metrosexuales, vanidosos insoportables, etc. etc. Únicamente un par de pretensos le habían interesado en esos dos largos años de separación, que tuvo que rechazar con firmeza. El primero que desechó con repugnancia, gustaba de mujeres y hombres por igual.

Y cuando creyó en el segundo hombre, del que podía enamorarse verdaderamente, resultó ser casado. "Mejor sola que mal acompañada", se resignó.

En el fondo extrañaba las sabias caricias de Carlitos como amante extraordinario, manteniendo la remota esperanza que volviera a casa. Por su parte, el Bon Vivant (Vividor), estaba seguro que ella seguía amándolo. En caso necesario, podía reconquistarla en cualquier momento, según él.

Visualizaba el cuadro de reconciliación: Llanto implorando perdón, promesas de fidelidad y cambios radicales de conducta, deseo de tener hijos y disfrutar una bonita familia, para ser felices siempre. Se miró al espejo de cuerpo entero dibujando amplia sonrisa. Músculos por todos lados, sin llantitas de grasa. Creyó que aún era atractivo para las mujeres.

María Violeta Velázquez y Domecq, no podía ser la excepción. Confiaba que al contraer matrimonio nuevamente con ella, lo salvaría de la bancarrota.

****

Sus acreedores estaban preocupados y no compartían el optimismo del Ingeniero.

Antes bien, con la desconfianza natural de perder su dinero, giraron instrucciones precisas a sus Abogados para proceder de inmediato, acusándolo de Fraude y cobrar el monto principal, los intereses moratorios, más los gastos y costas del Juicio.

— Dejaremos sin un centavo al muy pillo — dijeron indignados.
— Estamos listos para embargarle sus bienes y procesarlo — respondieron los Juristas.

EL SALER, VALENCIA, ESPAÑA

Viernes, sábado y domingo duró el festejo de cumpleaños de Carlos De La Roca y Duque de Orense, celebrado en todo lo alto, con el lujo y esplendor que los quince millones de Euros pudieron pagar.

Los cien invitados varones, pertenecientes a selectas familias Europeas, fueron cuidadosamente elegidos por la Secretaria Ejecutiva del anfitrión, comieron, bebieron, jugaron, bailaron y cogieron de lo mejor con las atractivas edecanes contratadas al precio de cuarenta mil Euros cada una.

Alegres y satisfechas, las hembritas se retiraron todas juntas como habían llegado, en dos autocares de lujo marca Irizar.

****

Kadir cumpliendo su palabra, llevó al agasajo/bacanal a la señora Amber y su linda prima Fiorella, que no obstante la diferencia de edades, rivalizaban en hermosura. Galanes no faltaron, pero el Auditor no permitió acercarse a nadie, con un argumento convincente: — "Lo siento, ellas son mi regalo de cumpleaños para Carlos, en el jardín están otras preciosas chicas disponibles, vayan allá por favor".

Kadir alquiló un moderno helicóptero Ejecutivo, con cabina aislada para el piloto, recorriendo la distancia en solo veinte minutos. En el camino, tuvo el cuidado de hablar bien del anfitrión, sin excederse en elogios. Para su fortuna, Amber al escuchar el nombre del cumpleañero, se regocijó.

– Conozco bien al maldito rufián. Se cree irresistible con las mujeres. Lo he visto en varias reuniones del Jet-Set a las que asistí en compañía de mi difunto Ramón.

– Pagado de sí mismo, el muy estúpido piensa que no reparé en sus miradas de conquistador, que me ha cautivado con los gestos estudiados, fingiendo indiferencia que estaba muy lejos de sentir. Como si fuera una idiota veinteañera que se enamora de su profesor en la Universidad con solo verlo.

– ¡Está pendejo! Tendré la oportunidad de sostener una lucha de poder. Ya veremos quién gana. Te juro por la Sangre de San Gennaro, que lo voy a humillar, nulificando su voluntad.

– Es muy bien parecido el cabrón, pero nada me agradaría más que hacerlo arrastrar, implorar mi amor, tenerlo rendido a mis pies, para después ¡mandarlo a la chingada!

– Eso haré si tú me lo permites, mi vida, ahora que estamos tan bien, no quisiera causarte ninguna molestia, mi amor....

- Mira nene, te dejaré un buen rato con Fiorella. Está muy bien entrenada, es preciosa y una fiera en la cama. No te arrepentirás.
- ¡Pues coño! ¡Que me parece bien moza! Sé que lo harás solamente por diversión, porque si fuese de otra manera, ¡menuda paliza daré a los dos cabrones! — replicó el varón aparentando celos.
- ¡Bravo mi tesoro! ¡Así se habla! Estás demostrando interés en mi cuerpecito, de hoy en adelante será solo tuyo, mi cielo.
- Mira, lo hago como tú bien dices para divertirnos y darle una dura lección al desgraciado.
- Tengo otro motivo. Hace unos meses sedujo con engaños a una amiga mía, casada con un alto funcionario del Banco de Bilbao. Un hombre bueno, muy religioso.
- El hijo de la chingada del Carlitos, le prometió matrimonio y no solo dejó sin un centavo a la confiada señora, sino que el muy puto envió a la oficina del marido, ¡un video porno donde jugando al enmascarado violador, le rompe el culo a su esposa, a mi gran amiga!
- No necesito explicarte el escándalo que se armó con el suicidio del banquero, pues salió en todos los medios informativos. En venganza, el noble señor, dejó el material a la vista de todos, acompañado de una carta arrojando toneladas de mierda a la esposa infiel.
- ¿Te imaginas la vergüenza de la familia?
- ¿Ahora lo comprendes mi amor? ¡Tengo que destruirlo!

****

Arribando al Parador El Saler, Kadir las presentó con el festejado. Carlos, sin poder contenerse, saltó de genuina alegría, besando ceremonioso la punta de los rosados deditos de ambas damas, sorprendido de su gran belleza y porte.
- ¡Por fin!, ¡eres una reina! — alcanzó a pronunciar el Playboy.

Por espacio de dos minutos, el anfitrión vació su amplio repertorio de lisonjas y adulaciones con las recién llegadas, tomándolas despreocupadamente de la cintura, conduciéndolas a un lindo saloncito reservado únicamente para cuatro personas.
- Están tan bonitas que no deseo compartirlas ni siquiera con la mirada de mis invitados. Todos son unos leones esperando a sus leonas en celo.

Amber y Fiorella, divertidas por las ocurrencias de Carlos, se dejaban consentir con sus desproporcionadas extravagancias y atenciones, como descorchar alegremente la botella de Champagne Shipwrecked (Náufrago), elaborado por el viñedo Heidsieck para la Familia Imperial

Rusa en 1907, y que el buen Carlitos la compró a precio de ganga a un fugitivo ex cocinero Ruso que la robó, pagando solamente 65,000 Dólares.

NOTA DEL AUTOR.— Cuenta la historia que el Zar Alejandro II, esperaba con ansia el cargamento de Champagne que nunca llegó. El barco naufragó frente a las costas de Finlandia y las botellas estuvieron perdidas. 80 años después, unos buzos encontraron 200 botellas que solo se venden a los huéspedes del Hotel Ritz Carlton en Moscú, al precio de 275,000 Euros por botella.

Este es el Champagne más caro del mundo como bebida, sin incluir otras marcas que lo realmente valioso es el envase, pues los fabricantes suelen colocarles oro y diamantes a la botella, como el "Taste Of Diamonds" de la firma "Goût de Diamants" que puede llegar a valer hasta ¡Un millón ochocientos mil Dólares!

****

Al finalizar el ágape según lo convenido, Kadir y Fiorella tomados de las manos se retiraron del privadito, anunciando su deseo de caminar descalzos por la playa, agarrando de la tina con hielos del salón principal, una botella de champagne Krug Clos d'Ambonnay, cosecha de 1995, de tan solo 4000 Dólares y dos copas tipo flauta, dejando solos a los nuevos tórtolos, que plenamente identificados — tan cabrón el uno como la otra — intercambiaban caricias cada vez más atrevidas.

Carlos les dijo:

— ¡Ciao! (adiós) — agitando el perfumado calzoncito color carne de Amber.

El festejado, irredento mujeriego, deseaba como loco poseer sexualmente a la preciosa viuda, pero más que eso, pondría todos sus conocimientos y experiencia para lograr conquistar, no solo el cuerpo de la diosa Italiana sino su cerebro y corazón, para estafarle cientos de millones de Euros, pagar sus enormes deudas y salir de problemas financieros.

Como era de esperarse, la viudita alegre, encontró un remanso de magnífico sexo y una ternura tan dulce, difícil de hallar en el medio de la golfería.

Ante sus ojos de puta refinada, se abrió un nuevo horizonte, tal vez el inicio del camino al verdadero amor que tantos y tantos años había buscado.

Guiada con la experiencia de Carlos, dócilmente se dejó conducir por los intrincados caminos, de los más nobles sentimientos de cariño y las candentes pasiones humanas.

Amber Brancatti, la supercabrona fuerte, rebelde, calculadora, desconfiada y precavida hembra, curtida frente a toda clase de hombres jóvenes, viejos, pobres, ricos, solteros, casados, divorciados, buenos, malos, hasta delincuentes y matones, era hoy simplemente una mujer enamorada y frágil, que por vez primera en muchos años, comprendió la deliciosa combinación de cariño puro, pasión, cordialidad, adoración, respeto y... flechazo.

Las mujeres que por diversos motivos han sido fáciles, prostitutas para ser exactos, padecen dificultades para entregarse de verdad, teniendo derecho a la felicidad y cuando la consiguen, defienden su querencia como fieras, hasta con su propia vida.

Pero no por esos sentimientos, la maldad innata en la bella mujer olvidaría la venganza, "tal vez matando al perro se acabe la rabia", se regocijó. No le agradó sentirse como indefensa ante el macho en turno. Lo destrozaría después de gozarlo una temporada. Con esta última reflexión, recuperó su aplomo y alegría.

****

Fiorella y Kadir retozaron alegremente en la playa, jugaron con una pelota inflable e introdujeron los pies en las tibias aguas del Mediterráneo Español.

Cansados por el súbito ejercicio y el inclemente sol, corrieron a refugiarse en una de las blancas carpas con camastro doble.

Bebiendo champaña, se hundieron en agradable conversación sobre temas triviales y divertidos que consumieron dos horas.

De vez en vez, por estar recostados en proximidad, sin ninguna malicia de ninguno, se tocaban accidentalmente manos, rodillas o pies. Fiorella estaba guapísima y caliente.

En un momento, se quitó el vestido para quedar como Dios la trajo al mundo, luciendo su maravilloso cuerpo. Soltó su larga melena rojiza que el viento se encargó ondear.

Kadir contemplaba fascinado el fantástico vaivén de sus largos cabellos que al brillo del sol, le parecieron flamas.

Bien adoctrinada por su prima Amber, la linda nena se lanzó sobre el cuerpo del Auditor buscando sus labios. "Scorpio" estaba excitado como pocas veces y al mismo tiempo, sufriendo la preocupación de ceder a los animales impulsos del sexo.

Nunca había tenido relaciones sexuales con muchachas tan jóvenes. Corrección, cuando las tuvo, él también era muy joven.

Lo que pensaba Kadir en ese instante, era la diferencia de edades, él de 36 años y ella ¿de 19? Son 17 años de distancia, se recriminó,

363

logrando controlar a su aguerrido pene.

— Vamos cariño, ¿qué te pasa? No me rechaces por favor.

— Siento horrible, parezco una puta ¿verdad? Si es por mi prima... ella estaría de acuerdo, no te pido matrimonio, es solo sexo.

— Me contó que eres fabuloso, a ver, muéstrame el falo, quiero verlo, acariciarlo, besarlo....

— Te prometo que no te arrepentirás.

— No es eso linda, solo que no me siento bien. Eres un encanto de chiquilla pero precisamente por eso no debo estar contigo — contestó Kadir cubriéndola con una toalla.

— Podría ser tu padre, ¿no lo crees?

— Eso no importa, somos mayores de edad. Disfrutemos lo que nos ofrece la vida, recuerda que un instante bueno o malo no regresa, anda papito, tengo muchas ganas....

Diciendo y haciendo, la experta jovencita bajó de un jalón el blanco pantalón deportivo del macho con todo y calzones, descubriendo el orgulloso, erecto y circuncidado atributo varonil, montándose a horcajadas, introduciéndolo por completo en su estrecha vagina, gimiendo de dolor y placer. Terminaron exhaustos, sudando copiosamente. Desnudos, corrieron para meterse en las refrescantes olas del mar donde continuaron abrazados, besándose con pasión de adolescentes.

****

La pareja dispareja, regresó a la mañana siguiente a Madrid sin la pelirroja Amber, que pidió quedarse unos cuantos días al lado de su nuevo amor, cosa muy conveniente para los turbios y distintos propósitos de Kadir y de Carlos, el conquistador.

Amber deseaba disfrutar de buen sexo, esclavizar al hombre y castigarlo cruelmente.

Carlos pensaba volverla loca de amor y pasión para desplumarla y sacarle el máximo dinero posible.

Kadir planeaba borrarla de la faz de la tierra, utilizando al Playboy.

En el camino a casa, aprovechó la profunda siesta de la fatigada Fiorella, poniendo en orden sus ideas. Se planteó el problema:

— ¿Cómo diablos hago para proponer a Carlitos que asesine a Amber? El cabrón es muy bueno con las viejas, pero jamás ha matado ¡ni a un mosquito!

El Contador no podía adivinarlo, nadie lo sabía, pero el señorito Don Carlos el año anterior, había matado con su arpón y cuchillo, arrojando al mar, los cuerpos no de uno, sino de dos lancheros que pretendieron asaltarlo y secuestrarlo.

MADRID, ESPAÑA

Kadir dedicó unas horas para investigar un poco las finanzas de su amigo Carlos De La Roca.

Fiuu — exclamó — El hombre está a punto de visitar la cárcel, tiene deudas millonarias. Esto es conveniente para mis intenciones. Estoy seguro que podrá obtener una buena suma de Euros satisfaciendo sexualmente a la zorra de Amber, pero no lo suficiente como él piensa.

Conozco a mi ex jefa y puede "prestarle" unos cuantos millones, pero no le dará jamás el premio mayor. Por otra parte, esa maldita vieja hechicera, se cansará de él digamos, en seis meses.

A la puta, le gusta cambiar de amantes al igual que calzones, ja, ja, ja, a menos que el semental en turno fuese megamillonario, como sucedió con Ramón Peralta y Bárcenas, que arde en el infierno.

Por lo tanto, debo apresurar el plan... ¿Una fiesta? Ambos las adoran. ¿Excursión de pesca? Suena mejor. ¿Qué tal un paseo por las Ruinas Arqueológicas?

No, son muy ignorantes los dos, no creo que les interese ir a Machu Pichu en el Perú, Chichen Itzá en México o Gizeh, en Egipto.

Puede interesarles ir a la nieve. Chamonix en Francia, Cortina d'Ampezzo en Italia, Vail o Aspen en los Estados Unidos. Los sitios son fantásticos pero ya los conocen, pudieran no ser muy atractivos para la parejita...

Creo que lo mejor es la Pesca. Es una actividad que Amber casi no ha practicado y le interesará. Por otro lado, Carlos es muy buen navegante...

Ya está, no busco más. Realizaremos un fabuloso viaje de pesca en el superyate del marido muerto. Que yo sepa, la viuda no lo ha vendido. Debe estar anclado en su muelle particular en Menorca.

Aconsejaré a Carlitos y que solicite un crédito personal con Amber para un nuevo negocio... ya veremos cuál.

Ella con toda seguridad me consultará, porque desde hace años, he sido su Consejero de inversiones y finanzas.

Voy a prepararle a mi buen amigo, un optimista Proyecto Ejecutivo, con tasas de retorno muy atractivas, para que lo presente de inmediato, antes que ingrese a la cárcel.

Le cobraré honorarios razonables, proporcionales a los beneficios que obtendrá. Digamos, lo que ha facturado en las obras de construcción de Hoteles de la cadena CELTIC, recuerdo que es el 12% del costo.

Así que, por los tres mil millones de Euros del préstamo que le otorgará Amber, serán solo trescientos sesenta millones de honorarios para mí, oferta que no podrá rechazar.

Sus Acreedores están activando las demandas, perderá casi todos sus bienes, con el escándalo correspondiente.

Y así, sin dinero, propiedades y poder, será señalado, juzgado y rechazado por la Sociedad, quedando manchado para siempre. Acostumbrado a vivir como príncipe, venir a pobreza sería su muerte en vida.

¡Tiene que evitarlo! Para disponer de cientos de millones rápidamente, no le importará "liquidar" a su multimillonaria amasia en un "accidente" y nosotros tendremos un Happy End (Final Feliz).

Tengo que planearlo muy bien y formular el Plan B para el caso que De La Roca tenga un ataque de pánico o arrepentimiento.

****

Conforme a lo previsto, Amber se enamoró perdidamente de Carlos De La Roca y Duque de Orense. Tres veces guardó el puñal que tenía en la mano listo para hundirlo en el pecho de su dormido amante, pero no lo hizo. No por remordimiento. Siempre se decía "voy a gozarlo un poco más, lo haré la próxima vez".

La orgullosa multimillonaria, sucumbió ante la personalidad, inteligencia, cultura, seguridad, audacia, carisma, presencia física y artes sexuales del experto Playboy, rogándole mudarse a vivir con ella en su fastuosa residencia de La Moraleja.

Una de las Reglas de Oro de los Gigolós (hombres que explotan a mujeres) es precisamente no habitar bajo el mismo techo, por dos razones fundamentales:

Primera, el vivir juntos, termina con la libertad de la pareja.
Segunda, eventualmente se convierte en aburrida relación.
— Es mejor para los dos, disfrutar nuestra soltería, sin interferencias.
— Yo te adoro mi amor, pero no mates la ilusión que tengo de estar contigo tres veces a la semana.
— Por favor comprende, necesito tiempo para "trabajar" — a lo que ella aceptaba, ofreciendo una resistencia estudiada.

A la hermosa le resultaba muy conveniente ese "acuerdo", pues continuaba recibiendo la visita de algunos jóvenes compañeros de escuela de su prima Fiorella.

****

Era un martes lleno de sol.
Amber recibió con emoción de quinceañera la visita de Carlos, el

único hombre en su vida que la escuchaba con paciencia y la comprendía plenamente.

Fue a la única persona que contó parcialmente sus orígenes, la pobreza y sufrimientos de su niñez y juventud, los abusos sexuales que padeció y en general el lado obscuro de su existencia, incluyendo la parte de soportar al viejo rancio de Ramón Peralta y sus degenerados caprichos carnales.

La viuda saltó de alegría al conocer el Plan de Negocios y Proyecto Ejecutivo, impecablemente presentado por su nuevo amante.

— ¡Qué bueno nenito, tu felicidad es la mía! ¡Hagámoslo!

El Documento, preparado magistralmente por Kadir, soportaba cualquier análisis de Profesionales en Negocios y Finanzas Internacionales.

— Claro que sí mi amor, por supuesto me importa la nueva empresa, con mayor razón si es contigo como socio, mio caro bambino (mi querido niño).

— Si no te molesta, llamaré a Kadir, ha sido nuestro Asesor hace años.

— Sus honorarios son altos, pero valen la pena, nunca ha fallado en sus consejos, se puede decir que gracias a ellos, Ramón y yo, ganamos miles de millones.

****

En menos de una semana — que a Carlos le parecieron años — se firmaron los Contratos para el nuevo desarrollo turístico y habitacional "Enchanted Lagoon" en República Dominicana, con inversión inicial de Cuatro mil millones de Euros, nombrándose al señor Ingeniero y Arquitecto Don Carlos De La Roca y Duque de Orense, como Apoderado y Director General de la empresa.

Tomando un "pequeño anticipo" de Dos mil millones de Euros, a cuenta de "sus utilidades", Carlos pagó a los Bancos y demás Acreedores, excepto a Kadir. "No lo necesita, le abonaré después".

Ahora estaba en paz y listo para terminar con su plan de despojar a la viuda de la mayor parte de su inmensa fortuna. Lo obtenido ahora, era solo el principio.

— ¿Qué razón hay para construir el desarrollo precisamente en Dominicana? — expresó el Ingeniero, cuando estuvo a solas con Kadir — Hace mil años que estuve allá, seguro ha cambiado mucho....

— El motivo es molestarte. No puedes volver a ese lugar, recuerda que los amigos siempre te dijimos que al llegar al aeropuerto, serías abrazado por varios chiquillos, ¡papá!, ¡papá! Ja, ja, ja, ja...

- ¡Boludos! —dijo Carlos, en palabra Argentina que significa "pendejos".
- ¡A celebrar! —gritó la hermosa Amber, a quien acompañaba la inseparable primita Fiorella.

Brindaron en la mansión de la viuda.

Kadir propuso la aventura náutica en la lujosa embarcación de Amber, que aceptó fascinada, pidiendo a su novio encargarse de todo lo necesario para una buena vacación a bordo del yate "Asturias".

- ¿Tú qué opinas papacito? — consultó a Carlos.
- Absolutamente de acuerdo mi reina, soy feliz contigo en cielo, mar, tierra y hasta en el infierno, ja, ja, ja, cuanto más pronto mejor, tenemos que aprovechar los últimos días de buen tiempo.
- Entonces salimos inmediatamente. Kadir, ¿quisieras ver lo relativo a mi avión?, gracias tesoro — pidió Amber.
- ¿Puedo ir con ustedes? ¿Te ayudo a empacar prima? — habló la linda Fiorella.
- No esta vez querida, tienes compromisos con la Escuela. Debes ser responsable, este semestre has faltado bastante, el viaje a Las Vegas y otros, ¿lo recuerdas verdad?
- Tus estudios son lo primero, la vida da muchas vueltas, quiero por tu bien, que tengas una profesión decente, que nadie te engañe en los negocios.
- Dejemos la putería solo para divertirnos, no como medio de ganarse el sustento.
- Yo sé lo que te digo, hazme caso por favor.
- En otra oportunidad será, te lo prometo — terminó Amber.

ISLA DE MENORCA, ESPAÑA

Tres días con sus noches disfrutaron de la excursión de pesca organizada a la perfección por Carlos, que solícito y galante, colmaba de atenciones a su pareja.

Le enseñó los secretos del buen pescador, desde la selección de la carnada, tipo de caña y anzuelo según el pez que deseara capturar, su cuidadosa colocación en el garfio y la paciencia, escasa virtud de las personas.

A última hora, antes de ir al aeropuerto, Fiorella convenció a Amber para unirse al viaje, recurriendo a dulces palabras, ruegos y promesas de regresar a estudiar con mayor ahínco.

– Juventud hay una sola Amber, que venga con nosotros, te ha prometido esforzarse más, ya se pondrá al corriente en los estudios, son pocos días en realidad — sugirió "Scorpio".

Kadir consideró conveniente apoyarla, para tener una testigo confiable en caso de "accidente" de su prima.

– Además sin ella no tiene caso acompañarlos — había dicho Kadir — Solitario sería un estorbo, vayan ustedes, los veré al regreso.

– Eso no, de ninguna manera — aceptó Amber.

– ¡Te has salido con la tuya, cabroncita, pero date prisa o te quedas!

– Lleva suficiente provisión de condones, revistas y videos porno — le dijo al oído.

– ¡Ah!, y no te olvides de mis "juguetitos" — refiriéndose a los artefactos sexuales.

– Carlos, ¿podrás manejar el yate tú mismo? Quisiera dejar en tierra a los dos cabrones de la tripulación — solicitó Amber.

– ¡Por supuesto! Razón de más para que nos acompañe nuestro amigo Kadir, él me ayudará y estaremos con mayor seguridad, últimamente han asaltado embarcaciones en mar abierto.

– Lo que digas mio caro ragazzo (mi muchacho querido) — expresó enamorada la mejor puta de la historia moderna, sin olvidar guardar en su coqueto maletín, la filosísima daga Boiccu, hecha por artesanos de Sardegna (Cerdeña), Italia, una de las armas blancas favoritas de mafiosos.

– Claro — afirmó "Scorpio" — Me ocuparé de que la nevera esté al tope de champaña y de auxiliar a Fiorella con sus estudios de anatomía, ja, ja, ja...

****

En la cuarta y última noche de navegación, el yate se encontraba fondeado en las coordenadas 40.87°, 16.19´, 31.26" Latitud Norte y 5.3°, 19.77´, 28.08" Longitud Este, a unas 46 millas de la costa.

Los paseantes se encontraban eufóricos, habían bebido, jugado, bailado y fornicado hasta cansarse.

Con luna llena y el mar tranquilo, por unanimidad decidieron nadar desnudos en el mar. Las dos parejas bajaron por la escalerilla posterior, zambulléndose con alegría, en las que creyeron aún tibias aguas del Mediterráneo Español.

La primera en regresar al yate fue Fiorella.

— ¡Santa Madonna! (Virgen Santa) El agua está helada, me salgo.

Pocos minutos después la alcanzó el Auditor, frotando con una toalla seca el lindo cuerpo de la chica, proporcionándole calor.

Acto seguido, preparó el jacuzzi a temperatura de confort, 32 grados centígrados, cargó en vilo a la joven y la depositó tiernamente dentro.

— Regreso en un momento, voy por unas copas de cognac.

— Mi vida, ¿quieres traerme mis cigarrillos por favor? Están en mi bolso. Son de los especiales — aludiendo naturalmente a la yerba cannabis índica (mariguana).

— Sí, no tardo preciosa — contestó Kadir que ya buscaba dentro de la finísima bolsa Chanel, hallando 6 pitillos liados a mano, listos para consumir.

¡Con un billón de coños vírgenes! — exclamó para sí. Qué oportunidad tan fantástica. Veloz, sacó de su locker (gaveta) individual, su frasco de "medicina antidiarreica" y dejó caer tres gotitas dentro de cada cigarrillo.

Esto será bastante — murmuró entre dientes.

Como de rayo, cerró el frasquito y lo arrojó al mar, a unos veinte metros de distancia. Suficiente, se dijo, las corrientes marinas harán el resto.

Amber y Carlos subieron por la escalinata tiritando de frío, siendo recibidos por Kadir con sendas copas de cognac.

— Estamos en el jacuzzi, ¿gustan acompañarnos?

— Antes una ducha caliente, huelen a pescado, ja, ja, ja...

— Sin decir nada, la friolenta pareja, casi corrió a la fabulosa tina de magníficas maderas tratadas.

Los chorritos de agua caliente y el cognac Hennessy, los resucitaron.

Repuestos de la hipotermia, rieron de buena gana, cuando Amber, ocurrente como siempre dijo a su pareja:

— ¿Dónde está tu aparato? Ha desaparecido, ja, ja, ja... — haciendo burla de la natural contracción del pene por el contacto con las heladas aguas.

Momentos después los cuatro libaron a discreción. Fiorella ofreció los cigarrillos "especiales". Solo ella y Amber, fumaron la yerba. Los caballeros se excusaron, no tenían ni deseaban adquirir el vicio.

— Tal vez otro día, preciosas. No necesitamos de eso para darles bien y bonito por adelante y atrás, las dejaremos en la lona — afirmó el Ingeniero De La Roca riendo a carcajadas.

— Par de aguafiestas — criticaron feroces las nenas.

— ¡Ya veremos si cumplen cabrones!

A cambio, Carlos buscó en su blazer blanco un estuche de cuero, conteniendo legítimos cigarros Cubanos de la marca Montecristo, que ambos amigos encendieron.

Dos minutos después, las dos hembras parecían un par de muñecas de trapo, vulnerables, sumisas, sin voluntad propia.

Estaban intoxicadas por aspirar los carrujos de mariguana impregnados previamente por "Scorpio", con 3 gotas de Escopolamina.

— ¡Carajo! — exclamó Carlos asustado — Qué chingados les pasa a estas viejas, parecen zombies (muertos vivientes).

— ¡No se vayan a morir las cabronas!, y el puto lío que nos espera. ¡Volvamos al puerto ya mismo! ¡Avisemos a la Guardia Costera!

Salió del jacuzzi chorreando agua con la intención de llamar por el potente radio. Justo cuando su mano agarraba el aparato, fue detenida con fuerza por el Contador Público al tiempo que lo calmaba, explicando que simplemente eran los efectos naturales del cognac mezclado con la mariguana.

— ¿O quieres que nos arresten y nos acusen de traficantes de drogas? Estas cabronas pueden traer hasta cocaína, piedras de éxtasis y otros enervantes.

— ¡No chingues! ¡Hay que revisar primero sus equipajes! Y pensando mejor, ¡toda la embarcación! Sabrá Dios lo que pueden traer a bordo.

— Recordemos al extinto propietario del yate, ¡un hijo de puta de peso completo!, que le encantaba el "polvo blanco".

— Además hermanito del alma, yo traje dos armas por precaución, que no son muy comunes. Conoces sobre los asaltos a los yates de lujo, ¿verdad? — remató Kadir.

— ¡Putísima! Tenéis razón. No lo medité, disculpa, estoy muy nervioso, nunca antes había visto algo así. Son como guiñapos humanos — expresó el Bon Vivant (vividor).

— Ya se les pasará, por lo pronto vamos a vestirlas y recostarlas. Están que se caen de sueño, dormirán muy bien.

— A nosotros también nos conviene un descanso. Mañana será otro día — acordaron los dos amigos.

— Propongo vigilarlas toda la noche, son las diez en punto, haremos guardias de dos horas, elige — propuso Kadir.

— Voy a dormir primero, lo necesito. Por favor despiértame a las doce de la noche, tengo el sueño pesado — dijo el Ingeniero, bostezando.

Kadir hizo su primer rondín, Carlos agotado, con el depósito de semen vacío, roncaba como aserradero.

Visitó el camarote 2, donde supuestamente dormían las muchachas.

Encontró a Fiorella perfectamente noqueada y a la señora Amber sentada en el sillón, hojeando una revista de modas, bajo la luz mortecina de una lamparita.

No obstante su lastimoso estado físico, con las sendas batas abiertas, le parecieron sumamente atractivas.

— Amber, Amber, ¿me escuchas preciosa?

— Ssí, te oigo lejos, ¿dónde estás amore?

— Estoy a tu lado nena, como siempre, ¿puedes decirme tu nombre?

— Nno, no lo sé, no recuerdo. ¡El martillo, quiten el martillo!

— ¿Cómo te sientes nena?, ¿sabes dónde estás?

— Tocaré el violín de la abuela, ¡abran la puerta!

— No lo hagan, no lo hagan, ¡no! Ayuda, ayuda, por favor, por favor... — rompiendo a llorar.

Debe tener alucinaciones, dictaminó Kadir. Es el momento.

****

Carlos despertó sobresaltado y miró su reloj. Está oscuro pero son ¡Las cinco y media de la mañana! ¡Me carga la chingada! ¡Me quedé dormido! Este cabrón irresponsable me va a oír. Con la cabeza dando vueltas por la formidable borrachera, en camino a la alcoba 2, tropezó con un bulto tirado en la alfombra.

— ¡Me lleva la chingada! ¡Pinche borracho de mierda! ¡Levántate, levántate cabrón huevón! — le gritó al Contador, que tirado en el piso dormía a pierna suelta la embriaguez.

Haciendo a un lado la botella vacía del Vodka Basmoon, trató de ponerlo en pie. Misión imposible, el cuerpo de su amigo pesaba demasiado.

NOTA DEL AUTOR.— El Vodka BASMOON, es elaborado casi artesanal en el pueblo de Fontecha (Alava), España, conocido como el "Vodka de Guerra" por haber sido fabricado a base de magníficas patatas durante la Guerra Civil Española, destilado 5 veces, alcanzando una graduación alcohólica de 41.5 grados. Es el Vodka Premium Español.

****

Carlos intentó levantar a su amigo por segunda ocasión, resbalando con un líquido pastoso que lo derribó, manchando la roja bata de satín. Imaginó que se trataba de sangre.

Un olor putrefacto inundó sus fosas nasales. Al levantarse, apoyó ambas manos en el piso, sumergiéndolas en el asqueroso sedimento.

– ¡Qué asco es vómito! ¡Maldito seas! — corriendo al servicio sanitario próximo para a su vez arquear, arrojando los residuos de comida y bebida de la noche anterior, meterse a la ducha, bañarse dos veces con shampoo, aplicándose gel antibacterial en abundancia.

Kadir estaba genuinamente ebrio. Una de las raras ocasiones que tomaba en exceso, pero esta vez debidamente planeado, siendo un justificante para él.

A más de quince brazas de profundidad, descansaba para siempre, la hermosa, multimillonaria y putísima señora, Amber Brancatti viuda de Peralta y Bárcenas.

A las 03:45 de la madrugada, el Auditor limpió de armas y mariguana la embarcación, arrojándolas al mar. En silencio desactivó el ancla, dejando que la corriente moviera el yate para nuevamente fondearse varias millas al sur. Cumplida la misión, bebió intencionalmente hasta emborracharse.

****

El Dictamen Pericial de las Autoridades mencionó: "... en conjetura, se trata de un lamentable suceso a bordo del yate 'Asturias', propiedad de la hoy desaparecida señora Amber Brancatti viuda de Peralta y Bárcenas, quien viajaba en plan de recreo con tres personas más: la señorita Fiorella Brancatti, que dijo ser su prima, Carlos De La Roca y Duque de Orense y Kadir Aiza Pírez, amigos de la posible víctima, todas investigadas, resultando ser quienes dicen, la primera estudiante de la Universidad y los otros ciudadanos de trabajo honrado y sin antecedentes delictivos".

"En sus Declaraciones Ministeriales los tres testigos manifestaron que la noche anterior estuvieron bebiendo en exceso hasta altas horas de la noche, quedándose dormidos hasta la madrugada, por lo que no pudieron aportar mayores datos".

"No vieron nada, no escucharon nada".

"A bordo de la embarcación fueron encontrados varios envases de licor vacíos, restos de vómitos en diversas partes, lo que determina

373

un alto grado de intoxicación etílica de los viajeros, sin hallar sangre, fibras o huellas, distintas a las suyas, por lo que se descarta la hipótesis de violencia o presencia de individuos ajenos".

"Los Investigadores de la Capitanía de Puerto y de la Policía, coinciden en suponer que la señora desaparecida, bajo los efectos de un desmedido consumo de alcohol, pudo caminar sobre cubierta y caer accidentalmente al mar, sin que los otros pasajeros en estado de ebriedad o dormidos, pudieran percatarse de ese hecho y menos prestarle auxilio".

"Pasamos a informar, que personal del Departamento de Buzos de la Real Capitanía de Puertos procedieron con numerosas inmersiones buscando sin éxito, el probable cuerpo hundido".

"Respetuosamente se comunica a la Superioridad Judicial, que se agotaron las revisiones del Satélite, no hallando embarcaciones próximas al yate que pudieran evidenciar la huida de la persona o bien un rapto, lo que fortalece el primer supuesto del accidente, descartando por falta de pruebas en este momento, la posibilidad de Homicidio".

"El cateo del yate no arrojó ningún elemento que pudiera considerarse bajo sospecha, sin vestigios de drogas, armas o contrabando".

"Que es todo lo que tenemos que reportar hasta la fecha, siguiendo alertas al asunto que nos ocupa. Atentamente, El Coronel de Cab. Mec. DEM. Pánfilo Soberón Güémez. Supte. Gral. del 9º Distrito Judicial".

****

Tres millones de Euros costaron los favores de los medios de comunicación sensacionalistas para no festinar la noticia.

Las empresas informativas serias y profesionales, dieron la crónica dentro del gran volumen de notas rojas, que desafortunadamente ocurren a diario en todo el mundo.

Por suerte para Carlos y Kadir, dos asuntos de talla mundial acapararon la atención del público Nacional e Internacional:

¡ABDICA EL REY DE ESPAÑA! y la otra,

"¡GUERRA EN EL MEDIO ORIENTE!" "¡ZONA DE GAZA, ZONA DE MUERTE!

Aun así, Kadir tenía mucho que explicar en casa, cuando volviera su querida esposa e hijos de su largo viaje a Nueva York en los Estados Unidos y a Boca del Río (México), visitando a sus Padres y Abuelos, respectivamente.

****

Los dos amigos se reunieron para finiquitar los asuntos pendientes.
– Esta vez sin tragos — pidió Kadir.

- ¿Qué sería realmente lo que sucedió?
- No es posible que Amber fuera tan pendeja para suicidarse, amaba la vida, no tenía motivo, menos ahora que según ella, había encontrado conmigo la verdadera felicidad — expuso Carlos con amargura, que sin proponérselo, se estaba enamorando de la preciosa pelirroja... y de sus miles de millones, que ahora se le escapaban de las manos.

El pobre nunca sospechó haber estado a un pelo de ser apuñalado por la mujer.

Se salvó de milagro.

Para mí está claro — pensó Kadir — La daga era para su defensa, la conservaré como recuerdo.

- Agarramos la jarra (buena borrachera) y recuerda, eso no lo declaramos, pero estaban hasta la madre de droga.
- Pinche Carlos, ¿ya no te acuerdas cabrón? ¡Nunca se habló de suicidio!
- ¡Fue un accidente!
- Ebria, tropezó y cayó por la borda en la madrugada. Nada más.
- No hagas bulla, saliste ganando un chingo de lana (dinero), no me digas que los dos mil millones del Fideicomiso de tu empresa fantasma los devolverás.
- Lo que debes hacer es conformarte con lo que has ganado por tus mediocres servicios sexuales y ¡págame mi comisión! —exigió Kadir, terminando el discurso.
- Mañana mismo te deposito, tienes razón amigo, gracias por el consejo — expresó el Ingeniero con aflicción.
- Otra cosa, pienso quedarme con Fiorella, ahora que ha quedado tan sola... ¿no te opones? — habló tímidamente Carlos.
- Por supuesto que no. Te felicito, la nena merece la oportunidad, aunque sea contigo. Espero no la prostituyas.
- Adelante, puedes darte y darle a ella, una mejor vida — respondió el Auditor.
- Suerte matador, a ver si le aguantas el ritmo, ja, ja, ja...

****

Tres semanas después del terrible "accidente", Fiorella fue dada de alta por el Psiquiatra pagado por Carlos, que nunca entendió la rara enfermedad de la joven universitaria, mezcla de Autismo, Esquizofrenia, Paranoia y Amnesia.

Para evitar preguntas, el Doctor buen creyente de Dios, cerró su dictamen con estas palabras:

- Los Designios del Señor, son Inescrutables — y punto final.

Está visto que los milagros ocurren. Fue el caso de Carlos y Fiorella.

Efectivamente, Carlos conservó para sí, los otros dos mil millones de Euros del Capital "prestado" restante, para efectivamente aportarlos al Fideicomiso constructor del desarrollo inmobiliario en Quisqueya (la República Dominicana). Realmente enamorado de la chica, no comprendió porqué lo había enviado al demonio, cortando toda relación precisamente ahora, que estaba seguro de tenerlo todo a su lado. Se miró al espejo, el padre tiempo comenzaba con su labor destructora.

– ¡Maldición! Me ha dejado por un hombre más joven! —gritaba a solas, carcomido por los celos — ¡¡¡O se fue con el cabrón de Kadir!!!

Hizo todo por recuperarla sin éxito. Por primera vez en su existencia, sintió el desprecio de una mujer amada que lo hizo caer en el ridículo, rogando amores, refugiándose en la bebida, hundiéndose en la desesperación, abandonando su modo de vida, frecuentando vagabundos y toda clase de perdedores. Se había cumplido la venganza de Amber.

Mientras que la joven Fiorella, prima hermana de la occisa señora Amber Brancatti, tomó posesión de la cuantiosa herencia integrada por miles de terrenos, edificios, hoteles y negocios, que de pronto le cayeron encima, amenazando aplastarla, o por lo menos esa era la sensación de la bien intencionada pero ignorante joven, que haría su debut en el mundo financiero. Esto fue el último clavo en el ataúd de Carlos, al enterarse de la inmensa hacienda que ¡se le había escapado de las manos!

Abrumada por el colosal flujo de dinero, recurrió al sabio consejo del que fuera el Asesor General de su prima, a quien le dispensó toda la confianza. Recordó las palabras de Amber:

– "Gracias a él (Kadir), confidencialmente te digo que los negocios y el dinero de Ramón y mío, se han multiplicado tres veces por su intervención. Es un financiero muy fregón".

– "Hemos ganado lo que no imaginas, nena, en pocas palabras es lo mejor, un verdadero mago".

El Contador Público Auditor, Kadir Aiza Pírez, acudió a la entrevista con la nueva megamillonaria, solicitando la presencia de Carlos, su nueva pareja romántica. Sorprendido de que "ya no estaba en cartelera", ¡lo habían mandado a la chingada!

La reunión se acordó en la mansión de La Moraleja a las diez horas. Se abrazaron y besaron con genuina emoción.

Fiorella inhaló el delicioso aroma de la loción del visitante.

— Hueles a millonario, me encantó la loción. ¿Cuál es?

— L'Eau D'Issey Pour Homme, de la Casa Miyake de París.

— Me gustaría regalarle una caja a Carlos, como indemnización laboral, ja, ja, ja. Por cierto no vendrá nunca más —expresó la chica.

— Esperemos a Carlitos, no debe tardar — pidió el Auditor.

— Acostumbra jugar Golf a las siete de la mañana.

— Créeme, no estará aquí. Se ha disculpado ampliamente, no quiere interferir u opinar. Me ha dicho que lo resuelva sola, que debo acostumbrarme a tomar decisiones y bueno pues tomé la decisión de mandarlo a la chingada, ja, ja, ja...

— Para que lo entiendas amorcito, ese asunto está terminado y archivado, fue bueno mientras duró pero tu amiguito es aburrido, siempre más de lo mismo, es un pinche vividor. Está "out". No voy a amarrarme ahora a ese loco presumido, siempre admirándose al espejo, con terror a engordar cien gramos. ¡No! ¡Quiero estudiar, viajar, disfrutar la vida a plenitud, gozar de mi libertad!

— Muy bien. Vamos al asunto — declaró Kadir, cambiando el tema.

— Como sabes nena, durante varios años trabajé para las empresas de Don Ramón, primero como CEO (Director General) y más tarde como Miembro del Consejo de Administración, cargo que ocupé hasta hace unos meses, cuando presenté mi renuncia para dedicarme a ¡VIVIR!

— Lo que quiero decir, es que conozco perfectamente los diversos negocios que integran la CELTIC WORLDWIDE ENTERPRISES.

— Con esa experiencia y por el gran cariño que tengo por ti, me atrevo a darte mi consejo:

— Fiorella, las empresas y el dinero que has heredado de nuestra querida Amber — que en gloria esté — requieren Manejo Profesional.

— Te darás cuenta que al aceptar la herencia, la totalidad de los bienes son ahora de tu propiedad.

— Pero también asumes todas las Responsabilidades inherentes, es decir, Laborales, Fiscales, Financieras, Comerciales, con la complejidad de Leyes, Costumbres, Ciudades y Países donde estén trabajando los negocios.

— En mi modesta opinión — sentenció Kadir — Debes contratar de inmediato a personal experto que te ayude a manejar y controlar el imperio a tus órdenes.

— Pero si no conozco a nadie aparte de ti nene, la realidad es que todo esto me asusta... ¿puedes hacerte cargo tú?

- Te pagaré lo que pidas, anda ayúdame por favor, te lo pido como un favor especial, por favor, por favor — suplicó la hermosa joven, rodeando con sus bracitos el poderoso cuello del Auditor, buscando sus labios, despojándose de la ropa quedando en lencería.
- Basta linda, no mezclemos el trabajo con el placer. Terminemos primero el negocio — rechazó con ternura el Contador, procurando no lastimarla.
- Perdona por entrometerme pero Carlos es mi amigo, ¿qué sucedió?
- No estuvimos muy bien, él insiste en casarse conmigo y yo pienso que estoy muy joven, quiero como dices, ¡Vivir! Pero además, tiene un Ego insoportable, ¡Narcisista!, es terco y caprichoso, me presionaba demasiado, siempre celoso de todos, muy buen amante, pero hasta allí. Escuché rumores que está quebrado, no obstante haber dejado sin un centavo a varias viejas ricachonas.
- Además oculta su pasado y está obsesionado con la boda, dice que no tiene mucho tiempo para fundar una nueva familia con hijos y toda la cosa. ¡¡¡Creo que el desgraciado quiere mi dinero!!!
- Tal vez dentro de unos años, cuando me canse de viajar, fiestas y gente, deba contraer matrimonio con alguien especial y como me has aconsejado: Contrato Prenupcial con Separación de Bienes.
- Por ahora ¡a gozar el presente! ¡Next! (el siguiente) ¿No soy tan fea verdad?

Kadir comprendió que Carlos, iba por ¡todas las canicas! (del Vocabulario Mexicano que significa apuesta total).

¡Este cabrón no tiene llenadera!

- Dejemos eso, tu decisión es cosa privada, pero por supuesto que no tienes un solo milímetro de fealdad, ¡eres una diosa de la belleza! — aseveró "Scorpio" cerrando el tema.
- Volviendo a la tarea, ¿has escuchado alguna vez, el nombre del despacho "HARTFORD, MELLON & FLETCHER"?
- Tienen especialistas en todos los campos.
- No creo — dijo ella — ¿De Golf? ¿Algún Almacén de prestigio?
- Es una respetable Firma de Contadores Públicos Auditores y Consultores de Nueva York, con presencia Internacional. Uno de sus clientes más importantes, ha sido precisamente la Holding (Conglomerado) que has recibido en herencia.
- Acude a ese Despacho, seguramente están esperando tu llamada. Puedes tenerles confianza, son profesionales expertos, de lo mejor. Yo colaboré en esa Firma durante varios años y puedo meter las manos al fuego por ellos.

- Si prefieres, haré una cita para que vengan a España o para ir a los Estados Unidos, pienso que te agradaría mucho conocer la ciudad y otros lugares maravillosos en ese País. Cecil Hartford, Walter Mellon y Kirk Fletcher, son los socios principales, fueron mis jefes directos.
- Otra cosa que no sabes, es que conocí a Don Ramón, por medio de los trabajos de Auditoría a sus múltiples negocios.
- Le caí bien al señor y me invitó a trabajar de tiempo completo para la CELTIC, por supuesto con la venia y bendición de mis patrones.
- Ya está bueno de palabrería, entiendo perfecto:
- Uno, no quieres o no puedes ser tú el que maneje directamente mis negocios. Pero, ¿aceptarías ser mi Asesor?
- Eso sí, puedo brindarte el servicio de Asesoría, pero no te conviene, mis honorarios son muy costosos.
- Que puedo pagarlos con creces cabroncito, ¿o piensas que no tenga suficiente dinero? Podemos convenir 50% en dinero y 50% en bodymatic (cuerpomático, con sexo) ja, ja, ja, ja...
- Opción Dos, voy a Nueva York para visitar a los ilustres vejestorios del Despacho en busca de que resuelvan mis problemas y atenderé sus recomendaciones, magnífica ocasión para divertirnos de lo lindo. ¿Qué tal eh?
- Tres, quiero contratarte como acompañante para coger a gusto. Te pagaré muy bien. ¡Te sentirás como auténtico padrote! ¿No te excita eso? Ja, ja, ja...

Kadir no pudo o no quiso evitar por segunda vez en el día, la dulce boca de Fiorella que lucía esplendorosa, como una estatua clásica cincelada por los Maestros Europeos.

A punto estaban de hacer el amor, cuando tocaron a la puerta con impertinencia.

Cubierta por una bata de seda negra, Fiorella maldijo abriendo la pesada puerta de madera, penetrando a la sala la encantadora Lanya, la atractiva sobrina de Don Ramón Peralta, que tres meses atrás, huyó de la Mansión al morir el Tío.

- ¡Maldita perra! — gesticuló Fiorella — ¿Qué haces aquí?
- He regresado por mi parte en la herencia de mi Tío, ahora que ha muerto la zorra Amber.
- ¡Puta ambiciosa! ¡Tuvo su merecido! — rugió Lanya.

Kadir estaba estupefacto, por una parte vislumbraba un gran pleito, con consecuencias imprevisibles.

El lado amable, era ver enfrentadas a dos sublimes hembras. Las dejó insultarse hasta el cansancio. Terminada la catarsis, solemne decretó:

– Alto al fuego, vamos a tranquilizarnos y razonar. Tengo algo muy importante que decirles – las fieras callaron. En ese momento, Kadir comprendió la fuerza moral y ascendencia que tenía sobre las dos bellas.

– Necesitamos una buena copa, ¿les parece niñas?

– ¿Solo una? – contestaron con sus angelicales vocecitas.

Disfrutaron dos botellas de champaña Armand de Brignac Brut Gold.

NOTA DEL AUTOR.– Este champagne, considerado por los especialistas como uno de los diez mejores del mundo, es también conocido como Ace of Spades (As de Espadas) por su etiqueta de estaño que ostenta en la botella metálica dorada. Es fruto de multicosechas con las uvas Pinot Noir, Chardonnay y Pinot Meunier, a un precio de unos 5000 Dólares la pieza.

****

Más calmadas, Kadir les explicó que existiendo tantísimo dinero, alcanzaba perfectamente para las dos, sus hijos cuando los tengan, nietos, biznietos y tataranietos.

– ¿De cuánto estamos hablando? – quiso saber Fiorella.

– Sí, ¿cuál es la cifra para cada una? – dijo Lanya.

– Es pronto para fijar una cantidad. Hay pendiente la Venta de la cadena de Hoteles y Moteles ofrecida primero a los Chinos, que por circunstancias fuera de su control, han declinado la transacción.

– Sin embargo, tuvimos un golpe de suerte, porque se ha recibido oferta más conveniente de un Grupo Empresarial de Singapore.

– Tan solo esta operación, después de pagos pendientes, impuestos, honorarios y gastos de Abogados, Contadores, Peritos Valuadores, Comisionistas y otros, calculo ingresos netos de unos Cincuenta Mil Millones de Euros para cada una de ustedes, como legítimas herederas.

– ¡Coño y recontracoño! – gritó Fiorella – Nnoo, no tenía idea de...

– Creo que hay suficiente para las dos, qué digo, es un chingamadral (muchísimo) de billete fresco – pactó Lanya conciliadora, que había aprendido la palabreja de labios del difunto Tío Ramón.

– Aparte claro está, otras valiosas propiedades como por ejemplo, esta mansión, alhajas, obras de arte, los pisos en París, Nueva York, Londres, München y Geneve, las Acciones en el Hospital de Singapore, miles de Terrenos, varios Desarrollos Inmobiliarios de

Lujo como el "Amber Heaven" en Menorca, y otros de Vivienda Popular, etc. etc. Piensen en unos cuarenta mil millones de Euros más, por cabeza.

— Es un largo inventario — finalizó Kadir con energía.

— Se requiere tiempo y mucho trabajo: Contabilidad, Auditorías, Avalúos, Impuestos, Actas de Asambleas de las Empresas, toda clase de cuestiones Legales, Mercantiles, Bancarias, Laborales, no es tan sencillo y son procesos muy costosos.

— Para eso queremos tenerte con nosotras papito, lo resolverás todo...

— Ahora a lo nuestro cabrón — amenazó Fiorella, retirando su bata para quedar desnuda por segunda vez en la mañana.

— ¿Me invitan? — solicitó Lanya, desvistiéndose — Lo deseo desde el viaje a Las Vegas.

— ¡Hay que celebrar este convenio!

Lo que sucedió después fue una orgía. Los tres participantes gozaron de los placeres carnales al máximo.

Kadir sonrió satisfecho. Esta fue su despedida por todo lo alto, de la golfería. Ahora sí, nunca más.

Juró por lo más sagrado, que en adelante se dedicaría exclusivamente a su Familia, en cuerpo y alma.

Cumpliría el juramento, a como diera lugar.

Sus honorarios por la Asesoría a las herederas, serían elevadísimos. Junto con sus ahorros y comisiones jamás volvería a trabajar ni preocuparse por dinero.

Excelentes propósitos, pero El Destino, esa fuerza invisible que rige la vida y la muerte de los humanos, pudiera ser distinto.

****

El jet privado aterrizó en el Aeropuerto de Barajas en medio de ligera nevada, descendiendo la hermosa mujer vestida a la moda, con blusa de seda gris perla, falda corta de lana y botas altas negras con tacón de 10 centímetros, mallas gris Oxford, enfundada en regio abrigo blanco de visón, coronada con un gorro invernal Ruso, también en color blanco, que ocultaba su cabellera antaño roja, hoy teñida de castaño oscuro.

Cruzó con prontitud la distancia que la separaba de la Sección de Migración y Aduana, de la terminal especial destinada a vuelos privados considerados VIP (Personas Muy Importantes), cautivando con su sonrisa a los Funcionarios a cargo, que agilizaron los trámites Oficiales.

— ¿A qué debemos el honor de su visita? — dijo el Oficial.

— Oh, siempre es un placer venir de vacaciones — respondió Glorielle con un mohín gracioso.

– ¿Puedo recomendarle algo? — aventuró el más joven de los guardias.

– Gracias pero no es necesario. Mi prometido me espera y el pobre ha preparado todo un programa de actividades y sitios que no quisiera arruinar. Es muy amable buen mozo — contestó la hermosa, matando con ello cualquier loco sueño del guardia de invitarla, plantando un sonoro beso en la mejilla para cerrar el tema.

– Au Revoir — se despidió en Francés. Presurosa, abordó la limusina Cadillac que esperaba en la puerta. Instalada dentro del lujoso vehículo, descorchó la botella de champaña que sacó del enfriador.

Veuve Clicquot, estos Españoles no conocen otra marca.

No obstante, se sirvió la primera copa al tiempo que metiendo la mano bajo el asiento, tomó la eficiente Pistola Smith & Wesson MP Compact, calibre .22 Long Rifle, cargada con diez cartuchos que guardó en su elegante bolso Chanel.

Saludó brevemente al chofer ordenándole conducir hacia el Grand Hotel Princesa de Navarra, donde se hospedaría en la Suite Imperial durante una semana, bajo el falso nombre de "Marié Piccard" con pasaporte Francés.

En el camino, abrió su computadora compacta Microsoft de última generación y entró al Internet, tecleando el nombre de Kadir. El rápido buscador Google Chrome encontró en un segundo su objetivo, incluyendo varias fotografías del joven ejecutivo inaugurando hoteles de la cadena CELTIC.

Hmm, es muy guapo el maldito... Pero ni eso lo salvará.

Le llevaré su linda cabeza a mi querido Tío Vander.

****

Kadir retornó a su oficina para encargarse de sus ocupaciones habituales, cumpliendo con la norma aprendida a sus padres para dividir el tiempo: 30% a la Familia, 30% al Trabajo, 30% para Actividades Personales, como la práctica de Deportes, sana Convivencia con los Amigos, Lectura de Libros y Revistas, Internet, y el 10% del tiempo restante, participando activamente en la Sociedad, ya en Juntas Cívicas, ya en Obras de Beneficencia.

Ahora podía hacerlo. Su prematuro retiro de los negocios y sobre todo, sin tener las preocupaciones de colaborar con la Fundación Weitzner y el Club PRISMA, su vida transcurría tranquilamente.

Solamente le molestaba como una astilla clavada en el dedo, no tener noticias de su amigo Christopher Carvalho en un par de meses.

¿Qué demonios le habrá sucedido? ¿Dónde estará?

Pensándolo bien, puede hallarse en la cárcel — recordando el cómico episodio en el hotel de Ibiza, cuando Carvalho peleó a puñetazos con tres cabrones que faltaron al respeto a su pareja y que a punto estuvo de ir a prisión...

El güey es un gran parrandero, bohemio de corazón, pero ¿andar de fiesta más de sesenta días? Es demasiado, incluso para él.

¡Es un hijo de la chingada! Haré algunas averiguaciones, de lo contrario, no tendré paz. Comenzaré mañana mismo con sus familiares en Brasil.

Kadir no tenía la mínima sospecha que la preciosa Glorielle, alias "The Countess" (La Condesa), la letal sobrina de Vander Skoda, estaba en Madrid con la misión de asesinarlo.

La acompañaba nada menos que Christopher Carvalho — idiotizado por la droga dentro de su cuerpo — a quien la hermosa sicaria lo usaba como semental, para satisfacer sus necesidades sexuales.

No lo reveló a nadie, ni siquiera al Tío, pero estaba tratando de embarazarse y por fin, tener la dicha de ser madre de uno o dos hijos que le diera la felicidad largamente acariciada, un poderoso motivo para cambiar el rumbo de su vida, que tarde o temprano, lo entendía bien, terminaría en la cárcel o en el panteón.

Realmente deseaba retirarse de la vida criminal y llevar una existencia feliz al lado de sus hijos, formando una bonita familia que en su momento disfrutarían plenamente, de la fabulosa herencia proveniente del querido pariente, Vander Skoda.

****

Silvestre Escandón, actualmente "Botones" del Grand Hotel Princesa de Navarra, de Categoría Especial, era un hombre maduro que durante los últimos veinte años había servido en cuatro diferentes establecimientos turísticos de la Cadena CELTIC, propiedad del hoy extinto Don Ramón Peralta y Bárcenas.

Estaba especialmente agradecido con don Kadir Aiza Pírez, que a su paso como CEO (Director General) de la gigantesca Corporación, evitó que lo despidieran de su empleo, a causa de su inveterada costumbre de tomar algunas copas de más, salvando de la miseria a su familia. El señor Escandón tuvo el vicio tan arraigado, que solía llevar en su bolsillo botellitas de licor, empinando el codo durante las horas de servicio en el "Front Desk" (Mostrador de Recepción).

En efecto, un año antes, el Contador Público Auditor había estado en visita de supervisión en el "Mediterranean Paradise Beach Resort" en Ibiza, propiedad de la cadena CELTIC, tocándole en suerte atender ese asunto laboral. Las Regulaciones de la empresa eran muy severas en casos así y lo procedente era el despido inmediato, duro castigo al infractor que era perfectamente comprensible.

En una organización de clase mundial, con una nómina de miles de trabajadores, las normas deben ser estrictas, de lo contrario, se corre el riesgo de anarquía, desorganización e ineficiencia que se traducen en pérdidas financieras en los negocios.

No obstante, toda regla tiene su excepción. Kadir revisó el expediente del trabajador, categoría F9 (Funcionario nivel 9), el cargo más alto dentro de los Empleados y el más bajo de los Funcionarios, dentro del Corporativo Internacional.

Sus antecedentes eran limpios. Con solamente estudios de nivel medio, había ingresado a la compañía casi veinte años atrás como Office Boy (mensajero de oficina), escalando lentamente diversos puestos, demostrando magnífico desempeño y grandes deseos de superación, habiendo tomado y aprobado los cursos de hotelería elemental, que imparte a los miembros del personal, la División de Capacitación.

Casado, con tres hijos, pagando la hipoteca de su casa, ganador de seis diplomas dentro de la empresa por récords de asistencia, puntualidad, productividad, iniciativa, probidad y entusiasmo, el alto Jefe consideró que sancionar al sujeto, privándolo de su trabajo, era excesivo, tomando en cuenta que por la crisis económica, el país tiene altísima tasa de desempleo.

Kadir tuvo piedad y decidió: "Visto el expediente y tomando en cuenta los magníficos antecedentes del infractor, se acuerda como excepción y por única vez, NO APLICAR EL DESPIDO JUSTIFICADO AL TRABAJADOR previsto por el Reglamento General de Trabajo, sancionando a Silvestre Escandón, degradando en tres niveles su categoría actual y obviamente el salario en un 20% por dos años, lapso que estará en constante observación por sus Superiores, al tiempo que obligatoriamente tendrá que afiliarse a la organización de Alcohólicos Anónimos que lo ayudará para alejarse del vicio".

"Paralelamente, la empresa le proveerá gratuitamente las sesiones de Terapias Psicológicas y en su caso medicamentos, necesarios para su completa rehabilitación".

"Será transferido para trabajar en uno de nuestros hoteles en Madrid, ciudad Capital, donde además existen mejores opciones para la recuperación física y mental del sujeto. En abundamiento a su cambio de residencia, es prioritario ponerlo a sana distancia de sus amigos, que probablemente también sean dipsómanos, lo que haría más lenta y difícil su regeneración. Se apercibe al interesado que en caso de Reincidencia o mostrar conducta negativa, rebeldía o cualquier otra falta grave al Reglamento de Trabajo invocado, este Acuerdo quedará NULO, aplicándose de inmediato el DESPIDO JUSTIFICADO. Así lo Resolvió y firma, Kadir Aiza Pírez, CPA, MBA, CEO de CELTIC WORLDWIDE ENTERPRISES".

Escandón, mejor conocido entre sus compañeros como "El Gato", a causa de sus ojos claros y su nombre Silvestre — conocido personaje felino en los excelentes dibujos animados, de la casa productora Warner Brothers — había sido en su lejana juventud un joven enamorado, que sin embargo guardaba gran respeto a las damas, apreciando sin malicia la belleza de cuanta mujer bonita, pisaba el "Lobby" del hotel donde estuviera trabajando.

Siendo un empleado fiel y ya se dijo agradecido, todos los años en su onomástico felicitaba al señor Kadir mediante una tarjeta enviada a sus oficinas, simplemente: "Con el mejor de los deseos para la felicidad de su familia y ventura personal".

Kadir no se sorprendió al ver la correspondiente a este año.

Sonrió satisfecho. Los informes recabados sobre los avances y comportamiento del señor Escandón fueron fantásticos: Los Doctores estaban sorprendidos de la fuerza de voluntad del paciente que había cortado de tajo, su inclinación por la bebida.

Los Jefes reportaban que Silvestre, trabajaba con ahínco, siempre puntual y sin tener inasistencias.

Por tales motivos, el Auditor decidió visitar a su protegido para felicitarlo y alentarlo a continuar el camino de superación.

A este paso, seguro recobrará su antiguo puesto y salario, pensó.

****

Una semana después del cumpleaños, a media mañana, Kadir pasó por el Grand Hotel Princesa de Navarra, llevando dos cajas de galletas de chocolate Lyncott para los nietos de Silvestre, que emocionado, no pudo evitar que escurrieran dos lágrimas de sus ojos cansados.

— Mil gracias mi señor, Dios lo cuide...

En ese momento, cruzaba el vestíbulo hacia la calle, una preciosidad de mujer, seguida de un caballero bien vestido con aspecto de enfermo, que lucía como perrito faldero de mujer rica.

Silvestre y todos los varones que poblaban el lugar, dejaron de respirar literalmente. Era una hembra tan distinguida y hermosa como pocas.

Kadir estuvo a punto del infarto, metafóricamente hablando.

La gran belleza de la fémina lo había impactado, y la presencia del acompañante golpeó como un mazo su cerebro.

¡Christopher! ¡Hijo de puta! — estuvo a punto de gritar, pero se contuvo sin mover un músculo, estaba entrenado para controlar las emociones por fuertes que fueran.

El Auditor alternaba su mirada de águila entre las piernas, nalgas y rostro de la mujer y el cuerpo de su amigo, ahora convertido en un guiñapo, solo le faltaba babear.

Pasaron a escasos dos metros de él y la mujer le dirigió una mirada como de sorpresa, que quiso ser rápida, intentando reconocerlo, pensó Kadir.

Su amigo Brasileño no lo identificó. Posó su vítrea mirada en Kadir, suficiente para diagnosticarle intoxicación por drogas.

Las pocas damas presentes, acuchillaron con sus miradas a la recién llegada.

"Mujeres que Pasean por la Quinta Avenida, tan Cerca de mis Ojos, tan Lejos de mi Vida" — recitó Kadir la famosa frase del Poeta y Diplomático Mexicano José Juan Tablada — aprovechando para despedirse, no sin antes preguntar a Silvestre sobre la bella dama y su acompañante.

— ¿Son de la Nobleza Europea? ¿Quiénes son?
— Él es un pobre diablo, parece que es la mascota de la señora, creo que es Francesa y claro está, con todo respeto Don Kadir, está buenísima. Han llegado ayer domingo, me tocó ayudarles con el equipaje y bueno... aquí en confianza señor, me pareció muy extraño que se alojaran en la Suite que cuenta con una sola cama King Size... digo porque el sirviente... seguro duerme en el sofá de la sala.
— Cuando me retiraba, escuché que la señora se metía a la ducha ordenando al tipo ¡desnudarse! y frotarle la espalda.
— No lo tome a mal, ni piense que soy chismoso pero para mí, son amantes muy especiales. Si usted gusta indagaré un poco discretamente. Tiene muy buen gusto mi señor... y nuevamente gracias por saludarme y los chocolates.

****

No conforme con los exiguos datos proporcionados por Silvestre "El Gato" Escandón, Kadir decidió actuar por su cuenta, haciendo acto de presencia en la oficina de Federico Vélez, Gerente del hotel, quien lo recibió de buena manera atendiendo la petición.

— Don Kadir, es una alegre sorpresa su visita, no lo veíamos por aquí, ¿hace un año? — expresó el funcionario estrechando la mano.
— Por favor, dígame que ha regresado el Gran Jefe que siempre ha sido

señor, ¿en qué puedo ayudarle? El hotel entero está a su servicio...

Kadir observó con sus ojos grises/verdosos al joven ejecutivo. Le pareció un hombre sincero y digno de confianza.

— Es un gusto venir por aquí, veo que el hotel continúa en ascenso, hay dirección y rumbo adecuados. Haga favor de felicitar al personal.

— Después del sentido fallecimiento de Don Ramón, su señora esposa, Doña Amber Brancatti hoy viuda de Peralta y Bárcenas, decidió aceptar mi renuncia, presentada hace un poco más de un año. Sin embargo, me ha pedido continuar como Consejero de Negocios sin tener horario obligado, pero siempre a disposición. He aceptado ayudarla por un período breve, en tanto ella toma control del Consorcio, que como usted sabe bien, es inmenso y pueda reorganizarlo con gente joven de su confianza. Estoy en plena retirada, y mi tiempo comprometido con la familia.

— ¡Hombre qué bueno! Lo felicito. Algún día lo podré hacer también. ¿Desea tomar algo? Puedo ordenar bebidas y bocadillos, no siempre tengo el honor de recibir a "famosos".

— Solo agua fresca, sin hielo por favor, gracias.

— ¿No prefiere Vodka? Sus aficiones son leyenda por aquí, mi señor, incluyendo las damas hermosas, cuentan que...

— No crea todo lo que dicen — cortó secamente el Auditor — Pero siempre puede disfrutarse un buen vodka en las rocas, a condición que me acompañe.

— ¡Por supuesto! — reaccionó Vélez, sirviendo el licor en vasos old fashion.

— Por favor disculpe la broma sobre las mujeres, no quise ofender...

— Olvídelo amigo, mejor apaguemos la sed, ¡salud! — propuso alegremente el visitante.

Más relajados, conversaron brevemente sobre el negocio hotelero, el aumento del turismo, las innovaciones en materia de hospitalidad y otros temas menores.

Kadir consideró que la tierra estaba bastante preparada y lanzó su ofensiva con suavidad.

— A propósito de "famosos", ¿puedo saber quiénes son los huéspedes de la Suite Imperial? — exploró Kadir con cuidado.

— Es una mujer hermosa y pensamos que el marido es un millonario como tantos, esclavizado ante una hembra de categoría muy superior a la suya y que para tenerla contenta, le concede todos sus caprichos. Algo muy común, que en nuestro ramo lo vemos muy seguido — afirmó el Ejecutivo.

— Como es de su superior conocimiento, el hotel es muy reservado con la información acerca de sus huéspedes, solo con orden de la Autoridad puede revelarse. Pero usted es de casa, puede tener el acceso a la Ficha de Reserva — ofreció amablemente, marcando de inmediato en el teléfono, la extensión 113.

- Reservaciones a sus órdenes, gracias por hablar al Grand Hotel Princesa de Navarra. ¿Puedo ayudarle? — expresó la linda vocecita casi infantil, de la empleada a cargo.
- Habla el Gerente. Tenga la bondad de traer a mi oficina, las hojas de reservaciones de las Suites Imperial, Asturias y Barcelona. Sí enseguida, muchas gracias.
- He solicitado las tres Suites Principales para no despertar ninguna sospecha — dijo el anfitrión presumiendo de cauto.
- ¿Puedo preguntarle qué desea exactamente?
- Me interesa la pareja, especialmente la hembra. Te diré por qué. ¿Has oído sobre las nuevas novelas "EL AUDITOR DE LA MUERTE" y "TENTACIONES PROHIBIDAS" de IRON SHERMAN?
- Sí por supuesto, son un fenómeno de ventas — contestó el señor Vélez.
- Ahora que estoy en situación de retiro, los Médicos y Licenciados en Administración del Tiempo Libre, aconsejan tener alguna actividad completamente distinta a lo que has hecho durante toda tu vida. Si no lo haces, en pocos meses serás presa de gran aburrimiento, fastidio, mal humor y hasta sufrir enfermedades.
- Es muy importante el ejercicio físico y mental. En este caso, la prescripción fue alejarme del mundo de finanzas, negocios y dedicarme a hacer algo nuevo para mí. He escogido producir películas. ¿Qué te parece?
- Es un mundo nuevo y apasionante. Estoy por adquirir los Derechos de esos Best Sellers y precisamente estoy iniciando para seleccionar a las actrices y actores de los roles principales.
- Sé que es un trabajo del Director de la Película, pero es muy gratificante ayudarle a seleccionar personal nuevo, de magnífica presencia, personalidad y obvio decirlo, belleza.
- Existe un gran número de estrellas del cine ya consagradas, pero resultan muy elevados sus honorarios. Hemos visto estupendos filmes con actores que recién comienzan y que cobran una quinta parte de los premiados — terminó su perorata el Contador Público.
- Por ello me interesa saber sobre el matrimonio. Quisiera poder acercarme y ofrecerle un papel en la película. Estarás de acuerdo en que la mujer es maravillosa por cualquier lado que la veas.
- Absolutamente — contestó Federico — Y ¡coño pues lo felicito!

A propósito, tengo una sobrina que estudia el último año en la Academia de Arte Dramático, si no tiene inconveniente, me gustaría que la entrevistara, para un "casting" (prueba artística).

— Tal vez pudiera hallarle un papelito secundario en la cinta cinematográfica. Le ruego no lo tome a mal, y por supuesto no quiero comprometerle en naá.

— Discúlpeme se lo ruego, pero ya sabe, qué no haría uno por la familia...

— Bien, en su momento le llamaremos para una prueba, andamos en caza de talentos. ¿Cómo se llama la nena y cuántos años tiene?

— Debo advertirle Federico, que no será muy pronto, apenas estamos como ya dije, en el esfuerzo de adquirir los derechos cinematográficos sobre la novela.

— Lo comprendo perfecto señor mío y muchas gracias por escucharme, usted perdone...

— En ese momento entró la empleada de Reservaciones llevando lo solicitado, saludó y se retiró inmediatamente.

— Aquí tiene los expedientes Don Kadir. Puede consultarlos libremente. Take your time (tome su tiempo, no hay prisa) — dijo en Inglés.

— Ahora si me perdona tengo que supervisar el servicio, nos llega un grupo numeroso de turistas Daneses y todo debe estar a punto. Se queda en su oficina, siéntase con la confianza de llamar a mi asistente para lo necesario.

— Por favor deje su correo electrónico para estar en contacto.

— By the way (a propósito de) mi sobrina se llama Leonor, tiene veintidós años cumplidos, es encantadora y muy lista.

— Gracias por darle una esperanza, no se arrepentirá.

— Con su venia y siempre a su servicio — cerró sus palabras el buen muchacho despidiéndose.

Si hago la película, le ofreceré una prueba. Quién sabe, tal vez se convierta en una estrella de cine, pensó Kadir.

****

En la soledad y silencio de la oficina privada de la Gerencia, "Scorpio" examinó con sus expertos ojos de Auditor, las dos hojas dentro de la carpeta azul, con los datos de Reservación:

Passenger Name: "Marié Piccard".

Nationality: French. Passport 4611348392

Address: 233, Rué Liberté, 089731, París, Francia.

Telephone: 507 614 99572

Hotel: Grand Hotel Princesa de Navarra, Madrid, España.

Business or Vacation: Vacations.

Room Type: (clase de habitación) Suite Imperial One King Bed, One Queen Size, Two Bathrooms.

PAX: Two (2)

Check In: November 02, 2015.

Check Out: Open (abierto)

Fare: (tarifa) Rack $ 9000.00 Euros/Night.

Sponsor: VISA Credit Card 5560 4978 8863 2158

Amenities: TV Cable HD, Fresh Coffee, Water Bottles, Frigobar, Fresh Season Fruits, a Dozen Red Roses, Pastries and Champagne Mimosas everymornings. (Frutas frescas, una docena de rosas rojas, pastelillos y copas de champaña helada mezclada con jugo de naranja, todas las mañanas).

One Champagne Bottle, imported Canapés. Cherrys or Strawberrys, everynights (una botella de Champagne, bocadillos de importación, cerezas o fresas, todas las noches).

Free: Breakfast buffet, Valet parking & Internet (desayuno buffet, estacionamiento y servicio de Internet).

GYM, SPA & Massage, complimentary (gimnasio, SPA y Masaje de Cortesía).

Walking, Travel Agency or Internet: (el huésped llegó por sí solo, agencia de viajes o Internet).

****

"Scorpio" estudió detenidamente las hojas de reserva, registrando lo que deseaba en la sección de notas de su teléfono celular.

Copió el nombre de la misteriosa mujer, domicilio, teléfono de contacto y pasaporte, tomando una fotografía del documento.

Terminada su labor, llamó a la asistente para devolver los expedientes.

— Tengo que retirarme, le ruego entregar estas carpetas a la señorita encargada de Reservaciones. Muchas gracias por todas sus atenciones, haga el favor de despedirme del señor Gerente.

— Ha sido un placer tenerlo por aquí señor Kadir, regrese pronto, se le extraña — comentó la auxiliar de la Gerencia — Cualquier cosa que requiera, con toda confianza.

"Scorpio" fue al estacionamiento, abordó su camioneta y salió con rumbo a su oficina. Estaba ansioso por verificar la información obtenida. En el trayecto, maquinaba sobre el mejor medio para hacerlo.

Puedo llamar directamente al General Finnstein y solicitar la investigación sobre la dama o pedirle a Benjamín que se encargue.

Creo que hablaré con Mr. Weitzner, no quiero resentimientos del buen viejo.

Treinta minutos después, instalado en la comodidad de su oficina privada, la llamada cruzó el Atlántico.

- Hola "sobrino" es sensacional recibir noticias tuyas.
- Por aquí todo bien, a excepción de las molestias propias de la edad, como el dolor de huesos por la mañanas.
- ¿Cuándo vienen de vacaciones a España? Nos encantaría recibirlos en casa. Es un país de gran riqueza histórica y belleza natural, anímense, no se arrepentirán. Nuestra invitación está abierta para cuando lo deseen — insistió Kadir.
- Gracias por el convite, será un placer visitarlos. Es posible que en la próxima primavera, hagamos el viaje la familia completa.
- Estamos muy contentos, los nietos creciendo sanos y fuertes, corren y juegan todo el día, me tienen loco "chico" — pronunció Benjamín esa palabra usada por los Cubanos.
- Ruth y su esposo se llevan excelente, precisamente en estos momentos se encuentran en un crucero por Alaska, celebrando el aniversario de su boda.

Con sensaciones opuestas al recibir esa noticia, Kadir se alegró por ella — por fin halló la felicidad — entendiendo en ese momento, que la había perdido para siempre.

Es mejor así, se confortó, no puedo ser tan egoísta, yo disfruto de completa dicha con Helen y los niños, Ruth la merece también.

- Qué bien "Tío" pronto estaré por allá para llevarles un presente nuestro. Haz el favor de felicitarlos de parte de toda mi familia. Tengo que consultarte un tema de Finanzas.

Enseguida, utilizando la clave conocida solamente por ellos, Kadir solicitaba la investigación sobre "Marié Piccard" proporcionando los datos conocidos.

Treinta y cinco minutos más tarde, el "Tío" Ben devolvió la llamada.

- En la Economía mundial, no hay un buen pronóstico. Las finanzas de países completos están en peligro de colapso.
- La volatilidad en los mercados originados por la poca estabilidad de las monedas, las crisis económicas de Grecia, España, Portugal, Argentina, Brasil y otros, el alto costo de los rescates financieros, hacen temblar a las Bolsas de Valores del mundo.
- Otro factor no menos importante, es el avance de la tecnología para la producción de energías alternas, que comienzan a desplazar al petróleo como combustible fósil, causando que las Naciones productoras incrementen su producción, inundando de aceite

al mundo, ocasionando claro está, el desplome de los precios Internacionales.

- Por ejemplo, del precio promedio del petróleo crudo hace seis meses de 100 o más Dólares por barril, hoy se cotiza en el mercado Internacional a menos de 50 Dólares por barril.

- Imagina el impacto financiero en los países productores, como México, que estúpidamente, han fincado toda su economía durante muchos años en los ingresos por venta del petróleo. Van a tener graves dificultades.

- Las pocas buenas noticias son la recuperación del mercado inmobiliario en los Estados Unidos y del empleo, así como algunas Naciones que están incrementando exportaciones no petroleras, para nivelar su Balanza de Pagos.

- Por otra parte, los anuncios de aumento en las tasas de interés, favorecerá a los inversionistas. Habrá que estar atentos al rendimiento y valor de los Bonos. Los Títulos en circulación pactados a largo plazo, bajarán su valor de venta.

- Ah, y por supuesto, muy pronto te enviaré el libro que pides.

- Saludos a todos, gracias por llamarme y prepara tu hogar para la "Invasión Weitzner". Solo somos cinco, pero muy latosos.

- Gracias "Tío", nos vemos en la próxima oportunidad. Será un honor tenerlos en casa.

- No te preocupes, la casa, alacena y cava, son amplias.

- Anticipo el gusto enorme que le dará a Helen y a mis hijos, recibir por fin, al "Tío Rico McPato", ja, ja, ja — cerró Kadir la conversación, aludiendo por supuesto al simpático multimillonario, pero muy tacaño personaje de los dibujos animados, famoso por meterse a nadar dentro de su bóveda llena de dinero, creado por el genial escritor, dibujante y productor Norteamericano, Walt Disney.

****

Analizando la información, "Scorpio" reflexionó con calma sobre los sucesos del día.

La súbita aparición de su amigo Carvalho, acompañando a la hermosa mujer en calidad de esclavo, y precisamente en Madrid, significaba un enredo mayúsculo que sentía la obligación de aclarar.

Fue tanta la sorpresa de ver a su amigo desaparecido, que lo único

que su cerebro le ordenó fue quedarse quieto, sin aspavientos, hasta no conocer la extraña situación.

- Conozco muy bien a Christopher como para que haya abandonado su vida de Playboy, para convertirse en perrito faldero de una pinche vieja que por buenota que esté, no lo justifica de ningún modo.

— Observé la torpeza y lentitud de sus movimientos, pasó a mi lado sin reconocerme, una cosa es segura: Está actuando bajo los efectos de una droga, que por el momento ignoro.

Una hora más estuvo pensando los motivos para ello. Finalmente se dio cuenta que no podía avanzar, mientras no tuviera confirmada la investigación sobre la mujer, aunque de entrada la frase cifrada "Las finanzas de países completos están en riesgo de colapso", le avisaba que la hembra parecía peligrosa.

— Bueno — se dijo — Es hora de ir a casa a comer en familia.

— Como dice la canción Italiana: "Quello che sará, sará" (Lo que será, será).

****

La temible Agente Glorielle, alias mademoiselle "Marié Piccard" al servicio del Tío Vander Skoda — uno de los Altos Jefes del International Crime Union (ICU), poderosísimo Sindicato Internacional del Crimen — estuvo muy activa el mismo día de su llegada a Madrid.

No bien cruzó el vestíbulo del hotel, miró por un instante el rostro de un caballero, que su entrenada memoria identificó, como el visto en las actividades sociales de un año atrás, mostradas en Internet. Sin duda era la misma persona: Kadir Aiza, Director General de CELTIC WORLDWIDE ENTERPRISES.

— ¡Es fantástico! No he tenido que buscarlo. ¡Me cayó del cielo! — exclamó la hembra saltando de gusto.

****

En el interior del Café Lux, la asesina saboreaba un "latte" (café con leche), acompañado de "petit fours" recién horneados (minúsculos panecillos con sabores de frutas, crema o jalea).

Estaba contenta. Bien comienza la misión — reflexionó — tengo que regresar al hotel ahora, necesito conocerlo y ponerle una trampa.

— Atenderé un par de asuntos pendientes no los necesito, aprovechen para pasear un poco, los veré por la tarde/noche. Te encargo mucho a nuestro "amigo" — ordenó al escolta, saliendo del concurrido establecimiento.

Sentado en otra mesita con el chofer de la limusina, Christopher Carvalho medio consumía la caliente bebida, mordisqueando un trozo de pan. Con la mirada perdida, aparentaba un enfermo con retraso mental.

Siendo un criminal, el conductor mostraba un poco de bondad, limpiando con la servilleta de papel la mancha de chocolate sobre el grueso sweater (suéter) de Carvalho.

Hombre forjado a sangre y fuego, estaba impresionado con el cambio físico y mental del prisionero. Nada quedaba de aquel tipo fuerte, inteligente y simpático, que conoció cuando lo aprehendió al salir del Cabaret "Cocodrilo" en Buenos Aires, donde necesitaron la fuerza de cinco sicarios para someterlo.

Cuando su preciosa jefa se fue, el pistolero pagó la cuenta en efectivo dejando generosa propina y se dirigió al toilet (sanitario). Su vejiga e intestinos estaban a reventar.

Observó tan jodido al cautivo, que no corría ningún riesgo dejarlo a solas por un momento. Aun así le advirtió:

– Voy a dejarte solo un rato, si das problemas ¡te romperé el cuello, hijo de puta!

Carvalho, asintió gravemente con la cabeza.

Un minuto después, Christopher era otro. Con inusual energía, cogió el dinero de la propina y salió del establecimiento.

Precisamente la extrema delgadez y pérdida de masa muscular del cuerpo de Carvalho, se debió al ayuno. En uno de los momentos de lucidez, el Ingeniero se percató que siendo cautivo lo estaban drogando con los alimentos.

Decidió dos semanas atrás comer lo menos posible, bebiendo solo las cantidades de agua y leche necesarios, argumentando falta de apetito. Su "trabajo" de semental pudo cumplirlo medianamente gracias a las vitaminas y dosis de Cialis, que la esclavista ordenó administrarle para ayudarlo en sus erecciones.

Desorientado, caminó de prisa hasta la esquina, dobló a la izquierda para emprender carrera hasta la siguiente cuadra, donde giró a su derecha para abordar un taxi, pidiendo llevarlo a un hospital.

El bonachón taxista no hizo preguntas, transportándolo al prestigiado Hospital Universitario "Gregorio Marañón", nosocomio público de la Comunidad de Madrid, con atención Médica a indigentes.

****

A los diez minutos de la huida de Carvalho, la clientela del Café Lux vivió momentos de pánico. El chofer/guardaespaldas estaba enloquecido por la fuga del prisionero.

Pateando las sillas, apretando el cuello a varios parroquianos preguntó por su paradero.

— Van a decirme la verdad, hijos de puta, ¡así tenga que matarlos a todos!

Totalmente fuera de control — pues sabía el precio que tendría que pagar por su imperdonable descuido — desenfundó su pavoroso revólver Colt Python calibre .357 — un verdadero cañón, capaz de perforar chalecos antibalas — ante los gritos de terror de los consumidores que se arrojaron al suelo.

El hampón accionó el primer disparo que sonó como una explosión. El empleado del mostrador, cayó fulminado con la cabeza destrozada. Pedazos del cerebro se esparcieron sobre el piso de mosaico.

El segundo, tercero, cuarto, quinto y sexto fogonazos estremecieron el local. Pero no fueron hechos por el arma del atacante.

Héctor Ayerzarán ex Guardia Civil bajo pensión, en la mesita del fondo tomaba sus alimentos en compañía de su esposa. Cuando el criminal amenazó a la clientela, no pudo evitar su reacción de Policía que llevaba en la sangre. Preparándose para intervenir, deslizó su mano dentro del abrigo y empuñó la compacta pistola Española Llama Micro-Max, calibre 9 mm corto.

Cuando el criminal abrió fuego en contra del indefenso empleado asesinándolo, Ayerzarán no dudó más. Colérico por el cobarde ataque del maldito, apuntó y descerrajó cinco tiros del cargador de siete cartuchos, que se alojaron en el corpachón del homicida que murió incrédulo, desplomándose como fardo en medio de un gran charco de sangre. Y se desató el pandemónium.

****

Ajena a lo sucedido, la atractiva Glorielle alias "Marié", interrogaba con sutileza al Botones acerca del distinguido caballero que entró al lobby del hotel, precisamente cuando ella salía.

Silvestre Escandón, viejo mañoso, no quiso meterse en problemas y contestó que no sabía nada sobre la persona, salvo que había sido Director de la Organización Hotelera.

— Casi no viene por aquí, la última vez que nos visitó fue hace cosa de un año — declaró Silvestre Escandón "El Gato".

— ¿Está seguro? Porque me pareció verle esta mañana.

— Esa es otra persona, un cliente antiguo. Le recomiendo hablar con Don Federico, es el Gerente. Tal vez él pueda ayudarla — respondió nervioso "El Gato".

Maldito mentiroso, pensó ella, recordando que había visto a su presa conversando con el Botones, ¡ya le daré su merecido!

— Gracias, así lo haré. ¿Cuál es su oficina? — pronunció ella con dulzura.

– Permítame llevarla por favor — solicitó "El Gato", mirando con disimulo las fantásticas nalgas de la hembra, que oscilantes al caminar con garbo, prometían placeres sin igual al feliz mortal que la poseyera.

La elegante pero austera oficina estaba al fondo del lobby. Fueron interceptados por la Asistente, quien les informó que el señor Vélez se encontraba con los técnicos de mantenimiento, en gira por las instalaciones de aire acondicionado.

– Puede dejarme recado o volver una hora más tarde, como lo desee. ¿Quiere darme su nombre? Él se reportará de inmediato.

– Regreso en una hora, muy amable señorita — dijo "Marié" retirándose hacia el ascensor. Necesitaba meditar la próxima jugada...

Dentro de la Suite, abrió la caja de seguridad y extrajo la pistola, revisando el cargador con diez balas. Dudó un instante para decidir si introducía un cartucho más en la recámara del arma y diez en el magazine (cargador), en total once proyectiles.

Confiando en sus habilidades guerreras, no consideró necesario hacerlo así. Dicen que los criminales siempre cometen un error, este le resultaría fatal.

No creo gastar más de diez balas en la misión, sonrió con crueldad, imaginando que después de una buena cogida al mancebo, le metería dos o tres balas expansivas en cabeza y cuerpo.

Soñando despierta se visualizaba desnuda, sentada en el borde del jacuzzi de su habitación, con sus largas piernas abiertas que enseñaba su apetitoso coñito rosado practicando el "Cunnilingus", con la lengua del sentenciado frotando suavemente el clítoris para después entrar y salir, produciéndole el primer espasmo de placer.

Al concluir, ella le ordenaba ponerse de pie y acercar el pene a su boca, que golosa lo chupaba hasta la raíz, acariciando las duras nalgas del varón.

El segundo episodio carnal lo hicieron en la cama disfrutando muchísimo, empleando cinco de las mejores posiciones que ilustra profusamente el Kamasutra.

Ebrios de lujuria y champaña, la pareja fornicó hasta el agotamiento alcanzando ella hasta tres orgasmos más.

Plenamente satisfecha, la preciosa hembra sacaba la pistola con silenciador y le disparaba tres veces en el atlético cuerpo y uno en la cabeza, a la altura de la sien derecha... La abundante humedad de su vagina la hizo retornar a la realidad.

¿Qué pasa conmigo? Fue un sueño, un adorable sueño de ficción que podría convertirse muy pronto en realidad.

El teléfono de la habitación sonó con insistencia. Era la Asistente de la Gerencia avisando que Don Federico aguardaba en su oficina, estando presto para atenderla.

- Agradezca al señor Gerente su amabilidad. Bajo enseguida — respondió la belleza.
- Estoy completamente a su servicio distinguida dama — dijo zalamero Federico Vélez, mostrando su dentadura perfecta, que a tantas turistas le fascinaban.
- ¡Oh! No es nada urgente, solo deseaba información sobre una persona que esta mañana miré en el vestíbulo del hotel y hace años no lo veo. Desafortunadamente iba de prisa y no logré saludarlo.
- ¿Puede decirme su habitación? Me encantaría darle una sorpresa acompañada claro, de una botella de la mejor champaña que tengan aquí — solicitó la hermosa, fascinante.

Al llegar a este punto, Federico sintió un respingo en el pecho, alejando sus ojos de las hermosas piernas de Marié, perfectamente delineadas por las ajustadas mallas tras la minifalda, para concentrarse en las mentirosas palabras pronunciadas por la joven señora.

En nanosegundos repasó los hechos: Algo anda mal, se dijo. Ella afirma que lo conoce y desea darle una sorpresa nada menos que ¡en su habitación!, con champaña y toda la cosa, versión que es opuesta a lo relatado por Don Kadir, que recién desea conocerla para ofrecerle un papel en su película. Mmm, para mí todo esto es muy sospechoso, en especial la mujer. Aquí hay gato encerrado. Pobrecilla cree que por su hermosura voy a obedecerle.

- Mi gentil señora, el Reglamento del Hotel y las Ordenanzas del Ayuntamiento prohíben revelar datos de los clientes, ni siquiera el número de sus habitaciones. Pero voy a facilitarle la tarea.
- El señor que usted busca es el Contador Público Auditor Kadir Aiza Pírez, que no es huésped del Hotel, sino hasta hace poco Director General de la Cadena CELTIC, propietaria de este establecimiento.
- Oh, disculpe lo ignoraba. ¿Tendría usted tener la gentileza de llevarme ante él?
- Estoy segura que me reconocerá de inmediato. ¿Hará el favor? — atacó la guapa señora.
- Lo siento, no puedo ayudarla. El señor estuvo un rato en esta oficina, se despidió y se ha retirado del hotel. Como le dije no tenemos el gusto de alojarlo.
- ¿Podría indicarme dónde buscarlo? Ande, sea bueno conmigo, no

se arrepentirá. Prometo invitarlo a cenar al lugar que elija, ¿estaría bien para usted a las 7.30?

— Ardo de ganas por conocer esta bella ciudad de noche y qué mejor con un acompañante de su categoría y presencia, ¡buen mozo! — explicó la atractiva treintañera, acercando peligrosamente su cuerpo felino y darle un besito en la mejilla muy cerca del labio, al pobre Gerente que asustado tardó en recobrar el aliento.

— Buuueno yo... no... — respondió el joven ejecutivo sonrojándose.

— Solo tengo la dirección del Corporativo, espero le sirva. El de casa es imposible, nadie la conoce aquí — apresurándose a escribirle una nota.

— Gracias lindo, nos veremos después para el tour nocturno — indicó "Marié" sonriendo coqueta, besándolo nuevamente procurando rozar con la punta de los deliciosos senos, el pecho del varón y caminar hacia la puerta del privado, moviendo con elegancia las caderas, que electrizaron a Federico, muchacho virgen, sano de cuerpo y alma, egresado de una de las Universidades Religiosas de mayor prestigio, propiedad del Opus Dei.

****

A solas, meditó que sería maravilloso perder su virginidad tantos años guardada, a manos o mejor dicho con las nalgas de esa turista Francesa maravillosa.

Buen creyente y practicante de su religión Católica, se había comprometido a que tendría relaciones sexuales hasta contraer Santo Matrimonio y procrear una familia. La tentación de romper su promesa era demasiada, pues soltero a sus 28 años, su cuerpo le pedía a gritos practicar el sexo, presión que aliviaba en soledad masturbándose al leer revistas para adultos o recurriendo a las hábiles manos de Cirenia su novia, en los lugares de paseo: cines, parques, sanitarios públicos, en el pequeño velero, el automóvil y en ocasiones arriesgándolo todo, en el sofá de la casa de sus futuros suegros.

Creo que tengo que aprender los secretos del sexo. En seis meses es la boda, y sería vergonzoso actuar esa noche como novato. No señor, hoy mismo me acostaré con la preciosa ricachona...

Cuando dieron las seis de la tarde — hora de salida — muy alegre se puso a cantar las coplas: "ese toro enamoró de la luna, que abandona

por las noches la manaá" ... conduciendo veloz a su casa para acicalarse y regresar para su gran cita.

Es una hembra colosal, no puedo creer tanta belleza y que quiera

398

coger conmigo, qué ojos, nariz, boca, cuello, senos, cintura, nalgas, piernas...

Esos cabrones amigos que siempre me critican, morirán de envidia.

****

Eran ya las cinco treinta de la tarde y "Marié" estaba alterada. Con los datos proporcionados por el Gerente acudió al domicilio indicado, solo para fracasar en su intento de localizar al cabrón de Kadir. Tenía un año de haberse mudado de las oficinas del conglomerado CELTIC a un sitio desconocido.

Volvió a la Suite del hotel y lanzó lejos las finas botas Jimmy Choo.

Había marcado dos veces al celular del escolta sin éxito. Estaba furiosa.

— ¡Merde! (Mierda, en Francés) ¡Maldito pendejo! ¡Cómo se atreve el hijo de puta! ¡No contesta el cabrón, pero juro que mataré a ese hijo de la chingada!

Por cinco minutos más, continuó maldiciendo, tomó la botella de whisky y bebió dos grandes sorbos.

El calor de la fuerte bebida, la reanimó un poco.

Intentó llamarlo de nuevo. Esta vez contestó la voz áspera de un hombre desconocido. Ella por precaución guardó silencio.

— Aló, Aló, aquí la Cuarta Comisaría. El portador de este número ha muerto. Si es un familiar o amistad, le ruego venir a identificar el cuerpo... — Glorielle, sorprendida por la noticia, colgó.

— ¡Puta madre! ¡El pendejo está muerto! ¡Y quedó registrado mi teléfono!, ¿y Christopher?, ¿huyó o está perdido? ¡Sabrá Dios dónde estará mi esclavo! Si lo tiene la Policía y lo interroga, puede tener momentos de lucidez y "cantar". ¡Todo se arruinaría, hasta mi propia vida!

— Mi tío no vacilará en eliminarme para salvar los negocios, ¡¡tengo que actuar!!

Pocas veces en su "productiva" carrera de matona al servicio de Vander Skoda, la hermosa mujer perdía los "estribos" (modismo que significa la serenidad).

Se derrumbó sobre la mullida cama tratando de pensar la próxima movida del tablero. A gran velocidad pasaron por su cerebro varias ideas: consultar con su Tío, rechazada.

Acudir al Precinto Policíaco para la diligencia de identificación del cadáver del estúpido chofer, denegada.

Ponerse en contacto con su nuevo "amigo" Federico, el gerente del hotel, citarlo en la Suite y convencerlo para hacerse cargo del penoso asunto. Esta fue la mejor de las opciones y procedió de inmediato.

— ¿Federico? Soy Marié. He pensado que podemos cenar aquí en la intimidad de mi Suite, si te parece bien, ordenaré la cena ya mismo, ¿digamos para las 7.30?

— Absolutamente, preciosa. Estaré puntual. ¿Cuál es tu champaña favorito? — contestó Federico entusiasmado como pocas veces en su gris existencia, soñando con acariciar el delicioso cuerpo de la turista.

— El que tú digas, ¡sorpréndeme! — respondió dulcemente la fémina, que al pobre incauto le pareció sonido celestial.

La hermosa dama se dio un reconfortante baño de espuma, perfumándose todo el cuerpo, vistiendo sugestiva minifalda beige y blusa negra de generoso escote. Calzó zapatillas de tacón medio, para no intimidar con su estatura al Gerente.

Y esperó. En tanto, encendió la televisión de pantalla de 70 pulgadas. En alta definición, el noticiero en su primera edición nocturna daba cuenta del tiroteo en el Café Lux y las primeras declaraciones de autoridades y testigos. El video grabado por la cámara de seguridad dentro del restaurante, mostraba todo el episodio: la huida del prisionero, la cólera del guardaespaldas, las amenazas y violencia contra los parroquianos, el disparo que mató al indefenso empleado y entre las entrevistas del reportero, el autor de las cinco balas que acabaron con la vida del maleante.

Siempre fue un pendejo, me ahorraron el trabajo de matarlo yo misma — razonó la hermosa.

****

El siempre adusto señor Vélez, conducía su vehículo feliz. Pasó por la licorería que proveía al hotel y queriendo quedar muy bien con la muñeca, compró de su peculio una botella del magnífico Champagne Krug du Mesnil 1995 al precio de 1500 Euros.

Putísima — se dijo al pagar — Es un verdadero sacrificio, pero qué caray, soy soltero y he ahorrado toda mi vida.

Es hora de comenzar a vivir — se confortó — La hembra vale la pena y quién sabe, tal vez, se quede a vivir conmigo.

Pobrecillo iluso. No podía saber que la hembra estaba acostumbrada a beber exclusivos champagnes como el Dom Pérignon Jeroboam Oro Blanco que cuesta 30,000 Euros en envase de tres litros. Su alto precio se debe a que las botellas están revestidas con Oro Blanco, de allí su denominación.

Como tampoco podía saber que la dulce nena era una asesina y heredera de los multimillonarios negocios de Vander Skoda.

Silbando una melodía como adolescente enamorado, Federico se dirigió hacia la Suite Imperial en el piso diecinueve. En la mano izquierda portaba un hermoso arreglo de flores y en la derecha, el estuche conteniendo el champagne.

Tocó levemente la puerta de la suntuosa habitación. "Marié" lo recibió entusiasta.

— ¡Oh querido qué hermosa sorpresa! Están muy lindas las flores y es la champaña que me gusta, muchas gracias — expresó mintiendo, besándole en ambas mejillas.

El varón se sintió transportado al cielo, la mujer estaba bellísima y nunca esperó saludo tan afectuoso. Recuperado el aliento, se dirigió al mueble bar para tomar la champañera, llenarla con hielos y agua e introducir la botella del espumante vino.

Finalmente tomó dos copas tipo flauta las llenó ¾ partes — como deben servirse para que la fina bebida no pierda demasiado frío — y fue al sillón donde aguardaba la espléndida mujer que impaciente, cruzó la pierna mostrando generosamente los níveos muslos.

Brindaron con alegría y charlaron por varios minutos de temas sin trascendencia, hasta que la dama fue directa al grano.

— Federico, ¿puedo llamarte así? Debo decirte que a punto estuve de cancelar la cena. Ha sucedido algo inesperado que yo... bueno... no sé si deba contarte mi problema... no... olvida lo que dije, estamos a gusto y no debo involucrarte... mejor háblame de ti.

— Es un honor mademoiselle Piccard, por favor dime en qué puedo servirte. El hotel y yo, estamos completamente a disposición. Te ruego tener la confianza de permitirme ayudarte en lo que sea...

— Es tan penoso que... tal vez es un abuso de mi parte...

— Vamos Marié, suelta la carga, dame la oportunidad de atenderte, por favor — dijo el Gerente angustiado al ver la carita de preocupación de la nena.

— Está bien, te lo diré. Pero antes debes prometerme discreción absoluta. Mis padres han amenazado con desheredarme si causo líos en este viaje ¿sabes? Y un disgusto de tal naturaleza, pondría en riesgo su corazón.

— Demonios, habla de una vez, me estás asustando —dijo Federico surtiendo nuevamente las copas.

— ¡Salud! ¡Por tu belleza! — brindó el Castellano.

— ¡Por la vida! — contestó graciosamente la hembra, acercando peligrosamente su cuerpo al visitante.

— Remojadas las gargantas, la trigueña relató el problema, omitiendo claro está, que el prisionero había escapado.

- El estúpido de mi chofer ha perdido la vida en una pelea dentro del Café Lux. Me han llamado de la Cuarta Comisaría para la diligencia de identificación del cadáver. ¡Qué horror!
- ¡No soporto ver sangre, no puedo hacerlo, es demasiado para mí! ¡Soy tan desdichada!... Qué diré a mis padres y a la familia de mi empleado... — y soltó a llorar inconsolable, buscando refugiarse en los poderosos brazos del joven Ejecutivo.

Asombrado, Federico Vélez sacó la casta.

No solo consoló con ternura a la mujer, sino que atrevido, buscó los sensuales labios de la hembra que entreabiertos, esperaban ser besados.

- Calma preciosa, aquí estoy para ayudarte — y continuaban los arrumacos que "Marié" se encargaba de mantener encendidos como brasas.

Una cosa llevó a la otra y "Marié" tuvo que iniciar en las lides amorosas al Gerente, que bisoño, no acertaba a introducir el pene en la rica vagina de la extraordinaria y caliente hembra, dejándola insatisfecha por su eyaculación precoz.

Media hora después, Federico se retiró.

Fue directo a la oficina de Seguridad del Hotel, instruyendo al Oficial para identificar el cuerpo, mostrando la copia del pasaporte del occiso.

- Arregla el asunto de la mejor manera. No deseamos mala publicidad para el Hotel y sus huéspedes. No repares en gastos y ni una sola palabra a la prensa.
- También te harás cargo del funeral, entre más discreto mejor. Que no pongan lápida. Serás recompensado con generosidad.
- Aquí tienes un adelanto para gastos — haciendo entrega de veinte mil Euros en billetes de mil, que sacó de la caja fuerte con el vale correspondiente.
- Cualquier cosa me reportas solo a mí, ¿entendido?
- Perfectamente señor — respondió el Oficial.

****

La información llegó a la computadora personal de Kadir. En pocas líneas, Benjamín Weitzner prevenía a su "Querido sobrino" del riesgo de contraer peligrosas enfermedades viajando a Sudamérica en sus próximas vacaciones. "Los países que piensas visitar, están en riesgo sanitario por la grave contaminación de los mantos acuíferos del subsuelo, por estar perforando la tierra para buscar gas, el famoso Fracking".

"Además últimamente han sucedido graves derrames de petróleo y productos químicos venenosos provenientes de minas. Por si fuera poco, no se tienen los recursos ni la tecnología Médica para hacer frente a virus como el Ébola, que si bien el brote se originó en África, está migrando a otras partes del mundo. Tan solo esta enfermedad ha matado a más de seis mil personas".

"Si necesitas más datos, hablaremos después. Un fuerte abrazo".

Cinco minutos después, Kadir estaba hablando con Benjamín por el teléfono celular Blackphone de última generación, que antepone la privacidad a todo lo demás.

– Nuestros amigos de PRISMA han investigado a través de las diferentes organizaciones de inteligencia de los gobiernos amigos. Poseemos un poco de información.

– Ten cuidado. Esa perra "Marié Piccard" en realidad se llama Glorielle y está al servicio de su Tío, Vander Skoda, el delincuente de mayor jerarquía en Europa, miembro prominente del ICU (International Crime Union). Tu solicitud ha abierto una investigación profunda sobre sus miembros, actividades y ubicaciones.

– Al parecer, esa organización terrorista es responsable de la guerra en Siria, que a la fecha ha causado más de 250,000 muertos entre soldados y milicianos gubernamentales, facciones rebeldes, guerrilleros chiítas, grupos yihadistas y población civil.

– Pronto tendremos trabajo a montones.

– Te enviaremos a la Agente "Rebecka" para que te ayude en Madrid. Es muy oportuno investigar directo en el campo de batalla sobre la tenebrosa organización. Ahora que tenemos un hilo de la madeja, no hay que soltarlo.

– Claro que podría mandarte a la Agente "Aileen", pero está casada y desea retirarse del "trabajo" para vivir en La Florida, ¿qué te parece? Con el tiempo tal vez se convierta en amiga de Ruth, ja, ja, ja – dijo con sorna Ben, en referencia a las dos hermosas mujeres que habían sido novias de Kadir.

– Prefiero a "Rebecka" – respondió el Comandante "Scorpio", reflexionando, que de llegar la hermosa Cubanita, pudieran abrirse puertas que es mejor mantener cerradas. ¿Para qué complicarse en cuestiones emocionales?

– Gracias y saludos para todos – despidió Kadir.

– Un consejo de amigos – sentenció gravemente Ben – La Agente "Rebecka" es preciosa y no vayas a cometer el mismo desliz de siempre al involucrarte sentimentalmente. Has prometido enmendar tus desatinos del pasado. Tu familia debe ser siempre lo primero. ¿Entendido?

— Sí, por supuesto, pierde cuidado. Aprenderé de mis errores.

Al cortar la llamada, los dos amigos quedaron tranquilos, especialmente Kadir.

Nada ni... ¿nadie?, lograría romper su promesa de fidelidad.

****

"Scorpio" había tomado la decisión de ir al hotel por la noche, entrar a la habitación de su amigo y liberarlo a como diera lugar.

Atento al noticiero de la televisión, Kadir quedó estupefacto al ver a su amigo Christopher en la cinta del Café Lux, sentado con el gorila que posteriormente fue abatido a tiros.

Comenzaba a anochecer pero no perdió tiempo.

Cambió de planes. Tenía que actuar rápido.

En el camino razonó que el Funcionario Policíaco no habló en ningún momento de detenidos. Si Chris estuvo en la mesa con el pistolero muerto, ¿no sería un testigo ideal para la policía?

Tal vez lo tengan declarando en la Comisaría. Si no lo tienen era lógico que huyera de la escena del crimen. Drogado como estaba, ¿a dónde iría?... Tengo que averiguarlo.

****

El Comisario General, obeso funcionario con más años de servicio en la Guardia Civil que cabello en su nuca, era amigo de Kadir. Ocasionalmente jugaban al Golf y tomaban la copa.

El verdadero propósito del "Auditor de la Muerte" — apodo que se ganó a pulso durante su paso por la Fundación Weitzner — siempre fue estar enterado de primera mano de cualquier investigación que pudiera afectar sus secretas actividades, como la impecable ejecución de Don Ramón Peralta y Bárcenas en la barbería...

Con esa confianza, hizo la llamada.

Después de los saludos de rigor, fue al tema.

— Jefe, entre los clientes que estuvieron en el Café Lux, hay un gran amigo mío, que está un poco alterado de sus facultades mentales. Lo he visto en los videos, me urge localizarlo y ayudarlo por supuesto. ¿Está detenido en el Precinto?

— No hay detenidos. He tomado personalmente las declaraciones de los testigos y no, no recuerdo entrevistar a nadie enfermo de la "azotea", ja, ja, ja, perdona la broma. Como sabes, el que asesinó al empleado de la cafetería, cayó abatido por las balas disparadas por un viejo elemento de la Fuerza, en situación de retiro.

- Con apoyo en las disposiciones del Código Penal, el juez lo absolvió inmediatamente por actuar en defensa de su vida y de otras personas, en un acto de gran valor civil. Por otra parte, el difunto hampón poseía negro historial. Interpol lo tiene fichado.
- Comandante muchas gracias, nos veremos en el Fairway (Campo de Golf) para ganarte una cerveza — dijo Kadir.
- Encantado, pero prefiero que pierdas una botella de vino de los que hacen tus paisanos — refiriéndose al estupendo Kayra, elaborado en Turquía — Ja, ja, ja...
- Claro, el vino es excelente. Turquía es un gran productor mundial de uvas de mesa y pasas, ocupando las posiciones 3 y 1, respectivamente. El vino es una costumbre arraigada en mi muy antigua patria desde hace más de 2000 años, habiéndose hallado copas para esta bebida, dentro de cámaras funerarias en Ankara, la ciudad capital.
- La tradición Turca indica que el vino era una bendición de Dios, para que los malvados no pudieran ingresar a los huertos. Como ritual, se preparaba vino al nacimiento de un niño.
- Muy bonita leyenda, pero ¡ni eso te salvará del pago! — amenazó el Funcionario Policial.

****

Kadir razonó que si no estaba detenido por la Policía, estaría vagando por las calles, siendo remitido a un Centro de Salud Pública. Enseguida recorrió los numerosos Hospitales Universitarios de la Comunidad de Madrid, entre ellos: "La Princesa", "Santa Cristina", "Príncipe de Asturias", "La Paz", "Fundación Alcorcón", "Ramón y Cajal", "12 de Octubre", "Puerta de Hierro" y "Gregorio Marañón".

El gran esfuerzo desplegado, tuvo su recompensa.

En este último nosocomio, halló a su amigo Carvalho.

Jodedor como pocos, lo encontró acariciando la mano de la bonita enfermera del turno de la noche, recitando a trompicones, poemas de amor, de lo que era un consumado maestro. Si el cabrón de Carvalho tuviera un poco más de energía, le estaría sobando las nalgas.

Sorprendidos por la inesperada visita, la joven profesional simuló estar checando los signos vitales del paciente.

- No son horas de visita señor mío, debe retirarse de inmediato o llamaré a Seguridad — reprendió enérgica la Españolita, que enojada, lucía mejor, con la blusa a punto de reventar por los erectos pezones excitados.
- Buena noche señorita. ¿Podría darme unos momentos a solas

con mi primo? Por favor, se lo suplico, vengo de muy lejos, lo he buscado por toda la ciudad, ande no sea mala conmigo.

- Le prometo que no abusaré del tiempo, solo cinco minutos — pidió Kadir con la sonrisa de buena gente que cautivó a la chica.
- Está bien, solo unos instantes, estoy arriesgando una nota mala en mi expediente. Al terminar, salga con discreción.
- Use esta bata blanca, si llegase a entrar el Doctor, usted viene del Departamento de Archivo por las últimas notas para el expediente, ¿ha entendido?
- Perfectamente, se lo agradezco — respondió tímidamente el Contador.
- ¡Chris, hijo de la gran puta! ¡Pinche susto que nos has dado, pedazo de cabrón! ¡Mira que desaparecer así, sin dejar huella y luego volver a la vida hecho un vegetal! ¡Será mejor que empieces a explicarlo! Por Dios, ¿qué has hecho esta vez? ¡Habla cabeza de chorlito! — frase común referida al pájaro de playa conocido por tonto con ese nombre.
- Eehh, ¿quién eres? — balbuceó el enfermo, atado a la cama — No más, no más, por favor...
- ¡Maldito seas! — dijo Kadir — Estás drogado, peor de lo que pensé. La policía no tardará mucho en encontrarte y te van a interrogar, estoy seguro. No estás en condiciones para ello.
- Creo que te sacaré de aquí por la mañana, compañero.
- Diciendo y haciendo llamó al teléfono celular de su ayudante principal, el Teniente Gonzaga.
- Pablo, ven enseguida — y le dio el domicilio, ordenando discreción.

Dando tiempo para el arribo del Teniente, "Scorpio" observó las instalaciones del nosocomio, calificándolas de primera. Hasta las manijas de las puertas eran de cobre, cuando en muchos lugares públicos son de acero inoxidable.

NOTA DEL AUTOR.— Los Centros de Salud poseen la acumulación más importante de virus y bacterias que constantemente infectan a los enfermos, inclusive a los visitantes, que se contagian con facilidad si sus sistemas de defensas naturales, andan un poco bajas.

Y el mejor lugar para agarrar una enfermedad, es precisamente en las manijas de los hospitales. De acuerdo a estudios de especialistas, esta es razón suficiente para sustituir el acero inoxidable por cobre, ya que este material por sus elementos químicos, no permite la permanencia de bichos, matándolos.

Esta medida ha sido exitosa en la lucha contra las infecciones intrahospitalarias, junto con otras de mayor calado, en especial contra los virus más peligrosos como son el Marburgo, Ébola, Hanta, Lassa, Dengue y otros; aunque es necesario un buen programa de limpieza, porque con el tiempo el cobre adquiere tonalidades verduzcas que dan la impresión de descuido.

****

Pablo Gonzaga era un joven ex Militar tempranamente retirado del Ejército. Experto en combate, había servido en las Fuerzas Armadas durante siete años, participando con la Brigada de Infantería Mecanizada de los Aliados en las guerras del Golfo Pérsico, Afghanistán e Irak, donde fue herido de gravedad en la cabeza, causando daños en el ojo izquierdo que redujeron su campo de visión en un cincuenta por ciento.

Salvó la vida milagrosamente, recibiendo su baja con honores y una modesta pensión. Tres años atrás, Kadir conoció al valiente Guardia de Seguridad del Club de Golf, que impidió el secuestro de un importante hombre de negocios, en el estacionamiento del Centro Deportivo, enfrentando a dos sicarios armados, eliminándolos limpiamente utilizando solo sus manos.

No obstante, hubo una investigación de la Autoridad y como muchas veces sucede, el empleado fue sujeto a un proceso legal, que lo condenó a prisión. La víctima y los escasos testigos, nunca declararon a favor del heroico guardián por temor a las represalias del hampa.

"Vistas sus capacidades guerreras, este Honorable Tribunal determina que el acusado es culpable de Homicidio en Segundo Grado por haber privado de la vida a dos personas, aplicando innecesariamente y en exceso, su fuerza física utilizada en este caso como arma mortal, sentenciando al reo a cumplir con cinco años de cárcel, a pagar veinticinco mil Euros por reparación de daños y una multa de diez mil Euros..."

Al cumplir tres años de cárcel, Pablo lo perdió todo: empleo, dinero y familia. Su esposa lo abandonó llevándose a los dos hijos a su patria en Centroamérica.

— Magistrados hijos de puta — rezongó Kadir — Como si los secuestradores hubieran sido unos angelitos.

Un relámpago trajo a su memoria la imagen del corrupto y asesino Magistrado Salvatore Gaetano, indigno Juez de la Corte Suprema de los Estados Unidos, a quien tuvo el "privilegio de ajusticiar" mientras buceaba en Boca Ratón, Florida, "ayudando" al tiburón blanco para despedazarlo.

— ¿Por qué los pinches Fiscales no profundizaron en los antecedentes de los cabrones asaltantes? ¡Por qué carajos anteponen los derechos de los criminales a los de los agraviados?

Una vez más, Kadir vio de cerca la injusticia, renovando el brío para continuar luchando contra ella. De su peculio, contrató al mejor Bufete de Abogados de España, pagando una pequeña fortuna en honorarios y gastos, logrando reabrir el caso y demostrar pifias en la investigación y vicios del procedimiento que invalidaron el primer juicio. Con el DEBIDO PROCESO, la Corte Española, absolvió al acusado y dictó AUTO DE LIBERTAD.

Ya libre de toda culpa, Kadir le ofreció un buen trabajo como personal de Seguridad.

****

Veinticinco minutos después, el Teniente arribó al Hospital.

Kadir lo aguardaba en el recibidor del quinto piso.

— Pablo, vigila la entrada del pabellón Norte, especialmente la cama 502. Allí se encuentra sedado un amigo mío, el señor Christopher Carvalho a quien ya conoces. Su estado de salud es delicado. No debe recibir visitas de ninguna especie, pueden atentar contra su vida.

— Mañana lo sacaremos de aquí, te lo encargo. Cualquier cosa fuera de lo normal, me notificas de inmediato.

— Buena noche.

El Teniente asintió. Conocía muy bien a su patrón, debía defender a Carvalho, incluso con su vida.

"Scorpio" tenía prisa. La Agente "Rebecka" estaría por llegar procedente de París. Rumbo a la puerta de salida, se detuvo en forma abrupta. Su instinto asesino le avisaba peligro inminente.

Cambió sus planes. Era muy probable que la temible "Marié Piccard" a esta hora hubiera localizado a Carvalho y decidiera quitarle la vida.

"Scorpio" permanecería dentro del hospital en vigilia, esperando la oportunidad de eliminar la amenaza para siempre.

Veloz, fue a la cafetería del nosocomio y compró un café "cortado" — costumbre Española de servir en taza pequeña café expresso, con unas gotas de leche. Lo pidió para llevar, instalándose cómodamente en la sala de espera de la recepción, por donde debía pasar obligadamente quien quisiera entrar a las instalaciones.

Marcó el número del teléfono satelital de Femke, la preciosa mujer Checa recién reclutada por "La Fundación" y el "Club PRISMA" como Agente "Rebecka".

— Buena noche Agente "Rebecka" aquí "Scorpio". ¿Ya estás aquí? Sí, perfecto. Ven directo al Hospital Universitario "Gregorio Marañón" anota la dirección: Calle del Doctor Esquerdo número 46, entra al estacionamiento y toma el ascensor directo al quinto piso, pabellón Norte, cama 502. Eres la esposa del señor Christopher Carvalho, son Portugueses y vienes llegando de Lisboa, ¿OK?

— ¿Es el simpático amigo tuyo que conocimos en Ibiza el año pasado? ... Recuerdo que estuvo metido en un lío en el hotel.

— Es el mismo, está metido en un problema mucho mayor.

— Ya te contaré los detalles, por favor no demores.

Acto seguido Kadir se dirigió a la Farmacia del hospital, donde es posible adquirir medicamentos, artículos de aseo, perfumería, regalos, juguetes de peluche, hasta ropa de uso médico y enfermería, como batas, gorros, cubrecalzado, guantes de látex, instrumentos portátiles para vigilar la presión sanguínea, niveles de glucosa, básculas que informan peso y masa corporal, leche en polvo de diversas fórmulas, pañales de bebé y para adultos, etc. etc.

Cuando se disponía a comprar, se detuvo en seco.

El plan para disfrazarse de Médico podía resultar sospechoso y venirse abajo si las cosas se ponían calientes. Observó a su alrededor. Por lo menos había cuatro cámaras de seguridad cubriendo toda la tienda.

Era mejor adquirir lo necesario en otra farmacia.

Como todo hospital, estaba rodeado de ellas.

En menos de diez minutos estuvo equipado con lo necesario: Estetoscopio, bata blanca con logotipo del hospital, seis pares de guantes, cubrebocas, gorro de cirujano y botines cubrecalzado color azul plúmbago, y un par de lentes para lectura de 1.0 la mínima, en anteojos pregraduados, todo acomodado en el negro maletín de Médico.

Encima del blazer que portaba, se colocó el alba chamarra deportiva con el logotipo del equipo de futbol Real Madrid, sacando la capucha oculta bajo el cierre exterior del cuello, para cubrirse la cabeza.

Regresó al hospital como de rayo, buscando cabizbajo el sanitario, para evadir en lo posible las cámaras de vigilancia electrónica.

Vistiendo la nívea bata, estetoscopio colgando sobre el cuello, tres lapiceros baratos en la bolsa superior y las gafas sobre el puente de la nariz, "Scorpio" era un ajetreado Médico más, visitando pacientes en los largos pasillos del nosocomio.

Al acercarse a la puerta, la poderosa mano del Teniente Gonzaga lo detuvo. Un instante después el ex Militar reconoció a su jefe.

— Perdone señor, es que yo...

— Tranquilo Pablo, entra conmigo. ¿Ha venido alguien?

- Solo dos enfermeras en diferentes horas.
- Y el enfermo, ¿cómo está?
- He averiguado con las señoritas, parece que está mejor.
- ¿Te han preguntado quién eres?
- Por supuesto, he dicho que soy del Departamento de Servicios Sociales del Ejército, he mostrado mi credencial de Militar. El paciente es nuestro compañero y se ha evadido del Sanatorio de Enfermedades Mentales de las Fuerzas Armadas. Es un héroe enfermo.

La identificación del Teniente Pablo Gonzaga, con fotografía en uniforme reglamentario, era un documento auténtico pero ya vencido, que ostentaba la fecha de caducidad en números pequeños que por lo regular, nadie verifica. El escudo de la Casa Real de España, destacaba por su tamaño y colorido.

- Muy bien. Ayúdame a vestir al paciente — ordenó "Scorpio", corriendo la cortina semicircular de plástico opaco, que separaba de las camas contiguas, logrando un poco de privacidad. Sacó la ropa del maletín negro.

Su entrenado oído escuchó débiles pisadas en el corredor. La cama 502 está muy cerca de la puerta del recinto.

Kadir se puso en guardia agachándose, alertando a Pablo quien se escondió tras la puerta para atacar al posible enemigo.

A los cinco segundos Femke, la Agente "Rebecka" cruzó la entrada decidida. Con la mano derecha en la bolsa de su trinchera color hueso, empuñando la pistola CZ 75 D COMPACT PCR calibre 9 mm con silenciador, excelente arma de doble acción, fabricada por Ceská Zbrojovka (Armería Checa).

Pablo estuvo a punto de golpear con su bastón plegable de acero, en la nuca del visitante, pero un gesto de su jefe Kadir lo congeló.

- ¡No! Es de los nuestros.

Saludos y presentaciones de rigor. En un santiamén vistieron a Carvalho que dócil como un corderito se dejó llevar. Como entre sueños reconoció a su gran amigo Kadir, sabía que estaba en buenas manos.

- Escuchen — advirtió "Scorpio" — Saquen del hospital al Ingeniero y llévenlo a tu casa Pablo, nadie conoce el lugar. Esperen allí mis instrucciones. ¡Vamos, de prisa!
- Usted señorr... no poderr dejarr solou — dijo "Rebecka" en su Español defectuoso.
- ¿Poderr sugerrirr? — pronunció dulcemente la chica en voz baja.
- Irr ostedes con Chrris, yo aquí colocarr almohadas bajo sábanas simularr cuerrpo. Yo ocultarr bajo cama y esperro. Asesinos venirr,

yo liquidarr. Reunirr en casa segurra.

Kadir no pudo resistir la petición/súplica/orden de los enormes ojos azules de la joven, así que obedeció, encontrando vacía la cama 518.

¡¡Con cien mil millones de coños!!, seguía siendo muy vulnerable al sexo femenino.

— ¡Qué clase de mujer, hermosa, valiente, decidida, es admirable! — justificó su debilidad.

El Contador, contestó el moderno teléfono satelital IsatPhone Pro, del sistema Inmarsat, con sede en United Kingdom (Reino Unido). Era Benjamín Weitzner.

— Revisa tu correo. Estoy enviando el reporte completo elaborado por nuestros amigos del Club Deportivo. Estúdialo y me avisas si necesitas más vendedores. El pedido de mercancía es inmenso y nuestras comisiones son muy buenas. Hasta pronto.

"Scorpio" adivinaba el contenido. La guerra total, pero no tenía miedo. Era la misión más grande y peligrosa de su carrera, sin embargo no estaría solo.

Formaría un excelente equipo de trabajo y juntos, asestarían la puñalada mortal en el corazón mismo del tenebroso y todopoderoso ICU, International Crime Union (Sindicato Internacional del Crimen).

****

Glorielle alias "Marié Piccard" se retorcía de rabia. Cierto que había gozado en parte la aventura sexual con Federico, el Gerente del hotel.

De algún modo sentía haber cumplido con el mandamiento "enseñar al que no sabe" desvirgando al novato varón. Pero se había salido con la suya.

Puso en movimiento y a su servicio al inexperto funcionario que enamorado, estaba dispuesto a todo para complacer a "su hembra".

Se hará cargo del funeral, pero tengo que localizar y eliminar a Carvalho, ahora que se ha convertido en un estorbo y quizá esté cantando de lo lindo. Manos a la obra.

Sin más, la hoy preciosa trigueña, cogió el abrigo y salió, solicitando un taxi al portero uniformado.

— Al Café Lux, por favor.

El local estaba cerrado y aislado con la clásica cinta amarilla de Crime Scene. Dos jóvenes guardias semicongelados, cuidaban el acceso.

— Scusate signori si possono dirmi cosa succede? Non capire. Mio marito é ammalato all'interno. Bisogno di vedere. (Perdón caballeros, ¿pueden decirme qué sucede? No comprendo. Mi esposo está enfermo dentro. Preciso verlo).

Los policías nunca habían visto mujer tan hermosa fuera del cine, televisión o revistas. Ahora tenían una estatua viviente frente a sus ojos.

– Lo sentimos, no puede pasar. Hubo una balacera y dos personas murieron. Están investigando...

– ¡Oh Mio Dio! ¡Mio Marito! (¡Oh Mi Dios! ¡Mi Marido!) — y empezó a llorar. Hablaba en Italiano, para despistar.

Los guardias llamaron a su jefe. Él decidiría qué hacer.

El Detective a cargo informó a la hermosa, que la mayor parte de la clientela huyó del lugar de los hechos, quedando tan solo dos testigos en silla de ruedas, que no pudieron hacerlo antes de la llegada de la Autoridad.

– Han declarado lo que vieron ante el Cuarto Precinto. Dice usted que su esposo está enfermo, tal vez sea uno de ellos.

– Grazie Ufficiale ma non credo, ai testimoni sono disabilitato. (Gracias Oficial pero no lo creo, los testigos son discapacitados).

– Mio marito si puó muove, lento ma passeggiate. (Mi esposo puede moverse, lento pero camina).

– Si dovrebbe anche andaré, grazie mille. (Debió irse también, muchas gracias) — dijo adiós guiñando un ojo al Sargento, que sintió una oleada de calor.

****

¡Putísima la madre que lo parió! ¡El maldito ha escapado! — escupió la asesina encabronada, alejándose del sitio.

Sin importarle el frío que calaba hasta los huesos, Glorielle tomó asiento en una banca del parquecillo cercano y sacó de su bolso un frasquito del que tomó un gran sorbo.

El gratificante sabor del Vodka 02 Espumoso — producto Inglés mezcla de vino blanco de burbujas tipo Champagne y Vodka, elaborado a base de trigo y agua — devolvió el calor a su cuerpo.

Recuperada, la hermosa Agente regresó al hotel.

Allí, alquiló una camioneta común, la Chevrolet Traverse color plata brillante.

Con el chofer muerto, la limusina podía irse con él al infierno.

En el trayecto, meditó que el esclavo sexual no podía estar muy lejos. ¿Si estuviera en su lugar, a dónde iría?

La respuesta llegó de inmediato: a un hospital.

Segunda interrogante: ¿a cuál de ellos? Sin dinero tuvo que acudir por fuerza a un hospital de beneficencia.

Tengo que encontrarlo antes que la Policía.

Hizo varias llamadas a los hospitales públicos preguntando por el ciudadano Brasileño Christopher Carvalho.

Su tenacidad tuvo resultados: Una persona con ese nombre ingresó al Departamento de Atención a Indigentes del Hospital "Gregorio Marañón".

– No puedo darle mayor información sobre su estado de salud — concluyó la recepcionista.
– Tiene que ocurrir a esta oficina con una identificación.
– Muchas gracias señorita, aprecio su colaboración.

¡Aleluya! ¡Ese cabrón puede irse despidiendo de este mundo!

****

A "Marié" le llevó solamente unos minutos ponerse el disfraz de afanadora que consiguió prestado con la empleada de limpieza del hotel, mediante la gratificación de quinientos Euros.

– Recién me han invitado una fiesta de disfraces, lo devolveré mañana, gracias.
– Gracias a usted, mademoiselle — respondió la camarera.

Solicitó al Valet Parking su camioneta que abordó de prisa. Activó el GPS dirigiéndose con certeza al Hospital Universitario "Gregorio Marañón".

Treinta minutos después penetraba al estacionamiento del nosocomio en la sección Self Parking (Estaciónese Usted Mismo).

Subió al ascensor para el Main Floor (Piso Principal).

Sonriente, mostró su falsa identificación a la matrona encargada del Front Desk (Mostrador de Recepción) en el turno de la noche, preguntando por el enfermo.

NOTA DEL AUTOR.— La razón de tantos letreros y expresiones en idioma Inglés, es por el Turismo, la mayor industria de España.

Casi todos los viajeros del mundo entienden o dominan esta lengua que se ha convertido casi universal.

****

– ¿Es usted familiar del paciente?
– Sí soy su única pariente en la ciudad, me han avisado al trabajo... — respondió "Marié".
– Debe llenar este formulario, desde ayer estamos buscando un "Sponsor" (Responsable, Apoyador).
– ¿Puedo hacerlo más tarde? Estoy muy angustiada por mi primo, ¿sabe?
– No está muy bien de sus facultades mentales, está extraviado desde hace varios días que salió de su casa.

413

- La comprendo bien, señorita. Yo misma he vivido esas tensiones en carne propia.
- Mi padre se ha perdido tres veces y aparecido milagrosamente...
- Anote solo su nombre y teléfono. Deje su Credit Card (tarjeta de crédito) se la devolveré al salir.
- Quinto piso Pabellón Norte cama 502.
- La Agente hizo gala de paciencia haciendo todo lo solicitado por la obesa empleada de clara ascendencia Africana, probablemente de Marruecos.

De buena gana le sorrajaría un tiro — pensó "Marié", que caminaba a media velocidad hacia el ascensor.

Dentro del moderno habitáculo, abrió su bolso cuidando de no revelar su contenido a la cámara de videovigilancia.

Tocó la funda de cuero del cuchillo de monte con dientes de sierra, liberando el broche.

En un segundo movimiento acarició la culata de su pistola Smith & Wesson calibre .22 equipada con silenciador, decidida a usarla. Rápido y en silencio, masticó la verdugo. Salió del elevador y enfiló al pasillo buscando el cuarto de suministros.

Por lo general, el pequeño almacén se encuentra situado en el entrepiso de las escaleras de emergencia. Lo halló de inmediato.

Authorized Personnel Only (Personal Autorizado Solamente), rezaba el letrero de advertencia.

Adiestrada en toda clase de situaciones, no tuvo dificultad para abrir la sencilla cerradura que guardaba los artículos de limpieza, tomando el MOP (especie de cepillo para frotar pisos) bolsas para basura, rociador antibacterial para inodoros, rollos de papel sanitario y otros materiales, cargando todo en el carrito de mano dispuesto para tal fin.

Bien equipada, disfrazada con peluca de trenzas rojizas, "Marié" personificaba a la perfección a las bellas mujeres de poca educación provenientes del Este de Europa, que huyendo de la prostitución, prefieren efectuar trabajos de aseo en fábricas, oficinas y como empleadas domésticas.

Debe decirse que muchas de ellas, son retiradas de trabajar por sus ricos patrones, para contraer matrimonio o convertirse en amantes.

"Marié" abrió la puerta tratando de hacerlo silenciosamente. Un pequeño rechinido de bisagras casi imperceptible, anunció su entrada, empujando el carrito.

Esto era muy importante. Si alguien la descubría, podía explicar a satisfacción su presencia, sin tener que matar a los testigos. En la semioscuridad, oyó la respiración y ronquidos de los pacientes dormidos. Escudriñó la enorme habitación, localizando la cama 502 próxima a la puerta.

Con la mano izquierda empuñó el arma con firmeza, deslizando suavemente la cortina con la derecha. Por un instante contempló a su víctima, tapada hasta la cabeza por el frío aire acondicionado.

Sin esperar más, quitó el seguro y abrió fuego en diez ocasiones en lo que pensó pecho, estómago y cabeza de la víctima, su ex "adorado" Ingeniero Carvalho. No podía arriesgarse a dejarlo vivo.

Quiso tener la "decencia" de despedirse descubriendo el cuerpo, para encontrar solamente dos almohadas.

Sorprendida y encabronada por una décima segundo, vio una silueta que salía de la nada, intentando dispararle sin éxito. El cargador estaba vacío y no sintió llegar su propia muerte.

En un nanosegundo recordó su error de no cargar el onceavo cartucho...

Femke la Agente "Rebecka", nueva estrella de la Fundación Weitzner y del Club PRISMA, saliendo debajo de la cama por el lado de los pies, le arrancó la vida con tres disparos en el cuerpo y dos en la cabeza, todos mortales por necesidad.

Al ver los fogonazos, "Scorpio" salió del habitáculo 518, cama donde reposaba Chris al cuidado del Teniente Pablo Gonzaga. Con cuidado, quitaron la cortina de plástico envolviendo el cadáver junto con la frazada.

Limpiaron el piso con las sábanas utilizando los insumos llevados por la "afanadora" y colocaron el cuerpo doblado en el carrito de limpieza, bajando todos al estacionamiento del sótano por el elevador de servicio.

— Pablo, ve al cuarto de seguridad y confisca los videos, rápido.

El Teniente cumplió la orden en tiempo récord.

Se cubrió la cara con un pañuelo y amable encañonó a los empleados que entregaron dócilmente los videos, dejándolos amarrados de pies y manos, colocando en boca la cinta canela. Guardaron el bulto en el maletero y salieron del nosocomio.

Antes, en el camino, "Rebecka" disparó a las cámaras de circuito

cerrado, inutilizándolas. No en balde había sido campeona Olímpica de Tiro.

— Chica lista — felicitó "Scorpio", besando su mejilla.

— Merezco más que eso amorcito... — respondió la hermosa, recordando el tórrido romance cuando se conocieron un año atrás en Ibiza.

- — ¿Festejamos? — sugirió ella.
- — Solo cenaremos. Hay mucho trabajo para mañana — expresó "Scorpio", temeroso de caer nuevamente en tentaciones sexuales.
- — Pablo, por favor, ya sabes lo que tienes que hacer. Como siempre limpiamente. Recuerda la primera lección: Que no te Atrapen. Y la segunda: No dejar huella.

Una de las especialidades del Teniente era eso precisamente, deshacerse de los cuerpos mediante la cremación, gracias a su amistad y el jugoso pago a los dueños de la "Funeraria Luz Eterna".

- — Después, lleva a mi amigo Carvalho a tu departamento que por hoy será nuestra Casa de Seguridad. Los veré mañana.
- — Entendido señor, buena noche — dijo Pablo socarronamente.

Conocía muy bien a su patrón, imaginando una noche tremenda al lado de la rubia. Con todo respeto, la compañera de su jefe estaba deliciosa.

Pensó en Miradel, su amante Árabe de 27 años de edad, que todas las noches lo esperaba en su departamento, con los brazos (y piernas) abiertos, ja, ja, ja, se emocionó.

BUENOS AIRES, ARGENTINA

Una vez más, estaba reunida la crema y nata de la delincuencia Internacional. Los torvos dirigentes del Sindicato Internacional del Crimen (ICU) estaban celebrando sus últimos éxitos en la Ongoing Campaign of Terrorism (Campaña Permanente de Terrorismo).

— ¿Qué les ha parecido el ataque suicida al público asistente al partido de voleyball en la Provincia de Paktika, en Afghanistán?

— Han muerto más de 50, dejando otros 70 heridos de gravedad — se regocijó Kenneth.

— Con estas acciones y otras más, las pendejas Autoridades retomarán el camino de la guerra comprando nuestras armas, a crédito con "intereses reducidos", ja, ja, ja...

— Y el golpe anterior en el mercado de la misma provincia, allí cosechamos unos 40 muertitos, ja, ja, ja — añadió Sir Geoffrey, patrocinador de los Escuadrones de la Muerte y aniquilaciones étnicas.

— El atentado nuestro fue mejor, un candidato presidencial en Brasil, murió junto con siete personas más al estrellarse su avión en la ciudad de Santos.

— No nos convenía, lo achacaron al mal tiempo — presumió Vassily, que dominaba el mercado mundial de estupefacientes.

Dwigth cerró el Informe de Actividades del segundo semestre del año, para comentar sobre el derrame tóxico de dos mil metros cúbicos de solución cianurada, en el arroyo Magistral de la mina de oro en Durango, México.

— El anterior estuvo muy bueno, fueron más de cuarenta mil metros cúbicos de solución de ácido sulfúrico, vertidos en el río Sonora, provenientes de la mina de Cananea, Sonora, México.

— A ver si con esto, los cabrones del gobierno entienden que deben pagar por nuestra protección.

— Un momento — dijo Bertrand, especialista en energía — Antes de brindar, les informo que conforme a lo planeado bajaremos muy rápido el precio Internacional del petróleo... ¡¡¡a la mitad!!!

— Qué chinga daremos a los pinches países productores, que viven casi en exclusiva de las ventas de crudo y a los incautos jugadores de las Bolsas de Valores, a quienes robaremos limpiamente su dinero, ja, ja, ja...

— Al mismo tiempo, aumentaremos las tasas de interés y los países tendrán que pedirnos prestado para financiar el gasto público — destacó festivo Thorthen, principal banquero de Europa.

- Un momento compañeros — sentenció gravemente el anfitrión Vander Skoda — No todo ha sido bueno. Me han reportado dos "accidentes" que han dañado seriamente la Organización.
- El primero, el hundimiento de un barco que trasportaba presos, de varios Penales de Alta Seguridad en México, a las Islas Marías, Centro Penitenciario de Mínima Seguridad, sin rejas, en donde algunos de nuestros colaboradores más distinguidos, cumplirían por un tiempo sus sentencias con comodidad, al aire libre, incluso viviendo en casas solas con su familia. Y nos seguirían ayudando desde adentro.
- ¡Ahora, todo se fue a la mierda!
- ¿Qué sucedió?
- Aún no lo sabemos bien. Las autoridades están investigando lo que han declarado como "un lamentable accidente".
- En el naufragio, hemos perdido a más de 100 eficientes sicarios que operaban en el Continente Americano.
- Sospechamos que ha sido la organización rival que se nos enfrenta abiertamente. ¡Es el momento de declarar la guerra!
- Para acabarla de chingar, 28 elementos destacamentados en el Medio Oriente, han sido eliminados de un plumazo al estrellarse el avión que los transportaba, cerca de Teherán.
- El dictamen pericial de las autoridades: problema técnico.
- ¡¡Hijos de la gran puta!! ¡¡Qué esperamos, guerra, guerra!! — gritaron todos.
- ¡Orden, orden, compañeros!
- Por más que duela tenemos que esperar un poco.
- ¿Conocemos bien al enemigo? ¿Sabemos quiénes son, dónde están? ¿Qué poder económico, armamento, personal de batalla e influencias políticas tienen?
- La verdad es que ¡NO! A menos que quieran atacar al aire, dando palos de ciego, lastimando tanto al mundo que puede ser contraproducente.
- Imaginen una campaña terrorista mundial.
- Las Naciones se unirán en contra nuestra, con toda la fuerza de una poderosísima coalición, que pueden causarnos mucho daño.
- Además, suponiendo que nosotros destrozamos ciudades y gente, ¿qué nos garantiza la derrota de la secreta organización rival? Propongo primero una labor intensa de inteligencia y conociendo al adversario sabremos también sus debilidades, todos las tienen, hasta nosotros, que pendejamente nos dejamos llevar por la cólera — reprendió enérgicamente Vander, tembloroso de las manos.

- Tienes razón — concedieron los demás Dirigentes.
- No cabe duda que el Diablo sabe más por Viejo que por Diablo, ja, ja, ja...
- Tenemos que fijar un plazo. ¿Están conformes en 30 días?
- Propongo a Bertrand y Vassily para las investigaciones.
- De acuerdo, de acuerdo — votaron por unanimidad alzando las manos.
- Necesitamos tener Carta Blanca para ello. Sobornaremos, torturaremos, asesinaremos a quien sea, no habrá límites. Conseguiremos la información a como dé lugar.
- ¡¡Así se habla cabrones!!
- ¡Brindemos por el éxito de la guerra!

A una voz de Vander, cuatro preciosas meseras topless entraron portando charolas con botellas de Champagne, Vino rojo, finas copas enfriadoras y selectos bocadillos.

A la hora del café, Vander sacó discretamente de su bolsillo una cuchara llamada "Inteligente", invento adquirido por la formidable empresa Google, que por medio de cientos de Algoritmos se balancea sola, permitiendo comer con mayor comodidad a aquellos que padecen temblores en las manos, como los enfermos del Mal de Parkinson.

Descubierto por sus colegas, declaró solemne:
- Está comenzando la enfermedad, si alguien sabe de un buen tratamiento... — pidió Vander.
- No lo sabemos ahora, prometemos investigarlo — dijo Sir Geoffrey.
- Puede atacarnos a cualquiera de nosotros también, ya no somos unos muchachos — reflexionó Vassily.
- Mira viejo, has sobrevivido muchos años. Eso es incurable y te vas a poner peor — comentó el puto Ken con imprudencia.
- Solo mírate al espejo, eres una piltrafa.
- Debes pensar en retirarte a bien morir y de paso cogerte a tu sobrina Glorielle, a la que siempre le has tenido ganas, ja, ja, ja...
- Cuando te canses o te mueras, puedes pasarla con nosotros, la atenderemos bien, ja, ja, ja... — continuó mofándose Kenneth.
- La temblorina puede tener sus ventajas, la próxima vez que tengas sexo hazlo con cinco mujeres a la vez.
- ¿Cómo es posible? — preguntó Skoda con inocencia.
- Bien empastillado de Viagra — respondió el bisexual.
- Te colocas desnudo en la cama boca arriba. Dos hembras te sostienen los brazos y dos te agarran las piernas. La quinta, la más buena, monta en tu pene y luego te sueltan todas y a vibrar cabrón, ja, ja, ja, harás felices a las mujeres, ja, ja, ja...

- Hasta yo podría montarte si quieres, o meterte por tu arrugado culo un palo de escoba, ja, ja, ja...
- ¡Hijo de puta! — exclamó Vander encolerizado de verdad.

Las pesadas bromas de Kenneth, su socio habían sido extremas.

No podía soportar las burlas de ese pendejo.

Vander Skoda miró a una de las hermosas sirvientas que captó inmediatamente la casi imperceptible señal.

Sobre la mesa, al lado de cada comensal, reposaba un objeto muy original, regalo de Skoda a sus invitados. El ingenioso aparato tenía la forma de un rojo bebé regordete que cabía en la palma de la mano, cuyo largo pene en espiral era un sacacorchos.

- Es para todo el uso que quieran darle, ja, ja, ja... — anunció Vander al inicio del refrigerio.
- Eres un cabrón — le contestaron los socios.

La mesera acercándose, puso sus rosados pezones en la cara del insolente, que mordió el derecho con intención de lastimar, mientras la chica en maniobra rapidísima, clavó con fuerza la torcida punta de acero del sacacorchos en la garganta del ofensor, brotando un chorro de sangre que manchó los senos de la muchacha.

- ¡Well done! (Bien hecho) — aprobaron los demás con aplausos.
- El imbécil fue demasiado lejos.
- Esas faltas de respeto no se perdonan — dijeron todos felices.
- Lameríamos esos fabulosos senos hasta quitarte la última gota de sangre preciosa, pero puede estar contaminada con SIDA, ja, ja, ja...
- Anda ve a lavarte — dijo Vander, premiándola con una nalgada.

Ahora podían dividirse la riqueza del difunto, en partes iguales. Era una fortuna incalculable. Vander ordenó el retiro del cadáver, instruyendo al personal para tirarlo dentro del "Molino" — su máquina trituradora favorita, capaz de pulverizar carne y huesos de un cuerpo en segundos, instalada en el sótano de la residencia.

El muerto no tenía familia cercana, nadie notaría su ausencia, como si nunca hubiera existido.

Antes de concluir la reunión, Dwigth anunció:

- En la próxima junta presentaremos Bertrand y yo, el plan para incursionar en una nueva área de negocios que nos hemos mantenido ignorantes y a un lado, permitiendo que otros cabrones hayan llegado a ser los megamillonarios más importantes del mundo.
- Así es — continuó, acallando el murmullo de admiración.
- Mientras que nosotros corremos riesgos enormes de capital, en

negocios tradicionales, líos con las Autoridades de toda clase, incluso poniendo en peligro nuestras propias vidas e integridad de las familias.

- Estos hijos de puta genios de la informática, en sus chingados escritorios y laboratorios llenos de "Nerds" (jóvenes universitarios de mente brillante), inventan cada día dispositivos y sistemas electrónicos, que los benefician con montañas de oro.
- Me refiero a los Internet, Intranet, Ethernet, Extranet, Telefonía Fija, Celular, Satelital, Televisión, Tablets, Memorias, Computadoras, Chips, Servidores, Software, Hardware y cientos de Aplicaciones, con millones y millones de usuarios.
- No tenemos un centavo invertido allí.
- ¡Es el negocio del futuro!
- ¡Hay que entrar a la modernidad! Comprando empresas o matando a sus dueños si se resisten a vendernos.
- Les haremos ofertas tan generosas que no podrán rechazar y continuarán trabajando en las compañías, en calidad de empleados.
- ¿Qué les parece?
- ¡A toda madre!
- ¡Nos veremos en treinta días! Los invito a mi "humilde" Yate, el "Emperor of the Seas" (Emperador de los Mares).
- Está anclado en el puerto de Malmö, Suecia — ofreció Vassily — El recorrido por los Fiordos es sensacional. Imaginaos tomar un buen baño Ruso de vapor y después revolcarse desnudos en la nieve en compañía de una o varias fantásticas hembras. Bueno para reactivar su jodido aparato circulatorio, ja, ja, ja...
- ¡Estás loco hijo de la chingada! ¡Hace un frío del carajo! — expresaron los más viejos.
- Apuesto que nunca en su puta vida, han nadado en aguas heladas, con trajes especiales por supuesto — continuó su andanada Vassily.
- Además solo son unos minutos, me han dicho que la sensación es única. ¿Somos hombres o ratones? El que no quiera sumergirse en el mar, se quedará en el yate, en pijama, bufanda y pantuflas como un pinche abuelo jodido, ja, ja, ja. No sean tan pendejos. Es lo último en actividades recreativas del Jet-Set (la crema y nata de la Alta Sociedad) — concluyó el Ruso.
- Podemos vernos todos en San Petersburgo, los llevaré en mi nuevo reactor hasta Malmö, ¡sin cobrarles un centavo cabrones! Una vez allí abordaremos el barco, con unas nenas nórdicas de campeonato que ¡son la tripulación!
- Espero que ese cacharro tenga jacuzzi para varias parejas, ja, ja, ja

— sometió Sir Geoffrey.

- Yo invitaré a un par de chicas Francesas, son las mejores — dijo Bertrand.

- No olvidemos que tenemos en nuestros burdeles de Holanda hermosas jovencitas de 14 a 17 años, recién llegadas de Rusia, Ukrania, Hungría, Eslovenia y Bulgaria — remató Thorthen.

- ¡¡Aprobado!! — exclamaron los asambleístas jubilosos — Le daremos gusto al cuerpo, hay que aprovechar nuestros pocos o muchos años de vida que nos quedan — visualizando una orgía fantástica de sexo, alcohol y droga con las menores de edad.

Atendiendo a su estado de salud, para algunos sátiros pederastas probablemente sería la última fiesta, o tal vez para todos.

El Destino, como siempre, diría la última palabra.

WASHINGTON, D.C.

En su confortable aunque austera oficina, situada en el Ala Sur del sólido edificio conocido como "El Pentágono", se hallaba el Condecorado General de Cuatro Estrellas, David Arik Finnstein, Alto Comisionado de Seguridad Nacional de los Estados Unidos.

Analizaba escrupulosamente los Informes Clasificados TOP SECRET (Máximo Secreto), provenientes de la CIA (Central Intelligency Agency), DEA (Drug Enforcement Administration), NSA (National Security Agency), y DHS (Department of Homeland Security).

Los Reportes de los cuatro organismos especializados, coincidían en la investigación sobre el Sindicato Internacional del Crimen (ICU).

"...En atención a lo anterior, este mando unificado considera que la Organización Europea investigada, es de altísima peligrosidad para todo el Mundo".

"El modelo de organización ha sido magistral, habiendo permanecido en el anonimato durante más de cuarenta años".

"La secrecía y eficacia de sus directores, aunados al gran poder Económico, Político y hasta Militar, los han llevado a ocupar el Primer Lugar de las Organizaciones Criminales de clase Mundial".

"El Grupo es responsable de ataques terroristas masivos fuera del territorio de los Estados Unidos de América, que han costado la muerte de cientos de miles de personas, alimentando toda clase de guerras civiles, para venderles armas a las partes en conflicto".

"Los miembros del Directorio pertenecen a varias nacionalidades".

"Son expertos corrompiendo a los gobiernos débiles de las naciones en desarrollo, para el saqueo de sus recursos naturales, la producción y el intenso desarrollo del mercado Internacional de estupefacientes, asesinatos políticos, enorme red mundial de prostitución, contrabando, secuestros, extorsión, lavado de dinero y especulación fraudulenta en los mercados de valores".

"Asimismo, controlan importantes corporaciones industriales y financieras, manejando las economías de países emergentes a voluntad, originando ciclos de inflación, devaluación y desempleo, creando pánico en las Bolsas de Valores y mercados financieros, siempre para el beneficio de ese perverso Sindicato del Crimen".

"En síntesis, se trata de una formidable 'Mafia de Mafias', que opera con recursos financieros y humanos sin límite en todo el planeta, cubriendo todas las actividades delictivas conocidas, que goza de la protección de muchos Gobiernos de comarcas, regiones y hasta de Estados completos".

"Al parecer, uno de sus principales líderes fue exterminado por un francotirador desconocido, frente a cientos de personas durante la ceremonia de inauguración de sus nuevos laboratorios, fabricantes de Drogas sintéticas, bajo el disfraz de productos farmacéuticos, cerca de Shanghái, China".

"Hasta el momento la policía no tiene idea del tirador. Solo han dicho que por la distancia — poco menos de dos kilómetros — y precisión del disparo, debió ser un experto profesional, posiblemente un ex Militar, sin descartar la hipótesis de un mercenario extranjero. No se ha capturado al responsable".

"Las investigaciones de las autoridades determinaron que el muerto era nada menos que LUAN TUNG, Jefe de la Mafia China, dueño de la producción y distribución de drogas, que operaba tras la fachada de un gigantesco conglomerado industrial de actividades dentro de la Ley. Como ejemplo, el nuevo y moderno laboratorio químico que produciría a la luz pública medicamentos legales y procesando en clandestinidad poderosas sustancias prohibidas".

"Han descubierto su membresía y participación activa dentro del Sindicato Internacional del Crimen (ICU), y sus ramificaciones por todo el planeta".

"La información de nuestros Colegas Chinos ha sido compacta. Al parecer no quieren dar demasiada publicidad a un delincuente, que ha operado con impunidad durante muchos años y que pudiera salpicar la reputación del exitoso Régimen Político y Económico de la Nación".

"Se han concretado a incautar la fabulosa riqueza, profundizando en las investigaciones, desarticulando el Sindicato en China".

"Los detenidos están recluidos en lugar desconocido, sujetos a interrogatorios".

"Han prometido que al término de sus pesquisas, compartirán los detalles con nosotros y otras Agencias Internacionales".

"Se anexan las carpetas A, B, C y D, con la información a nuestro alcance de sus actividades delictivas, así como algunas pistas para la identificación de sus principales directivos. Continuaremos la averiguación".

"Se recomienda vigilancia permanente, urgentes y enérgicas acciones preventivas y correctivas que haya lugar. Atentamente...".

El General Finnstein alias Mr. Black, Líder secreto del "Club Cultural, Deportivo y Social PRISMA", sopesó las posibilidades y responsabilidades.

No podía equivocarse. Estaría arriesgando su carrera, pensión y hasta su pellejo. Decidió actuar por partida doble. Debía avisar de inmediato al Consejo de Seguridad Nacional con sede en la Casa Blanca (Oficinas del Presidente de los Estados Unidos), entregando el Informe original.

Guardó la copia del documento confidencial en la bóveda de seguridad, memorizando las "highlights" (lo más destacado). En paralelo, informaría a sus "Socios del Club" para "trabajar" en consecuencia.

— Estoy agotado. Descansaré el fin de semana, tal vez salga a pescar y asolearme un poco — explicó a sus cercanos colaboradores — Les sugiero hacer lo mismo.

— Los quiero frescos y vigorosos para el lunes. Nos esperan jornadas muy intensas. No habrá horario de salida ni permisos. El asunto que tenemos en las manos, compromete la Seguridad Nacional.

Era viernes por la tarde y Mr. Black viajó a La Florida en un vuelo comercial. Compartiría con Mr. Gray y compañía, la delicada información en su poder, de manera verbal.

FORT MYERS, FLORIDA

- Es precipitado para organizar una excursión de pesca, los amigos están dedicados a sus negocios y viven muy lejos de aquí... no sé si puedan asistir... pero los invitaré, los que puedan vendrán — argumentó Benjamín Weitzner alias Mr. Gray, cuando recibió la llamada telefónica de Mr. Black.
- Tienes razón viejo amigo, pero creo que no puedes negarte a acompañarme, ¿verdad?
- Tengo ganas de atrapar un pez gordo, el más grande de mi vida, tal vez un Marlin — expresó Mr. Black.
- Si no pescamos nada, recurriremos al mercado, allí podemos comprar algunos para traer a casa, ja, ja, ja... — bromeó Ben.
- Además tengo un buen surtido de sardinas Españolas ¡en aceite de oliva y tomate!, con gran contenido en Omega 3, así como las Vitaminas y Minerales excelentes para conservar nuestra salud.
- ¡Siempre serás bienvenido. Espero traigas unos cien Dólares que pienso ganarte en el dominó. Te espero, viejo mañoso! —se despidió Benjamín.

****

La reunión de los dos entrañables amigos, fue en el yate pequeño de Benjamín. Debían guardar las apariencias y en medio del mar, no habría escuchas.

- ¡Por todos los diablos! — gritó Weitzner — ¡¡Esto es una bomba nuclear!!
- ¡Nunca imaginamos el tamaño, influencias y los recursos del enemigo!

En ese preciso momento, Benjamín se preocupó. Sin conocer completamente la magnitud del adversario, había autorizado al Comandante "Scorpio" y a la novel Agente "Rebecka", para enfrentar y neutralizar a Glorielle Skoda alias "Marié Piccard".

- David, debo confesarte que tal vez en estos momentos se encuentren en peligro de muerte el Comandante "Scorpio" y la Agente "Rebecka".
- Ambos están en Madrid con la misión de eliminar a la peligrosísima exterminadora Glorielle Skoda, alias "Marié Piccard", sobrina de Vander Skoda, el supercriminal más buscado en Europa.
- Nuestros muchachos son muy competentes, no entiendo tu preocupación — dijo David.
- ¿No lo intuyes, amigo? Si matan a esa perra, el tío desatará un huracán de venganza. Por lo que sabemos el tipo no es una persona,

es una bestia, que ordenará atacar objetivos en forma masiva, sin importar que sean inocentes niños, hombres y mujeres.

- Tienes toda la razón Benjamín, ¡ese hijo de la gran puta puede atacar aviones, mercados, trenes, edificios, escuelas, iglesias, hasta estadios de futbol al tope de aficionados!
- ¡¡¡Tenemos que impedirlo!!! — gritó Finnstein agarrando el teléfono satelital.
- ¡Llamaré al Presidente!
- ¡No, no lo hagas aún, tenemos que pensar bien las cosas. ¿Cómo vas a explicarlo? Sabrán que estamos involucrados hasta el cuello en el Club, habrá indagaciones a fondo, tal vez hasta se forme una Subcomisión del Senado — que les encanta hacerlo — para investigar, te citarán a declarar bajo juramento, la prensa meterá las narices, etc. etc., conozco muy bien el procedimiento.
- Y lo más importante. Con tanta publicidad nacional e Internacional, los culpables se ocultarán protegiendo sus intereses. En el hipotético, muy hipotético caso de que llegaran a Juicio, legiones de Abogados de los mejores Despachos, se harán cargo de la defensa y conoces muy bien la fragilidad del Sistema de Justicia que tenemos.
- Además, ¿en qué Nación se llevarían a cabo los juicios? ¿Qué Tribunales tendrían la competencia para juzgarlos? Imagina el Fuero por Domicilio de los acusados. Son de diversos países, algunos pudieran tener su residencia legal en África, Medio Oriente, Asia, Sudamérica, con las virtudes y defectos de esos Sistemas de Justicia, en los que tendríamos pocas o nulas posibilidades de intervenir.
- Los Fiscales podrán aportar muy pocas pruebas sólidas y perderán en los Tribunales.
- El resultado: Los acusados serán declarados NOT GUILTY (No culpables).
- Pasará mucho tiempo antes que las Autoridades Judiciales de cada País, en el remoto supuesto que decidan reabrir los expedientes, puedan armar bien el caso.
- Para entonces, los malos se habrán pertrechado y reorganizado a la perfección.
- Espera un poco, por favor — cerró Weitzner su emotiva perorata.
- ¡Me lleva la chingada! Tienes razón querido Benjamín. Tenemos que pensar muy bien la siguiente jugada.
- En cumplimiento de mi alta responsabilidad, he puesto al tanto al Consejo Nacional de Seguridad de la Casa Blanca, es el Protocolo.

A esta hora el Presidente tiene conocimiento del asunto — advirtió Finnstein.

- Por supuesto, pero no conoce de la materia tanto como nosotros. Estamos delante de ellos por unas horas tal vez. Debemos llamar a "Scorpio", necesitamos estar al día para planear lo que sigue — razonó Ben.
- ¿Qué decía Napoleón sobre victorias y derrotas? —dijo David Finnstein, alias Mr. Black.
- Más o menos así: "Después de una Victoria, Merecemos beber una botella de Champagne. Después de una Derrota, la Necesitamos" — declaró Benjamín Weitzner, alias Mr. Gray, corriendo a descorchar la única botella que guardaba en el enfriador, del fantástico Cristal 1996 de la Casa Louis Roederer, con precio de cinco mil quinientos Dólares.
- A propósito, ¿sabes algo de nuestro Agente en China? No me digas que... — mencionó cauteloso Mr. Black.
- Nada nuevo en absoluto. Después de la eliminación de Luan Tung, nuestro Agente Fu (Frank) Hong fue detenido para interrogatorios. Por su posición de CEO (Director General) de la East Industries & Trade Ltd., subsidiaria de la gigantesca holding liderada por el gángster hijo de puta, fue presionado por los investigadores pero no dijo nada. El entrenamiento que le dimos, ha dado resultados.
- Estuvo un tiempo en la lista de sospechosos porque las autoridades Chinas son famosas por su paciencia y eficacia. Sin embargo, la ejecución fue tan limpia, sin dejar la mínima huella, que las Autoridades exoneraron a Fu, requisaron la Empresa, dejándolo sin trabajo.
- Por órdenes de Mr. Brown, el Agente se tomó seis meses de vacaciones que aprovechó para contraer matrimonio. El cabrón debe estar en Hawaii todavía de luna de miel. Ya se reportará cuando la hembrita lo deje seco, ja, ja, ja... — rieron los dos amigos.
- Por cierto — preguntó David — ¿Sabes el origen de la costumbre y nombre de "Luna de Miel"?
- No, me agradaría conocerlo.
- Al parecer proviene de la Edad Media o tal vez antes. Después de la Boda, la pareja se quedaba a vivir en casa de los padres de la novia durante el Ciclo de la Luna — aproximadamente un mes — Tiempo en el que diariamente los suegros alimentaban al novio con fuertes dosis de miel de abeja para incrementar su energía sexual — reveló Finnstein.
- Si eso funcionaba desde entonces, a partir de mañana, pediremos

más miel en los pancakes — dijo Weitzner — ja, ja, ja...
— ¿Estás bromeando? A nuestra edad necesitaríamos toda la producción apícola de La Florida, ja, ja, ja — respondió David.

MADRID, ESPAÑA

Encamado dentro del piso del Teniente Gonzaga reposaba Christopher Carvalho, siempre vigilado por el anfitrión.

– ¿Dónde estoy? — pronunció el ingeniero, recuperado al 80%.
– Chris, soy Kadir tu amigo, ¿me reconoces ahora? Estás a salvo.
– Sí gracias. He sufrido demasiado, no imaginas cuánto dolor — comenzando a sollozar.
– Tiempo habrá para lamentos cabrón, por el momento necesito informes, sabemos que has estado secuestrado por una banda de asesinos, ¿recuerdas la casa donde estabas?
– ¿Te refieres a la casa de putas donde me agarraron?
– No. Quiero que te acuerdes de la casa donde estuviste preso, sufriendo castigo, nombres, la dirección, las señas, algo que nos ayude para localizarla — apuró Kadir.
– Es en Buenos Aires, en barrio elegante. Es una mansión de dos plantas de arquitectura moderna, convertida en fortaleza... tiene una barda de piedra lisa de unos 3 metros de altura, coronada con protección eléctrica. Posee un gran portón con barras de acero de pulgada. A la entrada hay una caseta de vigilancia fortificada con cristales blindados. Tiene un redondel con una fuente y una cortina de tupidos árboles que impide ver hacia dentro de la propiedad. Los vehículos al entrar a la residencia, ruedan sobre piso de cantera negra, llamada "recinto" es muy durable y decorativa, yo hubiera puesto lajas de piedra brasa... bueno me estoy desviando...
– ¿Es calle, avenida o callejón? — presionó "Scorpio".
– Es una propiedad grande, ocupa una manzana. Es una avenida... Verano, Volcano, la verdad no recuerdo, solo miré la placa muy brevemente... quiero descansar, por favor.
– ¡Descansarás en el cementerio, maldición no te duermas!, necesito datos más precisos.
– ¿Había cerca un supermercado, escuela, iglesia, edificios altos? Por Dios Chris debes recordar algo, además de albañil también eres arquitecto cabrón, por favor haz un esfuerzo.
– Iglesia... sí hay una, yo diría que a menos de cien metros. Era una chinga escuchar las campanadas del pinche reloj, cada hora y qué decir cuando llamaba a misa. ¿Sabes que tocan las campanas desde las seis de la mañana? No creo que nadie en su sano juicio asista al templo a esa hora... — terminó Carvalho.
– ¿Algún nombre que recuerdes de tus captores?
– Bueno, la pinche vieja que está muy buena por cierto, se llama

Glorielle, aunque los esbirros le dicen "La Condesa", es una perfecta hija de la chingada, aunque coge de lo lindo, quisiera darle nuevamente, tiene unas tetas de pezones color de rosa que...

— ¡Basta Carvalho, concéntrate! — exigió Kadir.

— Escuché que es sobrina de un tal Vander Skoda, a quien le tienen pavor. Es el jefe de todos, que son un chingo de cabrones, deben vivir allí como cincuenta hijos de puta, perfectamente armados.

— Al que sí recuerdo muy bien es un hijo de la gran puta, un gorila llamado Achille, me traía jodido, me aplicaba tormento, golpes, una vez se orinó en mi cara.

— Pero tuvo su merecido, incumplió una orden de la mujer y pagó con su vida, lo disfruté muchísimo... No recuerdo más, lo siento.

— OK amigo, por hoy es suficiente, vamos a armar el rompecabezas.

Más tarde en el otro cuarto, el Comandante "Scorpio" y la hermosa Agente "Rebecka" dialogaban sobre la situación.

— A mi parrecerr Carvalho decirr verrdad. Datos perrmitirr investigarr nido enemigou y atacarr, ¿tenerr tiempo parra ello? — interrogó la rubia — practicando su Español.

— ¿Qué hacerr ahorra? — quiso saber la nena, abrazándolo por la espalda, besando la nuca y cuello.

— Calma preciosa, primero el Deber y después el Placer. Hay que informar a nuestros Superiores, ellos tienen manera de encontrarlos. Estoy pensando la mejor forma de hacerlo — dijo "Scorpio" acariciando sanamente el cabello rubio de la muchacha.

— Es claro que debemos actuar primero, ganarles la delantera.

— Cuando el Tío se entere de la ejecución de su querida sobrina Glorielle, desatará la Tercera Guerra Mundial. Tenemos que estar preparados para todo. Es posible que envíe oleadas de investigadores y asesinos para buscarnos. Creo que lo primero es irnos de aquí.

— Poderr irr mi casa en Prraga — propuso Agente "Rebecka" — Tenerr honeymoon (Luna de miel).

— No es mala idea refugiarnos un tiempo allá. Es un sitio desconocido para todos — pensó en voz alta el "Comandante".

— Bueno, "al mal tiempo darle prisa" — y llamó a Benjamín Weitzner.

— Querido "Tío", he conseguido las medicinas que solicitaste... no fue tan difícil hallarlas... sí claro, las enviaré enseguida por mensajería Internacional... ¿cómo está la familia?

— Sobre el libro que me recomendaste, no he podido hallarlo, quizá ustedes conozcan la ubicación de la Biblioteca en Buenos Aires, me dicen que está cerca de una iglesia Católica Romana. Compraremos varios ejemplares, es una obra genial.

— Nos han invitado a la casa de mi nueva amiga en el centro de Europa... sí claro, no me olvido de ustedes, los quiero, adiós.

"Scorpio" pedía averiguar el domicilio de Vander Skoda en Buenos Aires, autorización de ataque y la Casa de Seguridad donde permanecerían refugiados.

FORT MYERS, FLORIDA

A miles de kilómetros, en La Florida, Benjamín Weitzner alias Mr. Gray y el General David Finnstein, Mr. Black recibieron la noticia con sentimientos encontrados: Por una parte era sumamente satisfactorio, el haber eliminado a la peligrosa sobrina de uno de los mayores capos (jefes), del infame Sindicato Criminal ICU (International Crime Union), quedando el maldito hampón mutilado de su brazo derecho, metafóricamente hablando.

Pero por otro lado, la reacción del anciano líder del mal, no se haría esperar. Era seguro que ordenara atacar sin misericordia a todos los objetivos imaginables, la sangre correría como ríos.

– Es urgente planear una estrategia para redoblar la seguridad en lugares públicos: Mercados, Escuelas, Hospitales, Oficinas, Aviones, Trenes, Autobuses, Barcos, Iglesias, Hoteles, Restaurantes, Estadios, Tiendas, Bancos, Museos, Teatros... las posibilidades de recibir ataques terroristas son infinitas, y ellos lo saben.

– No podemos cubrir todos los flancos — comentó Finnstein con amargura — ¡Son demasiados países y ciudades!

– Mmmm... a menos que... ¡Nos adelantáramos! — saltó Weitzner de su asiento.

– Podemos organizar rápidamente un pequeño ejército y ¡¡atacarlos por sorpresa en su misma guarida!! — gritó entusiasmado — ¡Es la autorización que solicita "Scorpio"!

– ¡Tienes razón! Poseemos grandes riquezas y el poder. Es urgente convocar a nuestros "Socios del Club".

– ¡Manos a la obra! — comenzando a llamar por el sistema encriptado a sus compañeros.

Se aproximaba una guerra sin cuartel entre los dos grupos antagónicos:

El Club Cultural, Deportivo y Social PRISMA, con recursos financieros casi ilimitados, conformado por los doce miembros fundadores, multimillonarios Internacionales, con intereses en los más importantes sectores económicos e influencias Políticas del Mundo. Algunos de ellos ocupan cargos de Primer Nivel dentro de sus Gobiernos, con gran influencia y poder, decididos a aplicar la JUSTICIA por encima de cualquier otra consideración LEGAL O MORAL.

Contaban con la participación activa de los más selectos Agentes y Mercenarios Exterminadores Internacionales, integrados en un Comando Especial supereficaz.

El adversario, el todopoderoso ICU, International Crime Union

(Sindicato Internacional del Crimen), integrado por Líderes Mundiales de la Delincuencia Organizada, con colosales cantidades de dinero, influencias, equipos y sicarios.

Un verdadero ejército disciplinado de los peores asesinos, terroristas, genios de las finanzas y de la informática avanzada operando en Europa, América y Asia, con el objetivo claro de ejercer el dominio absoluto de los Mercados Financieros, de Drogas, Terrorismo, Armas Convencionales, Químicas, Biológicas, y posiblemente Nucleares en un futuro cercano; Fomento de Revoluciones, Conflictos Raciales, Religiosos, Asesinatos Políticos, entre otras siniestras y desalmadas tareas.

Una vez más se enfrentarían EL BIEN contra EL MAL, de consecuencias impredecibles.

A semejanza de la épica Batalla de los Campos Cataláunicos, en lo que hoy es Châlons-en-Champagne, Francia, donde ocurrió una de las más importantes y decisivas de la Historia Universal, cuando en el año 451 chocaron el Ejército Romano en coalición con los Visigodos, Alanos y otros pueblos, comandado por el General Flavio Aecio, contra las feroces hordas de los Hunos, Ostrogodos, Gépidos y demás tribus, que encabezó Atilla, llamado "El Azote de Dios". La apretada victoria fue para los Romanos.

Quién sabe qué sería de la Humanidad, si los bárbaros y atroces guerreros hubieran vencido.

El resultado de esta nueva conflagración en pleno siglo XXI, pronosticaba lo único cien por ciento seguro:

Los miles de muertos y heridos, la mayor parte personas inocentes, víctimas de la ola de sangrientos atentados, contra la indefensa población, que lanzarían los criminales por todo el Planeta y las consecuentes represalias de las fuerzas de la Ley.

HUESCA, ESPAÑA

Martín Gazca y Severo Torres, ambos hijos del hoy extinto Megamillonario Ramón Peralta y Bárcenas, engendrados con distintas putas en su lejana juventud, bebían en la "Taberna El Fhosko" ubicada en la calle Pedro IV, en la pequeña ciudad de poco más de 50,000 habitantes, al norte de España, perteneciente a la Comunidad Autónoma de Aragón, conocida como la Puerta de los Pirineos.

Al llegar, habían solicitado servicio en la mesa del jardincillo interior bajo el parasol blanco, ideal para evitar escuchas no autorizadas. Devoraban los platones de gambas rojas y blancas, cigalas (camarón de mar) y sepia (especie de calamar), acompañados por dos botellas de vino tinto Somontano BesPen.

Para cuando terminaran con las entradas, el mesero recomendó comer el Chuletón de Buey a la Piedra.

Este delicioso plato es uno de los favoritos por quienes gustan de la carne. El chuletón debe ser carne madura con vetas de grasita, congelada durante un mínimo de 30 días con lo que adquiere un tono rojo oscuro. Para su preparación, debe sacarse del congelador y dejarla a temperatura ambiente por unas 2 horas, de lo contrario el sabor se desvanece.

Los cocineros ponen la carne sin condimento alguno sobre piedras muy calientes de granito o barro, que conservan mucho el calor. Cuando una piedra se está enfriando, se coloca el chuletón sobre otra a temperatura muy alta. Al servir, añaden sal en grano y listo, a disfrutar el rico sabor.

"Los buenos para nada" habían sido enemigos durante muchos años, peleando sin éxito por los afectos y dinero de un padre irresponsable y ausente que nunca, los aceptó a plenitud, condenándolos a una infancia y juventud miserables.

Con madres cansadas y en pobreza, cada uno por separado había luchado en las calles por un mendrugo de pan y un pedazo de queso, uniéndose para sobrevivir a pequeñas bandas de ladrones, avanzando en la carrera criminal cometiendo delitos mayores, purgando sentencias en cárceles juveniles de las que egresaron con mejores habilidades, para continuar su trayectoria fuera de la Ley.

Pero hoy, disfrutaban un poco de la generosidad del viejo, que temeroso de morir y probablemente irse al infierno, cinco años atrás les asignó una mesada de cincuenta mil Euros por cabeza, que religiosamente les depositaban en el Banco Santander, a condición de no meterse en su vida y menos causarle problemas.

La "bondadosa" donación a Martín y Severo, en realidad había sido un acto de autodefensa del multimillonario, ante el inminente Juicio de Paternidad que ellos amenazaron presentar. Los muchachos tenían todo para ganar en los Tribunales. Hoy, el resultado de la famosa prueba ADN con sangre o saliva, demuestra en un 99.99% el parentesco directo y en línea recta entre ascendientes y descendientes.

Si hay negativa del demandado para efectuarse el examen clínico, el Juez otorga la razón a los demandantes fallando en su favor.

Don Ramón era un gran personaje del mundo de los negocios y ocupaba un sitio privilegiado dentro de la Sociedad y el Jet-Set Internacional. No le convenía de ningún modo el escándalo que los abundantes periódicos y revistas amarillistas, publicarían para obtener jugosas dádivas.

Los chicos esperaban una mayor cantidad, pero aconsejados por sus respectivas madres — putas envejecidas y enfermas — aceptaron por el momento, la "generosa oferta" de su irresponsable y cabrón padre.

"Vale más un pájaro en mano que un ciento volando" — dijeron. Ya se vería más adelante si Don Ramón cumplía su ofrecimiento, de meterlos a las empresas.

El hombre de negocios estuvo a punto de honrar su palabra, encargando en secreto a su cuerpo de Abogados, estudiar la posibilidad de iniciar los trámites para incorporar a sus dos hijos, con una pequeña participación en las actividades mercantiles.

Enterada en la alcoba de los planes confidenciales del viejo para beneficiar a los hijastros, la cabrona, pero nada pendeja Amber, pasó rápidamente de amante a esposa, logrando echar abajo los planes de su flamante maridito, que obvio quería jugar al padre arrepentido y generoso.

— ¡A la mierda! Dobla la mesada y punto — exigió la pelirroja.
— Es más que suficiente, además no lo merecen cielito, nunca te han visitado, solo te piden dinero, por favor, hazme caso, no los conviertas en socios, terminarán por arruinar todo, hasta nuestro matrimonio.
— Si enfermas son capaces de gestionar un Interdicto Judicial que declare tu incapacidad para manejar las empresas. Con todo el poder en sus manos, me correrán, tú sabes que me odian... es mejor que me vaya ahora... sniff, sniff — gimoteó, para inmediatamente después bañarse en lágrimas.

El poderoso empresario acostumbrado estaba a su espléndida belleza, en especial a su carnosa boca y fantástica vagina, que le proporcionaban placeres sin igual. Resultado, a partir de esa fecha, la donación mensual a sus hijos fue aumentada a Cien mil Euros para cada uno.

— ¡¡Y a chingar a su madre, par de cabrones holgazanes!!

****

Martín y Severo al día de hoy estaban fuertemente unidos y hasta se dijeron "¡hermano!".

La razón era simple. Se enteraron por la televisión, del fallecimiento de su padre biológico, Don Ramón Peralta y Bárcenas y de las exequias en su Mansión de La Moraleja. Disputarían la inmensa herencia a la pinche arribista y puta Amber.

— Por buena que esté, no la merece la hija de chingada, por su culpa, papá nos tiene marginados, como apestados. ¡El dinero nos pertenece! — gritó Severo — ¡¡Somos sus hijos!!

— Nos dan una miseria, casi limosna, todo para ella, ¡que se le pudra el culo! — remató Martín.

La verdad es que el viejo Don Ramón, en algunas ocasiones había pensado reconocer su paternidad y llevarse a vivir con él a los dos varones, educarlos en la Universidad y meterlos de lleno en los negocios hoteleros que estaban creciendo a pasos agigantados, para después de varios años de trabajo y conocimiento de sus empresas, pudiera otorgarles un asiento dentro del Consejo de Administración y participación en las Acciones.

Los planes se vinieron abajo, cuando precisamente los reveló a su amante, la preciosa pelirroja Amber Brancatti, quien ambiciosa, en sus orgías sexuales, lo convenció de lo contrario.

— Han estado en prisión, te dejarán sin un centavo, incluso serían capaces de asesinarte para lograr sus metas. Es mejor mantenerlos fuera de los negocios. Aparte de los Cien mil Euros mensuales, regálales un motel a cada uno para que vivan bien el resto de su vida. No te metas en problemas... — y continuaba succionándole el pene.

— ¡Carajo! Tenéis razón... y consumatum est (está terminado).

El destino de los hijos, estaba resuelto hasta ahora.

Sin embargo, los hermanitos querían más. Ebrios de codicia desmedida y dispuestos a todo, hasta el crimen, con el fin de conseguir la herencia de miles de millones de Euros que dejó el viejo, según el último artículo de las revistas especializadas.

¿Hasta dónde serían capaces de llegar los presuntos herederos?

¿Intentarían el camino Legal contratando a los mejores despachos de Abogados de Madrid?
- Descartado — dijeron ambos — Se llevaría mucho tiempo y dinero.
- Es mejor la Fast Track (vía rápida) — acordaron, refiriéndose claramente al asesinato de la viudita alegre.

****

Para la buena suerte de Kadir, si pudiera llamarse así al segundo infarto de John Kelly, el padre de su esposa, ella cumplía dos semanas de estar al lado de su papá, mamá y hermana en el New Hope Hospital en la ciudad de Nueva York, donde le colocaron al paciente un marcapasos. Ella probablemente estuviera retenida cuatro semanas más.

Cuando Camilla Kelly su madre, le avisó del ataque al corazón, el problema no había sido resuelto satisfactoriamente por los Médicos especialistas y su marido estuvo en peligro de muerte.
- ¡Mamá!, ¿por qué diablos no me comunicaste antes? ¡Sabes que estaría con ustedes de inmediato! ¡Esto no se hace! ... — y estalló en llanto.
- No quisimos preocuparte de más nena — le explicó su madre.
- El peligro ha disminuido mi niña, te lo paso al teléfono para que lo creas...
- Helen se confortó, secando sus lágrimas cuando vio en la pantalla del celular mediante el sistema FaceTime, el rostro de su padre.
- ¿Cómo estás? Me hubieran avisado de la operación, ¡pero mañana mismo estaré contigo!
- Hijita de mi alma, no te preocupes ni hagas cosas locas, por fortuna la intervención fue muy a tiempo y los Doctores me han dicho que viviré muchos años, así que tendrán que esperar un poco por la herencia, dile a tu marido, ja, ja, ja... — expresó jocosamente John.

****

Esa misma noche a la hora de la cena, Helen mostró los boletos de avión Madrid-New York con salida para el día siguiente a las 22:00 horas.
- ¿Compraste mi boleto también amorcito? — indagó el Auditor.
- Quiero acompañarte, aprecio mucho a tus padres, sabes que no me agrada que viajes sola, eres hermosa y soy muy celoso.
- Lo pensé muy bien, pero esta vez así lo prefiero, son cosas íntimas de familia y... por otra parte te daré unos días de margen para que de una buena vez termines las relaciones de trabajo con la CELTIC, que pasa el tiempo y nunca finalizas...

- ¡Parece que no quieres salirte de esa maldita empresa! — atacó Helen.
- Nenita, te lo he explicado... — intentó razonar el Auditor.
- Las empresas son numerosas y sumamente complicadas, sobre todo ahora con las muertes de Don Ramón Peralta y después su esposa, las nuevas herederas no saben qué hacer.
- Te hablé del ofrecimiento que me hicieron para ser únicamente su Asesor por una corta temporada, dando tiempo a que tomen las riendas de los negocios.
- Sería una verdadera tragedia que miles de trabajadores del Conglomerado se quedaran sin empleo.
- Si las nuevas e inexpertas propietarias quiebran los negocios, lo cual es factible, tomando en cuenta la creciente competencia en todos los ramos, y las dificultades financieras de naciones completas, que necesariamente afectan a las empresas transnacionales como la nuestra.
- ¡Vamos linda ánimo!, ya pronto estaré en casa tanto tiempo, que a la semana me vas a correr, ja, ja, ja... — terminó su fogoso y convincente discurso Kadir.
- ¡Maldita sea tu estampa! — expresó la rubia sonriendo — ¡Siempre te sales con la tuya! ¡Eres un cabroncito pero te adoro!
- ¿Y los niños? — preguntó — ¿Viajarán contigo?
- No — respondió Helen con firmeza — Te los dejaré para que los goces un poco y... te vigilen, ja, ja, ja...
- Es una broma, no pongas esa cara de susto, claro que irán conmigo no los dejaría por nada.
- Me voy tranquila, conozco al personal doméstico, son de toda mi confianza, te atenderán muy bien y me contarán todo, ja, ja, ja...

****

Todos los días, Kadir hablaba por el teléfono celular utilizando la aplicación FaceTime que transmite voz e imagen por Internet desde y a cualquier parte del mundo, para estar al pendiente del estado de su cónyuge, de la familia y la recuperación de su querido suegro.

Gracias a ello, disponía de unos cuantos días más para solucionar los asuntos pendientes de la Fundación y del Club PRISMA, sin despertar sospechas de la hermosa rubia, la compañera de toda la vida, su adorada esposa Helen.

Es urgente retirarme de todas las actividades que me provocan tensión: Los negocios, las mujeres, La Fundación, el Club PRISMA y ahora la guerra contra el hampa Internacional.

439

¡Con cien mil millones de coños! ¿Por qué no tengo una vida normal? ¡Me dan ganas de mandar todo al carajo! Pero no puedo hacerlo ahora, ¡no, hasta derrotar al Sindicato!

PRAGA, REPÚBLICA CHECA

En el refugio de esa diosa rubia llamada Femke, alias Agente "Rebecka", estaban presentes los convocados por Kadir Aiza, Comandante "Scorpio": La propia Agente "Rebecka" que fungía como anfitriona, el Doctor Elías Zagrev, apodado Agente "Snake" y el aguerrido y eficiente comando Israelí dirigido por Zelik, que rescató a los multimillonarios rehenes en Somalia el año anterior.

Acompañaban al Jefe mercenario sus integrantes, las bravas y hermosas combatientes Lorna, Tabitha, Shifra y Leah, así como los formidables guerreros Aaron, Jason, Eliezer y Habacuc, cuya presencia resultó una sorpresa, por ser esposo nada menos que de Ruth Weitzner, CEO (Directora General) de la Fundación Weitzner.

— ¿Te ha dado permiso la patrona? Ja, ja, ja... — comentó Aaron.

— Ahora que nadas en dinero, ¿podrás prestarnos algunos dolaritos? Ja, ja, ja... — dijo socarronamente Eliezer.

— Aclarando que en mi casa mando yo, y que sus críticas son por ENVIDIA, les digo que me hace falta un poco de acción, ya los extrañaba, la vida sedentaria me está asfixiando — declaró Habacuc a sus compañeros.

Seis miembros del Comando Israelí tomaron de inmediato sus lugares para vigilar las instalaciones, distribuidos dos en la azotea, dos tras la puerta principal y dos en la salida de emergencia.

Los convocados aguardaban pacientemente la presencia de los anónimos Miembros del "Club PRISMA" y las nuevas instrucciones.

Suponían una o varias misiones de gran trascendencia, distintas a las ya realizadas durante los últimos 18 meses, todas ellas impecables en su ejecución, que habían herido profundamente a las organizaciones criminales.

No podían imaginar el tamaño de las acciones y del enemigo, ni tampoco la enorme cantidad de dinero que ganaría cada uno, si tenían éxito y vivían para disfrutarlo.

Medio dormido en un sofá del rincón, estaba Chris Carvalho.

El Comandante "Scorpio" y la Agente "Rebecka" acordaron llevar a su amigo con ellos y no dejarlo en Madrid por la seguridad de todos.

— No nos ocasionará ningún problema — dijeron — Antes bien continuará su recuperación bajo nuestro cuidado. Cuando se desintoxique, lo interrogaremos. Tiene mucho que aportar.

Esos fueron los buenos deseos de los Agentes, el Destino, siempre el Destino, les tenía preparada una desagradable sorpresa.

****

Benjamín Weitzner llegó una hora antes de la cita para inspeccionar el local, que le pareció perfecto para la secreta reunión. Saludó con afecto a los Agentes de Campo y con especial estima a cada uno de los integrantes del grupo Israelí.

– Qué gusto tenerlos aquí. Desde Somalia no nos vemos. Les recuerdo que siempre serán bienvenidos en mi País. Gracias por acompañarnos en esta nueva misión.

– Muchas gracias Don Benjamín — dijo Zelik — La verdad es que tenemos MIEDO. El único que visitó los Estados Unidos fue Habacuc y ... lo atraparon rápidamente en matrimonio, ja, ja, ja...

– Y no me arrepiento de haberme casado con su hermosa hija Ruth, Don Benjamín. No haga caso a estos venenosos, ja, ja, ja — dijo Habacuc, el flamante yerno.

– Con el par de nietecitos que me han dado, soy muy feliz, pero sí, mi hija tiene varias amigas solteras, así que ya saben a lo que van, ja, ja, ja... Ahora con su permiso tengo que hablar con el Comandante "Scorpio", ¡hasta pronto!

Ben decidió que en la Asamblea solo estuvieran los "Doce Socios del Club" cuyo arribo estaba pendiente, para mantener la mayor secrecía que tan buenos resultados proporcionaba al grupo de Notables.

– Kadir, el personal es de absoluta confianza, pero existe la posibilidad que alguno de ellos hable de más en un bar, con una novia o lo que es peor, ser capturados por los enemigos o la policía y soltar la lengua con tortura, "sueros de la verdad" como Pentotal o Amital Sódicos, amenazas o promesas de perdón del Estado. Conocemos los límites de resistencia del Ser humano.

– La información que disponemos sobre el Sindicato del Crimen, aparte de la Oficial obtenida por Mr. Black y su eficaz Equipo de Inteligencia Militar, ha sido por boca de un sicario de nivel medio que logramos atrapar en Oslo, tres horas después de haber atacado una oficina del Gobierno.

– Gracias a un soplo que recibió Mr. Black 20 días antes del atentado por parte del Servicio Secreto local, movilizamos a la Agente que teníamos disponible y más cerca del objetivo.

– Agente "Rebecka" lo identificó en un bar, estaba muy nervioso. Al parecer era apenas su segundo trabajo terrorista y tomaba tragos como náufrago. Nuestra Agente no tuvo dificultad para embaucar al tipo que creyó ligar a una hembra sensacional, invitándola a su cuarto.

– En la recámara del hotelucho, la chica se desnudó. El pobre tipo se puso como loco, acariciando, besando, succionando y ella cariñosa le sonsacó los datos que pudo. Cuando el delincuente quiso hacerla suya, ella consideró que no hablaría más, lo noqueó y sujetó a la silla, utilizando los cordones de las cortinas. Selló su boca con relleno de almohada.

— Para hacerlo hablar, sacó de su pequeño estuche de manicure las afiladas tijeras para cortar cutícula y las clavó en el ojo derecho del hampón, que no deseando perder el izquierdo, cantó como en la Ópera. Al final, lo eliminó con limpieza.

— ¿No acaso soy el Comandante? ¡Ignoraba todo! ¡Debía estar enterado! — se quejó "Scorpio".

— Estabas muy ocupado en China, no quise distraerte, te lo mencioné muy breve la última vez que hablamos, ¿recuerdas mis palabras? .... Estamos probando a la Agente "Rebecka" en labores de inteligencia, pero tienes razón, no volverá a suceder — reconoció Benjamín, abrazando al muchacho.

— Por favor atiende muy bien a nuestros otros invitados en la sala principal. Relájense un poco.

— Al terminar la junta, los Socios nos retiramos discretamente. Una hora más tarde, te comunicaré los Acuerdos — solicitó Don Benjamín.

— Por supuesto, así lo haré, aunque el personal de combate está ansioso por conocer a los Jefes — expresó "Scorpio".

— Excluirlos puede decepcionarlos.

— Tonterías. Ellos son profesionales y no piensan así, por esta vez te equivocas. Debes explicar los motivos de la secrecía.

— Lo entenderán perfectamente, sobre todo cuando les menciones el monto de sus honorarios, ja, ja, ja... — cerró el diálogo Benjamín.

— ¿Puedes adelantarme cuánto les pagarán?

— No lo reveles aún, te avisaré y dependerá de lo que aprueben nuestros "Socios", pero te garantizo que no será menor de ¡300 millones de Euros a cada uno! Si se cumplen los objetivos, naturalmente...

— ¡Fiiuu! — exclamó "Scorpio" — Deben ser asuntos ¡muy, pero muy gordos!

— Tus honorarios de Comandante serán especiales como siempre, un poquillo más ja, ja, ja... — rió Benjamín, retirándose a la Asamblea.

****

La casa construida en el siglo XIX era en sí, una fortaleza.

Había sido una próspera granja edificada con piedra de la región y era literalmente a prueba de bombas, pues había resistido los ataques aéreos de la aviación Alemana durante la II Guerra Mundial, resintiendo pocos daños.

La propiedad fue incautada por el Ejército Rojo y al finalizar la lucha, le fue obsequiada al heroico Coronel Ilya Kolarik, padre de Femke, por méritos en campaña, directamente por Josef Stalin.

El Coronel estuvo siempre al servicio del Ejército Ruso hasta su muerte prematura, víctima del invasor cáncer de páncreas.

Durante el tiempo que la habitó con su familia, la restauró y construyó un anexo con amplio sótano equipado con todos los servicios de un moderno departamento: 3 Recámaras, 2 Baños completos, Cisterna para almacenar agua y equipo de purificación, enorme alacena de alimentos envasados, lámparas de baterías, planta de luz, combustibles diesel y gasolina, radios de transistores, cobertores extra, cocina equipada, área de lavado y ropería, chimenea y bastante leña seca, cilindros y mascarillas de oxígeno, hasta un pequeño quirófano surtido con medicinas.

Al Coronel le tocó vivir las tensiones de la "Guerra Fría" y se previno para un ataque nuclear.

Dos meses antes de la sesión, Femke, la Agente "Rebecka" dueña de la finca, compró papelería y equipó el recinto con 3 Computadoras móviles de última generación y una impresora láser, instalando un poderoso servidor conectado a Internet.

****

El helicóptero ostentaba los colores rojo y blanco con siglas falsas de la televisora WZNA, aterrizando en el jardín, siempre bajo la vigilancia de los cuatro expertos francotiradores del comando Judío. Los Socios del "Club Cultural, Deportivo y Social PRISMA", entraron directamente al sótano, recibidos y conducidos por Benjamín Weitzner, alias Mr. Gray.

Encabezaba el compacto grupo Mr. Black, General David Finnstein — el de menor capital comparado con los demás — seguido de Mr. Green, Hans Koch; Mr. Purple, Ito Shing; Mr. Red, Montgomery Brin; Mr. Blue, Henri Buffett; Mr. White, Elliot Zuckerberg; Mr. Brown, Zindel Morgan; Mr. Orange, Ferdinand Walton; Mr. Yellow, Yestien Slim; Mr. Wine, Anthony Gates y Mr. Beige, Teodoro Ortega, todos ellos parte del Selecto Grupo de Megamillonarios dueños de la mitad del mundo, cuya riqueza en su conjunto equivale a los ingresos totales de varios países, incluyendo a los llamados desarrollados.

Los bondadosos caballeros Miembros del Club, estaban genuinamente preocupados por la creciente barbarie terrorista

444

mundial, el incremento de los actos de la delincuencia organizada, el atroz patrocinio de las inhumanas guerras civiles, en diversas regiones del planeta, entre otros graves delitos.

Para ellos, representaba gran satisfacción contribuir con su dinero e influencias políticas, combatiendo esas acciones malignas, con Actos de Justicia, eliminando lacras sociales, vivir en un mundo seguro y mejor para todos.

La asistencia de 100% de los Miembros del "Club Cultural, Deportivo y Social PRISMA", era directamente proporcional a la importancia y gravedad del ÚNICO ASUNTO:

La Decisión de ir o no, a la Guerra Total contra el Sindicato Internacional del Crimen (ICU).

En caso aprobatorio, la elaboración y autorización del plan de ataque, logística y presupuesto. Finalmente, autorizar los "Honorarios del Personal" al éxito, indudablemente.

La importantísima reunión se desarrolló muy rápido. Los socios del Club estaban perfectamente compenetrados de la situación y votaron por unanimidad el SÍ A LA GUERRA.

— Es el momento, han perdido a dos de sus principales líderes: Luan Tung, ejecutado por nuestro mejor Agente, el Comandante "Scorpio" y el tal Kenneth, que no tenemos muy clara la causa de su muerte. Al parecer fue eliminado por sus propios compañeros — explicó Mr. Blue.

Todos estuvieron de acuerdo.

Mr. Gray, el Supremo Tesorero tomó la palabra para informar, que las aportaciones que se han venido realizando, ascienden a veinte mil millones de Dólares, considerando que será necesario tener otro tanto igual disponible, para hacer frente a imprevistos. Fue aprobado por unanimidad.

— Mañana mismo se iniciarán las transferencias para completar los 40 mil — prometieron los socios.

En su turno, Mr. Beige propone que el plan y su logística deben diseñarse por expertos y no hay otro mejor que Mr. Black, por su formación Militar, conocimientos y acceso a información privilegiada.

Se aprobó por aclamación.

Mr. Black agradeció la distinción, revelando a la Asamblea que en su opinión, debe ser un ataque rápido directamente a las cabezas.

— Cortadas de tajo, la organización entrará en caos, los lugartenientes lucharán entre sí por el poder y nuestras Autoridades aprovecharán el río revuelto, para capturar y desarticular las numerosas bandas alrededor del mundo.

- Permítanme exponer a su consideración el proyecto de planificación elaborado. ATACAREMOS POR TRES FRENTES:
- El PRIMERO, con un reducido pero letal grupo, integrado por el Comandante "Scorpio" y los Agentes "Snake", "Rebecka" y los que considere necesarios, quienes se ocuparán de ELIMINAR A LOS PRINCIPALES DIRIGENTES DEL SINDICATO. Iniciaremos en la residencia/fortaleza del principal, Vander Skoda, en Argentina.
- El SEGUNDO frente de ataque, lo realizará el Comando Israelita, dirigido por "Stan", que DESTRUIRÁ LAS FÁBRICAS, NEGOCIOS, EDIFICIOS, AVIONES, BARCOS, VEHÍCULOS, ALMACENES DE DINERO Y MERCANCÍAS, LABORATORIOS DE DROGAS, OFICINAS Y RESIDENCIAS PARTICULARES, PROTEGIENDO LA VIDA DE INOCENTES.
- Contamos con la ubicación de gran parte de esas propiedades.
- Sobre la marcha, los respectivos Comandantes "Scorpio" y "Stan" podrán decidir y hacer los ajustes que procedan.
- El TERCER frente, lo constituyen LAS PROPIAS AUTORIDADES de las NACIONES SOBERANAS.
- Allí es donde cada uno de nosotros, con su poder económico y político, OBLIGAREMOS a los GOBIERNOS desde los más altos niveles, para que ACTÚEN CON LA MAYOR ENERGÍA, ARRESTAR, PROCESAR Y CONDENAR a las bandas de delincuentes.
- Nos encargaremos de ENTERAR A LA PRENSA ESCRITA, RADIO, TELEVISIÓN y las efectivas REDES SOCIALES de INTERNET.
- Que los PROSECUTORES DE JUSTICIA SIENTAN LA PRESIÓN DE LA SOCIEDAD en su conjunto.

Durante los siguientes diez minutos, Mr. Black expuso el Plan completo, que fue aprobado con las felicitaciones de todos.
- Eso ha sido muy inteligente — comentó Mr. Green.
- Si lo hacemos bien, evitaremos un mar de sangre — dijo Mr. Brown.
- Hagámoslo ya — pidió Mr. White.
- Sí, no importa el costo económico — afirmó Mr. Purple.
- Pasaron al último punto, autorizando el pago a los Agentes de Campo y Miembros del Comando Israelita, la cantidad de 500 millones de Euros a cada uno.

A los Comandantes "Scorpio" y "Stan", la suma de 900 millones de Euros per cápita (por persona).
- Para algunos puede parecer mucho, pero están arriesgando sus vidas para literalmente ¡SALVAR AL MUNDO! — finalizó diciendo Mr. Yellow.
- Nuestras familias y negocios incluidos — remató Mr. Red.

- Si no lo hacemos así, estaremos condenados al imperio del crimen, no habrá seguridad para nadie. Nuestras esposas, hijos y nietos, correrán siempre el peligro de caer en los vicios de las drogas o pueden ser secuestrados, violados, asesinados.
- Vean los parques, vacíos, observen las calles, igual, en el ambiente se respira la inseguridad — dijo Mr. Gray.
- Los niños ya no salen a jugar.
- La policía ha dejado de ser amiga de los ciudadanos. La ven con desconfianza porque en algunas ciudades, son parte de la delincuencia organizada.
- Y qué decir de jueces y magistrados, por corrupción o amenazas liberan delincuentes.
- Qué bueno que decidimos actuar — cerró su discurso Mr. Orange.
- ¡El dinero, nuestro dinero, la cantidad que sea, es un precio barato para lograr la Paz, es devolverle a la Sociedad un poco de lo mucho que nos ha dado — expresó Mr. Wine.

Finalmente comisionaron a Mr. Gray (Benjamín Weitzner) para ser el valioso conducto y hacer llegar las instrucciones precisas a los Comandantes "Scorpio" y "Stan".

BUENOS AIRES, ARGENTINA

Vander Skoda estaba a punto de morir del coraje.

Recibió la noticia de la desaparición de su querida sobrina Glorielle en Madrid, mordiéndose los labios hasta sangrar.

— Maldita estúpida — Cómo se le ocurre largarse sin la protección adecuada, llevándose al imbécil del prisionero.

— ¿Cómo es posible que el pendejo guardaespaldas que la cuidaba haya sido asesinado?

— A esta hora mi querida Glorielle debe estar muerta o torturada, ¡putísima madre de sus captores! ¡Carajo, no la encuentro por el GPS!

Reventando de odio y cólera, mandó llamar a dos de sus guardias.

— A ver cabrones, ¡esto es lo que pasa! ¿Qué saben del prisionero ese que tenía mi sobrina? Rápido digan algo...

— Señor, la señorita Glorielle, ya la conoce usted, es de muy pocas palabras con nosotros... no sabemos nada... disculpe...

No alcanzó a pronunciar otra palabra. La certera flecha disparada por su nueva amasia, le partió el corazón.

— Bien hecho querida, ja, ja, ja, ja...

— Y tú pendejo, sabes algo o ...

— Sí señor... bueno yo... la señorita me pidió no colocarle a ella el localizador bajo la piel del muslo derecho que usted ordenó.

— Y eso sí... cuando estuvo el preso en esta casa, la patroncita me ordenó ponerle uno igual al cabrón.

— ¡Me lleva la chingada con ustedes, son unos pendejos!

— ¡Por qué carajos no me informaron antes! ¡Quisiera matarlos a todos, pedazos de mierda!

— La Amita no me permitió avisarle jefecito, perdone, perdone, ella no quería ser localizada por usted... me dijo que la fastidiaba mucho, que siempre quería controlarla... lo siento, lo siento...

La segunda flecha disparada por la Ballesta en manos de Solange, la hermosa morena, se clavó en medio de la frente del ayudante.

— ¡No podemos ubicarla! Pero al menos hallaremos al putito ese del Carvalho, deben estar juntos.

— Que venga Armando enseguida... — ordenó Vander, abrazando por la cintura a su amante.

— Te lo dije amorcito, tu sobrinita es una cabrona — habló la bella mujer.

— No te preocupes, debe estar cogiendo rico por allí, ja, ja, ja, es una zorra. Te lo he dicho, ¡no te quiere, no le importas! — cerró la amante destilando veneno.

— Si ella es cabrona y zorra como dices, tú eres supercabrona y la más puta entre las putas, ¡hija de la chingada!, pero tienes unas nalgas divinas que me vuelven loco — rió Vander pellizcándolas.

— ¡Y sírveme un buen trago de Vodka Pincer!

NOTA DEL AUTOR.— El Vodka Pincer Shanghai Strength, es elaborado en Escocia y contiene más de 88 grados de alcohol, siendo uno de los destilados más fuertes del mundo. En su producción se utilizan aguas purísimas de las montañas y granos seleccionados, a los que agregan extracto de flores salvajes. Esta bebida está orientada al mercado Chino, donde se considera al número "8" de buena suerte.

****

Armando localizó en el GPS solamente una ubicación: El número del serial correspondía al hoy prófugo Christopher Carvalho.

De la señorita Glorielle nada en absoluto.

No podían saberlo. Nunca la encontrarían.

La cremación del cadáver de Glorielle, dispuesta por el Teniente Gonzaga en la Funeraria propiedad de sus amigos los hermanos Horta, arrasó con toda huella.

C.E.R.N., FRONTERA DE SUIZA Y FRANCIA

El Doctor en Física, Química y Matemáticas Elías Zagrev, ganador del Premio Nobel en dos ocasiones por sus importantes aportaciones a la Ciencia, terminaba su más reciente investigación.

El descubrimiento de un nuevo pegamento a partir del producido por un tipo de gusano que habita en las profundidades del mar.

Mezclado con los aditivos químicos adecuados, el resultado fue un novedoso adherente sellador de huesos de gran utilidad para la Medicina, especialmente en Traumatología, para soldar las fracturas sobre todo en ancianos, cuyos huesos al romperse no generan el suficiente "Callo Endostal y Periostal" (pegamento producido por el hueso humano, interno y externo por así decirlo).

Su importante investigación abarcó también la fabricación sintética del potente adhesivo de los mejillones y moluscos bivalvos, que se fijan con dureza en los cascos de acero de los barcos.

Por encargo del Alto Mando del CERN (Centro Europeo de Investigaciones Nucleares), el Doctor Zagrev recibió la solicitud urgente para desarrollar un producto líquido, que pudiera aplicarse al fuselaje de los aviones que vuelan a gran altura y que en época invernal, acumulan en sus alas nieve y hielo, poniendo en peligro la seguridad de las aeronaves, con alto riesgo de accidentarse.

Uno de los peores enemigos de los aviones es el hielo. Se forma por los millones de gotas de agua en suspensión, que a temperaturas bajo cero grados se acumula sobre los bordes y superficie de las alas, alterando el flujo laminar al modificar el perfil aerodinámico. Afortunadamente hoy en día, casi todas las aeronaves poseen un sistema de eliminación de hielo a base de aire ardiente del motor, que canalizado bajo las alas, las mantiene calientes impidiendo la adherencia de hielo, nieve o escarcha.

El problema es en tierra. Cuando un avión hace escala en un aeropuerto en época invernal o sale de la terminal, antes del despegue los motores están apagados, y es imposible evitar la acumulación de material helado. Por ello, las aeronaves deben someterse antes de levantar vuelo, al Procedimiento de Deshielo, que se hace por camiones especiales cisterna que bañan perfectamente con mangueras, alas y timón el "líquido antigelante" según el tipo y tamaño del aeroplano.

El producto utilizado es una costosa mezcla de Glicol y agua caliente, que proporciona unos minutos de protección, desde 3 minutos el Tipo I, hasta 30 minutos del Tipo IV.

El científico estaba confuso. Si ya existen esos productos que han demostrado eficacia en todas las aerolíneas del mundo. ¿Cuál es la razón de la nueva investigación? ¡Tiene que ser el costo! — razonó correctamente Elías Zagrev. Si tomamos en cuenta que el "tratamiento" de deshielo de un pequeño avión, por ejemplo el Cessna Citation, se lleva unos 40 galones que duran aproximadamente 3 minutos, a un costo de 700 Dólares Americanos y de allí para arriba.

Será mejor verificar el pedido, pensó, dirigiéndose a la oficina privada del señor Director General.

– Salud Doctor Zagrev, o debo decirle ¿Agente "Snake"? —expresó el Alto Funcionario, que bebía el primero de sus seis tragos de whisky diarios.

Al notar la ligera turbación del investigador, lo tranquilizó diciendo:

– Calma, tus jefes de PRISMA son amigos míos — sirviéndole un whisky Johnnie Walker Platinum Label 18 años, en vaso corto de cristal labrado, con un cubo de hielo.

– No gracias — intentó rechazarlo el Doctorado en Ciencias, con desconcierto.

– Te aconsejo beberlo, lo necesitarás después de escucharme. La orden viene de los más altos niveles de Autoridad, es vital, de la más urgente prioridad y confidencialidad.

– Se trata de un producto muy singular...

Al terminar la charla, se habían bebido tres tragos cada uno.

Tendré que laborar horas extras ¡carajo!, pero no importa, lo que me piden es sencillamente extraordinario, se dijo el Doctor, extrañamente feliz.

PRAGA, REPÚBLICA CHECA

El Comandante "Scorpio" tomó la decisión de no esperar más.

Ha tenido tiempo de sobra para reponerse el cabrón de Carvalho. Llamó a Zelik — Comandante "Stan" — para que estuviera presente en la indagación.

La recámara de visitas sirvió de sala de interrogatorios.

— Chris, soy Kadir tu amigo, ¿te sientes mejor?, ¿puedes contarme lo sucedido?

— No recuerdo muy bien, pero sí, me siento mucho mejor, gracias Kadir. ¿Dónde estamos?

— En lugar seguro, es largo de explicar. Por favor dime qué te ha sucedido, en dónde estabas, con quiénes, en fin todo lo que recuerdes, nos has tenido muy preocupados y tú pasándola muy bien, disfrutando el culo de la hermosa hembra que te acompañaba, ¡hijo de la chingada! — reprendió el Comandante.

— Zelik, por favor dale un trago de Vodka Blavod — conocido como Vodka Negro.

Chris bebió la primera copa de alcohol desde su cautiverio, tres meses atrás. El fuerte licor le abrió el entendimiento, liberando el stress acumulado.

— ¿Puedo tomar otra? — dijo el Brasileño.

— Las que desees, pero antes habla por favor, es importante — pidió Kadir.

— Te voy a facilitar las cosas amigo mío. Te haré preguntas directas y quiero respuestas igual. No te andes por las ramas, el tiempo apremia — dijo Zelik amablemente, sacando una lista de preguntas ya preparada.

De pronto, Carvalho dio un respingo. Sintió una pequeña descarga eléctrica en el muslo derecho. Alguien, a miles de kilómetros de distancia, había activado el sistema de búsqueda del localizador insertado en su pierna.

— ¡Qué demonios! Algo me ha picado — exclamó Chris tocándose la pierna.

"Stan" diestramente subió el pantalón del enfermo, solo para descubrir la diminuta cicatriz que cubría el poderoso chip electrónico de radiolocalización satelital, ante los atónitos ojos del Comandante "Scorpio" que procedió a retirarlo con la punta de su navaja Victorinox.

— Puta la madre que los parió — maldijo — Esos hijos de la chingada saben dónde estamos, ¡nos han localizado! — exclamó Zelik, corriendo para avisar a sus hombres, en tanto Kadir hacía lo propio llamando a Benjamín.

Avisados los Socios del Club, partieron de inmediato abordando el helicóptero estacionado en el amplio jardín.

– Kadir por favor informa a los muchachos que los honorarios aprobados son de 500 por persona. Gracias, pronto estaremos en contacto con las instrucciones, ¡estamos en guerra! — exclamó Ben.

El autogiro despegó elevándose rápidamente. El Directorio del Club Cultural, Deportivo y Social PRISMA, estaba a salvo.

– ¡¡AAtención!! ¡Prepararse para defendernos del ataque inminente! ¡¡A sus posiciones de combate!! — gritó el Comandante "Stan".

– Agente "Rebecka", ¿tienes un perro o gato en esta casa? ¡Lo necesito de inmediato!

– Hay un Pastor Alemán propiedad del cuidador, debe andar por ahí. Lo traigo enseguida — respondió la rubia que mejoraba su Inglés cada día.

"Scorpio" subió al can en la mesa de la cocina, inmovilizando al animal entre cuatro mercenarios. Flameó en la estufa la hoja de un cuchillo de cocina, abriendo un reducido agujero en la piel previamente rasurada del lomo, donde hundió con el dedo índice el pequeño localizador, sellando la herida con un chorrito de alcohol y tela adhesiva que tomó del botiquín.

– Zelik por favor que alguien de tu gente, lleve en auto al perro lo más lejos que pueda de esta residencia y lo deje atado a un árbol.

– Intentaremos engañar al enemigo.

– Espero que no sea demasiado tarde — concluyó el Comandante "Scorpio".

****

Aaron fue el comisionado para alejar al perro ahora portador del chip localizador. En la camioneta llevó al animalito hacia el Monte Petřín, que se levanta más de cien metros sobre el río Moldava, situado en el Barrio Malá Strana, muy cerca del centro de Praga.

Es un lugar muy bello que en la parte superior del montecillo tiene la famosa Torre de Petřín, armadura metálica de unos cincuenta y tantos metros de altura, que algunos turistas la miran semejante — proporciones guardadas — como la Torre Eiffel de París.

La verdad es que son distintas en tamaño, la Eiffel es mucho más alta y el armado es diferente. Aun así, a la Torre Petřín se le conoce como "El Mirador de Praga". En el piso superior cuenta con una tienda y cafetería, en la planta baja, un museo.

Subió la colina atando al perro al tronco de un árbol, dejando los nudos flojos a fin de que el can pudiera zafarse en pocos minutos y salir del bosquecillo.

****

En la residencia/fortaleza diez minutos más tarde, una fuerte explosión sacudió el edificio.

No hubo víctimas, los Agentes y mercenarios habían evacuado la Casa de Seguridad.

Un anticuado pero muy efectivo Missil Francés del tipo EXOCET AM 39, había sido disparado desde un campamento de Gitanos a sesenta y cinco kilómetros al norte de Praga. El Missil es guiado por radar y originalmente fueron fabricados los modelos AM (Aire-Mar) y MM (Mar-Mar) diseñados para atacar barcos. Sin embargo durante la Guerra de las Malvinas, Ingenieros Argentinos lograron disparar esta clase de missiles desde baterías costeras, con improvisadas pero muy efectivas torres de lanzamiento.

A bordo de tres autobuses, llegaron 90 matones del Sindicato del Crimen armados hasta los dientes. No encontraron a nadie.

Cuando se retiraban, fueron interceptados por dos tanques de guerra y un batallón de soldados del Ejército Checo que los desarmaron, sin disparar un solo tiro, colocándolos pecho a tierra.

Femke, la Agente "Rebecka", demostró una vez más su gran valía.

Solo tuvo que hacer una llamada a su estimado protector del Ministerio de Defensa. El General Bozidar Weslak, atendió en persona la denuncia de la hermosa jovencita hija de su gran amigo, el fallecido Coronel Ilya Kolarik.

El padre de Femke y el ahora Viceministro de Defensa, habían sido compañeros en el Ejército toda la vida y vecinos en el bloque de bonitas viviendas para Oficiales, proporcionadas por el Gobierno, manteniendo una extraordinaria relación de amistad entre las familias.

Cuando el Coronel Kolarik enviudó, la esposa del también Coronel Weslak amorosamente se hizo cargo de auxiliar a la chiquilla en la escuela, salud, deportes y todo lo necesario, pues su propia hija Danka de la misma edad, adoraba a su amiga Femke.

Durante el penoso proceso de la enfermedad de Kolarik, que precozmente lo llevó a la tumba, la bondadosa señora Weslak se llevó a vivir a Femke a su casa y desde entonces, tuvo la ayuda y protección de esa honorable familia al cien por ciento.

Al ingresar a la Universidad, Femke se emancipó regresando a vivir a la casa que le dejó su padre. El matrimonio Weslak entendió perfecto las razones de la chica que en función de su edad, como casi todos los adolescentes, desean tener más libertad, vivir en su propia casa o departamento, decorarla a su gusto, disponer de su tiempo y espacio, en una palabra, ser independientes.

Aun así, Femke visitaba con frecuencia a la familia Weslak y se reunía con su amiga Danka a diario en la Universidad. La magnífica relación de amistad, nunca se rompió, por el contrario a la buena señora le encantaba tomar el té con sus "dos hijas", como acostumbraba nombrarlas.

— ¿En qué nuevo lío te has metido nena? — bromeó el General.
— Han dinamitado mi casa General, son muchos hombres, me quieren matar... estoy huyendo, por favor...
— No te preocupes pequeña, en este momento vamos para allá... ¡No hagas nada, solo escóndete!

****

La operación Militar ordenada por el General Bozidar Weslak, resultó un enorme éxito para la Seguridad del Estado y de gran mérito para el Ejército, al detener a un elevado número de conspiradores fuertemente armados, todos ellos sicarios de pésimos antecedentes.

Confesos, los delincuentes fueron acusados por la Fiscalía Militar entre otros cargos: Sedición, Posesión de Armas de Alto Poder exclusivas de las Fuerzas Armadas, Conspiración contra el Estado, Rebelión, Perturbación del Orden Público, Daños a la Propiedad, Empleo de Explosivos para uso del Gobierno y el delito más grave: Servir a Intereses Extranjeros y Traición a la Patria, que se castiga con la Pena de Muerte.

Los reos fueron condenados en un rápido juicio por el Honorable Tribunal Militar de la Nación, y ejecutados por fusilamiento en el patio posterior de la vieja prisión de Terezin, antiguo campo de concentración donde sufrieron los horrores del holocausto nazi, miles de inocentes Judíos.

Como bono adicional, las Autoridades Judiciales de varios países recibieron la información arrancada a los hampones, que permitieron arrestos masivos, destrucción de instalaciones y captura de Jefes de Plaza, asestando duros golpes al Sindicato Internacional del Crimen, que en plena desbandada luchaba internamente por cerrar filas, reorganizarse y atacar ciudades sin piedad.

ALGÚN LUGAR DE LA REPÚBLICA CHECA

El líder del campamento de Gitanos estaba desconcertado.

Su atrasado instrumento de localización de objetivos, le marcaba coordenadas que cambiaban muy rápido.

El primer disparo del missil EXOCET había sido certero, sin embargo, el sujeto portador del chip se encontraba en otro sitio completamente distinto, moviéndose a gran velocidad.

Aun así, tenía órdenes de destruirlo, preparándose para efectuar el segundo y último lanzamiento, pues no tenía para más.

Gyula entendió que era su última oportunidad y no podía fallar. Un error le costaría la vida y la de su numerosa familia.

El viejo jefe Romaní, destilaba rencor hacia todo lo que significara orden y progreso de la población Europea.

****

NOTA DEL AUTOR.– Los Gitanos también conocidos como Romaníes, es la Nación paria de Europa. Sin tierra propia, con una población cercana a los diez millones, habitan en casi todos los Países de la Unión Europea, en condiciones de pobreza, marginación y discriminación.

Es un pueblo perseguido y carga sobre sus hombros desde la Edad Media, la mala fama de brujos, bandidos, portadores de la peste, estafadores y secuestradores de niños. Han vivido los horrores de un "holocausto silencioso", siempre sufriendo ahorcamientos, fusilamientos, mutilaciones y esterilizaciones en hombres y mujeres, como el Edicto del Emperador José I de Habsburgo en 1710, que ordenaba ahorcar a los Gitanos, sin someterlos a juicio.

Tan solo en 1937, los nazis mataron a más de 500,000 Gitanos en los campos de concentración. Y lo más reciente, el genocidio de Gitanos en la guerra de la ex Yugoslavia.

Después de varias Reuniones Internacionales y pese a los esfuerzos de las distintas Comisiones de Derechos Humanos y otros Organismos de Europa, para acordar darles trato digno y educación a las tribus Kalderash, Lovara, Sinti, Calés y otras, en el año 2010, el Gobierno Francés de Nicolás Sarkozy deportó a los Gitanos a sus países de origen, siendo discriminados en casi toda Europa.

En la República Checa y Eslovaquia, donde sobreviven unas 200,000 personas de esa raza, a los niños gitanos se les envía a Escuelas para Discapacitados.

La falta de integración y oportunidades, han hecho de los Gitanos un pueblo errante que vive del pequeño comercio informal, circos ambulantes, adivinadores de la suerte, como mendigos y robando.

Su misma bandera dividida en dos secciones, la superior en azul cielo y la inferior color verde naturaleza, ostenta al centro una gran rueda de carreta, como símbolo de un pueblo nómada.

Para la Europa civilizada, moderna y próspera, el asunto Gitano es una asignatura pendiente.

Solo en Andalucía, España, los Gitanos han sido aceptados y viven bien.

****

El anciano Gyula llamó a sus dos hijos mayores.

- Tenemos que castigar a los demonios que han hecho tanto daño y sufrimiento a nuestro pueblo. Si lo hacemos bien, toda la tribu no tendrá que preocuparse jamás, nos pagarán un montón dinero.
- Me han entregado tres millones de Euros como anticipo. Están enterrados en bolsas de plástico bajo mi tienda. En unos días más, me harán llegar otra cantidad igual.
- Pero padre, ¿no acaso deseamos la paz? ¿Cómo quieres que Europa nos acepte si agregas terrorismo a nuestra causa?
- No estamos de acuerdo, ¡lo que has hecho es una estupidez! — declararon los varones.
- ¡Entierra los artefactos y huyamos de aquí, antes que nos maten a todos!
- ¡Malditos cobardes! —exclamó el Patriarca, hundiendo el filoso puñal en el pecho del primogénito.

El sable del hijo menor, segó la vida del desquiciado anciano.

****

El Centro de Control del Espacio Aéreo, reportó el lanzamiento de un missil del tipo EXOCET AM 39, que hizo blanco en las inmediaciones de la ciudad de Praga. Del análisis de la trayectoria se determinó que el disparo había sido hecho en medio de un bosque, proporcionando al Alto Mando Militar las coordenadas precisas.

El General Bozidar Weslak, Viceministro de Defensa decidió la acción inmediata, con órdenes precisas al Comandante a cargo del operativo.

- Nos enfrentamos a un ataque terrorista. Protocolo Dos. Alerta Naranja. Atrapen a los responsables. Resuelvan el problema en su totalidad con limpieza. Hagan prisioneros a los hombres. Dejen libres a las mujeres, niños y ancianos. ¿Está claro?
- ¡Sí señor! —respondió el Capitán chocando los tacones haciendo

con brío el saludo del Ejército. Había entendido perfectamente.

Los culpables serían ejecutados in situ (en el lugar), los hombres serán detenidos para interrogatorio, dejando en libertad a los niños, mujeres y ancianos.

Cinco Helicópteros artillados, tres camiones con tropas y dos tanquetas, hicieron el recorrido de los 65 kilómetros que los separaban de la ciudad, en 13, 35 y 60 minutos respectivamente.

Las naves aterrizaron en un claro del bosque a unos quinientos metros de su objetivo, avistados por los itinerantes que comenzaron a huir, internándose en lo más espeso de la arboleda, solo para ser atrapados posteriormente por la tropa de infantería.

El campamento entró en caos. Con su líder y el hijo mayor muertos, al llegar los soldados los pobladores salieron en desbandada, entre gritos y lamentos de las mujeres, ladridos de perros y llanto de niños.

Estaban aterrorizados. No era para menos, habían vivido terribles experiencias anteriores.

El Capitán cumplió estrictamente las órdenes Superiores: ejecutarían "solamente" a veintidós sospechosos que después de los interrogatorios a los detenidos, a él le parecieron culpables por el señalamiento de testigos y juzgándolos por su crecida barba, suciedad de la ropa, resistencia al arresto y ojos inyectados de odio.

Llenaron los camiones de prisioneros varones y remolcaron la base móvil lanzamisiles, desarmando el EXOCET, que estaba listo para ser disparado nuevamente.

Uno de los detenidos, el hijo menor del Patriarca, inocentemente quiso comprar la libertad de los prisioneros, ofreciendo al Capitán el dinero oculto bajo la tienda de su padre muerto.

— ¡Son tres millones de Euros! ¡Suficiente para la jubilación de todos, hijos de puta! — gritó el Gitano. Un fuerte culatazo selló su boca rompiéndole los dientes.

— ¡Ustedes, saquen el dinero! ¡Lo llevaremos como prueba! — ordenó el Oficial a cuatro soldados.

Fusilaron a los 22 culpables y colaboradores del atentado terrorista, incluyendo al desdentado. Apilaron los cadáveres, les rociaron gasolina y encendieron la pira, alimentando el fuego con las carretas de madera y tela de carpas.

Cuando todos se fueron, un piquete de combatientes quedó a cargo de la "limpieza", para lo cual cavaron una profunda fosa que llenaron con los huesos calcinados.

PRAGA, REPÚBLICA CHECA

"Scorpio" y su equipo táctico se refugiaron en el Balneario Karlovy Vary, situado a dos horas de la ciudad. Los enemigos buscarían en toda clase de hoteles y posadas para localizarlos, nunca pensarían hallarlos en un sitio como este.

Es un balneario de cerveza y vino, denominado en Alemán Karslbad y conocido en Inglés como Carlsbad.

Es famoso mundialmente aparte de la calidad de sus bebidas, porque es el único en el planeta, donde los clientes pueden sumergirse en una tina individual de hidromasaje llena de espumante cerveza, al tiempo que disfrutan beber un tarro con la deliciosa bebida fermentada y limpia de los dispensadores a su alcance.

El Comandante reportó las novedades a Mr. Gray, incluyendo la información de primera mano sobre lo sucedido, que le diera el General Weslak a la cada vez más necesaria Agente "Rebecka".

— Es fantástico — comentó festivamente Mr. Gray — Lo comunicaré de inmediato a nuestra gente.

— ¿Algo nuevo sobre tu amigo ... Carvalho? Recuerda que es un buen testigo, debe haber oído algo de la siniestra organización — concluyó Benjamín Weitzner, alias Mr. Gray.

— Lo voy a interrogar ahora que está mucho mejor de salud, la verdad es que estaba hecho un guiñapo, no recordaba nada, parecía idiota, ya conoces el efecto de la Burundanga, la droga que le estuvieron administrando vía oral, durante no sé cuánto tiempo — señaló Kadir, alias Comandante "Scorpio".

— En cuanto sepa algo, te avisaré, hasta pronto.

****

— Ahora que todo ha pasado, ¿es posible relajarnos un poquitín? — ofreciendo un helado tarro de cerveza oscura, invitó dulcemente la Checa, cuyo pantalón kaki ajustado dibujaba sus nalgas, muslos y pantorrillas de premio mundial.

— Vayan ustedes, los alcanzo en unos minutos — pidió "Scorpio".

— Te espero en la tina de cerveza, nene...— dijo Femke.

El grupo de combatientes estaba feliz. El durísimo golpe preparado por el Sindicato en su contra no solamente había fallado, sino que se revirtió, perdiendo un importante número de sicarios y Jefes de Plaza, que alertó a los órganos de Seguridad del Estado en varios Países, logrando detenciones masivas, desarticulando redes completas de narcotráfico, terrorismo, contrabando de armas y trata de blancas.

Asimismo, los Fiscales de cada Nación amiga, iniciaban los procedimientos legales para seguir la Ruta del Dinero, interviniendo y congelando las cuentas bancarias, investigando a los delincuentes de cuello blanco y funcionarios corruptos.

- Tomemos estos minutos como un recreo necesario. Pronto tendremos la verdadera acción, cuando nos ordenen el ataque, mientras tanto ¡Pripitek! — brindó Femke en idioma Checo.
- ¡Pripitek! — pronunciaron todos a coro.

****

Alejados del Balneario de Cerveza y Vino, recorrieron el maravilloso andador sobre el río, donde solían pasear personajes como Ludwig Van Beethoven, Johann Sebastian Bach y Johann Wolfgang Von Goethe.

Pasaron por la Fuente Termal, cuyo Geisser lanza chorros de agua ¡hasta 12 metros de altura con temperatura promedio de 70 grados centígrados!, la Estatua de Karl Marx y la Embajada Rusa, llegando hasta la puerta de la hermosa Iglesia Ortodoxa Santa María Magdalena, cuyas cornisas pintadas en azul turquesa contrastan con las cúpulas doradas en forma de cebolla, logrando un efecto de belleza sensacional.

Tomaron asiento en una banca y no hubo necesidad de interrogatorio alguno. Simplemente Carvalho abrazó a su entrañable amigo Kadir, expresando un — ¡GRACIAS! — que lo dijo todo.

- Kadir, he sido un ¡perfecto pendejo! Nunca te lo dije, pero fui por mi cuenta a Argentina a buscar a la perra esa, la negra sensacional que conocimos en la Playa de Copacabana... ¿la recuerdas verdad?
- No la encontré, ellos me encontraron, secuestrándome. Fui prisionero en una residencia muy chingona en Buenos Aires.
- Allí, conocí a una pelirroja buenísima que después oí que era la sobrina del jefe de la banda.
- Soporté el castigo en los interrogatorios hasta que me drogaron, con algo que escuché como... burranga, butanga o algo así, el asunto es que a partir de eso, perdí la voluntad, la memoria, no sabía dónde estaba, no reconocía a nadie, pensé lo peor, hasta deseaba la muerte, pidiendo muchas veces que me mataran.
- Pero no lo hicieron, le caí bien a la pinche puta esa que me adoptó como sirviente sexual.
- Ja, ja, ja, ja... — rió Kadir a carcajadas.
- El análisis toxicológico que te practicaron, dice que te dieron Escopolamina, comúnmente conocida como Burundanga, aunque si es cierto lo que dices, la mezclaron con Viagra, Cialis o Levitra o todas juntas, ja, ja, ja, ja, ja...
- Ya en serio, te salvaste de morir o quedar como pendejo el resto de

tu vida. Solamente has quedado medio, ja, ja, ja, ja...

— Sí, cabrón, no te rías, soy muy bueno en la cama, gracias a eso pude sobrevivir, la vieja quería follar a diario. Yo me sentía muy mal — se defendió Carvalho.

— Imagina tener sexo obligado continuamente y con la misma pinche vieja, ja, ja... bueno la verdad está muy bien la hija de la chingada y es tan caliente que hicimos de todo...

— Bueno, bueno, deja eso para después Chris, necesito que recuerdes la dirección donde se ubica esa residencia fabulosa en Buenos Aires y también si escuchaste algo más: Nombres de sus cómplices o empleados, negocios, vehículos y números de placa, fechorías cometidas, planes de acción, en fin cualquier cosa que nos permita localizarlos.

— ¿Por qué son tan importantes para ti?

— Estoy libre y recuperado ¡larguémonos de aquí y punto!

— No es tan simple — respondió Kadir.

— Te voy a explicar: La vieja pelirroja es nada menos que la sobrina de Vander Skoda, uno de los peores delincuentes de talla Internacional, que ha formado un Sindicato Internacional del Crimen, atacando sin piedad a poblaciones enteras con actos de terrorismo.

— Es la mujer que ejecutamos en el hospital, ¿recuerdas?

— Vagamente, pero sí. Es una lástima, te hubiera gustado hacer el amor con ella, ¡era una maestra!, amigo Kadir. Me la cogí mil veces, por eso estoy vivo. No te compliques, vamos a la Policía y listo — dijo Chris — "zapatero a tus zapatos".

— Olvídalo, eso no es posible por el momento. Solo concéntrate en lo que te dije.

— Nuevamente te pregunto, haz un esfuerzo, estuviste varias semanas cautivo.

— ¡A huevo tuviste que oír algo! —dijo Kadir encabronado.

— Mira, había un puto pistolero que me traía jodido por yo ser Brasileño. El tipo era Argentino, se llamaba Achille, el hijo de puta se creía Italiano.

— En las horas de ocio, que fueron muchas, hablaba de futbol, pinche fanático, sobre todo de la Copa del Mundo FIFA que se estaba jugando en Brasil. El cabrón usaba playeras y gorras con los colores del equipo Argentino, llavero del Mundial, encendedor con el escudo y hasta su puta cartera repleta de billetes, con el logo oficial del campeonato, el armadillo Brasileño llamado FULECO, designado como mascota.

— Puto loco, para él todo era futbol y que se chingue el mundo. Lo único que veía en televisión, eran los partidos, a cualquier hora, hijo de la chingada, a todo volumen, no dejaba dormir.

- Que la Selección de Argentina nos iba a golear, que Maradona era mucho mejor que el Rey Pelé, que si Messi iba a ser el campeón goleador, ¡que su chingada madre! ¡Ya me tenía cagado!, como se dice en Colombia.
- Un día lo mandé al carajo, que me costó un putazo en la nariz, fracturándome el tabique.
- Maldijo a Brasil mil veces, putos negros, pendejos, todos son unos huevones, lo bueno es que se van a morir un chingo, hijos de puta, un chingo, ja, ja, ja, ja, ja...
- Mira pendejo — lo enfrenté — Si Inglaterra les partió la madre en la Guerra de las Malvinas a miles de kilómetros de distancia, nosotros sus vecinos Brasileños, ¡les damos por el culo en una semana! Y van a querer más, ¡¡bola de putos!!
- El tipo enloqueció y volvió a golpearme con fuerza, ahora con una macana. Bañado en sangre, me desvanecí.
- El guardia pensó que me había noqueado por completo y dijo entre dientes:
- "Después de los miles de pinches Brasileños que mataremos el 4 de julio en Maracaná, no les quedarán milicianos, ja, ja, ja, ja, ja..."
- ¡¡Momento Carvalho!!, ¡detente allí!
- Hoy es 29 de junio, si eso es cierto, ¡¡¡faltan 5 días para el ataque!!!

ARLINGTON, VIRGINIA

El edificio del Pentágono es sede de las acciones del poder Militar, ordenadas por el Presidente de los Estados Unidos, quien es el Comandante Supremo de las Fuerzas Armadas.

La construcción del edificio se llevó año y medio, terminado en Enero de 1943, tiene cinco lados iguales, precisamente en forma de Pentágono, como es popularmente conocido, así como lo es la famosa Casa Blanca, residencia Presidencial, siempre pintada de color blanco.

NOTA DEL AUTOR.— El Pentágono (The Pentagon) es el edificio de oficinas más grande del mundo, donde laboran más de 23,000 Militares y Civiles, contando con el doble de los servicios sanitarios que se necesitan, porque la Ley vigente cuando se construyó, ordenaba que debiera haber baños para blancos y baños para negros. Absurdos de la vida.

Los avanzados sistemas de seguridad impiden cualquier penetración no autorizada por tierra o aire, con la fatídica excepción del ataque terrorista de Septiembre 11 del año 2001, cuando el avión secuestrado del Vuelo 77 de American Airlines, fue estrellado contra la fachada occidental del inmueble, ocasionando un incendio. Murieron 125 personas dentro del edificio más las 64 a bordo.

Asunto aparte el mismo día, los terroristas de Al-Qaeda por medio de otros dos aviones comerciales secuestrados, impactaron las conocidas Torres Gemelas del World Trade Center en Nueva York, donde lamentablemente murieron 2749 personas.

****

El General David Finnstein, Alto Comisionado de Seguridad Nacional, recibió con alegría la inesperada visita de su estimado amigo Don Benjamín Weitzner.

– Hola viejo, te veo muy bien para tu edad, ja, ja— bromeó el Militar, fundiéndose en fraternal abrazo.

– Tú "no cantas mal las rancheras" — reviró Ben, aludiendo al refrán Mexicano aprendido de la población de origen Latino, que vive en La Florida, significando en este caso, que el anfitrión se ve en buen estado, no obstante su vejez.

– Te invito al lunch (comida ligera de mediodía) — expresó Benjamín — Pero deberás pagar la cuenta, yo estoy desempleado, ja, ja, ja...

– Acepto — contestó el General — Ya sé que nunca cargas dinero, ja, ja...

Salieron del edificio, cumpliendo con los protocolos de seguridad, a bordo de la camioneta Chevrolet Suburban color negro, que manejaba el propio Finnstein. Dos vehículos más con Agentes de Seguridad los siguieron a toda velocidad.

Benjamín Weitzner habló con vehemencia.

- Como te indiqué por teléfono, tenemos información confiable obtenida por nuestros Agentes.
- Existe alta posibilidad de un ataque del Sindicato del Crimen, al Estadio Maracaná en la ciudad de Río de Janeiro, precisamente el día 4 de julio próximo, durante el partido de cuartos de final del Campeonato Mundial de Futbol, entre las selecciones de Francia y Alemania.
- El recinto tiene capacidad de más de 70,000 personas, se calcula que por lo menos, unos 50 o 60,000 aficionados asistirán para disfrutar el juego.
- Si el atentado terrorista tiene éxito, morirán miles. Y después seguirán otros.
- ¡No podemos permitirlo! —dijo Benjamín enojado.
- ¿Tenemos un plan? ¡Hay muy poco tiempo! ¡Debemos alertar al gobierno Brasileño! — respondió el General.
- Eso estaría muy bien David, pero nos deja impedidos para actuar.
- Si la Policía o Seguridad del Estado Sudamericano meten las narices, estamos fuera, sin cumplir nuestros propósitos, aunque por otra parte tienes razón, si nuestro equipo fallara, no quiero ni pensar en la carnicería de tanta gente inocente.
- Quedaría para siempre en nuestra conciencia.
- Tengo un amigo en el Ministerio de Defensa de Brasil. Lo conocí en una de las Reuniones Continentales sobre Seguridad. Por cierto fue la sensación de la Junta, viudo, le acompañaban sus dos hijas rubias, verdaderas bellezas, afortunada mezcla de su ascendencia Alemana y la magnífica raza Brasileña, recuerdo sus nombres Úrsula y Katya... — pronunció Finnstein mirando al infinito...
- Puedo proporcionarle los datos que tenemos y en forma paralela enviar dos o tres de nuestros Agentes, para tratar de abortar la perversa embestida de esos hijos de puta criminales — declaró el General retornando a la Tierra — Perdona Ben, es que yo...
- ¡Qué clase de mujeres!...
- Debe ser hoy mismo compañero y, ¡qué hermoso recuerdo!
- Avisaremos a los demás socios cuando el plan se encuentre en marcha, no podemos demorar más — expresó Ben.
- Manos a la obra, comeremos en la oficina un sándwich de pavo, lechuga, tomate y aceite de oliva extra virgen — dijo Finnstein,

girando el volante para retornar.

– Lo comen nuestras tropas, es nutritivo y según dicen afrodisíaco, justo lo que necesitamos, ja, ja, ja, si alguna vez visitamos Brasil...

– Siempre y cuando al mismo tiempo toquen el himno nacional, por aquello de la posición de ¡firmes!, ja, ja, ja... — completó la broma Weitzner.

Entraron al complejo de edificios muy sonrientes, pasando los modernos sistemas de seguridad.

Los elementos de vigilancia y el resto del personal jamás, imaginarían el tamaño de las preocupaciones de los dos maduros caballeros.

De sus oportunas y acertadas decisiones, dependería la vida de MILES de seres humanos.

Instalados en el despacho del General, ordenaron sus alimentos y procedieron cada uno por su lado, a efectuar sus urgentes llamadas telefónicas satelitales.

– General Diehl, habla David Finnstein. Le paso información clasificada urgente. Sucede que...

En cinco minutos puso al tanto al Militar Brasileño.

– Danke General Finnstein, agradecer much value cooperation. We take in our hands. Novo gracias, ¿cuándo viene Brasilia?, gusto enorme to see you, pronto — dijo Diehl, mezclando su Inglés precario con Portugués, Alemán y Español.

Benjamín comentaba con el Comandante "Scorpio".

– Sí, claro que estoy de acuerdo, ¿qué dices? El Ingeniero Carvalho puede hacer un plano del estadio? ...pero cómo... ah bien, perfecto entonces.

– Procede como lo has pensado. Puedes disponer del Comando de mis paisanos, hablaré con su Jefe, claro está. Pienso que el edificio a cubrir es muy grande, necesitarás más personal — señaló Ben.

– Te enviaré hoy mismo a Praga el avión grande de carga de la Fundación Weitzner, que lleva un lote de medicamentos y despensas en donación a la Cruz Roja.

– Llegará al Aeropuerto Internacional Václav Havel, terminal Norte 2.

– Ya conoces a la tripulación. Dense prisa por favor.

– Hablaré con "Snake" para incorporarlo al equipo.... Mmmm.

– — ¿Por qué no le pides a la Agente "Aileen" como un favor especial para la Fundación, que te ayude en este trabajo? Es la mejor...

– Sé que está retirada de estas actividades, pero es demasiado eficiente para no aprovecharla, háblale bonito, de salvar miles de vidas, ella es muy noble y no se negará, te lo aseguro.

- No te detengas por dinero.
- Lo haré de inmediato Benjamín.
- Te llamaré después — respondió Kadir, el Comandante "Scorpio", desde el Continente Europeo.

A Kadir no le agradó la idea de invitar nuevamente a "Aileen" para formar parte del equipo. Estaba felizmente casada. Habían convenido su última misión y retiro, la vez que la invitó para ayudarle a preparar el "accidente", que acabó con la vida del viejo sátrapa Ramón Peralta, cuando lo afeitaban en la barbería...

¡Hermoso trabajo, impecable!

Recordó con nostalgia el adiós definitivo, a uno de los episodios románticos más hermosos que pasó con ella, donde surgieron los más bellos sentimientos de amor y pasión que disfrutaron al máximo.

Qué difícil había sido para él, terminar la fantástica relación de amor y trabajo, que durante varios años sostuvo con la hermosa Cubanita Caridad y la inmensa satisfacción de haberla entrenado, como la eficiente Agente "Aileen", al servicio de la Justicia, patrocinada por la Fundación Weitzner.

Y ahora, nuevamente la tremenda tentación de tenerla cerca, aspirar su deliciosa fragancia de piel joven, su hermosa cara y maravilloso cuerpo, los ojos verde esmeralda, arriesgando su vida junto a él... Además, con la turbadora presencia de Femke, la preciosa Agente "Rebecka", las bellas muchachas Judías, los cabrones comandos, el Doctor "Snake" y el pinche Carvalho.

¡Se armará un desmadre!

Como un latigazo llegó a su cerebro privilegiado, la imagen de Helen su querida esposa y de sus cuatro hijos, cuya ausencia de un mes, entre la enfermedad de su suegro y vacaciones de los críos, comenzaba a resentir. Se tranquilizó en parte. Seguramente la estaban pasando bien, hablaba a diario con su familia por el sistema FaceTime de Internet (voz e imagen).

¡Tengo que cumplir mi promesa de ser fiel! ¡¡¡Con cien mil millones de coños!!! ¡Otra vez el Destino! —rugió "Scorpio" como fiera herida.

RIO DE JANEIRO, BRASIL

La ciudad, el país y el planeta entero estaban inmersos en el deporte. El Campeonato Mundial de Futbol FIFA 2014, estaba resultando brillante. La población y los miles de turistas gozando eufóricos, de fiesta en fiesta.

Es un interesante fenómeno del ser humano, digno de los mejores estudios de psicología social y desde luego, materia prima de sociólogos, políticos y economistas.

Lo que nació como deporte — el "Calcio" en Italia — se propagó rápidamente a casi todos los países en el mundo como Balompié, Football, Futbol Soccer, Futbol Inglés o simplemente Soccer; dejando de ser solo un deporte, para convertirse en un fenómeno mundial de mercadotecnia y ventas, que produce a los dueños de los equipos de Ligas Profesionales, jugadores y organizadores, miles de millones de Euros anuales.

Marcas de ropa, lociones, anuncios en medios de comunicación, películas, toda clase de recuerditos (souvenirs), balones, zapatos, uniformes, banderines, gorras, todo es válido para la promoción y comercialización del deporte/espectáculo/negocio: clubes y jugadores cuyos contratos millonarios, se compran y venden alcanzando cifras escandalosas en el mercado Internacional denominado de "piernas".

Basta observar los canales deportivos de la televisión, donde permanentemente transmiten partidos de futbol, de las principales Naciones que lo practican en abundancia y calidad.

El otro lado del mostrador es el sacrificado pueblo, que fanatizado por la publicidad y su deseo de diversión, gastan muchas veces el dinero que no tienen, con tal de disfrutar su juego favorito.

Es común, ver filas de aficionados bajo la lluvia, calor o frío, esperando comprar sus boletos.

Y los graves problemas económicos, políticos y sociales, se olvidan cuando menos por un rato largo, mientras los gobernantes para cubrir sus errores, aplican la eficaz receta Romana:

"Al Pueblo, Pan y Circo".

Brasil, no era la excepción, con todo y las protestas de parte de los habitantes, ofendidos por la pobreza, en contraste con las gigantescas sumas de dinero, gastadas por el Gobierno en las obras y organización de la Copa Mundial de Futbol FIFA 2014.

****

El avión Boeing 747-400 ERF proveniente de Praga, aterrizó en la pista principal del Aeropuerto Internacional denominado "Antonio Jobim" en honor del famoso músico Brasileño.

El Puerto Aéreo es el más importante de Brasil, moviendo cada año en sus dos Terminales, a unos 15 millones de pasajeros nacionales e Internacionales provenientes de 18 países. Es conocido popularmente como Aeropuerto de Galeão, situado en la Isla del Gobernador a unos 20 kilómetros del centro de la ciudad.

El formidable avión llevaba en sus entrañas 70 — puede cargar más de 100 — toneladas de víveres y medicinas, como parte de las Donaciones que cada año realiza la Fundación Weitzner, para ayudar a disminuir la miseria en el mundo.

La valiosa carga sería distribuida por los organismos del Estado Brasileño directamente a las "Favelas", que son centros de población en situación de pobreza extrema.

La segunda parte del "cargamento" estaba formada por los dos pilotos aviadores, el ingeniero de vuelo, una azafata y los quince "Empleados de la Fundación":

Zelik, "Scorpio", Lorna, "Snake" y "Aileen", debidamente vestidos con ropa blanca y calzado de Médicos.

Ataviadas a la perfección como Enfermeras: Tabitha, Leah, Shifra y "Rebecka".

Usando overoles de trabajo color kaki, los ayudantes Chris, Eliezer, Aaron, Jason, Habacuc y Pablo.

Dos grandes camiones de doble remolque con el escudo de la República de Brasil, aguardaban cerca del lugar de llegada, para recibir la mercancía desde la nariz del avión, por medio de un montacargas frontal que cargaba los "pallets" (armazón generalmente de madera para depositar cajas o bultos, que facilita las maniobras), depositándolos en las plataformas, con la ayuda y supervisión de los "trabajadores" de la Fundación.

En menos de treinta y cinco minutos, la faena fue concluida. El Oficial a cargo del transporte terrestre, firmó el manifiesto de embarque revisado y recibido de conformidad, expresando la gratitud de su Gobierno por la generosa ayuda.

— Señores Médicos, señoritas enfermeras: Con gusto pongo este camioncito para su transporte. Pueden usarlo durante el tiempo que nos honren con su visita.

— Entiendo que visitarán primero a la Delegación de la Cruz Roja, ¿verdad?, ¿tienen alojamiento? Porque no hay una habitación disponible...

- Muchas gracias Capitán — expresó Chris Carvalho en Portugués.
- No se preocupe tenemos hotel. Soy Brasileño.
- Bien — respondió el Militar, feliz de encontrarse con un paisano — Si necesitan algo, por favor llamen, hasta la vista.
- ¡Coño qué suerte! Tenemos un buen vehículo — comentó "Scorpio", disponiéndose para abordar la camioneta Toyota Hiace, con capacidad de 14 asientos más el conductor.
- ¿Qué significarr Coñous? — preguntó Agente "Rebecka".
- Es la cosita linda que tienes entre las piernas preciosa — afirmó vulgarmente el pelafustán de Carvalho.
- ¡Compórtate o te dejaremos aquí hasta nuestro regreso, cabrón! — reprochó violentamente "Scorpio".
- ¡Debemos concentrarnos en el Plan!
- Un poco más de respeto, sin mí no pueden hacer nada, comenzando por el idioma. No entienden nada. Además soy el único que conoce los vericuetos del Estadio Maracaná, así que ¡trátenme bien cabrones! — dijo Christopher pellizcando la firme nalga izquierda de Shifra.

Zelik a punto estuvo de golpear al insolente, pero un gesto de "Scorpio" lo calmó.

Sin embargo, no pudo evitarse que la preciosa chica Judía estampara la palma de su manita en la boca del petulante, haciéndole escupir un hilillo de sangre.

- Perdón, perdón, no soy así, disculpen, es... tal vez efecto de... — expresó apenado genuinamente Carvalho.
- Un momento — advirtió Zelik — Debemos revisar el vehículo.
- Aaron y Habacuc, por favor háganlo — ordenó.

Los muchachos procedieron a pasar un pequeño scanner de luz azul/morada, recorriendo con cuidado cada centímetro de la camioneta, la carrocería completa y por dentro, incluso debajo de los asientos.

No hallaron nada.

- Cero micrófonos, radiolocalizadores GPS o explosivos — informaron los mercenarios.
- ¡Vaaámonos! — gritó Chris Carvalho, conductor designado por dedazo de "Scorpio". Nadie mejor que él conocedor de la ciudad y del idioma.
- Permítanme un último comentario y me callaré durante todo el viaje — pidió el chofer.
- Concedido y cierras la bocaza — dijo Zelik.
- Si me hubieran tocado en suerte estas preciosas "enfermeras",

estaría en el hospital proponiendo matrimonio ¡a todas! Ja, ja, ja...

- Con todo respeto, están buenísimas... ustedes también muchachas — terminó dirigiéndose a las Agentes "Rebecka" y "Aileen", a quien inocentemente consideraba periodistas, las que no dijeron una palabra, solo sonrieron.

- Necesitamos obtener los planos del estadio. Ayudaría mucho estudiar las áreas de mayor riesgo — dijo Habacuc.

- No conocemos qué tipo de atentado efectuarán los terroristas — opinó Jason — ¿Cómo podemos saberlo?

- ¿Podrá ayudar Inteligencia Militar de los Estados Unidos o nuestro Mossad? (Servicio Secreto de Israel, famoso por su eficacia).

- Tenemos todavía un par de días para intentarlo.

- Utilicé el más actualizado software de simulación (programa de computación) desarrollado por la empresa líder propiedad de Mr. White, proporcionado con urgencia por Mr. Black — dijo Zelik Levy alias Comandante "Stan".

- El análisis histórico y su proyección, otorgan certidumbre de que el ataque será con explosivos, son la gran especialidad del Sindicato del Crimen, que tan buenos resultados e impunidad les ha dado siempre.

- No pueden descartarse los missiles, recuerden el EXOCET en Praga — rebatió Lorna.

- O el ataque suicida con aviones, como el de Septiembre 11 — remató Leah.

- No debemos olvidar el envenenamiento del agua o las cervezas, que se toman en cantidades industriales — advirtió Habacuc.

- ¿Qué decirr de arrmas chemical y biological (químicas y biológicas)? — razonó inteligente Agente "Rebecka".

- Todos tienen razón, no deberíamos descartar nada, pero la experiencia nos dice que han sido usadas por otros grupos terroristas.

- Por lo que sabemos, los explosivos son el modus operandi (forma de operar) de este Sindicato del Crimen — explicó "Stan".

- De cualquier manera, nuestros amigos del Club, están investigando robos o desapariciones de materiales nucleares, gases venenosos de cualquier tipo y cepas de virus contagiosos.

- Si este fuera el caso, no podríamos hacer gran cosa para evitar la masacre — sentenció "Scorpio".

- Mr. Black me informó que contamos con la Comandancia Militar Do Leste (Zona Este) del Ejército y los sistemas de Defensa de la

Fuerza Aérea de este bello país, que han sido alertados por él continuó.

- Y ellos pueden detectar lanzamiento de missiles y prohibir vuelos sobre el Estadio o derribar aviones sospechosos, como ya ha sucedido en otras partes — dijo optimista "Aileen".
- Así que nos quedan los venenos, las bombas, los gases tóxicos y los virus, en otras palabras nos cargará la chingada de todas formas — dijo sombrío Christopher.
- ¡Cállate por favor! ¡Pinche pesimista! —gritó Leah.
- Podemos hacer otra cosa más efectiva que todas: ¡Orar para que no suceda nada! ¡Hay que tener Fe en Dios! ¡Esperemos un milagro, los Libros Sagrados están llenos de ellos! — afirmó convencida Tabitha, dejando a todos boquiabiertos.

"Scorpio" reaccionó primero que cualquiera. Su filosofía de vida siempre había sido "Ayúdate, que Yo te ayudaré".

- ¡Vamos equipo, ánimo que no estamos vencidos, ni siquiera hemos entrado a la batalla! — arengó "Scorpio".
- A ver Carvalho, no sé cómo chingaos vas a conseguir los planos del Estadio Maracaná.
- ¿En el Ayuntamiento? ¿Con la compañía constructora?
- ¡Muévete cabrón! No seas haragán — terminó el regaño el Comandante "Scorpio".

Con parsimonia, el aludido dijo con pereza:

- ¡No jodan tanto! No hay preocupación. El Estadio Maracaná que significa Guacamaya Pequeña, en realidad se llama "Jornalista Mário Filho" y ha sido remodelado varias veces desde su inauguración en 1950.
- Aloja a los Clubes de Futbol Fluminense y Botafogo. Se reinaguró en el 2013, las últimas modificaciones fueron en 1999, 2012 y 2014, donde la gran forma oval de cinco pisos, fue techada parcialmente.
- Por su césped han jugado los grandes ídolos del mundo del futbol, como Garrincha, Pelé, Maradona, Zico, Eusebio, Messi, Ronaldo, Tostao, y se han presentado grandes conciertos de Frank Sinatra, Madonna, Queen, Tina Turner, Cyndi Lauper, Kiss, Aerosmith, entre muchos otros...
- No nos interesan esos datos por el momento, ¡al grano por favor! — interrumpió "Scorpio".
- Por recomendación de la Federación Internacional de Futbol Asociación, por sus siglas FIFA, se redujo la capacidad de 96,000 a 80,000 aficionados cómodamente sentados. Anteriormente se

apretaban otros 30,000 fanáticos parados, es decir sin asientos.

– ¡Basta no queremos saberlo todo!, abrevia por favor — exigió Zelik, impaciente.

– Cuenta con un nuevo túnel, nuevas rampas y dos escaleras eléctricas, con estacionamiento para más de quince mil vehículos, cubierta fotovoltaica con un chingo de módulos solares, que producen la energía suficiente para abastecer al Estadio sin contaminación — relató Chris incontenible en su verborrea.

– Y por primera vez en la historia de esos putos juegos, instalamos sensores en las porterías, para determinar con exactitud en situaciones dudosas, si el balón cruzó o no, la línea de gol. ¡Es una chingonería!

– Posee instalaciones Médicas y una sección de alojamiento para más de cien deportistas con cocina, restaurante y otros servicios, ¿qué tal eh? ¿Cómo les quedó el ojo?

– ¿No soy tan pendejo verdad? — cerró Carvalho deseoso de impresionar a las mujeres.

– ¡Mierda! Eres un maestro cabrón, pero ¿cómo sabes tanto? Lo que en realidad queremos conocer es la distribución de los puntos de apoyo de columnas y trabes, lugares donde puedan ocultarse los explosivos para causar el mayor daño — reconoció Aaron.

– ¡Felicidades! — expresó jubiloso Pablo — Pero necesitamos los Planos detallados.

– Allá voy. Recuerdan que son Ingeniero y Arquitecto muy chingón, ¿no es así?

– Suponiendo que sí, ¿eso importa? — habló "Snake", molesto.

– Bueno, pues MI DESPACHO ha colaborado en las dos últimas remodelaciones en 1999 y 2012, con las empresas sucesoras de los grandes Arquitectos que construyeron el Estadio en 1950: Miguel Feldman, Raphael Galvão, Waldir Ramos y aquí su servidor, tiene los planos de cimentación estructurales, instalaciones sanitarias y eléctricas en mi linda cabeza.

– No necesitamos los planos originales. Puedo hacer un croquis ahora mismo — declaró petulante y en son de triunfo, Christopher Carvalho.

– ¿Por qué no lo dijiste antes? ¡Pedazo de cabrón! Eso nos ahorra muchísimo tiempo, ven aquí ¡hijo de la chingada! — gritaron "Scorpio" y "Stan", abrazándole con fuerza.

– Un momento, mejor que me abracen las nenas — soltó el Playboy.

– Tal vez después de cumplir con éxito la misión, tendremos una fiestecita — prometieron coquetamente las preciosas muchachas.

- Necesitamos un lugar para establecer el Centro de Comando — dijo "Stan" — No conocemos a nadie aquí y no quisiera molestar al Capitán que nos recibió. Tampoco podemos confiar en ninguna persona.
- ¿A qué distancia del Estadio lo necesitan? — preguntó Chris — Tal vez pueda conseguir algo...
- Lo más cerca posible — respondió Tabitha, la experta en Telecomunicaciones.
- ¿Serviría una casa de putas? Conozco una situada en la Avenida Castelo Branco, próxima al Estadio. El afeminado propietario me debe algunos favores de dinero. Por cierto tiene un ganado de primera: Blancas, Morenas, Negritas, Asiáticas, ¡lo que quieras hermano! Sería una buena fachada no lo creen? — propuso Carvalho sonriendo.
- ¿Quieres otra bofetada? — dijo Zelik encabronado — Solo en eso piensas. Sí, deja de decir pendejadas — recriminó "Scorpio".

"Rebecka" alzó la voz para expresar: — Aprovecharr uniforrmes Médicos. En Estadio, tenerr lugarr parrra serrvicios nuestrros, somos doctorres y enfermerras.

- Bien pensado nena vamos allá. Los demás del equipo pasan por empleados de mantenimiento. Estoy madurando un plan complementario para atacar los brazos y la cabeza del enemigo — sentenció "Scorpio".
- ¿En qué consiste? — indagó Zelik, alias "Stan".
- Dame unos minutos compañero, no lo tengo completo.

BUENOS AIRES, ARGENTINA

Todo estaba dispuesto para el inminente ataque terrorista, contra el público asistente al juego de cuartos de final del Campeonato Mundial de Futbol FIFA 2014, a celebrarse el día 4 de julio en el Estadio Maracaná de Río de Janeiro, cumpliendo con el Acuerdo de la junta del Sindicato Internacional del Crimen celebrada en Dubai.

Resumen de la XXVII Asamblea del ICU:

"La Plana Mayor del Sindicato Internacional del Crimen, aprobó las acciones para castigar a los Gobiernos que a últimas fechas, han estado aprobando Leyes y emprendiendo operativos, que entorpecen y dificultan las actividades 'normales' de la delincuencia organizada".

"En efecto, como si se hubieran unido en un pacto, varias naciones están cediendo ante presiones Internacionales, redoblando esfuerzos para combatir la producción y venta de drogas, el contrabando de armas, secuestros, asesinatos, extorsiones, trata de blancas, comercio de esclavos y chantajes, entre otras actividades muy productivas para nuestro Sindicato".

"Como si fuera poco, algunos Estados han estado tolerando y casi seguro fomentando, la intromisión de un grupo de cabrones que forman un organismo reducido, pero muy poderoso económica y políticamente hablando, autonombrados 'justicieros', que estamos por identificar".

"En conclusión, se necesita fortalecer nuestra presencia universal para recuperar el miedo y respeto que nos debe tener el mundo, acatando nuestras exigencias".

"Se aprueban las operaciones siguientes: en Brasil, asesinando aficionados al futbol en el Estadio Maracaná; en Nigeria, atentados contra Escuelas, quemando niños y profesores. Las jovencitas de 12 a 16 años serán secuestradas y vendidas en el mercado de esclavos; en Siria, el rapto de Cristianos para ser asesinados o vendidos. Los detalles ya son conocidos por nosotros".

"Se autorizan recursos financieros ilimitados. Provéase lo necesario.— Cúmplase".

– ¡Un momento! — exclamó Vander Skoda — ¡Tengo información importante!

– Adelante compañero, no te encabrones — aprobaron los demás.

– Tuve un prisionero — comenzó a narrar Vander Skoda — Que fue capturado por mi sobrina Glorielle. Ha sido interrogado adecuadamente y sabemos que tiene nexos con una pieza importante de esa organización que se autodenominan "vengadores". Se le implantó bajo la piel una joya de la tecnología GPS, un localizador de escucha, que además de saber dónde está, nos enteramos de sus conversaciones.

- En un descuido imperdonable, el tipo llamado Christopher Carvalho escapó de su guardia en Madrid, refugiándose en un hospital para indigentes.
- Pude echarle mano enseguida, pero preferí seguirle la pista para ver a dónde nos llevaría.
- No me equivoqué, el sujeto nos condujo directamente con sus amigos, una brigada de cabrones mercenarios, que a su vez ¡Bingo!, están al servicio nada menos que del "Club PRISMA", por lo que sabemos, una organización Internacional de gente poderosa, que se está enfrentando a nuestro Sindicato y es directamente responsable de los ataques que hemos estado sufriendo.
- ¡¡Recontramierda!! ¿Quiénes son? ¿Dónde están? — exigieron todos los presentes.
- Solo sabemos sus alias, se nombran por colores: Mr. Black, Mr. Brown, Mr. Yellow, Mr. Gray, ignoramos cuántos sean pero creemos que disponen de conexiones políticas y de gobierno muy valiosas, con montañas de dinero.
- Investigamos que los hijos de puta viajarán a Praga para tener una asamblea muy importante. Con seguridad harán planes para atacarnos. Debemos destruirlos a ellos y sus familias, he pensado bombardear con missiles... Los mataremos a todos, ja, ja, ja...
- ¿Cómo lo harás? El Ejército Checo no es amigo de nosotros, al contrario... — advirtió Vassily.
- ¿Recuerdan a la tribu de Gitanos que nos ayudan a pasar droga y cometer algunas ejecuciones? Se les ha pagado con un chingo de dinero y armas, ¿no es así? — consultó Vander.
- Sí, el difunto Kenneth les surtió armas automáticas y hasta algunos cohetes Franceses — admitió Sir Geoffrey.
- No se hable más, es la oportunidad — sentenció Vander con firmeza.
- De sus familias nos encargamos luego, ja, ja, ja... — finalizó Thorthen — Después de eso, ¡¡nadie se atreverá a desafiarnos!!
- ¡Pido un gran aplauso para Vander! — propuso Dwigth, desatando la ovación.
- "Se autoriza este ataque también en Prioridad 1. Que conste en el Acta" — decidieron por unanimidad los Asambleístas, que procedieron a retirarse a sus lugares de origen.

****

En la residencia de Vander Skoda todo era movimiento.

El numeroso personal de la casa, cargaba dos camionetas.

La primera, Nissan Urvan NV 350 panel sin ventanas, modelo del año y la segunda, una furgoneta Toyota bastante usada.

La Urvan modelo 2014, estaba rotulada en vinil adhesivo, que la identificaba como parte del Ministerio de Sanidad Argentina, que se encargaría de fumigar todos los rincones del complejo deportivo, en la campaña permanente de previsión sanitaria contra insectos voladores y rastreros, transmisores de graves enfermedades, en estrecha colaboración con el Gobierno Brasileño.

La precaución de sanidad del Gobierno estaba plenamente justificada. Los más de ocho mil muertos por enfermedades y los casi 20,000 pacientes contagiados, hacían indispensable tomar las medidas preventivas que fueran necesarias, para salvaguardar a la población de un posible contagio.

Brasil como país anfitrión, estaba en peligro al recibir la visita de miles de turistas provenientes de todas las regiones del planeta, con la posibilidad remota, pero al fin posibilidad, que algunos pudieran estar infectados.

Cargada a tope la camioneta con todo lo indispensable, escondía bajo el valioso lote de vacunas, equipos y medicamentos, una respetable cantidad del material conocido como C-4 (Composition Four), letal combinación de los cuatro explosivos más poderosos del mercado, inicialmente utilizados por las fuerzas armadas, ahora disponible para compañías mineras, constructoras, demoliciones, etcétera.

****

La camioneta Toyota de modelo atrasado, estaba pintada a franjas, con los colores blanco y celeste de la selección Argentina, como si fueran estudiantes, alegres y camorristas.

La leyenda lo decía todo:

¡VAMOS A GANAR EL MUNDIAL, BOLUDOS!

Los Capos del Sindicato decidieron que los potentes explosivos C-4, fueran colocados en las áreas seleccionadas de antemano, para causar el completo derrumbe de las gradas, produciendo gran número de muertos y heridos.

En menos de una hora, las unidades motoras partirían rumbo a la ciudad de Río de Janeiro, cada una por su lado.

El festivo vehículo Toyota usado como señuelo, viajaría por la carretera RN-11, debiendo recorrer los 2700 kilómetros que separan las ciudades de Buenos Aires, Argentina y Río de Janeiro, Brasil, haciendo poco menos de 48 horas.

En la frontera, sería revisado por las autoridades aduaneras, que estarían felices con el hallazgo bajo los asientos delanteros, de dos cajas con sonoros cohetones, carrujos de mariguana para consumo personal y seis botellas de licor que los jóvenes pretendían llevar al estadio el día del juego.

Serían retenidos para investigación y finalmente liberados por el Abogado, previo pago de una fuerte multa y confiscación de la mercancía prohibida.

La camioneta Nissan con el número oficial 22 en un costado, se dirigía al Aeropuerto Internacional de Ezeiza.

La compañía H&M AIR CARGO, se encargaría de transportar el vehículo en el moderno avión Airbus, directo al Aeropuerto Internacional "Antonio Jobim" de Río de Janeiro.

El paso franco por la Aduana fue arreglado.

Las Autoridades Brasileñas estaban agradecidas por el solidario gesto de cooperación de sus hermanos Argentinos.

****

El reloj de la iglesia cercana marcó las once de la noche.

La enorme mansión de Vander Skoda lucía quieta y tranquila. La mayor parte de los guardianes, habían sido disfrazados de estudiantes y enviados en dos autobuses, que ostentaban leyendas alusivas al campeonato mundial de futbol, siguiendo a la vieja camioneta Toyota. En apariencia, la caravana transportaba a 60 "Hinchas" — hiperapasionados y entusiastas aficionados Argentinos al futbol — también denominados "Barras Bravas", por la violencia que en ocasiones, sobre todo en las derrotas de su equipo, desataban dentro y fuera del estadio. Caso similar a los temidos "Hooligans" en Inglaterra.

Un viejito que pedía limosna, se acercó a la caseta de seguridad que controlaba la entrada principal, tratando de acurrucarse bajo la marquesina para dormir esa noche protegido de la lluvia.

Al verlo, el guardia salió de su puesto de vigilancia ordenándole moverse utilizando toda clase de insultos.

— ¡Largo de aquí, pedazo de mierd.... — Esas fueron sus últimas palabras, antes de caer abatido por dos certeras balas 9 mm disparadas por la pistola Glock 18 con silenciador por el "anciano decrépito".

Tres de los cinco miembros del comando vestidos de negro con gafas infrarrojas, penetraron a la casa formando un abanico. Tomados

477

por sorpresa, ocho guardaespaldas más cayeron bajo el fuego de los encapuchados, con mínimo ruido.

Los otros dos elementos, escalaron la alta barda lateral de piedra lisa, valiéndose de las novedosas paletas adhesivas Z-Man, inspiradas en los Gecónidos, reptiles como salamanquesas que poseen diminutos y pegajosos vellos de sus dedos, que permiten gran adherencia a superficies lisas, incluyendo cristal. El invento ha sido desarrollado por el Departamento de Defensa de los Estados Unidos a través de la Agencia DARPA.

Zelik alias "Stan" y Habacuc se dirigieron a la planta alta, buscando el dormitorio de Vander. En el camino eliminaron a tres hampones más, todo con el mayor sigilo. Alertas, revisaron con cuidado todo el piso sin hallarlo. Inspeccionaron palmo a palmo tratando de encontrar algún pasadizo secreto, túnel o guarida. Nada. Llegaron a la oficina del mafioso.

"Stan" extrajo el disco duro del ordenador de escritorio y secuestró la Laptop Hewlett-Packard, rompió las cerraduras y tomó los CD, DVD y Memorias USB que tuvo a la vista. Habacuc buscaba afanosamente la caja fuerte del bandido.

Al levantar el fino tapete oriental, la encontró bajo la cama, empotrada en el piso — ¡Bingo! — dijo en un susurro.

Shifra, Jason y "Snake" "el anciano", terminaron de limpiar el camino en la planta baja del soberbio edificio, asesinando a media docena de matones que distraídos, como siempre pasa, jugaban a las cartas en la cocina, dejando vivo al séptimo que volvía del sanitario.

Una seña de "Snake" evitó que Jason lo convirtiera en papilla. El Israelita entendió el porqué. Necesitaban interrogarlo.

Habacuc hizo señas a "Snake" para que subiera, pidiéndole abrir la complicada cerradura de la caja de seguridad. "Snake" tomó una cápsula del microexplosivo inventado por él y lo detonó limpiamente, casi sin ruido, mientras que Shifra y Jason tomando sitios estratégicos, vigilaban la puerta de la residencia.

"Stan" bajó solo al sótano con miles de precauciones. No encontró a nadie. Le llamó la atención los instrumentos medievales de tortura, la terrorífica colección de cabezas reducidas y la poderosa máquina trituradora, imaginando la manera de Vander Skoda para desaparecer los cuerpos de sus enemigos.

De pronto oyó un disparo y el terrible dolor del húmero izquierdo que se rompía. En el suelo vio a su adversario que temblando de nervios trataba de hacer un segundo disparo.

No parecía un matón. Quizá personal de servicio.

Por un momento pensó indultarlo, pero no podía correr riesgos, la operación era demasiado peligrosa para dejar testigos. Apuntó a la cabeza e hizo fuego. El tipo lanzó un ahogado quejido y cayó muerto antes de tocar el piso.

Muy adolorido, sosteniendo el sangrante brazo fracturado con la mano derecha, salió del sótano solo para contemplar a Shifra y Jason eliminando a seis personas que parecían sirvientes de la casa.

Con gran habilidad, Shifra rasgó con su cuchillo de combate la camisola negra de Zelik, limpiando con agua y jabón la herida, aplicándole un torniquete hecho de la misma tela. Sacó de la bolsa de su pantalón un frasquito de antibiótico en polvo, que puso sobre el orificio de la bala.

Corrió a la cocina para tomar dos tablas de picar, que colocó sobre el brazo entre el codo y el hombro para inmovilizarlo, sujetándolas firmemente con cinta adhesiva. Por último, rasgó un jirón de su pantalón haciendo un cabestrillo.

— Demonios, ¿qué ha pasado? ¿Estás bien? —preguntaron Habacuc y "Snake" que bajaron de la planta alta con tres gruesos expedientes y una bolsa en las manos.

— Tenemos los documentos de la caja fuerte y algún dinerillo para gastos — rieron los dos.

— Vámonos — dijo "Scorpio" con autoridad — El hijo de puta Vander Skoda no está.

— No queda nadie en la casa.

— Traigan al prisionero — ordenó el Comandante "Stan".

El exitoso Comando se retiró tal como había llegado, rápido y en silencio.

Las cámaras de vigilancia electrónica no eran preocupación, captarían a un grupo de ladrones enmascarados, que no dejaron ninguna huella.

****

De regreso al Aeropuerto, los miembros del comando KZ-2 mudaron de ropa dentro de la camioneta, vistiendo sus uniformes originalmente diseñados para cada uno, de Médicos, Enfermeras y empleados de mantenimiento.

"Stan" reportó a su jefe: El pájaro no está en la jaula. Lo buscaremos. Obtuvimos información de primera calidad. No hay bajas.

— Felicidades y adelante — fue la respuesta.

"Snake" y Tabitha abrieron varias bolsas de plástico para basura y las colocaron sobre el piso de la camioneta.

Jason recibió la orden para interrogar al prisionero, quien era un joven de unos veintitantos años de edad.

Lo acostó sobre el piso del vehículo sacando su afilado cuchillo de combate.

- Te voy a dar la oportunidad de responder. Si mientes o te niegas a hablar, simplemente te castraré. Eres muy joven y puedes vivir muchos años completo, ¡como un hombre!
- Podrás tener novias y amantes, hasta hijos propios. Pero si no me dices la verdad, despídete de tus testículos.
- Dicen que los castrados se vuelven putos, así que tú decides.
- Primera pregunta: ¿Dónde está Vander Skoda?
- Respuesta: No lo sé.
- ¿Tiene otros escondites? Dame los datos.
- R= Yo no sé nada.
- ¿Quién es y dónde se encuentra la mujer de Vander?
- R= No la conozco.
- ¿Quieres que te corte los huevos? —amenazó Jason, bajándole el calzoncillo haciendo un corte en el escroto. Un hilillo de sangre brotó enseguida, asustando al detenido.
- ¡Noó, Noó, por favor! ¡Diré todo lo que sé, no lo haga! — gritó el sicario pataleando de dolor.
- Te escucho...
- Cuida muy bien tus palabras, porque a la primera mentira te mutilo los genitales, cabrón — amenazó Jason.
- Será una lástima que lo hagas compañero, el tipo está bien dotado, si habla, puede disfrutar del sexo muchos años. Yo seré la primera en hacerlo cuando obtenga su libertad, mira lo que te pierdes... — dijo Tabitha, enseñándole los preciosos senos, en una ensayada actuación digna de un premio cinematográfico.

El joven delincuente cantó como un tenor. No solamente informó sobre las diferentes casas de seguridad de Vander, sino que proporcionó las frecuencias de radiocomunicación.

- El patrón se ha ido con los muchachos al mundial de Brasil, hace unas cinco horas, se fueron casi todos en dos camionetas y dos autobuses... se llevó a la vieja, se llama Solange... a nosotros nos dejó de guardia, también hubiéramos querido ver el partido.
- ¿Cuál partido?
- El de Maracaná el día cuatro, juegan Francia contra Alemania. Usted, ¿quién cree que ganará?
- No soy aficionado, lo siento... — respondió Jason, hundiendo el puñal en medio del corazón del hampón, que lanzó un grito de dolor con los ojos saltones de incredulidad.

- Había dicho la verdad, no esperaba ser asesinado.
- Los miembros del KZ-2 taponaron vigorosamente con estopa la sangrante herida, envolvieron el cuerpo con las bolsas de plástico como mortaja y limpiaron con alcohol las pocas manchas de sangre del piso.

En campo abierto, tres kilómetros antes de llegar al Aeropuerto, se deshicieron del cadáver, arrojándolo entre la crecida hierba.

****

El plan de "Scorpio" resultó un éxito. Dividir el comando en KZ-1 y KZ-2 fue sensacional. Mientras el KZ-1 estudiaba todo lo relacionado con el Estadio Maracaná en Brasil, el KZ-2 golpeaba duro y a la cabeza al soberbio y confiado líder de las fuerzas del mal, directamente en su fortaleza de Argentina, aprovechando al máximo el elemento sorpresa. La secreta información encriptada, obtenida del disco duro de la computadora y de la Laptop, así como las impresiones de respaldo sacadas de la caja fuerte, resultaron de lo mejor. Nombres, direcciones y teléfonos de sus Socios, bancos, ciudades, códigos privados y números de cuenta.

Por vez primera en su historia, el Sindicato Internacional del Crimen estaba expuesto y vulnerable.

QUEBEC, CANADA (JULIO DE 2014)

La estrategia ha sido digna de los mejores Generales, comentarían el día 13 de Julio los distinguidos miembros del Club PRISMA, reunidos en la residencia/fortaleza de Mr. Wine para ver el juego final del campeonato de futbol FIFA 2014, entre las selecciones nacionales de Alemania y Argentina.

- Las Agencias de Seguridad y las Fuerzas Armadas de todo el planeta, dispondrán de esta información en su momento, para combatir y destruir las redes terroristas y delincuencia organizada, hasta sus cimientos.
- De los peces gordos, ¡¡nos encargamos nosotros!! — expresaron en la Junta Extraordinaria, los Billonarios Socios del Club Cultural, Deportivo y Social PRISMA, propietarios de más de la mitad del mundo, cuyo dinero, conocimientos y relaciones, eran responsables del empleo y bienestar de cientos de miles de familias, además de sus generosas aportaciones para servir a la Justicia.
- Podemos estar tranquilos, nuestros objetivos se están cumpliendo en abundancia. Señores, los delincuentes por fin ¡están siendo castigados!

El espléndido anfitrión activó un pequeño control remoto para llamar al servicio. En cosa de segundos, seis meseras uniformadas penetraron a la sala principal llevando selectos manjares, bebidas y cuatro cubetas de plata con hielo conteniendo sendas botellas de Champagne Boërl & Kroff Brut Rosé, afortunada mezcla de uvas Pinot Noir, Pinot Meunier y Chardonnay.

El tapón está encarcelado por un muselet cuya plaquita, está hecha en oro de 18 kilates.

El personal sirvió con destreza las 12 copas tipo flauta, acercando canastillas con frambuesas frescas, laminillas de queso Holandés y rebanadas de pan artesanal de centeno.

- Propongo un brindis —dijo el General David Arik Finnstein (Mr. Black):
- Por nuestros esforzados y valientes Agentes y los integrantes del bravo Comando Israelí. ¡Cheers!
- ¡Cheers! — exclamaron todos levantando sus copas.
- Creo que debemos mejorarles su pago. Estamos muy por debajo del presupuesto autorizado, no hemos gastado ni el veinticinco por ciento de los cuarenta mil millones — propuso el Supremo Tesorero, Benjamín Alan Weitzner (Mr. Gray).
- Se lo han ganado, merecen un retiro digno — expresó Henri Jeremy

Buffett (Mr. Blue).

Se había acordado compensar con quinientos millones de Euros a cada uno de los integrantes del grupo de asalto y el doble para los Comandantes.

- Mi nueva propuesta es pagarles 1000 millones a cada uno de los expedicionarios Israelitas: Lorna, Tabitha, Leah, Shifra, Eliezer, Aaron, Jason y Habacuc, y 1500 a su Comandante Zelik.
- La suma de 1000 millones para cada uno de los Agentes de PRISMA: "Rebecka", "Snake" y "Aileen", añadiendo 2500 millones para nuestro estimado Comandante "Scorpio". En total 15,000 millones de Euros — declaró Zindel Marcus Morgan (Mr. Brown).
- Más la cifra que se apruebe para los dos colaboradores accidentales externos: Ingeniero Christopher Carvalho y el ayudante personal de "Scorpio", el Teniente Pablo Gonzaga. Sugiero 200 millones de Euros a cada quien — señaló Teodoro Eufrasio Ortega (Mr. Beige).
- Estamos totalmente de acuerdo — aprobaron los allí reunidos — Aportaremos más dinero para futuras acciones.
- El Grupo prácticamente ha salvado al mundo de una terrible conflagración de consecuencias catastróficas, que hubiera costado cientos de miles de vidas, e incalculables daños materiales, a la Ecología, Economía y a nuestros propios intereses — reconoció Ito Chou Shing (Mr. Purple).
- Nada más recordemos las pérdidas económicas que resentimos todos, cuando Sadam Hussein incendió los pozos petroleros en Kuwait, el cierre del Canal de Suez o la provocada crisis Griega — terminó de hablar Elliot Kann Zuckerberg (Mr. White).
- Entiendo que el pago de honorarios al personal sería una especie de "compensación por retiro".
- Es más que suficiente para que vivan muy bien, se lo merecen — reflexionó Ferdinand Rodney Walton (Mr. Orange).
- Creo que es momento de suspender nuestras actividades una temporada y tomarnos un descanso, ahora que estamos "invictos", no conviene exponernos más — razonó Yestien Igor Slim (Mr. Yellow).
- Es lo más sensato. Estaremos tal vez dos años en "sueños" como se dice en la Francmasonería — opinó Montgomery Philippe Brin (Mr. Red) secundado por Hans Wilhem Koch (Mr. Green).
Cerró la tanda de oradores Anthony Zachary Gates (Mr. Wine).
- Señores: Las decisiones de esta Asamblea son unánimes.
- Procedamos a cumplirlas. No sobra decir que estaremos vigilando como siempre, desde nuestras trincheras de trabajo, regresando a

la acción cuando fuese necesario, que esperamos de todo corazón no suceda.

- Hasta pronto amigos, ¡ha sido un placer trabajar juntos!
- Tengo una última cosa para hoy.
- Me he anticipado comprando una caja con doce botellas de un Champagne exquisito que nos llevaremos a nuestros hogares para disfrutarlo con la familia, como un maravilloso recuerdo del Club PRISMA.
- Necesito de su ayuda por favor...
- ¡Por todos los demonios! — exclamaron los Socios — ¡Es el más caro del mundo! — cuando sacaron con dificultad de las cajas de maderas preciosas, las enormes y pesadas botellas de "Le Billionaire Champagne Brut Prestige", revestidas artesanalmente con una shapka (piel Rusa), el tapón cubierto con un pequeño gorro y un collar miniatura, en colores de línea: negro, morado, amarillo, azul y guinda, y añadidos a pedido especial los colores rojo, gris, verde, blanco, café, naranja y beige. Y cada botella tapizada con 100 diamantes.
- Como ustedes saben, es producido por Leon Verres Luxury Group, prestigiada empresa productora y comercializadora de los más exclusivos artículos de lujo extremo, para la clientela megasupermillonaria.
- Y tienen razón, el precio por botella ha sido de 2'750,000 Dólares americanos, aunque la presentación en envase Salmanazar de 9 litros, hace que el valor sea menor a los 306,000 Dólares por litro —justificó Gates (Mr. Wine).
- ¡Qué ganga, quiero cien! — comentó jovial Slim (Mr. Yellow).
- Sigue siendo muy costosa porque no te venden un litro, tienes que adquirir la botella grande de 9 litros o sean los 2'750,000 billetes verdes — argumentó Walton (Mr. Orange).
- No quiero ser impertinente pero creo que el Champagne más caro del mundo en estos momentos es de marca Italiana, se llama "L'Oro di Bacco" decorado con diamantes y láminas de oro de 24 kilates en su interior. Esta fina bebida, la ha creado el Chef Walter Martino, que posee una clientela muy selecta. El año pasado, el Príncipe Saudita le dio una propina de ¡Un Millón de Euros!, terminando de cenar. La he visto en exhibición en el Restaurante Dos Lunas en Ibiza, España, ¡al "módico" precio de 1'700,000 Euros por botella! —concluyó la cátedra Zuckerberg (Mr. White).
- Magnífico detalle Mr. Wine (Gates) en verdad me siento muy honrado, es un regalo extraordinario, muchísimas gracias — dijo

Finnstein (Mr. Black).

- No es común este tipo de presentes — Gracias Mr. Wine por el vino, la botella y la dedicación para conseguirlos. Mira que tener la decisión para pedir los colores que nos identifican, es de felicitarte — elogió Ortega (Mr. Beige).
- ¡Son los COLORES DE LA JUSTICIA, amigos! Nosotros hemos contribuido para que el Planeta sea un lugar mejor para vivir, limpiando un poco la basura social, extirpando los tumores cancerosos del mundo. ¡Enhorabuena compañeros! ¡Gracias por participar! — expresó emocionado Weitzner (Mr. Gray).

El brindis se prolongó hasta las ocho de la noche, despidiéndose con abrazos de genuino afecto.

- Nos veremos en un año — dijeron.

Todo fue felicidad.

No imaginaban que sus vidas y las de sus familias estaban en grave peligro. Los acontecimientos por venir los regresarían muy pronto a su labor de "justicieros" para trabajar horas extras.

RIO DE JANEIRO, BRASIL
(3 DE JULIO DE 2014)

Vander Skoda totalmente confiado, viajó en su avión particular directo desde Buenos Aires, sin enterarse del desastre habido esa noche en su casa, por la incursión de los comandos KZ (Kadir/Zelik).

De haberlo sabido, probablemente hubiera muerto de infarto fulminante a su enfermo corazón.

A menos de un kilómetro del Estadio Maracaná, instalado en el departamento amueblado del segundo piso del edificio de siete plantas, comprado a nombre de su amasia Solange, el Capo di Tutti Capi se arrellanó en el sillón de la sala, abrió el portafolios de combinación numérica, sacando una carpeta.

Estudió con cuidado la copia del plano estructural del Estadio Maracaná en tamaño reducido, moviendo la cabeza en señal de aprobación.

Los puntos marcados en rojo, eran sin duda los mejores sitios para colocar los explosivos. No pudo evitar una sonrisa siniestra.

— ¡Morirán un chingo de cabrones! Ja, ja, ja...

Tenía tiempo, llamó a la puta para ordenar una bebida.

— ¿Qué deseas tomar amorcito? — quiso saber la hermosa Solange.

— Ya sabes lo que me gusta ¡pendeja! ¡Pareces nueva!

— ¡Sirve un whisky doble Aberfeldy 21 años en las rocas y desnúdate! — gruñó el anciano Vander.

Tomó el teléfono y marcó al departamento del primer piso. Una voz femenina muy agradable contestó.

— A sus órdenes señor.

— Ven de inmediato. ¡Te necesito ya!

La azafata del jet particular, acudió en dos minutos. Era una trigueña alta, de unos veinticinco años que trabajaba con el criminal desde que cumplió los dieciocho.

Vander la había violado con lujo de fuerza amenazándola con matarla a ella y a sus padres. La pobre mujercita no tuvo más remedio que aceptar al viejo repugnante como amante ocasional.

El hampón le pagaba una fortuna y aceptó el cambio de vida. La pobreza de sus padres y hermanitos quedó atrás, y ella ahorrativa, estaba asegurando su futuro.

Por extraño que parezca, no deseaba como las otras mujeres, que el viejo muriera pronto. Por el contrario, anhelaba que el bandido viviera varios años más, para obtener mayores beneficios económicos para ella y su familia.

Con ese objetivo en mente, la bella muchacha se esforzaba en la tarea. Aprendió los secretos más sórdidos del sexo, complaciéndole en todo. El sexo vaginal, anal, oral, en trío con otra mujer u otro hombre, eran su profesión. Lo que nunca aceptó fueron la heroína, cocaína, éxtasis y otros estupefacientes.

Sin embargo, para poder soportar los insanos y lujuriosos actos sexuales, la chica fumaba mariguana, que por así decirlo, es la menos dañina de las drogas.

Por eso no le extrañó la llamada urgente de su jefe. Sabía que acompañado por Solange, la amante favorita, estaba deseoso de algún tipo de depravación.

Y así fue, el viejo desnudo cubierto por la sábana, disfrutaba ya de Solange, quien le chupaba el pene, tratando con dificultad de ponerlo erecto.

— Acércate nena, déjame lamer tus senos... abre el cajón y saca los juguetes nos divertiremos un poco, ja, ja, ja...

El criminal planeaba disfrutar al máximo, las tres o cuatro horas que le quedaban antes de que Enzo su lugarteniente, llamara del Estadio para confirmar la colocación de las bombas.

Era un gusto sádico que se quería dar, gozando al imaginar el inmenso daño que causaría a la población.

Increíblemente esos pensamientos asesinos, le hicieron funcionar el pene.

****

Los miembros del comando KZ-1 no se habían dormido en sus laureles. ¡No señor! Por el contrario, habían revisado palmo a palmo las entrañas del Estadio Maracaná, especialmente aquellos lugares señalados por el Ingeniero Carvalho como los más vulnerables, si se quiere causar el mayor daño posible con las explosiones.

Haciendo uso de aparatos de la más moderna tecnología, recorrieron en doce horas todo el inmueble, sin encontrar indicios de bombas. Revisaron los ductos de ventilación, bodegas, baños, tuberías de agua y drenaje, paredes y pisos. Nada.

Tabitha por su parte estableció un centro de comunicaciones muy compacto dentro de su locker (gabinete personal).

— ¿Qué diablos es eso? Necesitamos armas, no juguetes — expresó Pablo Gonzaga con imprudencia.

— Por esta única ocasión te lo explicaré amiguito, aunque no vas a entender nada, a leguas se ve que eres un soldado de infantería y nada más, ja, ja, ja... — respondió la linda experta en radiocomunicaciones.

- Esto es un Scanner profesional portátil FA-510 que puede utilizarse en cualquier lugar, con baterías internas BP-8600 capaz de recibir señales en cualquier modo. La pantalla de cristal líquido retroiluminada, muestra un completo frontal numérico y estabilidad de frecuencia asegurada. Tiene teclas de navegación y mando dial. El display puede mostrar comentarios alfanuméricos.
- Esta maravilla, gracias al conector RS-32 incorporado, sin necesidad de interfaz, permite ingresar directamente a una computadora. La preselección en VHF, asegura los más altos niveles de rechazo de canales adyacentes y cancelación de espurios. Posee antena telescópica de ferrita y salida especial de 10.7 MHz para que la señal extraída pueda usarse en analizador de espectro o vectorial.
- Dispone de todos los modos de recepción, incluso los especiales. WFM, NFM, SFM (FM Super Ancha), WAM, AM, NAM, USB, LSB y CW, con preprogramación del Plan Internacional de Asignación de Bandas, ajustándose a las más adecuadas condiciones para cada frecuencia (salto, modo, filtro, etc.), todo esto según la completa información proporcionada por los fabricantes.
- En pocas palabras, el aparatito puede realizar y analizar escuchas dentro de un perímetro de mil metros a la redonda.
- ¿Preguntas? — dijo triunfal la muñeca viviente.
- ¡Vaya cátedra! — exclamó Carvalho — ¿Quién es ahora la sabihonda? ¡Al grano, al grano! Ja, ja, ja...
- Perdón señorita, no quise molestar, disculpe nuevamente — pronunció el Teniente avergonzado.
- Muy bien — habló "Scorpio" — Hemos revisado toda la construcción sin hallar presencia de bombas. Se me ocurren dos cosas: La primera que llegamos con antelación y no han colocado las cargas, y la segunda es que esté equivocado y el ataque al público del estadio sea de otra manera, un dirigible, globos aerostáticos, drones, missiles a gran distancia y hasta obuses disparados por un cañón de largo alcance.
- Los ataques con metralla, hombres-bomba y granadas de lanzacohetes RPG, serían a muy corta distancia y no pasarían los detectores de metales y revisiones en las puertas de acceso — opinó Leah.

La guapa dama estaba comprometida con el Capitán Conrad Blake, de grata memoria, quien fuera el Comandante del crucero "Tenerife", asaltado en el Océano Índico llevando una carga de supermillonarios, secuestrando a media docena de ellos, llevándolos a Somalia y que fueron rescatados a sangre y fuego, por el intrépido comando Israelí del que con orgullo todavía formaba parte.

En efecto, Leah estaba participando de una última misión. Le costó muchas horas de ruegos a su amado novio para convencerle de que sería el "trabajo" terminal, concluyente e irrevocable.

— Me pagarán muchísimo dinero, lo suficiente ¡para comprar nuestro propio barco! — hasta eso le dijo para lograr su anuencia.

El Capitán Blake aceptó, a condición que al volver se tomarían una vacación, fornicando día y noche hasta que ella quedara embarazada. Ambos buscaban la bendición de un hijo.

****

— Amigos, ha llamado KZ-1. La misión fue más exitosa de lo esperado, llegarán en cuestión de horas. El Comandante "Stan" viene herido de un disparo que le rompió el hueso húmero.

— "Rebecka", prepara el quirófano local y todo lo necesario.

— Yo puedo ayudar — afirmó "Aileen" — Tengo conocimientos de paramédico que aprendí en el Ejército en mi país Cuba, y de mi madre, que es una calificada Enfermera de Quirófano que ahora radica en Miami.

— Asunto resuelto — dijo "Scorpio" — Concentrémonos en lo que tenemos. Cuando llegue el resto del comando, nos dividiremos para vigilar e impedir cualquier tipo de atentado.

— Somos quince. Menos "Stan" que estará impedido para la acción, quedamos 14. Todos tenemos entrenamiento militar menos Carvalho. Este cabrón lo llevaré conmigo para su bautizo de fuego.

— Pppeero, soy un cerebro privilegiado, no puedo luchar como ustedes, no estoy preparado... Mejor me quedo aquí al pendiente... — defendió el Ingeniero.

— Hay de dos sopas, ¡te chingas o te jodes! — dijo "Scorpio" encabronado — No tengas miedo, yo te protegeré.

— Además piensa que el mundo estaría mejor sin ti, ja, ja, ja... — rieron todos a carcajadas.

— Tabitha, aunque muy capaz en la lucha, prefiero esté pendiente de las comunicaciones. De la atención médica de "Stan", se hacen cargo "Rebecka" y "Aileen".

— Formaremos cinco pares: El primero Leah y Aaron; el segundo Carvalho y yo; el tercero Lorna y Pablo; el cuarto grupo cuando lleguen, Habacuc y Jason; y el quinto Shifra y "Snake".

— Eliezer se queda aquí protegiendo el Fuerte, con el auxilio de "Rebecka" y "Aileen".

— Nos comunicaremos por la frecuencia 106.784 canal 196 lo menos posible. ¿Alguna duda? — concluyó "Scorpio".

- Solo una señor — dijo Lorna — ¿Tomaremos prisioneros?
- Ya tenemos toda la información. Limpieza total — fue la respuesta del Comandante.
- Tabitha, dame una frecuencia segura con el General Finnstein por favor.

Hablaron un minuto.

- ¿Algo nuevo señor?
- Confirmado.
- La Fuerza Aérea Brasileña, desplegará sus Sistemas de Defensa y tres batallones del Ejército Do Leste (del Este), estarán estacionados formando un perímetro al estadio.
- Por otra parte, la Policía Nacional hará sus labores de vigilancia normal.
- Solo el Servicio Secreto enviará Agentes disfrazados de vendedores de cerveza, hamburguesas, refrescos y personal de limpieza en baños y corredores.
- Además, los controles electrónicos de entrada impedirán el ingreso de cualquier artefacto sospechoso.
- Excelente señor, haga el favor de informarles que nosotros estamos vestidos de uniforme verde amarelo (verde y amarillo) y para evitar confusiones, calzamos zapatos tennis y gorra de la marca Nike en color azul — contestó "Scorpio" — sin aclarar que al ingresar al estadio los habían "tomado prestados" de una de las tiendas de souvenirs.
- Buena suerte entonces, todo saldrá bien.
- Pendientes y ¡mucho ánimo muchachos! — exhortó Finnstein cortando la comunicación.

Dicho esto, partieron a ocupar sus posiciones los grupos 1, 2 y 3, llevando Radios Exelis de alta capacidad HCDR con tecnología iPRO Tx5, del gigante IT&T.

Este novedoso aparato funciona muy bien, aun dentro de un entorno saturado de protección electromagnética, proporcionando una comunicación impecable que puede ser encriptada, para evitar escuchas indeseadas.

De inmediato procedieron a sintonizarlos en la frecuencia convenida 106.784 canal 196.

En sus muñecas, sendos relojes inteligentes Samsung Gear Live con sistema operativo Google que utiliza Android Wear, permitiendo la aplicación WhatsApp para leer mensajes y contestarlos con voz.

En la espalda, sus mochilas de combate con todo lo necesario.

Las horas pasaban lentamente. Esa es la sensación de esperar.

Siendo las seis de la tarde de la víspera del juego, arribaron al Estadio los miembros paramilitares faltantes.

Con rapidez condujeron al Comandante "Stan", herido del brazo derecho.

Había perdido mucha sangre, no obstante el torniquete profesional que le fijaron en la residencia de Vander Skoda.

Colocaron al hombre en el quirófano del módulo médico del estadio, quedando al cuidado de las Agentes "Aileen" y "Rebecka", que competían sin desearlo, en cuanto a hermosura, simpatía y eficiencia.

Como primera medida le quitaron la camisa, retirando el torniquete y el inmovilizador provisional hecho con tablitas de picar, de la cocina de Skoda.

"Rebecka" lavó la herida con agua y jabón, aplicando spray desinfectante, mientras que "Aileen" colocaba el tripié, frascos, tubos de suero y solución con antibióticos, buscando lugar en la mano para la venoclisis.

Al sentir el inevitable pinchazo, "Stan" despertó y su primera visión le hizo creer que estaba en el paraíso.

Las dulces miradas de las improvisadas enfermeras, le recordaron el cielo y el bosque, los azules ojos de "Rebecka" y los verdes de "Aileen".

Le dieron a beber unos tragos del fuerte vodka Neozelandés BELOW, de la anforita de "Scorpio".

— Te va a doler un poquito corazón — le dijo tiernamente "Aileen", metiendo un rollo de gasa entre los dientes para morder...

Los autobuses de supuestos fanáticos Argentinos de futbol, llegaron a la cita con Vander.

En silencio estacionaron frente al departamento, descendiendo del primer autobús 30 llamativas jovencitas sacadas de los mejores burdeles de Buenos Aires, propiedad del torvo asesino.

El otro transporte estaba lleno de 30 sicarios.

Enzo, lugarteniente favorito de Skoda, había llegado el día anterior por vía aérea, recibiendo los explosivos C-4 en su departamento, anexo al que ocupaba su jefe.

Muy contento, recibió a la caravana, ordenando alojar a los viajeros en los pisos superiores.

Le reportaron que el viaje desde Buenos Aires había sido sin novedad.

Consultó su reloj.

Eran las nueve de la noche del tres de julio del 2014, la víspera del gran día.

El feroz viejo había diseñado el plan B.

Si el ataque con explosivos fallase, los 40 sicarios regresarían a su autobús para sacar las armas automáticas AK-47, escondidas debajo del falso piso de lámina, con instrucciones de asesinar a hombres, mujeres y niños que salieran del estadio.

Una sonrisa siniestra se dibujó en su cara de piedra.

Enzo imaginó que si todo salía bien, su patrón lo promovería a Capo Regime (Jefe de Batallón), con gran poder en la organización mundial y ganancias inmensas.

Llamó al teléfono de Vander.

— Todo listo señor. Hasta mañana.

****

A las 05:00 horas del que sería soleado día del partido, llegó al estacionamiento del estadio el primer ómnibus que transportaba el contingente de sicarios, disfrazados de brigadistas de los Servicios de Salud de la República Argentina, para proceder a la fumigación integral del edificio y sus instalaciones, portando los equipos y materiales necesarios.

Esto era una colaboración legítima que el poder e influencias de Vander Skoda, había conseguido con el Ministerio de Salud Pública de su patria, quien a su vez obtuvo la autorización y el beneplácito de las Autoridades Diplomáticas y de Sanidad del Estado anfitrión.

Avisados los cuerpos de seguridad que resguardaban el inmueble, los dejaron pasar sin problemas para realizar su cometido.

El plan de Skoda era precisamente introducir a su personal, para cumplir perfectamente con su trabajo séptico y no despertar ninguna sospecha.

Los sicarios recorrieron el inmenso graderío, haciendo funcionar los cilindros metálicos que cada uno cargaba sobre la espalda, expulsando nubecillas de color ocre sobre los asientos, respaldos, pasillos y baños, bajo la atenta mirada de los escasos vigilantes, que a esa temprana hora bebían el formidable "café do Brazil".

Cinco horas y media utilizaron los "brigadistas" para terminar su maratónica labor, cumpliendo satisfactoriamente con la primera parte de la colaboración ofrecida y aprobada por el Comité Organizador de la competición deportiva.

Sudorosos, se dirigieron a los sanitarios para mudarse de ropa y arrojar a la basura los uniformes desechables color naranja, saliendo transformados en una alegre parvada de jóvenes, vestidos de camisetas con franjas albicelestes de las usadas por el equipo Argentino, impresas en su parte posterior con los números y apellidos de los mejores jugadores de la selección nacional: Messi, Zabaleta, Mascherano, Higuaín, Di María, Biglia, Rinaudo, Gago, entre otros favoritos.

Animosos pero disciplinados, verdaderamente ansiosos de presenciar el duelo deportivo, ocuparon los asientos 51 a 90, especialmente designados para ellos en el Segundo Piso, Sección D.

La segunda parte de "La muestra de amistad de la juventud Argentina con la juventud Brasileña", como se llamó en la documentación oficial, estaba por llegar.

Siendo las 11:00 arribó el segundo autocar llevando a las 30 jóvenes Argentinas vestidas de minifalda azul y ajustada blusa verde, con la leyenda I LOVE BRAZIL (Amo a Brasil), calcetas y zapatos tennis en color verde de la marca carioca PIRMA.

Un coqueto sombrerito verde con cinta amarilla, completaba el atuendo.

Del compartimento de equipaje, sacaron grandes bolsas de plástico conteniendo miles de llaveritos y banderines, que ostentaban la imagen de FULECO, el armadillo Brasileño adoptado como mascota oficial, del campeonato mundial de futbol FIFA 2014.

Los souvenirs (recuerditos), serían obsequiados a los aficionados por las bellísimas edecanes Argentinas, como símbolo de Amistad entre los dos pueblos vecinos sudamericanos.

Las chicas estaban estratégicamente distribuidas en cada uno de los túneles de acceso a las graderías.

Las pobrecillas putitas, ignoraban que dentro del calzado deportivo, cada una era portadora de cantidad suficiente del monstruoso explosivo mixto C-4, que sería detonado en serie por dispositivo remoto.

****

Dentro de su vehículo estacionado al sur, en el sitio destinado a los organizadores y colaboradores, Enzo hizo la llamada.

Las enormes pantallas electrónicas dentro y fuera del estadio marcaban las 11:16 horas, la asistencia 74,240 aficionados.

— ¿Han colocados los explosivos?

— ¡Está hecho desde ayer!

— ¡Cada niña lleva lo suyo como lo ordenó, señor!

Fue el escueto informe proporcionado por el lugarteniente a su patrón.

Vander Skoda, paladeaba un Clamato (jugo de tomate y almejas), con el fuerte Vodka Holandés V2, elaborado con las mejores variedades de trigo y agua pura.

— ¡Envíame las fotos por WhatsApp! — ordenó el jefe.

— Quiero mirar a las chicas, nadie al ver esos culos sospechará nada.
  En menos de un minuto, Enzo mandó las fotografías.
  Las nenas, algunas menores de edad, lucían esplendorosas.

— No me hables más hasta completar el pedido, ¿entiendes?

— Voy de vacaciones unos días, nos veremos al regreso.

— ¿Tienes dinero?

— De sobra señor. Después de los pagos al personal y otros gastos, quedará como un millón de Dólares.

— ¿Desea usted que se lo envíe?

— No. Tomen el billete y disfruten unas vacaciones ustedes también.

— Hay playas de poca madre, licor y nalgas en abundancia, ja, ja, ja...

— Eso sí, consigue nuevas hembras y las envías a los congales de Buenos Aires.

— ¡Que se pongan a trabajar! ¡O la casa pierde!, ja, ja, ja...

Una hora más tarde, el temible delincuente Internacional Vander Skoda, emprendía su "merecido veraneo" a bordo de su avión particular Gulfstream V, extraordinaria aeronave de lujo de fabricación Norteamericana, capaz de volar más de 10,000 kilómetros sin reabastecerse, a una altura por arriba de 51,000 pies, con velocidad de crucero de 900 kilómetros/hora.

Destino: San Petersburgo, Russia.

La cita con sus camaradas, Directores del ICU (Sindicato Internacional del Crimen) realmente respondía a la invitación de Vassily, el todopoderoso socio Ruso.

Después, los Altos Jefes de la Mafia volarían en su nuevo avión particular, rumbo al puerto de Malmö en Suecia, para vacacionar en el suntuoso yate propiedad también, del Soviético.

Increíble, pero el anciano hijo de la gran puta, con la conciencia tranquila durmió unas horas como bebé.

Sin embargo, el subconsciente le traicionaba.

Tuvo una horrible pesadilla.

Veía a su querida sobrina Glorielle semidesnuda, en una plancha de acero inoxidable como de quirófano.

La blanca sábana parecía de gasa que flotaba más que cubrirla, dejando a la vista los hermosos senos y su depilada entrepierna enseñando la rosada vulva, los labios y el clítoris.

Sí, aquel órgano femenino que tantas veces pensó acariciar y besar cuando la sobrina era una niña de diez años. Imaginando que estaba en mesa de masajes o de cirugía estética, la deseó más que nunca, ahora que por fin estaba a su alcance, se precipitó lleno de lujuria sobre la nena.

Al tocar el cuerpo putrefacto lanzó un grito de terror, el organismo de Glorielle estaba frío, ¡el frío de la muerte! ¡Estaba en La Morgue!

El hampón despertó sudoroso, jadeando con la respiración entrecortada. No podía articular palabra.

Él mismo, sintió estar en la antesala del infierno. Por un segundo recordó hipócritamente a Dios.

— Fue un sueño, una pesadilla, ¡maldita sea!
— ¡¡¡Urge localizar a esta cabrona!!!

Activó el teléfono del avión para llamar a España, último lugar donde supo estaría Glorielle.

— Aquí Madrid, ¿en qué puedo ayudarle?
— Señorita, por favor el Grand Hotel Princesa de Navarra... sí, espero, gracias.
— Buena tarde, Grand Hotel Princesa de Navarra a su servicio...
— Quiero hablar con el gerente si me hace favor, de parte del tío de la señorita "Marié Piccard", es huésped del hotel.
— Un momento por favor...
— Habla Federico Vélez, ¿con quién tengo el gusto? — exploró con amabilidad el Gerente, sintiendo un poco de temor.

¿Me hará algún reclamo por cogerme a su sobrina?, pensó aterrado.

— "Apollonio Piccard" a sus órdenes, soy tío de la señorita Marié, le he llamado varias veces a su móvil pero no me contesta, realmente estoy preocupado por ella.
— Hace más de 15 días que no llama a casa, ni siquiera por dinero, ja, ja — dijo Vander intentando ser gracioso.
— Señor Piccard, me apena decirlo, aquí en el hotel ignoramos dónde está.
— Hace tres semanas desapareció, pero no ha dejado la suite, aquí está su costoso equipaje, no tenemos ninguna noticia de mademoiselle.
— Simplemente salió del hotel y no ha regresado, vamos no se ha molestado en llamar para nada. En lo personal he tratado de hallarla, no sabemos si desea continuar en el hotel o cancelar la habitación.
— Sentimos estar cobrando los días que no ha ocupado la suite, pero

usted sabe, los negocios y como ha dejado un voucher (pagaré), de tarjeta bancaria con enorme límite de crédito firmado en blanco, como se acostumbra en la hotelería, pues estamos garantizados.

— Si usted quiere, por favor envíe un correo con instrucciones y gustosamente cerramos la cuenta.
— Las maletas se guardarán en bodega, sin costo, naturalmente.
— ¿Han dado aviso a la policía? — indagó Vander con cautela.
— La verdad es que no.
— Todos los días esperamos verla entrar con ese garbo... bueno, ¿ya me entiende no?, y después del lío ese por la muerte de su chofer, no hemos querido hacer más ruido, no conviene al hotel, ¿me comprende usted?
— Agradezco su amable atención, señor Vélez, pronto nos veremos — terminó de hablar Vander, colgando la bocina.

Al otro lado de la línea, Federico Vélez sintió inexplicable calosfrío.

Puedo hacer algunas investigaciones adicionales con mis contactos en la Policía, tal vez hallarla o de plano olvidar ese formidable culo.

Al principio le pareció mejor la segunda opción. Debía tratar de cicatrizar la punzante herida que le dejó Glorielle, pero no era fácil.

Ah, daría todo lo que tengo por tenerla una vez más, tan solo una vez más, voy a encomendarme a todos los santos para que aparezca pronto, sana y salva, ¡tengo que hacer algo! ...

— ¡¡LA AMO!! — gritó esa noche, solitario en la recámara, asustando a su gato.

****

Le daré unos días más para que aparezca la cabrona, maldita hija de puta de mi sobrina, seguro estará feliz de la vida, cogiendo con algún gañán como acostumbra hacerlo.

Es la tercera vez que me castiga en esa forma, se larga sin avisar, sin llamar, sabe que me muero de celos y rabia.

La hija de la chingada sabe perfectamente que me tiene controlado, que la quiero, la adoro, la deseo, me ha hecho tener la ilusión de coger conmigo, con su querido tío Vander.

— ¡¡Carajo, soy uno de los hombres más poderosos del planeta y no puedo tenerla para mí!! La muy pendeja no sabe las angustias que estoy pasando por su culpa, pero esto lo pagará, ¡¡voy a quitarle parte de mi herencia y la repartiré entre mis putas favoritas!!
— ¿Nos tocará algo a nosotras papacito? — pronunciaron dulcemente Solange y la azafata amante alterna de Vander, que dormían desnudas plácidamente abrazadas en la otra cabina, despertando con los gritos del anciano.

- Naturalmente, ustedes han sido mi única compañía, fieles servidoras que me atienden, me complacen en todo, cogen de lo lindo, se lo merecen par de cabroncitas, ja, ja — les dijo, asestando una fuerte nalgada a cada una que las hizo lanzar un gritito de dolor y placer. El viejo abrió el cajoncito del buró sacando su chequera.
- Ahora mismo voy a darles un dinerillo, se aproxima una guerra y es posible que el mismo diablo me arrastre para ayudarle a gobernar el infierno, ja, ja, ja...

Las dos hembras por poco se desmayan de la impresión. Su amante entregó cien millones de Euros a cada una.

- Solange — le dijo en privado — Aquí tienes esta llave. Es de una caja de seguridad en el Swiss Bank de Zürich. Está registrada a tu nombre. Pregunta por Herr Schöeder, solo muestra tu pasaporte y te llevará a la bóveda.
- Encontrarás unos regalos para ti. Disfrutarás tu dinero y propiedades, prometiéndome dos cosas: La primera, no tendrás ningún amante y la segunda, siempre cuidarás de mi sobrina Glorielle.
- Mis abogados estarán vigilando que cumplas, a la menor falla te quitarán todo, eso dice el Contrato.
- Lo que no dice, es que ¡también te arrancarán la vida!
- ¿Entiendes Zorra?

RIO DE JANEIRO, BRASIL
(4 DE JULIO DE 2014)

Llegó el día del juego y los miembros del comando KZ no encontraban rastros de materiales explosivos.

- ¿Y si estuviéramos equivocados y el asalto fuera en otra fecha?, ¿otro estadio?, ¿diferente embestida? — reflexionaba "Scorpio".
- Empleamos demasiadas horas de vigilia sin hallar el menor indicio. El partido está por iniciar y el resultado de nuestro operativo sigue siendo cero.
- Por lo menos, tenemos la satisfacción de haber revisado hasta el agua de los tanques de almacenamiento, han sido analizados por el Agente "Snake" (el Doctor en Ciencias Elías Zagrev), en su Portable Lab (laboratorio portátil) sin descubrir indicios de venenos.

Por un instante dudó en abortar la misión, anular la investigación y aprovechar para disfrutar el juego de futbol, entre la selección nacional de Francia contra su similar de Alemania, que se pronosticaba reñido y sensacional.

Por su parte, Tabitha solo se despegaba de los audífonos especiales aislantes de todo ruido o interferencia exterior, para tomar su ración de alimentos y visitar el baño, dejando a cargo al Comandante "Stan", quien repuesto de su herida, podía sustituirla por unos minutos.

Las conversaciones escuchadas en el sofisticado y moderno Scanner, hasta ese momento en su mayor parte eran sin importancia o simplemente basura.

A las 11:16 estando Tabitha en el baño cambiando su toalla sanitaria, el Scanner captó una breve conversación.

- ¡¡Con cien mil millones de coños!! —masculló "Stan" — ¡Por fin tenemos algo! — poniendo en reversa la grabación para oírla una y otra vez.

Al volver, Tabitha encontró un ambiente feliz, todo lo contrario al sentimiento de frustración, que poco a poco se había apoderado del formidable grupo expedicionario. Como saeta retomó el control del Scanner (buscador de señal), pidiendo silencio a los eufóricos presentes.

- ¡Callen por favor! ¡Estoy descifrando el diálogo!
- ¡Estas son las claves! — dijo triunfal la experta en radiotelefonía, computación y telecomunicaciones.
- Tenemos buenas pistas — explicó Tabitha, soportando los cólicos menstruales.
- Primera.— La señal recibida es fuerte y clara, estoy localizando la fuente, debe estar cerca de aquí.

- Segunda.— El atentado es con explosivos, no sabemos todavía cuáles, pero seguramente poderosos.
- Tercera.— Las bombas están ya dentro del estadio. Como no encontramos nada en el barrido de esos artefactos, es posible que las hayan preparado en otro sitio el día anterior.
- Cuarta.— La frase "Las niñas ya tienen lo suyo" indica que el material lo han dividido en varias porciones. Implica también que están utilizando a menores de edad o es un modo coloquial de referirse a mujeres jóvenes.
- Quinta.— Cuando al otro lado de la línea dice un tipo "Envíame las fotos por WhatsApp, quiero ver a las chicas" y más adelante "Nadie al ver esos culos sospechará nada", confirma mi convicción que se trata no de niñas, sino de jóvenes y nalgonas.
- Sexta y la más importante: El tipo dijo "Eso sí, consigue nuevas hembras y las envías a los congales de Buenos Aires", que nos señala claramente que se trata de otras mujeres de la vida galante, que reemplazarán a las mártires.
- De putas, querrás decir — interrumpió Carvalho — Es mi especialidad.
- ¡¡Vamos de prisa!! Tenemos poco tiempo, andando. ¡A buscar putas!
- Chris ven conmigo, muévete cabrón —ordenó "Scorpio".
- Tabitha por favor localiza la transmisión. Usa la triangulación poligonal y el GPS — pidió "Stan".
- Ya lo hice, la llamada se escuchó fuerte y claro, el emisor está muy cerca, para ser precisa en el estacionamiento Sur.
- Rápido, "Aileen" y "Rebecka", corran y detengan a esos cabrones, de preferencia vivos —ordenó el Comandante Judío.
- Los demás a ¡localizar prostitutas! ¡Lleven los detectores!

En diez segundos los combatientes se desplegaron por pasillos y rampas.

- Este trabajo me encanta — dijo el ingeniero Carvalho — Pocas veces tenemos el placer de contemplar tantas nalgas bonitas...
- Basta amigo — dijo "Scorpio" — Ayúdanos por favor. Eres un experto, se pudiera decir que tienes especial habilidad para detectar vaginas públicas, literalmente las hueles a distancia, ja, ja, ja... — circulando por el corredor principal unos cuarenta metros.
- Así es — aceptó Chris — Qué culpa tengo yo de haber nacido bonito... espera un poco, no camines tan rápido cabrón, déjame ver... mmm... esa pinche vieja me parece conocida...
- Esa es una puta fina, estaba con ella y su amiga cuando me

secuestraron al salir del antro en Buenos Aires, ¡estoy seguro! Está disfrazada la hija de la chingada pero sí, ¡no hay duda!

- Vamos por ella, no hay tiempo de adivinanzas — decretó "Scorpio".
- Hola muchachos, bienvenidos — saludó la preciosa nena, entregando un llavero y estandarte a cada uno.

"Scorpio" la sujetó suave pero con firmeza.

- Seguridad del Estadio, permítame un instante — El detector de explosivos emitió un agudo pitido cuando tocó el zapato tennis.
- Será un momento.
- Por favor quítese el calzado — ordenó "Scorpio".
- ¡Con cien mil millones de coños, aquí está, explosivo plástico C-4!

La joven de escasos 20 años comenzó a gimotear.

- Yo no sabía... nos obligaron a venir... por favor no me hagan daño...
- ¿Cuántas son ustedes y dónde están? — exigió "Scorpio" — Habla o te rompo el brazo — procediendo a cortar el delgadísimo cable azul del peligroso artefacto, que desconecta la activación a control remoto.
- Venimos 30, cada una está a la entrada de los túneles a las gradas del primer piso, por favor no me lastimen... — y soltó el llanto — Por favor, ayúdenme me matarán, me matarán...
- Aquí "Scorpio". A todas las unidades. Hemos localizado a la primera. Detengan a todas las muchachas edecanes que están a la entrada de los túneles del primer piso, que da acceso a las gradas, están uniformadas con blusa verde, sombrero y minifalda azul. El explosivo es C-4 con detonación remota. Desactívenlas, detengan a las mujeres y llévenlas al "servicio médico". Si alguien trata de impedirlo, neutralícenlo de inmediato. Confirmen instrucciones.
- Grupo uno, copiado. Grupo tres, copiado. Grupo cuatro, copiado. Grupo seis, copiado. Grupo dos, copiado.
- Aquí Grupo cinco. Tenemos al emisor vivo, su nombre es Enzo. Detonador control remoto desactivado, repito desactivado. Chofer hostil eliminado. Volvemos al "cubil". Cambio y fuera.

****

Relajados por completo comentaban los miembros del comando.

- Esta vez estuvo cerca amigos, ¿se imaginan la carnicería si explotan las bombas humanas? — reconoció "Stan".
- Formaríamos parte de la historia anónima, la prensa al día siguiente daría cuenta pormenorizada de la tragedia, sin ningún crédito para nadie, recuerden que nuestro comando "no existe", ni hay archivos — estableció "Snake", acertado como siempre.

- ¿Qué hacemos con las rameras? — quiso saber Lorna — ¿Las desaparecemos?
- Podemos establecer nuestra propia casa de citas — propuso Carvalho.
- ¡Eres incorregible, pinche ingeniero! — dijeron encabronadas Lorna, Leah, "Aileen", "Rebecka" y Shifra.
- ¡Yo estaría a favor, apoyo la idea del ingeniero! — expresó Pablo — Es un buen negocio, ja, ja, ja...
- Por lo pronto, habrá que vacunarlas "Doctoras" — anunció "Scorpio", aludiendo al proceso para inyectarles un potente somnífero.
- Después, las llevaremos con nosotros al Aeropuerto, utilizando sus mismos autobuses. El avión es bastante grande. Más tarde, nuestros amigos del Club decidirán su suerte — sentenció el Comandante "Scorpio".
- ¿Puedo quedarme con un par de ellas? ¡Están para comérselas! Miren qué tetas, qué nalgas, les daré una buena vida — dijo Carvalho — Después de todo, fui yo el que...
- Un sorpresivo beso que le dio Tabitha, selló sus labios pecadores.
- ¡Ese es tu premio grandísimo cabrón!
- ¡Hijo de la chingada! No te compones — exclamaron sus compañeros, palmeando suave pero muy tupido la cabeza del imprudente, castigo físico llamado "pamba", un tipo de bullying (abuso físico o psicológico) acostumbrado en las escuelas primarias y secundarias.
- Un poco de silencio — solicitó Shifra — El prisionero ha "cantado". El tipo es duro, tuve que cortarle tres dedos de la mano izquierda.
- Confesó cuando amenacé con amputarle el pito, ja, ja, ja, esta es su declaración — reveló Jason, entregando el apunte al Comandante "Scorpio".
- Hay buena información, el tipo dice llamarse Enzo. Es un jefe de sicarios de peso mediano, estoy seguro que no sabe más porque después de cortar el primer testículo no podía guardarse nada.
- Tuve que jugar al "policía bueno" retirando a los "policías malos torturadores" — declaró "Aileen" — Prometí salvarle la vida si desembuchaba todo lo que sabe. Aparte de aceptar haber matado directamente a más de noventa personas y ordenar la ejecución de unas trescientas, no logré que añadiera una palabra más.
- Ya no sirve, es un estorbo, un verdadero hijo de puta— finalizó la Cubana.
- En ese caso... Pablo por favor encárgate del aseo como siempre — ordenó "Scorpio", otra vez en su papel de Acusador Público, Juez y Jurado.

- Hazlo rápido, que no sufra.
- ¡De inmediato señor!
- Los Comandantes "Stan" y "Scorpio" leyeron lo declarado por el prisionero Enzo.
- Falta una hora para terminar el partido. Es momento de hablar con nuestros amigos de Seguridad Nacional para que arresten discretamente a los sicarios que están en las tribunas — declaró "Scorpio", marcando el número de Mr. Black — Los muy pendejos ignoran que pudieron morir.
- Hello Sir. Mission Accomplished, No Casualties. Brazilian National Security proceed to arrested assasins. They are 40 people localized in Maracaná Stadium grades section D Second Floor, seats 51 to 90. They looks like an Argentinian Extreme Fans.
- (Hola señor. La misión ha sido completada con éxito. No tuvimos bajas. Seguridad Nacional de Brasil debe proceder para arrestar a los asesinos. Son 40 hombres localizados en el Estadio Maracaná en las gradas de la sección D segundo piso, asientos 51 a 90. Ellos parecen "Hinchas" — aficionados extremos — Argentinos).
- Copied. Take care. Congratulations a lot. Please go everyone to Saint Petersburg, Russia. Somebody pick up yours PÚLKOVO 2, airport outside.
- (Enterado. Cuídense. Muchas Felicidades. Por favor vayan todos a San Petersburgo, Rusia. Alguien los recogerá fuera del aeropuerto PÚLKOVO 2).

****

- Boys (muchachos), el trabajo no ha terminado, nuestras vacaciones tendrán que esperar. La buena noticia es que vamos a Rusia, San Petersburgo para ser exactos, me han contado maravillas de esa ciudad — detalló el Comandante "Scorpio".
- Durante el largo viaje, recibiremos mayores instrucciones.
- El juego de futbol ha concluido — dijo Tabitha — Con marcador de 1 a 0 en favor de Alemania sobre Francia.
- Es prudente aguardar al menos una hora más hasta que se vacíe el estadio — opinó el Comandante "Stan".
- Absolutamente — aceptó "Aileen".
- ¿Qué haremos durante ese tiempo? Moriremos de aburrimiento — se quejó Shifra.
- Podemos fornicar en grupo, ¿les parece? — propuso jocosamente Chris Carvalho — Debemos festejar.
- ¡Estamos vivos! Ja, ja, ja...
- Habacuc, Jason, Eliezer y Aaron, por favor revisen a las muchachas

prisioneras.

- Ganas tengo de dejarlas en libertad, pero sería arriesgar sus vidas.
- Estos hijos de puta del Sindicato, las matarán por el fracaso. Vayan en grupos de seis a los transportes destinados para ellas. Con el cupo completo, llévenlas al aeropuerto.
- Nos veremos allá — ordenó el Comandante "Stan", ya recuperado.
- Carvalho acompaña al grupo, conoces muy bien la ciudad — ordenó "Scorpio".
- Tabitha y los demás, desmantelen todo, nos vamos en treinta minutos.

Kadir llamó a su "Tío":

- Hola "Tío", tenemos a 30 jóvenes invitadas para la reunión. ¿Podrías indicarme el domicilio de la fiesta? Podemos llevarlas con todo gusto.
- Dame unos minutos sobrino, yo te llamaré.

25 minutos después Benjamín giró instrucciones a "Scorpio" para dejar a las jovencitas en Barcelona, donde cuidando su seguridad, tendrían trabajo honesto, en la gigantesca cadena de almacenes de ropa, propiedad de Mr. Beige.

SAN PETERSBURGO, RUSIA

El gran avión Boeing 747-400 aterrizó sin problemas en la pista principal del aeropuerto Internacional Púlkovo 2, distante a 17 kilómetros de la ciudad, llevando en su vientre a los Agentes y Comandos del Club PRISMA.

San Petersburgo llamada originalmente así, cambió su nombre en la época comunista por Stalingrado, recobrando el nombre de San Petersburgo al final de la "Guerra Fría" con el derrumbe financiero, político y social que llevó a la desaparición en 1991 de la URSS (Unión de Repúblicas Socialistas Soviéticas).

El histórico movimiento llamado Perestroika (reconstrucción) y Glásnot (apertura, transparencia) dirigido por los Primeros Ministros Soviéticos Mikhail Gorbachev y Boris Yeltsin, alentados por los Presidentes de los Estados Unidos Ronald Reagan y George Bush padre, entre otros temas importantes, permitió el cambio a la economía capitalista, la independencia y soberanía de Repúblicas a Lituania, Letonia, Estonia, Moldavia, Yugoslavia, la reunificación de las Alemanias Oriental y Occidental, Checoslovaquia, Polonia, Hungría, Ukrania, entre otras, separándose de la misma Rusia.

La hermosa ciudad de San Petersburgo posee entre sus tesoros arquitectónicos, históricos y artísticos, el Museo Hermitage, el principal de la ciudad, uno de los más grandes y famosos del mundo, ubicado en lo que fue el palacio de invierno de los Zares Rusos.

Majestuosas Catedrales, como la de San Pedro y San Pablo — donde se encuentran las tumbas de los Zares — incluyendo al último, Nicolás II asesinado por los Bolcheviques de la Revolución Rusa, junto con la familia imperial.

La Catedral de San Isaac, con su impresionante altura de más de cien metros y extraordinaria decoración.

NOTA DEL AUTOR.— Mención aparte merece la famosa y visitada Iglesia del Salvador sobre la Sangre Derramada, así llamada porque se construyó sobre el lugar donde fue asesinado el Zar Alejandro II, en un ataque terrorista muy bien planeado.

Nikolái Rysakov, un joven revolucionario lanzó una bomba contra el elegante carruaje donde viajaba el Zar, matando a un guardia, al conductor y varias personas que se encontraban en la acera.

El Zar resultó ileso y desoyendo la sugerencia del Jefe de la Policía de retirarse inmediatamente del lugar, el monarca quiso ver el sitio de la explosión.

Rodeado de guardias y cosacos se acercó al agujero. En ese momento otro joven levantó los brazos y tiró la segunda bomba a los pies del Zar.

El Emperador que gobernó Rusia 26 años, fue conducido al Palacio de Invierno.

Con las piernas amputadas por la explosión, no había mucho por hacer y murió desangrado, recibiendo todos los auxilios espirituales de la Iglesia Ortodoxa.

El Zar no podía salvarse.

Un tercer terrorista llamado Iván Emelyánov confundido entre la multitud, portaba una tercera bomba, que lanzaría en caso de fallar las dos anteriores.

El brutal asesinato tuvo consecuencias inmediatas. El Estado ejerció una despiadada represión contra los grupos inconformes con el gobierno, torturando, matando sin compasión, suprimiendo los derechos civiles.

Como uno de los terroristas era Judío, más de 200 Judíos que no tenían nada que ver con el atentado, fueron golpeados salvajemente hasta la muerte.

Dos años después del magnicidio, su hijo el Zar Alejandro III, ordenó construir un templo llamado "Resurrección de Cristo" conocido popularmente como "Iglesia del Salvador sobre la Sangre Derramada".

Al día de hoy, es posible observar piedras manchadas con la sangre del Zar.

PETERHOF, RUSIA

A veinte minutos de San Petersburgo viajando en automóvil, se encuentra el pueblo de Peterhof, a la orilla del Mar Báltico, famoso Internacionalmente por el Palacio Peterhof, construido en el siglo XVIII por el Zar Pedro I (El Grande) para opacar al majestuoso Palacio de Versalles, de Francia.

Fue la residencia de los Zares en temporada invernal hasta la Revolución de Octubre a partir de la cual, se convirtió en museo.

Durante la II Guerra Mundial fue usado como cuartel general del ejército alemán, siendo saqueado y parcialmente destruido.

Después de un largo proceso de reconstrucción fue reabierto al público hasta 1964.

El Palacio Peterhof o "Palacio de Verano" es considerado Patrimonio de la Humanidad y posee los jardines, terrazas, fuentes y estatuas doradas que lo hacen quizá, el inmueble más fastuoso del mundo, lleno de lujo y esplendor.

****

Los integrantes del Comando KZ (Kadir/Zelik) descansaban a pierna suelta en la Casa de Seguridad indicada por la Superioridad, protegidos por cuatro brigadistas de guardia perfectamente armados en turnos de dos horas.

Los últimos ocho días habían sido agotadores, necesitaban recuperar fuerzas, debían completar el tramo final de la importantísima misión cuyos detalles todavía no conocían. Solo sabían que era el "tiro de gracia" así conocido, entre las fuerzas castrenses y policíacas de todo el mundo para terminar con algo nocivo.

En su origen, es el disparo hecho en la sien de la cabeza de un reo que ha sido fusilado, para asegurarse de su muerte.

También es una especie de "acto piadoso" (como eutanasia) que se aplica a heridos de muerte en frentes de guerra y animales que es imposible salvarlos, evitándoles mayores sufrimientos.

****

El refugio, era una antigua construcción edificada por maestros artesanos, que utilizaron piedra natural y ladrillo de barro recocido de la región.

Las puertas de toda la casa, fabricadas en sólidas maderas de Abetos y Cipreses labradas con motivos sencillos, otorgaban buena seguridad a sus moradores.

La propiedad, de agricultores, con tierras sembradas de patatas y girasoles, era perfecta para esconder a la pequeña tropa de Agentes y mercenarios.

— Será bueno que descanses unas horas — dijo "Stan" a "Scorpio" — Me relevarás en dos horas, ¿OK?

— Gracias amigo, sí, estoy cansado.

Una vez refugiado en su cuarto, "Scorpio" llamó por el teléfono celular a Benjamín Weitzner.

— Bien todo querido amigo, hemos enviado las transferencias de los honorarios al personal por el conducto de siempre. Aunque debo informarte que el Consejo Directivo del Club, ha acordado un "bono especial de retiro" al finalizar "los trabajos" — manifestó Benjamín.

— Escucha con atención, esta es la segunda parte del plan.

— En esta etapa, la participación de "Snake" es fundamental... los detalles te los dará Mr. Black.

Cinco minutos hablaron en clave. Aunque ambos disponían del blindado teléfono Blackphone a prueba de intervenciones, algunos hackers (piratas informáticos) habían pinchado algunos modelos, reforzando los fabricantes de estos dispositivos móviles, con nuevas tecnologías de seguridad.

— Los uniformes son auténticos, llegarán por entrega especial de la mensajería Internacional UPS a nombre de Utta Stopenkova en el Pushka Inn Hotel de San Petersburgo, en la calle Reiki Moiki 14 — finalizó Don Benjamín — Hospédense allí ahora mismo, ya tienen reservaciones a ese nombre.

GUADALAJARA, JALISCO, MÉXICO
(18 meses antes)

Las vacaciones del multimillonario Español, Don Ramón Peralta y Bárcenas con su familia, resultaron de lo más divertidas y placenteras, aun para el "cuidador" y guía improvisado, el Contador Público Auditor y CEO del gigante corporativo de la hotelería y turismo Internacional, CELTIC WORLDWIDE HOTELS & RESORTS.

Programadas para una duración de 30 días, los vacacionistas agotados, decidieron recortarlas a la mitad.

Después de dos semanas de ajetreo continuo conociendo Museos, como el Antiguo Hospicio Cabañas con sus 23 patios, más de 100 cuartos y 2 Capillas; La Fuente de Minerva de 75 metros de diámetro con la figura de la Diosa Romana de 8 metros de altura; La Plaza de Armas y la Plaza de la Liberación; la fabulosa Catedral Metropolitana con sus dos torres de 65 metros de altura.

Beber barriles de cerveza y Tequila en la Plaza de los Mariachis, comer en los magníficos restaurantes Santo Coyote y La Tequila, la extraordinaria comida Mexicana Antigua y la llamada Gourmet, nadar, jugar, pasear a pie y en Calandria (típico coche tirado por caballos) por el Centro Histórico.

Montar a caballo y velear en Ajijic, a la orilla del bellísimo Lago de Chapala; disfrutar del espectáculo, cantar y bailar en la Fiesta Mexicana de la Casa Bariachi; estaban prácticamente muertos, en especial el viejo carcamán y jefe de la expedición.

Mención aparte fueron las intensas y frecuentes sesiones de sexo, que acabaron con la condición física de los varones y las hembras jóvenes, como la experiencia tenida a bordo de un tren panorámico que recorre la campiña de Jalisco, sembrada de un tipo de maguey llamado Agave Azul, que es la materia prima en la producción del magnífico Tequila, la famosa y fuerte bebida Mexicana.

El ferrocarril transporta a los felices pasajeros hasta las Haciendas, donde conocen el proceso del corte de las gigantescas piñas — llamado Jima — así como el cocido y prensado de las mismas para extraer el jugo, la destilación, hasta llegar a la deliciosa bebida que es envasada en barricas para su reposo.

Don Ramón estaba tan contento que decidió fletar, pagando una pequeña fortuna, todo un vagón especial con dos alcobas para su familia, con servicio de meseras y un conjunto de mariachis, ya se sabe músicos que interpretan alegres canciones populares Mexicanas, vestidos de charro y sombreros decorados de ala ancha, gala usada por la gente del campo.

El día anterior, Kadir demostró una vez más sus cualidades de hábil negociador, pues la compañía operadora del tren no aceptó la petición del caprichoso señor, anteponiendo su política de negocios y atención a toda persona que pudiera pagar su boleto sin distinciones.

Lo que solicitaban era sencillamente imposible y nunca se había hecho.

El Contador Público explicó que tal vez el alquiler de un vagón VIP pudiera representar una nueva ventana de negocios, toda vez que los usuarios pagarían lo que fuera por un poco de descanso y diversión privada, después de convivir en otros vagones con el resto de los pasajeros, beber tequila y escuchar a los mariachis.

El pago de un millón de Dólares por adelantado, acabó con los escrúpulos del Director del Ferrocarril, que terminó agradecido por la brillante idea que seguramente presentaría en la próxima junta del Consejo de Administración.

Al regresar del corto viaje del pueblito a la ciudad, el tequila surtió sus efectos sobre la familia, que se retiró a las alcobas con baño para descansar.

En la primera habitación, Amber bajó el pantalón de su marido, lavó cuidadosamente el arrugado pene y lo frotó suave con una pomada secreta que sacó de su bolso. El bálsamo milagroso operó en el miembro del empresario Español, poniéndolo erguido, como un cadete, ocasión que aprovechó la señora para montarlo y hacerle una faena sensacional, que arrancó suspiros y gritos de satisfacción animales.

En la segunda alcoba, Kadir y las dos jóvenes escuchaban todo. Excitadas, las hembras desnudaron al Contador, que un poco ebrio, se dejó seducir por los encantos de las dos hermosas mujeres.

Lanya tomó el pene y lo introdujo por completo, hasta la raíz, dentro de su boquita húmeda, con riesgo de atragantarse, pero no, lo succionó con maestría.

Fiorella, tomó una botella de tequila de medio litro sin abrir. Limpió el cuello de cristal con jabón líquido del surtidor, lo secó con cuidado y sacando de su bolsa crema para las manos, frotó amorosamente el expuesto culo rosado de Lanya, para meter el lubricado envase poco a poco, haciéndola gemir de dolor y placer.

— ¿Te duele querida? ¿Quieres que lo retire? — dijo dulcemente Fiorella.
— ¡No te atrevas a sacarlo! Hazlo más rápido por favor, no tan profundo... ¡Aaahhh! — exclamó Lanya en su primer orgasmo.

Acto seguido cambiaron las posiciones. Fiorella mordisqueaba suavemente el vigoroso pito de Kadir, mientras recibía fuertes palmadas en sus nalgas propinadas por Lanya y gozaba la introducción del cuello de la botella dentro de su vagina.

— ¡Bull shit! — exclamó al venirse como loca.

Sesenta minutos estuvo el trío gozando de los placeres del sexo, exhaustos, se quedaron dormidos.

La única insatisfecha fue como siempre, la putísima señora Amber. Su esposo dormía como un tronco. En paños menores abrió la puerta del camarote vecino esperando encontrar acción con Kadir y compañía. Oh desilusión, también estaban anestesiados.

— ¡Malditos canallas! — exclamó, saliendo del cuarto.

Uno de los escasos jóvenes del conjunto musical — casi todos eran de edad madura, calvos y de barriga prominente — regresaba del cuarto de baño. Ni tarda ni perezosa, la pelirroja lo jaló materialmente a la cámara y se lo cogió en menos de ocho minutos, logrando ella dos espasmos de sus órganos sexuales.

El tipo atónito se dejó amar, recibiendo al retirarse la propina de cinco mil Dólares de la "señorrita" — imaginándola "gringa".

— Si abres la boca, te mataremos — amenazó la hembra...

****

La cansada pero contenta comitiva, se dirigió al Aeropuerto Internacional Miguel Hidalgo y Costilla — así denominado en honor de uno de los grandes próceres de la Independencia de México — a unos 17 kilómetros sobre la carretera a Chapala, enfilando hacia la Terminal 1 para los vuelos Internacionales.

Es un aeropuerto importante que mueve gran cantidad de pasajeros ocupando el tercer lugar de la República, solo detrás de los aeropuertos de la Ciudad de México y Cancún, el maravilloso centro turístico del Caribe Mexicano.

A bordo del fantástico jet Boeing 787-B adquirido en 2014 por el Consorcio CELTIC, amueblado y decorado de superlujo al gusto de la distinguida señora Amber de Peralta y Bárcenas, la capacidad del avión de 66 pasajeros fue reducida a solo 30, para disfrutar de mayores espacios de trabajo, recreación y descanso.

— Que las viejas se larguen y nos dejen en paz un rato — ordenó el hombre de negocios.

— ¿También yo querido? — se quejó Amber — ¡Podemos hacer un fabuloso trío!

— ¡No queremos eso ahora puta de mierda! ¡Márchate ya!

– Tenemos que trabajar un poco, hija de la chingada y todo para qué, ¡para pagarte tus pinches gustos cabrona! — exclamó Don Ramón atizando fuerte golpe con la palma de su ruda mano en las delicadas nalgas de la ardiente hembra que lastimada, lanzó un grito de dolor.

– ¡Cobarde hijo de puta! ¡Me la pagarás, lo juro!

Un nuevo manotazo del fuerte anciano, ahora en la boca, reventó el labio superior de la mujer que continuaba vociferando maldiciones en Italiano.

– ¡Accidenti miserabile, sei impotente vecchio idiota, che spero che tu muoia! (Desgraciado, maldito seas, imbécil viejo impotente, ojalá te mueras).

El tipo se comportó como el mamarracho que era. Con rapidez sacó el cinturón, azotando una sola vez el cuerpo de la hembra. Quiso repetir el castigo, pero la poderosa mano de Kadir que regresaba de la otra alcoba, lo detuvo.

– ¡Basta! ¡Nunca debes golpear a una mujer, no seas un pendejo patán! — rugió Kadir.

Ramón quiso zafar el brazo para continuar golpeando a su mujer, pero fue imposible. La fortaleza del Contador amenazaba con romperlo.

– ¡Coño cabrón! ¿De qué lado estás? ¡Tu patrón soy yo! ¡Puedo ponerte de patitas en la calle! — gritó Ramón — ¡Suéltame tengo que castigar a esta puta!

– Después puede usted hacer lo que quiera, pero ahora cálmese, no quiero lastimarlo. Puede enfermarse, hombre, no vale la pena, venga conmigo tomemos un trago. ¡Amber vaya a su cuarto por favor, la veré después!

Recuperado y sudoroso por el esfuerzo, Ramón aceptó sentarse y apurar un "caballito" (vasito especial para tomar tequila) disfrutando del fuerte licor de agave. En realidad pensó en vengarse de Kadir, tal vez matarlo junto con la vieja zorra. Ya tendría la oportunidad.

– Mejor hablemos de negocios —dijo Kadir, que conocía demasiado bien al vejestorio. El dinero era lo único que deseaba por encima de todo.

– Don Ramón, siguiendo sus instrucciones...

Kadir hizo un extenso relato de las gestiones hechas durante los días en la ciudad de Guadalajara. Su interesante disertación como por arte de magia logró apaciguar al energúmeno.

– ¡Por el coño de la vecina! — expresó el hombre de negocios.

– ¿Habéis comprado algún hotelito por allí? Las oportunidades las pintan calvas, ¡porque si no, eres un pendejo! Me han dicho que los precios de inmuebles están a la baja, después de la invasión de narcos en todo el Estado, particularmente en Guadalajara.

- Pienso que es buena época para hacernos de algunos hoteles. Estoy seguro que habrá un repunte en los precios, una vez que el Gobierno de este país limpie la casa.
- Mis contactos Internacionales me han dicho que los Gobiernos Federal y Estatal han decidido enfrentar con dureza a la delincuencia, contando con la valiosa ayuda del vecino del Norte. Así que es cosa de tiempo, pero finalmente volverá la paz y el orden a esta sufrida Nación.
- Y de allí en adelante, ¡el boom! Con las recientes reformas laborales, de energía y telecomunicaciones, México tendrá una muy buena plataforma de lanzamiento para el crecimiento de la economía, con excepción de las reformas financieras y fiscales con las que el gobierno ha metido la pata, jodiendo a los empresarios y ya ves los resultados de los pinches políticos miopes: inflación, desempleo, pobreza, deudas, protestas, inseguridad, violencia, pero seamos optimistas, ya vendrán tiempos mejores.
- He dicho — pronunció solemne y orgulloso el señor Peralta y Bárcenas.
- Hice el compromiso de estudiar tres ofertas y desde luego presentarlas para su aprobación, modificación o rechazo. Usted tiene la última palabra — cerró Kadir.
- ¿Y cuándo piensas mostrarlas? ¡Carajo! Si este viaje me ha costao un ojo de la cara, será bueno hacer algún negocio para recuperar un poco de plata, ja, ja, ja... — bromeó el empresario.
- No he tenido tiempo de analizarlas en debida forma. Requiero de estudios de mercado, retro y prospectivas económicas, políticas y sociales del Estado de Jalisco en particular y de México en lo general.
- Así como la información financiera actual y de cinco años atrás, inventarios, situación fiscal, informe jurado y documental sobre posibles hipotecas y pasivos contingentes, integración del capital y otros.
- En resumen, docenas de datos reservados, que solo pueden obtenerse mediante una Carta de Intención y Convenio sobre Confidencialidad.
- Estamos como quien dice, tocando la puerta.
- ¡Joder! Qué ganas de complicarse la vida, ¡coño!
- Ya no tengo veinte años cabroncito, a ver si aceleras el paso, simplemente pídeles que mencionen el precio y ofrece la mitad de

rabioso contáo. ¡Todos son unos jodedores de marca mayor, si lo sabré yo!

— A ver, dime qué negocios has visitáo — exigió el viejo patán.

Kadir, haciendo gala de paciencia respondió amable:

— Son dos hoteles dentro de la ciudad.

— El primero de Cinco Estrellas con 150 Habitaciones Standard, 40 Júnior Suites, 10 Master Suites, la Suites Gobernador y la Presidencial, ambas de categoría Diamante. Actualmente es manejado en su totalidad por una Franquicia Norteamericana.

— El segundo hotel es de Cuatro Estrellas. 220 habitaciones Standard, 20 Júnior y 10 Master Suites. Es operado por sus dueños, una sociedad entre dos Españoles y tres Mexicanos.

— Ambos inmuebles de arquitectura moderna con antigüedad de 10 y 17 años respectivamente. Muy bien ubicados en las principales avenidas, rodeados de centros comerciales, bancos, oficinas, buenos restaurantes y tiendas de autoservicio.

— La tercera oferta, es un terreno, situado en la orilla del Lago de Chapala, en el poblado llamado Ajijic.

— Aquí el negocio está en la construcción para venta o arriendo de casas de retiro para extranjeros ricos, con toda la seguridad, comodidades y servicios de lujo, incluyendo una Clínica Médica y el Assisted Living (Casa de Retiro con servicios de hotel, salud y entretenimiento para personas mayores de 60 años de edad).

— Es un predio arbolado precioso de 900 acres (360 hectáreas aproximadamente) y posee un pequeño lago natural que llenaríamos de peces para que los clientes puedan pescar, se agregarían: un campo de golf de 9 hoyos solamente, piscinas, restaurante de comidas saludables, en fin un paraíso — terminó su exposición el Auditor.

— ¿Y de cuánta plata estaríamos hablando? Quizá hasta se puede poner un bar deportivo con algunas bonitas meseras como en Hooters (restaurante bar donde las hostess de grandes senos usan camisetas entalladas con escote profundo).

— Probablemente de unos dos mil millones de Dólares de forma global —mencionó Kadir, sin hacer comentarios.

— Cada negocio sería una tercera parte... habrá que negociar...

— Pues compra los tres putos negocios y ¡deja de joder! — rió a carcajadas Don Ramón — Regresando a España te encargarás de las adquisiciones.

— Tengo que pensar en proteger el futuro de mi sobrina Lanya y al pimpollo llamado Fiorella, mmmm.

- En esa forma las tendré para siempre, ¿qué te parece mi plan? Amber se está poniendo vieja y gorda, ja, ja, ja...
- ¡Ah!, y ni una sola palabra a la puta, digo a mi señora, es demasiado ambiciosa.
- Ahora déjame dormir que estoy moribundo de cansancio, ha sido mucha cogedera, ja, ja, ja...

El plan de Ramón Peralta y Bárcenas no pasaría más allá de buenas intenciones.

Al volver al continente Europeo, el Destino le estaba preparando una desagradable sorpresa.

A BORDO DEL JET GULFSTREAM V. ESPACIO AÉREO INTERNACIONAL

Una voz desconocida para Vander Skoda, respondió el teléfono de su mansión ubicada en el elegante Barrio Recoleta, en Buenos Aires.

– ¿Quién contesta? — inquirió el hampón con voz de mando.
– Capitán Godínez Ribadavia de la Policía Nacional. ¿Quién habla? Aló, Aló — repetía el Militar esperando inútilmente respuesta.
– ¡Por todas las putas del infierno! —maldijo Vander, colgando de golpe el teléfono. ¿La Policía Nacional en mi casa? ¿Qué demonios está pasando? … ¡Tampoco tengo la confirmación del ataque al estadio!

Terriblemente alterado, con la presión sanguínea muy alta, encendió el televisor del avión, tratando de captar algún noticiero Internacional. ¡El atentado debió ser noticia de primera plana carajo!

– ¿Habrán fallado?

El comentarista deportivo despejó sus dudas. "El partido de cuartos de final del Campeonato Mundial de Futbol FIFA 2014, terminó con la victoria de la Selección Nacional de Alemania sobre Francia por un gol a cero, anotado por Hummels con potente remate de cabeza de un tiro libre directo, cobrado por el jugador Kroos, al minuto 11 del primer tiempo. No hubo más goles, las defensivas de ambos equipos dominaron el resto del partido… una gran victoria para Alemania y su entrenador, Joachim Löw que pasan a la siguiente ronda…"

– ¡¡¡¡PUTÍSIMA MADRE QUE LOS PARIÓ!!!!

Fuera de sí, pensó en llamar al flemático Sir Geoffrey para contarle todo.

Una ráfaga de precaución le hizo cancelar esa idea.

Conocía muy bien el castigo de la Mafia en casos de violación a la seguridad: La pena de muerte y apropiación de sus bienes por los socios supérstites (sobrevivientes).

Si las autoridades desencriptaran la información, el Sindicato estaba en grave riesgo y su pellejo, en primer lugar.

SAN PETERSBURGO, RUSIA

La hermosa Tabitha, miembro del bravo comando Israelita al servicio de la justicia Internacional, que patrocinaba la Fundación Weitzner, junto con el Club Cultural, Deportivo y Social PRISMA, entre sus múltiples cualidades como guerrera entrenada, era experta en Radiotelecomunicaciones e Informática Avanzada. Los sofisticados equipos electrónicos de nueva generación, no tenían ningún secreto para ella, que disfrutaba conocer y dominar las nuevas tecnologías.

Por ejemplo, el año pasado había colaborado estrechamente con un grupo multifuncional de científicos, para la creación del vehículo autoconducido MERCEDES-BENZ F 015 Luxury in Motion, concebido como una sala de trabajo o diversión, que se maneja sin necesidad de un conductor humano.

NOTA DEL AUTOR.— Construido con fibra de carbón y aluminio, el automóvil híbrido eléctrico cuenta con una transmisión impulsada por celdas de hidrógeno y motores eléctricos en cada rueda trasera, capaz de acelerar de 0 a 100 kilómetros en 6.7 segundos. Su autonomía de más de 1000 kilómetros, recorre los primeros 200 con la batería, y el resto con la energía eléctrica producida por combustible.

El habitáculo tiene puertas abatibles sin poste, que facilita subir y bajar a los pasajeros. Posee cuatro asientos tipo avión diseñados anatómicamente para el confort y seguridad. Está equipado con pantallas de navegación interactivas y luces LED inteligentes. Los asientos frontales giran para crear un espacio interior de primera clase, con pantallas que responden al tacto. Gracias a su sistema de control modular, el auto puede ser conducido manualmente por ¡cualquiera de los ocupantes! Otros fabricantes como AUDI y BMW también han logrado grandes avances en el campo de los vehículos autónomos sin conductor.

****

Instalados en las estupendas Suites especialmente reservadas para el "Grupo de Danza Folklórica de Eslovenia", en el Pushka Inn Hotel de categoría superior, cerca del Palace Square, los aguerridos brigadistas comían y bebían de lo mejor, cuidando su dieta deportiva. Formaban pequeños grupos conversando diferentes tópicos.

Siempre responsable y atenta a sus receptores de ultrafrecuencia, Tabitha captó la conversación en Ruso que entendió lo suficiente, para descifrar que pronto habría una reunión de mafiosos allí mismo, en San Petersburgo.

Un tipo al que nombraban Vassily, ladraba órdenes a sus ayudantes para tener a punto su moderno avión SUKHOI Superjet 100, que casualmente estaba estrenando. Su aeronave anterior, era un Ilyushin IL-96-300 semejante al utilizado por los Presidentes de Rusia, Cuba y Venezuela, solo que en su versión VIP, modificado en su interior a todo lujo, equipado con cocina, comedor, despacho, dormitorios, baños, sala de juntas y jacuzzi entre otras comodidades, que transportó varios años a importantes personajes. Ese fabuloso jet Ilyushin de 4 motores, puede volar con autonomía de 9000 kilómetros a velocidad de 0.80 MACH (mach es la velocidad del sonido equivalente a unos 900 kilómetros por hora) y es famoso por no haber tenido ningún accidente.

Pero hoy, el hampón estaba muy feliz, como niño con juguete nuevo, había logrado adquirir el segundo SUKHOI Superjet 100 que salió de la fábrica Rusa. El primero, fue bautizado con el nombre de Yuri Gagarin, el famoso primer Cosmonauta del planeta.

NOTA DEL AUTOR.— El SUKHOI es el nuevo avión para uso civil fabricado por esa empresa, que anteriormente solo hacía aeronaves Militares. Diseñado para vuelos de corto y mediano alcance, con autonomía de 4500 kilómetros, hasta 100 pasajeros, pudiendo recortarse a 40, destinando espacio para oficina, alcobas, baños, sala de juntas, de gran lujo. Su velocidad de 840 kilómetros/hora, no obstante consume menos cantidad de combustible, con altas prestaciones para la navegación y seguridad aérea. Su costo no es excesivo, menos de 30 millones de Dólares Americanos y curiosamente, la primera Compañía Extranjera interesada en comprar 15 aviones para su flotilla, es Interjet, importante aerolínea de México.

****

- Comandante "Stan", ven un momento por favor — dijo Tabitha, enterándole de la escucha.
- Es poca información, desde luego lo que tienes es muy valioso, pero necesitamos saber más, sigue oyendo. Recuerda que en este país abundan las bandas criminales. Voy a investigar al tal Vassily — cogiendo su telefonito satelital, marcando el número del MOSSAD.
- Ezra, aquí Zelik. Me urge saber sobre un ciudadano Ruso, su nombre es Vassily, es un criminal de los grandes, no tengo más. Te lo agradezco hermano, nos veremos pronto, ¡Shalom!

En menos de diez minutos Ezra Stolar, Subdirector para Asia del eficiente Servicio Secreto de Israel, devolvía la llamada proporcionando datos escuetos pero suficientes, para identificar a Vassily Serkin como uno de los principales líderes de las mafias Rusas, multimillonario, con amplio historial de crímenes, tráfico de drogas, prostitución, contrabando de armas y toda clase de negocios ilegales.

- Es uno de los dirigentes del Sindicato Internacional del Crimen. Tiene propiedades en casi todo el mundo. Se ignora su paradero actual. No hay fotografías. Siempre a tus órdenes amigo ¿o debo decirte Comandante "Stan"? — concluyó el comunicado.
- Solo te digo por ahora que tengo una misión que salvará miles de vidas humanas. Te agradezco a nombre de ellos y en lo personal — cerró la plática "Stan", ¡reventando de gusto!
- ¡¡¡EUREKA!!! ¡¡LOS TENEMOS, SON ELLOS, ESTÁN AQUÍ EN SAN PETERSBURGO!!, ¡¡LA PLANA MAYOR DEL ICU!! — exclamó "Stan" eufórico, corriendo a compartir la noticia con "Scorpio" y todo el equipo.

****

Por su parte, el Doctor Elías Zagrev alias Agente "Snake", revelaba a sus compañeros del Comando, el producto de su más reciente investigación científica que le encargó el Director General del CERN, destacado colaborador del Club PRISMA.

El líquido bautizado por su creador como SDML (Slow Desintegrated Metal Liquid) algo así como Líquido para Desintegrar Lentamente Metales, actuaba sobre cualquier metal en estado sólido, mediante el proceso inducido de oxidación acelerada de efecto residual, que en menos de dos horas después de su aplicación lo destruiría por corrosión.

"Snake" ignoraba todavía el uso de su invento, pero estaba seguro de una cosa. Era un hallazgo mortífero.

- Es posible que se utilice para demoliciones en estructuras de hierro por ejemplo — aventuró la hermosa Leah.
- O para perforar cascos de barcos para hundirlos — expresó Aaron.
- Aplicarr coches de carreras parra matarr piloto. Imaginarr tipo conduciendo a 250 kilómetrrros horrra auto deshacerr — planteó "Rebecka".
- O en un avión, para desintegrarlo en pleno vuelo — expresó con suavidad "Aileen", cuyas palabras sonaron como una profecía.
- Sea lo que sea, aquí estamos para ¡acabar con los malos! — dijo Lorna dulcemente.
- "Stan", ¿sabes el objetivo? Este encierro me mata — tronó Eliezer.
- Esperamos instrucciones. Por favor tengan calma, aprovechen para descansar. Tendremos mucha actividad los próximos días, así que quietecitos.
- Alejados del grupo, "Aileen" se sentó muy cerca de "Scorpio",

rozando con su rodilla la pierna del Comandante.

- Nene te noto tenso, ¿quisieras un masaje en cuello, hombros y... demás partes de tu cuerpo? No te hagas ilusiones papito, solo masaje, je, je, je. Podemos aprovechar ahora que disponemos de tiempo...
- La verdad es que tu sola presencia me altera un poco preciosa, pero debemos concentrarnos en la misión, de un momento a otro vibrará el satelital (teléfono) con las nuevas órdenes — respondió nervioso "Scorpio".
- Bueno, te lo pierdes amigo, tal vez "Stan" quiera... — mencionó la preciosa Cubanita cuyos ojos verdes destellaban de pasión, tratando de provocar celos a su ex novio. Fue en ese instante que entró la llamada. El General Finnstein transmitió las órdenes. "Scorpio" escuchaba atentamente concentrado al máximo, mientras que "Aileen" juguetona, tocaba el bulto de su entrepierna.

La maniobra no pasó desapercibida por "Rebecka", que aproximándose al hombre, lo envolvió por atrás en un tierno abrazo apoyando sus magníficos senos en la fuerte espalda de "Scorpio", que comenzó a jadear.

- ¿Qué te pasa amigo? — dijo el General — ¿Te sientes mal?
- No, disculpe señor, es la calefacción, me ha puesto a sudar, pero le escucho con atención... Claro que sí, lo hacemos de inmediato... ¿Qué? ¿Escuché bien? Me parece excesivo señor, yo... nosotros... se lo diré... muchísimas gracias a todos. No, no es necesario, estaremos bien... cambio y fuera.

La conversación de nueve minutos había terminado.

Salvado por la campana, pensó "Scorpio", cuyo miembro viril había despertado y por las impactantes noticias, regresó a la siesta.

- ¡Basta de jugar niñas! ¡Tenemos trabajo pendiente! — alcanzó a decir "Scorpio", caminando para encontrarse con el resto de la fuerza de asalto para la reunión urgente.
- Amigos — dijo solemne — Esta es la misión...
- Si la cumplimos cabalmente, la recompensa que nos dará el "Club" es inmensa. Tan grande que nadie puede imaginar siquiera la cantidad de plata que recibirá cada uno de nosotros... — comenzó la explicación el Comandante "Scorpio".
- ¿De cuánto dinero estamos hablando? — abrió la boca Carvalho, siempre imprudente.
- La verdad es que ando un poco quebrado y...
- ¡Hablaremos de eso después cabrón! — reprendió "Snake".
- ¡Primero tenemos que cumplir la misión!

- Tienes razón, perdonen. Por favor, sigan explicando el plan — rectificó el Ingeniero.
- Está bien, todos hacemos esto convencidos de aplicar la Justicia castigando a los peores delincuentes, a la escoria social, pero también nos interesa el dinero... — recordó Eliezer.
- No lo estamos haciendo gratis, ¿verdad? — remató Leah.
- Créanme que recibiremos lo suficiente para retirarnos de esta peligrosa actividad y vivir muy bien. Con gran bienestar económico asegurado para nosotros, nuestros hijos, nietos, biznietos, tataranietos y sus familias, del tamaño que sean — cerró la discusión "Scorpio".
- Ahora queridos compañeros, pongan atención.
- Nos dividiremos en cuatro grupos.
- El G1 estará formado por "Snake", Leah, Jason y Eliezer que deberán vestir los uniformes...
- El G2 integrado por Lorna, Aaron y Pablo se encargarán de...
- G3 compuesto por "Aileen", "Rebecka", Habacuc y yo, nos haremos cargo de...
- Finalmente en el G4 están Tabitha, Shifra, "Stan" y Chris Carvalho. Realizarán labores de Inteligencia, Central de Comunicaciones y ...

Estupefactos por el tamaño del "bocado", los Agentes y los miembros del Comando Israelita, concentraron su interés, con incredulidad trataban de entender en sus ágiles mentes, el inmenso tamaño de la misión: ¡¡Destruir al monstruo de mil cabezas!!

La sesión se prolongó por sesenta minutos más, donde hubo puntual respuesta a las numerosas inquietudes y dudas planteadas por el fogueado personal. Asimismo se escucharon sugerencias, aprobándose algunas de ellas.

- Si no hay más preguntas, se levanta la sesión.
- ¡A trabajar! — ordenaron los Comandantes "Scorpio" y "Stan".
- ¡¡Hurra!! — exclamó el pelotón de asalto, integrado por los 9 experimentados paramilitares Israelitas: Leah, Jason, Eliezer, Lorna, Aaron, Habacuc, Tabitha, Shifra y su Líder, el Comandante "Stan".

Por el Club PRISMA, 6 personas. Los Agentes "Snake", "Aileen" y "Rebecka", su Jefe el Comandante "Scorpio" y el Teniente Pablo, su escolta personal. El único civil, el Ingeniero, Arquitecto y Playboy Internacional, Christopher Carvalho.

****

A las siete horas con treinta minutos de la fría y nevada mañana, los elementos del G1 y G2 vestidos con el uniforme color naranja, con franjas verdes fosforescentes en brazos y piernas, como los usados por los empleados del aeropuerto, con gafete para circular en Plataforma, llegaron a sus estudiadas posiciones dentro del Aeropuerto Púlkovo 2, para vuelos Internacionales.

Presentaron sus identificaciones y permisos de acceso falsos, elaborados en tiempo récord por el experto en expedir pasaportes y otros documentos apócrifos, viejo conocido del Comandante "Stan" cuando sirvió en el MOSSAD, a quien había entregado verdaderas obras de arte en numerosas ocasiones, a cambio de sus elevados honorarios.

Pero los documentos valían la pena, en varias ocasiones cayeron en manos de la KGB quien nunca reconoció la falsificación.

La Plataforma o Rampa es la zona de Estacionamiento, Carga y Descarga de los aviones en las terminales aéreas.

Considerada como Espacio de Maniobras, movimiento de aeronaves, vehículos y personas, es conocido como Tráfico de Plataforma, bajo el Control de la Autoridad aeroportuaria, que generalmente descarga la responsabilidad de la Supervisión, y de los aeroplanos y en su caso, a las compañías proveedoras de bienes y servicios para los aviones: comida, bebida, manejo de equipajes, surtidoras de combustible, limpieza, desinfección dentro de los aviones y muchas otras actividades.

Y en temporada invernal, cuando nieva, controlando a los vehículos que lavan y aplican el producto antihielo en las alas, fuselaje y timón de los aviones, para impedir la formación de capas de hielo, que pueden ocasionar accidentes mortales. Había nevado toda la noche y el termómetro marcaba 14 grados bajo cero.

"Snake", Leah, Jason y Eliezer fueron directamente al almacén para sacar el concentrado de Glicol y proceder a mezclarlo con el agua hirviente, contenida en los tanques cisterna de los dos vehículos destinados para ello.

Debía ser una maniobra ultrarrápida porque los verdaderos empleados de la compañía ICEOUT, concesionaria del servicio, estaban terminando su turno precisamente a las 08:00 horas y las aerolíneas, autorizada su salida por la Torre de Control, procuraban estar en tierra lo menos posible para rebajar los costos de la protección contra el hielo, que como se sabe, resiste desde 3 minutos hasta media hora. De acuerdo a la duración del efecto del producto, es la tarifa que se cobra.

Los encargados del turno de la noche anterior, estacionaron los camioncitos amarillos con el logo de un Joven Esquimal Lavando las Alas de su Trineo Volador. Los amables trabajadores saludaron en

Ruso, recibiendo contestación de "Snake", el único del G1 que hablaba el idioma.

No les resultó extraño no conocerlos, pues la compañía en temporada de invierno por exceso de trabajo contrataba personal extra, para atender la tremenda demanda de todos los aeropuertos de Rusia.

La maniobra de llenar el tanque de 18,000 litros del vehículo "A" la hicieron en menos de diez minutos, gracias a los potentes surtidores de agua con tubería de cuatro pulgadas, como los hidrantes para bomberos, mezclando correctamente el líquido antigelante.

60 segundos antes de comenzar el llenado del depósito del vehículo "B" con solo tres mil litros, "Snake" vació el contenido del tubo de cristal con apariencia de loción para caballero, Cuba Magnum Gold guardada en su estuche, un cilindro de aluminio con tapa roscada, parecido a los utilizados para empacar y proteger habanos.

Como centellas, "Snake" y Eliezer abordaron el camión cisterna. Pablo, en funciones de "Supervisor" les entregó la posición del Jet privado propiedad del magnate Vassily. El despegue del aparato estaba programado para las 08:22 a.m.

****

Minutos antes el G2, formado por Lorna, Aaron y Pablo, una vez dentro de las instalaciones aéreas, se presentaron en la oficina de personal de la empresa ICEOUT, con sus falsos gafetes y uniformes robados el día anterior, de la oficina de personal ubicada en el centro de la ciudad, acreditando su personalidad de empleados temporarios.

El despachador, hombre de unos 55 años había cumplido el turno nocturno y deseaba salir cuanto antes de la reducida oficina, soñando con el calor del hogar, donde su cariñosa mujer le tendría preparado un suculento desayuno caliente, a base de cereal con chocolate amargo, huevos pochados, rebanadas de jamón con paprika y zumo de naranja con un piquete de vodka.

– Siéntense. Entiendo que relevarán a los que están de servicio... — el hombre no alcanzó a decir nada más. La solución de Escopolamina que le inyectó Pablo en su cuello, le hizo caer desmayado. Uno de los efectos de la poderosa droga, es la pérdida de la memoria, como una formidable borrachera. Para la tarde, el pobre señor no recordaría qué le pasó.

Aaron ayudó a Pablo para esconder en la bodega el cuerpo del Jefe de Turno, atándole manos y pies con cinta canela de empacar, tapando la boca con un pañuelo, sellándola con el fuerte adhesivo.

Esperaban a cuatro empleados. Conforme llegaban a firmar su

asistencia, eran inmovilizados por los tres combatientes en la misma forma.

****

El par de rubias "Aileen" y "Rebecka", luciendo los elegantes uniformes de invierno usados por las azafatas de la línea aérea Rusa AEROFLOT, iban y venían caminando con sus botas negras de piel de tacones altísimos, causando la admiración de todos los caballeros y la envidia de las respectivas señoras. Los uniformes que visten, producto de diseñadores Rusos Bunakova y Jojlov, han sido declarados como los de MÁS ESTILO en Europa según la prestigiada Agencia SKYSCANNER. El de Invierno: chaqueta manga larga, vestido o pantalón ajustados y mascada, en color azul marino; camisa blanca, gorra cuartelera azul con orilla blanca y logotipo de la hoz y martillo alado, bordado en el puño, pecho y gorro. El uso de botas altas negras es solo para exteriores, a bordo se cambian por zapatillas.

El uniforme de Verano es mucho más vistoso: Chaqueta, vestido arriba de la rodilla, mascada, gorra y zapatillas en color rojo/mandarina; camisa y guantes blancos.

Las Aerolíneas del mundo han comprendido que las Azafatas son el punto de comunicación de los Pasajeros con la Empresa, por lo que aparte de alta capacitación, han cuidado su presentación y elegancia, encomendando a famosos diseñadores los uniformes de la tripulación, como Alitalia, cuyo diseñador es Giorgio Armani desde 1990; Iberia cuyo diseño recae en Adolfo Domínguez y Air France con creaciones de Christian Lacroix.

La que hablaba en Ruso era precisamente "Rebecka", nacida en la antigua Checoslovaquia comunista, cuando la dominación Soviética. La preciosa "Aileen", simulaba entender y sonreía, solo conocía unas cuantas palabras cuando la fuerte presencia Rusa en La Habana.

Su papel en la operación era servir como elementos distractores y de vigilancia, por si las cosas se pusieran feas. No portaban sus armas favoritas, ni siquiera una daga, que pudieran esconder en sus botas, el riesgo a que los detectores de seguridad del aeropuerto las descubrieran, arruinaría todo.

No obstante, el laureado Doctor en Ciencias Elías Zagrev, alias Agente "Snake" insistió en proporcionarles un frasquito de loción a cada una de sus preciosas compañeras, advirtiendo que en realidad contenía un veneno muy peligroso, incoloro, inodoro, insaboro, excelente para matar sin dejar ningún rastro.

– No es de mi invención pero conozco la fórmula y la he mejorado, añadiendo un agradable olor a rosas para despistar en caso de

523

sufrir algún decomiso, hecho especialmente para estos casos. Cinco gotas son suficientes para matar a cualquier persona. Llévenlo con ustedes en sus bolsos. Su nombre científico es KCL, Cloruro de Potasio.

— Todo bien hasta ahora — fue el reporte de las chicas a las 08:07 a.m. al G4, a cargo de labores de inteligencia y comunicaciones.

"Rebecka" ajustaba a su muñeca la pulsera del reloj Rolex Oyster Perpetual con el microtransmisor escondido. Queriendo añadir algo a su informe, lo dejó abierto, cuando fueron atacadas...

Sin conocer el aeropuerto, las hermosas azafatas estaban pasando frente a la Sala VIP exclusiva para vuelos particulares, donde casualmente entraba el grupo de mafiosos del Sindicato del Crimen, para esperar unos minutos la salida de su moderno jet.

Muy en su papel y dueñas de sí mismas, cruzaron una ligera sonrisa como simple atención al saludo de los hampones, que sorprendidos por la belleza de ambas chicas, las invitaron a pasar y tomar una copa de champaña con jugo de naranja y vodka, bebida conocida mundialmente como "Mimosa", solo que con el fuerte destilado de grano añadido, Vassily lo bautizó como "Mimosa Rusa".

Siempre en su lengua, el caucásico se presentó galante y las invitó a acompañarlos a la Costa Africana.

— Dejemos el frío, vengan con nosotros, no se arrepentirán, las bañaremos de oro y diamantes, como reinas.

— Oh, lo sentimos mucho Vassily, pero tenemos que trabajar, en otra ocasión quizá... — dijo "Rebecka".

— Por trabajo no se preocupen, cualquiera de nosotros les pagará un salario mensual diez veces más de lo que ganan en un año, ¿qué les parece? Mi nombre es Bertrand, soy Francés, ¡una garantía en el amor!

— La propuesta es en serio, me llamo Dwigth — que besó galante los deditos de "Rebecka".

— Mira te regalo este anillo de diamantes, sin compromiso, vamos acéptalo — le propuso Sir Geoffrey a la bella "Aileen".

— Es de cinco kilates y vale una pequeña fortuna, ja, ja...

Vander contempló la escena encabronado.

Era la sortija de su amante asesinada, la Haitiana Solange. Pero aguantó, no dijo nada, sabía que era una provocación para matarlo a él también.

— No puedo aceptarlo, pero lo del trabajo nos interesa, qué les parece si... — "Aileen" no pudo hacer nada, Vassily y Thorthen de cuerpos como osos la levantaron en vilo, introduciéndola a fuerza al salón ejecutivo, ante el asombro de los empleados.

En una segunda maniobra simultánea, Bertrand y Geoffrey cargaron a "Rebecka", inmovilizándola, en tanto que Dwigth amenazaba a las muchachas y a los testigos con disparar su arma, una pistola Sudafricana Vektor CP1 calibre 9 mm, actualmente descontinuada.

Las dos mujeres se defendieron. Sendos golpes de pistola en sus hermosas cabezas, terminaron con su resistencia.

- Vámonos al avión, me importa una chingada si no está listo, ¡el puto capitán tendrá que despegar ya! — bramó Vassily.
- A ver cabrones — dijo Geoffrey — Traigan esos manteles y envuelvan a estas putas, ¡se van con nosotros!
- ¿Piensas llevarlos a ellos? —dijo Vassily.
- ¡Claro que no! — gritó Thorthen, y sacando su pistola SIG SAUER P-226 vació la carga de 15 balas 9 mm Parabellum sobre los cuerpos de los tres empleados del salón VIP.

El ruido de los disparos fue mínimo gracias al silenciador, pero las voces, gritos y desorden fueron escuchados por Central.

****

Cuatro de los seis criminales cargaron con facilidad a las dos chicas introduciéndolas a la nave, depositando la preciosa carga en los mullidos sillones de la sala. Enseguida procedieron a registrar su ropa y bolsas de mano, aprovechando para palpar a gusto los senos y nalgas de las muchachas, sin fuerzas para resistirse.

Vassily retiró de sus delicadas muñecas los relojes Rolex de acero y oro, pareciéndoles de uso común, los colocó sobre una mesa.

Bertrand revisó los bolsos de piel encontrando las cosas que suelen llevar las mujeres: Lápiz labial, pintura para uñas, espejito, cepillo para cabello, peine, llaves, un frasquito de perfume, decomisando el teléfono celular, que revisaría más tarde.

Thorthen fue al muy completo botiquín de primeros auxilios situado en uno de los baños, volviendo con antisépticos, alcohol, vendas y pastillas contra el dolor. Revisó las heridas de ambas mujeres, dictaminando que no requerían costuras.

Procedió a lavar con agua y jabón las lesiones en la cabeza de las "azafatas", desinfectó y colocó tiras de gasa estéril fijándolas con vendoletas sobre los bordes de las heridas. Finalmente aplicó un firme vendaje.

- Carajo — exclamó Vassily — ¿Dónde aprendiste cabrón?
- Estuve una temporada en el Ejército — contestó el interpelado — Por supuesto me dieron de baja los muy putos.

— Que beban un poco de Vodka, eso las reanimará, ja, ja, ja —propuso Vander.

Dwigth, compadecido por la apariencia "frágil" de las muchachitas, se acercó diciendo lo más tierno posible:

— Nenitas, no se asusten, somos amigos, solo nos vamos a divertir sanamente, no se preocupen, están a salvo.

— Lamento que hayan sido golpeadas por estos putos salvajes, pero aquí estoy para defenderlas, les prometo que no les harán daño. ¿Tienen dolor?

— Solo un poco — contestó "Aileen" en Inglés — quisiera una Aspirina.

— Aquí tienen Advil Forte, pueden tomar una pastilla cada 8 horas, espero que nos perdonen, pero fue necesario, comprendan que...

— Olvidado está, un poco de agua por favor — dijo "Rebecka".

Los golpes que hicieron sangrar las lindas cabecitas rubias de las dos hembras, las salvaron de un primer ataque de los vándalos, que sin tener apuro, consideraron otorgarles un tiempo para reposar y recuperarse.

— Que no sea mucho — exigió Geoffrey.

— Calma amigos, ¿cuál es la prisa? Aquí las tenemos solo para nosotros, prefiero que se mejoren, que coman y beban algo — declaró Dwigth.

— De acuerdo, de acuerdo — dijeron los demás — ¡Vamos a tomar una copa, cabrones!

Los cinco asesinos comenzaron a tomar, observando a Vander, que silencioso pensaba en la venganza contra sus socios y no quiso unirse a la celebración.

— Más tarde, no estoy de humor ahora y sería una mala compañía, por favor dejen que olvide la muerte de Solange — solicitó Vander.

— Comprendan que fue mi compañera. No tenía mucho tiempo, pero la robé en Haití, siendo hija de un cacique indígena, practicante del Vudú. No soy supersticioso pero esas ceremonias son impresionantes.

— ¿Han presenciado alguna? Te hacen dudar que sus creencias sean falsas totalmente, es decir que al verlas, admites que pueden tener algo de verdad.

— Por ejemplo — atacó Vander — La hija de un brujo tenía la protección del Vudú. Fue golpeada y violada por una pandilla. Dos meses después, aparecieron los ocho adolescentes muertos en medio de la selva, semidevorados por los animales salvajes. Esa fue la ceremonia que vi.

— Créanme que en el fondo, no lo había dicho antes, pero estoy preocupado de algo que puede sucedernos a todos. A ustedes por asesinarla y a mí por robarla y no cuidarla — pronunció sombríamente Vander Skoda, genuinamente angustiado.

- ¡Esas son pendejadas! — dijo Bertrand.
- ¡No digas estupideces! — gritó Vassily.
- ¿Eres idiota? ¿Cómo puedes creer en eso? — se enfureció Thorthen.
- OK — reconoció Vander — Soy un estúpido, solo quise que supieran...
- ¡Que nada cabrón! Está bien, pero no te amargues, ¡has salvado la vida! ¡Piensa en eso hijo de la chingada! Ja, ja, ja... —se burló Geoffrey.
- Una pequeña sacudida del avión atribuida al mal tiempo, selló la conversación.

PÁVLOSK, SAN PETERSBURGO (día anterior)

Gracias a sus importantes influencias dentro del Gobierno local, Vassily obtuvo el permiso para ocupar por un solo día las instalaciones del magnífico Palacio Pávlosk, ubicado en la cercana ciudad del mismo nombre.

Al mafioso Ruso le pareció un lugar de absoluta secrecía y seguridad para recibir por unas horas, a sus pérfidos socios y dirigentes del Sindicato Internacional del Crimen.

Las seis camionetas blindadas DARTZ KOMBAT T98 de fabricación Rusa, estaban listas en el Aeropuerto para transportar en 4 de ellas a los importantes invitados, hasta el interior del Palacio, y las dos restantes llenas de guardaespaldas.

El vehículo es uno de los más seguros del mundo, equipado con robustas puertas de acero y ventanas de 7 centímetros de espesor, con capacidad para repeler balas de fusil AK-47 calibre 7.62 milímetros, incluso granadas propulsadas por cohetes, como los temibles RPG-7V ambas armas favoritas de guerrilleros y terroristas, por su alto poder destructivo.

El vehículo es impulsado por un poderoso motor VORTEC V8 de 8.1 litros que le permite, no obstante su enorme peso, desarrollar una velocidad de hasta 180 kilómetros por hora.

Los viajeros llegaron a diferentes horas durante el día y trasladados de inmediato al Palacio Pávlosk, de hermosa fachada color melón, con el frontis, columnas y remates, en color blanco.

Una verdadera obra de arte.

El anfitrión recibía a sus invitados con el orgullo de mostrar la historia y grandeza de su país, materializada en los estupendos palacios, museos, monumentos y edificios de la gran nación Rusa.

El Templo de la Amistad, situado en medio de los inmensos jardines arbolados del Palacio junto al río Slavyanka, fue el sitio elegido por su privacidad, lejos de molestas escuchas de sirvientes y empleados.

El Orden del Día de la Asamblea Extraordinaria, contenía los asuntos a tratar que eran de Vida o Muerte para la siniestra organización, ellos mismos y muy probablemente sus familias.

Reunidos los socios, procedieron a despachar los pendientes.

La asistencia fue del cien por ciento, con la presencia de Vassily el anfitrión; Vander, Sir Geoffrey, Thorthen, Dwigth y Bertrand.

Ausentes los difuntos: Luan y Kenneth.

PRIMER PUNTO.— Análisis de los Resultados de los últimos acontecimientos y situación actual.

SEGUNDO PUNTO.— Acciones a emprender y presupuesto.

TERCER PUNTO.— Clausura de los trabajos, Brindis y Vacación.

Los Asambleístas pasaron enseguida a desarrollar la Agenda:

PRIMER PUNTO.—

Vassily, el número uno del mundo de las drogas, abrió la sesión.

- Señores, los he convocado con el pretexto de unas merecidas vacaciones, a bordo de mi nuevo yate anclado en el puerto de Malmö, Suecia, que naturalmente las tendremos enseguida de esta importante junta. Sin más rodeos, tengo la pena de informar oficialmente a esta honorable Asamblea, el estrepitoso fracaso de la misión encomendada a nuestro socio Vander.

- Me refiero al atentado que se llevaría a cabo en el Estadio de Maracaná en Brasil. No solo no pudo hacerse, sino que perdimos a 40 Agentes de la organización arrestados por la Policía Nacional y el Ejército del Brasil, además de las 30 preciosas y productivas chicas de nuestros burdeles. Nadie sabe de ellas, se encuentran perdidas, incluyendo a Enzo, el Capo di Regime de la ciudad de Buenos Aires y lugarteniente de Vander Skoda.

- Como si no fuera suficiente, nuestros contactos en las Corporaciones de Seguridad Argentinas, nos han informado del allanamiento y cateo a la Casa de Seguridad de Vander en Buenos Aires, asesinando a los guardias, secuestrando computadoras, archivos, dinero y quién sabe cuántas cosas más habrán hallado. Dicen que fue la Policía Nacional, aunque tengo mis dudas...

- Un descuido imperdonable, mi querido Vander.

- ¡Por andar en tus puterías, el Sindicato está en grave peligro!

- Tu negrita Solange a cambio de su vida, ¡nos ha contado todo! ¡Hijo de la chingada! ¡Puto del carajo! — gritó fuera de sí el Ruso amenazando golpear al anciano.

- ¡Basta Vassily! — intervino enérgicamente Thorthen el gigante nórdico y principal banquero de Europa, sujetando al también corpulento Vassily.

- Escuchemos qué tiene que decir el acusado, recuerda que es nuestro socio. En atención a glorias pasadas le debemos respeto, ¡cabrón!

Vander Skoda, el principal propietario de inmensas tierras sembradas de plantas para producir, cosechar y transformar droga en varias partes del mundo, el amenazante dueño de la mayor organización de secuestro de niñas y jóvenes para surtir sus numerosos burdeles, el amo de la falsificación de Dólares, libras esterlinas, rublos y yenes, estaba ahora en la silla de los acusados.

Haciendo uso de la poca energía restante de su cuerpo y cerebro, tosió y secó su boca con su pañuelo Francés impregnado de fina loción.

– Amigos, soy culpable. No voy a presentar excusas. Conozco muy bien nuestras Reglas para saber que mi defensa es inútil. Los hechos hablan por sí mismos.

– Sin embargo hay un atenuante, por lo que solicito con humildad su atención y si lo estiman conveniente, la reconsideración de mi sentencia de muerte.

– Mi querida sobrina Glorielle a quien todos ustedes conocen, se encuentra desaparecida. La he buscado por cielo, mar y tierra con todos mis recursos, contactos y nada. Realmente me ha tenido muy preocupado, temo que haya sido asesinada. Ustedes saben que es mi única familia, estoy viejo y agobiado por la pena que me está matando...

– Pueden tomar la decisión que estimen conveniente.

– Es todo.

– Bien, ya conoces el procedimiento, déjanos deliberar.

– Sal a pasear por los jardines, te avisaremos.

Vander abandonó el recinto rodeado de columnas Corintias, a paso lento, los años lo estaban venciendo.

Alterado el sistema nervioso, de pronto sintió la necesidad de encender un habano — llamado así el cigarro o puro elaborado en Cuba con hojas de tabaco torcido, de fuerte sabor y aroma.

Tenía diez años de haberlo dejado, pero no por eso canceló el vicio de fumar. Hoy era aficionado a la mariguana.

Registró sus bolsillos sin encontrar nada. El último pitillo lo consumió durante el vuelo.

– ¡Maldita sea! — exclamó — Tendré que pedirle uno a Sir Geoffrey — que fumaba puros tamaño gigante como lo acostumbraba el famoso Estadista, Político y Estratega Militar, Sir Winston Churchill.

NOTA DEL AUTOR.— Condecorado Héroe Nacional, Churchill fue el único Líder de la Coalición Internacional, que visitó los frentes de guerra y mantuvo en alto el espíritu del pueblo Inglés, convocando a la resistencia. Siendo Primer Ministro del Reino Unido (Inglaterra), durante la II Guerra Mundial, ejerció gran liderazgo Universal, ganando la Conflagración junto con Franklin Delano Roosevelt, Presidente de los Estados Unidos, Iósif (Josef, José) Stalin, Presidente del Consejo de Ministros de la Unión Soviética (Rusia), y otros importantes Líderes y Países Aliados, derrotando a la Alemania nazi en Mayo de 1945, para terminar la contienda en Europa.

Posteriormente en Agosto del mismo año, el Imperio del Japón se rindió después de los decisivos ataques aéreos con bombas atómicas, que destruyeron las ciudades industriales de Hiroshima y Nagasaki, finalizando la Guerra en el Pacífico.

****

Al volver al lujoso recinto, alcanzó a escuchar el veredicto unánime. Sin embargo no se amilanó, con paso firme penetró al salón.

— Disculpen, pero el vicio es más fuerte que la virtud. Geoffrey, ¿puedes obsequiarme uno de tus habanos?

— Desde luego, aquí lo tienes. Es hecho a mano con los mejores tabacos de la isla de Cuba — dijo el interpelado, aprovechando para encender el de obsequio, y uno para él mismo, lanzando ambos fumadores amplias bocanadas de humo gris /azul de penetrante aroma.

— ¡Cuidado! Eso terminará matándolos, ja, ja, ja... — dijeron los demás no fumadores.

— Gracias Geoffrey — pronunció Vander dando media vuelta — Los veré después.

Sentado en el banco de madera del jardín, bajo la sombra de un frondoso Abeto, Vander Skoda meditaba la situación. Desde muy joven había entregado su vida a las causas criminales, haciendo de mozo, mandadero, vigía, espía, ayudante de asesino, asesino principal, transportador, chofer, guardaespaldas, jefe de guardias, jefe de escuadrón, jefe de plaza, Capo de Regime, hasta llegar a ser uno de los poderosos Capo di Tutti Capi (Jefe de Jefes) e influyente miembro del Consejo Directivo del gigantesco Sindicato Internacional del Crimen.

Hizo un recuento de gran parte de sus sanguinarias acciones que le valieron el reconocimiento, admiración, respeto y temor del ejército de asesinos a su cargo y de sus propios "socios".

El Sindicato me debe mucho, no pueden castigarme por un solo error. Antes, los mataré a todos, quizá en estos días de asueto.

Encontraré a mi preciosa sobrina, le pediré cogerse a cada uno de ellos, son unos depravados, les gusta el sexo en todas sus formas, vaginal, oral y anal. He visto cómo la desnudan con los ojos, deben tener fantasías.

¡¡Ella se encargará de mandarlos al averno!!

Je, je, je, je, estos traidores hijos de puta no saben lo que les espera...

La potente voz de Bertrand — como de tenor — el número uno en el mundo de la Energía Eléctrica, Petróleo y en la posición dos de la extracción, corte, tallado y comercio Internacional de Diamantes, convocó a Vander a reingresar a la sala, interrumpiendo sus cavilaciones.

NOTA DEL AUTOR.— El número uno del mercado de diamantes era precisamente la familia de Benjamín Weitzner, a través de diversas corporaciones.

****

La sentencia del Consejo, estaba dictada.

SEGUNDO PUNTO.—

- Querido Vander, a nombre del Consejo te anuncio que se ha decidido de forma unánime, darte una segunda oportunidad — declaró Sir Geoffrey, máximo dirigente de los Escuadrones de la Muerte y Aniquilaciones Étnicas y Religiosas mediante el patrocinio y organización de Guerras Civiles en África, Medio Oriente y Asia.
- Tu exceso de confianza, falta de precaución y defectuosa supervisión, ha ocasionado graves daños al Sindicato, que sin embargo pensamos, pueden repararse.
- Quedas a cargo de las operaciones que sean necesarias para recuperar nuestro poder e influencia en Centro y Sudamérica. Para garantizar el éxito de tu labor y como signo de confianza, ejercerás EL PRESUPUESTO ILIMITADO.
- Sin embargo, los perjuicios a la organización y a nosotros en lo personal son en este momento incalculables, poniendo en alto riesgo los negocios, nuestra libertad y la propia vida, familia incluida.
- Pero considerando tus valiosas acciones en el pasado, los negocios aportados y las enormes ganancias del Sindicato por tus atinadas intervenciones, se CONMUTA LA PENA DE MUERTE POR LAS SANCIONES SIGUIENTES:
- Tus empresas actuales en Europa, Asia y América del Norte, quedan a cargo del compañero Dwigth, quien las manejará y distribuirá los beneficios a este Consejo Directivo, excluyéndote por supuesto.
- Deberás pagar a cada uno de nosotros una multa de tres mil millones de Euros a más tardar dentro de treinta días.
- Así lo resolvió El Consejo de Directores del Sindicato.
- ¿Alguna objeción? — concluyó Sir Geoffrey, sin mostrar en su rostro ninguna emoción.
- Vander Skoda bajó la cabeza y dijo:
- Gracias compañeros, no los defraudaré.

El crimen no es fraude así que cuando los asesine, no incumpliré mi palabra, je, je, je, rió internamente, como si le importara honrar su promesa.

TERCER PUNTO.—

- Queridos compañeros: creo que por hoy ha sido bastante chinga de trabajo, ja, ja, ja, necesitamos diversión.

De mucho mejor humor, Vassily abrazó a Vander y declaró terminados los trabajos de la Asamblea Extraordinaria, invitando a pasar al Salón Griego del Palacio, para el Brindis. Asimismo, ratificó la invitación a sus socios para las vacaciones prometidas, a bordo de su yate anclado en el puerto Sueco de Malmö, en el Mar Báltico, frente a Copenhagen, Dinamarca.

- Descansen por hoy, mañana los espero a las 08:00 horas en el Aeropuerto para viajar en mi nuevo avión — declaró sonriente — Se van a quedar perplejos o mejor dicho pendejos, ja, ja, ja...
- Quizá debamos esperar un par de días, los noticieros hablan de una buena tormenta de nieve — advirtió Bertrand.
- Los hombres de por aquí estamos acostumbrados a las nevadas, pero si ustedes tienen miedo y les duelen los huesos con el frío, yo lo entendería, pinches pájaros tropicales, ja, ja, ja — se burló Vassily — Solo es un poco de nieve, porque una vez en el barco, zarparemos rumbo al Mediterráneo, justo a las costas del Norte de África.
- El clima es ideal en esta temporada. Me refiero a Marruecos, las ciudades de Tánger, Casablanca y Tetuán, tienen playas que son una chingonería — afirmó Vassily — Las nenas que llevaremos en el yate, arden de ganas de quitarse la ropa y inadar encueradas con nosotros!
- ¡El único miedo que tenemos es a las ladillas y otras enfermedades venéreas cabrón! — vociferó Dwigth, líder mundial en transporte privado aéreo, marítimo y terrestre.
- ¿Puedo invitar a mi pareja Solange? — preguntó tímidamente Vander — Ojalá no la hayan lastimado en exceso.
- Debes desenterrarla del cementerio. Reposa en la fosa común, ja, ja, ja... — rieron todos.
- ¡Malditos sean! — rugió Vander — ¡¡¡Yo la amaba!!!
- No te faltarán hembras, no seas pendejo, todas las pinches mujeres tienen fecha de caducidad, ja, ja, ja... — burlándose otra vez del torvo criminal, que la dejó pasar, almacenando otro motivo para segar la vida de los cinco socios hijos de puta.
- ¿Saben qué le dije a mi mujer en la cama, cuando llegué de coger con mi secretaria? — dijo Bertrand.
- Me preguntó con dulzura amor, ¿tú me quieres? — respondí rápido — Claro que sí.
- Ella dijo, ¿y hasta dónde me amas?, ¿hasta la luna, hasta el sol, hasta el infinito?
- ¡Hasta mañana! ¡Duérmete ya!

— Bertrand, hijo de tu pinche madre, eres un cabrón, ja, ja, ja, está muy bueno, ja, ja, ja... — rieron a carcajadas los presentes, incluyendo al apagado Vander, que por fin se animó. Su cada vez más fuerte deseo de venganza, le hizo fingir que las ofensas recibidas por sus compañeros mafiosos, estaban por olvidarse. El grupo de asesinos brindó a gusto por dos horas y se retiraron a la enorme Casa de Seguridad del anfitrión.

Debían levantarse temprano para iniciar las fabulosas vacaciones. Convencidos estaban que las habían ganado con su "trabajo".

****

El camioncito cisterna conducido hábilmente por Leah circulaba lento, con precaución sobre la nevada plataforma de maniobras, dirigiéndose hacia la posición remota, donde se encontraba estacionado el flamante avión, propiedad del magnate criminal.

El fabuloso jet bimotor SUKHOI SUPERJET 100 con capacidad original para 110 pasajeros, había sido recortado en número de asientos a 40, acondicionado por el fabricante especialmente para el cliente, con las mayores comodidades y avances de la tecnología que pueda imaginarse, con el lujo y excentricidad de las mejores Suites de Hoteles Categoría Especial.

Como el dormitorio principal automatizado, que al acostarse en el mullido colchón de pluma de ganso, la habitación se llena de luz tenue que cambia de colores, rosa, azul, rojo, verde, al tiempo que se escucha música suave del magnífico sistema de sonido de la marca Japonesa Denon, proyectando simultáneamente hermosas escenas de la naturaleza, verdes praderas llenas de flores, tupidos bosques, playas de ensueño, caudalosos y briosos ríos, nevadas montañas, hasta la tranquilidad total de bellos lagos.

Rodeado de dos gigantescas pantallas táctiles Coreanas de 110 pulgadas, el feliz usuario puede conectarse a Internet, seleccionar películas porno o la televisión Internacional.

Un pequeño robot, obedece las órdenes verbales de su amo, sirviendo bebidas del surtido minibar, preparando la tina de hidromasaje, acercando la toalla, bata, pantuflas y... hasta filmar escenas íntimas de alcoba si el propietario lo desea.

Estaba comenzando su colección de videos, solo tenía dos pero de gran valía: el primero con la ardiente esposa de un alto funcionario de gobierno extranjero y el segundo, con la traviesa y juguetona hija menor de famoso actor del cine Internacional.

La suite principal y las seis alcobas para invitados, estaban amuebladas y decoradas con el esplendor de los palacios de los Zares, siendo motivo de orgullo para Vassily, quien por su origen proletario, siempre ambicionó esos lujos y estaba ansioso de mostrarlos a sus socios del mal. Ni qué objetar en la Sala de Juntas.

Megamillonario influyente, Vassily consiguió equipamiento Ruso para la nave: radar Militar de localización/evasión y un oculto sistema de lanzamiento de missiles compactos Vympel R 77 (Código OTAN AA12) de medio alcance (unos 80 kilómetros) para intercepción de proyectiles en su contra y lanzamiento de ataque. El avión era una fortaleza volante.

****

Central (Tabitha), había percibido el audio del momento en que "Rebecka" dejó de hablar, suficiente para suponer con acierto, que las dos Agentes estaban en dificultades. Por el idioma Ruso y modales, solo podían ser los hijos de puta directores del Sindicato del Crimen.

Dio la voz de alarma.

- ¡Amigos! — gritó — ¡El G3 está siendo atacado en el aeropuerto! ¡El Radiolocalizador de "Aileen" indica que están en la Sala VIP!
- ¡Se están moviendo rumbo a la sala de abordaje de aviones privados! ¡Hay que darse prisa!
- Maldición —masculló "Stan" — Comunícate con "Scorpio".
- Aquí "Scorpio", ¿qué pasa?
- ¿"Aileen" y "Rebecka", están con ustedes? De lo contrario están en graves dificultades.

Con rapidez, "Stan" lo puso al corriente de la situación.

- ¡Por cien mil millones de coños! — rugió "Scorpio" — ¡Vamos de inmediato!
- ¡Un momento! — gritó Tabitha — ¡Están subiendo al avión, las llevan con ellos! ¡¡Si aplicaron el producto al fuselaje, morirán con los hampones!!
- ¡G1, G1, aquí Central! ¡Urgente, urgente! ¡Abortar misión! ¡Repito, abortar misión!
- ¡Confirmen aborto!
- Aquí G1. Imposible abortar hemos terminado. Esperamos instrucciones. Avión a punto despegue. Cambio.
- Atención G1 y G2 reagruparse ya con G4, repito reagruparse urgentemente con G4. Posible secuestro de "Aileen" y "Rebecka".
- "Scorpio" tienes el mando.
- ¡El avión se encuentra en la pista a punto de despegar! — chilló Tabitha — ¡Debemos impedirlo! ¡Hagan algo por el amor de Dios!

Siendo las 08:35 a.m. la Torre de Control del Aeropuerto autorizó al

SUKHOI SUPERJET 100, despegar por la pista NR2-D.

La moderna aeronave comenzó su veloz carrera, impulsada al máximo por la fuerza de sus dos potentes motores para dejar tierra, iniciando el vuelo elevándose majestuosamente, ante la impotente mirada de los acongojados trece miembros del valiente comando KZ (Kadir/Zelik).

La muerte de sus dos queridas compañeras, era casi un hecho. El avión se desplomaría muy pronto, al deshacerse las alas.

Por unos segundos "Scorpio" reflexionó que tal vez morir así fuera mejor para las chicas, que estar en manos de los malditos criminales, que seguramente después de violarlas en tumulto, las matarían sin piedad o quizá peor, las obligarían a prostituirse de por vida en sus burdeles.

El solo pensarlo lo llenó de rabia, planeando ya, cómo cobrar venganza.

¡Los destruiremos, juro que acabaremos con ellos!

Aprovechando el caos que se desató en el aeropuerto, por la muerte de tres empleados en la sala VIP, los miembros restantes del Comando salieron de la Terminal sin prisas, para no llamar la atención de la policía Rusa que acordonó el lugar, revisó los videos de las cámaras de seguridad, interrogó testigos y lo de costumbre, arrestó a dos o tres sospechosos solo por su facha, que horas más tarde dejarían en libertad al comprobar su inocencia.

****

Con gran rapidez, volvieron al hotel apesadumbrados.

Bebieron un buen trago de Vodka cada uno. Como junta de negocios, "Scorpio" inició preguntando a "Snake".

— No es culpa de nadie y menos tuya. La orden de abortar llegó demasiado tarde. ¿Dices que terminaste la aplicación del líquido especial?

— Por favor responde, qué cantidad aproximada aplicaste a las alas y timón, qué tan destructiva es la fórmula y muy importante, en cuánto tiempo puede carcomer el metal causando la caída del avión.

El Doctor en Física, Química y Matemáticas, Elías Zagrev, alias Agente "Snake" contestó nervioso:

— La cantidad fue aplicada en una parte del ala derecha y del timón, tal vez unos 8 o 10 galones que consideré suficientes, para destruir el aparato.

— Si la solución fuera concentrada, a esta hora estarían estrellados cerca del aeropuerto, pero no es el caso. A mí me pidieron un producto de efecto residual, quiere decir que contiene mayor cantidad de agua, está más diluida y actúa lentamente. El plan era que el avión se accidentara después de una hora de vuelo.

— Así que si despegó a las 08:35 a.m. el producto producirá la corrosión en 60 minutos, más o menos.

— Shifra, Jason y Eliezer, vayan a la Torre de Control del Aeropuerto y obtengan el Plan de Vuelo de ese avión a como dé lugar, ¿oyeron? ¡A cualquier precio! ¡Sobornen, amenacen, roben o maten, no me importa, quiero ese itinerario ya! — rugió el Comandante "Stan" como fiera herida.

— Leah y Aaron, consigan un mapa detallado de la Región, deben tenerlo en la Comandancia del Aeropuerto.

— ¡Vayan ya! — ordenó "Stan", sumamente alterado.

— Calma amigo — dijo "Scorpio" — Tenemos que tener la cabeza fría y razonar.

— Tus órdenes son correctas, es lo primero que tenemos que hacer, pero no te exaltes por favor, ¡te puede dar un infarto!

— A ver "Snake", ¿crees que haya alguna posibilidad de que el producto aplicado falle?

— No — respondió secamente — Hice suficientes pruebas, lo que dije sucederá, no hay duda.

— ¡Coño! — lanzó "Scorpio" — Tal vez, solo tal vez, la Fuerza Aérea Rusa pudiera colaborar enviando un avión Caza para lavar el fuselaje, como las maniobras de los aviones nodriza para reabastecer en pleno vuelo a otras naves... o rescatar a los pasajeros en la misma forma... creo que debemos intentarlo.

"Snake" tomó la palabra para decir solemne:

— No hay producto disponible en el mercado que pueda contrarrestar o anular el efecto de mi invención. Carajo, si me lo hubieran pedido a tiempo, pudiera haber preparado el antídoto contra la oxidación acelerada.

— ¿Y qué demoras para prepararlo? Tienes unos treinta minutos y contando. ¿Qué necesitas?

— Es muy poco el tiempo... no estoy en mi laboratorio... considero que no es posible — dijo "Snake".

— ¿No presumes siempre que eres muy chingón? ¡Pues demuéstralo papi! — exigió la bellísima Lorna que había estado callada.

— Ánimo cabrón Nerd — pronunció en broma Pablo — Yo te ayudaré. "Muchacho tú puedes, no eres más pendejo porque no quieres" — parafraseando un refrán popular — Ja, ja, ja...

— Si lo haces, te presentaré unas hembras de escándalo y hablaré muy bien de ti, ja, ja, ja... — intervino Carvalho, mitad broma, mitad realidad.

– Bueno, lo haré. Tomen nota de lo necesario, aunque insisto, no garantizo tenerlo a tiempo — declaró "Snake".

– Se sorprenderán de lo común y corriente que son los materiales, se pueden conseguir en supermercados y ferreterías. La dificultad consiste en saber cuáles son y mezclarlos adecuadamente... solo una persona con mi preparación académica puede...

– Calla y dame la lista — advirtió "Stan" — Acompáñame Lorna.

Rápidamente salieron de la suite preguntando al Concierge por el supermercado más cercano.

– Está a la vuelta, en la plaza —respondió el buen hombre — Por cierto muy bien surtido aunque un poco caro...

Regresaron corriendo al hotel con todo lo solicitado por "Snake": 6 cajas de botellas con Agua mineral, 10 galones con agua natural purificada, un frasco grande de yodo, tres kilos de piedras de alumbre, un saquito de carbón mineral, un galón de ácido muriático al 6%, un frasco grande de alcohol de 96°, dos galones de líquido removedor de grasa, diez galones de detergente común, cinco galones de jabón líquido neutro, cinco cucharones, tres coladores grandes y cinco cubetas medianas, todo ello en materiales plásticos. En la farmacia compraron: una caja grande con Aspirinas para adultos, 50 tubos de tabletas efervescentes de Vitamina C más Zinc, 48 pastillas de Paracetamol de 650 miligramos contra el dolor de cabeza, veinte cajas de pastillas antiácidas, 6 cajas de Linagliptina/Metformina de 2.5 mg/500 mg., un kilo de hipoclorito de sodio (lejía), veinte pares de guantes de látex, doscientos cubrebocas, cuatro rollos grandes de algodón y un frasco grande de gel antibacterial.

"Snake" procedió a vaciar cuatro porrones con agua natural en la tina de baño, ocupando los envases como grandes tubos de ensaye. Después comenzó a mezclar pacientemente los ingredientes, calculando el peso de cada uno, agregando los líquidos poco a poco.

– Pablo, vacía dentro de la tina el resto de los galones de agua natural y me vas acercando lo que yo te vaya diciendo.

– Niñas por favor colaboren. Lorna, vas a moler hasta hacer polvo las piedras de alumbre, procura no aspirarlo, usa cubrebocas.

– Mejor dicho, todos aquí a ponerse la protección.

– Y abran las ventanas, las emanaciones y el polvillo, son tóxicos — ordenó "Snake", satisfecho de poder dar las órdenes.

– ¿En qué puedo ayudar? — quiso saber Chris Carvalho.

– Puedes preparar un buen café, ¡eres Brasileño cabrón! — propuso

"Scorpio" y todos rieron, relajando un poco la tensión.

— Tabitha haz el favor de hacer polvo todas las pastillas, sin revolverlas, debes ordenarlas por nombre, ¿OK?

No obstante la congelante temperatura invernal, sudorosos por las carreras volvieron los mercenarios con sus encargos: El Plan de Vuelo, Mapa de la Federación Rusa, los Países Bálticos y Escandinavos.

— Tuvimos que patear algunos traseros — comentó Shifra.

— Habacuc, cuida la puerta, no dejes entrar a nadie, ¿entendiste? ¡A nadie!

— Jason, ayuda a Pablo, gracias.

— Eliezer y Aaron, comiencen a batir la mezcla de los materiales que iré vaciando en la tina, despacio, muy despacio, si lo hacen rápido pueden originar una explosión, que no les causará mayores daños, pero sí ruidosa, a todas luces inconveniente, ¿estamos? — advirtió "Snake".

Un poco alejado del inusitado movimiento del personal brigadista, "Scorpio" y "Stan" intercambiaban puntos de vista sobre el paso siguiente. Estudiaron cuidadosamente el Plan de Vuelo y Mapas.

Los mafiosos volarían directo sin escalas al Aeropuerto de Malmö-Sturup, en Suecia.

— Es un buen tramo de vuelo, son más de 1100 kilómetros — comentó "Stan".

— Con esta nevada, harán por lo menos de hora y media a dos horas de vuelo — calculó "Scorpio".

La duda radicaba si debían llamar primero al General David Finnstein (Mr. Black) o a Benjamín Weitzner (Mr. Gray).

Los Comandantes acordaron hablar simultáneamente con los dos personajes, mediante el sistema de conferencia múltiple.

— Señores, esta es la situación y estamos actuando de la siguiente manera... — comenzando la explicación por el final, como deben ser los Informes Ejecutivos e ir retrocediendo a medida que los jefes preguntan.

— ¡Motherfucker! (¡Hijos de puta) — exclamó Mr. Black — Tendría que solicitarlo el Presidente Barak Obama de los Estados Unidos directamente a su homólogo Ruso, el Presidente Vladimir Putin. El plan suena muy bien y pudiera ser factible, pero francamente lo veo muy difícil, las relaciones entre los dos países han sufrido algunas fricciones y no están en su mejor momento... ambos bandos hacen lo posible por mejorarlas. Rusia ha detenido la guerra en Ukrania y los Estados Unidos están pensando restablecer relaciones con Cuba. Son signos alentadores pero a mediano plazo.

- Hasta pudiera pensarse en derribar el avión con los peligrosos enemigos dentro, sería fantástico acabar con ellos de un solo golpe, aunque tendría el daño colateral al perder la vida nuestras dos valientes amazonas.
- No me atrevo a lanzar un missil sobre el espacio terrestre, aéreo o marítimo Rusos, sería un acto de provocación que pudiera desatar una guerra. ¡No!, de ninguna manera.
- Absolutamente desechado, hagan de cuenta que no he dicho nada — cerró Mr. Black.
- ¿Cuánto tiempo tenemos antes de que se desintegre el avión? — quiso saber Ben.
- El avión se desplomará entre las 09:35 y 09:45 a.m. son ahora casi las nueve de la mañana, tenemos solo 35 minutos para salvarlas — dijo con amargura "Scorpio".
- Me duele mucho reconocerlo pero no puedo hacer nada por ahora. Acepto que hemos perdido a dos de nuestras mejores Agentes. Solo nos resta orar por ellas y que suceda un milagro — confesó tristemente el General.
- Disculpa mi amigo, pero no estoy de acuerdo en eso de darse por derrotado. Creo firmemente en el poder de la oración, pero debemos actuar por nuestra cuenta — reaccionó vigoroso Benjamín Weitzner.
- El año pasado, cuando estuvimos secuestrados por los piratas en Somalia, mi hija Ruth y yo, en unión de otros pasajeros del fabuloso y moderno Trasatlántico/Condominio Flotante "TENERIFE", ¿acaso nos rendimos?
- ¡No señor! Fuimos rescatados a sangre y fuego por el valiente Comando Israelita guiado por Zelik Levy, que por suerte está en Rusia, trabajando hombro con hombro con nuestros Agentes, para el Club PRISMA.
- Y fuimos evacuados en operación relámpago por el formidable avión Norteamericano Bell-Boeing V-22 OSPREY, afortunada combinación de Helicóptero y Avión de Ala Fija, que despega y aterriza verticalmente. Ese transporte lo solicitó prestado/rentado el Primer Ministro de Israel al gobierno de los Estados Unidos, cosa que parecía inasequible, ¿lo recuerdas?
- Ssí claro —contestó el General — Pero era otra la situación. No estaban involucrados los Rusos.
- Sigue siendo muy difícil, pero no imposible — dijo Ben — No estamos solos en esto, nuestros amigos del Club viajan muchísimo, es probable que tengan en sus flotillas el avión adecuado, pero la

tripulación experta para la maniobra, definitivamente no. Tendría que ser un avión Militar, y en el espacio aéreo Ruso... tienes razón, ni pensarlo.

- Si me permiten — interrumpió "Scorpio" — La maniobra de lavar el líquido destructor en pleno vuelo puede realizarse, pero las gestiones para conseguir un avión de gran velocidad que pueda alcanzar al rápido SUKHOI Superjet y la especializada tripulación, nos tomaría mucho más tiempo de los 30 minutos que disponemos. Tendría que ser un STEALTH.

- Sabemos que hay varios F-117 NIGHTHAWK retirados, sin uso — finalizó "Scorpio".

- Pero aún en el ideal de tener el avión prácticamente invisible al radar y gente experta en tiempo récord, puede ser derribado como ya sucedió durante la Guerra de los Balcanes por ¡los Serbios! Con mayor razón las eficaces defensas antiaéreas Rusas destruirán la nave, generando un grave conflicto Internacional de consecuencias imprevisibles — remató "Stan".

- Solución descartada — decidió Mr. Black.

- ¿Alguna otra idea? — indagó Mr. Gray.

- La única opción viable y rápida, es que el avión aterrice dentro de veinte minutos como máximo, antes de que se desintegren las alas y el timón, literalmente — dijo "Snake".

- Y avisar por radio al piloto del avión para que regrese de inmediato al aeropuerto de San Petersburgo o que intente aterrizar en otros aeropuertos. No creo que ninguno de los mafiosos se oponga. Una vez en tierra, los eliminamos — propuso "Scorpio".

- ¡Nos parece excelente! — aprobaron los señores Gray y Black — ¡Adelante!

- A esta hora el avión ha rebasado el área del aeropuerto de San Petersburgo, y los que podríamos considerar alternos, como la ex Base Aérea Militar de Gorelovo a 10 kilómetros del aeropuerto de Púlkovo, o el Pushkin, que es un Aeropuerto Militar — consideró el General Finnstein, su reloj de pulso marcaba las 08:54 a.m.

- Debemos comunicarnos con el Capitán del avión de inmediato antes que pase más tiempo, él sabe con exactitud dónde se encuentran y qué aeropuerto es el más cercano para hacer un aterrizaje de emergencia, que conforme al Plan de Vuelo y Mapas, posiblemente es el Aeropuerto de Tallin, Estonia, a poco menos de 300 kilómetros de San Petersburgo — expresó "Scorpio".

- Adelante y que Dios nos ayude, procedan con todo. Debemos salvar a nuestras compañeras y destruir a los criminales.

- Buena suerte a todos. Estaremos pendientes — prometió David Finnstein.
- No duden hablar para cualquier apoyo — dijo Benjamín Weitzner.

****

A bordo del fabuloso jet, todo era felicidad. Los mafiosos bebían el finísimo champagne Dom Pérignon White Gold 1995 — en su botella Jeroboam de oro blanco de 3 litros de "solo" 30,000 Euros — con las hermosas Agentes "Aileen" y "Rebecka", supuestas sobrecargos de la línea aérea Rusa Aeroflot, que recuperadas de los fuertes golpes recibidos en la cabeza, pensaron que el mejor camino para salvarse era simular divertirse con la banda de criminales, ganando tiempo, esperando la oportunidad para eliminarlos.

Estaban vivas. Por el momento era lo mejor aguantar a los pendejos asesinos, acordando secretamente defender su honor hasta con la vida si fuese necesario, antes que sufrir la violación masiva, que con seguridad planeaba el grupo de hampones.

Primero que caer en la humillación y ser asesinadas, se llevarían a la muerte a uno, dos o tres de sus captores.

Eso era un hecho. Ambas eran expertas en el arte de matar.

Los pilotos del magnífico aparato SUKHOI, cumplían apenas 13 minutos de vuelo, dejando atrás la extensa área de San Petersburgo, elevándose lentamente para alcanzar la altura de 27,000 pies (unos 9000 metros) y recorrer los 2365 kilómetros hasta la ciudad y puerto de Malmö en Suecia.

****

- Esto lo decide todo. ¡"Snake" y los demás, suspendan lo que están haciendo. Tenemos nuevas órdenes, vamos de prisa! ¡Muevan esos traseros! — vociferó "Stan".
- "Snake", eres el único que habla Ruso, habla con el Capitán del Avión que ahora sabemos es el SUKHOI Superjet, para advertirle de parte de la Fuerza Antiterrorista de la Federación Rusa. Menciona que hay sospecha de una bomba en el sistema del tren de aterrizaje de la aeronave.
- Que aterrice de emergencia lo más pronto posible.
- Tabitha, por favor sintoniza la radio del SUKHOI en la frecuencia conocida.

Esas fueron las órdenes vertidas por el Comandante "Scorpio".

¿Sería demasiado tarde? El reloj marcaba las 08:59 a.m. La nave tenía los minutos contados.

****

Dentro del avión, muy contentos los hampones pidieron a las muchachas desnudarse. Ellas accedieron quitándose la chaqueta y la blusa para quedar en topless, mostrando los senos más lindos que los malditos hubieran visto. Blancos, ligeramente bronceados, del tamaño de una toronja, firmes y desafiantes con los pezones rosados, volvieron locos a los maleantes que un poco ebrios, manosearon, besaron y succionaron con avidez.

Vassily, Geoffrey y Bertrand totalmente eufóricos quisieron arrancar los pantalones de las chicas para dejarlas en cueros.

- ¡Noó por favor muchachos, así no! ¡Vamos a disfrutar todos, hacerlo bien! Estamos agradecidas por el viaje y los regalos, permítanos agasajarlos con un striptease (desnudo lento, sensual) después cogeremos por turnos, ¿está bien? — dijeron las hermosas hembras.

- Eso está mejor locos cabrones, son damas finas, cómo se ve que están acostumbrados al ganado corriente, pendejos. Ellas tienen razón, hay que hacerlo bien. A ver, Vassily pon algo de música caliente — ordenó Dwigth.

- Para estar totalmente a gusto, tenemos que avisar a nuestro trabajo que estamos enfermas, de lo contrario nos despedirán y nuestros familiares procederán a buscarnos y ya saben, líos y policía — dijo "Rebecka".

- Por el pinche trabajo no se preocupen, desde este momento trabajan solo para nosotros, tenemos un chingo de negocios donde podemos colocarlas ganando cerros de plata — pensando en la cadena de burdeles de lujo que poseían por todo el mundo — afirmó Thorthen — Pero tienen razón, no conviene que investiguen su desaparición las putas autoridades. Haz la llamada, puedes tomar la bocina.

- Hola papá, te llamo para avisarte que me tomaré unos días de vacaciones con mi compañera. Probablemente unos 6 u 8 días o tal vez más, ya te avisaré. No... todavía no sabemos dónde ir, hay tantos lugares bellísimos... sí, tenemos dinero suficiente, no te preocupes... simplemente renunciamos a la empresa, nos vamos a descansar y divertir un poco, juventud hay una sola vez en la vida... claro que sí te lo prometo, iré a casa después... no te preocupes, te llamo al llegar. Vamos a enviar nuestra renuncia por E-mail.

- Por favor, ¿quieres avisar a los padres de mi amiga? Sí, "Aileen". Les manda saludos, hasta pronto, un beso para mamá y otro para ti... Arrivederci (adiós, en Italiano).

Al otro lado de la línea "Snake" escuchó atentamente las palabras en Ruso pronunciadas por "Rebecka", anotando la conversación.

"Stan" revisó la sencilla charla "familiar". El mencionar "unos 6 u 8 días o tal vez más" indicaba con claridad que eran 6 u 8 sujetos en la aeronave, desconocían el destino al que iban. "Sí, tenemos dinero suficiente" explicaba que poseían el veneno surtido por "Snake" y el "Vamos a enviar nuestra renuncia por E-mail" significaba que estaban dispuestas a luchar, renunciando incluso a su vida.

— El par de nenas son muy listas — dijo "Scorpio" — Ya deben tener un plan de ataque. Con las habilidades guerreras que poseen, los cabrones bandidos tienen pocos minutos de vida — declaró "Scorpio". ¡Lo preocupante es la desintegración del fuselaje!

— ¡¡Tengo la frecuencia del avión!! —gritó Tabitha.

"Snake" tomó el micrófono del aparato de radio.

— ¡May Day! ¡May Day! ¡SUKHOI C-1309! Repito ¡SUKHOI C-1309! ¡Aquí Torre de Control, respondan! Cambio.

— Atento, Atento, aquí SUKHOI C-1309, cambio.

— Torre a SUKHOI C-1309. ¡Posible bomba en el avión! ¡Aterricen de inmediato! Repito, ¡posible bomba en el avión, aterricen de inmediato!, confirmen instrucciones, cambio.

— SUKHOI C-1309 necesito ratificación, repito necesito ratificación, protocolo seguridad E-1. Cambio.

— Mira pendejo burócrata, esto una emergencia y sus putas vidas están en peligro, agradece la advertencia y obedece, cambio — rugió desesperado "Snake".

— Aquí SUKHOI C-1309. ¿Quiénes son ustedes? ¡Torre niega esta comunicación! Repito ¡Torre niega esta comunicación! ¡Identifíquese! ¿Cómo carajos hicieron para...

— ¡Somos amigos de Vassily, idiota! Estás perdiendo tiempo, ¡busca aterrizar ahora! ¡¡Cambio y fuera!!

El Capitán del avión entró en pánico. No estaba seguro que la advertencia fuera verdadera, lo más probable es que se trate de una broma muy pesada, ... ¿y si fuera cierto? Siendo mi jefe un mafioso de los grandes, lógico es suponer que los demás cabrones también lo son. No puede descartarse un atentado — razonó el piloto.

— Hazte cargo — ordenó al copiloto.

— ¡Tengo que avisar al patrón! — saliendo disparado hacia la sala principal. La nave resintió un movimiento como de turbulencia, que le hizo perder el equilibrio.

Sin tocar la puerta, el piloto entró como tromba, gritando como poseído, casi sin fijarse en las preciosas "azafatas" con los senos al aire que los mafiosos besaban y succionaban a placer, manoseando las redondas nalgas bajo la frágil tela de sus finas mini pantaletas.

– ¡Qué demonios! ¡Cómo entras así pendejo! ¡Cuántas veces te he dicho que debes tocar la puerta idiota! ¡Me dan ganas de darte un tiro, hijo de puta! — insultó Vassily.

Sorprendidos por la violenta irrupción, los delincuentes cesaron lo que estaban disfrutando, poniéndose de pie a la defensiva.

– Perdón señor, ¡es urgente! Escuchen con atención: he recibido alerta de una estación de tierra, me advierten de la posibilidad que haya una bomba en este avión, ¡ordenan aterrizar inmediatamente!

– ¡Dígame qué hago! — gritó el Capitán.

– ¡¡Putísima la madre que los parió!! — masculló Vassily — Si es una broma te arrepentirás, voy a cortarte en pedacitos cabrón! — amenazó el Ruso apretando la garganta del piloto.

– ¡Basta pendejo, lo estás matando! ¡Quién chingado va a manejar este cacharro! Estás loco cabrón, ¡déjalo en paz! — intervino con fuerza Thorthen, el gigante rubio.

– ¡Mejor pensemos qué hacer! — exigió Dwigth.

– Estamos perdiendo tiempo valioso, ¡que busque dónde aterrizar, ¡pero ya! — rugió Geoffrey.

Bertrand sentado junto a las chicas trataba de calmarlas acariciando sus largas piernas, que al escuchar la noticia de la bomba, simularon afligirse y soltar el llanto.

Vander en su lejano asiento, calculaba fríamente las posibilidades de aniquilar a sus socios a balazos. Lo único que lo detenía era que al armarse la balacera, se podía perforar el fuselaje del avión, perdiendo la presión de la cabina, serían liberadas las mascarillas de oxígeno y el aparato podía desestabilizarse.

Por otra parte, si la amenaza de la bomba fuese real, no habría nada que hacer, morirían todos.

Otra sacudida, esta vez de mayor intensidad y duración, derrumbó al piso a los pasajeros que estaban discutiendo acaloradamente puestos de pie. El piloto gritó que regresaba a los controles.

– ¡Nivela el avión, hijo de tu puta madre! — ladró Vassily.

Fingiendo estar asustadas, las chicas pidieron permiso a Bertrand para ir al toilet, cubriéndose los pechos. Obtenida la autorización del asesino, cogieron sus bolsos de mano.

– ¡No tarden cabronas! — dijo Bertrand, pellizcando las divinas nalgas de "Aileen", que tuvo que aguantar, en caso contrario, lo hubiera matado allí mismo con sus propias manos.

La moderna aeronave equipada con todos los adelantos tecnológicos, se estabilizó, momentos que aprovecharon los jefes mafiosos para deliberar.

"Aileen" y "Rebecka" volvieron enseguida y tomaron asiento calladitas.

"Rebecka" auxiliada por un espejito, retocaba sus labios con bilé de color rojo encendido que combinaba de maravilla con la blancura de su piel, mientras que "Aileen" sostenía entre sus sonrosados deditos la botellita de cristal de Baccarat del magnífico perfume Francés JOY, hecho con más de 10,000 flores de jazmín y 350 rosas Búlgaras, al "módico" precio de 800 Dólares la onza.

— ¡A ver, par de putas! ¡Sirvan unos tragos, pero muévanse culonas! Ja, ja, ja... — ordenó Vassily.

"Rebecka" fue al mueble bar y descorchó la botella del finísimo champagne, sirviendo en copas limpias tipo flauta, mientras "Aileen" las acomodaba en la charola de plata, que segundos antes había "bautizado" con el poderosísimo veneno KCL (Cloruro de Potasio).

Los asesinos apuraron con avidez las heladas bebidas, pidiendo nueva ronda, sin saber que les quedaban escasos 5 minutos de vida.

— ¡Vamos viejo, sin rencores, bebe con nosotros cabrón! — dijo Geoffrey.

— No gracias, me siento mal, estoy mareado — respondió Vander.

Vassily se dirigió a su baño privado con la intención de orinar, preocupado por la molesta inflamación de la próstata que le dificultaba la micción.

El cruel delincuente Internacional, dueño de vidas y haciendas, el desalmado criminal autor material e intelectual de cientos de asesinatos a sangre fría, tuvo una muerte piadosa: El agudo picahielo empuñado por su hasta ahora socio y condenado secretamente a muerte Vander Skoda, se hundió en el tronco cerebral impidiendo la respiración, generando otros graves daños al organismo, muriendo en medio de un gran chorro de sangre. El torvo sujeto alcanzó a lanzar un ahogado ¡AHH! cayendo al suelo alfombrado como fardo, pataleando en el estertor de la muerte.

Vander quiso asegurarse y cubriéndose con una toalla clavó con odio, el puntiagudo instrumento ocho o diez veces más en cabeza y cuerpo del caído. Una de las furiosas estocadas, reventó uno de los ojos de Vassily.

Skoda abrió los cajones de las mesitas de noche, hallando la nueva y magnífica pistola Rusa STRIZH calibre 9 x 19 mm dos veces más potente que la antigua MAKAROV, que guardó bajo la camisa en la parte posterior de su cintura.

Discreto, salió de la recámara cerrando la puerta con el seguro puesto.

— ¿Dónde estabas? — inquirió Dwigth.

— No quieres saberlo cabrón, estaba ¡vomitando!

— Ja, ja, ja, ja — rieron todos — Es lo malo de llegar a tu edad, ja, ja, ja, pensamos que estarías cogiendo, ja, ja, ja — dijo Bertrand.

— ¿Y con qué objeto? — preguntó en doble sentido Sir Geoffrey — Ja, ja, ja... — que de pronto sintió un fortísimo dolor en el pecho y brazo izquierdo, síntoma inequívoco del infarto al miocardio, desplomándose con estrépito.

Los demás socios se abalanzaron para tratar de auxiliarlo, solo para que Bertrand, sufriera un dolor igual, muriendo de manera fulminante.

— ¡Perras malditas, qué nos dieron hijas de puta, oohhh! — gritó Thorthen, el gigante, que lanzó con fuerza su afilado cuchillo de monte llevándose las manos al pecho, cayendo cuan largo era.

La pesada arma blanca impactó en la parte superior izquierda del abdomen de "Aileen", del lado del bazo, cayendo al piso con gran dolor.

Milagrosamente la cuchillada libró por escasos dos centímetros la Arteria Esplénica, que abastece al Bazo y parte del Estómago con sangre oxigenada.

Si la hubiese cortado, la mujer moriría desangrada en pocos instantes.

Dwigth alcanzó a sacar su pistola y sin importarle nada ni nadie, hizo fuego sobre "Rebecka", cayendo abatida por el certero disparo en el pecho con el pulmón izquierdo perforado, y orificio de salida que dañó el fuselaje de la nave.

El tipo se despidió de la vida haciendo un segundo disparo. La bala se perdió entre los sillones.

Veloz como el rayo, sin importarle el fuerte dolor ni la presencia de Vander, "Aileen" auxilió a su compañera, taponando la herida, recostándola sobre el sillón con la cabeza levantada para evitar la temida broncoaspiración, que podía ahogarla en su propia sangre.

Vander Skoda pistola en mano, contemplaba la escena divertido.

— Ja, ja, ja, todos muertos, y no se preocupen por Vassily, le he asesinado con mis propias manos, ja, ja, ja...

Por fin sus socios hoy enemigos, ¡están muertos!, liquidados por las preciosas muchachas, que por desgracia van a morir, a menos que... ¡las ayude!

Sería una lástima que acabaran su vida así. Están buenísimas, pueden ser mis amantes consentidas ahora que han muerto mis enemigos y no hay nada ni nadie, que pueda impedir apropiarme de sus inmensas riquezas que ya no necesitan, ja, ja, ja, ja, ja...

¡Me convertiré en el Rey! No, ¡el Emperador Universal del Crimen!, con la adorada Glorielle a mi lado.

Y cuando me canse de estas putas, siempre podrán terminar sus días trabajando duro en mis prostíbulos, sus hermosos culos valen mucho dinero, ja, ja, ja...

El viejo fue a la cabina.

– Ha ocurrido una desgracia, enloquecieron con la bebida y se han matado entre sí.
– Hay dos chicas sobrevivientes, necesito tu ayuda Copiloto.
– Ahora mando yo, cabrón — le dijo al Capitán poniendo la pistola en su cabeza.
– ¡Aterriza de una buena vez o te mueres! — amenazó Vander.

Auxiliado por el Copiloto, proporcionaron los primeros auxilios a las dos jóvenes heridas de gravedad, tratando de ayudarlas lo mejor posible.

Un nuevo sacudimiento del avión, ahora con mayor intensidad, llenó de temor a los pasajeros sobrevivientes. El Copiloto volvió a la cabina.

– May Day, May Day, May Day — alertó el Capitán — Aquí SUKHOI C-1309, repito aquí SUKHOI C-1309 ¡turbulencia fuera de control y amenaza de bomba en el avión! ¡Repito turbulencia fuera de control y amenaza de bomba en el avión! Cambio.
– Aquí Torre de Aeropuerto Tallin en Estonia, confirme coordenadas, repito confirme coordenadas, cambio.
– Coordenadas 57°41'23" Latitud Norte y 27°19'39" Longitud Este, cambio.
– Aquí Torre. ¿Tiene fallas de motor, incendio o falta de combustible? Cambio.
– ¡Amenaza de bomba!, ¡repito amenaza de bomba!, computadora de vuelo indica problemas en alas y timón. Solicito instrucciones para aterrizar de emergencia.
– Traten de localizar la bomba, los pondré en contacto con especialista para que la desactiven, cambio.
– Enterado, enterado, SUKHOI C-1309, cambio y fuera.
– Aquí Torre Aeropuerto Tallin en Estonia, diríjanse a coordenadas 59°24'59" Latitud Norte y 24°47'57" Longitud Este. Desocuparemos pista TR-2I, temperatura menos 14 grados, nevando. Viento del

norte, con velocidad de 22 kilómetros por hora. Visión 200 metros, Vectores...

— ¡SUKHOI C-1309! ¡SUKHOI C-1309! ¡No puedo controlar el avión, timón no responde, perdemos altura!, ¡Nos vamos a estrellar! S.O.S., S.O.S., ¡auxilio, auxilio!...

El Capitán trató de serenarse. Tenía en sus manos la vida o la muerte. Miró los instrumentos de navegación. Altura 12,000 pies, 11,500, 11,000, 10,500, estaban cayendo rápido. Por la nevada, había muy poca visibilidad. Desesperado, gritó al Copiloto.

— ¡Mira en la pantalla de mapas!, ¡localiza un lugar para aterrizar!, ¡rápido o nos matamos!

El Copiloto revisó el mapa y marcó su propia ubicación. Tiempo de vuelo, 44 minutos.

Acercó el maravilloso y preciso buscador Satelital GOOGLE EARTH, descubriendo un enorme lago helado rodeado de bosques.

En otra aproximación encontró una buena extensión de terreno cubierto de nieve, proporcionando ambos datos y sus coordenadas al Capitán.

Tremendas sacudidas del avión, le hicieron tomar la decisión temeraria.

Intentaría bajar en el lago congelado, cortando el suministro de turbosina, tratando de evitar el incendio.

— ¡Que los pasajeros se preparen para el impacto y que Dios nos ayude! — fueron sus últimas palabras.

Fallando el timón y los alerones cayendo a pedacitos, el Capitán puso en juego toda su pericia y experiencia de muchos años, logrando un impacto horizontal sobre la superficie congelada del lago, que se quebró abriéndose un hoyo que amenazaba tragarse el pesado objeto volador.

Cuando el enorme ruido cesó, el silencio se prolongó durante unos minutos. El avión estaba hundido por la nariz hasta la mitad, quedando fuera del agua la parte posterior, justamente donde se encontraba el área de diversión y descanso de los pasajeros.

El viejo pero correoso, Vander Skoda estaba vivo. Con golpes y cortadas en varias partes del cuerpo, fue el primero en reaccionar, buscando una salida.

Antes que él mismo, ayudó a las dos hembras a colocarse los chalecos salvavidas autoinflables que todos los aviones tienen debajo de los asientos.

Esa acción no la efectuó por caballerosidad o gentileza hacia las mujeres, no, solo estaba cuidando su valiosa "mercancía".

- De prisa cabronas — iniciando la evacuación por la salida de emergencia.
- Ppeero, la tripulación... — balbuceó débilmente "Rebecka" — Debemos ayudar.
- Están muertos. Vámonos pronto, ¡esta mierda se hunde! — rugió Vander.

"Aileen" se incorporó con dificultad. Su fortaleza y entrenamiento Militar la hicieron reaccionar ayudando a su compañera para abandonar el avión, que lentamente se sumergía en las heladas aguas.

Como pudo, echó mano al maletín que contenía materiales de primeros auxilios. Buscó su teléfono afanosamente sin hallarlo.

Un brusco movimiento de la nave, le hizo desistir de la búsqueda, el avión se hundió casi en su totalidad, apenas tuvieron oportunidad de saltar hacia la orilla del boquete, azotando con grandes dolores en la congelada superficie.

Lastimados, caminaron aproximadamente cincuenta metros derrumbándose sobre la gruesa capa de hielo para tomar resuello.

Perdido el conocimiento por el fuerte impacto, prensados entre los fierros retorcidos, Piloto y Copiloto agonizaban dentro de la cabina inmersa en el lago. En un par de minutos serían cadáveres, acompañando al fondo de las aguas heladas a sus jefes, los grandes Capos del Sindicato Internacional del Crimen.

Los cuerpos serían manjares exquisitos para los LUCIOS, peces Europeos, carnívoros, muy agresivos, de grandes colmillos en la mandíbula y afilados dientes que pueblan los lagos de aguas frías.

La aeronave hizo el aterrizaje forzoso sobre la superficie congelada del inmenso Lago Peipus, en la frontera de Estonia y Rusia.

NOTA DEL AUTOR.— Este cuerpo de agua natural, abarca más de 3500 kilómetros cuadrados con profundidades que van de 7 a 15 metros.

Fue escenario de la famosa "Batalla del Hielo" librada encima del congelado lago en el siglo XIII, entre los ejércitos de la entonces República de Nóvgorod y los Caballeros Teutónicos, apoyados por los Daneses, con importante derrota para los Soldados Católicos Romanos, que dio fin a las Cruzadas contra Europa del Este.

****

Heridas de gravedad, avanzando con dificultad en la nieve, ateridas de frío y en medio de la nada, "Rebecka" y "Aileen", pensaron morir.

Para su fortuna, el sádico asesino Vander Skoda, estaba entero. El viejo resentía el fuerte dolor en sus huesos, pero fuera de ello estaba consciente y vigoroso. Sacó de entre sus ropas, su teléfono satelital de última generación: un minúsculo aparato que cabía en la palma de la mano.

Con rapidez, lo protegió bajo su abrigadora chamarra y marcó los secretos códigos NZU780934672, comunicándose al exclusivo "Nazdarovia Laika" restaurante bar, burdel, casa de apuestas y venta de droga en San Petersburgo, Rusia, propiedad de su difunto socio Vassily Serkin, ubicado en la Avenida Nevsky.

De las docenas de contactos del viejo criminal, escogió el que pareció más cercano al sitio del accidente.

– Habla Vander Skoda, esta es la situación: el avión falló y aterrizó de emergencia en medio de un lago helado... No, no sé cuál, es enorme. Tu jefe Vassily y sus dos amigas están heridos... ¡¡No sean pendejos, localiza la llamada, vengan pronto!! Tenemos enemigos aquí, traigan armas. ¡Es urgente!

Vander sonrió, la ayuda llegaría rápido.

NOTA DEL AUTOR.— El hipotético nombre "Nazdarovia Laika" es la combinación de brindar en idioma Ruso y en homenaje al nombre de la perra espacial de la Unión Soviética, que fue el **PRIMER SER VIVO** en viajar en la Órbita de la Tierra a bordo de la nave **SPUTNIK 2**, en los años 50. Eran los tiempos del líder soviético Nikita Kruschev.

Fue una hazaña sin precedente de los Rusos, que demostró la posibilidad de lanzar al espacio exterior a seres humanos.

En la ciudad de Moscú, existe un monumento recordando al valiente animalito sin pedigreé (raza fina), que fue reclutado de las calles y entrenado en los laboratorios. Los científicos determinaron que el can estaba acostumbrado a la vida dura, de las inclemencias del clima y podía adaptarse más fácilmente a las condiciones de la nave espacial, que un perro de hogar.

****

Ocho sicarios armados con las novísimas pistolas GRIAZEV-SHIPUNOV (GSh-18) y tres anticuados morteros Pala Rusos con granadas, recibieron la orden de trasladarse en helicóptero para rescatar a Vassily, su temido patrón, ignorando por supuesto que ya estaba muerto. El mañoso Vander ocultó ese "pequeño dato" pensando con toda razón, que de saberse la verdad, la ayuda nunca llegaría.

NOTA DEL AUTOR.— Las recientes pistolas Rusas GSh-18 utilizan munición 9 x 19 mm de alto impulso, es decir con capacidad para perforar chalecos antibalas clases 2 y 3, superando con ello a sus competidoras GLOCK, SIG-SAUER y HECKLER & KOCH. El arma, es una afortunada combinación de acero y polímeros que la hace a la vez, ligera y resistente a la lluvia, frío y nieve. En contraste, los Morteros Pala de 37 mm son considerados "ligeros", fabricados por la Unión Soviética en 1937, comparados con los "pesados" como el SOLTAM de Israel, el Norteamericano DRAGON FIRE o el KRH 92 de Finlandia, todos ellos para obuses de 120 mm.

****

Tabitha creyó enloquecer. Escuchó en sus modernos artilugios, las llamadas S.O.S. del SUKHOI C-1309 y después, silencio.

- ¡¡¡EL AVIÓN SE HA ESTRELLADO!!! — gritó con todas sus fuerzas a sus compañeros.
- ¿Conoces su posición? — dijo el Comandante "Stan".
- Todavía no. Habrá que calcularla.
- Permíteme ayudarte con los cálculos — ofreció el Doctor en Ciencias Elías Zagrev, alias Agente "Snake".
- Bien. Tenemos que organizar la búsqueda — sentenció "Scorpio".
- Esta vez iremos todos. Preparen el equipo necesario para atender esta emergencia, sin descuidar por supuesto la seguridad.
- Lorna y Shifra procuren los materiales médicos, sueros, antibióticos, anestésicos, equipo de cirugía, sutura y todo lo que consideren conveniente.
- Chris, Jason y Pablo, consigan cuatro carpas de campaña con linternas, agua suficiente, latería y equipo para hacer fogatas. No olviden luces de bengala.
- Tabitha, sigue pendiente de las comunicaciones.
- Leah y Eliezer, háganse cargo del armamento. No sabemos a qué nos enfrentamos. Es posible que los criminales al servicio de los capos, pudieran estar en camino.
- No estaría de más llevar dos lanzaproyectiles RPG-7V, ignoramos la capacidad de fuego del enemigo — recomendó "Scorpio".
- Las autoridades aeroportuarias deben tener conocimiento del accidente y quizá también envíen ayuda — reflexionó "Stan" — Necesitamos un par de helicópteros. Aaron y Habacuc serán los pilotos, están entrenados para ello.
- Perfecto, hablaré con Mr. Black. Veremos si podemos conseguirlos.
- El plan B es irnos en dos camiones como los usados por el ejército.
- Es fácil robarlos — dijo Leah — Yo puedo hacerlo con ayuda de alguien más...
- Negativo. No necesitamos ser perseguidos por las fuerzas armadas, no claro que no. En caso necesario, los compramos y listo —

sentenció "Scorpio".

De pronto recordó el nombre del todopoderoso empresario y político Ruso Iván Rómeyev.

Está muy agradecido con mi familia — pensó — especialmente con mi querido hijo Kadir Jr. por el episodio en La Florida, cuando valientemente rescató a su querida hijita de las garras del sanguinario Médico asesino, el neonazi Maximilian Schaff.

Estoy seguro que puede ayudarnos, aunque se requiere tiempo, que no tenemos. No obstante es buena posibilidad, lo mantendré en reserva — concluyó "Scorpio" sus reflexiones.

****

- Mr. Black hay buenas y pésimas noticias. El avión donde viajaban los dirigentes del Sindicato del Crimen, ha caído llevando a bordo a dos de nuestras Agentes.
- Estamos localizando el sitio... sí, en medio de la nieve... organizamos la búsqueda y rescate... necesitamos dos helicópteros... ¿Sería posible? No es necesario, algunos de nuestros muchachos son pilotos... Sí, de acuerdo señor, hasta pronto, ¡gracias!
- Tenemos suerte, hay suficientes helicópteros ¡como para una invasión! — celebró el Comandante.
- Las compañías petroleras Saudi Aramco (la más grande del mundo), Gazprom (del Gobierno Ruso), National Iranian, Petro China y las Occidentales Exxon Mobil, British Petroleum, Chevron y Royal Dutch Shell, tienen naves en sus hangares del aeropuerto de Púlkovo 2.
- Mr. Black intentará conseguirnos un par de helicópteros grandes. Debemos estar listos y esperar — concluyó "Scorpio" optimista.
- ¿Gustan un trago? — invitó "Stan".
- Creo que todos lo necesitamos — diciendo y haciendo abrió el mueble frigobar, tomando una botella de vodka Ucraniano Khorytsa elaborado con trigo tostado, comenzando a servir generosas raciones en vasos con hielo.
- Aquí encerrados en el hotel no avanzamos — dijo Eliezer.
- Tiene razón, la inactividad nos está matando — expresó Habacuc.
- Hay mucha tensión.
- Iniciemos algún jueguito sexual para combatirla — sugirió Chris Carvalho.
- ¡Cállate cabrón! — reprendió Lorna — Estamos muy preocupados por nuestras compañeras y tú chingando, como siempre. ¡Ya veremos más adelante si eres tan bueno como dices!

Transcurrieron doce preciosos minutos más. Sin transporte estaban cruzados de brazos. Tenían que esperar.

Un grito de Tabitha, los hizo volver a la realidad.

– ¡Hay una llamada de teléfono satelital!

– Por la triangulación proviene del sitio exacto del accidente. El que habló a San Petersburgo fue nada menos que ¡Vander Skoda! Y una magnífica noticia, al parecer ¡nuestras amigas están heridas pero vivas!

– ¡¡Hurra!! ¡¡Bravo!! — exclamaron todos, abrazándose, llorando de felicidad — ¡¡Vamos por ellas!!, y ¡¡por todos los hijos de puta asesinos!!

Quince minutos después que les parecieron siglos, Mr. Black giró las ansiadas instrucciones. Los expedicionarios salieron rápido y en orden.

– Vamos de campamento, estaremos fuera unos tres días — dijo "Snake" a los empleados de la recepción del hotel, que miraban sin disimular los hermosos traseros, dibujados en los pantalones de las brigadistas.

****

No hubo ninguna dificultad para subirse al helicóptero Inglés/ Italiano AGUSTA AW 101 VVIP amarillo y blanco, con el logotipo EXXON MOBIL con capacidad de 10 pasajeros, tal vez la mejor nave actual, equipadísimo, diseñado para operar en condiciones climáticas extremas, piloteado con habilidad por Leah.

Tampoco hubo problemas con el segundo helicóptero Azul y Rojo, el Americano SIKORSKY S-92 VVIP, equipado para 15 viajeros, que ostentaba la insignia CHEVRON, tripulado por Aaron.

Los aparatos se elevaron utilizando la máxima potencia de sus rotores, en medio de fuertes vientos y nieve, elementos de la naturaleza que operaban en contra de los rescatistas.

Volar en esas condiciones es sumamente peligroso y la Comandancia del Aeropuerto había negado en principio la autorización para despegar. Una llamada telefónica del Comandante General de Aeropuertos Civiles con sede en Moscú, solucionó el conflicto. La orden vino directa del General Vlacheslav Sobolev, Ministro del Aire, obsequiando la solicitud de su amigo, el caballeroso General Estadounidense David Finnstein, antiguos camaradas en el sinnúmero de Reuniones Bilaterales, sobre el esperado Desarme Nuclear.

MUSTVEE, ESTONIA

Situado en la orilla oeste del inmenso Lago Peipus, es un risueño municipio urbano donde conviven en armonía unos 1500 habitantes, mitad Estonios y mitad Rusos, que no obstante su reducido territorio, cuenta con cuatro o cinco templos de las Iglesias Ortodoxa, Luterana, Bautista y Antiguos Creyentes.

Su tranquilidad se vio alterada esa mañana recibiendo la inusual visita de cuatro helicópteros.

El primero, el aparato Ruso KAZAN ANSAT de 4 palas con capacidad hasta de 10 camillas, dos tripulantes y 5 asistentes, propiedad de los Servicios de Rescate del Gobierno de Estonia, solicitado con urgencia por la Torre de Control del Aeropuerto de Tallin a la ciudad de Tartu, cuyo aeropuerto era el más cercano al Lago Binacional compartido por Estonia y Rusia, donde se presume había caído el avión SUKHOI C-1309, cuando desapareció del radar.

Los cuatro rescatistas Estonios, abordaron sendas motonieves con motores de combustión interna, impulsadas por tracción de oruga con esquíes a los costados para su manejo, surcando la helada superficie para localizar a las víctimas.

Quince minutos después, un helicóptero Ruso más, de la clase EUROMIL Mi-38 aterrizó muy cerca del monumento a Neptuno, descendiendo los ochos sicarios y su equipo de combate, enviados por el gerente del restaurante bar Natzarovia Laika, que fuera propiedad del hoy extinto hampón, Vassily Serkin. Los gorilas, de musculatura como de acero, pero de cerebros subdesarrollados, optaron para transportarse en el congelado lago, por el tradicional "mushing" — transporte en trineos tirados por 12 fuertes perros de la raza Siberian Husky. En sus pueblos de origen estaban acostumbrados a ellos.

A los diez minutos dos helicópteros más, los prestados por las compañías petroleras al grupo formado por 4 Agentes del Club PRISMA y 9 Comandos Israelitas, aterrizaron frente a la gigante escultura en piedra negra de la Virgen Grieving, dedicada a los soldados muertos en la II Guerra Mundial.

Inteligentemente, contrataron los Trineos MTT (My Track Technology) de fabricación Canadiense, con motores eléctricos y tracción de oruga, que mueve la banda de goma dentada, cubriendo su interior de resistente aluminio, con autonomía de 200 kilómetros y enchufe para conectar taladros, sierras y palas.

El grupo tuvo la precaución de llevar consigo dos baterías más de Iones de Litio, que creyeron estaban debidamente cargadas, aumentando su rango a 600 kilómetros.

¿Qué grupo sería el primero en llegar al sitio del accidente?

Imposible saberlo.

Con excepción de los socorristas del Gobierno, los miembros de los otros dos grupos involucrados estaban armados y dispuestos a todo. Se avecinaba una tempestad y no de nieve, sino de fuego.

La razón de aterrizar los cuatro helicópteros en el pueblito, fue que el peso de las naves pudiera romper la capa de hielo sobre el lago, ocasionando su rápido hundimiento en las gélidas aguas con todo y pasajeros.

En cambio, transportarse por la superficie congelada, con mucho menos peso, sería bastante seguro, estimando arribar al objetivo en poco más de una hora.

****

Con ventaja numérica — eran 13 — y superior armamento, pues aparte de las metralletas GLOCK P-18, portaban dos lanzagranadas RPG-7V y cuchillos de combate, los miembros del comando ya sabían que iban a afrontar hostilidad y refriega con los hampones al servicio de Vassily.

En cambio, los 8 sicarios ignoraban que habían sido escuchados.

Esperaban luchar solamente contra las inclemencias del tiempo para rescatar a su temido patrón y sus amigos. Pero pudiera darse el caso de encontrar resistencia y entrar en combate, sin saber a qué enfrentarse.

Siendo asesinos profesionales, portaban armas ligeras y pesadas por inveterada costumbre, entre ellas dos anticuados pero muy efectivos Morteros de 37 mm. Por supuesto eran criminales peligrosos.

El grupo de los 4 socorristas solo cargaba lo estrictamente necesario para prestar ayuda Médica de emergencia: Dos camillas flexibles, cuatro esferas con oxígeno, paletas de resucitación con su acumulador de energía, estetoscopios, desinfectantes, guantes de látex, tablillas para inmovilizar huesos, vendas con y sin yeso, pastillas contra el dolor, jeringas desechables, soluciones de suero y aparatos de venoclisis, antibióticos y otros, así como pequeñas herramientas para liberar, como sierras, pinzas, destornilladores, palas y otros equipos útiles para rescates, sin dejar de lado los equipos de radiocomunicación permanente con su base y teléfonos satelitales, frazadas y un chingo de cosas más.

Los tres contingentes de rescate poseían las coordenadas del sitio exacto de la llamada de auxilio: 57°49'23.91" Latitud Norte y 27° 8'49.42" Longitud Este.

El pueblo de Mustvee está en 58°50'51.97" Norte y 26°56'51.89" Este.

Los 3 diferentes grupos, viajando a una velocidad promedio de 20 kilómetros/hora llegarían al sitio de auxilio ubicado a 32 kilómetros de la orilla del lago, en aproximadamente 90 minutos.

El grupo de sicarios pronto se dio cuenta de su error. Los trineos jalados por perros son muy efectivos en la nieve, pero no en el hielo. Las patas de los sufridos animalitos resbalaban en el suelo, para encontrar punto de apoyo, arañaban con sus uñas la dura superficie helada. La jornada sería lenta.

Los socorristas llegaron primero al lugar del accidente y prestos iniciaron el auxilio a los tres sobrevivientes, tomando conocimiento de la muerte de 5 pasajeros y 2 miembros de la tripulación del avión.

Dos de ellos procedieron a montar una tienda reforzada sujeta por ganchos de metal anclados en el endurecido piso, instalando las camillas, colocando con habilidad los tripiés para sostener las soluciones de suero, sangre universal y plasma.

Los otros dos, cargaron a las chicas y condujeron al viejo hacia el refugio. Por principio de cuentas les proporcionaron calidez, frotando brazos y piernas, cubriéndoles con gruesos cobertores, ayudados por potentes lámparas de calor que produjeron alivio instantáneo para evitar la peligrosa hipotermia.

Veinte minutos después, las maniobras humanitarias se vieron interrumpidas por la llegada de los Agentes del Club PRISMA y los comandos Israelíes, que pistola en mano cercaron el improvisado campamento, conminando al anciano que necio, no soltaba la pistola, abriendo fuego en dos ocasiones hiriendo a uno de los paramilitares en el pecho.

Eliezer fue derribado sangrando profusamente.

El fuerte culatazo en la cabeza propinado por Aaron, rompió el cráneo de Vander Skoda, que herido de gravedad, cayó fulminado.

"Snake" habló rápidamente en Ruso, explicando que las dos mujeres eran sus compañeras y debían llevárselas, petición que fue negada por los eficientes paramédicos.

El de mayor edad y categoría al fin Médico, se opuso firmemente a moverlas hasta no practicarles un examen minucioso y proporcionarles las primeras curaciones, advirtiendo: — Ahora tenemos dos heridos más.

— Olvide al viejo, es un criminal de lo peor — decidió "Stan", decomisando la pistola de Vander.

— Aun así, tiene derecho a ser atendido, es mi obligación tratar de …

— defendió el Doctor — Es un anciano y está muriendo...

- ¡Atiendan primero a mis hombres o se mueren estúpidos! — gritó "Scorpio", víctima de la desesperación, mostrando que era un hombre de carne y hueso como todos.

- Están muy débiles, han perdido mucha sangre, pueden morir. Es necesario esperar — ordenó el Médico.

- Las dos mujeres están delicadas pero estables. Hemos podido contener la hemorragia y la fiebre está cediendo.

- Ahora si me permite, continuaré atendiendo al hombre acribillado. Ha recibido dos impactos de bala de grueso calibre, parece de 9 mm. Está muy grave... De no ser por el chaleco antibalas, ya estaría muerto. Aun así los impactos han sido terribles, perforando la protección, por eso está sangrando — terminó el Doctor.

Al oír la docta opinión del Facultativo, todos los mercenarios se pusieron a orar por la salvación de su compañero. Afuera de la carpa, la ventisca arreciaba. El pronóstico anunciaba borrasca.

¡Y de qué clase!

****

El contingente de sicarios desafiando la tormenta, avanzó a mayor velocidad. La caída de por lo menos diez centímetros de nieve, hizo que las patas de los perros tuvieran mayor tracción para mover el pesado trineo.

El líder de los esbirros consultó la brújula y su teléfono con GPS verificando las coordenadas. Hizo un cálculo aproximado, arribarían al objetivo en veinte minutos más.

Por tercera vez, intentó llamar sin éxito, al número grabado de Vander Skoda, el Socio de su jefe.

- ¡Maldito viejo cabrón, pero le voy a romper su madre! ¡Hijo de puta, nosotros congelándonos el culo por su culpa y no contesta! Si no fuera por mi patrón Vassily, ¡los dejaría morir en el hielo!

El pobre diablo ignoraba que el teléfono de Vander tenía agotada la batería y que su Jefe estaba alimentando a los peces Lucios.

****

Poco a poco, la niebla invadió el lago. En pleno día, la tempestad hizo que la visibilidad se redujera a menos de cincuenta metros de distancia. Los perros azotados al máximo, ya no corrían, caminaban agotados amenazando reventar por el extraordinario esfuerzo, ladrando y aullando lastimeramente. El viento se encargó de llevar el sonido hasta el campamento, alertando a los 4 mercenarios, que fuera de la tienda montaban guardia sin ninguna queja, como si fueran parte integrante del paisaje nevado.

— Han llegado las visitas — comentó Habacuc.

— Preparemos su "digno" recibimiento — ordenó "Stan".

"Scorpio" y "Stan" implementaron el plan. Semejante a la protección otorgada a Jefes de Estado y Capos del narcotráfico, formarían 3 anillos de seguridad.

Los Paramilitares Judíos, Aaron, Jason y Habacuc, junto con Pablo bajo el mando del Comandante "Stan", formarían un primer círculo de seguridad de 5 hombres bien armados, en un radio de cien metros en derredor de la tienda de campaña. Aaron estaba a cargo del primer lanzacohetes RPG-7V.

El segundo anillo de seguridad a cincuenta metros del primero, estaba integrado por las bravas mujeres ex soldados, de las Fuerzas Especiales del Ejército Israelí, Leah y Shifra, al lado de Christopher, dirigidos por el Comandante "Scorpio". El segundo lanzaproyectiles RPG-7V era responsabilidad de la pelirroja Leah.

El tercer anillo, lo constituían rodeando la tienda, el Agente "Snake" y las valientes amazonas Lorna y Tabitha, permaneciendo dentro del refugio completamente a oscuras. El Doctor y los tres paramédicos debidamente enterados de la peligrosa situación, sacaron la casta, pidiendo armas en defensa de sus vidas y de los pacientes a su cuidado.

El reloj Breitling de "Scorpio", marcó las quince horas con treinta y cinco minutos, cuando sonó fuerte explosión y los primeros tableteos de ametralladoras, liquidando a uno de los sicarios de avanzada.

— Aquí Anillo Dos. Informe situación. Cambio.

— Anillo Uno. Estamos atacando. El RPG-7V dio en el blanco. Responden con armas cortas. Tenemos control. Cambio.

— No se confíen. Son profesionales. Cambio.

Justo en el momento de la advertencia, la granada de fragmentación de 37 mm, lanzada por un antiguo mortero/pala, fabricado por la hoy extinta URSS (Unión de Repúblicas Socialistas Soviéticas), explotó cerca de Jason destrozando su cuerpo, ante la azorada mirada de Aaron, que loco de rabia, cargó nuevamente el Lanzagranadas y apuntó hacia la niebla, guiado solamente por los fogonazos de las ráfagas, de los rifles AK-47 de los criminales.

El sonoro ruido de la nueva explosión, se mezcló con los gritos y lamentos de los hampones, muriendo dos de ellos despedazados.

— Aquí anillo Uno. Jason caído, repito Jason caído. Solicito refuerzos. Fuego de morteros. Cambio.

— Maldita sea — masculló "Scorpio" — ¡Vamos hay que avanzar

sobre ellos! — corriendo entre una nube de balas y tres granadas de mortero que impactaron el hielo endurecido, causando grandes hoyos, levantando chorros de agua.

En un santiamén tomaron nuevas posiciones de combate. Leah apuntó con cuidado el Lanzacohetes a lo que consideró era la batería de morteros. Apenas alcanzó a disparar. Una bala silbante penetró en su hombro derecho que hizo añicos la clavícula.

El proyectil lanzado por Leah dio en el blanco, matando a tres criminales que volaron por los aires diseminando brazos, piernas y cabezas ensangrentadas, pintando de rojo la blanca superficie nevada.

De pronto cesó el fuego enemigo, saliendo uno de los bandidos de su trinchera, agitando la bandera blanca en señal de rendición, pidiendo clemencia.

"Stan" y "Scorpio" intercambiaron una mirada de inteligencia. Cuando lo tuvieron a tiro, le dispararon con odio llenándolo de plomo. La orden era no tomar prisioneros.

"Stan" y Shifra levantaron en vilo a Leah que estoica, soportaba el dolor.

Aaron y Habacuc cargaron a Jason que agonizante perdió el conocimiento, llevándolo de prisa a la tienda, con la esperanza que un milagro médico salvara la vida de su valiente compañero.

El bizarro combatiente murió cuando el Doctor iniciaba la revisión del desgarrado cuerpo.

"Scorpio", Tabitha y Pablo, recorrieron la trinchera enemiga encontrando solo a uno de los criminales con señales de vida, hasta los 12 inocentes perros murieron en la balacera. Arrastraron al tipo que mascullaba palabras en Ruso incomprensibles para ellos.

– Pronto, este cabrón está vivo, llamen a "Snake" que venga enseguida — ordenó el Comandante "Scorpio".

"Snake" interrogó al moribundo, ofreciendo salvarlo a cambio de información. Así se enteró del sucio negocio del Restaurante /Bar/ Casino/Burdel en San Petersburgo y sus ramificaciones en otras ciudades de Europa. La Interpol, estaría muy feliz de contar con esos datos que le harían llegar en forma anónima, por supuesto.

– Es el lugarteniente en Rusia de Vassily Serkin. No lo necesitamos más — dijo "Snake" sacando el cuchillo de monte de su bota, mirando a "Scorpio" en busca de aprobación. La obtuvo.

– Noó, noó, has prometido ayudarme — ladró el delincuente.

– Mentí — dijo sonriendo con crueldad "Snake", rebanando con la filosa hoja la garganta del asesino que murió pataleando.

– ¡Esto es por Eliezer, Jason y Leah! — rugió.

- "Snake", Habacuc, Pablo y Christopher, Operación Limpieza — ordenó el Comandante "Scorpio".
- Arrastren los cadáveres de los criminales, armas, trineo y perros muertos. Arrójenlos al agua dentro de los agujeros en el hielo.
- Tengan precaución, el suelo puede estar frágil — exigió "Stan".

****

- ¡La batalla ha terminado! — vociferó "Scorpio".

Dentro del pabellón se encendieron las lámparas de baterías, penetrando el grupo de combatientes ateridos de frío y no obstante, los cuerpos sudando a chorros por el exceso de adrenalina.

Agotados, los expedicionarios se tumbaron en el suelo, dejando a Pablo y Aaron de guardia.

No querían sorpresas.

"Stan" y "Scorpio" platicaban sobre los acontecimientos, dando tiempo para que el equipo Médico tratara de salvar la vida de sus compañeros heridos. La conversación fue interrumpida por los sollozos y gemidos provenientes de Vander Skoda, que con su cabeza rota, manaba sangre cual cordero en sacrificio.

- Por favor, un poco de agua... — musitó el otrora poderoso criminal lleno de miedo y remordimiento tardío.

En su lenta agonía, pasaron por su retorcido cerebro imágenes de su turbio pasado, desde su infancia desgraciada, los crímenes de juventud, la crueldad de sus acciones, el sinnúmero de infamias y personas que ordenó matar... hasta su único amigo, Lyuben, el fiel guardaespaldas Búlgaro que salvó su vida varias veces, aquel que en dos ocasiones recibió los impactos de bala dirigidos a él y a quien traicionó matándole, poseyendo a la fuerza a su esposa, una preciosa campesina de nombre Darina, embarazándola precisamente de una hermosa bebé, a la que llamaron Milka y que posteriormente cambió de nombre a Glorielle, para borrar cualquier pista sobre su origen.

¡Sí!, la preciosa nenita rubia de los ojos verdes, ¡era hija de Vander Skoda!, producto de las bajas pasiones prohibidas... y el asesinato del hombre de confianza y esposa, cuando ella amenazaba con revelar la verdad... el sano crecimiento de la jovencita que desarrolló su cuerpecito de mujer prematuramente, alimentando su líbido enfermizo, a la que bañaba personalmente hasta la edad de diez años, tocando, acariciando, besando, las partes íntimas de la inocente niña...

De pronto el hijo de puta tuvo una horrible visión: estaba dentro de una gran celda de "zombies" (muertos vivientes) que reconoció enseguida: eran cientos de sus víctimas, cuyos cadáveres parcialmente en descomposición, agusanados, despedían fétidos olores insoportables.

Los seres lo abrazaban, colocándolo en diversas posiciones para introducirle sus penes en el orificio anal y en la boca, sintiendo asfixia, la asfixia de la muerte...

— ¡Noó! ¡Auxilio! ¡Piedad! ¡Tengan compasión! ¡Nooó!

Vander gritaba y resoplaba como animal en matadero.

Lorna escuchó la queja y en un acto de nobleza, acercó a los resecos labios del anciano un tazón con agua, que bebió a pequeños sorbos combinados con tosidos sanguinolentos.

— Vengan todos un momento — invitó "Scorpio" — Disfruten el espectáculo.

Mirando fijamente al torvo asesino, "Scorpio" le dijo a quemarropa:

— Tu querida sobrina Glorielle está muerta. La hemos matado, después de haberla disfrutado sexualmente.

— Por cierto, te felicito, es buenísima en la cama, sabe hacer de todo, es una maestra, nos la cogimos entre ocho hasta cansarnos, ja, ja, ja, y después la desollamos viva, ja, ja, ja... — mintió deliberadamente "Scorpio", cuya intención era martirizar a Skoda.

El resultado superó las expectativas. Vander Skoda sintió el insulto y las burlas en lo más recóndito de su ser, acelerando el corazón y la presión arterial a punto de colapsar. La rabia de no poder vengar la muerte de su amada y hermosa "sobrina", el morir allí solo, como un animal en medio de la nada y la frustración por no habérsela cogido como siempre fueron sus sueños, le ocasionaron el fortísimo dolor en el pecho y brazos, inequívoco síntoma del masivo infarto coronario.

El hampón Internacional, líder del crimen organizado mundial, tuvo una muerte relativamente benigna.

Merecía sufrir más, convinieron todos.

— ¿Puedo cortarle una oreja? — preguntó Pablo — Sería un buen recuerdo, ja, ja, ja...

— No lo echen al lago, podía envenenar a los peces — dijo Tabitha.

— Hagamos una fogata con él — sugirió Chris — Tendría su infierno particular, ja, ja, ja...

— No. Se contaminaría el ambiente. Doctor, ¿me prestaría la sierra quirúrgica? Lo haré pedacitos — dijo Lorna bromeando.

— Cortemos su cabeza y la mandamos reducir al estilo Tzantza con los Jíbaros del Ecuador. El malparido tiene colección en su casa de Buenos Aires.

— La he visto, es espeluznante — acotó "Stan".

— Tenemos una sierra industrial en la motonieve — aclaró uno de los Paramédicos, hablando en serio.

- Gracias pero no podemos hacerlo así. Se me ocurre una idea... — anunció "Snake".
- Los Esquimales — pueblos indígenas Inuit y Yupik que habitan en el Ártico y Siberia — abandonan vivos a sus viejos enfermos, para que sirvan de alimento a los osos polares, que a su vez, son cazados por los hombres aprovechando su carne para comer, la grasa de combustible y las pieles para abrigarse.
- Parece ser cruel, pero en esas heladas latitudes esta simbiosis les funciona desde siempre y es completamente ecológica, la retroalimentación del ciclo de vida y muerte.
- Esta costumbre también es aplicada en otras regiones del mundo, atando a los árboles a los viejos y enfermos, que igual son devorados por los animales — continuó "Snake".
- En este lugar no hay osos polares. En cambio debe haber manadas de lobos hambrientos. Dejemos el cuerpo de este hijo de puta aquí, que sirva de algo — propuso con desprecio.
- ¡Bravo! ¡Así se habla compañero! — aprobaron por aclamación.
- Bien, así será — autorizaron los dos Comandantes.
- Ahora, tenemos que organizar la retirada.
- Doctor, ¿cómo están los heridos? — solicitó "Scorpio".
- ¿Pueden viajar hasta los helicópteros? — indagó "Stan".
- Ha muerto uno de ellos, llamado Jason. No pudimos salvarlo. Está descuartizado por la explosión. Lo siento mucho...
- A "Rebecka" se le ha extraído la bala que perforó el pulmón. La hemorragia está controlada, aplicándole dos unidades de sangre.
- "Aileen" sufrió una cuchillada cerca del Bazo. Para su fortuna libró la arteria Esplénica, de lo contrario hubiera muerto, sigue en estado crítico.
- Al joven llamado Eliezer, lo salvó por el momento el chaleco. Pero las dos potentes balas lo penetraron, alcanzando a incrustarse en su cuerpo comprometiendo órganos vitales. Las hemos sacado, está gravísimo, el pronóstico es malo. Si realmente quieren proteger sus vidas, deben mejorar el material de esos chalecos...
- En conclusión, creo que los heridos pueden morir en el camino, a menos que sean transportados por vía aérea. Es muy pesada la jornada en las condiciones que se encuentran — contestó el Galeno.
- ¿Salvarán la vida? — quiso saber Shifra.
- La chica con fractura de clavícula... es dolorosa pero no grave.
- Hay un 70% de probabilidades en las otras dos mujeres que están delicadas. No quisiera aventurar más.
- Depende de su estado de salud, que en general es muy bueno, de los

cuidados hospitalarios, alimentación y convalecencia, son jóvenes y fuertes, me siento optimista — terminó el Médico.

- En cuanto al hombre con dos impactos en el pecho, tendría que ocurrir un milagro, está muriendo, necesita cirugía de alta especialidad y aquí no hay quirófano... lo siento.
- Tabitha, por favor consigue a Mr. Black y después a Mr. Gray, debo informarles — decretó "Scorpio".
- Mr. Black en línea — respondió Tabitha.
  En menos de cinco minutos puso al corriente al General Finnstein. Lo mismo hizo con Mr. Weitzner.
- Lo urgente es recibir apoyo de Hospitales y excelentes cirujanos. Sí, los cuatro están estables, claro señor, hasta pronto.
- ¡Pablo, Habacuc, Aaron! Por favor, caven en el hielo y determinen el grueso y consistencia de la superficie en varios lugares. Debemos calcular el peso de los helicópteros y la resistencia de la capa de hielo.
- Hay que traer cuando menos un aparato aquí, de lo contrario nuestros compañeros morirán.
- Los paramédicos no pueden hacer más. ¡Hay que evacuarlos por aire! — ordenó "Scorpio".

****

Las pruebas realizadas para determinar la resistencia de la capa de hielo sobre el agua del lago, resultaron favorables. El espesor promedio de casi quince centímetros de hielo endurecido, cubierto ahora por unos cinco centímetros más de nieve, daba una resistencia aproximada de F'c=100 kilos/cm2, suficiente para resistir el peso de un helicóptero ligero de unos 2000 kilogramos, con longitud de 14 metros y ancho de 2.40 metros, posado en superficie de casi 120 metros cuadrados sin fracturar el hielo.

- Imposible, nuestros aparatos pesan demasiado, siete toneladas por lo menos. Romperían el piso y adiós — reconocieron los pilotos Aaron y Tabitha.
- Podemos solicitarlo a tierra, pero se aproxima la noche y la tempestad arrecia. El auxilio tardaría varias horas, no debemos esperar más, ¡los heridos se nos mueren! — sentenció "Scorpio".
- Imposible ayudarlos más aquí, necesitamos llevarlos al hospital, dense prisa por favor — imploró el Médico.

El piloto Estonio, interrumpió para declarar que su helicóptero KAZAN ANSAT fabricado en Rusia, es muy ligero, con peso vacío de 1900 kilos y cargado sube a 3 toneladas, además tiene 6 camillas.

– ¡¡Con cien mil millones de supercoños!! — bramó "Scorpio"
— Tabitha, Aaron y Habacuc, ¡vayan al pueblo y traigan el puto
autogiro!

El grupo partió en el Trineo Eléctrico MTT llevando sus armas
automáticas. Faltaban veinte minutos para las seis de la tarde, era de
noche y reinaba la oscuridad.

Si todo salía bien, estarían de vuelta en el helicóptero en dos horas
y media.

****

A los veinticinco minutos de viaje, escucharon lejanos aullidos
inconfundibles de los feroces lobos que salían en busca de alimento.

Quince minutos después, el trineo fue atacado por numerosas
fieras, que jadeantes, corrían a la par del vehículo entre las sombras,
arrojándose sobre la retaguardia mordiendo con fuerza el brazo de
Aaron que lanzó un grito de dolor.

Como de rayo, Tabitha abrió fuego sobre la jauría que logró
ver gracias a los lentes de visión nocturna. Uno, dos, tres, cuatro y
cinco animales cayeron fulminados bajo las 60 balas 9 milímetros
Parabellum, disparadas en ráfaga por la extraordinaria pistola GLOCK
18 de cargador de tambor Beta C Mag para 100 cartuchos.

Al caer abatidos sus compañeros, las bestias se abalanzaron sobre
ellos para saciar su voraz apetito, dejando en paz al trineo que trataba
de alejarse a mayor velocidad.

Los brazos y piernas de Aaron sangraban profusamente, dejando un
chorrito rojo sobre la blanca nieve del camino.

Habacuc conducía el vehículo eléctrico. De pronto el motor del
trineo emitió un agudo silbido.

El panel iluminado color naranja encendió el temido aviso: LOW
BATTERY (BATERÍA BAJA).

Intentó cambiar con una de las baterías de repuesto. El indicador
marcó lo mismo. Usó el siguiente acumulador. Descargado también.

– Maldita sea — masculló — ¡Estos hijos de puta empleados de la
arrendadora de vehículos, nos dieron las dos baterías sin cargarlas!
¡Hijos de toda su chingada madre! — gritó furioso.

Consultó el GPS y su reloj. Faltaban casi 18 kilómetros hasta el
pueblo de Mustvee, a la orilla poniente del lago Peipus.

– Recemos a Dios para que este cacharro no se detenga.

Diez kilómetros adelante, la batería se agotó.

Con rapidez, los tres comandos se pusieron en camino, llevando sus
armas y equipo de comunicación.

La travesía fue lenta, Aaron sentía desfallecer por momentos.

Las fuertes mordidas de los canes le hicieron perder sangre, no obstante los apretados torniquetes aplicados en brazos y piernas.

A dos kilómetros de la costa, numerosa perrería se aproximó a los caminantes a gran velocidad, que se prepararon para la refriega.

Nadie sabe cómo los animales se comunican, parecía como si alguno de los lobos hubiera mandado un mensaje diciendo "carne humana fresca va en camino".

La mezcla de aullidos y ladridos estremeció a la vez que alertó al grupo.

— Nos estaban esperando — comentó Tabitha...

Los Israelitas no se atemorizaron.

Con el trineo formaron una barrera y adoptaron la posición de combate triangular, en donde cada soldado apostado en el vértice, mantiene su visión de casi 180 grados, a la vez que su espalda, el único punto ciego, es protegida por sus otros dos compañeros.

— Aaron, haz un esfuerzo. Tendrás que ayudarnos.

Entre Tabitha y Habacuc le colocaron los anteojos de visión nocturna y cargaron su arma, recostándolo un poco sobre el trineo para mejorar su apoyo.

— ¡Motherfucker! (Hijos de puta) — dijo Habacuc — ¡Son un chingo de lobos!

— Ánimo amigos — respondió Tabitha — Jugaremos un poco al tiro al blanco, ¡como en la feria!, ja, ja, ja...

— O en las consolas de videojuegos — reaccionó Aaron, muy adolorido.

Instalados estratégicamente, los comandos reportaron a su base el primer ataque de la jauría, las heridas de Aaron, la batería agotada, su posición muy cerca del objetivo en tierra y la nueva acometida de las fieras del bosque.

— Enterados, aquí no estamos mejor. Entraremos en combate con otro grupo de lobos. Buena suerte amigos. Cambio y Fuera.

Los dos frentes de batalla fueron una carnicería, con la victoria para los humanos que lucharon denodadamente por la supervivencia, si bien el precio pagado por el triunfo resultó elevado.

En el rústico campamento, dos valientes pero improvisados combatientes Estonios, preparados para salvar vidas y no matar nada, creyentes fanáticos de la ecología y preservación de la fauna silvestre, tuvieron serias dudas para disparar sus armas que no sabían manejar bien y murieron despedazados por los colmillos de los salvajes perros.

Pablo, con el entrenamiento avanzado cuando fue Militar, combatió con vigor, matando a docenas de lobos con el Lanzagranadas RPG-7V hasta terminar los proyectiles. Eufórico, cometió una estupidez. Salió de su escondite quitándose la camisa quedando semidesnudo, gritando maldiciones, disparando su pistola en modo de metralleta. Con la carga de cien cartuchos, ultimó a quince canes más. No pudo evitar el ataque por la espalda. Cinco lobos le cayeron encima, mordiendo piernas, brazos, cabeza y tórax.

En el suelo, bañado en sangre y víctima de espantosos dolores, sacó de su bota el afilado y dentado cuchillo de monte para clavarlo en la blanca barriga del Macho Alfa que lanzó un aullido que probablemente llegaría hasta la Luna.

Los animales restantes al ver a su líder caído, reaccionaron temerosos y se fueron corriendo para unirse a la manada, que muy mermada huyó del sangriento escenario.

Antes de morir, Pablo batido en sangre alzó la cabeza, retirando como pudo el cadáver de la enorme bestia que aplastaba su cuerpo. Una gran sonrisa se dibujó en el rostro al ver la huida de los sanguinarios animales, que emitían lamentos casi humanos, muchos de ellos heridos por la andanada de balas disparadas por sus compañeros.

Agonizando, el bravo guerrero activó la granada de mano para arrojarla a los demonios peludos, pero no le dio tiempo. La muerte hizo acto de presencia, llevándolo al viaje sin retorno.

Al darse cuenta de la situación, "Scorpio" corrió hacia Pablo para socorrerlo. Diez metros antes de llegar a él, la granada de fragmentación reventó, lanzando esquirlas hacia todos lados.

Kadir se lanzó al suelo, sintiendo un potente golpe del lado izquierdo del cráneo, como una pedrada arrojada con fuerza que hizo sangrar ligeramente su cabeza. Se puso de pie con dificultad, sintiéndose mareado por unos momentos, ensordecido por el ruido de la explosión. Recobrado el aliento, no le dio demasiada importancia a su herida, que manaba apenas un hilillo de sangre.

No podía imaginar el grave daño que el pedacito de metal, incrustado en su lóbulo parietal izquierdo, le causaría.

****

El otro reducido grupo de tres combatientes o mejor dicho dos y medio por la incapacidad de Aaron, que resultó un gran "pitcher" (lanzador de pelota en el béisbol). Usando solamente el brazo izquierdo, arrojaba granadas a buena distancia con puntería, haciendo blanco en grupos de lobos que morían en pedazos.

Tabitha y Habacuc se dieron gusto matando fieras, manteniendo sus posiciones. De pronto oyeron a sus espaldas el grito desesperado de su compañero herido. Dos lobos clavaban sus filosos dientes en las piernas.

Sin pensarlo dos veces, Tabitha corrió en su auxilio masacrando con su pistola automática a los canes, no pudiendo evitar — por la oscuridad reinante y la verde visión limitada de sus gafas de vista nocturna — que una bala calibre 9 mm impactara en el pie derecho de su compañero, cercenándole dos dedos.

Habacuc peleó como nunca, para salvar la vida. Pensó en su adorada esposa Ruth Weitzner y los hermosos hijos gemelos. Tenía que regresar vivo, estaba arrepentido de haber sido tan grosero y testarudo con ella, pero ahora, dedicaría el resto de su existencia de tiempo completo para hacer feliz a su familia.

De pronto, los ladridos cesaron, reemplazados por hombres con lámparas y antorchas disparando a los lobos que huían ante la presencia del fuego.

- ¡Stop Fire! ¡Stop Fire! (¡Alto el fuego!) — ordenó Tabitha a sus compañeros — ¡Identifíquense! — gritó a los otros.

Los recién llegados contestaron en Estonio: — "Meile Söbrad, Söbrad, Abi Te" (Nosotros Amigos, Amigos, Ayudar a Ustedes).

Al no recibir respuesta, pronunciaron en Inglés defectuoso pero suficiente para entenderlos: — "Friends, Friends, we help you" (Amigos, amigos, nosotros ayudar a ustedes).

- One moment please (un momento por favor) — dijo Habacuc, comunicándose al campamento. Después de intercambiar novedades, "Snake" que hablaba Ruso, hizo de traductor.
- Soy el Alcalde de Mustvee, hemos venido para ayudarlos. Escuchamos las explosiones, las bestias, el tiroteo...
- Somos los rescatistas del avión estrellado en el lago, tenemos heridos... — dijo "Snake" al teléfono.

El auxilio del Alcalde y su cuerpo de ayudantes voluntarios, obró milagros. En menos de diez minutos arribaron en las motonieves a las playas de Mustvee, la pequeña pero hospitalaria ciudad turística. A toda velocidad, Tabitha se dirigió al helicóptero, mientras Habacuc auxiliado por la comitiva oficial, subieron en la camioneta del Alcalde a su compañero Aaron, gravemente herido.

El buen funcionario hundió el acelerador para llegar a la calle Tartu, sede del Hospital Mustvee Taastus, por la entrada de Emergencias, donde atendieron al herido con eficiencia, procediendo a limpiar las heridas con agua y jabón, inyectarle suero, anestésicos, desinfectantes y los procedimientos quirúrgicos necesarios para salvar la vida y evitar la amputación de brazos y piernas destrozados.

Y por supuesto, la poderosa vacuna contra la rabia, mortal enfermedad transmitida por la mordedura de perros y lobos.

****

Tabitha, despegó en pleno vendaval. La maniobra de rescate era peligrosa por el inclemente tiempo, pero no tenía alternativa.

Navegaría a ciegas, por instrumentos. Pero era una experimentada piloto, le había tocado manejar aviones y helicópteros en condiciones peores. En el trayecto de menos de veinte minutos hasta el punto de extracción, recordó las veces que bajo nutrido fuego de ametralladoras antiaéreas, tormentas de arena en los desérticos campos de batalla del Medio Oriente, bajo las torrenciales lluvias del Monzón en las selvas de la India y grandes turbulencias de tifones (huracanes) en Filipinas, China y Japón, navegó con éxito. No obstante, esta era su primera vez en tormenta de nieve. Se comunicó al campamento avisando su llegada.

Aterrizó con dificultad muy cerca de la carpa. El viento era demasiado fuerte pero aún estaba bajo control. Descendió con el motor en marcha, para que el aire caliente de la máquina evitara la acumulación de nieve y hielo en las palas del rotor y fuselaje de la nave.

La maniobra de evacuación fue rápida, subiendo cuidadosamente a los heridos y con mucho respeto a los fallecidos: sus tres compañeros y los dos paramédicos. Tabitha y el resto del equipo lloraron a bordo, incluyendo al endurecido Médico, acostumbrado a ver heridos y muertos con regularidad. "Scorpio" se colocó en la cabeza una gasa empapada con desinfectante que sujetó con una venda. El Doctor al darse cuenta del improvisado turbante, preguntó por la herida.

— Nada de qué preocuparse, es un simple rasguño — explicó el Comandante — Vámonos ya, los heridos están mal — A bordo, "Scorpio" relató la valiente acción de Pablo que le costó la vida — ¡Era todo un bravo soldado, al igual que Eliezer, Jason y los valientes jóvenes paramédicos, que han dado su vida para salvarnos! — dijo emocionado, otorgando condolencias al resto del grupo expedicionario.

— Al elevarse, los pasajeros alcanzaron a ver nuevas oleadas de lobos que acudían al banquete, con los cuerpos de los sicarios caídos y los cadáveres de su propia especie.

— ¡Uff! — expresó Lorna — Un poco más y se estarían alimentando con todos nosotros.

Veinticinco minutos después arribaron al pueblo de Mustvee. La comitiva oficial con el Alcalde al frente, los esperaban con dos ambulancias.

"Scorpio", sofocado, llamó a Mr. Gray y Mr. Black en modo de conferencia múltiple, dando cuenta y razón de las muy dolorosas bajas de Jason, Eliezer y Pablo, así como de dos paramédicos que murieron luchando heroicamente en cumplimiento de su deber, y los heridos de gravedad "Rebecka", "Aileen" y Aaron; y con lesiones menores Leah y "Stan".

— Estamos consternados.

— Del enemigo, tengo la satisfacción de informarles que han MUERTO TODOS los líderes del Sindicato Internacional del Crimen, los dos pilotos de su avión particular y ocho peligrosos asesinos, incluyendo al lugarteniente de Vassily.

— Estamos en la pequeña ciudad de Mustvee, República de Estonia, en la orilla occidental del Lago Peipus. Vamos camino al Hospital Mustvee Taastus. Seguiré informando... cof, cof, cof.

— Enterados. Es muy triste lo que dices. Despacharemos la ayuda necesaria para allá. Los esperamos en casa para los funerales. Cambio y fuera.

De pronto, "Scorpio" se desvaneció. Mayor cantidad de sangre manaba de su cabeza. La esquirla de granada había penetrado el hueso parietal izquierdo, comenzando su labor destructiva.

****

"Scorpio" ingresó al hospital por la sección de urgencias. El Radiólogo informó de una grave lesión en el hemisferio izquierdo del encéfalo.

— El proyectil metálico está alojado en el lóbulo parietal. Hay que extraerlo. Debemos preparar todo para la cirugía. ¡Llamaré de inmediato al Neurocirujano!

72 horas después, los Médicos del Hospital cantaron victoria. Los heridos salvaron la vida y estaban en franca recuperación. Solo el Comandante "Scorpio" continuaba inconsciente. La intervención quirúrgica había sido exitosa, consiguiendo retirar el cuerpo extraño del blando tejido del cerebro.

No obstante, no se podía saber todavía el alcance de los daños y sus consecuencias, que en el peor de los escenarios pudieran dejar al paciente como un vegetal.

— Tenerlo en cuidados intensivos por el tiempo que sea necesario, ignoramos cuánto — dictaminaron los Médicos — Habrá que esperar a que el cuerpo reaccione y valorar su nuevo estado. Si no hay complicaciones, podrá ser trasladado a un hospital especializado... — concluyeron los eficientes Facultativos.

Los cadáveres de los compañeros Jason, Eliezer y Pablo, fueron embalsamados para su conservación y ser transportados a sus lugares de origen para los funerales.

Otra mala noticia fue la amputación de la pierna derecha de Aaron, que por la naturaleza de las fuertes mordidas, destrozaron huesos, tendones y arterias, agravadas con la temperatura bajo cero, que impidieron la circulación de la sangre, mostrando la temida gangrena. También había perdido dos dedos del pié por el desafortunado disparo de Tabitha.

¡Pero estaba vivo! La avanzada tecnología médica, se encargaría en el momento adecuado para implantar modernas prótesis, que lo ayudarían a tener una mejor calidad de vida.

****

"Stan", Habacuc y "Snake" fueron al sitio donde aparcó el helicóptero de los mafiosos.

Cruzaron una mirada de inteligencia y sin decir palabra, "Snake" colocó la minibomba programada para estallar en veinte minutos. Habacuc tomó los controles del aparato y se elevó hacia el congelado lago, descendiendo a unos quinientos metros de la costa, regresando a la orilla a paso veloz.

Tuvieron la cortesía de avisar al Alcalde. Informado al detalle por "Snake", el funcionario agradeció internamente que respetaran su investidura y "autorizó" la explosión.

Ellos mismos formaron un anillo de seguridad para evitar algún accidente.

– Hubiera querido conservar el helicóptero para uso del cuerpo de rescate, pero es Ruso, podía desatar un problema de carácter diplomático y como están las cosas con otras Repúblicas ex Soviéticas... es mejor así.

– La versión Oficial es que tuvo un accidente y punto — rió el Alcalde — Nos encargaremos de arrojar los restos al lago.

****

Quince días después, los heridos estaban en convalecencia. Por fortuna, la lesión sufrida por el Comandante "Scorpio", solo afectó el movimiento del brazo y pierna derechos, con dolores, epilepsias transitorias y desequilibrios de balance, trastornos de dicción y lectura. Los avanzados programas de rehabilitación física y terapia de lenguaje, dejarían como nuevo al paciente en 6 a 8 meses.

Los combatientes intercambiaron opiniones sobre la posibilidad de informar a los familiares de sus compañeros muertos y heridos. La decisión fue unánime: Se consideró que por el momento no era conveniente.

- Si las familias se enteran, querrán venir y más que ayudar, pueden causar problemas, sobre todo si la prensa internacional mete las narices. Recuerden que nuestro grupo de ataque, no existe.

Los expedicionarios se despidieron con afecto. "Snake" siempre traduciendo en idioma Ruso.

- Gracias por todo, señor Alcalde, nuestros Superiores se lo apreciarán. Nos agradaría saber qué necesita su pueblo — ofreció "Stan".
- Ggg gr rac ccia sss... — balbuceó "Scorpio" casi mordiendo su lengua, que apenas entendió "Snake" para traducirlo.
- Necesitamos divulgar nuestra ciudad. Estamos trabajando para hacer de este lugar un centro turístico de primera clase — dijo el Alcalde.
- Ustedes tienen en su país los grandes medios de comunicación global. La televisión y la prensa escrita que circula por todo el mundo. Háganos publicidad, les prometo la calidez y calidad en los servicios de hotelería, gastronomía y deportes acuáticos en Verano.
- Eso sería una magnífica ayuda para nosotros.
- Puede contar con ello señor Alcalde — respondió "Stan", siempre traduciendo el Agente "Snake".
- Pero además, si me lo permite, efectuaremos una donación de libros traducidos a su idioma, para enriquecer el acervo de sus bibliotecas públicas y algunos equipos e instrumentos Médicos de nueva generación, para diagnóstico y tratamiento de enfermedades, con su venia por supuesto.
- Gracias, toda ayuda es bienvenida pero no es condición, con su amistad nos basta.
- Ha sido un placer atenderlos — dijo el Alcalde, mirando de reojo al ramillete de hermosas jovencitas que suspirando, lo acompañaban para despedir a los jóvenes y apuestos visitantes.
- Hiljem näeme (Hasta la vista) — dijo en Estonio el Alcalde.
- Aitäh köige eest (Gracias por todo) — pronunció Carvalho, quien ni tardo ni perezoso había trabado amistad con una bonita empleada del hospital, que ingenua le enseñó unas cuantas palabras de su idioma.
- No pude llevarla a la cama, me faltó tiempo — diría el frustrado galán a sus amigos.

Los dos helicópteros prestados por las compañías petroleras, despegaron con intervalo de cinco minutos, rumbo a San Petersburgo, Rusia, donde abordarían el gran avión propiedad de la Fundación Weitzner, urgentemente equipado como hospital, con destino a Israel, para los rituales funerarios Judíos, que tienen el propósito de honrar la memoria de los difuntos y otorgar consuelo a sus deudos.

LOS ANGELES, CALIFORNIA (65 días antes)

Danton Flowers, mejor conocido como A-3 era un doble Agente.

Reclutado y entrenado por el Club PRISMA, fue uno de los primeros mercenarios al servicio de la organización, para funciones exclusivamente de inteligencia. Sus labores consistían en observar, espiar, investigar y en lo posible, documentar evidencia sobre actividades delictivas del crimen organizado, informando a la Superioridad.

Había estudiado Economía Empresarial, forzado por la familia. Cuando se graduó con honores en la Universidad de Iowa, entregó el Título a su rico progenitor, Economista también, para ser colgado en la pared del Despacho, y se lanzó a recorrer el mundo para conseguir su verdadero sueño: la música.

Esa era su verdadera vocación, que le había sido negada por sus padres. Pero ahora era distinto, había cumplido con sus exigencias y por fin era libre. Con grandes facultades para la guitarra eléctrica y el bajo, se trasladó a California, donde realizó docenas de audiencias, compitiendo con cientos de músicos jóvenes blancos, negros, latinos, asiáticos; logrando solamente un "no tocas mal", "te llamaremos" o "estaremos en contacto".

Cuando se acabó el dinero, recurrió a su padre, que encolerizado le negó toda ayuda financiera, castigando la rebeldía del muchacho, pensando tal vez equivocadamente, que volvería a lo que el preocupado genitor creía el único buen sendero.

Como era de esperarse, Flowers comenzó a rodar por la pendiente de la vida, haciendo de todo: lavando platos en mugrosas cocinas, sacando la basura, aseando sanitarios en bares, haciendo amistad con perdedores y prostitutas baratas, que le compartían un mendrugo de pan, tragos de licor corriente o bocanadas de pitillos de mariguana.

Una de las mujeres de la vida galante, le dijo que en un club de poca monta, solicitaban un empleado. Hacia allá se dirigió acosado por el hambre. Desesperado aceptó el ínfimo salario, pero a cambio le daban dos alimentos al día, podía dormir en el local y usar el baño.

Tenía a su cargo los pesados trabajos de alijar la mercancía, guardarla en el almacén, lavar los sanitarios dos veces en el día y cada media hora por la noche, limpiar el local, oficina y estacionamiento, sacar los desperdicios, destapar inodoros y mingitorios retacados de papeles, colillas de cigarrillos, condones y toallas sanitarias, mover y acomodar muebles, en síntesis cualquier trabajo ordenado por el gerente del bar, incluida por supuesto, la vigilancia nocturna que realizaba a medias, pues terminaba tan cansado que dormía literalmente "como velador".

Hasta que una tarde antes de abrir el antro, se hallaba terminando de limpiar el local. Esa noche debutaba un conjunto de Rock and Roll.

Al ver los instrumentos musicales sobre los soportes, no pudo resistir la tentación de pulsar la estupenda guitarra eléctrica GIBSON, encendiendo el equipo de sonido.

Danton llevaba literalmente la música por dentro. Su interpretación de "Love Me Tender" (Ámame Tiernamente) "Jailhouse Rock" (El Rock de la Cárcel) y "Great Balls of Fire" (Grandes Bolas de Fuego), fueron rubricadas por un gran aplauso de los miembros de la banda "Sun, Sand & Love" que acompañados por el gerente del bar, escucharon emocionados las impecables ejecuciones musicales.

A partir de esa fecha, los jóvenes rocanroleros ingresaron a Danton como un miembro más de su equipo, si bien es cierto que con paga reducida y la obligación del cuidado, carga y descarga de los instrumentos, llegando antes que nadie a los sitios de sus actuaciones, para instalar los aparatos de sonido profesional, conectar las luces de Leds Fire Ball de 6 colores y ser el último en retirarse del local junto con su ayudante, una vez empacados los delicados enseres, aparejos y subidos al camión cerrado para el transporte, que él mismo conducía.

Cuando el titular no llegaba a la función, el director del grupo autorizaba la suplencia, pues Flowers era algo así como un comodín, dominando aparte de la guitarra y el bajo, el piano y la batería.

Todo con el sueldo miserable, alojamiento y comida que le proporcionaba el conjunto de rock. A cambio, podía ensayar con ellos, no porque fueran generosos con él, sino por la conveniencia de tener un buen músico de repuesto, sin costo.

Aun así, Flowers no se quejó nunca, era feliz a su manera.

Con el valioso refuerzo de Danton, el conjunto musical evolucionó y fue escalando popularidad, mejorando sus presentaciones, subiendo en la difícil escala social, por encima de miles de aspirantes, grabando su primer disco que rápidamente ocupó el primer lugar en el "Hit Parade" (Desfile o Lista Radiofónica de los Discos más vendidos), durante nueve semanas consecutivas.

Varias discotheques de moda se disputaban contratar al revolucionario grupo de Rock, ofreciendo buen dinero.

La exclusiva "Sharon's" de la calle Rodeo Drive de Beverly Hills, propiedad de una estrella de Hollywood, los contrató por diez semanas en pleno verano de California.

Un golpe de suerte cambió su vida para siempre. Un nutrido grupo de cadetes de la Army & Navy Academy (Escuela Militar del Ejército y Marina), establecida en la ciudad de Carlsbad, California, festejaba en viernes por la noche el fin de cursos, viajando en autobús especial las 81 millas que los separaban de Los Angeles, con el propósito de divertirse en la fabulosa Disco "Sharon's" y presenciar en vivo la actuación del magnífico conjunto "Sun, Sand & Love".

Al frente de la comitiva de estudiantes Militares, el duro Sargento Mayor Herschel Harris, garantizaba que no habría excesos.

Esa noche marcó el destino del grupo y de Flowers en particular.

La adinerada concurrencia salió más que complacida a las seis de la mañana del día siguiente, comprando hasta agotar, los discos compactos de la más reciente grabación de los músicos.

Por unanimidad de votos, los Cadetes pidieron al Sargento Mayor Harris, la contratación del grupo al precio que fuera, para el Baile de Graduación que tendría lugar en tres semanas, al terminar los exámenes finales.

Después de todo, los jóvenes estudiantes provenían de familias acomodadas. Fue así como "Sun, Sand & Love" recibió invitación para tocar en el sarao de lujo, muy bien pagados.

El baile fue espléndido. Militares de Alto Rango acudieron a la Graduación de sus vástagos, entre ellos el Padrino de la Generación, el Condecorado General de 4 Estrellas David Arik Finnstein, quien entretenido como pocas veces, disfrutó de la cena y la música muy bien ejecutada por la banda, en especial por la guitarra eléctrica que con excelente digitación, logró la euforia del público joven.

En los minutos de descanso de los artistas, como buen observador, descubrió al inquieto joven que discutía fuerte con el director del conjunto, para finalmente recoger sus cosas y retirarse del salón.

El General, miembro distinguido del Club PRISMA, buscaba un recluta que pudiera servir como espía en el Sudeste Asiático, concretamente en Thailandia, sitio estratégico para los elevados fines Humanitarios y de Justicia de la Organización.

Tuvo una corazonada.

El joven músico le pareció el tipo adecuado.

Qué mejor fachada para un Agente que tocar, incluso regentear un antro en la peligrosa ciudad de Bangkok, punto de encuentro de recursos naturales del Oriente y las empresas de Occidente, choque de culturas, inversiones y negocios multimillonarios, pero también nido de aventureros, rufianes, traficantes de carne humana, drogas y terrorismo.

Valdría la pena cuando menos, una entrevista con el candidato para una correcta evaluación.

Se comunicó con la Agente "Rebecka".

Ella era la adecuada para evaluarlo, investigarlo, reclutarlo, contratarlo y entrenarlo únicamente como Informante, en el campo de Tampa, Florida.

BANGKOK, THAILANDIA

La llegada a la ciudad es por el Aeropuerto Internacional Suvarnabhumi, la tercera terminal más grande del mundo en un solo edificio (563,000 metros cuadrados), moviendo más de 47 millones de pasajeros al año, colocándolo como el quinto aeropuerto de mayor tráfico en Asia, contando con importante nodo de cargas. Posee la Torre de Control más alta en el planeta, mayor de 130 metros y es uno de los dos aeropuertos Internacionales que tiene esta ciudad, con cerca de 11 millones de habitantes.

NOTA DEL AUTOR.— Un brillante Médico Cirujano Dentista, que reside en Veracruz (México), y visita con frecuencia Bangkok, donde vive su hijo, Director de famosa marca de refrescos de Cola, ha confesado estar enamorado de las bellezas del país, narrando sus experiencias y nos ilustra con sus vivencias. Dice que el calor es agobiante y solo hay dos estaciones: la de calor y la de calor con lluvia.

El río Chao Phraya es el principal de Thailandia (antes SIAM), fluyendo desde la región montañosa, cruza la ciudad de Bangkok, sirviendo con sus aguas a un valle agrícola altamente productivo, moviendo exportaciones.

A lo largo de esta importante vía fluvial, se aprecia tráfico constante de barcos, lanchas y plataformas o chalanes, que circulan de 4 a 6, ordenadamente enganchadas en forma de ferrocarril, que arrastra una barcaza.

Gran parte del transporte de personas se realiza por medio de lanchas de diferentes tamaños, que sirven como sistema de autobuses o taxis acuáticos. En las calles, avenidas y callejones, circula gran cantidad de motocicletas como taxis personales y los llamados Tuk Tuk, de tres ruedas, con asiento y techo en la parte posterior.

La ciudad es bulliciosa y cosmopolita, encontrando magníficos Hoteles de 5 estrellas, como el lujoso Mandarín Oriental, el primero que existió en Bangkok y de mayor abolengo, habiendo hospedado a personajes Internacionales, entre otros, Richard Nixon, Henry Kissinger, Václav Havel, Audrey Hepburn, la Princesa Diana, Omar Sharif, Elizabeth Taylor y Michael Jackson.

El templo Budista Wat Arun (De la Aurora) de 90 metros de altura, es el más antiguo de la ciudad, con fantásticas fachadas de porcelana y conchas marinas que aportan gran colorido y brillantez. Otro edificio extraordinario es el Gran Palacio del Rey, con espectacular decoración, está considerado lo máximo en la capital.

La Biblioteca del Wat Phra Keo, edificada en 1782 para acoger al célebre Buda de Esmeralda y el Relicario de Oro que contiene el hueso esternón de Buda.

El mayor Templo de toda Thailandia es el Wat Pho, que custodia al célebre Buda acostado de lado de i46 metros de longitud y 15 metros de altura, revestido de lámina de oro!, tumbado con la cabeza apoyada en la mano, adopta la posición PARINIRVANA, el momento de paso al Estado de Felicidad, consistente en la ausencia de toda sensación, incluyendo al dolor. Aquí nació el Masaje Thailandés y el propio Templo alberga la Asociación de Medicina Tradicional, con técnicas holística, preventiva y terapéutica, cruciales para el equilibrio físico, emocional, mental y espiritual.

Y qué decir de la fabulosa gastronomía local, aunque apta solo para estómagos resistentes, por la gran cantidad de condimentos, muchos de ellos picantes.

Los paseos montando elefantes por los parques es diversión aparte, experiencia única y emocionante, cuando los gigantescos paquidermos se introducen para nadar en profundos ríos, llevando en el lomo a los estupefactos pasajeros.

La ciudad, llena de mercados, restaurantes, bares, hoteles y agua por doquier, posee el Centro Comercial Central World, sexto más grande del mundo, y el Lumpini Boxing Stadium, cuna del Muay Thai moderno (mezcla de boxeo y patadas), donde se corren grandes apuestas permitidas en las peleas y torneos de campeonatos.

Como en toda metrópoli Internacional, existen sectores peligrosos y barrios bajos, como el Patpong, una de las famosas zonas rojas, lugar de leyendas urbanas, habiendo aparecido en varias películas, o el Klong Toei Slum, el barrio bajo más viejo y grande de Bangkok, manejado por distintas bandas criminales, donde viven hacinadas más de 100,000 personas en apenas un kilómetro cuadrado.

Finalmente, Khao San Road es una calle que se ha convertido en zona turística de jóvenes, internacionalmente conocida para bailar y desde luego la fiesta del Songkran (Año Nuevo Thai) cuando la gente se echa agua para celebrar, generalmente en Abril, dependiendo de la Luna.

****

Flowers, ahora bautizado como Agente A-3 se desenvolvía con fluidez, como pez en el agua, era lo suyo, con lo que siempre había soñado: Tocaba a diario en el antro, ubicado en el corazón del barrio de Patpong, ejerciendo la Gerencia del negocio, donde ganaba muy bien. Le había dicho adiós a la miseria administrando su nueva riqueza. El mercado nocturno de contrabando de relojes, bolsos de mujer y toda clase de mercancías de importación, le proveía también de buenos ingresos Tax Free (Libre de impuestos).

Estaba asombrado de que PRISMA pagara tanto dinero por lo que él consideraba simples pláticas de barra, chismes, rumores y demás informaciones de la clientela del bar, que con algunas copas encima, soltaban la lengua como locos y sacaban los fajos de billetes verdes (Dólares) para impresionar a las putas del lugar, presumiendo de sus aventuras.

Bien entrenado en su labor de espía, procuraba atender de cerca a las decenas de hampones baratos que visitaban el antro cada semana, escuchar conversaciones y memorizarlas, sin hacer preguntas. Aprendió bien la rígida instrucción de los superiores: Si quieres vivir: ver, oír y callar.

Cuatro semanas bastaron a Danton Flowers para ganarse la confianza del "selecto" público que llenaba el cabaret los jueves, viernes y sábados. De gran iniciativa, mandó ampliar y remodelar el lugar, construyendo dos jaulas con tubos para las bailarinas de striptease (desnudos), que se contoneaban con gracia de gimnastas, recibiendo billetes que los clientes introducían en el minúsculo calzoncito, que medio cubría la afeitada vulva.

En la segunda planta hizo diez reservados, amueblados con lujo y sanitarios integrados, para pequeños grupos o parejas amantes de la privacidad, categoría VIP (Very Important People) que tuvieron gran demanda, cobrándolos muy bien.

Tuvo la precaución de no montar cámaras de video. En caso de ser descubiertos por los guardaespaldas de los delincuentes, le costaría la vida.

En cambio, solicitó y obtuvo de sus jefes, micrograbadoras de audio del tamaño de un Chip, perfectamente escondidas, captando interesantes diálogos que cada semana sin falta, religiosamente informaba a la Superioridad.

Poco a poco, el inocente músico fue despertando para darse cuenta de lo valioso de su trabajo, entendiendo el porqué de sus altas remuneraciones.

Juró que jamás volvería a padecer hambre. Por eso cuidaba su dinero, ahorrando los honorarios que "under the table" (por debajo de la mesa) le hacían llegar mensualmente a la cuenta bancaria secreta, su patrón invisible, el Club PRISMA.

Dicen que "la ambición rompe el saco".

Nunca se supo el verdadero motivo de Danton para aceptar traicionar al "Club".

El rumor que corrió un año después de su muerte, es que teniendo a su disposición un montón de putas, se enamoró perdidamente de una de las bailarinas, que comenzó a exigirle cantidades de dinero cada vez mayores, con el pretexto de ayudar a su madre, a su padre, a sus hermanitos, a su abuelita, tías y otros familiares.

Verdad o mentira, lo cierto es que cometió el error de su vida o mejor dicho dos errores: Ser un doble Agente y hablar demasiado, esta vez con su amasia, que solía invitar a varias amigas para presumir el elegante departamento de su propiedad, así como a un grupo de putitas, "edecanes" de los importantes ejecutivos de negocios Internacionales.

Después de las excelentes sesiones de sexo, Flowers hablaba "confidencialmente" a la hembra, sobre el misterioso Club PRISMA y la instructora que lo entrenó en los Estados Unidos, una rubia sensacional de nombre "Rebecka", haciéndose el interesante.

— Estaba loca por mí — mentía — Pero tú eres mucho más bella — juraba a su joven amante.

****

Frank Hong, el próspero hombre de negocios de Hong Kong, regresó de su agotadora luna de miel. Había salido seis meses antes de la isla, al quedar cesante de su puesto de CEO (Director General) de la importante firma "East Industries & Trade Ltd", cuando fue asesinado por un francotirador, el Presidente del poderoso consorcio, el líder mafioso Luan Tung y sus negocios requisados por el Gobierno Chino.

Dos semanas antes de su boda, Frank Hong aceptó de buena gana la invitación a la "Bachelor Party" (Fiesta Despedida de Soltero) que le organizaron sus ex colaboradores de la empresa, decidiendo hacerla precisamente en Bangkok, Thailandia.

El Club 34 era garantía de lo mejor: bebidas genuinas, comida ligera, hembras, música, espectáculo y servicio. Se llamaba así por dos razones: la primera la edad del gerente, Danton Flowers cuando se inauguró y la segunda, la limitada cantidad de putas finas (34) al servicio de la exclusiva clientela.

Cuando llegaron al fantástico antro, la comitiva de diez personas no alcanzó lugar. Era sábado y el local estaba a tope. Eso no fue obstáculo para Hong que insistió en hablar con el gerente. Los nueve mil Dólares de propina, hicieron maravillas. Solícito, les informó de la cantidad de veinticinco mil Dólares por mínimo consumo, otorgándoles el recinto reservado solo para los mejores clientes VIP. La diversión fue en grande. Seis horas después de consumir ríos de la mejor champaña del lugar (24 Botellas de Krug Brut David a casi 2000 libras esterlinas cada una), bailar y fornicar a gusto en orgía particular, el propietario quiso conocer a los nuevos y prósperos parroquianos.

Quizá podría convencerles de consumir cocaína de magnífica calidad que les cobraría a precio doble, a los que consideró nuevos ricachones, presentándose con amabilidad, ofreciendo con precaución su "mercancía". La cobranza no era preocupación, el "voucher" (pagaré) por la cifra de 200 mil Dólares Americanos como depósito para abrir cuenta, garantizaba su pago con creces.

Hong, experto en toda clase de lides etílicas y amorosas, rechazó a nombre de todos el consumo de drogas, cuidando mucho de no ofender a su anfitrión que se retiró discreto. Hong, tratando de no emborracharse escogió a Ratree, linda mujercita de unos 23 años cuyo nombre Thailandés significa "Jazmín". No fue difícil para el colmilludo Agente Hong sonsacar información a la chica, que feliz de tener un acompañante distinguido, espléndido y de buenos modales — no la insultaba o maltrataba como tantos rufianes — le contó que su patrón (Flowers) ganaba muchísimo dinero con el negocio, pero sus mayores ingresos provenían de una Fundación al parecer gringa, según les había dicho una vez su amiga Mali, la novia del jefe.

Hong aparentó no darle importancia al informe, cambiando el tema, premiando con cinco billetes de mil Dólares americanos — equivalentes a 164,000 Baths Thailandeses — a la suripanta que le succionaba el pene con glotonería.

Al día siguiente reportó lo escuchado a Washington.

– Banquetes Gourmet a sus órdenes — contestó una voz masculina.
– Habla Frank. Estoy en Bangkok. Información de fuente directa. Al parecer A-3 está aflojando la lengua. Gasta excesivamente. Divulgó a su amante el nombre de PRISMA. Vende cocaína.
– Espero instrucciones — dijo Hong.
– Retirada. No intervengas en nada. Investigaremos conducta y actuaremos en caso necesario. Gracias. Cambio y fuera.

Tampoco se conoció con exactitud cómo los delincuentes, soldados del Sindicato Internacional del Crimen, hicieron para convencer a Danton que revelara secretos del Club PRISMA.

Probablemente haya sido amenazado, es la versión más aceptada.

****

Danton Flowers conocía únicamente de vista al General David Arik Finnstein.

Su contratación y entrenamiento fueron secretos, siempre a través de una de las formidables Agentes del Club, conocida como "Rebecka", en la ciudad de Tampa, Florida.

Pero esa ligera información en realidad era de peso completo, pues en manos de los expertos enemigos, resultó oro puro.

En poco tiempo, Vander Skoda y sus Socios del International Crime Union, conocieron al General.

Le pusieron discreta vigilancia, sobornaron libreros, peluqueros, meseros, empleados menores de oficinas de gobierno, jardineros, y otros para obtener mayores datos del Militar.

Se informaron de su domicilio, amigos que frecuenta y las tiendas para comprar ropa, calzado, alimentos, hasta su handicap (puntos de ventaja) en el campo de Golf.

A través de "Hackers" (Piratas Cibernéticos) lograron conocer sus actividades secretas y la lista de los miembros del Club Cultural Deportivo y Social PRISMA.

El Plan Maestro para asesinar a los megamillonarios socios del Club PRISMA y a sus familias estaba en marcha.

Los detalles y métodos, serían presentados en la siguiente Asamblea General del Sindicato Internacional del Crimen (ICU), a realizarse en la ciudad de Tetuán, Marruecos, precisamente por Vander Skoda, aprovechando los días de vacaciones, que pasarían a bordo del inmenso y moderno Yate de lujo, propiedad de Vassily Serkin.

Quedaban muy pocos días de vida para los señorones integrantes del Club PRISMA y sus familiares.

Los procedimientos ideados por Vander eran casi perfectos, sin posibilidad de fallar.

El mafioso se regodeaba, imaginando que con esa ardua labor de investigación, estaba salvando al Sindicato Criminal, acumulando tantos puntos a su favor, que le valdría ser nombrado Presidente del mismo, reformando los Estatutos que hasta la fecha permanecían sin esa figura.

Todos los socios eran iguales. Hasta ahora.

Vander implantaría el cambio por elección o por imposición, tenía un año de estar maquinando el asalto al poder, así tuviera que deshacerse de sus "queridos socios".

Poco a poco, se estaba preparando para conquistar el mando, incrementando el número de efectivos — a más de quinientos sicarios — que llegado el caso, le obedecerían sin chistar.

Por otro lado, los miembros del Club PRISMA confiados, sin sospechar la terrible amenaza que se cernía sobre ellos, estaban condenados, no tenían salvación posible.

Los métodos de eliminación del Sindicato eran casi siempre, infalibles.

Dispersos en el planeta, los matones profesionales cubrían todas las posibilidades para asesinar:

Desde francotiradores de precisión, colocadores de sofisticados sistemas de explosivos, envenenamientos de agua y alimentos, inoculación de virus mortales, disparos a quemarropa con armas automáticas, uso de cuchillos, minas antipersonas... hasta lanzamiento de granadas, obuses y missiles.

****

¿Justicia Divina? Los planes del tenebroso Sindicato no pudieron concretarse.

La oportuna y eficiente intervención de los valientes Agentes de la Fundación Weitzner y los heroicos Comandos Israelitas bajo el mando de los Comandantes "Scorpio" y "Stan", no solo evitaron la anunciada masacre, sino que eliminaron de raíz en Estonia, a los dirigentes de la mafia Internacional.

La muy completa información obtenida en los archivos del Sindicato, compartida con la Interpol, CIA, FBI, Suretè, MI5, MI6, MOSSAD y en general con todos los Servicios Secretos de los Países miembros de las Naciones Unidas, lograría la destrucción, desmantelamiento, persecución, aprehensión y condena, de un gran número de jefes de plaza y sicarios, muchos de ellos muertos en enfrentamientos con las fuerzas de seguridad y otros asesinados dentro de las cárceles por hampones rivales.

Actuando con la dureza necesaria, los Jueces sentenciaron a gran parte de los presos, ordenando el Máximo Castigo, siendo fusilados, ahorcados, degollados o ajusticiados por inyección letal, en los Países donde está vigente la Pena de Muerte y en los que no, fueron desaparecidos en "accidentes", poblando las numerosas fosas comunes clandestinas.

¡¡En esta ocasión memorable para la Humanidad, el BIEN ha triunfado sobre las fuerzas del MAL!!

¿Por cuánto tiempo?

— Solo Dios sabe — concluyeron los Altos Magistrados.

****

No tardó mucho la Fundación y el Club PRISMA, en averiguar sobre el Doble Agente que había puesto en gravísimo riesgo de morir, no solo a los dirigentes del Club, sino a sus familias completas.

— Tenemos no una piedra en el zapato, sino una roca — comentaron los Jefes.

Por unanimidad, se aprobó la ejecución del traidor.

Una noche de sábado con el local repleto de clientes ansiosos de divertirse, Danton Flowers como de costumbre cogió la guitarra eléctrica para tocar, encendiendo el botón y el switch (conector) del potente amplificador de 250 watts de salida. Lo había hecho mil veces.

De pronto, la descarga de 5000 voltios fulminó al músico, ocasionando un corto circuito, que lanzando chispas y lenguas de fuego, hizo que el público saliera en estampida, dejando el salón en oscuridad absoluta. Alguien experto en electricidad, había conectado los cables de punta desnuda, en directo.

El transformador de pedestal de 500 KVA ubicado en el patio, se incendió, ocasionando otros fuegos en las anticuadas líneas aéreas de conducción de energía eléctrica, pobres en mantenimiento, tronando como efecto dominó otros transformadores de menor capacidad, colocados en postes de madera.

Se provocó un apagón general en diez manzanas del circuito urbano STV-2433 de la ciudad de Bangkok, movilizando a los bomberos, empleados de la Autoridad de Generación de Electricidad de Tailandia (EGAT), paramédicos, policías, reporteros de radio, prensa escrita y televisión, así como una nube de curiosos, que nunca faltan.

Diez minutos antes, el señor Doctor en Ciencias Elías Zagrev — Agente "Snake" — se retiró hacia su vehículo, abrazando la estrecha cintura de una preciosa chica local, dirigiéndose a cenar al restaurante "Sirocco", situado en el piso 63 de la Torre Lebua, con vista al río.

El dictamen de la Policía certificó la muerte de Flowers por accidente.

El benemérito Cuerpo de Bomberos dictaminó que una sobrecarga y las malas condiciones de la instalación eléctrica, ocasionaron la tragedia.

Y punto.

El Inspector a cargo de las investigaciones, efectivamente escudriñó entre otras pertenencias, la cuenta bancaria del muerto, que vivía solo, sin familia, así que no dijo nada relevante en su Informe Oficial.

Cerró el expediente y decidió quedarse con el dinerito...

Con los dictámenes del Forense, Policía y Bomberos, no había delito qué perseguir.

TEL AVIV, ISRAEL

Es la segunda ciudad en población del Estado de Israel, situada en la costa del Mar Mediterráneo, llamada originalmente Tel Aviv Yafo, una población con más de tres mil años de antigüedad. La ciudad vieja de Yafo fue construida durante el Imperio Otomano.

Fue en Tel Aviv donde el Primer Ministro David Ben Gurion, decretó la independencia de Israel en Mayo de 1948.

NOTA DEL AUTOR.— La ciudad muestra en sus casas y edificios arquitectura de varios estilos y escuelas, predominando la llamada Bauhaus International en color blanco por la que es llamada la "Ciudad Blanca", que alberga el mayor número de edificios en el mundo construidos con ese estilo, habiendo sido declarada Patrimonio de la Humanidad por la UNESCO, rama de la Organización de las Naciones Unidas, que fomenta y protege la Educación, la Ciencia y la Cultura Universales.

Es la ciudad más importante de Israel en la Economía, siendo un destacado centro turístico Internacional con enorme concentración de magníficos hoteles, clubes nocturnos, playas, bares y restaurantes con gastronomía de primera clase, que destacan por la cantidad y calidad de sus alimentos. En Tel Aviv hay 4000 locales para comer, de todos los bolsillos. Dos de los mejores restaurantes del mundo están en esta ciudad, según la encuesta de la acreditada revista "Newsweek".

Lectores y Editores de la revista "Saveur", una de las publicaciones de cocina más importantes del mundo, eligieron a esta ciudad capital como "excepcional destino culinario", en la categoría de ciudades Internacionales en 2014, ubicándola en el segundo lugar junto a las tradicionales capitales gastronómicas Lyon y Florencia, dos de los destinos preferidos de Europa.

Ganadoras como ciudades metropolitanas: Hong Kong, París, Melbourne, Sao Paulo, Barcelona y Tel Aviv.

En el grupo de Cartas de Vino de Aerolíneas, la sorpresa fue la Israelí EL-AL, ganadora del primer lugar.

Esta ciudad es la capital financiera y de negocios del País, sede del Banco de Israel, la Tel Aviv Stock Exchange (Bolsa de Valores) y de las más importantes oficinas corporativas y centros de investigación en la región conocida como Silicon Wadi, hogar de Empresas de Alta Tecnología, semejante al Silicon Valley de California, Estados Unidos.

INTEL, IBM, CISCO, HEWLETT-PACKARD, MICROSOFT, MOTOROLA, son algunas de las compañías transnacionales establecidas aquí. La urbe también es un Centro Internacional para

Convenciones, Exposiciones y Conferencias.

El conjunto de buenos gobiernos, políticas económicas y sociales acertadas, el indomable espíritu patriótico y responsable, siempre presente en escuelas, centros de trabajo y de investigación, ha hecho de la pequeña nación Israelita creada en medio del desierto, lo que es ahora, un lugar donde florecen la agricultura, la industria y la alta tecnología.

La moneda del Estado de Israel es el nuevo Shekel (NIS). Un Dólar Americano equivale a 3.99 Shekels y un Euro a 4.30 Shekels.

Las leyes permiten introducir cualquier cantidad de dinero local o extranjero en efectivo, cheques, Bonos del Estado de Israel o tarjetas de crédito.

También la ciudad es considerada como la Capital Cultural Israelí, por su carácter cosmopolita y moderno.

Cuenta con importantes Museos, es sede de la Orquesta Filarmónica de Israel y de la Ópera Israelí, así como de numerosas Compañías de Danza y Teatro; Cines, Auditorios y Salas de Conciertos.

Es cuna de la famosa UNIVERSIDAD DE TEL AVIV y el galardonado INSTITUTO WEIZMANN DE CIENCIAS.

La fantástica revista "National Geographic", la incluyó como una de las mejores diez ciudades costeras del mundo, y el influyente diario "New York Times" la calificó como "La Ciudad Global del Medio Oriente".

****

Enterado el Primer Ministro de la durísima batalla librada por Comandos Israelíes, los Agentes de la Fundación Weitzner y del Club PRISMA, para vencer y aniquilar al despiadado Sindicato Internacional del Crimen, cumbre de la delincuencia y el terrorismo, acudió a recibirlos en el Aeropuerto Ben Gurión, ordenando Honores Militares, a los 2 Ex Soldados del Grupo de Operaciones Especiales, que murieron en cumplimiento de su deber, y Reconocimientos Extraordinarios para los demás miembros del aguerrido Grupo de Combate.

La Guardia de Honor, disparó salvas cuando la Banda de Música y el Coro de la Universidad de Tel Aviv interpretó "Hatikva" (La Esperanza), proclamado como Himno Nacional en 1948, año de la creación del Estado de Israel.

Las banderas con franjas azules en la parte superior e inferior del lienzo blanco, ondeaban al viento destacando al centro el escudo, la Estrella de David de seis puntas en líneas azules.

Los féretros fueron fabricados especialmente con la dura y fina madera Mahogany de color café/rojizo, importada de la República

Dominicana, con barniz transparente para su protección.

Estandartes de Israel, cubrían los ataúdes. La multitud de unas 4000 personas aguardaba respetuosamente tras las vallas, agitando banderines blancos y azules.

El Alto Funcionario pronunció un discurso conmovedor, resaltando el valor y patriotismo de los hombres que dieron su vida, en la permanente lucha del bien contra las fuerzas del mal, extendidas por toda la Tierra.

- "... Israel y el Mundo libre, jamás bajaremos la guardia ante el terrorismo, que atenta contra lo más valioso que nos ha entregado Dios: La vida humana".

- "La destrucción de raíz de esas organizaciones del crimen, debe ser una prioridad para los Estados que luchamos por la Paz, la Concordia y el Progreso Universales, como lo ha conseguido este puñado de valientes comandos Judíos, que en unión con sus homólogos, otros grandes y anónimos campeones de la Justicia, han derrotado al más grande y poderoso imperio criminal de todos los tiempos, el abominable Sindicato Internacional del Crimen".

- "... el precio que tenemos que pagar para neutralizarlos es alto, como hoy, cuando lloramos la muerte de dos bravos compañeros que han caído heroicamente, sumiendo en la tristeza a todos nosotros y en especial a sus familiares, a los que expreso mis más sentidas condolencias, de mi familia y del Estado que represento, jurando ante Dios que su pérdida de vida física, hará fructificar nuestro deseo como Nación Soberana, de continuar luchando denodadamente, para lograr un mejor lugar para vivir".

- "... Convencidos estamos que este sacrificio no ha sido ni será inútil. Por el contrario, su bizarra conducta es ejemplar en aras de un bien mayor, para que nuestros jóvenes, mujeres y niños puedan estudiar, trabajar, jugar y divertirse sanamente en plazas, mercados, escuelas, oficinas, fábricas y templos, sin temor a morir asesinados por terroristas".

- "Los fanáticos asesinos ¡Serán vencidos por las fuerzas de la Paz!, porque ¡tratan de justificar sus crímenes en nombre de Dios!"

- "¡Falso! Dios es Amor y no Muerte!"

Una gran ovación rubricó sus palabras y el orador, lleno de emoción abrazó a los familiares de los dos fallecidos emocionado hasta la médula, entregando las Condecoraciones Militares: HÉROE DE ISRAEL.

Avanzó hacia la reducida formación de los sobrevivientes miembros del osado comando, quienes hicieron el saludo Militar, recibiendo cada uno en su pecho de manos del Gobernante, la Condecoración Militar:

MEDALLA AL VALOR. Aaron, la recibió en silla de ruedas.

Presentes, deliberadamente confundidos entre la multitud, vistiendo ropas negras, estaban los directivos del Club PRISMA, el Presidente y los Agentes de la Fundación Weitzner, tres de ellos, instalados en sillas para discapacitados, contemplando la impresionante ceremonia. Las endurecidas mujeres: "Aileen" y "Rebecka", no cesaban de secar el llanto, mientras que los recios varones apenas lograban contener las lágrimas. "Scorpio" no comprendía nada, medio hablaba incoherencias, como secuela de la grave herida en su cabeza.

En ceremonia privada sin prensa, el Primer Ministro los felicitaría en persona, imponiéndoles la MEDALLA DE JABOTINSKY, que concede el Estado de Israel a personas civiles, por logros excepcionales.

****

En la cultura Judía el fallecimiento es honrado mediante una serie de rituales con el mayor respeto.

Generalmente el cuerpo se entierra el mismo día a menos que sea Shabat, se espere la llegada de parientes lejanos o para sepultarlo en la tierra de Israel, como en este caso que las muertes ocurrieron fuera del País.

Las familias de los difuntos decidieron efectuar las honras fúnebres conjuntamente, procediendo al Tahará, el baño ritual para lavar y purificar los cuerpos. Después se colocan los Tajrijim, mortajas blancas que significa la igualdad del hombre ante la muerte y el Talit que usaban en vida.

Los ataúdes son cerrados y tapados, siempre en compañía de la familia y amigos. La exhibición del cadáver, como se hace en otras culturas, aquí se considera deshonrosa.

— Llevemos muchas flores hermosas — propuso "Aileen".

— Lo siento pero no es posible — acotó Don Benjamín — No está permitido.

— Conforme a las costumbres locales, las flores son símbolos de vida. No estabas obligada a saberlo.

— Eso es cierto — confirmó Zelik Levy, alias Comandante "Stan" — Gracias de cualquier manera.

Acompañar a la familia al funeral y acudir al cementerio es una de las mayores obligaciones del pueblo Judío.

La ceremonia es presidida por el Rabino que pronuncia la Aceptación de la Justicia del Decreto Divino — Tziduk HaDin — y continúa con reflexiones sobre la Muerte y la persona fallecida.

Es común que familiares o amigos dirijan unas palabras sobre la vida y obra del difunto.

Finalizado el Funeral, los Barones del Dinero socios del Club PRISMA, se retiraron discretamente al aeropuerto para abordar sus aviones privados con destino a sus hogares.

Antes, acordaron por unanimidad recompensar adicionalmente con mil quinientos millones de Dólares más, a cada familia de los Israelitas fallecidos y mil millones de Dólares más per cápita, a todos los demás brigadistas.

Designaron a don Benjamín Weitzner, alias Mr. Gray, Supremo Tesorero del Club PRISMA, para hacer llegar el dinero a los beneficiarios a su mejor conveniencia.

– Excelente decisión — celebró el General David Finnstein alias Mr. Black. El grupo expedicionario nos ha salvado con nuestras queridas esposas, hijos y nietos, de una muerte seguramente desalmada. Así lo habían acordado los hijos de puta del Sindicato en Asamblea, tenemos los Discos Duros de sus computadoras.

– Gracias a ellos estamos vivos y las amenazas han finalizado.

– Al menos por un buen tiempo — aseveró Mr. Brown.

– Podemos ir en paz, pero siempre atentos y vigilantes porque el mal nunca duerme.

– Creo que hablo por todos los socios del Club — declaró Anthony Gates, alias Mr. Wine.

– Nuestras vidas y las de nuestras familias valen eso y mucho más, sencillamente no tienen precio.

– Además del inmenso beneficio para el resto del mundo — manifestó Yestien Slim, alias Mr. Yellow.

– Siempre estaremos agradecidos con ese valiente grupo, por favor transmite nuestros deseos de apoyarlos en lo futuro, en lo que necesiten — afirmó Montgomery Brin, alias Mr. Red.

– Estamos todos de acuerdo.

– Declaremos una suspensión en nuestras actividades, sugiero volver a la carga el año próximo o antes, según las circunstancias — expresó Henri Buffett, alias Mr. Blue.

– El receso es necesario, pero no por mucho tiempo. Desgraciadamente el crimen sigue campeando en el mundo.

– Miren la información del nuevo grupo terrorista en Nigeria. Esos hijos de puta, están matando indiscriminadamente a miles de hombres y capturando a centenares de niñas y mujeres, para traficarlas como prostitutas — cerró su alocución Benjamín Weitzner, alias Mr. Gray.

— Estaremos dispuestos para ayudar cuando se nos convoque — dijo Hans Koch, alias Mr. Green.

****

Al día siguiente se reunieron a desayunar los sobrevivientes de la madre de todas las batallas, mercenarios y Agentes.

Comieron poco y en silencio. El Comandante "Scorpio" y Aaron, ambos en silla de ruedas, el primero con la mirada perdida en el horizonte y el segundo quiso hacer un brindis.

Optimista, incluso hizo algunas bromas para tratar de elevar el ánimo maltrecho de sus compañeros.

— Vamos amigos, conocemos los riesgos de nuestra profesión.
— Por muy lamentables que sean las pérdidas de nuestros queridos compañeros, sabemos que su sacrificio y el de todos nosotros, no ha sido inútil.
— Es temprano para que el mundo reaccione y aprecie en toda su magnitud, la hazaña de haber asestado el golpe mortal que ha acabado con el Sindicato Internacional del Crimen.
— Por supuesto no deseamos reconocimiento público alguno, creo que nos basta y sobra la convicción de haber hecho el bien, para beneficio de todas las familias del mundo.
— ¡Ánimo y adelante! — brindando todos con sendos vasos con leche.
— Mírenme a mí, dentro de un año tendré la mejor prótesis de pierna y podré hacer mi vida normal, caminar, bailar y hasta correr, como el atleta Sudafricano Oscar Pistorius, al que siendo bebé, le amputaron las dos piernas.
— Es admirable la voluntad de salir adelante. Con sus dos piernas artificiales, posee las marcas mundiales de 100, 200 y 400 metros planos. En los Juegos Paralímpicos de Atenas 2004, desarrolló el récord de 46.34 segundos en la competencia de los 400 metros.
— Su carácter indómito es ejemplar y aleccionador, porque demuestra que con voluntad, coraje, entrenamiento y disciplina se logran cosas aparentemente imposibles, como lo hizo cuando le permitieron competir en los Juegos Olímpicos de Londres 2012, donde pasó a la historia logrando clasificar para Semifinales en 400 metros.
— ¡Bravo! Seré la primera en bailar contigo, por favor — pidió Tabitha.
— Yo la segunda — solicitó "Rebecka".
— No me dejen fuera — declaró Shifra — Bailo mejor que ustedes, ja, ja, ja...

Al terminar intercambiaron puntos de vista, coincidiendo todos en que lo mejor era retirarse de la profesión, para tener una vida normal, disfrutando a la familia y de todo lo bueno que puede hacerse con la inmensa cantidad de dinero ganada, incluyendo acciones de beneficencia.

Se despidieron efusivamente con abrazos y besos, deseando lo mejor para cada quién, jurando no perder su amistad y verse en otra oportunidad.

"Más vale perder el tiempo con amigos, que perder a los amigos con el tiempo" — cerró filosóficamente la reunión Chris Carvalho — por primera vez, sin hablar de tetas, nalgas, culos y piernas.

Más tarde, los Agentes y su Comandante abordaban el avión propiedad de la Fundación Weitzner, determinando volar a París como ciudad neutral, y punto de partida para retornar a sus hogares situados en países distintos.

Habacuc hizo uso de la voz para informar que su querido suegro Benjamín Weitzner, deseaba hacerse cargo del Comandante "Scorpio", hasta lograr su total restablecimiento.

— Me ha dicho que no reparará en gastos, lo llevará con los mejores Doctores del mundo y le creo, el viejo lo quiere como el hijo que nunca tuvo, han estado unidos trabajando desde hace muchos años y se aprecian tanto que se consideran familia.

— Lo entiendo perfectamente, él verá el modo de informar a su esposa e hijos.

— La versión oficial es que nuestro querido compañero Kadir, ha sufrido un trágico accidente cuando conducía su ayudante Pablo Gonzaga, quien lamentablemente murió en el lugar de los hechos.

— ¿En dónde? No lo sé, este cabroncito amigo nuestro recorre el mundo como ir al parque cercano, pero algo inventará Mr. Gray, mi querido suegro. Le admiro su gran inteligencia.

— Y el dinero también — terminó bromeando...

PARIS, FRANCIA

La cena en el restaurante 58 Tour Eiffel, en el primer piso de la famosa Torre, es uno de los mejores de París por la vista al río Sena, estilo minimalista, cordial servicio y calidad gastronómica. Transcurrió con la mayor amistad y camaradería, descorcharon varias botellas de la deliciosa champaña Perrier Jouët Belle Epoque, elaborada con uva Chardonnay de precio razonable, solo 1000 Euros por botella. Fue la despedida de los miembros del Comando K/Z (Kadir/Zelik) del Club PRISMA, integrado por los indómitos combatientes Israelitas y Agentes de la Fundación Weitzner, desarrollando una sólida amistad que perduraría por el resto de sus vidas.

Brindaron innumerables ocasiones en honor y recuerdo de sus compañeros caídos Jason y Eliezer, que siempre estarían presentes en la mente y corazones de los formidables brigadistas.

Asimismo, levantaron sus copas a la memoria de Pablo, el fiel guardaespaldas que murió heroicamente en defensa de sus demás compañeros.

Solo, sin familia presente, acompañado únicamente por su tierna pareja Miradel, había consagrado su existencia al servicio de Kadir, quien junto con Leah, se encargarían de llevar el féretro a Madrid y entregarlo a Miradel, para ser sepultado en el cementerio de La Almudena, donde yacían sus padres.

Posteriormente, los sustanciosos "honorarios" otorgados por La Fundación y el Club PRISMA serían distribuidos a partes iguales, a la ex esposa con los dos hijos procreados radicados en Centroamérica, y su pareja sentimental.

"Estoy seguro de que esta hubiese sido la última voluntad de Pablo", pensaría "Scorpio" al sanar.

Honores aparte para los compañeros Leah, Aaron, "Aileen", Femke, y los Comandantes Zelik y Kadir que resultaron heridos y salvaron la vida.

****

En las primeras horas de la mañana, partieron a sus destinos en vuelos particulares pagados por el Tesorero del Club PRISMA.
–   Por favor acepten. Es lo menos que podemos hacer por ustedes.
    Buen viaje, y nuevamente gracias, muchas gracias a todos — se
    despidió Benjamín vía telefónica.
En la ruta a Madrid viajaron Kadir y Leah, la bonita pelirroja, que portaba el cabestrillo por su fractura de clavícula. No todo era felicidad. Varios Agentes de la Fundación tenían severas preocupaciones.

"Aileen" por ejemplo, tuvo muy poca, casi nula comunicación con su esposo, que furiosamente reclamaba su inmediata presencia, imaginando abandono conyugal.

La hermosa Cubanita ya no sabía qué nuevos argumentos ofrecer a su marido, para justificar su ausencia de casi un mes.

Tenía confianza en la comprensión de su hombre, cuando la viera en recuperación de su grave herida en el abdomen, que por poco le cuesta la vida.

Igual o peor estaba Kadir, alias Comandante "Scorpio".

El tiempo de viaje de su querida esposa Helen e hijos a la ciudad de Nueva York, para visitar a su enfermo padre y abuelo respectivamente, se agotó.

Su respetado suegro John Kelly, gracias a Dios se recuperó del infarto en menos de 30 días reintegrándose a su vida normal, por lo cual su familia retornó a Madrid.

Menudo lío esperaba al Auditor. También la comunicación con su amada fue escasa y ríspida. Regresó a los Estados Unidos parcialmente restablecido de la grave herida en la cabeza que por poco le cuesta la vida, para ser internado en el acreditado Hospital Johns Hopkins.

Benjamín Weitzner se encargaría de "fabricar" el "accidente de tráfico" para informarle a la dulce Helen, justificando con ello el prolongado tiempo de ausencia en el hogar. La bondad, amor y dedicación de su linda esposa, podrían hacer el milagro de una integral rehabilitación física y mental del Auditor.

"Snake" había sido despedido de su trabajo en el CERN. El Director del Centro de Investigaciones no pudo prolongar más el permiso concedido al Doctor Elías Zagrev, ante el Board of Trustees (Consejo de Directores). A su regreso, le esperaba la desagradable sorpresa de su ingreso al ejército de desempleados.

Sin embargo, con el pago de sus honorarios por el Club PRISMA, jamás tendría problemas económicos.

Solo "Rebecka" y Christopher estaban exentos de dificultades.

Ninguno de los dos tenía que justificar su ausencia ante nadie. La preciosa Checa habló varias veces con su protector y padre adoptivo, el General Bozidar Weslak, manteniéndole informado de todo, especialmente la exitosa ejecución de Luan Tung realizada por "Scorpio". Para no preocuparlo en demasía, solo le ocultó su peligrosa lesión en la refriega.

Por su parte a Chris no lo extrañaba nadie.

Su familia estaba acostumbrada a los largos silencios de su

personalidad de vago, aventurero, errante y despreocupado. ¿Irresponsable?

Por el lado de los comandos Israelitas, aparte del gran dolor por las muertes de Jason, Eliezer y la amputación de la pierna de Aaron, enfrentarían otra clase de problemas.

Leah tendría que lidiar con su novio, el Capitán Conrad Blake, quien no obstante haber otorgado su anuencia para que la bella mujer cumpliera su misión, estaba celoso y encabronado. Había sido demasiado tiempo de ausencia.

¿Rompimiento en puerta? Leah esperaba que no.

Segura de sus encantos y con el regalo que pensaba hacerle para comprar su propio barco, confiaba en apaciguar los celos de su amado compañero...

¿Lo lograría?

El carácter apacible y ordenado del Capitán Blake, contra el torbellino de mujer que representaba Leah...

¿Sería posible mezclar el agua y el aceite?

MADRID, ESPAÑA

Los medios hermanos Martín Gazca y Severo Torres, añejos engendros del extinto y poderoso señor Ramón Peralta y Bárcenas, llegaron a Madrid a bordo de un automóvil convertible Cadillac Coupe De Ville, modelo clásico 1958, que robaron de un estacionamiento en su natal pueblo de Huesca.

El dueño del bello automotor, un turista Hispano-Americano lo había dejado al cuidado de Severo, que trabajaba en la Hostería donde se hospedó.

El par de delincuentes aficionados, en un momento de inteligencia, decidieron ocultar y abandonar el vehículo en la carretera a cinco kilómetros de la ciudad de Madrid, distancia que recorrieron alegremente en transporte público.

Descendieron en la Estación Sur de Autobuses de Madrid, ubicada en la calle Méndez Álvaro. Abordaron un taxi que los llevó al espléndido Hotel Meliá Castilla, situado junto al Paseo de la Castellana, cercano al Estadio Santiago Bernabéu, sede del famoso Club de Futbol Real Madrid; la llamada Milla de Oro Gastronómica y la zona comercial donde entre otros, se encuentran los conocidos almacenes Zara y El Corte Inglés.

Sintiéndose como si ya fueran nuevos millonarios, reservaron desde el mes de Agosto para ocupar en Octubre 14 de 2016, la Gran Suite The Level, en el piso 15, con los estupendos servicios de recepción privada, desayuno, bebidas gratuitas e Internet.

El dinero que portaban los dos malandrines, era fruto de algunos ahorros de su mesada, varias estafas y robos en su ciudad, suficiente para solventar los gastos un máximo de treinta días viviendo como ricachones. En ese lapso o antes, estarían nadando en riquezas.

En el lobby del hotel, rentaron una camioneta Japonesa Mazda C5, que les estaría esperando en el estacionamiento.

En la habitación, se tumbaron como fardos en las suaves camas cubiertas con elegantes edredones blancos, manchándolos con sus sucios zapatones.

Después de dos minutos, se arrojaron al mueble bar para beberse una botella de brandy Osborne en vasos con hielo.

— ¡Son gratis! — exclamaron los baturros.

Severo marcó un numerito telefónico.

— Viajes Cassandra a su servicio — dijo una agradable voz femenina.

— Mira moza. Necesitamos un par de hembritas nuevas. Hablo de parte de Sandy Contreras, me ha dicho que...

- Se ha equivocao de número, lo siento — y la mujer colgó.
- Pinche puta — exclamó Severo — No ha dejao explicar naá.
- ¡Eres un puto burro Severo! Te falta estilo, presta acá el aparato ¡coño, que toó lo tengo que hacer yo!
- Señorita — habló Martín con voz amable — Estamos en la ciudad. Tengo el código de cliente 5-6093-1. Necesito dos guías de turistas para hoy, ¿será posible?
- Ssí claro. A nombre de Sandy sí... espero — dijo Martín.
  Un minuto después contestó un varón.
- Tendrán que pasar por aquí, no tenemos servicio a domicilio. Cerramos a las diez. Gracias.
- ¡Listo! No seas pendejo Severo, hay mucho control del Estado sobre la prostitución. Son desconfiados y solo con el código de cliente te atienden.
- No lo sabía — defendió Severo — El pendejo dueño del auto que robamos dejó la tarjeta del burdel con el código que le asignaron. Se ve que es cliente frecuente, ja, ja, ja...

****

En el presupuesto del viaje no estaban considerados honorarios de asesinos. Ellos se encargarían en persona para despachar al otro mundo a la puta Amber, que se encontraba gozando del chingo de dinero que dejó al morir el hijo de puta de Ramón Peralta y Bárcenas, el malnacido padre de ellos, los sufridos hijos fuera de matrimonio que padecieron toda la vida: pobreza, humillaciones, desprecio del viejo y su familia, razonó Martín.

Ahora sería distinto. Estaban en Madrid dispuestos a recuperar la mayor parte de los miles de millones de Euros, que se decía había acumulado el puto anciano.

- Que en el infierno esté — dijo Severo.

El par de cabrones ambiciosos y mala sangre convinieron en festejar esa noche a lo grande. Mañana sería otro día y comenzarían a "trabajar" localizando a la heredera en el domicilio de La Moraleja tan publicitado en la prensa cuando murió "Papá Ramón".

Después de dos horas de libar, decidieron no negociar con ella.

- ¿Para qué hablamos con la puta? No veo el caso, con seguridad se va a negar a compartir. Es una pérdida de tiempo — expresó Severo.
- Es cierto, lo mejor será la "solución final" (asesinato) como acordamos y es mejor temprano que tarde. Qué tal que se nos "vuele" (lenguaje vulgar de hampones que significa escapar) — afirmó Martín.

- Se metieron a la ducha y se cambiaron de ropa.
- ¡Vamos por el auto y a divertirnos!

****

- Basta de problemas. ¡A gozar! — dijeron ambos, abriendo la portezuela del vehículo a las dos chiquillas, menores de edad que los esperaban en la entrada de la "Agencia de Viajes", fachada del burdel.

Pasaron una noche fantástica para ellos, como nunca la habían tenido en su miserable vida, con todo tipo de excesos en vino, comida, drogas, música y sexo sadomasoquista, que aprendieron rápido, cuando asistieron a la función première de una asquerosa película, inflada por la publicidad. Lejos estaban de pensar que tal vez, sería una de sus últimas parrandas. Dice el sabio refrán que "no hay borracho que coma lumbre". Los criminales entendieron que se habían excedido en los azotes.

Seriamente lastimadas las dos jovencitas amenazaron con poner queja en la Estación de Policía. Hubo que comprar su silencio en la forma que saben hacerlo los hampones: plata o plomo.

Con los diez mil Euros que pagaron a cada una de las chicas y la amenaza de matarlas si abrían boca, la fiesta terminó en santa paz.

Las jovencitas casi niñas, consideraron que el dinero ganado con el sudor de todo su cuerpecito, les alcanzaría para el Doctor, medicamentos y una buena parte para los gastos de su casa.

Eran las doce del día cuando los dos gañanes abrieron el ojo, es decir despertaron, en medio del esplendor de una mañana llena de sol que filtraba sus rayos por las cortinas.

Martín no acostumbrado a lujos, se dirigió al baño para meterse a la ducha, tratando de adivinar en la moderna grifería de monomando, cuál era el agua caliente y cual la fría. De pronto gritó maldiciones. Un chorro de agua caliente le quemó el cuerpo.

Severo acudió enseguida solo para ver la piel enrojecida de su pariente, muriéndose de risa.

- ¡Si serás pendejo curro! Ja, ja, ja...

A su turno en la otra regadera, Severo tuvo precauciones con el monomando. Antes de colocarse bajo el agua, estuvo haciendo mezclas hasta que comprendió el funcionamiento del control.

Medio atontado por la resaca, resbaló con el piso "y se ha dáo un tortazo en el culo que dolió hasta China" — comentaría a carcajadas Martín, cuando llamó al Médico del hotel, que suturó con seis puntos la rajada cabezota de Severo.

598

– A ver si no dobla la aguja este huevón, Dotor. Es de cabeza durísima, ja, ja, ja... — se burló Martín.

– ¡Se nota que me la conoces marro! — contestó el tipejo refiriéndose a su pene.

****

Para llegar más rápido a su destino, pidieron un taxi por tiempo abierto. Les esperaba una larga jornada.

– ¡Joder con la cabrona, vive en el quinto infierno! — se quejó Severo.

– No seas idiota, es mejor para nuestros planes — replicó Martín. El taxista acostumbrado a escuchar pendejada y media, no les prestó la menor atención. Le preocupaban los resultados de la jornada 14 de futbol, en especial el partido del "clásico" juego Real Madrid contra Barcelona, a celebrarse el 3 de Diciembre en el Camp Nou, donde apostaría medio salario.

****

Llegaron a la mansión en La Moraleja. Ordenaron al chofer estacionar discretamente y se dirigieron a la ventana exterior a prueba de balas, de la ayudantía.

– Haga favor de anunciar nuestra visita a la señora Ambrosia — llamándole así para molestar.

– Somos los hijos de Don Ramón Peralta y Bárcenas, que en gloria esté. Mi nombre es Martín Gazca y este caballero es Severo Torres.

– Aquí no vive ninguna señora de ese nombre — replicó el guardia secamente abriendo la ventana — Vayan por donde vinieron. Limosna no hay.

Los dos visitantes perdieron la paciencia.

– ¡Mira hijo de puta! O nos abres la puerta o te meto un tiro — dijo Severo sacando de la bolsa de su chamarra, un antiguo modelo de la pistola Beretta 9 mm.

Al verse encañonado, como ráfaga pensó que no arriesgaría su vida con un loco que podía matarlo por nada.

El vigilante decidió sin titubeos abrir la puerta peatonal, al mismo tiempo que oprimía el botón de alarma interna sin sonido, instalada a propósito para no prevenir a los delincuentes y conectada a la central de alarmas del servicio de seguridad privada, al que pertenecía.

– Si serás pendejo — reprendió Martín — Guarda eso, las armas son el último recurso.

La luz roja se encendió igualmente en las recámaras y varias partes de la mansión, incluyendo los departamentos de servicio. Los jardineros, choferes, empleados de limpieza de la casa y alberca, eran un pequeño ejército de dieciocho personas que poseían y conocían muy bien el uso de las armas.

Como servidores del megamillonario Don Ramón, fueron seleccionados y entrenados por Oficiales de Policía, acatando las órdenes del viejo, siempre temeroso de posibles venganzas, por los turbios negocios de su pasado. Fue un buen entrenamiento que el ricachón pagó espléndidamente.

El protocolo de seguridad ordenaba en caso de irrumpir intrusos, cerrar los accesos de la casa automáticamente, mediante ligeras pero resistentes cortinas de metal de aleación especial y la activación de la energía eléctrica de alta tensión en las alambradas perimetrales, sobre las altas bardas de piedra.

Las 30 cámaras de video de última generación, repartidas por el inmueble bien camufladas, grababan las 24 horas del día los 365 días del año. Los rostros de los hijastros estaban ya en los archivos de las computadoras.

De modo que ningún ladrón o asaltante, podría salir de la fortaleza sin autorización de las dueñas.

El mayordomo principal uniformado, salió al encuentro de los invasores, saludando con fingida reverencia, solicitando amablemente que depositaran sus armas en una cesta, evitando con eso que dos choferes de la residencia, los asesinaran por la espalda, con sus mortíferas escopetas Surcoreanas Daewoo, de cañón corto y cargador tipo tambor de 20 cartuchos calibre 12.

NOTA DEL AUTOR.— Con una cadencia de 450 cartuchos por minuto, alcance efectivo de 40 metros y con el tambor/cargador de polímero translúcido, para ver con rapidez la cantidad de cartuchos disponibles, en la actualidad esta escopeta es una de las mejores del mundo.

****

En la azotea, dos francotiradores tenían en la mira a las visitas.

– Buen día señoritos, sean ustedes bienvenidos. Lamento los inconvenientes del portero, que no los ha reconocido. Les prometo que será sancionado.

A una seña del mayordomo los inoportunos forasteros hubieran pasado a mejor vida, abatidos por los disfrazados escoltas. Al escuchar el inconfundible ruido de las armas "cortando cartucho", los aprendices de hampón volvieron la cabeza para mirar los negros cañones de las escopetas que les apuntaban. Faltó poco para abrir sus esfínteres uretrales y se orinaran en los pantalones.

- Las Señoritas los recibirán en el cenador del jardín. Tengan la bondad de pasar.
- Hagan el favor de esperar un poco, comprendan que han llegado sin aviso.
- No sabíamos que mi difunto padre tenía hijas... — balbuceó Severo, totalmente confundido.
- Buscamos a la señora Amber. Es con ella que deseamos hablar — dijo Martín.
- Señores qué pena. La señora Amber que en gloria esté, falleció hace casi un año. Un lamentable accidente — avisó el mayordomo — Era una gran persona, la extrañamos mucho... — concluyó el empleado vestido de etiqueta.
- Este hijoéputa parece Diplomático — comentaron los advenedizos, turulatos con la noticia de la muerte de Amber.
- ¡¡Nos carga la chingada!! ¿Y ahora qué hacemos? ¡Nos jodimos! — dijo Severo.
- ¡Pues joder! ¡Pelearemos con quien sea! ¡El puto dinero debe tenerlo alguien, no seas pendejo! — respondió Martín encabronado.

Quince minutos después, llegaron Fiorella y Lanya radiantes de belleza, vestidas con agradables conjuntos de frescas blusas y shorts de algodón, que dejaban ver el nacimiento de los apetitosos senos y las maravillosas piernas ligeramente tostadas por el sol de España. Completaban su atuendo, lindos sombreros floreados de ala ancha y mocasines de piel Italianos.

Recibieron a los desconocidos visitantes con fría cortesía.
- Nos dijeron que son hijos de Don Ramón, no los conocemos.
- Simplemente tenemos curiosidad de saber qué desean.

Al contemplar su hermosura, los patanes casi se atragantan con el trozo de fruta que devoraban.
- ¿De dónde coño han salido ustedes mozas?
- ¡Somos los hijos! Tenemos todo el derecho a heredar, así que vayamos al grano — dijo envalentonado Severo.
- Más vale que lleguemos a un arreglo o se las verán duras con nosotros — intentó amenazar Martín.
- Bueno está claro, quieren parte de la herencia. Si tienen derecho se respetará y si no lo tienen se van ¡directo a la mierda, par de gandules!
- Está por llegar el Administrador de la Herencia. Debemos aguardar un poco, mientras tanto, tomaremos un refrigerio, ¿les parece? — explicó Lanya conciliadora.

El lapso de espera sirvió a las chicas para llamar a Kadir, su

Consejero favorito, a quien admiraban, no solo por sus conocimientos y acertado criterio en los negocios y cuestiones legales, sino como un hombre justo, cariñoso y sensual.

****

El Hospital Universitario "Johns Hopkins", de Baltimore, en los Estados Unidos, así llamado en honor a su benefactor, ha sido reconocido por las revistas especializadas, ocupando el Primer Lugar por muchos años consecutivos, dentro de los Hospitales Americanos y su fama extendida por toda la Tierra. La exitosa intervención quirúrgica y tratamientos postoperatorios en el famoso Departamento de Neurología y Neurocirugía, lograron la fantástica recuperación física y mental de Kadir, de las gravísimas heridas sufridas en Estonia, en tiempo récord de 7 meses.

Durante las múltiples sesiones de terapias avanzadas, Benjamín Weitzner tuvo ocasión y tiempo suficientes para responder con aplomo, las numerosas preguntas formuladas por la bella esposa de Kadir sobre los detalles del accidente.

— ¿Cuándo? ¿Cómo? ¿Dónde? ¿Por qué?

El respetado octogenario explicó pacientemente los pormenores, expresando que "a un pesado camión que transportaba harina proveniente de los Molinos Vascos, le estalló el neumático delantero izquierdo, invadiendo el carril contrario, colisionando de frente al vehículo donde viajaban Kadir y Pablo. El impacto fue brutal, muriendo al instante el chofer del camión y Pablo que conducía la camioneta".

— Kadir recibió un fortísimo golpe en la cabeza, alojándose un pequeño objeto metálico en su lado izquierdo, con las consecuencias que todos conocemos.

— Ahora sólo nos queda confiar en Dios y orar por su total mejoría. Lo siento mucho — concluyó Ben, abrazando tiernamente a la señora.

— Gracias amigo — respondió ella bañada en lágrimas.

****

Kadir, completamente sano, se encontraba leyendo sobre el llamado "Búnker de la Supervivencia", la gigantesca despensa subterránea excavada en una montaña de la isla Noruega de Svalbard, en el Océano Glacial Ártico.

NOTA DEL AUTOR.— El proyecto "Svalbard Global Seed Vault" es una Bóveda Mundial de Semillas hecho realidad por un bloque de Países, para CONSERVAR EN ÓPTIMO ESTADO DURANTE CIENTOS DE AÑOS en temperaturas bajo cero, MILLONES DE

SEMILLAS que representan las variedades de cultivos importantes disponibles actualmente en todo el planeta, para GARANTIZAR LA ALIMENTACIÓN HUMANA.

Las enormes bodegas construidas dentro de la montaña y bajo el nivel del mar, tienen muros de concreto reforzado, sistemas de alarma, detectores de movimiento y puertas blindadas de acero.

Su propósito es dar al mundo la seguridad alimentaria, con el futuro y modernizado desarrollo de las ciencias de la agricultura.

Protege grandes colecciones de semillas de cereales, legumbres y plantas comestibles, para resistir el paso del tiempo.

Y preservarlas contra epidemias vegetales, terremotos, guerras nucleares, radiación atómica, erupciones volcánicas, efectos nocivos del cambio climático, voracidad de humanos y hasta de osos polares.

****

- ¡Fantástico! — exclamó Kadir, que disfrutaba de un delicioso café expresso en taza grande con leche semidescremada.
- ¡Helen mi amor!
- Por favor ven un momento, mira una gran buena noticia entre todas las malas...
- ¡Con cien mil millones de coñous!, como dices tú — exclamó la hermosa treintañera — ¿Es cierto? Demasiado bueno para ser verdad — dijo Helen desconfiada.
- Nos han dicho tantas mentiras que... como tú precisamente cabroncito — besando apasionadamente a su esposo.
- Es verdad — explicó Kadir cariñosamente — Existen centenares de Bancos que guardan muestras de cultivos, pero son vulnerables a las catástrofes.
- Nada que ver con este nuevo superalmacén, ¡esto es garantía de alimentos para el futuro! Con perdón de la palabra, ¡UNA CHINGONERÍA!

El teléfono sonó cuatro ocasiones interrumpiendo el diálogo interconyugal que terminaría en la cama.

- ¿Hola, quién habla? — contestó Helen.
- Hola señora Aiza, habla Lanya la sobrina de Don Ramón Peralta, por favor quisiera hablar con el señor Kadir.
- Lo siento, no se encuentra en este momento, ¿quiere dejar mensaje? — mintió Helen, disimulando su rabia.
- Gracias, es un asunto de negocios señora, ha sido muy amable. ¿Puede decirle que nos llame a casa? Es urgente.
- Así lo haré no tenga pendiente. Hasta luego.

– ¡Otra vez esas zorras! ¡Cómo se atreven a llamar a MI CASA!

– ¡Claro! Con la confiancita que les has dado a las cabronas...

Un beso apasionado de su esposo cerró su linda boca, al tiempo que aseguraba no llamarles.

– Amorcito basta de celos. Nunca me llaman y si lo han hecho es por algún problema grave. No olvides que soy su Consejero de negocios y me pagan muy bien... Vamos a ver esos ojitos tan lindos, me encantan cuando se enojan...

Amplio conocedor de las mujeres, Kadir jugó su carta de triunfo:

– Se hará como quieras amor, sabes que no deseo molestarte en nada. Como decimos en México y en España ¡Que se jodan! ¡No les llamaré así se estén muriendo!

Noble mujer era Helen. Al ver a su hombre domado y sometido a su voluntad, tuvo la grandeza del vencedor: otorgar su anuencia.

– Tienes razón cariño, quizá debas hablar... dijo que era urgente... pero con una condición — tronó — Voy a escuchar el diálogo y pobre de ti si hay algo...

– Ya te marco — y tomó el teléfono, abriendo el altavoz.

Por un momento el Auditor dudó.

– ¡Coño! — pensó — Ojalá sea cosa de trabajo y no estén calientes. Son capaces de urdir planes para divertirse...

– ¿Señorita Lanya? Habla LA ESPOSA del señor Kadir. Le comunico... sí, de nada.

En menos de dos minutos Lanya puso al tanto a Kadir de la molesta visita de dos tipos, dizque hijos del finado tío Ramón, solicitando urgentemente su presencia en la mansión de La Moraleja.

– Por favor, tenemos miedo imagina ¡vinieron armados! Los guardias se las quitaron. No, ahora están bajo control pero necesitamos de tu asesoría, por favor, por favor, te juro que no te molestaremos más...

Al terminar la conferencia, Helen otorgó permiso.

– ¿Te gustaría acompañarme linda? — invitó Kadir por mero formulismo. Nunca supuso su aceptación. Una vez más se demostró lo impredecibles que pueden ser las féminas.

– Claro, ¿por qué no? —aceptó la rubia — Dame unos minutos por favor. ¿Cómo debo ir vestida, de pantalón o falda?, ¿habrá tiempo para llamar a la peinadora?, ¿zapatos cómodos o zapatillas altas? Ellas son jóvenes, guapas y ...

– Ja, ja, ja, ja... — rió el Auditor — Nena tú eres superguapa puedes vestir como quieras, todo te queda bien, no te preocupes tanto, ja, ja, ja...

Kadir estaba descansando pero acudiría al llamado de sus

importantes clientas. Ignoraba el tema pero sea cual fuere, se excusaría para aceptar cualquier trabajo que implicara salir de la ciudad y de ser posible, presentar su renuncia irrevocable.

Tenía que cumplir la enésima promesa a su paciente esposa, dejando todo tipo de trabajo para dedicarse de tiempo completo a su familia, con el pronóstico que después de unos seis meses, no lo aguantarían tanto tiempo dentro del hogar, como le sucedió a una docena de amigos suyos, que después de agotar diversiones conjuntas y toda clase de reparaciones domésticas, terminaban por buscar un trabajo de pocas horas fuera de casa, participar en asuntos de la comunidad, ayudar en obras de beneficencia, etc. etc.

Esto es algo que no entienden las mujeres. Para los hombres que estamos acostumbrados a trabajar duro, el retiro no es cosa fácil — pensaba Kadir.

Antes de abordar la negra camioneta Porsche Cayenne, colocó la pistola Walther PP calibre .380 en la cintura, con dos cargadores de repuesto. Por si las dudas — se dijo — procurando que Helen no se diera cuenta de la maniobra.

****

En el trayecto Helen pensaba cómo actuar. ¿Digna? ¿Prepotente? ¿Amigable? ¿Sencilla?

Conocía a las multimillonarias herederas por las fotografías en la revista ¡Hola! — una de las mejores publicaciones de "sociales" de circulación mundial — suficiente para prejuzgarlas por lo menos, como frívolas y aventureras.

Habiendo estado bajo la tutela de Amber — con fama de casquivana en la sociedad Española — era muy probable que estas mozas aprendieran de ella sus malas mañas.

Un nuevo escozor recorrió su piel, provocado por el sentimiento de celos.

Y el cabrón de mi marido que es "protector, tan buena gente".

Los fuertes bocinazos del claxon de la camioneta anunciando su llegada, la hicieron reaccionar. Nerviosa sacó el espejito de su fino bolso Chanel aprobando su rostro.

— ¿Estoy bien así? — preguntó a su esposo.

— Eres una belleza — respondió Kadir ligeramente inquieto.

Bien sabía el riesgo de presentar a su esposa con Lanya y Fiorella que además de hermosas, eran unas perfectas cabronas.

Si se mostraban coquetas o hablaran de más, su mujer la pasaría muy mal con tremendas consecuencias para él.

Recordó los momentos con ellas en Guadalajara y otros sitios donde se dejó seducir por las dos chicas... el arrepentimiento fue tardío.

— Lo que sea que suene — reaccionó con decisión.

****

La reunión fue breve.

Las chicas bostezando de aburrimiento, ignorando a los tipejos incómodos, se alejaron hacia la piscina donde les esperaba Helen, diciendo simplemente: — "Adiós señores aquí se quedan con el Contador" — al que pidieron encargarse del asunto, otorgándole la confianza para defender sus intereses y resolver el problema.

Helen estaba maravillada de contemplar la lujosa mansión. Los jardines con exóticos árboles y plantas llenas de flores, muchas, para ella desconocidas, como la flor blanca de una palma del desierto.

NOTA DEL AUTOR.— Sobre el tema, transcribo por su impecable retórica, las palabras del gran escritor Mexicano Armando Fuentes Aguirre, conocido por su pseudónimo, Catón.

"Ayer vi las primeras palmas florecidas. Las palmas de los desiertos norteños (de México), no son las gráciles palmeras de la costa, parecidas a sensuales odaliscas. Las palmas de mi tierra (Estado Mexicano de Coahuila), son ásperas, salvajes. Se defienden con aguzadas púas, y su tronco es robusto para guardar el agua de las lluvias, que a veces tardan años en caer".

"En estos días sin embargo, florecen con la hermosura que solo puede verse en los desiertos. Sus flores — la blancura más blanca de todas las blancuras — son un glorioso penacho sobre la testa de esas gigantas solitarias".

"Llegarán las mujeres campesinas y cortarán las flores, y con ellas harán un guiso de Semana Santa, sabrosísimo".

"Si soy afortunado comeré en esta temporada flores de palma, y en silencio daré gracias a Dios, que aún en el más desierto de los desiertos, nos da flores de vida y de belleza".

****

En contra de todo pronóstico, Helen, Lanya y Fiorella simpatizaron desde el primer momento, cuando fueron presentadas por Kadir, saludándose con alegría, plantando en sus respectivas mejillas cálidos besos de afecto.

Enseguida, tiempo les faltaba para hablar de cosas femeninas. La recién llegada agradó a las dueñas de la finca. Amén de hermosa, se mostró como persona sencilla, educada y de gran personalidad, desapareciendo como por arte de magia los prejuicios sobre la "brujer" (apelativo burlón de esposa), de su querido amigo Kadir.

Por su parte Helen, a las dos chicas las juzgó traviesas, juguetonas, inmaduras y a veces hasta infantiles, además de ser preciosas.

A primera vista no parecían putitas, como creyó antes de conocerlas.

Sin desearlo cayó en el debate de siempre:

Putas son mujeres que venden o mejor dicho, alquilan su cuerpo para satisfacción sexual de hombres, que pagan con dinero por el servicio.

Si esta puede ser una definición generalmente aceptada, ¿cómo se denomina a una mujer joven que practica el sexo por el solo gusto de hacerlo? Puta desde luego no es.

¿Liberal? ¿Gozadora? ¿Ninfa? ¿Desinhibida? ¿Loca? ¿Traviesa? ¿Moderna? Es mejor dejarlo en pendientes y no meterme en líos, recapacitó la rubia.

Son muy simpáticas pero el trato con ellas será superficial. Las mantendré a sana distancia, concluyó sus sesudas cavilaciones.

****

Si Martín y Severo hubieran sabido un poco sobre las habilidades secretas de Kadir, jamás habrían soltado la lengua, exigiendo, insultando y amenazando a las dos herederas y de paso a él mismo, como Administrador de la cuantiosa herencia del hoy extinto supermillonario, Ramón Peralta y Bárcenas.

El Auditor tuvo paciencia de santo. Desde el inicio de las conversaciones, los avorazados y estúpidos aprendices de hampón quisieron amedrentarlo, presumiendo de influencias, poder económico y político — que desde luego no tenían — hablando de sus conexiones con el bajo mundo de España.

Kadir trató de explicarles que de acuerdo con la Ley Española, el Testamento es un documento que otorgado con los requisitos de la Ordenanza, tiene plena validez porque es la voluntad expresa del dueño en vida, para disponer de sus bienes libremente, nombrando a sus herederos que aparecen en el documento, legalizado ante Fedatario Público e inscrito en los Registros Oficiales.

En el caso de personas inconformes que se sientan con derecho a heredar, la misma Ley Civil menciona el procedimiento para presentar las pruebas de su dicho, otorgando el plazo necesario.

— Es claro que Don Ramón no tuvo la voluntad de mencionarlos en el Testamento. Aun suponiendo sin conceder, que ustedes sean hijos fuera de matrimonio, si no están reconocidos en Actas Oficiales como sus hijos, no les asiste derecho alguno. No son ni serán beneficiarios.

- Y en el terreno de la hipótesis, si ustedes lograran demostrar fehacientemente mediante los estudios de ADN en sangre, que son descendientes del señor Ramón Peralta y Bárcenas, aún así no tienen derecho a heredar, si no están incluidos en el Testamento.
- Hay muchos casos de hijos de matrimonio mayores de edad, que son excluidos del documento, es decir son desheredados.
- ¿Entienden señores? En su posición solo queda apelar a la bondad y generosidad de las legítimas herederas, para que conserven la jugosa donación de 100,000 Euros mensuales para cada uno y si acaso lo aprobaran ellas, una cantidad en efectivo por una sola vez, para ayudarlos.
- Con gusto lo consultaré y les llamamos, aunque lo veo difícil después de las bravuconadas e insultos que han proferido.
- Deberían disculparse ampliamente — cerró Kadir.
- Mira cabrón. Queremos el cincuenta por ciento de todo el caudal, de lo contrario aténganse a las consecuencias. A ver amiguito, no querrás tener un accidente junto con las dos golfitas, o con tu pinche familia, ¿verdad? — advirtió Severo, haciéndose el duro.
- ¡Estamos de buenas maño! ¡A ver, di algo carajo!, o ¿acaso el señorito perfumao está paralizao de miedo? Ja, ja, ja... — se burló Martín.

Durante cinco minutos más continuaron hablando pendejadas.

Violentos, quisieron dejar muestra de su carácter rompiendo los vasos de cristal cortado contra las baldosas.

Intentando intimidar se levantaron de sus asientos acercándose al Administrador, levantando los puños.

- ¡Te vamos a partir la madre desgraciado empleadito de mierda!

Kadir se limitó a observar. Un paso más y los dos perversos serían castigados probablemente con golpes mortales de Karate. Los dos idiotas, nunca sabrían lo cercana que estuvo su muerte.

El Auditor quería acumular agravios para justificar la ejecución.

Tengo que matarlos en otro sitio, recordando que estaba de visita Helen. Ya pensaré en algo, lo importante ahora es que se larguen. Son un par de necios que no descansarán hasta vengarse de las chicas y de mí también. Están cegados por el odio y el dinero, es un peligro dejarlos vivos.

¿Y su autopromesa de no volver a matar? ¿Quién se encargaría del "trabajo", ahora que Pablo su fiel ayudante había muerto en Estonia? Lo resolvería a su tiempo.

— ¡La entrevista ha terminado!

A una seña de Kadir, cuatro guardias armados empujaron a la salida a los dos "Gallegos", que sentían temblar sus rodillas de miedo.

NOTA DEL AUTOR.— La palabra "Gallego" es frecuentemente usada por personas fuera de España, que utilizan erróneamente este Gentilicio al referirse a Españoles, no necesariamente originarios de Galicia y de ningún modo peyorativo.

****

Pasarían horas para quitarse de la mente, la mirada serena y penetrante de Kadir, que la sintieron fría y despiadada taladrándoles el cerebro.

— Sus armas les serán devueltas en la Comisaría de Madrid, claro si ustedes demuestran la propiedad y el permiso para tenerlas — dijo secamente Kadir.

— Ya les hablaré.

****

A bordo del taxi, los hamponcetes rumiaban su fastidio.

— ¡Coño para tipo! ¡Es un cabrón pedante insoportable! —dijo Severo.

— ¡Debimos partirle su madre al muy puto! Pero lo haremos después, ¡aquí hubiera sido suicida y a esta hora estaríamos muertos! — afirmó Martín — ¡Había un chingo de matones!

— Y nosotros desarmaos, ¡carajo!, que si he tenido la "fusca" (pistola en lenguaje vulgar) otra cosa hubiera sido, por ésta — aseguró Severo, besando sus dedos con la señal de la cruz.

— Vamos al Meliá a ordenar "ticketes" (tickets, boletos) para el juego del Real Madrí, nuestro equipo favorito, nos queda cerca el Bernabéu (Estadio Bernabéu), el juego es mañana Domingo 23 a la una de la tarde contra el Athletic Club de Bilbao y por la noche, ¡de putas otra vez!

— ¡A ver si conseguimos niñas de 15 años que nos gustan tanto!

— Ya pensaremos nuestra venganza contra las pinches viejas y el puto administradorcillo, ¡que nos han tratao como basura!

— Se me ocurre un plan, Martín — dijo Severo.

— Hay que secuestrar a esas dos pendejas y hacerlas sufrir, tenemos amigos que nos pueden ayudar y pediremos una gran cantidad de dinero como rescate. Al tipo, simplemente lo matamos y punto.

— ¡Jolines! Qué bien pensáo. Así vengaremos la afrenta, les daremos tormento y las golfas firmarán a nuestro favor lo que sea. Ya veremos cuando las ponga de rodillas para el "examen oral" hijas de su puta madre, pero primero nos las cogemos, están buenísimas, ja, ja, ja.. —contestó Martín — Y antes de matarlas, las regalaremos a nuestros camaradas que ¡nunca han tenido culos así!

****

Dentro de la mansión de La Moraleja, Kadir se asombró que las multimillonarias herederas, invitaran a la junta a su esposa Helen.

Esto es muy raro, "hay gato encerrado" — frase utilizada para señalar algo que se quiere ocultar — pensó Kadir.

¿Qué estarán tramando el par de muchachitas?

Las dudas se desvanecieron cuando la reunión terminó sin sorpresas. Es temprano para cantar victoria, razonó el Contador Público.

Analizadas las alternativas para solucionar el reclamo de parte de la herencia, las dos jovencitas propusieron al duro Administrador darles 5 millones de Euros a cada uno y con ello zanjar el asunto.

Kadir se oponía a cualquier tipo de arreglo de dinero, porque conocía muy bien la naturaleza humana.

— Los tipejos son delincuentes baratos que no dudo tomarán el dinero, con la promesa de no volver a molestar. Sin embargo, nunca estarán conformes, siempre sentirán que fueron estafados por ustedes y lejos de agradecerles, se convertirán en enemigos, para amenazar y pedir más y más.

— Tomen en cuenta que los bribones piensan en cifras mucho muy superiores y están dispuestos a todo.

— Por favor escuchen esto...

— El microtransmisor, colocado en la chamarra de piel de Severo, por uno de los guardias que los acompañó a la salida, enviaba nítidamente la voz de los truhanes con sus insultos, planes y amenazas, que estaban siendo grabados por el Auditor.

— Con todo esto, ¿de verdad creen ustedes que Severo y Martín estarán conformes y en paz? Hay que pensar otra solución — terminó su intervención Kadir.

— Pero nene — dijo Fiorella descuidadamente — ¿Dónde queda la caridad y la misericordia? Porque es un hecho que están jodidos.

— Ella tiene mucha razón amorcito, ¡oh perdón! —remató ¿intencionalmente? Lanya, provocando una desapercibida mueca de disgusto de Helen.

— Gracias a Dios nos sobra el dinero. Bien podemos hacer una obra de caridad.

— ¿Qué opinas Helen? Nos agradaría tu punto de vista totalmente imparcial, por favor dinos.

- Bueno, para empezar no es de mi incumbencia y no quisiera meterme... desconozco a profundidad el tema —respondió.
- Nos haría bien escuchar tus comentarios mi amor, por favor exprésalos — solicitó Kadir acariciando su manita.
- Bien, esto es lo que pienso: Si estuviera en su lugar, no les daría un centavo más. Creo que la mesada que disfrutan esos pelafustanes asignada por Don Ramón, debiera quedárseles para que vivan bien, aun con la tentación de retirarla por sus malas acciones y nulo agradecimiento.
- Pero, ¿quiénes somos nosotros para cancelar los deseos de su señor padre, que así lo dispuso? — finalizó Helen.
- Estuvimos a punto de otorgarles un millón o más al mes con tal que se largaran, el olor que despedían era insoportable, ja, ja, ja, ja... — se quejaron las chicas muertas de risa.
- No es para tanto, ellos se sentían "soñados" a la última moda en aromas. Se trata de la nueva fragancia Burger King hecha en Japón con aroma de ¡Hamburguesa de carne al carbón! Voy a comprarte una docena de frascos mi amor, ¡para que huelas rico! — dijo Helen.
- ¡Sí! ¡¡Para que nos antoje comerte!! Ja, ja, ja, ja... — dijeron las jóvenes — lanzando el dardo largamente contenido con la intención de lastimar a Helen, que simplemente reviró: — ¡Solo que fueran pirujas! Ja, ja, ja...

La junta terminó y las mujeres — como se esperaba — se despidieron diplomáticamente con abrazos, besos y promesas de estar en contacto para salir de compras y comer en la primera oportunidad, que por supuesto, ninguna deseaba cumplir.

Kadir esperaba una catarata de quejas, pero no fue así. Por el contrario, Helen platicaba entusiasmada, de la maravillosa recuperación en la salud de su padre, el tiempo que pasó junto a su madre y hermana y lo divertidos que estuvieron sus hijos. "Extraños son los Caminos del Señor", dicen los Religiosos, cuando no pueden explicar algo aplicando la lógica. Igualmente "Extraños" son los pensamientos de las hembras.

****

En casa, Helen comenzó suave.

- Amor, ¿me contarías los motivos que te obligaron — según me dijiste — para mantenerte lejos de casa tanto tiempo? ¿Qué clase de trabajo puede ser tan secreto y de larga duración?
- Kadir, dejaste sola a tu familia más de cuarenta días, haciendo solamente tres llamadas telefónicas. Ni siquiera supe con exactitud

en dónde estabas, no se vale... sniff... sniff... — comenzó a lloriquear Helen.

– Querido, fuiste el único ausente, nos hiciste tanta falta, mis padres me acosaban a preguntas y yo... bueno... mentira tras mentira... no vuelvas a hacernos eso... hasta pensé demandarte el divorcio... no aguanto más... pero bueno ya tendremos todo el tiempo del mundo para nosotros, tu familia, solo espero que cumplas tu palabra, porque si no, el divorcio va, te lo advierto — mitad broma, mitad verdad.

– Escucha mi amor — dijo serenamente el Auditor — Siempre estuve en España, aunque en diferentes ciudades, atando los cabos sueltos para mi retiro digno y completo de la gran organización mundial que ha dejado Ramón Peralta. La verdad chiquita, no tienes ni la menor idea del tamaño y complicaciones financieras, de mercado, líos laborales, sofocando huelgas en todo el País, revisiones de Autoridades de Impuestos, ventas, publicidad y toda suerte de problemas que he tenido que resolver poco a poco. No es posible terminar de un plumazo y ya, hay contratos que respetar, en fin no quiero cansarte, pero créeme, no fue fácil.

– Nada más el haber conseguido vender el inmenso Conglomerado de empresas al Grupo de Inversionistas de Singapore, ¿tienes idea del tamaño de la operación?

– Por Ética no puedo revelarte el monto, pero baste decir que significan montañas de Euros, ¡mucho más que el PIB (Producto Interno Bruto) de varios Países juntos! ¡¡¡Con mis comisiones, ahora somos millonarios, nena y podemos disfrutar el dinero con la familia y hacer obras de beneficencia que tanto te gustan!!!

– Y después, el accidente... No quisiera recordarlo, pero ha costado la vida de Pablo Gonzaga, mi ayudante de confianza... gracias a Dios estoy sano, pude haber quedado Parapléjico, permanentemente en silla de ruedas, hubiera sido una carga para ti y mis hijos... — rodando de sus ojos acerados auténticas lágrimas.

Al llegar a este punto, Kadir genuinamente se alteró, al grado que su esposa, lo abrazó tiernamente, musitando bellas palabras de amor y consuelo.

– Discúlpame mi vida, no quise molestarte, lo del divorcio era solo un chiste, te adoro mi amor...

– A propósito, ¿has renunciado ya?

– Desde luego que sí mi vida. Solo resolveré este último y delicado asunto. Has visto cómo está. No te preocupes, no creo que lleve mucho tiempo y gracias mi amor, por tu infinita paciencia y comprensión, ya te compensaré... — expresó el hombre.

- No quiero ofrecimientos, puedes iniciar ahora mismo — dijo Helen — Si ya quieres ir a trabajar, ¡bien puedes amarme! — rodeando el fuerte cuello del marido, untando materialmente su cuerpo perfecto al varón, al tiempo que lo besaba con fogosidad.

Abrazados en una mezcla de ternura y pasión, se dirigieron a la alcoba, para allí sin testigos, practicar el Hieros Gamos, sublime acto de entrega total en cuerpo y alma de una pareja, que se ama por sobre todas las cosas.

- Tesoro — dijo Kadir a su esposa — Sin trabajo en España no veo qué nos ate a esta tierra maravillosa. Si lo deseas, volveremos a América para vivir una nueva etapa de nuestra existencia.
- Estaremos más cerca de las familias, nuestros hijos tendrán mejores oportunidades de estudios y posteriormente en los trabajos, negocios e inversiones que deseen emprender.
- Terminaré este asunto y en menos de sesenta días estaremos volando a los Estados Unidos, buscando un lugar adecuado para residir, ¡donde quieras preciosa! — prometió Kadir.
- ¿Por qué tanto tiempo? Pensé que sería mucho menos — dijo ella.
- Con seguridad arreglo amistoso no habrá. Así que tenemos que enfrentar demandas judiciales y los trámites burocráticos son tardados. Hay plazos que establecen las Leyes para presentar escritos, exhibir pruebas, audiencias, en fin todo el proceso que puede llevarse años.
- No te preocupes, mi labor será recomendar un buen Bufete de Abogados, para llevar y ganar el juicio que dejaré iniciado.
- Eso sí, la mudanza tendrá que esperar a que los chicos terminen el año escolar, pero podemos adelantar los arreglos.
- Nos esperan largas jornadas para preparar todo — reflexionó Kadir.
- Aprovechando los días que ocupes para resolver y entregar todo lo pendiente, ¿puedo adelantarme para ver terrenos y casas? Le pediré a mi hermana que me acompañe. ¿En qué lugar te gustaría vivir? — proclamó entusiasta Helen.
- Estando contigo y los niños, no me importa el lugar, hasta en el Polo Norte o el Desierto del Sahara, ja, ja, ja, eso lo decides tú, confío plenamente en tu cordura — respondió su marido.
- Puede ser en New York para estar cerca de mis padres o en Houston para ser vecinos de tu familia... o en La Florida, hay lugares de ensueño, Palm Beach, Júpiter, Pompano Beach... estaríamos próximos a la familia Weitzner...
- ¡Por Dios, no sé qué decidir! Tenemos que elegir donde haya

magníficos Colegios para nuestros hijos...

– Tómalo con calma mi amor, falta un rato para eso. No te precipites, ya te dije, se hará como tú digas.

– Oh mi cielo, es lo más lindo que has dicho en años. No sabes lo feliz que me hace escuchar tus palabras, ¡te adoro mi vida! — cubriéndolo de besos.

El Auditor pensaba ya en dos residencias en los Estados Unidos: una en el norte para primavera/verano y otra en el sur, para otoño/invierno, pero guardaría su opinión hasta el final.

Conociendo lo indecisa que solía ser su mujer, tarde o temprano se apoyaría en él en busca de consejo.

****

Usó casi las veinticuatro horas siguientes para tomar la determinación. Pensó encargar el "Contrato Gallego" a Caridad, la Agente "Aileen". Estaba seguro que la eficiente mujer aceptaría la misión cumpliéndola a la perfección, pero la descartó por dos poderosas razones:

La Primera, que tener a la hermosa fémina nuevamente a su lado, aunque fuera por motivos profesionales, no dejaría de ser un peligro por la tentación de volver a vivir las inolvidables e intensas sesiones de amor y pasión con la Cubanita.

La Segunda, apreciaba demasiado a la joven como para ponerla en riesgo con su celoso marido, que pudiera costarle el divorcio u otra cosa más grave, recordando la fenomenal bronca que tuvo la ojiverde al casi naufragar su matrimonio, cuando se ausentó demasiado tiempo de su hogar y regresó herida, por el "trabajito" en Estonia.

Eso la salvó en esa ocasión, pero ¿otra ausencia?

Está cabrón que el maridito lo permita. Ningún varón lo haría.

NO, definitivamente NO. ¿Debilidad o Miedo a la nena?

Recordó a la preciosa rubia Femke, alias Agente "Rebecka". Era una garantía para cumplir el encargo de "darles piso" (en dialecto de matones en Colombia, significa asesinar), a los dos avariciosos parientes de Fiorella y Lanya, sus todavía clientas.

Ella no tiene compromisos creo yo, podría ser... aunque también representa potencial peligro para mi estabilidad emocional. Es demasiado hermosa y estaría yo a prueba, para no recrear nuevamente los días de sexo salvaje y delicada entrega de sentimientos. Otra vez NO y dos veces NO.

¿Temor a perder a su familia?... ¡¡POR SUPUESTO!!

Repasó otra opción: El Doctor en Ciencias Elías Zagrev, apodado

Agente "Snake", muy eficaz en las misiones. Es un hombre leal a toda prueba y sabe trabajar a la perfección.

Lo invitaré para este servicio, es la solución.

****

Marcó el número satelital de "Snake". Le sorprendió recibir la respuesta de una voz femenina muy agradable que no demoró en reconocer.

¡Es la Agente "Rebecka"! —sintiendo que se erizaba la piel.

Turbado, comprobó el número. Estaba en lo correcto.

- Buena tarde, habla "Scorpio", por un momento pensé equivocar el número. ¿Está "Snake" por allí?
- Hi baby, it's a great pleasure listen you. ¿What happen? (Hola bebé, es un gran placer escucharte. ¿Qué sucede?).
- Come in sugar, please practice your Spanish. (Vamos dulzura, practica tu Español por favor).
- OK. ¿Tú estarr bien? — dijo la Checa — Saberr tú aliviarr.
- Muy bien gracias, espero lo mismo por allá.
- Por lo que veo están ocupados, les llamaré después — expresó "Scorpio" prudente.
- Ou, no. Terrminamos cogerr. "Snake" en baño ahorrra. ¿Quierres hablarr conmigo o nou? — preguntó la belleza.
- Ssí claro — respondió "Scorpio". Asombrado solamente acertó a preguntar por la salud de ella.
- ¿Cómo van las heridas, te estás recuperando bien?
- Yes, "Snake" currar todo. Es maestrro. Yo admirarr muchou. Tú neverr querrer vivirr juntous. Matrrimonio no. Solo vivirr en parreja. Nou childrren ahorrra. ¿Querrerr venir here? I'll never forgotten you. (Nunca te olvidaré) ¿Rememberr Ibiza? ¡My Endless love! (¿Recuerdas Ibiza? ¡Mi amor eterno!).
- Cájum, cájum — tosió el Auditor — Eres una lindura como siempre, pero quisiera hablar con "Snake", ¿puedes comunicarme por favor? — con su fino pañuelo secó el sudor de la frente, lanzando un resoplido.
- Right now. See you later friend. One moment. Call me any time. Bye. (Lo hago ahora. Te veré después amigo. Un momento. Llámame en cualquier tiempo. Adiós.)
- ¡Hola Comandante! ¡Qué gusto saber de ti! ¡A tus órdenes amigo! Seguro te extrañó que contestara el teléfono Femke, bueno estamos viviendo juntos, tenemos poco tiempo, pero ella es sensacional y muy inteligente como sabes, aparte de ser una belleza; pero dime

¿en qué podemos servirte?

- "Snake", hay una nueva misión muchísimo más sencilla que la última, ¿estás interesado?
- Seguro Comandante, aunque la rubia y yo hemos convenido en adelante trabajar juntos, no te molestaría si ella...
- Claro que no, sin embargo esta comisión es tan sencilla que pienso que una sola persona puede hacerlo, pero no me opongo, será tu decisión cuando conozcas los detalles. Ya los envío codificados a tu E-mail (correo electrónico).
- Quedo al pendiente, adiós Comandante.
- Goruzmek Úzere (quiere decir Hasta Pronto, en Turco) — dijo "Scorpio".
- ¡Con cien mil millones de coños vírgenes! — exclamó Kadir — ¡Qué buena fortuna la mía! ¡Vendrán en pareja y adiós tentaciones! Además entre los dos Agentes cumplirán el contrato eficientemente ¡en menos tiempo y así podré alcanzar a mi adorada Helen en los Estados Unidos!

****

Al día siguiente llegó al Aeropuerto "Adolfo Suárez" Madrid-Barajas, en el vuelo de la compañía KLM (Compañía Real Holandesa de Aviación), proveniente de Praga, República Checa que despegó del Aeropuerto Internacional "Václav Havel".

NOTA DEL AUTOR.— El Aeropuerto Internacional de Madrid es conocido también como "Madrid-Barajas" o simplemente "Barajas". El nombre oficial es desde marzo de 2014, Aeropuerto Adolfo Suárez Madrid-Barajas, en honor a la memoria del primer Presidente del Gobierno de España que en 1977, marcó el Fin de la Dictadura y la Restauración de la Democracia en las Primeras Elecciones Libres desde 1936. Barajas es el nombre del municipio que absorbió la ciudad de Madrid.

El Aeropuerto Internacional de Praga se llamó hasta 2012 como "Ruzyné", cambiando su nombre a "Václav Havel" primer Presidente de la República Checa después de la pacífica separación de Eslovaquia, en el año de 1993.

****

"Snake" y "Rebecka" descendieron de la nave y se dirigieron a la banda número 8 para recoger sus pertenencias. Cuando el carrusel dejó de girar y se apagó, los pasajeros se dieron cuenta que su equipaje no llegó.

De inmediato se trasladaron al mostrador de la Aerolínea, para gestionar la localización y entrega de sus maletas.

Normalmente para reclamaciones, el viajero tiene que llenar un extenso formulario indicando su nombre, domicilio, número de pasaporte, número del vuelo en que viajó, breve descripción del contenido de la maleta, tamaño, color, marca, tipo etc. etc., hasta la identificación visual, mediante fotografías de los equipajes más usuales. También es frecuente que los empleados de las compañías de aviación, que manipulan diariamente cientos de miles de maletas, cajas y bultos, se confundan enviando bagajes en vuelos distintos a los de sus dueños.

Generalmente los equipajes aparecen después de un par de días y son enviados al domicilio del pasajero sin costo, aunque ocasionalmente se pierden y el seguro paga una cantidad simbólica, por lo general 50 Dólares por pieza extraviada, con el consiguiente berrinche del pasajero.

"Snake" abrevió el tiempo. Sacó su teléfono celular y seleccionó la aplicación LugSearch (buscador de equipaje). Se trata de una moderna forma de localizar las maletas "Bluesmart" que tienen integrado un microchip GPS que indica al instante, el sitio donde se encuentra el bagaje perdido.

Los sorprendidos empleados acudieron a la bodega, localizaron las maletas y las entregaron a sus dueños, no sin pedirles mayor información sobre la novedad electrónica.

"Snake" y "Rebecka" salieron muy abrazados de la terminal, rentaron un pequeño automóvil para ir al hotel Ópera en el barrio de Salamanca, en el centro de la ciudad, cercano al Palacio Real, La Gran Vía, Jardines de Sabatini y la Plaza Mayor.

No bien estuvieron en la preciosa habitación, los Agentes se reportaron con su Comandante, agradeciendo los obsequios de bienvenida, siendo citados para las seis treinta de la tarde en el bar del hotel.

Acto seguido, los amantes se desnudaron metiéndose a la tina de hidromasaje de la terraza privada, disfrutando de la exquisita champaña Veuve Clicquot Ponsardin Magnum y frescas frutas rojas, junto con un arreglo de flores y la tarjeta de bienvenida firmada con la letra "K".

— ¿Tenerr condones? — preguntó la hermosa Femke, alias "Rebecka"
— No querrerr babys for now.

— No, dame un minuto llamaré al front desk (recepción) —dijo "Snake" intentando salir de las agradables aguas.

No pudo hacerlo. La apasionada hembra lo jaló dulcemente de la mano musitando:

— It's okay don't worry darling (está bien, no te preocupes querido).

La audaz hembra se arriesgaría a un embarazo cogiendo sin condón, como varias veces lo hizo con el Comandante "Scorpio".

Convencida estaba que no era fácil de preñar, además sabía de la "píldora del día siguiente".

****

A las 18:30 horas estaban los tres Agentes de la Fundación Weitzner departiendo como los excelentes amigos que eran. Después de los afectuosos saludos de rigor y parte de novedades, "Scorpio" no se sorprendió de ver a "Rebecka" y "Snake" como pareja. Era natural que dos personas de sexo opuesto, que compartieron grandes riesgos en las misiones y haber estado cerca de la muerte, eran poderosos eslabones de unión y solidaridad, que necesariamente al no tener compromisos sentimentales anteriores ninguno de ellos, los llevarían tarde o temprano a entablar relaciones de amor.

Kadir, alias "Scorpio" se alegró genuinamente, felicitándoles con entusiasmo. Atrás quedaron los numerosos días de goce y delicioso sexo que vivió con la joven Checa, a la que bautizó como "Diosa", no solo por su hermosura natural de mujer, sino también por la energía vigorizante que transmitía, su inteligencia, arrojo y lealtad.

No pudo evitar exhalar un profundo suspiro en su memoria.

Entrando en materia, el Comandante expuso el "plan de negocios" y el "contrato", que la nueva pareja romántica aceptó con gusto ejecutar. El pago total de sesenta millones de Euros por las cabezas de los dos hamponcetes de pacotilla, les pareció exorbitante.

En realidad no era excesivo.

Ese costo representaba una bagatela, en comparación con la importancia para Lanya y Fiorella de evitar ser asesinadas por los "Gallegos" y además, la macroherencia de miles de millones de Euros, para que ahora sin obstáculos, disfrutaran libremente.

— No pagarr nada. Lo harremos grratis por ti, candy (dulce) — dijo la preciosa rubia de ojos azul cielo, estampando un beso en la mejilla del Comandante.

— Es cierto, no podemos aceptar un pago así... te apreciamos demasiado como para cobrarte un favor... lo hacemos con gusto, es una manera de expresar nuestro agradecimiento por todas las cosas y la protección que nos has dado.

— Amigos muchas gracias, estoy conmovido. No siempre las personas son agradecidas como ustedes, créanme que valoro en toda su magnitud este gesto de nobleza de su parte, pero debo ser muy claro: El dinero no sale de la bolsa de la Fundación o de la mía,

618

sino de una Corporación Global que ustedes conocen bien, ahora propiedad de las multimillonarias herederas, Lanya Peralta y Fiorella Brancatti.

- Se me ocurre algo para resolver el problema — manifestó "Snake" jubiloso.
- Es sabido que el mal no descansa, ¿verdad? Todos los días hay noticias de actos violentos, ataques suicidas, secuestros, sabotajes y muchas cosas más.
- Entonces, ¿por qué no cobramos solo la mitad y el resto del dinero lo ponemos a trabajar, para ayudar a las víctimas y sus familias?
- ¿Quieres competir con la Fundación Weitzner y otros organismos de ayuda? — bromeó "Scorpio".
- Nou es competition, it's an additional ayuda to poor people, ¿comprrende? — expresó la Checa dulcemente.
- Bien — cerró la discusión el Comandante — El dinero será de ustedes, ya sabrán qué uso darle y punto. No se hable más.
- Necesito el trabajo lo más rápido posible. Los objetivos están aquí en Madrid, hay que actuar antes que se pierdan. Tuvimos una junta con ellos, escuchamos sus planes de secuestrar y matar a las dos chicas para quedarse con toda la fortuna y que están hospedados en el Meliá, cerca del Estadio Bernabéu, que no puede ser otro que el Hotel Meliá Castilla.
- Los malhechores quieren divertirse asistiendo al futbol el Domingo y agarrar parrandas con putas, así que oportunidad habrá de ajusticiarlos.
- Esto es un proyecto del plan, por favor revísenlo. Hagan las adecuaciones y mejoras que consideren necesarias con toda libertad... — entregándoles las recientes fotografías de los Target (Objetivos) —tomadas por las cámaras de vigilancia en su visita a La Moraleja.
- No sabemos qué vehículo usan, tendrán que montar guardia a la entrada del estacionamiento del hotel por varias horas — finalizó "Scorpio".
- Entendido y anotado.

****

- Si vais a.... Calatayud uuú,
- Si vais a Calatayud uuú,
- Preguntad por La Doloooreees....
- Es la Reina de las floreess,
- Y de todos, mis amoress.

- Es que te lo digo yoooó,
- ¡El hijo de La Doloooreess!

Así canturreaba el par de "Gallegos" a dos voces en el bar del hotel las conocidas coplas Españolas, acompañados por las alegres notas de la "Estudiantina", originalmente llamadas "Tunas" — grupo de alegres músicos, cantantes y bailarines — de la más pura tradición Hispana, que visten como estudiantes universitarios del siglo XVIII, con sus capas negras con rojo y listones de colores, que tocan instrumentos de cuerdas, panderos y castañuelas.

Es un espectáculo tradicional fantástico, común en los callejones del centro histórico de España y de países del continente Americano, que fueron colonias del Imperio Español. Era Sábado por la noche y los felices aprendices de matón en unión de dos frescas chiquillas, disfrutaban a lo grande sin saberlo, de sus últimas horas en este mundo.

A las 23:55, eufóricos de placer, abordaron la camioneta MAZDA C5 dirigiéndose al hotel. Al entrar al garaje, no repararon en un pequeño automóvil SEAT gris con una joven pareja dentro, besándose muy enamorados que fotografiaron la MAZDA.

- Después de cinco horas de vigilia, por fin llegan estos hijos de la chingada — dijo "Snake".

A las doce de la noche los parranderos se retiraron a su habitación llevando a las niñas/mujer, cuidando de ocultarlas de la vista del empleado de recepción y el guardia de seguridad de la puerta de entrada, utilizando para ello el ascensor, que introduciendo su tarjeta electrónica de huésped, subía directamente del sótano del estacionamiento, hasta el piso 15 de la Suite.

Despertaron a las nueve de la mañana con una resaca marca mayor.

Pagaron a las hembritas, descontando el importe de lo comido por ellas en el bar. Ante la protesta de las chicas, las amenazaron con lastimarlas en la cara. Las adolescentes salieron a toda velocidad.

Una vez a solas, los facinerosos pidieron el desayuno al servicio a cuartos. Eran las 10:00 horas.

- ¡Apuraos hombre, que tenemos que partir al estadio, joder! — gritaba Martín, como si tuviera prisa por morir.
- ¡Me cago en tu abuelita! — masculló Severo — ¡Estoy en el baño carajo! Ya voy, ya voy...

****

A las 12:00 horas en punto, Martín Gazca y Severo Torres pasaron a mejor vida. Siete minutos después de encender el automóvil rentado, una bomba estalló el vehículo destrozando a sus ocupantes. La fuerza de la Implosión — hacia dentro — calculada científicamente, solo dañó el automóvil y sus ocupantes.

Las personas, coches y cristales de escaparates comerciales, no sufrieron afectaciones. Una operación lo que se llama "In situ".

En minutos, Unidades de Tráfico, Bomberos, Ambulancias, Patrullas de Policía, Detectives, Médicos Forenses y Peritos del Escuadrón Antibombas, acordonaron la zona procediendo a cumplir con su trabajo especializado: Establecer un Perímetro, Controlar el Tránsito de vehículos y peatones, Apagar el Fuego y evitar su propagación, Rescate de los Cadáveres entre los fierros retorcidos, Dictamen inicial Forense, Investigación de la Escena del Crimen, Revisión de Explosivos, Transporte a la Morgue y Limpieza del sitio.

Aparte los procedimientos de Interrogar Testigos, Identificación de Víctimas y demás rutinas para aclarar los hechos, Deslindar Responsabilidades, Investigar y Capturar a los Autores del criminal atentado.

****

El vuelo 3751 de la compañía Czeck Airlines, partió de Madrid con destino a Praga a las 19:15 horas, llevando entre los 137 pasajeros, a la feliz pareja, formada por el Doctor Elías Zagrev y la señorita Femke Kolarik (Agentes "Snake" y "Rebecka").

Once días después, las Autoridades declararon que:
— "La explosión fue un cobarde acto perpetrado por la violenta célula terrorista de un movimiento separatista en vías de extinción, y los responsables murieron abatidos a tiros, cuando se resistieron al arresto y atacaron a las fuerzas del orden". Asunto concluido.

La obra maestra fabricada por el genio de "Snake", era una mezcla de explosivos hecha con ingredientes caseros comunes, que se pueden adquirir en farmacias, supermercados y ferreterías, imposibles de rastrear.

Los sabuesos lo más que pudieron investigar, es que se trató de una potente bomba casera con mecanismo de relojería, identificando algunos de sus componentes: Glicol, Alcohol de caña, Alumbre, Agua salada, Parafina, Aceite de comer, Pólvora, Líquido para frenos y Detergente. Dos sustancias más no pudieron ser identificadas, el intenso calor dentro del auto, las evaporó.

En cuanto al móvil, surgieron varias hipótesis:

Siendo los muertitos delincuentes consumados, pudo ser venganza de una banda rival, o por víctimas de estafas, robos o asesinatos cometidos.

La última opinión de los investigadores fue la más creíble. Los terroristas habían equivocado su objetivo.

****

Ocho horas antes de la impecable ejecución, llegó el automóvil rentado SEAT gris con una simpática pareja de turistas, que se registró en la Recepción del hotel bajo nombres falsos, mostrando sus pasaportes Canadienses en regla. El reloj marcaba las 04:00 a.m.

- Estamos de paso por esta ciudad, viajando a Barcelona por carretera, conociendo pequeños pueblos y grandes ciudades de España, pero el cansancio... ¿Tendrá una habitación para dormir un poco?, pagaremos de contado — dijo "Snake".
- Lo siento, el hotel está casi lleno, es fin de semana, aparte hay futbol, hoy juega en casa el Real Madrid.
- Además no tienen reserva, sería ir en contra de la política del hotel.
- Please, please, help me. We're really tired... and I'm pregnant (Por favor, por favor señor, nosotros estamos cansadísimos y estoy embarazada) — suplicó la hermosa mujer, cuyos ojos azules contrastaban de maravilla con la melena negra.

El empleado casi bostezando, sintió el cansancio propio y compasivo, no pudo resistirse a la petición de la bella señora y de su barbón maridito, con aspecto de escritor o poeta.

- Está bien, en vista del estado de la dama haré una excepción.
- Puedo darles una habitación estándar si prometen desocuparla antes de la una de la tarde de hoy. Si están de paso, podrán dormir unas ocho horas.
- Sería un total de 950.00 Euros incluyendo impuestos y una renta de depósito. El pago tendrán que hacerlo por adelantado. Eso sí, ¡no se permiten mascotas!
- No tenemos animalitos no se preocupe. Aquí está el dinero, muchas gracias.
- Thank you so much sweety (muchísimas gracias dulzura) — expresó "Rebecka" lanzando un beso con su rosado dedito índice, que cimbró al recepcionista.

En su siguiente día de descanso, reunido con sus amigos disfrutando suculentas tapas y vino, el joven empleado del mostrador contaría la gran mentira: "Que me he tiráo una moza estupenda, es Canadiense y está pá chuparse los dedos, qué va, para chuparle tóo el cuerpo, ¡coño! ¡Es preciosa! y delante del marido... Ja, ja, ja, ja..."

- ¡Vale maño! ¡Eso merece que invites otra ronda, perro!
- ¡¡Joder si no!! ¡Mesero! ¡Tragos para todos, yo pago!

El botones acudió para llevar el equipaje hasta la habitación.

— Ve a descansar mi amor, te alcanzo en dos minutos, olvidé algo en el auto — explicó "Snake" — dirigiéndose al elevador para bajar al estacionamiento subterráneo.

En el mes de Octubre, las noches Madrileñas refrescan bastante, con temperaturas que oscilan entre los 9º y los 12º (grados) centígrados, razón por la que "Snake" — como muchas otras personas — cubría cabeza y parte de la cara, con capucha que le protegía del viento frío.

La casual indumentaria resultaba muy conveniente, para sus propósitos de ocultar el rostro a las cámaras de vigilancia, en la zona de parqueo.

NOTA DEL AUTOR.— Las cámaras de vigilancia electrónica han sustituido al hombre en esa labor, porque representan varias ventajas para los empresarios.

Las máquinas no tienen salarios ni prestaciones sociales, pensiones o jubilaciones, son testigos fieles ausentes de corruptelas, trabajan las 24 horas durante los 365 días del año y otras conveniencias. Con el uso cada vez más generalizado de la electrónica y robótica en fábricas, comercios y oficinas, el desempleo irá en aumento.

Las sociedades modernas necesitarán mejores Gobiernos, que apliquen atinadas medidas para el bienestar de la población, desterrando el cáncer de la corrupción y procurando adecuadamente la Justicia, manteniendo la estabilidad macro y microeconómicas y la paz interior en sus naciones, alentando políticas públicas de fomento a la inversión productiva y la generación de empleos.

Es urgente trabajar en esa línea desde ahora, estamos a tiempo de evitar el CAOS UNIVERSAL.

"Snake" abrió el maletero de su vehículo, sacando una valija deportiva color azul y blanco, extrayendo un pequeño artefacto del tamaño de un teléfono celular. Dentro del parqueo, rápido localizó la camioneta MAZDA C5 con número de placas SKW-5886 de la Comunidad de Madrid, comparándola con la nítida fotografía tomada por él horas antes, e identificando a los pasajeros con las imágenes captadas por las cámaras de seguridad en la residencia de La Moraleja, cuando la visita de los indeseables sujetos, que estacionaron frente a ella. Siempre veloz, "Snake" deslizó la palma de su mano derecha bajo la carrocería, buscando una parte metálica para adherir la minibomba magnética, preparada por él. Este operativo le llevó menos de dos minutos.

Subió directamente a su piso utilizando el ascensor, introduciendo en la ranura de seguridad su tarjeta/llave del cuarto. En su habitación, "Rebecka" lo abrazó apasionada.

— ¡Well done! (Bien hecho) — le dijo al oído.

Por si hubiera algún equipo de grabación oculto, los Agentes tenían que actuar como aparentaban, una feliz pareja de trotamundos. El buen Doctor en Ciencias, Elías Zagrev, no pudo resistir a su hermosa compañera, disfrutando unas horas de magnífico sexo real, sintiendo ambos que hacían el acto carnal no como fingida actuación, sino por la verdadera fuerza del amor.

PALM BEACH, FLORIDA (UN AÑO DESPUÉS)

Pertenece al Condado del mismo nombre. Con una población cercana a los 15,000 habitantes, es una de las ciudades con mayor ingreso per cápita en los Estados Unidos, constituyendo un territorio tradicional de millonarios, gente de la nobleza Europea, y celebridades como Yoko Ono (la viuda del famoso músico John Lennon), la familia Kennedy y otros, que tienen sus residencias de invierno aquí.

El gran Hotel The Breakers categoría 5 Diamantes diseñado al estilo del Renacimiento Italiano, recibía en sus lujosas instalaciones a un grupo de hombres de negocios Internacionales para tener su reunión.

Las doce elegantes y espaciosas Suites del Flagler Club, ubicado en el piso siete del Resort frente al mar, estaban reservadas únicamente para ese grupo, que había elegido su miniconvención y disfrutar de la agradable temperatura del mes de marzo en La Florida.

El Flagler Club, es podría decirse, "un pequeño hotel dentro del hotel" porque sus huéspedes, disfrutan los servicios y atenciones especiales de primerísima calidad, como clientes VIP.

Destacaban los exquisitos detalles en las habitaciones, como tener en el buró el control remoto de cortinas, luces, temperatura, sonido, televisión; dos baños completos en la Suite equipados con grifería de lámina de oro, pantallas de televisión digitales a color, con computadora integrada hasta en el baño, teléfono a manos libres, música ambiental, camas king size de posiciones, sillones ergonómicos de masaje, jabones y shampoos personificados con el nombre del huésped y esencias preferidas, papel sanitario de gran suavidad impregnado con finos aromas, refrigerador con aguas embotelladas Perrier y Voss, champagne, vinos selectos y bellísimos tapetes Turcos de seda.

Las porcelanas en miniatura de Lladró y Lalique, 4 batas blancas de algodón Egipcio y pantuflas color vino, son obsequiadas como souvenirs.

Los convencionistas promediaban los sesenta y cinco años de edad y la Administración del magnífico Hotel había dispuesto todas las comodidades y medidas de seguridad imaginables, para atender a sus importantes huéspedes.

La Reunión Anual del Club Cultural, Deportivo y Social PRISMA, se realizaría los días Lunes y Martes en la tercera semana del mes de Marzo.

Conforme al Programa, el primer día se presentarían los Informes actualizados para tomar los Acuerdos correspondientes y el día siguiente para desahogar algún pendiente, disfrutar de la ciudad y la grata convivencia entre los socios.

No era extraño que el suntuoso hotel recibiera gente importante del mundo de los negocios, artistas, deportistas, políticos, diplomáticos y hasta Jefes de Estado, que tomaban cortas vacaciones, alejándose de los medios de comunicación deseando privacidad, por lo que los sistemas de protección y seguridad para la clientela del hotel, eran de lo mejor.

El Club PRISMA, tuvo la precaución de reservar y liquidar la cuenta a nombre de una de tantas corporaciones de las que eran propietarios. Oficialmente era una "Convención de Expertos en Oratoria y Cursos de Superación Personal".

– A propósito del nombrecito — dijo picaresco Mr. Yellow, al fin de origen Mexicano — Aquí tengo el extracto del mejor CURSO DE SUPERACIÓN PERSONAL.
– Queremos verlo — dijeron los demás.
– Ahí va: PRIMERO.— ¡DEJE DE HACERSE PENDEJO!
– SEGUNDO.— ¡PÓNGASE A TRABAJAR EN CHINGA!
– TERCERO.— ¡BASTA DE QUEJARSE DE TODO!
– Ja, ja, ja, ja — exclamaron todos — ¡Es la pura verdad!

Se registraron bajo apellidos comunes: Smith, Jones, González, Wilson, Young, y otros falsos. Cada uno de los señores contaba con "secretario" propio y su inseparable portafolios, que en realidad era su bodyguard (guardaespaldas) que ocultaba su arma automática dentro.

****

El lugar que escogieron para tener su junta fue la terraza, donde hubiera resultado difícil esconder cámaras o micrófonos espías.

Como rutina de seguridad, Mr. Black asistido por Mr. Brown, recorrieron palmo a palmo el lugar para cerciorarse de que así fuera.

Antes, un pequeño ejército de meseros llevaron platones con rica comida del mar: langostas, langostinos, camarones, ostras en su concha, pulpa de cangrejo, trozos de pescado, galletas soda, salsas de tomate y picante.

Asimismo, refrescantes bebidas, desde champaña, cocteles tropicales, jugos de fruta, hasta botellas de agua natural y mineral, en cantidades suficientes para toda la sesión.

El personal tenía instrucciones de no interrumpir, ni siquiera para retirar el servicio. Debían esperar a ser llamados.

– Gracias a todos por venir — dijo Mr. Green — El tema del día es un rápido repaso a nuestras actividades del último año, que ya conocemos, sin embargo si hubiera algún comentario...

- Con todo respeto amigos, creo que podemos abreviar la relatoría. Tenemos amplio conocimiento de las misiones emprendidas y los resultados, que han sido mucho muy satisfactorios — expresó Mr. Purple.
- Exacto — declaró Mr. White — Sobre todo el último trabajo que ha devuelto la paz y tranquilidad a nosotros así como a buena parte del mundo.
- Definitivamente logramos una gran victoria sobre las fuerzas del mal, aunque esta vez la vimos cerca, nunca antes habíamos estado en peligro de perder la vida y ver amenazadas nuestras familias.
- La acción emprendida fue oportuna y contundente, ¡felicitaciones a todos! — expresó Mr. Yellow, jubiloso.
- Lamentablemente hubo bajas. Murieron en la lucha Jason y Eliezer, dos valientes miembros del Comando Israelí y Aaron sufrió la amputación de la pierna. Pronto le instalarán la mejor prótesis que exista — reconoció Mr. Red.
- Y fueron heridos el Comandante "Stan" y la brava combatiente Leah. Como sabemos, mejoran rápidamente — dijo Mr. Orange.
- También perdió la vida Pablo, el osado ayudante de nuestro mejor Agente de la Fundación, el Comandante "Scorpio".
- Las Agentes "Aileen" y "Rebecka", recibieron heridas de gravedad que las tuvieron al borde de la muerte. Como vimos en Tel Aviv, se están recuperando. Estarán bien — cerró Mr. Gray.
- Finalmente, nuestro Comandante "Scorpio" recibió seria lesión en la cabeza, producto de una esquirla de granada que se alojó en el lóbulo parietal izquierdo.
- Como saben, fue atendido en un buen hospital en Mustvee, Estonia, donde lograron extraerle la pieza de metal, dejándole fuera de peligro, pero con secuelas de parálisis parcial del cuerpo y problemas de lenguaje. Trasladado a los Estados Unidos, ingresó al Hospital Johns Hopkins, en donde le practicaron nueva cirugía para literalmente "soldar los cables" y dejarlo como nuevo. Tengo el gusto de informarles que se ha recuperado al cien por ciento.
- ¡¡Bravo!! — exclamaron todos.
- Aunque el dinero que les dimos a los combatientes es una gran fortuna, nunca el billete había sido usado para recompensar tanto éxito, asegurando su futuro con creces. Hasta parece poco el costo material, en comparación con el beneficio para toda la humanidad, que se ha librado de esa salvaje caterva de criminales Internacionales.

- ¡Salud por el éxito compañeros! — arengó Mr. Beige, apurando sus copas los presentes.
- Debemos estar satisfechos de nuestra labor apoyando a las fuerzas de la Justicia. ¡Por la victoria! — celebró Mr. Blue, y brindaron nuevamente.

Mr. Wine pidió la palabra.

- Como lo hemos platicado informalmente con anterioridad a esta reunión, creo que ha llegado el momento de retirarnos, ahora que estamos prácticamente invictos.
- De continuar nuestras actividades secretas, tarde o temprano la organización saldrá a la luz, por ahora tenemos el poder económico y político, sin embargo nada garantiza que el mundo cambie y de pronto nos veamos en graves dificultades, acosados por investigaciones de gobiernos contrarios.
- Si la historia nos ha enseñado algo, es precisamente que la humanidad vive ciclos y que los cambios son inevitables.
- Insisto, es la mejor oportunidad para alejarnos y cada quien a sus vidas, aunque siempre recordaremos con orgullo haber contribuido para erradicar el mal en el mundo.
- ¡Vamos a votar! La decisión de continuar o no, debe ser de por lo menos 9 votos en el mismo sentido, de acuerdo con nuestros Estatutos — advirtió Mr. Black.

La votación fue casi unánime. Con diez votos a favor, los señores Socios del Club Cultural, Deportivo y Social PRISMA, decidieron cancelar indefinidamente sus operaciones. Hubo dos abstenciones: Mr. Gray y Mr. Black.

- Por favor, no nos consideren aguafiestas, solo pedimos reflexionar en lo siguiente — dijo Mr. Gray.

UNO.— Hace unos días en Nueva York, tres edificios de departamentos en Manhattan, se vinieron abajo después de una aparente explosión de gas, según dijo la Policía.

DOS.— Continúan las decapitaciones de personas en Siria.

TRES.— El avión de la Aerolínea Germanwings, estrellado intencionalmente por un piloto suicida en los Alpes Franceses.

CUATRO.— Explosión ¿accidental?, en Plataforma Petrolera Mexicana en el Mar de Campeche.

CINCO.— En Kenia, África, ataque armado de extremistas en un Campus de la Universidad matan a 147 personas.

SEIS.— Explota depósito de gasolina en el puerto de Santos, el mayor de Brasil. Los bomberos no han podido apagar el fuego, explicando que el agua se evapora antes de alcanzar las llamas, imaginen el infierno.

SIETE.– Un grupo terrorista Africano que opera en Nigeria, secuestra, vende y asesina a mujeres y niñas, impunemente.

– Solo son ejemplos. Por desgracia el mal no duerme compañeros, pero respeto y me uno a la decisión de la mayoría. Nosotros ya hemos hecho lo nuestro. Tal vez otras personas, algún día se unan para hacer frente a esos criminales de Lesa Humanidad.

– Amigos míos: Hace solo dos años, cada uno de nosotros estaba dedicado a lo suyo. Hoy, gracias a su valioso apoyo podemos estar orgullosos y satisfechos de nuestros logros, siempre en aras de hacer Justicia.

– Quiero decirles que ustedes han ganado un amigo, pero yo he ganado once más. ¡Gracias por todo! – decretó Mr. Black.

La sesión solemne terminó, pasando al refrigerio. Descansarían por la tarde y por la mañana saldrían a pasear un poco por la isla y la parte del West Palm Beach.

****

La cómoda camioneta blanca Chevrolet Passenger Van Express propiedad del Hotel, con capacidad para 15 pasajeros, dispuesta para llevar a los distinguidos huéspedes de paseo por la ciudad, mostraba discretamente el logotipo de la empresa "The Breakers Palm Beach", impreso en color dorado a los costados de las puertas.

Los convencionistas no quisieron aceptar la cortesía para ser conducidos en tres enormes limusinas Stretch. Lo que menos deseaban era llamar la atención. Parecería caravana Presidencial.

La gira comenzó visitando la parte conocida como West Palm Beach, cruzando el puente Royal Poinciana Way que conecta la isla con el suelo continental. Visitaron el Flagler Museum, el Kravis Center for Performing Arts, el Jardín Botánico de las 4 Artes y el suburbio de Wellington, famoso por sus estupendas residencias y el prestigiado Beach Polo Golf & Country Club. La zona es conocida Internacionalmente como la capital mundial de competencias ecuestres y de polo.

Tomaron sus "box lunch" preparados por el Chef del hotel y se trasladaron a la calle Worth, donde se encuentran las mejores casas de moda y arte, caminando por las amplias aceras arboladas — que, cosa inédita— están equipadas con depósitos de agua fresca y limpia para beber por las mascotas que acompañan a sus dueños.

Los caballeros recorrieron algunas tiendas, comprando cosillas para sus respectivas cónyuges. Para finalizar el tour, entraron a un conocido Pub para disfrutar tarros con cerveza helada de barril Samuel Adams, que los hizo darse literalmente un "baño de pueblo", riendo y recordando los buenos momentos vividos cuando fueron estudiantes.

A las seis treinta de la tarde, regresaron cansadísimos al Resort, pero muy contentos de convivir como verdaderos amigos, al aire libre y sin ningún tipo de stress.

Al día siguiente el Aeropuerto Internacional de Palm Beach, fue testigo del despegue de 12 modernos jets al servicio de los señores socios del Club Cultural, Deportivo y Social PRISMA. Felices, regresaban a casa, con la conciencia en paz, sabiendo que su dinero había sido muy bien empleado librando a la humanidad de la terrible amenaza, que representó el todopoderoso ICU (International Crime Union).

NOTA DEL AUTOR.— Palm Beach International Airport es uno de los cuatro Aeródromos del Condado de Palm Beach, y es reconocido en el mundo por ser una de las mejores, lujosas y eficientes terminales aéreas, que incluye un centro comercial, zona de juegos para niños y un "putting green" (lugar donde finalmente los jugadores de Golf, utilizan el bastón de metal llamado "putt", para golpear la pelota en tiros cortos deslizantes por el césped y meterla al hoyo numerado, que corresponda en el campo).

****

— Keep in touch (Estaremos en contacto) — dijeron al despedirse con todo afecto. Esperamos que nuestra próxima reunión sea familiar. Será magnífico que nuestras esposas, hijos y nietos se conozcan. Tal vez hasta podamos concretar algunos matrimonios, ja, ja, ja...
— ¡Así que ahorren para las dotes, cabrones!
— Con tanta gente será necesario efectuarla en una isla. ¿Quién es propietario de alguna?
— Ocho manos se levantaron.
— Hay 9 en el Caribe, 7 en el Mediterráneo y 5 en el Pacífico. ¡Va a estar cabrón decidir en cuál! — desternillados de risa.

Algunos de ellos tenían varias islas.

En verdad, los miembros del Club PRISMA, eran dueños de la mitad del planeta.

MADRID, ESPAÑA

Fiorella y Lanya, megamillonarias herederas de la incalculable fortuna del finado matrimonio, formado por Ramón y Amber de Peralta y Bárcenas, estaban agradecidísimas con su amigo, consejero y efímero amante, Kadir.

Cumpliendo con lo estipulado en el Contrato de Comisión Mercantil, por sus valiosos servicios prestados, las beneficiarias del Testamento decidieron que era hora de saldar cuentas con el Auditor.

El profesional, las había representado en todas las complejas gestiones comerciales, legales, de impuestos y oficiales, por la Venta de los Negocios al Grupo de Inversionistas en Singapur; así como resolver el enmarañado trámite de la Sucesión Testamentaria y poder ellas disponer sin problemas de los dineros.

Adicionalmente, les prestó la Asesoría Profesional para la futura Administración de las inmensas y diversificadas inversiones, en selectos y seguros Fondos en distintos países y monedas.

Las hermosas muchachas liquidaron la comisión por la Venta, del 5% sobre el precio real de la Operación de Ciento treinta mil millones de Euros, equivalente a Seis mil quinientos millones, más un Bono Adicional de quinientos, para cerrar la cantidad pagada en ¡Siete mil millones en moneda de la Unión Europea! Por los demás servicios, el Auditor no quiso cobrarles. Sin embargo, las damitas insistieron, efectuando transferencias a su cuenta bancaria de Suiza de Cinco mil millones de Euros más.

– ¡Eres el único hombre que nunca nos ha querido chingar! No olvidamos tu vital intervención para arreglar el asunto con los cabrones hijos de Ramón, que amenazaban con matarnos – expresó Lanya.

– Además, tómalo como indemnización laboral por tus años de servicio – bromeó Fiorella, mostrando los senos maravillosos al través de la blusa de seda blanca, en abierta provocación al Contador Público, quien mostraba indiferencia que estaba muy lejos de sentir.

– Es verdad, siempre nos has ayudado y protegido, te lo mereces. Si lo prefieres, podemos pagarte con "Cuerpomatic" – haciendo referencia a placeres carnales – ¿Quieres un anticipo? – expresó Lanya, desafiante, descubriendo los fantásticos muslos que invitaban a la caricia.

Con dificultad, Kadir rechazó amablemente la generosa oferta carnal de las beldades. Tenía que ser fuerte y cumplir con su juramento de ser fiel de hoy en adelante, por convicción.

- Estoy corto de fondos, acepto el dinero — dijo Kadir sonriendo — Un consejo gratis. Tarde o temprano necesitarán formar una bonita familia. Sería un desperdicio de sus vidas no tener descendencia.
- Estoy seguro que ambas encontrarán la felicidad de tener hijos y una pareja que las ame verdaderamente... — pontificó Kadir.
- Hemos decidido que pocos hombres valen la pena, solo quieren usarnos. Así que nosotras los usaremos a ellos, teniendo sexo cuando nos venga en gana, sin obligación de soportar a los cabrones.
- El amor, el verdadero amor, lo hemos encontrado entre nosotras, que nos amamos desde la muerte de mi prima Amber — confesó Fiorella.
- Somos muy felices viviendo juntas, no te preocupes — afirmó Lanya abrazando de la cintura a Fiorella, por si hubiera alguna duda de su sexualidad.
- En cuanto a los niños creo que seríamos unas madres pésimas, pero si algún día sentimos la necesidad de ese tipo de cariño, bueno te llamaremos para que nos embaraces, ja, ja, ja... — rió Fiorella.
- No, ya en serio, siempre existe la posibilidad de la adopción legal, hay tantos niños huérfanos desamparados por guerras y otras causas, incluso rechazados por sus malas madres — concluyó Lanya.
- ¡Con cien mil millones de coños! ¡Nunca lo hubiera pensado! Que ustedes... Bueno, eso no es relevante ahora... El bienestar de las dos es lo que importa, por eso hay que pensar en la fabulosa fortuna que manejan y que deberán dejar cuando emprendan el viaje a la eternidad, ¿comprenden?
- Les daré otro consejo también gratuito: ¡Hagan Testamento! No querrán que al final, el Gobierno se quede con SU dinero y Propiedades, ¿verdad?
- ¡Claro que no! ¡Hay muchos políticos ladrones! — respondieron enojadas.
- Bueno nenas, yo me despido, que sean felices, y si cambian de opinión y desean matrimonio, busquen pareja. ¡EN EL DÍA! ¡NO DE NOCHE! ¿OK?
- ¿Te podemos llamar? —dijeron melosas.
- Solo en caso necesario, vía WhatsApp por favor. Regreso a los Estados Unidos, pero sigo siendo su amigo, ha sido un placer... — cerró Kadir la conversación.

- Una cosa más, lo del Testamento... ¿Puedes ayudarnos con ello? — pidió Lanya.
- Claro que sí, les voy a recomendar a un magnífico Notario Público que podrá hacerles un traje a la medida, es decir, un Testamento adecuado a la voluntad soberana de cada una de ustedes. Se llama Carlos Moreno-Rodríguez de la Cuesta y Soria, es un caballero. Le hablaré hoy mismo, se pondrá en contacto con ustedes.
- Encárgate por favor papito lindo, no te arrepentirás, te lo prometo — dijo Fiorella, despidiéndose de "Fernandito", tocando la entrepierna del Auditor. Lanya salvó la situación.
- Nene tenemos una duda. ¿Tuviste que ver algo con la muerte de los cabrones Martín y Severo?... Estuvo muy raro... y conveniente. La prensa dijo...
- No. Claro que no — dijo Kadir mintiendo — Las autoridades afirmaron que fue un ataque terrorista, por parte de fanáticos de un grupo extremista en vías de extinción, que en apariencia confundieron su objetivo.
- La verdad, planeaba llegar a un mejor arreglo económico con el par de gandules pero no tuve oportunidad, la muerte les llegó un día antes de mi visita, lo siento.
- ¿Que lo sientes? ¿Por qué? Su muerte accidental nos ha ahorrado un chingo de dinero, suficiente para vacacionar cada año, ja, ja, ja... — bromeó Lanya.
- ¡Además eran unos hijos de puta! — terminó Fiorella.

IZMIR, TURQUÍA

Y llegaron las vacaciones soñadas. Por fin el Contador Público Auditor y su familia, integrada por su hermosa esposa Helen y sus hijos: Kadir Jr., Galip, Ilkin y la preciosa nena Dilan (nombre Turco que significa Amor), se encontraban reunidos para disfrutar el descanso, al concluir los cursos escolares y el retiro definitivo de los negocios de Kadir, tantas, tantas veces prometido y pospuesto.

NOTA DEL AUTOR.— Turquía ocupa uno de los primeros lugares en Turismo Internacional, gracias a sus Bellezas Naturales que se encuentran en su extenso territorio, Playas, Nieve, Desierto, Bosques, Lagos, Montañas, rica Historia, Gastronomía, Vinos, la Actitud Hospitalaria de su Pueblo y la Fortaleza de su Moneda, la Lira Turca (Yeni Türk Lirasi) que se cotiza a razón de 1 Lira = 0.38 Dólares Americanos; 1 Lira = 0.35 Euros; 1 Lira = 0.25 Libras Esterlinas; 1 Lira = 5.83 Pesos Mexicanos.

Actualmente Turquía es Miembro de la OTAN (Organización del Tratado del Atlántico del Norte), Organización Político/Militar formada por Países Occidentales para la Defensa y Preservación de la Paz en Europa, y Candidato para ingresar a la Unión Europea.

****

Durante el vuelo en avión privado, facilitado al matrimonio por Don Benjamín Weitzner — que insistió en hacerlo — los Aiza/Kelly debatieron sobre el mejor sitio para visitar. La emoción embargaba a Helen y los niños, por ser la primera vez que pisarían el suelo Turco, tan lleno de misterio y leyenda, por lo menos es lo que escasamente se enseña en las escuelas de Occidente.

Resultaba difícil complacer a todos los integrantes de la familia, porque cada uno en razón de su edad, era lógico que tuvieran expectativas diferentes. Así por ejemplo, a doña Helen le interesaba lo relacionado con las culturas milenarias, las ruinas y vestigios de las esplendorosas civilizaciones, que florecieron miles de años antes y después de la era Cristiana... y adquirir una que otra alhajita, ropa, zapatitos en los modernos centros comerciales.

Sus amigas le habían contado acerca de los fabulosos Tapetes y Alfombras, hechos de lana y los mejores (y más costosos), de seda.

Por su parte los niños pequeños deseaban nadar en las piscinas, disfrutar de las playas, juegos y parques de diversiones.

Kadir Jr. que recién había cumplido 13 años, estaba interesado en la historia de una nación guerrera, sumergirse en los museos para admirar el pasado militar, sus triunfos y derrotas, las conquistas imperiales y la conversión en la moderna República.

En el fondo, aspiraba encontrarse con Nitza, cuyo nombre Ruso significa "Capullo en Flor", aquella bella niña de cabello rojo que rescató con vida, junto a otros menores secuestrados, de las garras del maligno médico asesino, Maximilian Schaff, descendiente del infernal carnicero nazi Josef Mengele.

Era la hija de Iván Rómayev, el influyente y poderoso hombre de negocios de Rusia, con la que el jovencito Kadir Jr. mantenía secreta comunicación de amistad hacía seis meses ya, por medio de los teléfonos inteligentes iPhone 7 Plus de APPLE, con aplicación de FaceTime (voz e imagen) y WhatsApp (mensajes escritos).

El Destino le preparaba una gran alegría.

Nitza convenció a su padre de llevarla de vacaciones a Turquía, concretamente a la ciudad de Izmir, en las fechas donde se reuniría con su amiguito Kadir.

No fue casualidad que se encontraran al día siguiente, en la piscina del Swissotel Büyük Efes, magnífica instalación turística situada a unos 150 metros del mar, a espaldas de la soberbia plaza Atatürk, rodeada de grandes edificios modernos, con la estatua ecuestre del líder Turco, que condujo al país hacia la modernidad y el progreso.

Fue un encuentro mágico digno de un cuento de hadas, donde la dama joven rescatada por el valiente caballero, unen sus mentes y corazones en una mezcla de sentimientos de gratitud, admiración, atracción física y la pureza del naciente amor.

Cuando se tomaron de las manos, acercaron sus inocentes caritas y estamparon recíprocamente, un rápido besito en los labios virginales, que electrizó sus cuerpos todavía infantiles, para terminar fundidos en un abrazo prolongado sin decir una palabra.

No era necesario.

Diez minutos después, llegaron las familias. Presentaciones de rigor. El calor hizo que los niños se zambulleran en las azules y frescas aguas de la enorme alberca.

— ¡Qué sorpresa! ¡Cuán pequeño es el mundo! Por fin nos conocemos señor Kadir, es un gran honor. Nunca serán suficientes las palabras para expresar nuestro agradecimiento, por salvar a nuestra querida hija.

— Ella nos contó el arrojo de su primogénito para rescatar de una muerte segura y dolorosa, a todos los menores secuestrados — declaró Rómayev.

- Muy cierto, hoy nuestro mundo es como se dice, del tamaño de un pañuelo.
- El honor es mutuo don Iván, todos tenemos mucho qué agradecer al Dios único, pero su chica se portó muy valiente y en el momento de la verdad, no dudó en actuar en defensa de su vida y de los demás — afirmó Kadir, asombrado por la inesperada presencia de la familia Rusa, que de entrada le pareció simpática, tal vez por ignorar el inocente complot de Kadir Jr. y la preciosa Nitza.

El destino se encargaría de poner las cosas en su justa dimensión. Por el momento el encuentro era meramente fortuito, por lo menos era lo que pensaban todos, menos los "pequeños conspiradores".

- ¡Agotado el tema muchachos! — intervino Helen — Recuerden que hemos convenido en olvidar el episodio.
- Tiene razón la señora Helen — dijo tímidamente una joven con cuerpo de modelo, esposa del Ruso y madre de la jovencita, sirviendo copas de jugo de naranja con champagne Brut Carte Jaune de la casa Veuve Clicquot Ponsardin, que tenía enfriando en su mesa, producto de la inteligente mezcla de uvas Pinot Noir, Pinot Meunier y Chardonnay, haciendo el brindis en Ruso — ¡Nazdarovia!
- ¡Sağlik! (¡Salud!) — respondió la familia en Turco.

Aprovechando que todos los demás se hallaban en la piscina, Iván quiso comentar que la niña había quedado muy afectada, por haber cercenado el cuello a la malévola enfermera del maldito médico Schaff.

- Fue indispensable un programa de terapias psicológicas, para alejar de su mente infantil las terribles escenas del rapto, enclaustramiento y maltrato que soportaron. Y por supuesto el hecho de haber enviado al otro mundo a la pérfida mujer.
- Numerosas sesiones con especialistas, para desterrar esos recuerdos que le causaban terribles pesadillas. Muchas noches la pobrecilla nena se despertaba gritando y llorando, corriendo al cuarto de baño para lavarse las manos manchadas de una sangre inexistente.
- Gracias a Dios, fue mejorando y puedo decir que ha olvidado casi por completo el infame capítulo del secuestro.
- Realmente no sé si tu hijo te contó toda la verdad, pero Nitza relató a las Doctoras que ella estaba ya en la mesa de operaciones para que le cortaran su cuerpecito y extirparle el corazón, hígado, riñones y otras partes de su organismo. Fue allí cuando tu retoño, tomó la pistola del cavernícola y con magnífica puntería mató a todos los delincuentes...
- Y qué decir de la ayuda proporcionada por medios electrónicos, que el valiente jovencito ha otorgado a mi niña. Me han dicho los

Doctores y también lo creo así, que la amistad con Kadir Jr. ha sido su mejor medicina.

- Los púberes han desarrollado una bonita amistad. El calvario que sufrieron los ha unido de una manera sensacional. Están en comunicación constante, desde hace varios meses y confieso que he leído partes de los mensajes, con profunda satisfacción. Todos bellísimos, hablando de la Justicia, de la familia, que hicieron lo correcto, de los valores humanos...
- De verdad, señor Kadir, si hubiera algo que yo pudiera hacer por el niño... Mi esposa y yo hemos planeado regalarle una beca completa para estudiar en cualquier Universidad del mundo, con departamento para vivir, automóvil y chofer incluidos, por favor acepten, es lo menos que podemos hacer — pidió Iván con sinceridad.
- Gracias, gracias, Don Iván. Sin ofender, no creo que la familia y mi hijo en especial acepte nada, no por ordinariez, sino que su acción fue tan espontánea, que simplemente hizo lo que tenía que hacer, siguiendo sus sentimientos de protección a sus semejantes, digamos que fue un acto de "Justicia".
- Recibir cualquier otra cosa que no sea la amistad de usted y su estimable familia, sería como invalidar su acción.
- Por favor, dejemos esto de ese tamaño, enviándolo al archivo.
- Propongo divertirnos — cerró su emotivo discurso el otrora "Auditor de la Muerte", sorprendido internamente al enterarse por el Ruso, de la comunicación entre sus respectivos hijos.
- De acuerdo por ahora — dijo Iván — Pero si alguna vez...
- Basta mi amor — dijo su esposa — Festejemos un poco. Mira a los críos, felices de la vida... como pajarillos enamorados, ja, ja, ja...

Fue hasta ese momento que Helen, normalmente atenta a todas las situaciones, se dio cuenta que "la parejita" paseaba tomada de la mano por los jardines. ¡Con cien mil millones de coños! — pensó con la frase favorita de su esposo — Lo sospechado en La Florida recién terminado el asunto del secuestro de los niños, ¡era verdad! ¡Su hijito Kadir Jr. se había enamorado de Nitza! Pero si es un bebé — pensó la madre, en sentido figurado.

Helen no manifestó ningún gesto de contrariedad. Simplemente invitó a todos a ir a la alberca. Ya tendría oportunidad de hablar con Kadir papá y Kadir hijo, ¡faltaba más!

Aunque el bobo de mi marido parece no darse cuenta de nada o ¿estará disfrutándolo? Con seguridad así es, conociéndolo debe estar muy complacido con la actitud machista de su vástago.

¡Hombres! Todos son iguales, ¡hasta es capaz de fomentar esa relación! Quiero verlo cuando mi nenita Dilan vaya creciendo y tome cuerpecito de adolescente, ja, ja, ja, con lo celoso que es mi marido y sus hijos Kadir, Ilyin y Galip, ja, ja, ja, ¡entonces sí van a sufrir!

No tengo nada en contra de la chiquilla o su familia, pero ese par de cabrones Kadires ¡me van a oír!! — meditó Helen pronunciando la mala palabra, que en raras ocasiones, solo muy enojada utilizaba.

¡Dios mío, ayúdame! No es posible, ¡¡está muy niño el cabroncito!! — Razonó la hermosa rubia en silencio, soltando la palabrota por segunda vez consecutiva. Así sería su malestar. Sin embargo, en la alberca fue todo sonrisas y buen humor. Las señoras platicaron en Inglés hasta cansarse, mientras los señores paladeaban otra copa de champaña y fumaban extraordinarios cigarros Cubanos.

NOTA DEL AUTOR.— Los tabacos industrializados delgados envueltos en papel, generalmente de arroz, envasados en cajetilla, de boquilla con filtro o sin él, se denominan cigarrillos o cigarros según el país, mientras que los tabacos labrados, generalmente liados a mano, cubiertos con la misma hoja de tabaco rellenos de picadura, gruesos y largos, son conocidos como cigarros o puros, es decir sin químicos y ausencia de filtros.

$$\text{*************************}$$

El tiempo se fue volando y los matrimonios decidieron volver a sus respectivas Suites, conviniendo las damas, verse por la mañana del día siguiente para realizar un tour, visitando los lugares más populares y bellos de la ciudad, efectuando unas "compritas".

Los señores se encargarían de pasear a los menores en los parques de diversiones y museos.

En los días por venir, cada familia tenía su itinerario por separado. La familia Aiza/Kelly visitaría las interesantes ciudades de Éfeso, Bursa, Pamukkale, Ölüdeniz, Foca y Cesme, dejando para otra ocasión en razón de tiempo y distancias, conocer otros destinos de diversión y cultura.

Treinta días después, las vacaciones de la familia Aiza/Kelly terminarían. Habían estado tan a gusto que el tiempo se fue volando.

El año próximo regresarían a Turquía para disfrutar con calma las soberbias metrópolis de Estambul, con sus Palacios, imponentes y hermosas Mezquitas — más de 3000 — y la moderna capital Ankara, así como las magníficas ciudades de Tel Aviv, Jerusalem, Haifa y Asdod, en el Estado de Israel.

Por ahora, tenían el tiempo justo para viajar a los Estados Unidos, comprar las casas de Primavera/Verano/Otoño y la de Invierno, la primera en el Estado de Massachusetts y la segunda en La Florida.

Les esperaban duras jornadas para amueblar la casa de verano, donde prácticamente residirían la mayor parte del año, seleccionar el Colegio de los hijos a los que habría que inscribir, comprar uniformes, etc. etc.

Más de tres mil fotografías tomadas con sus teléfonos celulares, con miles de pixeles de alta definición, almacenaban la historia de esos maravillosos días que recordarían durante toda la vida.

****

A bordo de una todo terreno Land Rover Defender rentada, hecha en Turquía bajo licencia de la afamada marca Inglesa, la familia recorrió la ciudad de Izmir, tratando de complacer a todos sus miembros.

En los días siguientes, asistieron al balneario Aqua City, casi a la orilla del mar, gozando de un día maravilloso de albercas, los 22 toboganes gigantes de tamaños diferentes, en vivos colores rojos, verdes, amarillos y azules.

NOTA DEL AUTOR.— Actualmente Turquía tiene una fuerte inversión en fábricas de automóviles y camionetas de las marcas Ford, Honda, Renault, Toyota, Fiat, Hyundai, Peugeot, Citroen, produciendo más de un millón trescientos mil vehículos anuales, exportando a toda Europa, representando una de las industrias importantes del país.

****

Entraron a los museos Arkas Arts Center y Birgi Cakiraga Mansion — sofocando las protestas de la gente menuda — fueron al Bazar Kemeralti Market — de ambiente relajado y menos agobiante que el Gran Bazar de Estambul y al Izmir Wild Life Park — un zoológico abierto y libre para los animales.

Caminaron por el bellísimo paseo Kordonboyu, gigantesco malecón a la orilla del mar, donde se admira la ciudad moderna y progresista, con tiendas, hoteles y restaurantes.

Con los pies cansados, alquilaron dos carruajes tirados por caballos que los llevaron a conocer la Plaza Konak, el Asansor (ascensor) que es un mirador de la ciudad y el Ágora Open Air Museum (El Ágora, Museo al Aire Libre), con las hermosas ruinas de columnas, arcos, bóvedas, de las culturas Jónica, Griega, Romana y Bizantina.

La familia no perdió la oportunidad de conocer la parte antigua de Izmir, escuchando palabras en Ladino — el antiguo lenguaje Sefardí, hablado por los Judíos Españoles — que obliga a recordar a la ciudad de Izmir en madera y flores y no de concreto y tráfico.

La ciudad fue uno de los asentamientos de los Judíos Sefaradíes que llegaron de España, entre ellos los centenarios antepasados de Kadir que se mezclaron con los Turcos, conviviendo y trabajando en armonía, logrando la prosperidad de su pueblo.

– Estas son nuestras más antiguas raíces por el lado paterno – explicó Kadir a su familia, aprovechando para contar la historia que conocía.

Les mencionó que los apellidos Aiza, Ariza, Iza, son originarios de esta ciudad, resultado de la fusión de culturas, donde es posible hallarlos.

Hicieron acto de presencia en el Museo Arqueológico para admirar las estatuas, monedas, adornos de oro y plata, cerámicas y muchísimas cosas más.

Otro día, visitaron el Foro Bornova, extraordinario Centro Comercial al aire libre, donde Helen se sintió a sus anchas, adquiriendo algunas cositas de prestigiosas marcas para ella y sus hijos.

Asimismo, conocieron las extraordinarias Mezquitas: Fatih Camii o Mezquita Azul – hermana menor de la famosa del mismo nombre en Estambul – la Konak Yali Camii, Alsancak Camii, y la Hisar Camii – la más grande y hermosa de la ciudad.

Estuvieron en la Sala de Conciertos Muhtesem Bir y la muy antigua Iglesia Católica de Sen Polikarp (San Policarpo, mártir).

No olvidaron conocer las Sinagogas: Beth Israel, admirando su bella decoración en madera y la calle Havra, llena de templos como Sinyora Geveret del siglo XVI, Algazi y Shalom Aydinli, ambas del siglo XVII.

NOTA DEL AUTOR.– Cuando los Reyes Católicos de España, Fernando e Isabel, expulsaron a los Judíos Españoles (Sefarditas), estos recibieron invitación del Imperio Otomano para residir en Turquía, con importantes asentamientos en varias ciudades, entre ellas Izmir, instalándose en la calle de Havra y otras, fundando el barrio Judío que prosperó gracias a su trabajo y dedicación.

****

Al quinto día de su estancia, se dirigieron a Éfeso, distante a 84 kilómetros por carretera, llegando a su destino en una hora. El antiguo puerto Romano albergó la flota naval de Marco Antonio y la Reina de Egipto, Cleopatra.

En las ciudades de Éfeso y Celkuk, estuvieron en Ephesus Museum, donde pudieron admirar las antiquísimas ruinas – siglo XI a.C. – de las importantes civilizaciones que dejaron huella en los diferentes períodos de la historia: Jónica, Griega, Romana, Cristiana y Bizantina.

Por ejemplo, el Anfiteatro con capacidad de 25,000 personas usado actualmente también, para presentar conciertos de música clásica, rock, óperas y teatro.

La Fuente de Trajano, 1500 años más antigua que la Fontana di Trevi (Fuente de Trevi) en Roma; la Biblioteca de Celso, la más añosa del mundo; el Gran Teatro; el Templo de Adriano; el Templo de Artemisa y la Casa de la Virgen María, sin faltar un asomo a la Mezquita del Sultán Turco Selyúcida Isa Bey, construida en el siglo XIV.

Pernoctaron en la ciudad, y al día siguiente fueron al Tofa's Bursa Museum, donde exhiben carruajes, automóviles, una interesante y extensa colección de relojes de pared en todas formas y estilos, regresando a Izmir avanzada la tarde. En los días subsecuentes, la familia viajó cómodamente en el avión de Turkish Airlines directo a Bursa, recorriendo los 330 kilómetros en media hora.

Fue la antigua capital del Imperio Otomano, conocida como "Bursa Verde", por la gran cantidad de parques y jardines en la ciudad, rodeada de bosques. La metrópolis no obstante es una de las más industrializadas del país.

Cuando los mayores quisieron conocer las Mezquitas del lugar, hubo una protesta de los chicos, que ante la promesa de llevarlos al pueblo cercano de Uludağ para esquiar en la nieve, aceptaron conocer una Mezquita más: la Great Mosque (Gran Mezquita) Ulu Camii, que ocupa una superficie de 5000 metros cuadrados con una fuente de mármol fuera del área de rezos, para abluciones (lavado de manos y pies), y las indispensables visitas a la casa/museo del héroe nacional, Atatürk (Mustafa Kemal Atatürk) "El Padre de los Turcos", y al formidable Castillo de Bursa.

Por la temporada no fue posible esquiar. Las fantásticas pistas del Centro de Ski de Uludağ se abren de diciembre a marzo, cuando la nieve es intensa. Sin embargo, los niños se divirtieron admirando el inmenso parque nacional desde las alturas, utilizando el moderno teleférico de casi 9 kilómetros de longitud, que lo hace el más largo del mundo, quedando satisfechos con la promesa de sus papás, para volver el próximo mes de Enero.

NOTA DEL AUTOR.— Este Centro de Esquí en nieve, es uno de los numerosos sitios para la práctica de deportes invernales que existen en Turquía. El Teleférico de Uludağ, cuenta con 174 cabinas con capacidad para 8 pasajeros cada una, que transporta hasta 1500 personas por hora, con instalaciones para gente con discapacidad, permitiendo acceder a los esquiadores y público en general directamente desde la ciudad de Bursa. El ascenso o descenso dura 12 minutos.

****

Tres días después, Kadir rentó un helicóptero para transportarlos a Pamukkale, evitando un largo viaje carretero de 6 horas. En cuestión de dos horas veinte minutos, llegaron a su destino.

NOTA DEL AUTOR.— Pamukkale significa "Castillo de Algodón", siendo un sitio privilegiado de la naturaleza. En las laderas de la montaña donde se asentó la antigua ciudad de Hierápolis, los fuertes movimientos sísmicos del lugar, hicieron brotar numerosas fuentes de aguas termales, fluyendo sin cesar durante miles de años, con inmensas cantidades de calcio y bicarbonatos, que han formado gruesas capas de piedra caliza blanca en forma de estalactitas, descendiendo sobre la montaña como si fueran cataratas congeladas.

El resultado es una vista fantásticamente blanca, como si fuera una cordillera nevada. A distintos desniveles, se aprecia una serie de terrazas con estanques de mármol travertino, labrados por la Naturaleza en forma de media luna, llenos de cristalinas aguas azules no profundas.

****

Los niños quedaron boquiabiertos. No esperaban ver a los turistas en traje de baño, sumergidos en lo que aparentaban aguas heladas. Ni tardos ni perezosos, corrieron junto con sus padres al cercano hotelito Hal-Tur frente a las famosas Terrazas, para avituallarse de bañadores, sandalias y toallas y meterse toda la familia, en una de las "piscinas" de agua caliente de la montaña.

Después de la comida, como buenos turistas, hicieron fila para tomarse fotografías montando un camello. Al ponerse el sol, los infantes asoleados y cansadísimos, se durmieron por fin. Kadir y Helen contemplaban extasiados el bellísimo atardecer, que pintaba de colores dorados y naranjas el paisaje, disfrutando de una copa de vino Turco Buzbag, enfriado a 18º centígrados.

— Gracias mi amor, es algo de lo más lindo que he visto en mi vida, parece sobrenatural esa paz y quietud — dijo Helen — acercando peligrosamente su bien formado cuerpo a su marido, mordiéndole el cuello con suavidad y pasión.

Kadir respondió al instante, besando amorosamente a su esposa en labios, frente, cuello y hombros, cargándola como si no pesara los cincuenta y cinco kilos, bien distribuidos a lo largo de su cuerpo de señora joven en plenitud.

Helen a pesar de haber dado a luz en cuatro ocasiones, se conservaba atlética y ágil, como una gacela joven, fruto de su alimentación balanceada, programa de ejercicios y claro, una que otra cremita Francesa que le ayudaban a mantener su blanca piel intacta, casi inmune al paso de los años.

Como siempre, gozaron de su amor a plenitud, no limitado al solo acto sexual, sino con entrega total de cuerpo y alma, renovando sus voluntades de mantenerse siempre unidos en familia, amándose intensamente, agradeciendo al Dios único por todos los beneficios recibidos.

A Kadir le tomó casi dos horas en la madrugada, decidir si debía o no confesar a su adorada esposa, su oscuro "trabajo" de Justiciero, al servicio de la Fundación Weitzner y el Club PRISMA.

Si optaba por contarle toda la verdad, ¿Helen sería capaz de asimilar y perdonar las mentiras y farsas, en que ha vivido todos estos años? ¿O por el contrario, lo juzgaría con severidad condenándolo al infierno, que le significaría perder a su amada familia? ¿Qué clase de explicaciones podría ofrecer a sus hijos, sin arriesgar el respeto y cariño que le guardan?

La respuesta vino casi en automático: NO ERA POSIBLE bajo ningún punto de vista, REVELAR SU PASADO DE ASESINO PROFESIONAL. Había demasiado riesgo en decir la verdad. EL DAÑO SERÍA DESMESURADO.

¡NO PUEDO CAMBIAR UN ÁPICE DEL PASADO, PERO SÍ EL PRESENTE Y EL PORVENIR! — juró con vehemencia. Para estar seguro y en paz con su espíritu, al regresar a casa consultaría el tema con los dos mejores amigos que tenía: Gregor, su padre y don Benjamín Weitzner. Por el momento, lo mejor era callar y aprender a vivir con ello.

****

Dos días después, partieron nuevamente en helicóptero hacia Öludeniz a casi 240 kilómetros, arribando en una hora treinta y cinco minutos.

NOTA DEL AUTOR.— Öludeniz se traduce como "Mar Muerto", NO porque esté en la orilla de ESE MAR, sino debido a la tranquilidad de sus aguas, que así se conservan aun durante las tormentas. Está situada en la Costa Turquesa al suroeste del país, donde se unen el Mar Egeo con el Mar Mediterráneo. Además de ser conocida como un excelente lugar turístico, la ciudad es famosa por el ULTRAMARATHON INTERNACIONAL ¡¡¡de 240 kilómetros, que se corre de Öludeniz a Antalya durante seis días!!!

Se hospedaron en el soberbio Hotel Hillside Beach Club, de categoría 5 estrellas. Durante la estancia conocieron la magnífica Blue Lagoon (Laguna Azul), una de las grandes maravillas naturales de Turquía, rodeada de montañas desde las cuales, se puede descender en parapente (tipo de paracaídas que se controla por el audaz turista, aprovechando las corrientes de aire).

Bucearon en las tranquilas y transparentes aguas de color turquesa, navegaron en catamarán, disfrutaron del sol, la fina arena de sus playas, las piscinas, la comida y bebida, las compras en las boutiques de varios hoteles, los Spas, y conocieron la ciudad con sus atractivos turísticos.

Algunas noches, el matrimonio escapaba a bares cercanos para disfrutar de bebidas exóticas e Internacionales, jugar billar, oír música y bailar.

En una salida de esas, se encontraron en el Summer Jam Bar, al matrimonio formado por Iván y Raisa Rómayev, sus nuevos amigos Rusos con los que departieron durante dos horas, bebiendo, charlando y hasta cantando, acompañados con las pistas musicales y letra escrita del Karaoke. Después de un rato, las jóvenes señoras, animadas por Raisa, soltaron sus afinadas voces, ante la sorpresa de los varones.

— Ambas siendo adolescentes, pertenecimos al coro de nuestras Iglesias — aclaró Helen.

— ¿Cuándo se van de la ciudad? — quiso saber Iván.

— Pasado mañana regresamos a Izmir por vía aérea comercial, ¿y ustedes? — respondió Kadir.

— Estamos agotados y también volvemos a la ciudad. Podemos irnos juntos en nuestro avión privado, ¿qué les parece? — invitó el Ruso.

— Sí, sí, acepten por favor — apoyó la simpática y hermosa Raisa — Estaríamos encantados de viajar con ustedes, ¡vamos digan que sí! Helen, convence a tu marido...

Sorpresivamente habló Kadir Jr., famoso en la familia por ser de pocas palabras.

— Creo que nos vendrá muy bien el "raid" (aventón, viaje gratis). Papá, así aprovechamos mejor el tiempo que nos resta de vacaciones, muchas gracias don Iván...

— Mami, prometemos portarnos bien y no molestar — dijeron Ilkin y Galip.

— Queyo vión, queyo vión (quiero avión) — pronunció en su media lengua la pequeña Dilan.

El matrimonio aceptó la invitación. La sintieron sincera, sin dobleces, y no les pasó desapercibido el súbito desplante del júnior.

Por supuesto que la intención oculta del jovencito era ver y convivir un rato más con su amiguita Nitza.

Este cabroncito sacó las mañas de su padre — pensó correctamente Helen. Tendré que vigilarlo de cerca...

Mi hijo es un valiente. Merece la oportunidad de tener esa bella amistad — reflexionó Kadir.

En consecuencia, los dos matrimonios y sus retoños viajaron a Izmir, en el moderno Jet bimotor Pilatus PC-24, de manufactura Suiza, con capacidad de aterrizaje y despegue en pistas cortas de 850 metros, aún de terracería, siendo el único en su clase con esta versatilidad.

El extraordinario avión es un nuevo transporte ejecutivo y de negocios, cuya cabina puede ser configurada por el fabricante para 6, 8 o 10 pasajeros con sus equipajes, volando a 466 millas por hora y autonomía de más de 3000 kilómetros, sin repostaje.

El matrimonio Rómayev atendió a cuerpo de rey a sus invitados, incluyendo el descorche de una botella de "Sovietica Champan" marca "Agpay Premium Brut". El espléndido anfitrión, en el lote producido exclusivamente para él, con su nombre y folio impresos en la etiqueta, ordenó introducir en cada botella, minúsculas laminillas comestibles en oro de 24 kilates.

NOTA DEL AUTOR.— En Diciembre de 1898 se produjeron 25,000 botellas del primer vino espumoso con la marca "Abrau", para el consumo exclusivo del Zar, su familia y la aristocracia Rusa, obteniendo el Gran Premio en la Exposición Mundial de 1900 en Paris.

Después de la Revolución Bolchevique, Stalin convocó a un concurso para crear un Champan accesible a la clase trabajadora. El ganador fue Anton Frolov, con una mezcla de uvas Aligote y Chardonnay, lanzado en 1936, como "Champan Soviético". Actualmente se produce en Bielorrusia (también llamado Belarús) y Crimea, con denominación de Origen y gran consumo nacional.

****

Para los niños, helados y zumos de frutas.

El corpulento Iván sonrió cuando miró a su hermosa hijita Nitza feliz como nunca, sentada junto al jovencito Kadir Jr., compartiendo una "shake" (rica mezcla de leche con helado para beber) que inocentemente sorbían utilizando dos pajillas.

Kadir papá, igualmente observador se colocó tapando con su cuerpo, el ángulo visual de la celosa Helen.

Los viajantes estaban muy contentos y la familia Aiza/Kelly ya pensaba la forma de corresponder a tantas atenciones.

— Algo se nos ocurrirá — dijo Helen a su esposo.

****

Una hora después, aterrizaron en Izmir en el Aeropuerto Internacional "Adnan Menderes", uno de los más modernos y eficientes de Turquía, que mueve más de diez millones de pasajeros al año.

Dos limusinas negras blindadas, los esperaban en el hangar de vuelos privados, para transportarlos al lujoso Swissotel Buyük Efes.

El chofer de don Iván abrió la puerta de la primera limusina que abordaron las señoras y los niños. En la segunda, tomaron asiento el Jefe y su invitado.

Tomaron la autopista. El Ruso ordenó conducir a la mínima velocidad permitida y subió el cristal de la ventanilla separadora del asiento del conductor, para tener mayor privacidad, cuestión que el pasajero juzgó natural.

El trayecto de 18 kilómetros al centro de la ciudad, les llevaría tan solo 20 minutos por lo que el anfitrión fue directo al grano.

— Don Kadir — pronunció solemne — Disculpe mi atrevimiento pero lo he investigado. Después del terrible episodio del secuestro de los niños, quise saber sobre su persona. Tenía que eliminar cualquier sombra de sospecha, que pudiera pensarse sobre usted o sus colaboradores, ya sabe, son muy frecuentes los autosecuestros o bien los culpables resultan ser hasta de la misma familia, le reitero mis disculpas. Espero tenga la generosidad de perdonarme. ¡Lo que no haría uno por los hijos...!

— No se preocupe Don Iván, yo también averigüé un poco sobre usted y sus negocios, todo bien, lo felicito.

— Ja, ja, ja... — rió estruendosamente Rómayev — Veo que no me equivoqué con usted. Tengo que proponerle un negocio.

— ¿Quisiera cuando menos escucharme?, se lo ruego.

— Adelante — respondió amable Kadir — Le advierto que estoy en situación de retiro.

— Iván no se inmutó con la respuesta y dio marcha adelante.

— Como sabe, poseo una amplia gama de empresas dedicadas a la industria, comercio, transporte y servicios. Se ha presentado la oportunidad de entrar a la tecnología cibernética, en sus ramas de informática avanzada, robótica y ciencias espaciales. ¿Qué le parece en principio?

— Es una gran ventana de oportunidades, lo felicito, pero déjeme preguntarle algo: ¿Para qué? — expresó el Auditor.

- ¿No está satisfecho con sus negocios actuales que son muchos y bastante complejos, creo yo? ¿Lo ha pensado bien?
- A veces los empresarios no nos detenemos y sacrificamos el tiempo que debe pertenecer a nuestras familias, en aras de mayores ganancias, lo digo por mi experiencia personal, no sé usted, pero estas han sido las vacaciones más largas que he disfrutado con mi esposa e hijos, después de muchísimas cancelaciones de mi parte.
- Estoy arrepentido de no haber gozado con ellos más. Pero ahora todo será distinto, me dedicaré casi por completo a ellos, respetando sus espacios y gustos... En mi país de origen, México, decimos al que trabaja en exceso, "que será el hombre más rico del panteón", ja, ja, ja... — cerró el Contador.
- Tiene razón, ahora que lo dice... creo que debo pensarlo mejor. ¿Puedo decirte Kadir? — pidió el Ruso.
- Solo si me permites llamarte Iván.

Los dos hombres de negocios se apretaron las manos en señal de confianza y respeto mutuo.

- Sabes amigo Kadir, había pensado proponerte la Dirección General de esa empresa, planeada como un gigante de nivel Internacional... Nuevamente te ofrezco mis disculpas, sé que no buscas trabajo, pero al ver tus credenciales profesionales y experiencia, pensé — idiota de mí — que pudiera interesarte la alta posición ejecutiva, ganarías cientos de millones de Dólares...
- Muchas gracias, pero definitivamente no me interesa a ningún precio, como te dije, mi tiempo ahora lo aprovecharé al máximo con la familia — respondió Kadir — Con un poco de libertad para mí, haciendo deporte, tomar una copa con los amigos y tal vez escribir alguna novela...

De pronto, el chofer disminuyó la velocidad del vehículo y se orilló en el camino, deteniendo la marcha.

- Sasha, ¿qué sucede? — habló Iván con energía.
- Es un neumático, la computadora me avisa del fallo, parece que la presión de inflado es muy alta... me tomará un momento señor... puede reventar.
- Bien, no demores. ¿En qué íbamos? Ah sí, que no quieres trabajar más, pero si estás muy joven todavía, ja, ja, ja...

El entrenamiento de Kadir salió a relucir una vez más. Le pareció harto sospechosa la explicación del conductor, así que no lo perdió de vista. Cuando lo vio correr, como un latigazo vino a su mente un atentado.

— Pronto Iván salgamos del auto, ¡hay una bomba!

Kadir alcanzó a salir primero. Iván por su corpulencia tardó un segundo más, suficiente para que la poderosa explosión lo pescara a solo dos metros de la limusina. El Contador se puso de pie y corrió los doce metros que lo separaban del vehículo incendiado, arrastrando el corpachón de su amigo unos diez metros del fuego, recostándolo boca abajo.

Al contacto con el enorme cuerpo, sintió la pistola que su amigo portaba en la cintura. Revisó los bolsillos hallando un cargador extra. Rápido cogió arma y magazine (cargador), corriendo a campo traviesa persiguiendo al chofer que al darse cuenta, disparó repetidas veces sobre Kadir, sin lograr acertar.

A los doscientos metros de carrera, el traidor empleado estaba sofocado y redujo la velocidad. Se detuvo un instante para tomar aire, arrojando la corbata y saco. Para el Auditor, hombre joven y deportista, que hacía ejercicio a diario, no le resultó difícil acortar la distancia. Cuando estuvo a unos treinta metros del asesino, que alocadamente vaciaba la carga de su arma tratando de matar a Kadir, este se paró completamente colocando una rodilla en tierra, apuntó con cuidado, contuvo la respiración y oprimió el gatillo de la pistola Rusa STRIZH.

La bala calibre 9 mm penetró limpiamente el glúteo derecho del gordito, interesando la ingle, rompiendo la arteria femoral. Sin perder la calma, Kadir se acercó con precaución. Al menor movimiento del caído, lo llenaría de plomo.

Su entrenado oído detectó el inconfundible sonido de las palas de un helicóptero. Levantó la mirada hacia el norte, para observar un creciente punto negro que se dirigía hasta ellos.

Son los cómplices. Vienen por este cabrón. No puede ser ayuda de ninguna clase, no creo que las autoridades tengan conocimiento del atentado todavía — razonó Kadir. Precavido, se protegió parcialmente tras un árbol.

Una lluvia de balas disparadas desde el aire, pretendía arrasar el cuerpo del chofer que inútilmente agitaba la mano. La nave descendió lo suficiente para comprobar la muerte del "socio" y rematar al testigo que vieron con él. Una nueva ráfaga de metralla destrozó las ramas y el robusto tronco, donde se incrustaron varios potentes proyectiles, probablemente calibre 50.

El eficiente y letal Agente "Scorpio", hoy retirado, que en numerosas misiones al servicio de la Fundación Weitzner y del Club PRISMA, hubo de suprimir a terribles criminales haciendo Justicia, tendría que volver a matar, ahora en defensa de su vida.

— Maldición — se dijo — No tengo opciones... — apretando el gatillo de la magnífica arma, disparó en tres ocasiones con la precisión acostumbrada directo al depósito de combustible del helicóptero, que estalló en mil pedazos, muriendo todos los tripulantes.

Desaparecida la amenaza, regresó con el chofer. Comprobó que aún estaba con vida, no obstante la gravedad de sus lesiones. Literalmente se hallaba bañado en sangre. Dejaría de existir en segundos, razonó "Scorpio".

— ¡AAyudda! ¡Aayudda! Por favor, se lo suplico, no quiero morir, no quiero morir, ayyyy, ayyy — gritaba como condenado, el infiel servidor. Fueron sus últimas palabras.

Kadir pateó lejos el arma del chofer. Siempre atento al entorno, habló por el celular... La segunda llamada fue al Servicio de Emergencias reportando el accidente.

La primera comunicación fue con Helen, verificando que estaban a salvo en el hotel. Le dijo que la limusina 2, tuvo un desperfecto y se quedaron aislados en la autopista.

— Avisa a la señora Rómayev.

— ¿Pero están bien mi amor? Algo me dice que hay dificultades... Por favor dime la verdad una vez en tu vida.

— Las únicas dificultades son que estamos varados aquí bajo el inclemente sol, afortunadamente tenemos todavía champaña a bordo, ja, ja, ja... — mintió Kadir una vez más — ¿Pueden enviar la Limo de ustedes a recogernos? Sí estamos sobre la carretera... Todo bien, gracias...

Volvió presuroso al lado de su amigo Iván. Rodeado por una docena de curiosos, les pidió retirarse, explicando que la ayuda venía en camino, agradeciendo su voluntad de cooperar. Los testigos se fueron, cuando Kadir mencionó la posibilidad de que fueran detenidos para llevarlos a la comisaría, interrogarlos y prestar declaración jurada. Eso podía tardar horas.

Revisó las heridas que causó la explosión a Iván. Tenía cortadas y quemaduras en cara y manos, la rodilla con fractura expuesta y sangraba de la cabeza por una herida superficial — como ranura de alcancía — que necesitaría unas diez puntadas de sutura. Respiraba normalmente, quejándose del dolor, lo cual era bueno, sus funciones cerebrales parecían intactas.

La llegada de la limusina negra alivió sus temores. Si las Autoridades hubieran llegado primero, habría mucho qué explicar. Con seguridad la Policía ya tiene el reporte del accidente hecho por algún buen ciudadano, de los que transitan por la autopista. Pero no están aquí todavía. Bendita burocracia, pensó.

– ¡Vámonos rápido! — ordenó.

– ¿Al hospital señor? ¿Qué pasó? ....

Por un instante Kadir dudó entre ir a un hospital o atenderlo en privado en el hotel. Decidió ingresar a su amigo al hospital. Las eficientes Autoridades Turcas, con toda seguridad harían las pesquisas necesarias y los hallarían, había demasiada evidencia. No podrían ocultarse por mucho tiempo y aun así resultarían sospechosos y no víctimas. Lo mejor era proceder con la verdad.

"El que nada debe, nada teme", reza el refrán popular.

¡Con cien mil millones de coños! ¿Y si mi nuevo amigo Iván, tiene antecedentes peligrosos? Bueno, son elucubraciones, si tiene problemas los enfrentará. ¡Basta de querer resolver los conflictos a todo mundo!

– ¡De prisa! Vamos al mejor hospital de la ciudad — ordenó secamente.

****

Kadir, Helen y Raisa acompañaron a Iván en el Medical Park Hospital, hasta que fue dado de alta. Las Autoridades se portaron de maravilla con el herido, dejando las investigaciones para el siguiente día, tomando su pasaporte en custodia, para no abandonar la ciudad o el país.

Fuera de peligro el paciente e instalado en el Hotel, las familias se despidieron con gran afecto, prometiendo verse en otra oportunidad.

– Parece que nunca terminaré de pagar mis deudas contigo — sentenció Iván en privado.

– Gracias por todo amigo Kadir, aprecio que no hayas preguntado nada, siento mucho haberte puesto en riesgo, pero no sabía que mis enemigos comerciales serían capaces de esto. Ya me ocuparé de solucionarlo. Nuevamente gracias, por salvarme la vida.

– A propósito, ¿cómo te diste cuenta que había una bomba en la Limo, abatiendo con mi pistola al desgraciado del chofer y sus jefes del helicóptero? No sabía que los Contadores como tú, recibían instrucción Paramilitar en la Universidad, ja, ja, ja... — Perdona, retiro mis preguntas. ¡Hasta la vista compañero!

****

Semiescondidos en el jardín, Kadir Jr. y Nitza tomados de las manos, unieron sus labios casi infantiles en un beso largo y lleno de amor, haciéndose promesas para verse lo más pronto posible.

El joven obsequió a la niña, un precioso anillo de oro grabado con la media luna y la estrella de cinco puntas (Escudo Nacional de Turquía), adquirido en la tienda del hotel, al tiempo que le dijo en idioma Turco "Seni Seviyorum" que significa "Te Amo".

Nitza por su parte, le obsequió un portarretratos miniatura también de oro y cadenita en 18 kilates, grabado en idioma Ruso "из Nitza с любовью" ("De Nitza, con amor"), conteniendo la fotografía de su hermosa carita sonriente y un bucle de su preciosa cabellera rojiza.

****

La siguiente parada según el itinerario particular de la familia Aiza/Kelly, eran las playas de Foca, que por votación democrática suprimieron, para dirigirse a la gran ciudad turística de Cesme, donde la diversión abunda para chicos y grandes.

Con lo ocurrido, Kadir estaba preocupado. Había vuelto a matar, rompiendo su promesa de no hacerlo. Cierto, era gente de lo peor y fue en defensa de su vida. Ellos le habían disparado primero desde el helicóptero.

¿Por qué quisieron liquidar a Rómayev? ¿Quiénes eran los asesinos? ¿Estarían ahora los jefes de los sicarios, planeando vengarse del pistolero anónimo que derribó su costosa nave aérea, enviándolos al infierno? Su privilegiado cerebro le advertía la necesidad de abandonar Turquía lo antes posible.

Por nada del mundo pondría en riesgo a su querida familia, que ignorante de los peligros, anhelaba conocer y gozar del mejor centro de vacaciones de playa en Europa.

No puedo cancelarles ahora. ¿Qué motivo tendría? Creo que un par de días más de vacaciones serán suficientes.

No obstante, debía alejar los pensamientos negativos y continuar con las mentiras, intentando sonreír al pensar que se había convertido en un especialista graduado en la materia de falsedades.

Se autoabsolvió. Unos cuantos muertitos más y algunas mentirijillas a su familia, no harían gran diferencia en su escalofriante historial.

****

Muy temprano abordaron la camioneta Lincoln Navigator gris plata, rentada en el hotel para viajar al suroeste por la autopista de seis carriles, los 85 kilómetros que separan la ciudad de Izmir con Cesme, a la que arribaron en menos de una hora.

Nuevamente la democracia se impuso en la familia. Por mayoría de votos acordaron hospedarse en el Sheraton Cesme Hotel Resort, con sus albercas al aire libre y bajo techo, bares y restaurantes con fantástica comida Turca e Internacional. Disfrutaron de los ricos sabores de la cocina local, con predominio de verduras y aceite de oliva.

La mayoría de sus platos son muy equilibrados en nutrición, por ejemplo las carnes de cordero, pollo o pescado con arroces y uso de especias, como el Yaprak — hoja de vid rellena de arroz, carne de cordero y pasas; el plato de lentejas, judías, garbanzo, pepino, cebolla y queso blanco, los mejillones con puré de habas, el pollo Circasiano, con salsa de nueces y las ensaladas de berenjenas, pimientos, tomates y calabacines.

Al día siguiente se deleitaron con Kuzu — cordero tierno asado al fuego y Lakerda — sabroso pescado con aceitunas verdes, negras y rábanos, por supuesto, todo ello acompañado por la bebida típica llamada Ayran, que es un yogurt líquido frío con poca sal y limón.

Chicos y grandes comieron pistaches, membrillos, manzanas, uvas y pasas.

Helen y la niña Dilan, tomaron té de manzana. Los varones pidieron Kahve — café.

NOTA DEL AUTOR.— El café Turco es mundialmente conocido, aunque cosa rara, Turquía no es un país productor. La fama es por la selección de Granos Finos Importados y la cuidadosa elaboración.

****

La familia menuda se deleitó con los postres, comiendo Baklava, pastel de hojaldre con nueces, pistaches y miel; Lokma, similar a los churros Españoles y Mexicanos; Mermelada de Rosas y Iokum, pasta con avellanas envuelta en azúcar en polvo.

En el día gozaron de las magníficas playas, subiendo a la banana, kayak y los mayores, usando el Propulsor Acuático que lanza al usuario por encima de las aguas, volando literalmente a unos doce metros de altura, impulsado y sostenido por dos enormes chorros de agua a gran presión, que arrojan las mangueras conectadas.

Toda la familia montó la cuatrimoto Yamaha 4 x 4 WaveRunner, anfibia, de llantas abatibles, apta para circular por montaña, veredas, barro y navegar dentro del agua, como una moto acuática, que al salir del líquido elemento, saca las ruedas para continuar por vía terrestre.

Por último, presenciaron con asombro la demostración del Rinspeed sQuba, el prodigioso Automóvil Deportivo descapotable, ¡¡¡SE METE DENTRO DEL MAR!!!, navegando por la superficie como si fuese una lancha rápida y lo mejor, provisto de tanques de oxígeno integrados para dos pasajeros, ¡¡¡PUEDE SUMERGIRSE COMO UN SUBMARINO!!!

Por la noche, en el hotel se ilumina el largo muelle que se interna en el mar, con luz roja en el piso y azul por debajo del agua de los bordes, causando un efecto de majestuosidad y belleza pocas veces visto.

Es un bonito paseo nocturno preferido de los enamorados, equipado con cómodos sillones dispuestos en pares, ideal para tomar la copa y conversar con tranquilidad a la orilla del mar.

Ese fue el sitio y el momento que Kadir consideró ideal para revelar parcialmente a su esposa, el intento de los sicarios para asesinar a su nuevo amigo, Iván Rómayev, pero desistió, recordando las consultas formuladas a sus aliados el día anterior.

La respuesta que recibió de Gregor, su padre y Benjamín, su ex jefe en la Fundación Weitzner, ambos personajes muy queridos y respetados por él, recomendaron sin titubeos: Guardar los Secretos por Siempre.

Revelarlos, no solamente no serviría para nada bueno, al contrario pondría en peligro la integridad física de su amada familia.

Caso cerrado. Las vacaciones familiares terminarían al día siguiente, regresando a Madrid.

****

— ¿Cuándo regresas a casa? — le había preguntado Benjamín el día anterior — Te mandaré el avión.

— Muchas gracias Ben, pero no es necesario.

— No queremos molestar, hemos decidido volver antes de lo previsto, ya te contaré... no, no es nada para preocuparse, solo que como sabes, tenemos mucho quehacer y organizar para la mudanza a los Estados Unidos... la escuela de los niños... volaremos por línea comercial pasado mañana.

— El jet está en Frankfurt — decidió Benjamín — Y no acepto negativa.

— ¡Vamos! No seas orgulloso, sabes el cariño de nosotros para ti y la familia — refiriéndose a Ruth y él mismo.

— ¿O deseas que ella te lo pida?

— Claro que no amigo Ben, solo que ya has hecho bastante por nosotros y no quiero abusar...

— Estás abusando de mi paciencia, cabrón Auditor — afirmó Benjamín en broma.

Recapacitando que era menos probable que los enemigos de Rómayev, pudieran identificarlo y localizarlo en un vuelo privado, que en las Aerolíneas establecidas, y no deseando lastimar con su tonto rechazo a la adorada familia Weitzner, el Auditor aceptó el ofrecimiento.

— Está bien, muchísimas gracias amigo, pronto iremos a visitarlos.

— El aeroplano estará esperándoles en el Aeropuerto "Adnan

Menderes" de Izmir.

– Shalom — se despidió Ben.

****

La última noche en el hotel, Kadir salió a respirar aire fresco a la terraza. Su familia dormía profundamente.

Encendió el teléfono satelital, que estuvo inactivo después del violento episodio del atentado, que por poco le cuesta la vida.

Era una ironía del destino. Tantas veces en las riesgosas misiones donde peligró mi vida, enfrentando a los peores asesinos del mundo y mira lo que son las cosas. ¡¡¡Con cien mil millones de coños!!!, a punto estuve de morir en una intentona de matones, para eliminar a otra persona.

Miró la pantalla iluminada, tenía una docena de llamadas perdidas. El identificador mostraba los números, el nombre o clave de las pocas personas que conocían su teléfono.

Dos o tres amigos cercanos le invitaban a la comida de aniversario del Club de Golf...

Maggie su secretaria, pedía autorización para mostrar su casa de Madrid, que estaba en venta...

El Dentista le recordaba las citas para su revisión... y otros mensajes de menor importancia.

MADRID, ESPAÑA

De súbito, el corazón le dio un salto. Su teléfono sonó a las 04:00 de la madrugada.

¡¡Por todos los coños del maldito infierno!!

El Presidente del Comité Técnico del Fideicomiso, a cargo de los negocios e inmuebles de Lanya y Fiorella, le informaba del lamentable accidente donde ¡¡habían muerto las dos señoritas!! ¡Pidiendo instrucciones urgentes!

— ¡¡¡Dios mío!!! ¡¡¡No es posible!!! Eran tan jóvenes, tan llenas de vida, que... — sin poderse controlar, al "Señor Piedra" como le habían nombrado en más de una ocasión, se le escurrieron las lágrimas cortando la comunicación.

No tenía ningún caso despertar a Helen. Por la mañana le contaría el desafortunado suceso. Recuperando el aplomo, salió de la alcoba y marcó el número del Administrador.

— Habla Kadir Aiza, sí es muy lamentable. Escuche con atención, estas son mis instrucciones... Debe cumplirlas al pie de la letra, ¿ha comprendido bien?

— Una cosa más. Hay que evitar a la prensa, sobre todo a la sensacionalista. Por favor, cero entrevistas a ningún medio de comunicación. Que los guardias de seguridad no dejen pasar a nadie.

— Llegaré más tarde — advirtió Kadir con energía.

— Ssí, sí, claro, solo podemos orar por ellas...

****

Helen quiso dejar a los niños al cuidado del personal de su residencia, insistiendo en acompañar a su marido a la mansión de Lanya y Fiorella, en el espectacular fraccionamiento de La Moraleja, situado al norte, en Alcobendas, muy cerca de Madrid.

Kadir le habló con la mayor dulzura.

— Nenita linda, espero que comprendas que son cuestiones de trabajo, no es un acto social, vamos, ni siquiera es de condolencias, ellas no tienen a nadie aquí. Te pido cariñosamente que atiendas a los hijos, dame la tranquilidad de que estarán bien a tu cuidado.

La noble Helen lo entendió permaneciendo en casa. En realidad no podía tener celos de las chicas muertas.

****

Kadir entró al recinto a las diez horas. Presentes en el salón del despacho, se encontraban el Notario Público Don Carlos Moreno-Rodríguez de la Cuesta y Soria, Don Alfredo Hernández de la Cabada, Presidente del Banco, Don Aníbal Suárez Hermida, Abogado General de Doña Lanya Peralta y Doña Fiorella Brancatti, recién fallecidas; el Contador Público Don Paulino Córdova Llanes, Presidente del Comité Técnico del Fideicomiso Administrador, de las Empresas y Propiedades Inmuebles de las hoy occisas, y el señor Contador Público, Jesús Salgado Maciel, Contralor General del Grupo.

Los convocados, firmaron el Libro de Asistencia.

Todos conocían al Contador Don Kadir Aiza, en su carácter de Consejero en Jefe y amigo de las multimillonarias damas, tal vez el más cercano, concediéndole cierto liderazgo de facto (de hecho).

Kadir, acostumbrado a mandar, pronunció primero sentidas frases de condolencias por tan lamentable pérdida, para enseguida agradecer a todos su asistencia con tan poco tiempo de aviso.

— He comunicado al despacho Hartford, Mellon & Fletcher de la ciudad de Nueva York el desafortunado suceso, pidiendo la presencia de los Auditores con el Informe Financiero de los Negocios del último trimestre. Estarán aquí hoy por la noche y podemos platicar con ellos por la mañana.

— Pongo a su amable consideración el Orden del Día, para proceder a desahogar los asuntos pendientes:

1. Informe Oficial del Accidente.
2. Organización de los Funerales.
a. Público o Privado.
b. Inhumación o Cremación.
c. País, Ciudad y Lugar.
d. Rueda de Prensa o Boletín.

3. Los Testamentos.
a. Lectura.
b. Tareas Legales y Fiscales.
c. Conveniencia de un Equipo de apoyo.

4. Negocios e Inversiones.
a. Inventario de Activos y Pasivos.
b. Análisis y Decisiones.

5. Designación de las personas para ejecutar los Acuerdos.
6. Análisis de otros temas relacionados.
7. Formulación y firma del Acta Notarial que se levante.

La "Junta" constituida de hecho en "Asamblea", aprobó por unanimidad el Orden del Día, procediendo a descargarlo.

Usó de la palabra Don Aníbal Suárez Hermida, Abogado General de las hoy occisas, presentando el Informe Oficial completo de las Autoridades Españolas, sobre el accidente de tránsito donde perdieron la vida las señoritas Lanya Peralta y Fiorella Brancatti.

"El día ocho de Diciembre del año 2016 a las cuatro de la madrugada, en la carretera de Burgos a Madrid Kilómetro 217, tuvo lugar un choque brutal donde murieron en el sitio, dos mujeres jóvenes de nombres Lanya Peralta y Fiorella Brancatti, conduciendo esta última persona el automóvil deportivo Maserati Alfieri modelo 2016, placas de circulación ATZ-81, a exceso de velocidad, presentando ambas damas avanzados síntomas de intoxicación etílica y de marihuana, que determinó el Servicio de Medicina Forense".

"El vehículo derrapó saliendo de la carretera y colisionó de frente contra el grueso tronco de un árbol. El golpe hizo funcionar las bolsas de protección para los ocupantes, pero la fuerza del impacto las conmocionó, quedando atrapadas dentro del automóvil con los cinturones de seguridad colocados firmemente en tres puntos de sus cuerpos, sin poder escapar. El vehículo se incendió y explotó, pereciendo las dos damitas calcinadas".

El personaje hizo una pausa.

— Cómo es la vida — comentó el Abogado — Hace años, creo que en 1969, casualmente me tocó presenciar la muerte de Ramfis Trujillo, hijo del extinto dictador Rafael Leónidas Trujillo, que gobernó con mano de hierro a la República Dominicana 31 años, hasta su asesinato.

— Trujillo Jr., manejaba su Ferrari en esa misma carretera, rumbo a su residencia en La Moraleja, en la zona de Alcobendas, colisionando de frente con un Jaguar conducido por Doña Teresa Bertrán de Lis, Duquesa de Alburquerque.

El Abogado General terminó su anécdota y concluyó con el Informe:

"Agotadas las investigaciones por la Fiscalía del Estado Español, se concluye que no hay ningún indicio delictivo de homicidio, ratificando la muerte de las citadas por accidente imprudencial, debiéndose hacer cargo la Sucesión, de las multas, gastos y daños en vía pública.

Notifíquese el Informe a la Superioridad, para los efectos que haya lugar..."

Don Paulino Córdova Llanes, Presidente del Comité Técnico del Fideicomiso Administrador de los bienes de las chicas muertas, declaró que en su opinión, los funerales debían ser espectaculares, de acuerdo con su posición social, a semejanza de personajes de la nobleza y líderes mundiales, cuyas ceremonias luctuosas duran incluso varios días.

El dinero lo hay en abundancia.

El banquero, Don Alfredo Hernández de la Cabada, apoyó la moción anterior.

En oposición, Jesús Salgado, Aníbal Suárez y Kadir Aiza, manifestaron su rechazo a la propuesta de ceremonias luctuosas esplendorosas, expresando además el Consejero, que aun siendo un poco frívolas sus clientas, en alguna ocasión habían manifestado fuertes críticas, a ese tipo de exageradas demostraciones ante la Sociedad, por lo que deducía sus deseos de sencillez.

Don Carlos Moreno-Rodríguez de la Cuesta y Soria, Notario Público de abolengo, habló con parsimonia, poniendo fin a la discusión, aclarando que en los Testamentos otorgados ante su Fe, hay una instrucción muy clara relativa a sus fallecimientos:

— Ceremonia Fúnebre Privada y Cristiana Sepultura, en el Cementerio de Nuestra Señora de Almudena, punto.
— Muy bien, ¿y con relación a la Prensa? ¿Qué hacemos? No podemos agregar nada al Informe del Gobierno.
— Hacer aclaraciones o atenuantes sobre las causas del accidente, alcohol y mariguana, solo ocasionará controversias y los medios estarán felices de festinar las noticias — opinó acertadamente Don Jesús Salgado Maciel.
— Redactemos solo un corto boletín, agradeciendo a los cuerpos de Rescate, Policía, Bomberos y demás entidades públicas, su valiosa intervención, así como a todos los empleados, amistades y público en general que han expresado sus condolencias — sugirió/ordenó Kadir, con lo que los asistentes estuvieron de acuerdo.
— Don Aníbal, ¿quiere usted tener la amabilidad de redactarlo?, muchas gracias.
— Por supuesto que sí — aceptó el Abogado.
— Pasemos al siguiente tema — dijo solemne el Notario, rasgando los dos sobres lacrados, que contenían los "Secret Dossiers" (Carpetas con documentos secretos en este caso, los Testamentos), procediendo a su lectura ante un silencio sepulcral, al tiempo que encendía la grabadora.

Leo el **PRIMER TESTAMENTO:**

"Constituido en la residencia de las Testadoras indicado más adelante, siendo las diez horas con treinta minutos del día veintidós del mes de Octubre del año dos mil dieciséis, Yo, Doctor en Derecho, Carlos Moreno Rodríguez de la Cuesta y Soria, Notario Público de la Demarcación Judicial de Madrid, procedo a la apertura de dos sobres blancos tamaño oficio, lacrados con el sello de pasta con el logotipo de mi Notaría, que contienen los Testamentos Públicos otorgados ante mí por separado, como lo marca la Ley Civil, por las señoritas Lanya Peralta Kordewitz y Fiorella Brancatti Casoglio, debidamente Registrados conforme a la Ley".

"Declara la Testadora, Lanya Peralta Kordewitz, ser mayor de edad, estado civil soltera, dedicada a su hogar, de nacionalidad Española por Naturalización, con domicilio en la casa marcada con el número veintitrés de la Avenida Bosque de Ciruelos, Fraccionamiento La Moraleja, Municipio de Alcobendas, de la Comunidad Autónoma de Madrid, España..."

"Que estando en plena y cabal salud física y mental, es mi soberana voluntad otorgar testamento público ante Notario, nombrando como único y universal heredero de todos los bienes y derechos actuales y futuros, al Señor Contador Público Auditor Kadir Aiza Pírez, y si falleciere antes, se entregará el haber hereditario a sus hijos, en partes iguales".

"Se establecen a la herencia, las siguientes cargas y legados que serán indisputables:"

"Primero.— El heredero universal, el Señor Contador Público Kadir Aiza Pírez o en su caso sus hijos beneficiarios, deberán formar un fondo de inversión en fideicomiso, con la cantidad de diez mil millones de Euros, para financiar la construcción, operación y mantenimiento de una amplia residencia que servirá de hogar para mujeres desamparadas, provenientes de Europa del Este, y de la misma España, sin importar credo político o religión, proveyéndolas de manera gratuita de hospedaje, alimentos, servicios médicos, medicinas y tratamientos, todo de calidad, por el tiempo que lo necesiten. Paralelamente, una sección de la finca, funcionará para talleres de computación, diseño, costura, cocina, lectura, pintura, escritura, y todas aquellas actividades que contribuyan a mejorar su condición humana".

"Segundo.— Se asignará una partida de cinco mil millones de Euros, como fondo de reserva, exclusivo para pensiones y jubilaciones del personal de mis negocios, incluyendo al personal doméstico y de seguridad".

"Tercero.— Deberá pagarse, previa identificación, una pensión vitalicia de treinta mil Euros mensuales a cada uno de mis familiares consanguíneos, heredable a sus descendientes directos, que viven en la ciudad de Pécs, en Hungría, mi sufrida nación, por la que pasaron Celtas, Hunos, Romanos, Gépidos, Eslavos, Ávaros y Turcos, que la tuvieron sojuzgada bajo el Imperio 150 años. Mi Patria padeció y fue vencida en la Primera y Segunda Guerras Mundiales, y soportó el dominio de la tiranía comunista de 42 años".

"Aunque la familia nunca ayudó a mi madre, los perdono de corazón. Los beneficiarios son los siguientes: ... "

"Cuarto.— Se otorga como legado de cincuenta millones de Euros pagadero una sola vez, a mi Médico Personal, Doctor Gervasio Salas Quintero o a sus descendientes hereditarios".

"Quinto.— Hacer un solo pago de diez millones de Euros, al señor Doctor y Notario Público, Don Carlos Moreno-Rodríguez de la Cuesta y Soria, por concepto de honorarios extraordinarios o en su caso, a sus descendientes hereditarios".

"Sexto.— A Don Alfredo Hernández de la Cabada, deberá entregarse por una sola vez, la cantidad de diez millones de Euros, heredable en su caso, a sus beneficiarios".

"Séptimo.— Se efectuará un pago único de veinte millones de Euros, a Don Aníbal Suárez Hermida, Abogado General o en su caso a sus descendientes hereditarios".

"Octavo.— Deberá entregarse al Señor Contador Público Don Paulino Córdova Llanes, o en su caso, a sus legítimos herederos, la cantidad de cincuenta millones de Euros como pago único".

"Noveno.— Al Señor Contador Público Don Jesús Salgado Maciel, Contralor General de mis negocios o a sus herederos en su caso, se le hará un pago único de cincuenta millones de Euros".

"Así lo dispuso y firma en mi presencia por su libre voluntad, con ausencia de vicios de presión, intimidación, amenazas, dolo o mala fe, en plenas facultades físicas y mentales, sin que nada me conste en contrario, en su domicilio, siendo las catorce horas del día veintidós de Octubre del año dos mil dieciséis. Lanya Peralta Kordewitz, testadora y Doctor Carlos Moreno Rodríguez de la Cuesta y Soria, Notario Público".

El silencio en la sala se rompió en mil pedazos cuando el murmullo se convirtió en abrazos y felicitaciones entre los presentes, de manera principal a Kadir que tieso como estatua, no terminaba de asimilar la noticia y menos articular palabra. Cuando por fin reaccionó, preguntó al Notario:

Repudio la herencia. Es demasiado, no puedo aceptarla... Pienso que sería mejor...

El Fedatario Público subió el volumen de su voz para imponer prudencia y mutis.

¡Señores! ¡Su atención por favor! Les ruego sentarse y guardar silencio. ¡Falta leer el SEGUNDO TESTAMENTO!

Con voz grave y ceremonial, Don Carlos continuó con el segundo Instrumento Notarial, el de Fiorella Brancatti Casoglio, redactado casi idéntico al que fue leído, expresando en su parte medular:

"Nombro como único y universal heredero de mis bienes y derechos presentes y futuros, al Señor Contador Público Auditor Kadir Aiza Pírez... imponiendo las siguientes cargas y legados:"

"Primero.— Se establecerá un fideicomiso de diez mil millones de Euros en un banco de España, para que los intereses ganados en las inversiones, se apliquen íntegramente a un Sistema de Becas, para estudiantes de cualquier grado en escuelas públicas o privadas del lugar donde nací, el pueblo de Varzi, provincia de Pavía, región de Lombardía, en Italia".

"Segundo.— Del mismo modo, se formará un fondo de inversión en fideicomiso de diez mil millones de Euros, para que los rendimientos sirvan para financiar negocios productivos en la misma región italiana, con intereses del 1% (uno por ciento) anual, proporcionando empleos bien remunerados a sus habitantes que se encuentren en situación de pobreza, que les permitan mantener adecuadamente a sus hijos. El Consejo Técnico del Fideicomiso, velará su estricto cumplimiento".

"Tercero.— Organización y manejo de un fondo de inversión de diez mil millones de Euros, cuyos réditos se dirijan a beneficiar a los miembros de la Policía y Bomberos de Varzi, Italia y de Madrid, España, mediante premios trimestrales en efectivo, por su honesto y eficaz comportamiento, a juicio del banco fiduciario, administrador del fideicomiso".

"Cuarto.— El pago único de diez millones de Euros, al Señor Notario Don Carlos Moreno-Rodríguez de la Cuesta y Soria o en su caso, a sus herederos, por concepto de honorarios extraordinarios".

"Quinto.— El pago único de las cantidades y a las personas siguientes: cinco millones de Euros a Don Alfredo Hernández de la Cabada; veinte millones de Euros a Don Aníbal Suárez Hermida, Abogado General; veinte millones de Euros al Señor Contador Público Don Paulino Córdova Llanes, y veinte millones de Euros al Señor Contador Público Don Jesús Salgado Maciel. Se dispone que los pagos únicos se harían llegado el caso, a los herederos de las personas mencionadas en este numeral".

"Así lo dispuso y firma en mi presencia por su libre voluntad... en plenas facultades físicas y mentales... en su domicilio, siendo las quince horas del día veintidós de Octubre del año dos mil dieciséis. Fiorella Brancatti Casoglio, Testadora, y Doctor Carlos Moreno-Rodríguez de la Cuesta y Soria, Notario Público".

Terminada la lectura de ambos Testamentos, fue tal el escándalo de los presentes, Nuevos Millonarios todos ellos, que acallaron las protestas de Kadir que ¡insólito! rechazaba con vigor la fabulosa herencia contenida en los dos testamentos.

- Habrá que hacerles un precioso mausoleo a las chicas, nos ha sorprendido su generosidad — dijo el Contador Don Jesús Salgado Maciel.
- Todos de acuerdo — gritaron al unísono, haciendo un receso de la junta.

Kadir y Don Carlos se apartaron del ruido ensordecedor y fueron al jardín a respirar aire fresco. Lo necesitaban.

- ¿Qué tal una copa? — sugirió Don Carlos, cuya calvicie prematura reflejaba los rayos de sol como un espejo.
- Creo que sí — dijo Kadir, llamando al mayordomo.
- Señores, hagan el honor de seguirme a la bodega de licores, escojan ustedes mismos, tengan la bondad — invitó respetuoso el empleado de confianza.

Seleccionaron el exquisito Whiskey Ladybank Single Malt, de precio relativamente "barato", de tan solo 4500 Dólares Americanos por botella, comparado con otras finas bebidas, como el Glenfiddich 1937 Rare Collection, de 20,000 Dólares; el Macallan Fine & Rare 60 años, de 40,000 Dólares o el Chivas Regal Royal Salute 50 años, de 10,000 Dólares, lanzado en el 50 aniversario de la Coronación de la Reina Isabel de Inglaterra.

- Tenemos que empezar a ahorrar dinero — expresó Kadir en broma.
- Mira amigo — dijo el Notario — Nos conocemos hace ya bastante tiempo, como para saber que tus convicciones te hacen rechazar las herencias que sientes inmerecidas. Desde luego que puedes hacerlo, pero no creo que sea lo más conveniente, a menos que no te importe que al repudiar la herencia, "papá gobierno" reclamará la inmensa fortuna y ya supondrás el destino del dinero y propiedades, porque no hay más herederos a la vista.
- Tuve conocimiento que dos bribones intentaron sorprender amenazando a las muchachas, parece que tu intervención fue

atinada y dejaron de insistir. La prensa informó que habían muerto los dos pillos en un atentado con bomba, por parte de terroristas que se equivocaron de "Target" (Objetivo). Además, legalmente no tenían ningún derecho al dinero, así fueran hijos legítimos, si no están en el Testamento, pues no heredan y punto.

— Piensa bien tu decisión. Si el Gobierno se queda con la fabulosa riqueza, siempre estará en riesgo de perderse. Los políticos son como los plátanos, no hay uno derecho, ja, ja, ja... — rió estrepitosamente Don Carlos Moreno-Rodríguez de la Cuesta y Soria.

— Siempre creí que eso aplicaba a los Abogados — rió Kadir — Pero tienes razón, con seguridad la inmensa fortuna sería botín de piratas.

Los dos entrañables amigos encendieron los cigarros (puros) de la prestigiada marca Del Roble, handcraft (hechos a mano), en la risueña población de San Andrés Tuxtla del Estado Mexicano de Veracruz, que el Notario compraba cada mes, manteniéndolos a temperatura de 17º centígrados, guardados en un humectador, que mantiene la humedad relativa constante del 70%, controlada por un medidor llamado Higrómetro.

— Y no se cumpliría la última voluntad de las muchachas — remató el Fedatario — Por contra, las buenas intenciones escritas en los documentos, dudo mucho que fueran respetadas, haciendo nugatorios tan hermosos planes.

— Y a ver, ¡reclámale al Gobierno!

— Creo sinceramente que el dinero estaría mejor en mis manos, ja, ja, ja, pero ya en serio, tu control y administración de los tesoros, es una garantía — declaró el Notario.

— Te cabe toda la cordura — respondió Kadir en doble sentido — No se podrían realizar todas esas buenas obras.

— Carlos, ¿puedo consultarlo con la almohada?

— Dirás con tu esposa... ¡cabrón suertudo!

— Por supuesto que sí, hay plazos legales pero no hay demasiada prisa, cuanto antes me liberes de esta carga mejor. No quiero comenzar a recibir presiones y menos del Gobierno... Es demasiado dinero en juego y he visto correr la sangre por unos cuantos Euros, te imaginas si los medios se enteran que todavía no hay herederos, ¿o que el legítimo beneficiario ha rechazado el tesoro?

— Oleadas de maleantes desfilarían por la Notaría profiriendo amenazas contra mi persona y familia, docenas de pedigüeñas organizaciones de caridad verdaderas y falsas, periodistas... Lo dicho Comendador, hay que acelerar el proceso que no es cosa menor.

Tendrás que formular inventarios, valuaciones profesionales, avisos notariales que deben publicarse, etc. etc. Aunque todavía no entiendo de qué mañas te has valido, qué mentiras les habrás contado o lo que hayas hecho para lograr que ese par de preciosas y jóvenes mujeres, te hayan nombrado ¡ÚNICO HEREDERO UNIVERSAL!

— Perdona la expresión ¡¡pero esto no tiene puta madre!! — exclamó el ilustre Fedatario.

****

En la intimidad de su hogar, Kadir relató a su esposa lo acontecido, preparando el terreno poco a poco. No quería provocarle una sorpresa de ese tamaño que podía causarle un soponcio.

A pesar de las prudentes palabras escogidas con cuidado, Helen se impactó fuertemente con la noticia.

— ¡Qué dices! ¡No puedo creerlo! ¿Es broma, verdad? ¿Por qué lo hicieron así? ¿Eras realmente muy cercano a ellas? ¡Júrame por Dios que nunca fuiste su amante!

— Chiquita, ¿otra vez con tus celos? Ya están descansando eternamente, creo que debemos respetar su memoria... Por favor... Mejor aconséjame si debo aceptar las herencias — susurró en las lindas orejitas, mordiéndolas con delicadeza.

— No lo sé — replicó la bella dama — Con esas estratosféricas sumas de dinero, pasarás en automático a formar parte de la lista de megamillonarios, que publican las famosas revistas Internacionales Forbes y Fortune, con la innecesaria publicidad que conlleva.

— Ya me imagino, todo el tiempo escondiéndose de los paparazzis (fotógrafos y reporteros de publicaciones sensacionalistas), filas de personas clamando ayudas económicas, peticiones de políticos para apoyar sus campañas con dinero, las diferentes iglesias con miles de necesidades, orfanatos, gente pobre y ¡jodedores sí, cientos de jodedores!

— ¡No podremos jamás gozar otras vacaciones como las recientes! ¡Adiós privacidad para nosotros! ¿Has pensado siquiera en lo vulnerables que pueden ser tus hijos? ¿El bullying (burla, maltrato) en las escuelas? ¡Creo que no debes aceptar la herencia! — cerró el discurso la embravecida Helen.

— ¡NO LA NECESITAS!

— La riqueza tiene también su lado bueno. Imagina la cantidad de obras de beneficencia, realmente efectivas que podremos realizar — defendió el marido, impactado por el peso de los razonamientos de su consorte.

— Te propongo algo — dijo Kadir conciliador — Platiquemos después con más calma, incluso pidamos opinión a los niños, al final, se hará como tú quieras amorcito... Bien sabes que tú y nuestros hijos son lo más importante para mí.

Una hora después, Kadir se comunicó con sus dos Consejeros de absoluta confianza.

La compacta respuesta de Gregor, su querido y respetado padre fue palabras más, palabras menos:

— "Adelante hijo acepta y haz el mayor bien posible con el dinero. Las necesidades humanas son demasiadas. No seas derrochador. Gasta solo la mitad de los réditos. No te descapitalices. No te olvides de tus compatriotas".

Don Benjamín Weitzner:

— "Claro que debes aceptar. ¡Felicitaciones! Seguro estoy que las inmensas riquezas que recibirás, serán utilizadas para bien. Creo que nadie tiene la capacidad y el buen juicio para administrar un patrimonio de ese tamaño como tú. Por fin, el capital de ese cabrón de Ramón Peralta servirá para algo bueno y noble. Sin embargo, si te sobra algún dinerito por allí, la Fundación Weitzner te lo agradecerá para sus obras pías, ja, ja, ja..."

****

Una vez más, el Auditor se salió con la suya. Convenció a su mujer que aceptar la herencia, significaría realizar importantes acciones en beneficio de la colectividad.

La noble mujer aceptó por dos razones primordiales:

La primera, que son tantas las necesidades insatisfechas de la población en educación, salud, alimentos, vivienda, trabajo, transporte y seguridad, entre otras, que pudieran atenuarse con eficacia, disponiendo de los intereses y ganancias de la colosal fortuna.

La segunda razón, era que si el Gobierno echaba mano del dinero, lo más probable es que sería derrochado y empleado para beneficiar a una camarilla de cabrones. Y daría razón a la creencia general: "Si los políticos administraran el Desierto del Sahara, en dos años habría escasez de arena".

Por el contrario, en manos de su amado esposo, el inmenso capital sería administrado a través de varios Fideicomisos, para lograr los propósitos.

— Nombraremos al Abogado Carlos Moreno-Rodríguez, esperando que acepte el cargo, como Vocal Ejecutivo del Fondo, que sería la cara visible del organismo, presidido por tú y yo — aseguró Kadir.

- Y se designará como órgano de vigilancia, al Despacho Hartford, Mellon & Fletcher de la ciudad de Nueva York. Son una garantía de eficiencia, honradez y lealtad, quien deberá reportar trimestralmente directo a nosotros.
- Mi amor, ¿prometes no escatimar tiempo a tu familia? — preguntó Helen con cierta angustia.
- ¿Los planes para mudarnos a América continúan firmes?
- No solo lo prometo, ¡lo juro por mi honor! ¡Y claro, nuestro cambio de residencia es un hecho! — declaró Kadir — abrazando tiernamente a su esposa, sellando el histórico pacto diez minutos después, con tormentosa sesión de amor y sexo intensamente, como si fuera la primera noche de una pareja en su luna de miel.

THE END (FIN)

EPÍLOGO

- Kadir aceptó las herencias otorgadas por Lanya y Fiorella. Así lo hizo saber al Notario Público Don Carlos Moreno-Rodríguez de la Cuesta y Soria, quien se congratuló de la decisión, iniciando la tramitología de la Sucesión Testamentaria, aceptando lleno de gozo, su nombramiento como Vocal Ejecutivo del Consejo Técnico del Fideicomiso "España 2017".
- Como Abogado práctico, y siendo autor de la conocida frase "Lo Afectivo en Efectivo", no tuvo inconveniente en consentir una remuneración por sus servicios de un millón de Euros al año. A propuesta de Kadir, el Comité Técnico de uno de los Fideicomisos, acordó la Donación de quinientos millones de Dólares anuales para ayudar un poco a la Fundación Weitzner, a continuar con sus nobles objetivos, con el beneplácito de sus queridos amigos Benjamín y Ruth Weitzner.
- La Familia Weitzner continúa viviendo en La Florida. Benjamín disfruta de buena salud para su edad, feliz de ver crecer sanos y fuertes a sus nietos, contemplando la felicidad de su hermosa hija Ruth, al lado de su esposo.
- Habacuc, se convirtió en marido modelo, honrado y trabajador. Con parte del dinero ganado en su última misión de combatiente mercenario, montó una próspera compañía de seguridad privada, logrando jugosos contratos para el transporte y custodia de valores con cinco importantes bancos Estadounidenses, sin saber la decisiva y secreta recomendación de su megamillonario suegro. Asimismo por méritos propios, ganó como clientes a 4 docenas de comercios establecidos en la ciudad (20 de ellos, boutiques de joyería fina, propiedad de la familia Weitzner en Fort Myers, Miami, Orlando, Fort Lauderdale y Palm Beach).
- La preciosa Ruth Weitzner ha madurado como mujer, esposa y madre. Mantiene su afamado consultorio de Psicología, auxiliada eficientemente por sus casadas amigas y confidentes Beulah y Miriam, Psicólogas Educativa y Clínica, respectivamente. Además, continúa al frente de la Fundación Weitzner, prodigando servicios de ayuda social, organizada en Etapas:

La Primera, denominada de Urgencia, consistente en dar respuesta rápida para aliviar carencias extremas de salud, alimento, vivienda y educación, a semejanza de la Atención Médica de Choque, que como primer paso busca que no muera el paciente y lograr estabilizarlo, para posteriormente efectuarle los estudios, cirugías y tratamientos que se requieran. Pensado en esta forma, diseñó las Etapas de Ayuda Subsecuentes, apoyada por hombres y mujeres expertos en industria y comercio.

La Etapa Dos, fue la creación de un Centro de Capacitación para el Trabajo, enlazado con varias Agencias de Empleo, locales y foráneas.

La Tercera Etapa, es el fomento del autoempleo y las microempresas familiares, a candidatos seleccionados por su edad, salud, con realistas aspiraciones y actitudes de Superación, planeadas profesionalmente para tener éxito.

Desde estudio del mercado, financiamiento a largo plazo y sin intereses para equipamiento, pago de rentas del local, gastos generales de operación del negocio por cinco años, dotación inicial para capital de trabajo a fondo perdido y desde luego, asesoría para la comercialización de sus productos o servicios, apoyos de contabilidad, informática y de impuestos.

La Etapa 4, estaba destinada lisa y llana, para ayuda humanitaria a las personas que no calificaban en las anteriores, en razón a su edad, enfermedad, impedimento físico grave o incapacidad mental.

- Helen, inexplicablemente, ha cultivado gran amistad con Ruth, estando en comunicación constante a través de todos los medios electrónicos modernos, telefonía celular y satelital, aplicaciones de WhatsApp, E-mail, FaceTime, Facebook y Twitter, entre otros.

Es curioso observar cómo dos mujeres rivales en los afectos de Kadir, ahora intercambian fotografías familiares, videos inéditos o graciosos, relatos humorísticos, recetas de cocina, consejos sobre educación, salud y recreación de los hijos, información sobre conciertos, exposiciones, conferencias, celebraciones en todo el globo terráqueo y uno que otro chisme, de políticos y artistas.

El General David Arik Finnstein, hoy en situación de retiro como Alto Comisionado de Seguridad Nacional de los Estados Unidos, se mudó a Fort Myers, Florida para estar cercano a su entrañable amigo y camarada Benjamín Weitzner.

- Juegan al dominó todos los jueves de 5:00 a 7:00 p.m. alternando cada semana sus domicilios, disfrutando la cena especial, siempre rociada de estupendos vinos tintos, recordando sus innumerables correrías, siempre a favor de la Justicia.
- Zelik Levy y Lorna, acordaron tener su boda Judía de carácter íntimo. Ahora retirados del fructífero Comando Paramilitar Israelí,

pensaban que podrían ser objeto de alguna venganza y no iban a facilitar las cosas.

- Dedicados a la construcción de casas, planeaban formar una familia con dos lindos retoños.
- El resto de sus compañeros sobrevivientes, las indómitas Shifra y Tabitha, así como el bravo comando Aaron, retirados también de las acciones guerreras, han formado sus familias y viven felices en Tel Aviv.
- Algunos dedicados a negocios agrícolas relacionados con la hidroponia, cultivos de uvas y fresas en invernadero, y otros fabricando buenos vinos para exportación.
- El Capitán Conrad Blake hizo un balance de su vida, descubriendo que en su matrimonio los buenos momentos con su esposa e hijos, superaban con creces las discusiones y dificultades domésticas, reconociendo que jamás podría alcanzar la paz y felicidad en otros brazos. A su regreso al hogar, fue recibido amorosamente por su familia, sin necesidad de pronunciar palabra.

Han comprado un pequeño barco de turismo con capacidad de 200 pasajeros, que recorre las costas del Mediterráneo en excursiones de 12 días. De cuándo en cuándo, los esposos son parte de la tripulación para divertirse.

- Leah, la bella ex combatiente, no pudo evitar la cancelación del compromiso matrimonial con el Capitán Blake. Realmente eran incompatibles en religión, costumbres y forma de vida, admitiéndolo mutuamente sin reproches. Hoy es muy feliz casada con el Rabino de la Gran Sinagoga de Tel Aviv en su natal Israel, esperando a su primer bebé.
- Los gigamillonarios Socios del Club Cultural, Deportivo y Social PRISMA, se encuentran realizando actividades empresariales y filantrópicas, con toda normalidad, preocupados por hacer crecer los negocios y mantener sus colosales riquezas, para estar en condiciones de continuar ofertando los miles y miles de empleos, que se necesitan en todo el mundo.

Acordaron reunirse una vez al año en sitios secretos y mantener viva su amistad. También han ratificado suspender las actividades del "Club" por tiempo indefinido, con la esperanza de no volver a necesitar de sus "servicios especiales".

— No obstante, el futuro es imprevisible — dijeron.

- Caridad Hernández, la mortífera ex Agente "Aileen" que prestó invaluables servicios a la Fundación, vive hoy en Coral Gables, de la ciudad de Miami, vecina de la residencia comprada a su señora Madre, que como siempre, ha realizado un espléndido trabajo en la educación y formación de la pequeña Lucciana, la niñita Italiana adoptada legalmente como su hijita por la Contadora, cuando la rescató en Latvia de las garras del mafioso pederasta Napolitano, que ajustició.

A pesar de las protestas y súplicas de los principales Socios, del gigantesco despacho transnacional Hartford, Mellon & Fletcher, la hermosa Auditora caribeña, se ha retirado de la Firma de modo prematuro, para dedicarse en tiempo completo a la niña y su esposo. Está esperando un hijo de él. "No puede ser de mi adorado jefe Kadir, hace siglos que no hemos tenido relaciones", razonó la Cubanita.

- Femke Kolarik, la "Diosa Checa" como le llamara Kadir, el ex Comandante "Scorpio", regresó a vivir a Praga, finiquitando la relación con el célebre Doctor en Ciencias Elías Zagrev, quien por su parte volvió a los brazos de su antigua y bella colega de laboratorio, su pareja ideal.

La ex Agente "Rebecka", vive en un bonito departamento, en el mismo distrito elegante de la residencia de su protector y "segundo padre", General Bozidar Weslak y familia, procurando convivir con ellos una vez al mes. Su tiempo lo distribuye entre las giras internacionales de la Česká Filharmonie (Orquesta Filarmónica Checa), ofreciendo conciertos de violín, acompañada al piano por su virtuosa "hermana" Danka. Continúa con la práctica de tiro Olímpico para estar en forma.
A las guapísimas hermanas les llueven proposiciones de matrimonio.
- El Ingeniero y Arquitecto Christopher Carvalho, regresó a Río de Janeiro, para finalmente encontrar la "horma de su zapato". Dalva, la casquivana y hermosa vedette Brasileña, su amor de toda la vida, actuaba en el famoso "New Garden", sensacional lugar en Ipanema para escuchar la contagiosa música de Bossa Nova.

Al ver a Carvalho, dejó todo para irse con él. La pareja comprendió al fin el gran amor que los unía. Viven juntos planeando una superboda llena de lujo y esplendor, esa fue siempre la costumbre de los dos, derrochadores: "Genio y Figura, hasta la Sepultura". Han hecho juramentos recíprocos para olvidar cada uno su pasado y empezar una nueva vida en paz. En automático, Dalva se convertiría en la cuarta esposa del harem particular de Christopher.

- El irredento Ingeniero Carlos de la Roca y Duque de Orense, por fin entró al mundo de la cordura. "Hastiado de la Dolce Vita", comprendió que el tiempo le cayó encima. Una mañana se vio en el espejo de cuerpo entero. Como una ráfaga, pasaron por su mente visiones del futuro que le esperaba: viejo, pobre y solo.

Genuinamente arrepentido, está luchando por reconquistar a su ex Esposa, la respetable, noble y rica dama, Doña María Violeta Velázquez y Domecq, que lo sigue amando. Sin embargo, Carlos no la tiene fácil, ante un largo camino de andar para lograr el perdón.

- Fu Hong, ahora llamado Frank Hong, está feliz al lado de su esposa, la chinita Tao-Lin, que ha resultado una gran ama de casa, organizada y limpia. La diferencia de edades no ha sido óbice para que ambos vivan en plenitud. Aprovechando su amplia experiencia como administrador de grandes negocios Internacionales, honradez, lealtad y eficiencia, Mr. Hong ha sido contratado como Director General de "Fiorella & Lanya Global Enterprises, Inc."

Es una compañía recién creada por Kadir y Helen Aiza, con un fondo de inversiones de mínimo riesgo de 50,000 millones de Dólares, parte de la colosal herencia recibida de las jóvenes, como un homenaje en su memoria. Con los rendimientos del capital, unos 2500 millones de Dólares anuales, será posible establecer y mantener fábricas Maquiladoras de ropa, calzado, artículos electrónicos, televisores, computadoras, estufas, lavadoras, secadoras, vestiduras para autos, camiones, tractores agrícolas y otros giros más.

El programa ha comenzado. La meta es abrir 5 factorías mensuales hasta completar 200 plantas, solamente en ciudades medianas, cuidadosamente escogidas entre las menos desarrolladas del planeta, con el objeto de proporcionar empleos dignos, bien remunerados y adecuado Plan de Pensiones para los trabajadores.

- Creo que hay suficientes programas de dádivas en el mundo dirigidos a la población pobre. En esta forma, "No regalamos pescado. Les ENSEÑAMOS A PESCAR y VENDER EL PESCADO" — razonó el ex "AUDITOR DE LA MUERTE", en la elegante cama king size al lado de su linda esposa, metido entre las relucientes sábanas de satín dorado, bebiendo sendas copas del selecto champagne Piper-Heidsieck Brut, favorito y patrocinado por María Antonieta, Reina de Francia, con adornos de Fabergé y predilecto de la famosa actriz Marilyn Monroe, quien dijo en una ocasión: "Voy a la cama con gotas de perfume muy famoso y me levanto por la mañana, para disfrutar el desayuno acompañado de una copa de Piper-Heidsieck".

– No debiste aceptarle al señor Rómayev esa caja de champagne — regañó Helen a su marido — No quiero que empiecen las confiancitas y al rato, venga de visita la adorable niña Nitza, que trae loco al cabroncito de tu hijo... son unos niños — argumentó celosa la rubia.
– Cómo cambian los tiempos. Antes todos tus reclamos eran para mí, ahora también con Kadir Jr., ja, ja, ja, no te preocupes, "Lo que será, será" — sellándole la carnosa boca con apasionado beso, de verdadero amor.

THE END (FIN)